TALES FROM
THE NEW YOKER
REPORTING AT WIT'S END

最烧脑的犯罪故事

《纽约客》经典作品集

[美] 圣克莱尔・麦凯尔维（St. Clair McKelway）著

侯凌玮 卢一波 译

南方日报出版社
NANFANG DAILY PRESS
中国・广州

图书在版编目（CIP）数据

最烧脑的犯罪故事 ：《纽约客》经典作品集 / (美)圣克莱尔·麦凯尔维著 ；侯凌玮，卢一波译. — 广州 ：南方日报出版社，2017.6
ISBN 978-7-5491-1598-3

Ⅰ. ①最… Ⅱ. ①圣… ②侯… ③卢… Ⅲ. ①新闻报道—作品集—美国—现代 Ⅳ. ①I712.55

中国版本图书馆 CIP 数据核字(2017)第 058087 号

ZUI SHAONAO DE FANZUI GUSHI
最烧脑的犯罪故事——《纽约客》经典作品集

著　　者：（美）圣克莱尔·麦凯尔维
译　　者：侯凌玮　卢一波
出版发行：广东南方日报出版社有限公司
地　　址：广州市广州大道中 289 号
责任编辑：刘志一　郑　颖
装帧设计：杨婉君
责任技编：王　兰
责任校对：阮昌汉
经　　销：全国新华书店
印　　刷：广州市尚铭印刷有限公司
开　　本：787mm×1092mm　1/16
印　　张：26.75
字　　数：445 千字
版　　次：2017 年 6 月第 1 版
印　　次：2017 年 6 月第 1 次印刷
定　　价：58.00 元

投稿热线：（020）87373998-8503　读者热线：（020）87373998-8502
网址：http://www.nanfangdaily.com.cn/press　http://www.southcn.com/ebook

序

重新发现的圣人

◆亚当·戈普尼克（Adam Gopnik）

圣克莱尔·麦凯尔维（St. Clair McKelway）是《纽约客》杂志黄金时期（好吧，是众多黄金时期之一）的一名撰稿人。他的作品很久前就已经绝版，因而大多鲜有人知，当然这也是现今大多数优秀作品的共同遭遇，所以也不足为奇。20世纪40年代他在美国空军太平洋战区担任公共关系长官，并晋升至中校军衔。除此之外，从30年代中期到60年代中期，他一直是《纽约客》的后备撰稿人。那时他对于《纽约客》的订阅者来说可谓家喻户晓，就像现在更为人所知的那些作家一样——读者们熟知并珍视他，就如同熟知和珍视雷伯林、米契尔、怀特以及一些（用前苏联的流行语来说）依靠读者投票和出版商的后瞻性而恢复了名誉的作家那样。

写评论、讲故事、描传略，麦凯尔维都不在话下。他尤其擅长改写对别人而言颇为棘手的内容；说句题外话，也正是这种天赋拯救了了不起的A.J.雷伯林在《纽约客》的职业生涯。但最令麦凯尔维声名鹊起的还是他关于奇特犯罪和罪犯的文章，冒名行骗者、流氓无赖、盗用公款者、江湖骗子、造假之流都是他笔下的人物。那时人们头脑都更加清醒，出版商愿意出版朴实无华、鲜有修饰的杂志文章合集，丝毫不会佯装这些文章有什么统一的主题；因此麦凯尔维的文章得以见于书籍和杂志中。事实上，我正是因一本旧版的《犯罪与罪恶史册中的真实故事》（*True Tales from the Annals of Crime and Rascality*）（他1951年的文集）而第一次发现了他。这本书是当时《纽约客》“城中话题”专栏的主笔人马克·辛格借给我的，我那时还是个初出茅庐的年轻记者，刚刚开始书写“话题”。

当时有那么多的“麦凯尔维犯罪故事”，它甚至成为了一种标志性文章，就像现在的特里林谋杀故事一样火。麦凯尔维的文章之所以那么惊人、那么精彩［它们比赫伯特·阿斯伯里（Herbert Asbury）的浪漫犯罪故事要棒得多］，原因就在于它们的报道真实可靠，依靠搜集拼接事实碎片来呈现事件原貌，笔调也富有独特的魅力。麦凯尔维的文章全面却不枯燥，诙谐但不失力道；它们是剔除了戏剧性情节和夸张感情的犯罪报道，用精明的反讽、风趣的妙语、精准的细节和对人性悲哀现实的感怀替代了小报单调无聊的报道。正如评论家们所言，麦凯尔维的文章虽然基于事实，但又像虚构文学一般带给读者兴奋与惊喜，只是它们类似的不是大部头的虚构文学，而是如奥哈拉（O' Hara）①的作品那样的精致短篇。麦凯尔维的故事全部以纽约为背景，都揭露出人物身上暗藏的怪异性格，并将这些边缘的、少数的经历视为生活的常态。

麦凯尔维用清晰、冷酷的笔锋描写法律传票递送员、保险推销员、盗用公款者和冒名行骗者，使读者不由得对这些人物产生一种奇特的同情。纵火狂的确是危险的，我们必须控制住他们；但除此之外他们也是普通人，只是恰巧酷爱观赏仓库燃烧而已。“无论如何，他都是个非常好的人，只是有个怪癖罢了。”《老谋深算的威尔比》的妻子如此描述挪用公款的丈夫，而读者们也接受了这一评价。麦凯尔维真正的主题则是更高、更奇异的怪癖，他明白那些显著的怪癖不过是古怪的性格罢了，而生活恰恰充满了这些怪癖怪事。

麦凯尔维笔下的纽约总体上说仍是由中产阶级和中产阶级下层组成的，警察、法律传票递送员、消防检查员实际上和江湖骗子、骗保者和纵火狂来自同一个由爱尔兰、意大利和犹太移民组成的群体。这简直就是达蒙·鲁尼恩（Damon

---

① 奥哈拉（1926—1966），美国最著名的纽约派诗人，1951年定居纽约，其诗采用口语及开放的结构，即兴、反理性，在幽默机智中又有荒诞感、梦幻感，突出地表现了诗人的个性，开创了反文雅反高贵的诗风，影响很大。1966年不幸死于车祸。（译者注）

Runyon）[1]诗中描述的梦想世界的散文现实版。从严格意义上来说，麦凯尔维的故事称不上是 “三维”的，因为它们像卡通那样清晰，又像速记那般优雅（这些也正是它们魅力的一部分），但它们之于鲁尼恩的诗作或者小报新闻报道就像彼得·阿诺（Peter Arno）[2]的卡通画之于报纸的连环漫画一样。换句话说，它们看似简单实则深刻，绝不是纯粹虚假的玩意儿。

正如乔·米契尔（Joe Mitchell）[3]在创作城市寓言方面独具天赋，麦凯尔维的天才则在于书写短小而意味深远的寓言。他的故事并不解说现代犯罪或现代生活方式的趋势或潮流。他理所当然地相信无论在哪个时代，都基本上会有同样多的纵火狂、伪造货币者和疯狂的将军，这些人除了他们“行当”的怪异，在其他方面与我们无异。杂志中典型的、所谓指明“趋势”的文章几乎总是向读者传达这样的错误信号：“越来越多的人正在这样做！”而经典的麦凯尔维文章则精确地指出“只有极少数人在这么做，而正是因为他们人数极少才使他们显得分外有趣”。这种对于事物本身的信仰是麦凯尔维那一辈《纽约客》文字工作者们的共识。这一信仰使他们的作品独具平静沉着的气度，即使到今天仍使它们优越于绝大多数其他新闻作品。这一辈《纽约客》人的作品全都如实呈现稀奇古怪、表里不一和政治腐败，也呈现好的友谊、同志情怀和略带讽刺的鉴赏来加以平衡。总之，他们的文风既没有改革派的愤怒，也没有反动派的厌恶。

《880号先生》或许是麦凯尔维所有犯罪故事中最著名的一篇，它后来被改编成了一部（相当不错的）电影，堪称麦凯尔维风格的绝佳代表。故事的主人公是个货币伪造者，此人的野心出奇地小，手法也极其粗糙——他伪造1美元纸钞，并且还拙劣地将华盛顿的名字误拼成了“华兴顿”。联邦特勤局开始了对他的搜寻，这一找就是二十年；令人抓狂的是，他们竟然找不到他，因为此人实在太过

① 达豪·鲁尼恩（1880—1946），美国新闻工作者、作家，以描写纽约百老汇的短篇闻名。（译者注）

② 彼得·阿诺（1904—1968），美国卡通画家，自1925年起为《纽约客》杂志绘制封面及插画，直至去世。（译者注）

③ 乔·米契尔（1908—1996），美国作家，以发表在《纽约客》杂志上的文章闻名，擅长描绘纽约社会边缘怪人。（译者注）

渺小，其罪行又是这么刻意地不起眼。在文章中，麦凯尔维对老年人的孤独和坏钱（和好钱）的历史进行了思考，最后以一则优雅的难以置信的反语结束了他的故事。

（请读者诸君允许我在此加入一段插曲。在这个故事中，美元可能，我再强调一遍，只是可能，是哈克·费恩①所说的“担架”。麦凯尔维在他可爱的、带有告解色彩的故事《凤头鹦鹉》中承认，他早期发表在报纸中的文章差不多是捏造的，虽然这么做也没什么害处。此外，在麦凯尔维的文章中也常常有精心安排的讲故事的痕迹和活泼生动的对话，这似乎掩盖了故事的真实性。事实是，麦凯尔维那一辈的撰稿人有一个共识，即可以对一个故事进行人为加工，但前提是这种处理适当并且是为了达到正当的目的。他们的作品之所以带有祝福的语调，一部分是因为它们或多或少地受制于它们所描写的对象。即使在长篇的杂志文章中，也只能用最短的篇幅和类似漫画的手法来揭露人物。卡通画家认为自己有权用黑色勾勒清晰的轮廓或描出夸张的眉毛，因为他们知道这些手法并不会被恶意使用。但多年后当其他作家也要求行使类似的权力时，这项权力却被废除了。）

麦凯尔维写得最棒、最长的关于“恶行”的文章描写的是哈莱姆②的圣人（或称温柔的骗子），人称“圣父”。就是凭借这篇文章，他拯救了雷伯林的事业，也对《纽约客》杂志乃至整个美国文学产生了深远的影响。雷伯林事后承认，当时他的工作陷入了困境，他的文章全是短小有力的段落和带有当地色彩的玩笑，是自作聪明的报纸专题文章的风格，这很难适应杂志的要求。到了20世纪30年代中期，他似乎面临着两条路：要么主动离开，要么被辞退。抱着不成功便成仁的心态，他报道了圣父的故事，最终他悲哀地发现自己提交的实际上是一份关于比较宗教学的论文。（尽管他能够写成这样一篇文章这一点恰恰是他有别于其他撰稿人之处。）麦凯尔维把雷伯林的文章拿了过来，改写成叙述文，使它成为了一篇佳作，拯救了雷伯林在杂志的事业，也给雷伯林提供了一个模板，让他

---

① 哈克·费恩，马克·吐温《哈克贝利·费恩历险记》的主人公，一个聪明、善良、勇敢的白人少年。（译者注）

② 哈莱姆，美国纽约黑人聚居区。（译者注）

认识到如何将博学和细节升华成讲述故事的风格，而不是弃置一旁、一无是处。当然，在我们现在看来，圣父这个人物更为可信，毕竟我们明白这个人除了是个大骗子，同时也保持着尊严，对白人统治进行着无声的抵抗。而这一点雷伯林和麦凯尔维当时只是有所暗示而已。只要读过当代文学评论的人都会对圣父的语言做出回应，它的语言与文学评论非常相像，也体现出纯粹的文字的力量能够引领读者走得很远很远，这从下面这段话便可见一斑："上帝不仅被人格化、物质化，而且一次次被重新人格化、物质化。同时他也使其他事物重新物质化。他重新物质化他物，也可被重新物质化。他重新人格化他人，也可以被重新人格化。"

无论是《880号先生》还是《此荣誉之王何许人也？》，麦凯尔维对于主题和人物的选择总是恰到好处。但是，和所有值得一读的作家一样，真正重要的是他文字的质量和语句的水准。他的散文风格是老《纽约客》故作天真的动人实例——狡黠而清醒，在作者恭敬而优雅地呈现的文字下面蕴含着更多的内容和信息。怀疑的嘲讽镶嵌着温和的反语，嘲弄者的好奇和共谋又使嘲弄言论的锋利棱角显得慷慨。这些散文告诉我们，我们都是怪人，都有怪癖，但只有其中一些怪癖能够得到允许。纡尊降贵和过于愉快的语调是风险，而讽刺的智慧和对黄金比例的感觉则是奖赏。下面这段摘自《880号先生》的文字就是细节与趣味相融合的典范：

> 造假这种有利可图的欺诈方式史前就有了。在古代，人们产生了关于钱的概念，同样也打起了制造假钱的念头。钱的概念自然比假钱的概念出现得早，但或许并没有早多少分钟。有证据表明，在人类最早有记载文明中，人们既使用真货也用假货冒充，并且可以确定在尚无文明记载的原始部落中既存在好钱也有坏钱。似乎在一些人意识到他们可以轻而易举地使用诸如兽皮和粮食等货币替代物来代表难于处理的财产之后，很快就有另外一些人醒悟到他们可以同样轻而易举地用其他货币替代物来代表同样用来代表财产的初级货币替代物。这两个想法彼此紧密相关，几乎可谓是双生子；正如这两

个想法的产物，它们也是不可分割的。倘若没有假钱，钱的故事可能单纯而美好。但事实上，钱与假钱命中注定地纠缠所形成的格局必然是错综复杂、奇异怪诞的。

在这段文字中，调查研究与平铺直叙可爱地（或者用他的话说，命中注定地）相互纠缠，看似简单明了，实则极为用心，这便是《纽约客》黄金时代最为经典的风格。它所表述的内容再清晰明了不过，但妙就妙在它有意识地将百科全书中的词条变成了娱乐。它们仿佛在说：让我们来轻描淡写那些人人都认为庄重严肃、耸人听闻的事情吧。就散文创作而言，这是个简单的想法、谦逊的想法，但也是个很有效的想法。它激怒了当时的一些人，甚至至今仍有人对此感到愤怒，因为他们感觉自己受到了威胁——文章纡尊降贵的笔调让他们觉得低人一等，轻松愉快的文字对令人发指的事情无动于衷，却对庄重严肃的事情恶意相向，这在他们看来实在是专横无礼。但是这些文章也着实令不少读者感到满意。在一句话中（比如上文关于造假的一句）浓缩了许多书本知识、经济理论和人类学史，这样的句子不仅简单明了，且寓意深刻，使读者获益良多。令人望而生畏的、错综复杂的人类学被简化成了一系列的格言警句。你根本找不到比这更好的表达方式！再来看看下面这段《老谋深算的威尔比》中的文字，它描绘的是债券在员工与老板关系中扮演的暧昧角色：

当纽约的报纸首次披露拉尔夫·马绍尔·威尔比从诺特公司贪污了386 921.29美元的公款时，这些报纸文章一次又一次地称他是“备受信任的员工”。所有的报道都反复强调这一点。和本时期的所有贪污案一样，在威尔比的案件中，这样的陈词滥调都是不准确的，人们依旧这样说着是因为他们对会计员和老板间的关系仍抱有老式的、浪漫的幻想。但丑陋的事实是，一个会计员在公司会计部门爬得越高，他在老板心目中的可信度也就越低……威尔比在诺特公司有一位最要好的朋友，和许多人一样，此人似乎对威尔比赞赏有加，同时他也是公司的财务主管，即凯西先生。正是凯西先生一路鼓励和扶持威尔比从巡回审计员升到了首席会计师兼财务主管助理的位置。但也正是这位凯西先生，从公司的利益出发，以一种在浪漫主义者看来冷酷到可憎的方式，与旅行者保险公司（这家公司给除旅行者之外的任何人提供保险）下了赌注，赌未来某一天威尔比会贪污公司资金。而旅行者保险公司则赌威尔比不会那么做。赌注为30万美元的债券，条件是只要威尔比没有贪污公司的任何财产，那么诺特公司必须向旅行者保险公司支付数千美元的年度保险费。

诸如此类的经典的麦凯尔维式段落详尽地传达出大量信息，但同时语句当中必须有什么在提醒读者，信息不是为了堆砌而堆砌的。细节在那里不可否认，小到那29美分。但当麦凯尔维既玩世不恭又巧妙狡猾地解释员工债券的真实含义时，重磅炸弹爆炸了——他指出债券实际上是公司就自己的员工下的一系列赌注，而这笔赌注又反过来由保险公司加在了员工身上，还有什么能比这样的阐释更聪明呢？所有这些耐心的、哄骗的解释最终在“旅行者保险公司则赌威尔比不会那么做”这句话中获得了喜剧性回报。可见，经典的《纽约客》风格便是将论点变成装饰，将报道变成妙语。（坏的《纽约客》风格则是尽职尽责地堆砌事实，乍一看是篇佳作，实际上却乏善可陈；那些作家学会了如何清醒地把文章主体组合起来，却忘了要在结尾来个峰回路转、画龙点睛。）经典的《纽约客》风格追求的那种简明质朴就如同一个躺在火烧岛①海滩上、穿着印字衬衫和老式格子沙滩裤的人，而不是一个刚搬到佛蒙特州②、穿着吊带工装裤的家伙。（确实，当E.B.怀特③真的搬到缅因州、穿上工装裤时，他的写作风格变得更具乡土气，而不那么敏感、清晰了。）麦凯尔维的个人经历比他的写作风格更让人为难。在长篇故事《凤头鹦鹉》中，麦凯尔维尝试着表露自我。在该文中他描述了

① 火烧岛，纽约长岛外屏障岛屿的中心大岛，与长岛南海岸平行。（译者注）

② 佛蒙特州，美国东北部新英格兰地区一州。南邻马萨诸塞州，西连纽约州，北与加拿大魁北克省接壤，东与新罕布什尔州以康涅狄格河为界。（译者注）

③ E. B. 怀特（1899—1985），美国当代著名散文家、评论家，以散文名世，“其文风冷峻清丽，辛辣幽默，自成一格”。生于纽约蒙特弗农，毕业于康奈尔大学。作为《纽约客》主要撰稿人的怀特一手奠定了影响深远的“《纽约客》文风”。（译者注）

自己的早年经历：出生于华盛顿特区的一个上层中产阶级家庭，父亲的过早辞世导致这个儿子不怎么安分，终日对学校生活不满，并且梦想着能够成为新闻工作者（这在当时可是个颇具浪漫主义色彩的工作）。文章接着详细描述了他在军队中的经历：他在人称"疯狂轰炸机"的柯蒂斯·勒迈将军的手下工作，当时的勒迈将军一心只想着打败日本而非毁灭世界，因而仍备受敬仰。（麦凯尔维对勒迈将军向数十万日本平民投放凝固汽油弹的计划感到非常得意，尽管这种态度在当时完全说得通，现在却让我们颇为不安。）

然而，在得意快活的文字下面涌动着更深的愁苦。麦凯尔维结了五次婚（尽管拿此开玩笑吧），并且常常受到精神疾病的困扰。他的文风是那样欢快，以至于人们很容易忽略欢快文字之下隐含的痛苦。他创作时常常豪饮，那时他为酗酒找到了冠冕堂皇的理由——酒精能够像他所希望的那样让他忘掉现实（如今那些沉溺于冰毒等毁灭灵魂、破坏生活的毒瘾中的男男女女亦是如此）。麦凯尔维在某些文章的创作中酗酒的情况极其严重，知晓真相的读者的惊骇程度恐怕不亚于发现自己的父亲在凌晨五点臂缠橡胶止血带，正欢快地向静脉中注射海洛因。

例如那篇精彩的《虚惊爱丁堡》，表面上看起来类似加里·格兰特（Cary Grant）[①]主演、希区柯克[②]执导的惊悚片，故事结构冗长而杂乱。然而，这个精心呈现的阴谋的全部意义在于它完全是无稽之谈——原来这桩"劫案"只是麦凯尔维醉醺醺的幻想。当读者目睹文中一个又一个苏格兰人沦为牺牲品，又接二连三光顾一家又一家可爱温暖的苏格兰酒吧，他们终于意识到作者本人实际上是个有偏执妄想的醉鬼。（描写酗酒者必须记住一点：他们坚信自己只是在社交性地饮酒，直到恍然发现只剩下自己一人在胡言乱语，还奇怪同伴们都去哪里了。）

---

① 加里·格兰特（1904—1986），美国著名英国裔影星，他出演过的经典电影有《美人计》《捉贼记》《西北偏北》等，是著名电影大师希区柯克的御用男主角之一。（译者注）

② 希区柯克（1899—1980），原籍英国，是一位闻名世界的电影导演，尤其擅长拍摄惊悚悬疑片。希区柯克在英国拍摄了大批默片和有声片之后，开始前往好莱坞谋求发展，于1956年加入美国国籍，并保留了英国国籍。在长达六十年的电影艺术生涯里，希区柯克总共拍摄了超过五十部的电影作品，成为了历史上著名的电影艺术大师。（译者注）

麦凯尔维和他的其中一任妻子（美丽但注定不幸的作家）玛弗·布伦南（Maeve Brennan）[①]之间自我毁灭的竞赛至今仍是杂志界最悲伤的故事。布伦南在20世纪50年代中期嫁给了麦凯尔维，她为《纽约客》杂志“评论”板块撰写的《啰唆女士》系列文章成为了都市俳句的典范，近年来她的作品重新流行起来，还有人为她撰写了传记。她原本像《蒂凡尼的早餐》中的霍莉·戈莱特丽（Holly Golightly）[②]那样果敢刚毅、无忧无虑，后来却沦落到疯狂和孤独的境地，这实在比文学故事更加令人心碎。然而，她和麦凯尔维的作品叠加在一起，最完美地展现了20世纪中期纽约的生活图景。布伦南的作品痛彻人心、充满诗意也稍带癫狂，描写市中心的意大利餐馆、薄暮时分起飞的鸽群；而麦凯尔维的作品则滑稽诙谐，痴迷于下层生活，描写廉价游乐场和在时代广场上嬉戏的孩童。

当然，夫妇俩的饮酒方式就像是中了凯尔特人的诅咒，当麦凯尔维苏格兰式的狂饮遇上布伦南爱尔兰式的豪饮时，新的纪录便诞生了，时至今日人们仍会谈及此事；当然，这些纪录都分外悲伤，而悲剧也是酗酒行为的唯一结局。［约翰·厄普代克在辞世前几个月曾对一位友人承认，使他的作品有别于菲利普·罗斯（Phillip Roth）的作品的所谓勤勉和才能，不过是滴酒不沾的结果，他甚至不需要花时间去戒酒。］然而，麦凯尔维竟然能够很好地利用自己饮酒的习惯，使我们觉得在《虚惊爱丁堡》一文中偏执的幻想和巧妙的作品之间的分界线那么精细，几乎根本不存在。（詹姆斯·“耶稣”·安格尔顿会是个完美的麦凯尔维式主人公。）你也不得不嫉妒麦凯尔维所享有的特权，因为现在没有人会发表《爱丁堡劫案》这样的文章，这种文章的所有乐趣（从某种程度上说，也是更深刻的意义）就在于实际上什么也没发生。阅读的快乐源于文章巧妙的叙事节奏，其文字似乎时刻预示着将有危险或重大的事件发生，但每个句子和每个段落结束之时总又能让人松口气、定定神。

很奇怪，像雷伯林、米契尔、怀特和瑟伯这些“重要”人物或次级重要人物

---

① 玛弗·布伦南（1917—1993），爱尔兰短篇小说家、新闻工作者，1934年随父亲移居至美国。（译者注）

② 霍莉·戈莱特丽，美国作家杜鲁门·卡波特1958年出版的小说《蒂凡尼的早餐》中的女主角，后改编成电影，由奥黛丽·赫本主演。（译者注）

很难被当作典范，因为他们的成就完全依赖于他们的个性和经历，所以你若想像他们那样写作，你就必须成为他们。写一句雷伯林式的句子，像他那样把高雅文学和底层生活或者巴黎式的娴雅和赛马场上的精明以巴洛克风格编织在一起，你必须像他那样生活，并且具有和他一样的大脑。但麦凯尔维以及沃尔科特·吉布斯（Wolcott Gibbs）①那一辈不该被遗忘的《纽约客》撰稿人却是全体作家真正的楷模。他为全体读者带来了快乐，因为他作品的精华全在作品之中。尽管我们无法将他的风格简化成一条条规则，却可以把它总结成一些经验：寻找不可思议的数据和有趣的事实，将它们精心组合；倾听所谓怪人的声音，给予他们足够的空间诉说；像卡通画家一样处理文字但不要像他们那样装模作样；信赖简单的文字的力量，但也别惧怕大想法或者复杂的历史，只要你能让它们听起来像是无意中获得的知识。尤为重要的是，让你自己的声音时刻盘旋于你的文字之上，不是“颠覆性地”衬于文字下方，也不是笨拙地挤在文字一旁，而是要轻松愉快地位于其上，恰到好处地距离书页几英寸。倘若有人认为麦凯尔维对于怪人的钟爱和对欢快文风的精通不过是书写奇思怪想的窍门，那么别忘了，纳博科夫②曾经对爱德蒙·威尔逊（Edmund Wilson）③强调，一切优秀的作品说到底都是奇思怪想，而那些最棒的作品是不会被长久埋没的。

（侯凌玮　译）

① 沃尔科特·吉布斯（1902—1958），美国编辑、幽默作家、剧评家、剧作家、短篇小说家，自1927年起为《纽约客》杂志工作，直至去世。（译者注）

② 纳博科夫（1899—1977），俄裔美籍小说家、文体家、诗人、文学评论家、翻译家，同时也是二十世纪世界文学史上最有影响力的文学家。著名作品有《庶出的标志》《洛丽塔》《普宁》《微暗的火》《说吧，记忆》《阿达》《透明》《劳拉的原型》等。（译者注）

③ 爱德蒙·威尔逊（1895—1972），美国著名文人、最有影响力的批评家之一，著有《阿尔克塞尔的城堡》。（译者注）

目录

Contents

20世纪

ZUI SHAONAO DE FANZUI GUSHI

30年代作品

纵火犯捕手

1912年4月的一天夜晚，在布鲁克林区较为荒凉的约翰逊大道的一处马厩里，有四个人正准备点火。当天早些时候，这四人将七匹健康的马从马厩中转移了出去，这些马每一匹都购买了价值200美元的保险，又将七匹年老虚弱的马转移进了马厩，这些马跛的跛、瞎的瞎，全是他们以三四美元一匹的价钱从拍卖会上买来的。他们点火非常小心仔细——将稻草堆放在马厩的木墙边和老马的身边、身下；把煤油浇在稻草上，还用海绵蘸着煤油涂在七匹老马的身上。这处马厩位于一大片牧场的中央，附近没有房屋，但为了保险起见，这几人在马厩的入口处也堆了一大堆干草，这样万一有人恰巧路过此处，他们也必须穿过门口的大火才能接近马匹。他们给干草堆浇上煤油，便掏出了火柴。但是这起纵火阴谋并未得逞，因为时任布鲁克林消防调查员的托马斯·帕德里克·布罗菲事前就知晓了此事。在这几人犯案之时，他正带领7名消防助理、4名手持灭火器的消防员以及两位警探埋伏在马厩外高高的草丛中。两个街区之外，第二百三十七号消防分队的消防员们正等在一条巷子中，随时准备冲向马厩进行支援。一看见第一缕火光闪现，布罗菲就立刻举起左轮手枪向空中鸣了两枪。收到信号，蓄势待发的消防车立刻出动，同时埋伏在马厩近旁的人也立即行动。火很快被扑灭，老马得救了，而那四个纵火犯被送进了新新监狱（Sing Sing）[1]。

布罗菲当时之所以能够在场、潜伏在牧场上，原因很简单——他经常独自走很远的路，与人们交谈，试图了解在布鲁克林发生的一切。他心里清楚，当年纽约发生的马厩火灾中约有三分之一无法确定起火原因，也就是说消防员怀疑它们很可能是人为纵火。因此，在自己习惯性的行走中，他有意识地走遍整个布鲁克林区，并在和人们的交谈中结识了数百人，其中就有马匹拍卖商。布罗菲知道在众多火灾骗保方式中，有一种做法是以没用的马匹代替值钱的、投了保的马匹，再把这些没用的马匹烧死。他怀疑有人会这么做，就向拍卖商打听到底是谁在低价买走那些没用的马，并让他的副手对所有这些人进行了调查。经过调查发现，这些人中有的是公司代表，这些公司将马运往法国供法国人食用，或者用于虽然奇怪但确实是合法的交易中。但在调查了许多这样清白的马匹购买者后，他发现有一个人颇为可疑——他似乎没有什么与马匹相关的合法生意，然而他却拥有七匹健康的马，并将它们闲置在约翰逊大道旁的一个马厩中。这个名叫路易斯·伊万斯凯的人显然不是赛马骑手也不是马球运动员。那么，剩下的工作就相对简单了，只需要监视马厩、盯着伊万斯凯即可。

布罗菲的这次行动在当时受到了人们的广泛关注，大多数报纸都纷纷发表社论呼吁人们关注试图烧死马匹的纵火犯们的残忍罪行。这件事引起的广泛关注或许是促成布罗菲最终晋升为消防部部长的重要因素，这一事件还促成了纽约消防部门火灾调查局的成立，布罗菲一直领导着该调查局直到他于1948年退休。公众对于这一案件的兴趣始终令布罗菲感到困惑，因为在他看来这是件小事，毕竟只有几匹马牵涉其中；在此之前他同样依靠艰苦的侦查拯救过数十人的生命，但公众对此似乎丝毫不感兴趣。

例如，1911年12月，布鲁克林的一位市民为自己位于克利夫兰大街公寓内的家具办理了保险，之后又雇用了两名职业纵火者准备放火烧公寓。在约定好的那天下午，这两名纵火者来到了这所公寓，他们仔细观察了街道以确保无人监视。这时街区的一头只有一辆装有蔬菜的货车和两个小贩，还有几个清洁工正坐在街角沙龙前的路牙上喝着大罐啤酒。于是他们走上楼，点了火后又下楼回到街上。这时，此前一直埋伏在地下室采光井里的布罗菲迅速抓住了他们，两人还想反

---

① 新新监狱，美国纽约州州立监狱。（译者注）

抗，结果被他两拳撂倒。街一头的清洁工从他们的货车中取出灭火器赶来，小贩则从蔬菜货车中拿出三百英尺长的软管，接上消防栓冲进了着火公寓。火还没殃及临近的公寓就被扑灭了，这实在是万幸，因为临近的居民楼里还有两名残障人士和几名婴儿。

布罗菲屡屡策划这样的成功行动直到退休。若不是布罗菲在场及时阻止了职业纵火者的行动，洛克威海滩的广场酒店可能早在1932年就焚毁了。仅仅两三年前，布罗菲就曾抓获过一个职业纵火犯并扑灭了此人在布朗克斯一处廉租房中放的火，那时廉租房里有五十四户人家正在熟睡。

布罗菲在公务员晋升系统中的确切位置有些难以定义——他可以被视为是市政怪胎，既是消防员，又是警探；警察局和消防部门的显著特征在布罗菲身上都可以找到，这也说明消防员和警察所代表的并非是人们通常认为的两个独立人群，而可能来自同一个源头。当他是消防调查员时，布罗菲在家里安装了消防信号器，但他既不穿消防靴子也不戴消防头盔，而且还随身带着枪。他开着一辆红色轿车、鸣着警笛赶往火灾现场，却从不碰消防软管或云梯，此外，灭火时他通常是背对火场转而关注周围的人群。

纽约火灾调查局本身就是破例围绕布罗菲成立的。1907年，布罗菲参加了公务员考试并且进入了消防部门，成为了布鲁克林区的一位年轻助理消防调查员。当时纵火罪通常既可以由警察局处理，也会交给消防部门负责，总之没有一个确定的部门负责，处境尴尬。消防调查员负责调查所有火灾事故并查明哪些是人为造成的。他们乘坐有轨电车或者徒步走访调查，通常在火灾被扑灭数小时后才会到达现场附近。如果一处住宅或者一家商铺看起来被浇过煤油，而且有目击者看见失火前有人从该处跑出过，那么火灾调查员极有可能向上级汇报该起火灾“颇为可疑”，至于抓捕纵火犯的任务则通常交给警察局负责。如此，消防部门便脱手了这桩案件，而在警察局接手此案之前，大量时间和热情就白白浪费了，因此，纵火犯很少被缉拿归案。

在成为助理消防调查员前，布罗菲曾在贝内特的《纽约先驱报》担任区域记者，因而在火灾被扑灭后前往现场调查的做法在他看来实在是荒谬。当时，消防部门的预算中没有供消防调查员快速行动的交通费用，布罗菲就自掏腰包买了一辆摩托车。他常常在消防警报刚刚响起时就迅速赶往火灾现场，而且往往比消防车还先一步到达。尽管他无权逮捕纵火嫌疑人，但他对此并不介意，仍旧坚持追踪线索，直到确定嫌疑人的身份并报警。他在消防部门工作的头几个月中就破获了数起职业纵火的案件，他的工作也开始引起消防总部的注意。三年后，他被任命为布鲁克林区消防调查员。又过了几年，受这位布鲁克林消防调查员的影响，一些重大的改变显然势在必行了。当时，布罗菲开始不仅在消防车之前甚至在警报响起之前就出现在火灾现场，好几次他都像在那起马厩纵火案中一样在纵火犯们擦火柴的瞬间将他们擒获。此外，布罗菲开始机智地研究特定的一类城市居民——那些以放火为乐的纵火狂。他在自己位于布鲁克林的办公室中备置了一个交互索引系统，其中记录着所有已知的纵火狂和疑似纵火狂的姓名和特征。他对这些人的习惯有了前所未有的了解，并且抓住了好几个纵火狂。1915年，消防委员长阿达姆松决定让布罗菲负责处理纽约全市的人为纵火案件。阿达姆松解散了各区的消防调查员办公室，并成立了火灾调查局，将其总部设在市政大楼。布罗菲被赋予了一个全新的职位——首席火灾调查员，并配备了28名手下协助他的工作。他有权传讯目击者、采集证词，但当他确定能够针对某人初步立案时，他得请警察实施正式逮捕。除此之外，首席消防调查员布罗菲更像个警探而非消防员，而火灾调查局也像是警察局而不是消防部门的一个分支机构。

在纽约这样一个有着数百万人口的城市中搜寻潜在的纵火犯和纵火狂极其困难，与之相比，在干草垛中寻找针头就像猜两个拳头中哪个握着纽扣的游戏一样简单。毕竟烧毁房屋以骗取保险的职业纵火犯比其他任何一类罪犯都更难抓住。因为如果他是这方面的行家，活儿又干得漂亮利索的话，所有对他不利的证据都会在火舌中灰飞烟灭。火灾发生时他不需要待在现场，他大可以点燃一支蜡烛任其慢慢燃烧，当蜡烛燃尽点着浸过油的碎布时，他早就跑到几条街以外了。他还可以利用一条火捻和一些火药点火，这样着火时他可能身在费城。此外，他可以在门铃上做手脚，使得门铃一响火就会被点着，然后再联系西联公司找一个小孩儿去家门口按门铃，一切就大功告成了。而纵火狂甚至比职业纵火犯还要难抓，因为他们纵火没有合理的动机，全凭一时疯狂的念头。但纵火狂也很狡猾，并且常常受过良好教养和高等教育，因而更加聪明。而布罗菲恰恰是要抢在这两种人之前先下手为强。

布罗菲讲求实际，不会异想天开，他的想法极其平淡无奇。首先，他把纽约这个世界上最大的都市视作一个村庄，对它的安全忧心忡忡。这座城市的每条街道、每片区域都牵动着他的心，他有时甚至同时操心着纽约的五个区。他工作时有的更多的是冷峻的、近乎病态的决心，而不是热情。他有一种上一代人所说的道德责任感，对危及（常常也是侵害）人类生命的罪行感到震惊和愤怒。每当一桩职业纵火案件发生，他都会感到发自肺腑的愤慨。他也是名虔诚的天主教徒、一名爱尔兰后裔，和他的许多同胞一样，当说到“母亲”和“儿童”这样的词语时，他的眼睛便闪闪发光。在担任首席消防调查员期间，他没睡过一个踏实觉，总是在晚上起床出门，确保一切安好。他前往他所担心的街区，把车停在一个消防队中，然后独自步行数小时，四处看看，和各种各样的人谈谈（店主、酒吧侍者、出租车司机、正在巡逻的警察等等），还时不时从背心口袋中掏出小本子做些记录。有时他是想通过这些非正式的行走来追踪自己或者副手们之前无意间获得的一点线索，但更多时候他在家休息几小时后又出门前往远在曼哈顿、布朗克斯或者皇后区的社区，只是他一直关心着这些地区，想过去看看而已。

布罗菲曾经走过纽约的每一条人行道，他将整座城市的地图附带着各种各样的细节印刻在脑中，可以说他了解这座城市就像纽约人们了解自己所住的街区一样。在他的火警信号簿（他有两本，一本放在办公室，一本留在家里）中，他记下了纽约所有危险地区每一处火灾报警箱附近的至少一位居民的姓名和电话号码，这样每当有警情发生他都能迅速联系上这位居民，并常在消防车到达现场之前就及时获得关于火灾性质的第一手信息。他认识数百名见面就能聊几句的朋友（平均每平方英里约两到三人），通过这些人，他总能及时了解全城数百个社区的最新动态。如果在服装区有家工厂发生了火灾、仓库被毁，而该区又发现了形迹可疑的人物，那么布罗菲很有可能已经知道这家工厂是生意兴隆，还是生意萧条以至于厂主不得不孤注一掷。他对各家商铺的总体经营状况了如指掌，例如这家女帽制造商的生意如何，海滨的哪家仓库里堆满了业主永远也卖不出去的易腐坏货物。他的纵火狂交互索引囊括了纽约全城五个区，里面还记录了大约四百个已知纵火狂的前科档案，以及几百个尚未被抓现行的疑似纵火狂的姓名和特征。

布罗菲和他的副手们谨慎而系统地调查了这些人，这样当布鲁克林区、皇后区、布朗克斯区或者曼哈顿岛发生可疑火灾时，要搜捕纵火嫌疑人就简单多了。常常，布罗菲得知某个职业纵火犯已受雇焚烧服装店、帽子厂或者仓库，并且埋伏在现场伺机抓捕；或者抓住某个携带一包细刨花儿溜进公寓门厅的狂热分子。这样的事情经常发生，以至于布罗菲从不能好好休息，每次睡觉都不超过三四个小时。

作为首席消防调查员，布罗菲简直没有个人生活；不过除了工作他似乎对什么都不在意。他没有什么业余爱好，也没有什么值得一提的奢侈享受。当他全身心投入一桩重大案件时，他甚至能把生活必需品都抛诸脑后。手下们有时不得不带他去餐馆，为他点菜并把刀叉递到他手中。为处理一桩案件连续工作三十六小时不睡觉对他来说可谓家常便饭。经过这样的连续奋战，他会回家睡觉但从来不会睡超过七个小时，之后他又回到位于市政大楼的办公室中，检查火警记录，如果没有什么事情的话，就又会出去四处走访。他跟母亲和两个姐妹住在布鲁克林区越洋广场的一栋褐砂石房屋中，离他的出生地不远。他从未结婚，只有几个密友，大多是他一生中认识的为数不多的男人。他每次去朋友家里用餐几乎都会给朋友们的妻子带去一盒糖，给他们的孩子带去礼物。每当工作得太晚没法回家吃饭时，他通常会去与市政大楼有一公园之隔的施拉夫餐厅用餐。他从不喜欢喝酒，这几年才偶尔会到朋友家里喝上几杯黑麦威士忌。到他快卸任首席消防调查员一职时，他才会常在餐前，有时在餐后喝上两杯。因此，他的朋友曾经批评他活得太落伍。在退休前几年的一天，他正和一位朋友在卢乔餐厅吃午饭，近旁坐着一位年轻的母亲和她的一双年幼的儿女。这位母亲喝了一两杯鸡尾酒，餐间还抽了根烟。“瞧瞧！”布罗菲说道，“一位母亲不该给儿女树立这样的坏榜样。”他着实对此感到烦恼，而这件事情发生在1947年。

位于威廉斯堡大桥①旁的这处住宅在一定程度上影响了布罗菲的职业选择。1903年大桥一开通就有大批人从曼哈顿下东区蜂拥而至。数千户家庭打点家当、跨过大桥来到新威廉斯堡和东纽约住宅区。有一阵子，白天桥上挤满了乔迁者们的篷车，人们将此戏称为“逃离火场”。事后证明这个名称并不恰当，因为不到一年，布鲁克林的威廉斯堡和东纽约区就成为了火灾发生最频繁的地区。那些出租公寓就像打火匣一样，住户密集，门厅里也常常堆满了垃圾。这里发生了许多场大火，其中几起显然是人为造成的。太多小商贩涌入这些社区，其中不乏一些人用自焚骗保的方式来避免破产。简而言之，出租公寓似乎招来了不少纵火狂。随后几年中布鲁克林区重大的新闻事件都是关于威廉斯堡和东纽约区的火灾的。作为《纽约先驱报》的一位地区记者，布罗菲报道了所有这些火灾事件。

新闻学院的教育以及过去三十年间殃及新闻界的文学萧条，使得像布罗菲这样的记者几乎再也找不着了。布罗菲对文学写作一无所知也毫不在意，他即使面对十几种景色，脑中都不会浮现关于文学作品的印象，因而现实也不会被文学

① 威廉斯堡大桥，位于美国纽约州纽约市横跨东河的悬索桥，连接曼哈顿的下东城与布鲁克林的威廉斯堡，在曼哈顿与迪兰西街（Delancey Street）交会，在布鲁克林与布鲁克林—皇后区快速公路和Broadway交会点附近交会。（译者注）

所遮蔽。他只是四处询问“怎么样”和“为什么”，他打电话时办公桌上总是堆满了各种各样的信息。他的父亲是位警督，因此布鲁克林区的大多数警察和消防官员布罗菲都认识，而这些人也视他为他们中的一员，现在很少有记者能获此殊荣了。然而，早在1905年，这个四处收集事实的记者的厄运就在悄然靠近。《纽约先驱报》和《纽约太阳报》充斥了专栏文章，《纽约世界报》延缓性导语的时代马上就要到来，普利策也已经宣布了成立哥伦比亚新闻学院的计划。在此背景下，布罗菲开始寻找有未来发展空间的职业，最终决定试试消防局。

为了防止火灾的发生，布罗菲试图抢在职业纵火犯们放火前抓住他们，当时除了自己的副手们，他几乎没有任何别的倚助。尽管如此，他知道一旦发生重大的纵火案件，无论他们需不需要，代表所有大型火灾保险公司的纽约火灾保险商商会一定会帮助调查案件。火灾保险公司历来对纵火案持一种模棱两可的态度。实际上职业纵火案的唯一动机就是为了骗取火灾保险。诱使职业纵火犯和他们的雇佣者铤而走险的一个因素是商品货物和家庭财产很容易购买到比它们实际价值高的保险。当客户申请火灾保险时，保险公司似乎是一个天真无辜、毫无戒心的机构，把任何人的话都当真。在大多数情况下，保险公司并不会在出具保单前检查投保物品。但每当一处投了保的住宅或营业场所发生了火灾，火灾保险公司又会公开怀疑投保人，并要求投保人提供书面文件证明被毁物品在他缴纳保险费、签订保险合同时确实值他所说的那么多钱。倘若有任何证据表明火灾是人为引起的，那么火灾保险商商会就会指派一家律师事务所来协助地方检察官。多年来，纽约消防委员长们一直敦促保险公司在出具保单前先对所有准投保人的财务进行检查，但保险公司坚称这么做成本过高，会导致他们破产。

毫无疑问，在防火问题上走多远是保险公司不得不慎重考虑的问题。人寿保险公司无须担心政府机构发布的、督促公众过马路时要当心或者扣紧外套的广告会消除死亡的危险，然而，过度的防火措施迟早会消除几乎所有火灾隐患。例如，如果消除了职业纵火的行为，那么发生火灾的危险会大大降低，购买火险的需求也不会像今天这么多了。很难确切地说纽约市发生的火灾有多少是人为引起的，布罗菲对此比任何人都清楚，也不想去猜测。在他看来，真正重要的、无可否认的事实是每年有一百至一百五十人因纵火被捕，其中大多数人被判有罪。火灾保险商商会的调查人员则更愿意猜测，他们推测纽约市百分之五十到百分之七十五的破坏性火灾是人为引起的。然而，多年来，火灾保险公司似乎更关心在火灾后给职业纵火犯定罪，而不是首先增加他们投保的难度。爱丁堡的苏格兰联盟和国家火灾保险公司的经理曾经就防火主题发表过颇具启发意义的演讲，在演讲中他说道："没有了火灾，我们就无法为我们的股东盈利；在某些明确的限度内，我们欢迎火灾的发生。"布罗菲退休后有时也会对事情的这一面进行思考和讨论，但是他还是宁愿想想、谈谈自己抓到的那些纵火犯。

职业纵火犯自视为正直的公民，商业竞争导致的紧急事件迫使他们不得不放火。他们至少和禁酒令期间的私酒商一样傲慢，并且通常能得到雇用他们的商人的尊敬。例如，1927年入狱并被长期监禁的查尔斯·卡曼，就被他曾经服务的商人们尊称为"教授"。他打心眼里是个势利小人，倘若他能够遵循他那势利的本性行事，那他或许不会被捕入狱。当一个叫苏格拉底·莫斯卡拉德斯的人第一次叫他去放火烧了位于格林尼治大街上的主教仓库时，他回答说："我可不想与希腊人做生意。"但他最终还是接下了这桩生意，并于1927年6月24日放火把那间仓库彻底焚毁了，一同被毁的还有莫斯卡拉德斯与合伙人投保了100美元的商品。当地一个由商人组成的集团非常器重卡曼，这些人要么曾经雇用过卡曼，要么考虑以后雇用他，在卡曼被捕定罪后，这些人为他在下城第二大街的意第绪剧院组织了一场义演。该义演于1929年12月如期举行。由于一直了解城市的最新动态，布罗菲听说了这场义演并前去参加了，但他对此无能为力，这件事只是带给了他更多的思考。

在放火焚烧主教仓库时，卡曼犯了个错——他将一个汽油罐留在了现场。如果一切进展顺利的话，他是不可能将如此致命的证据留在现场的。当时，他在仓库的二楼准备了点火装置，把一根大蜡烛放在一堆浸满汽油的破布上，这样只要蜡烛燃尽破布就会被点着。按原计划，火应该在他离开仓库四小时后才点着，但当他擦了根火柴弯腰去点蜡烛时，恰巧有一只黑猫从他身后的货箱中走了出来。卡曼吓了一跳，火柴无意间就脱手了，掉在了浸满汽油的破布上。火焰瞬间升腾起来，卡曼不得不赶紧逃跑，留下了那个他本打算点着蜡烛后一起带离现场的汽油罐。

就是这个汽油罐为布罗菲后来艰苦的调查提供了最基础的证据，在火灾发生两个月后希腊商人们终于被捕。他们对罪行供认不讳，在坦白时他们提到了一个叫约瑟夫·科维特的人，据称他们是通过这个人和纵火犯协商的，而他们只知道那个纵火犯外号叫"教授"。然而，科维特坚称自己是无辜的，他说自己只负责转交希腊商人们给"教授"的500美元酬劳，至于商人们具体让"教授"干什么勾当自己则一无所知。

表面上看来，科维特是个经营皮毛生意的商人，在西二十七街有一家店铺。虽然不知道自己究竟要找什么，布罗菲还是跑到了科维特的商店，并且把科维特办公桌上所有的文件都检查了一遍。他找到了一份写有“科尔敏”这个名字的信封，把它放到了一边，又检查了其他所有文件。待检查结束，似乎稍微有可能派点用场的就只有那个写着“科尔敏”的信封了。布罗菲看到这个名字的时候觉得它有些特别，几乎是无意识地将这个信封放到了一边，现在他又仔细回想了一下，意识到十年前，也就是1917年，他曾经将一个名叫卡曼的纵火犯送进了新新监狱。布罗菲前往警察总部，从嫌疑犯相册中找到了卡曼的相片，同时他获知卡曼大约于一年前被释放出狱，目前居住在布鲁克林区皮特金大道。布罗菲将卡曼的照片展示给科维特，后者承认此人正是“教授”。布罗菲随后带领一名身着警服的警察前往卡曼在布鲁克林的公寓。他以为卡曼会有所防备，因此他让警察按响了门铃，说有一位名叫卡曼的先生在街口遭遇了交通事故被送往了医院，并留下了这个地址。卡曼的妻子回答道：“那不可能是我的丈夫，因为他这会儿正在床上睡觉。”听到这话，埋伏在走廊里的布罗菲迅速冲进了公寓，警察紧随其后，给刚刚被惊醒的卡曼铐上了手铐。

卡曼被捕后科维特承认他真正的职责是为“教授”充当中间人。卡曼一走出新新监狱就与科维特合了伙，为了向科维特展示自己纵火的技术，他把科维特当时位于下西区的一个小店烧了。科维特从这场火灾中获得了12 500美元的保险赔偿，此后他便基于自己的亲身经历热情地向其他商人推荐卡曼。

乔·爱因斯坦是另外一名被判刑的纵火犯，他于1930年入狱。此人对自己丰富的化学知识感到尤为自豪，他声称自己得出了一个秘密配方，能够制造出极其易燃的液体，焚烧后不会留下可疑痕迹或气味。他戴着一副玳瑁眼镜，自称“爱因斯坦博士”。此外，他还对自己精准的时间安排深感骄傲。当他最终因为焚烧位于西二十七街的达奇斯皮草公司被捕时，他询问了火灾的报警时间；他说据他的安排火灾应该在他离开现场三个半小时后发生，结果仅与火灾实际发生的时间相差了12分钟。

爱因斯坦的生活平凡又体面，他有位妻子和两个儿子，在爱因斯坦被捕后，人们发现他的大儿子专攻化学。爱因斯坦曾在新泽西州的普莱森特维尔做服装生意，但在被捕前五年他一直是个职业纵火犯。通常他为一场火灾的要价为八百美元，如果他能够“彻底焚毁”目标，那么按照契约他将获得100美元的奖金。在检查爱因斯坦过往的记录时，布罗菲发现爱因斯坦曾在费城起诉过一位刚刚遭受了火灾的商人，为此他获得了那位商人本该获得的保险赔偿金的一部分。原来，爱因斯坦和该商人达成协议帮助后者焚烧店铺，当时商人以现金的方式支付给他一部分酬劳，剩余的酬金他让商人打了张欠条，结果商人想要翻脸不认账，于是爱因斯坦就雇了名律师将商人告上法庭，最终费城一法庭判处商人从保险赔偿金中支付那笔费用。

达奇斯皮草商店占据了西二十七街一栋建筑的一楼和二楼的前半部。火灾发生前几个月，皮草商人将二楼的一部分隔开，开了一家小型香水店。商人雇用了一个名叫李维特的人打理香水店，其实此人对香水一无所知，是香水店的虚设掌柜。达奇斯事后承认当初开设这家香水店，只是想为日后火灾中出现易燃液体提供一个合理的解释，这或许能为纵火者所用。当纵火事宜全权交给爱因斯坦后，他首先做的是用他的秘密配方制造了好几加仑的易燃液体。接着他在假香水店和达奇斯商店的地上各挖了一个大约两英尺见方的洞，直通到地下室，这是为了保证火灾发生时有足够的气流。为了进一步完善气流，他在店里竖起了两三块地板。随后，他便开始设置点火装置；他带了一块有凹槽的木板、一块点火用的干燥朽木、一些非安全火柴、一些纸巾以及好几大捆脱脂棉。在准备所有这些装置的过程中，他嘴里一直在嚼着一块口香糖。他将朽木放在木板的凹槽中，木板则钉在皮草店的地板上，又把口香糖粘在木板的一端。火柴被插在口香糖里，火柴头连着朽木的一端。纸巾被松松地盖在火柴上。浸过易燃液体的脱脂棉绳从纸巾处一直连到二楼的两个房间以及底楼房间的四个角上，就像节日时的彩带，在每根脱脂棉绳的尽头各放着一瓶易燃液体，瓶口开着。爱因斯坦点燃了朽木的一端后就离开了现场。三个多小时后，易燃液体被点燃并发生了剧烈爆炸，建筑的前墙被炸毁了，一扇铁门也被炸飞到了街对面。所幸火灾发生在周日的午夜，街上没什么人，铁门砸伤了一个路过的希腊人，他身上有多处划伤和挫伤，不得不前往圣文森特医院接受治疗，但除他之外没有人在爆炸中受伤。爱因斯坦在这次的行动中做到了“彻底焚毁”。这场火灾规模极大，耗费了大量警力。

“爱因斯坦博士”和“卡曼教授”都是有家室的人，他们从不与其他类型的职业犯罪分子来往，这一点似乎是纵火犯们的典型特征。布罗菲发现纵火犯们大多是体面的已婚男性，尽管他们的妻子知道丈夫在做什么，但她们似乎并不觉得那是犯罪。几年前有个臭名昭著的纵火犯叫霍罗威茨，他在大都市纵火，好一段时间都没有被抓住，后来在新泽西州帕特森市一家商店放火时，起火比他料想得早，同时还发生了爆炸，他被炸身亡了。后来人们发现他住在曼哈顿下城，有家室。当他的妻子听闻丈夫突然死亡的消息时，她委屈地感叹道：“三年来我一直担心有一天会出这样的事！”纵火狂有时也显得很有教养，非常具有礼仪观念。有一次，布罗菲正努力追踪一伙儿纵火犯，并且获悉他们计划某天点火焚烧东区的一栋建筑。不知为什么，后来点火时间被推迟了，布罗菲也就没能在原定的那天抓住他们。直到几个月后这几个纵火犯落网，布罗菲才弄明白当初点火时间被推迟的原因——他们计划焚烧的商店隔壁的那间公寓中有人刚刚过世了，纵火犯们不希望火灾打扰到死者的葬礼，因此他们将计划推迟了三天。

总体上说，职业纵火似乎是男人的活儿。过去的三十年间，在纽约只有十来个女性被判纵火罪。她们中的一些人焚烧了过时的衣服，想让保险公司为新衣服埋单。三个是分租公寓的管理员，还有个寡妇——她焚烧了自己的公寓想获得家具保险赔偿金，但她丈夫的骨灰瓮让她露出了马脚（她的丈夫是在几年前依法火化的），原来她不希望丈夫的骨灰和家具的灰烬混在一起，于是将骨灰瓮放在了厨房的一个烤箱中。布罗菲调查火灾时总是不放过任何一个细节，他调查这起事故时也检查了烤箱，在其中发现了这个瓮并就此询问了这名寡妇。寡妇含糊其辞地回答：“这没什么。”布罗菲确认这其中一定有蹊跷，于是从中倒出一些粉末在手上假装检查。“哦，我可怜的丈夫哟！”寡妇抱怨道。布罗菲说如果她不知道即将发生火灾的话，她是不会把骨灰瓮放到烤箱中的，最终寡妇承认火灾是她一手策划的。

布罗菲每天只须在市政大楼的办公室里和办公室外工作十到十二个小时，就能够很好地保护整座城市在最大限度上少受纵火犯的侵害。但他之所以工作更长的时间、在本该休息的时候从床上爬起来，是因为他知道时不时地这座城市上百万的居民中的一些看似寻常、守法的市民会突然心血来潮地决定，让自己快乐的唯一方式就是放火焚烧建筑、看到消防车匆匆赶来。职业纵火犯以及雇用他们的不诚实的商人们虽然狡猾，但也是理性的人；他们也会向朋友吐露秘密，喝醉时会对陌生人滔滔不绝，向保险公司索赔时会太过贪婪，或者留下什么其他的线索。与他们不同，纵火狂在四处放火满足自己怪异的欲望时则不会告诉密友和家人。纵火狂与他放火焚烧的建筑之间通常并没有什么具体的联系，在他看来，这栋建筑和另一栋没什么区别，在他点火焚烧某栋建筑前甚至从来都没有见过它。任何一个社区对他来说都可以，尽管他通常选取距离自己居住地较远的社区，他也最有可能选择廉租公寓住宅区，因为廉租公寓很容易发生大火，而且走廊里通常摆满了易燃的垃圾。

精神病学家对于纵火狂的成因和性质有着许多解释，但它们对于布罗菲来说没什么帮助。专家们普遍认为纵火狂是神经质的、有挫败感、渴望看到火焰燃烧的景象或者在像火灾这样壮观的景象发生时满意地对自己说“瞧，那是我干的”。总体上说，纵火狂热是一种相当性感而变态的疯狂；也正是它曾经带给传统的精神分析学家巨大的满足感，因为火与水的意象都可以用来解释它。有些精神分析学家对纵火狂深感兴趣，他们发展了一套详尽的理论，用“火”“燃烧”“热”“灼热”等所有已知的关于欲望的词语来着力强调传统的欲望关系。现代精神病学家认为职业纵火犯近乎于纵火狂，他们培育自己对于火焰的疯狂，并且恰巧将生意和快乐结合在了一起。这些精神病学家喜欢用当地的一个有纵火狂热的纵火犯举例，根据他们的理论，该纵火犯非常喜爱西区的一间仓库，他受雇焚烧这栋大楼，在行动前与雇主商讨时，他在便笺中使用了“新娘”“甜心”的委婉语来指代这间仓库，用“婚礼”来指代火灾当晚。

从实践的角度上说，布罗菲比这个国家的任何人都了解纵火狂的行为方式，但他从不将此理论化。他说“他们是一群怪人”，仅此而已。他发现有些纵火狂看上去就像疯子，有些则不然。

布罗菲抓到纵火狂的原因通常只是因为他在火灾尚未被扑灭时赶到了现场。在大多数发生在廉租公寓区的火灾中，布罗菲和一些训练有素的副手很有可能就站在人群中，密切关注火灾围观者的表情，并且记录下他们的言谈举止。布罗菲的脑内存储了很多人的面容，并将它们明确地归入不同类别之中；在这之中有大量在过去四十年间曾经被他送进监狱或者各种机构的纵火狂的脸，以及他曾经逮捕过却因证据不足又释放了的家伙的脸。这些人他都可以在办公室的文档中查到确切信息，包括姓名、地址以及他记住的一些特征。他脑中还有一部分是他曾经怀疑是纵火狂的家伙的脸，这些模糊的面孔没有对应的姓名，是他在几周、几个月或者几年前曾经见过而且因为某种原因引起过他的怀疑的。在火灾的围观者中，可能就有那个曾经谈论起火灾来显得过于兴奋的某个人的脸，或者是那个曾经在某起火灾现场被盘问但因没有确凿证据而未被逮捕的人的脸。布罗菲绝不会将这些脸与他认识的、纽约各社区的上百个毫无嫌疑的居民的脸混淆起来，这些无辜平民的脸被他存储在脑海中的另一个地方。这就是布罗菲智慧的一部分。

布罗菲总是坚持要前往每一场医院火灾现场。没有什么其他形式的火灾比医院火灾更能引起骚动的了，也正因如此，纵火狂更有可能尝试制造医院火灾。

倘若真的有个纵火狂在医院放火，那么布罗菲想在他再犯之前抓住他。1927年10月，布鲁克林区的卫理公会主教派医院被焚毁，这引起了极大的骚动。火灾发生时，医院里有三百名卧床的病人。大厅里浓烟滚滚时，一名孕妇刚刚生下一名婴儿，还有两台手术已经开始必须做完。在场的人当中最兴奋的是一名医院勤杂工——他报了火警，给消防员提供建议，最后还冲进火场大喊自己想解救护士。后来，他在楼梯上被浓烟呛晕了，当布罗菲见到他时，他已经躺在了医务室里。医生和护士们大力赞扬他，视他为英雄，然而布罗菲却记得这个勤杂工的脸。原来十年前，布罗菲曾经逮捕过此人，并指控他放火烧了布鲁克林区的公园坡区。当时颇具同情心的陪审团无法理解他为什么会在毫无理由的情况下放火，就无罪释放了他。后来，此人承认医院的火是他放的，他将一堆纱布塞在一张办公桌下面并用火柴点燃了它。这个人看上去心地善良、头脑迟钝，每个认识他的人都挺喜欢他。他承认自己当初来医院工作就是希望放火烧医院。

同样，贝尔维医院的员工中也曾经有个纵火狂。他是个爱尔兰人，是医院的水管工助手。他曾经两次点燃了他存放在衣橱当中的报纸，成功地引起了骚动。他在尝试第三次这么做时被抓住了，后被当成精神病人送进了精神病院。各种大型机构对纵火狂有独特的吸引力。1929年，兰德尔岛上的收容所的一名保安坦白他曾在收容所里放了三次火，当年早些时候，当他还在莫里斯平原的新泽西州立医院工作时，也曾制造了一起火灾，烧毁了价值数百美元的财物。

学校和酒店同样得到纵火狂们的青睐。在过去三十年间，布罗菲抓住过近四十个试图放火烧学校的公立学校的男生。纵火癖通常形成于青春期，有时也可以使用现代精神疗法治愈。但常常，中年男子会沉溺于纵火癖中无法自拔。1929年秋季的一天，布罗菲匆匆赶往布鲁克林圣乔治酒店，他刚刚收到消息，说在午夜至凌晨这段时间这家酒店发生了四起火灾。布罗菲让他的五名助手乔装成酒店的搬运工和服务生，开始观察进出酒店的客人。布罗菲猜测纵火犯就潜藏在酒店中，因为所有的火灾都发生在空客房或衣橱中，而这些地方几乎不可能意外着火。酒店的一名警卫人员一夜没睡，他发现了两处火情因此得到酒店经理的赞赏，他在各楼层间巡查，大约每隔十五分钟就汇报一次一切安好。当天早上，酒店的空房间和衣橱里又发现了三起火情，当天晚些时候又接二连三地发生了五起。布罗菲的手下们对此感到非常气馁，而那名警卫却极度兴奋，他在各楼层间跑来跑去，感叹事情实在是不可思议。警卫的异常举动终于使布罗菲将注意力集中在了他身上，很快布罗菲发现这人时不时就会回到他在酒店的房间里痛饮一口黑麦威士忌。布罗菲觉得这人表面极其热心于抓捕纵火狂，同时却痛喝豪饮，这两个举动实在是自相矛盾。于是他对该警卫进行了审问，并最终指控他纵火。警卫开始哭泣，并很快招了供。他当时四十岁，显然直到那天他从未有过放火的念头。事发前一天他突然产生了放火的冲动，并且强烈得无法控制。他告诉布罗菲“那是世界上最令人兴奋的事情”。布罗菲发现许多纵火狂，无论年轻还是年老，都是在饮酒之后才开始放火烧东西的。

布罗菲对纵火狂一直很温柔。尽管他对精神病学家的理论并不完全赞同，但他相信纵火狂更应该被送进精神病院而不是监狱，他也经常向法官和陪审团提出此项建议。

他对纵火狂说话态度友善，假装钦佩他们的精明，引导他们毫无痛苦地详细供认他们最初的放火行径。纵火狂的供词似乎时不时地与精神病学家们的理论相吻合。布朗克斯区莫里斯高中的一名夜校生在被捕时承认，他曾经在布鲁克林区的二十处和曼哈顿的五处住宅放火。布罗菲相信他并不是在炫耀，因为他对每一场火灾的描述与消防部门对这些火灾的记录相符。这个纵火狂白天是曼哈顿一家百货公司的员工。1934年的圣诞季，他的一位朋友抢走了他的女朋友，于是他放火把女友位于西四街的房子给烧了。后来，他开始与另一位年轻女性交往，不久她搬离了布鲁克林的公寓，没有给他留下新的住址，于是他又把她原先的公寓烧了。他告诉布罗菲，打那以后，每当他想起这两个女孩中的任何一个时，他就会放火焚烧一户人家。这名店员是在布鲁克林迪恩街的火灾现场被捕的。当时，布罗菲认出了他，因为几个月前，在另一处火灾现场，布罗菲曾经盘问了这个年轻人后放走了他。每当布罗菲邀请兴奋的火灾围观者到办公室谈话时，他有很多方式来确认此人是不是嫌疑人。他发现无辜的人通常会强烈地反对这个无理要求，而有罪的人则几乎总会回答说：“没问题。我没什么要隐瞒的，把我带走吧。”有一次，布罗菲随口向一位嫌疑人要一根火柴，结果那人气愤地回答：“我从来不带火柴。”布罗菲没费什么力气就说服他和自己回办公室回答几个问题。在办公室里，他让人搜了这人的身，并在此人的口袋中发现了一盒火柴，显然他之前就火柴的问题撒了谎。面对铁证，这人崩溃了，并承认他是一连串火灾的罪魁祸首。

大多数纵火狂在放火烧房时不会考虑房中是否有人。然而，在1924年，布罗菲曾经抓到一个只烧空房的纵火狂。此人是个律师的儿子，将近三十岁，被捕时是一家银行的职员。在六个月内，他放火烧了哈莱姆和布朗克斯两个区的五十处空房。当布罗菲看见他站在人群之中观看阿姆斯特丹大道的一处空房的火灾时，布罗菲知道他曾经见过此人。布罗菲和他聊了一会儿，突然想起这个人就是三年前被当作纵火狂送进一家精神病院的那个年轻人，后来人们认为他痊愈了，便释放了他。

除了上述这些案子，布罗菲脑中还装了另外数百个案件，因而除了务实的东西，他的脑中已塞不下其他内容了。他知道大多数纵火狂已经不再相信精神失常与月亮有任何关系，但他也清楚，他的火灾调查局的数据表明，这些年来人为纵火案件通常发生在月圆时。他不知道也不在乎这是为什么，他任首席消防调查员时，每到月圆之夜，他和他的副手们都分外警惕，他们常常不是在等待接警，而是试图在火灾发生时自己就能在现场附近。在那样的夜晚，他们通常会选择一个或者两三个社区执勤。他们知道一旦在某个社区有过一两次成功纵火的经验，纵火狂通常会回到这个社区故技重施。因此，火灾调查局的职责之一就是在五个区的地图上用红色图钉标明尚未侦破的人为纵火案。由于布罗菲知道全城所有社区的样子和每个社区里的房子是什么样的，再加上他有走遍全城与居民交谈的习惯，他似乎常常能敏锐地辨别出哪里可能会出事。他的副手们曾经说是他双腿的风湿性疼痛告诉他，纵火狂会在何时作案或者在哪个令他担心的社区内将发生职业纵火案。但布罗菲严肃地否认了这一点，他说："不，我从来没得过风湿病。"毫无疑问，大多数时候，布罗菲是依靠直觉来抓捕纵火狂和职业纵火犯的，但他为解决人为纵火案工作了四十多年，在此期间几乎心无旁骛，因而他的直觉不是盲目的，是有根据的。现在，布罗菲在布鲁克林过上了平静的退休生活，尽管他家里有一个火警箱，但他很少前往火灾现场了。他现任国际警察局长协会纵火委员会的主席，每当有火灾，保险公司想要就火灾的具体原因寻求专家意见时，他们常会邀请布罗菲作为顾问。对此，布罗菲说："我以轻松的心态对待这件事，也很享受这个过程。"

（侯凌玮　译）

送达并留下

直到几年前，在布鲁克林区罗杰斯大道和弗莱巴许大道的十字路口附近的一间简易木板房中一直住着一位名叫卡特琳娜·施莱宝的老太太。她时年七十二岁，腿有一点跛。作为房子的主人，她将房子的一楼和二楼当作公寓对外出租，但是她仍然没有足够的钱来偿还用房子作为抵押而获得的贷款。她知道拥有抵押权的银行将要取消房子的赎回权，但她也知道在司法人员将法律文件送到她手中之前，银行什么都不能做。老太太的儿子与她住在一起，他每天早上八点钟去上班，晚上六点钟才下班回家，所以除了周日，每天从早上八点到晚上六点，老太太都独自待在自己位于三楼的房间中，无论谁来了都不开门。一天，她听到一楼传来了沉重的脚步声，有人火急火燎地跑上了第一段楼梯，之后就听见有个男人在嚷嚷着什么。然后脚步声更近了，有人上了第二段楼梯，就在她的房门外，她听见有人在叫："着火了！"施莱宝太太打开了房门，蹒跚着跑进了大厅。"施莱宝太太，您好！"一个男人站在那里对她说，"这是给您的传票。"他将文件递给了她，后来发生的事情最终把施莱宝太太赶出了她的家。

哈利·格罗斯曼就是当时站在大厅中的那个男人，他被他的雇主们视为史上最棒的传票递送员。传票递送员是维护正义的工具，也是民法的基石，但是他所服务的人当中没有多少对此抱有感激之情。他们的这种态度并不完全符合逻辑。传票递送员的业务建立在这样一个前提上，即当一名被告被提起诉讼后他应该尽快被告知此事。在英国法律史的早期，传票递送员被任命来弥补一个被称之为“非法化”的系统的不足，在该系统中，原告往往有权在被告知道自己被起诉了之前就占有被告的财产。然而，一旦被告知道自己不可能被剥夺公民权，他们就开始考虑躲藏，所以他们总是将传票递送员视为强迫他们上法庭的敌人，而不是来传达他们应该知道的信息的朋友。当传票递送员找到被告时，他们通常非常生气且行为暴力。格罗斯曼在他那个时代被许多被告诅咒，其中不乏很多杰出的市民。被告人把他推下楼梯、挤出门廊。人们掐他、打他、捶他；有一回，他甚至被一家七口人暴打了一顿。

所有这些矛盾令格罗斯曼分外难受，但从未让他气馁。他是个有教养的都市文明人，比那些对邻居漠不关心的普通城市居民要文雅一大截。他对陌生人的一贯态度是一种坦率的敌意。他的人际圈很小，由亲朋好友和雇主组成；除了这些人，他认为其他七百万纽约人都非常可疑，他们大多数是愚蠢的，只有少数人算得上聪明，而所有这些人都可能做出邪恶的、不正直的事情来。他说话总喜欢叫嚷，但最尖刻的还是他的质问，尽管问句通常比陈述句更委婉些。“你当你是谁，竟敢用这样的态度跟我说话？”“谁被起诉了？你还是我？”他这么质问过数百名被告人。许多被告人对此无话可说，只得把传票收进口袋，当着格罗斯曼的面砰的一声把门关上。格罗斯曼并不好斗，他讨厌任何形式的肢体暴力。然而，他脸上的表情虽然平静，却显示出剧烈而克制的愤怒。三十年来，作为传票递送员，他依靠智取那些想要智取他的人来谋生。

“（把传票）送达并留下”是个法律用语，用来描述传票递送员给被告人递送法律文件时必须完成的任务，但法院从未明确解释过应该通过什么方式来完成这个任务。传票递送员必须把传票送到哪里仍是个值得思考的法律问题。曾经有个传票递送员把传票和投诉文件砸向了詹姆斯·戈登·贝内特，击中了他的胸部，但法院裁决该传票并未妥善送达。法律教科书中还记录了一个著名案例：1893年，一个名叫马丁的被告人，躲在他妻子的衬裙里，拒绝接收传票。当时的传票递送员看见马丁蹲着藏在那里，于是将传票放在了疑似被告人的肩上，就离开了。后来就此最高法院宣布了一项决议——“当一名被告为逃避传唤而躲在其妻子的衬裙下时，传票递送员可以将文件放在他的肩上，传票视为送达。”在被告人戴着手铐、无法顺利接过文件的情况下，法院裁定传票递送员可以将文件放入该被告的口袋内。但在其他情况下，法院规定传票递送员不得将文件塞在被告人的房门下再按响门铃，即使递送员清楚被告人就站在门里也不行。

在行事时，格罗斯曼一向懒得查找法律上的先例；他只是将文件交到被告人手中、放在那儿便大功告成了。数不清多少次，他不得不想方设法靠近被告人，好把文件交到他们手中，只有一次他被迫解释了一下法律文件。那次他对付的也是一位老太太，和施莱宝太太一样，她也躲着格罗斯曼。这位马奥尼太太拒绝离开她在曼哈顿东区的公寓，而格罗斯曼惯用的伎俩，如在她门外大喊“着火了！”并没能让她让步。格罗斯曼知道老太太就在屋里，因为他说服人们让他进入了老太太公寓对面与之一院之隔的房子，从那里看到她正坐在窗前的厨房台边削土豆。之后，格罗斯曼回到了自己在布鲁克林的公寓，想了一会儿，便开始练习扔传票。他用橡皮筋箍紧文件，又在餐桌上放了个沙拉碗，花了一下午的时间练习从客厅中间把传票扔到沙拉碗中。第二天早晨，他又来到了与马奥尼太太的厨房一院之隔的公寓。将近中午时，马奥尼太太走进了厨房，闲逛了一会儿之后便坐在了桌边，面前放了一碗土豆，开始安静地削土豆。格罗斯曼探出窗户，把传票扔了过去。老太太正把手伸向碗里，传票就落进了碗中。“原来您在那儿啊，马奥尼太太！”格罗斯曼喊道，“这是给您的止赎文件！”法院从未质疑他这种递送文件的方式，于是马奥尼太太失去了她的财产。

在纽约，一年中有上万份法律文件需要递送，其中大部分由法律文件递送代理机构为法律事务所完成。这些代理机构的收益依赖于成交的数量和速度，它们负责常规案件，如民事诉讼，因为被告人不会努力躲避传票，以及离婚案件，因为丈夫们通常很高兴能在半路上就收到传票。至于牵涉躲避能手或执意不愿离婚的人的案件，则通常会交由私人侦探社来处理；而私人侦探社多年来都是聘请格罗斯曼来递送文件的。1930年，电子产品研究所起诉福克斯电影公司，向其索赔1 500万美元。原告的律师们理所当然地认为法院传票肯定很难“送达并留下”到威廉·福克斯、温菲尔德·希恩和其他被告人手中。格罗斯曼通过一家侦探机构接下了这项任务。他从波士顿给福克斯发了一封电报，称格罗斯曼先生已经与福克斯“达成了关于剧院的协议”，并将于次日上午十一点拜访福克斯。当格罗斯曼来到福克斯的办公室后，电影公司总裁秘书告诉他福克斯先生已经收到了电报，但他不清楚到底达成了什么协议。“我的老天，”格罗斯曼答道，“什么协议？就是关于剧院的协议啊！如果你们就是这么接见我的，那么算了——就让那协议见鬼去吧！”说着，他就要走出去，秘书叫住了他。“请您稍等片刻，”她说，“我会告诉福克斯先生的。”她打开了一扇写着“私人”标识的门，走进了更里面的一间办公室，格罗斯曼跟在她身后，并将法院传票交到了福克斯手中。福克斯气愤地从办公桌前站了起来，但是格罗斯曼率先表达了自己的愤怒——“你这个千万富翁！”他嚷道，“作为一个能被索赔1 500万美元的千万富翁，你觉得你躲着我很体面、很光彩吗？你为什么不像个真正的男子汉那样接受这些文件？”他的话让福克斯大吃一惊，重重地坐在了椅子上。之后，格罗斯曼穿梭于公司各办公室间，再没有人上前阻拦，他成功地将文件交到了希恩、两位副总裁、一位秘书和一位财务主管手中。

格罗斯曼拥有一名传票递送员应有的一切特质。早在他的年龄还未达到从业标准之前，他就已经选定传票递送员为他毕生的事业了。这项工作的从业条件并不苛刻，任何心智健全的公民都可以从事这项工作，但他必须年满十八岁。格罗斯曼在十六岁时曾在一家私人侦探社工作，在他还差好几个月才满十八岁时，他就已经做好递送传票的准备了。1915年，在他十八岁生日那天，他递送出了人生的第一份传票，从此便踏上了递送传票的道路。私人侦探通常不擅长递送传票，因此私人侦探社常常请格罗斯曼来处理棘手的案子。格罗斯曼在这个领域的出众从侧面反映出私人侦探大多是羞涩、敏感的，常会被他们的情绪所掌控。他们揭露雇主的狡诈和高尚人物的挣扎，也在人们的家庭矛盾中扮演了重要角色，但倘若让他们把文件交到某人手中时，他们却过于羞涩腼腆、无法胜任。

格罗斯曼的成长环境恶劣，他原本很可能成长为一名罪犯，而不是正义阵营的一员。他出生在布鲁克林的布什维克区，该区环境恶劣，年幼的哈利很早就接触了小偷小摸，十岁之前便对犯罪、罪犯和地痞流氓有所了解。他和玩伴们在街上投骰子赌博，从社区商店中偷窃商品，对学习则毫不用心；如今，他的这些玩伴很多正在或曾经在监狱服刑。但在家里，他获得了对犯罪的认识，这对他产生了深远的影响。格罗斯曼的父亲在格勒厄姆大道有一小处房产生意；社区中最好的一些人都是他父亲的朋友，其中有一位布什维克首屈一指的人物——警察局的中尉探长，此人经常前来拜访格罗斯曼一家，尝尝老格罗斯曼夫人做的水果蛋糕，和老格罗斯曼聊聊天。中尉的闲聊大多是关于侦探工作的，这深深吸引了哈利。小哈利很快和中尉成了朋友，放学后他经常跑到派出所闲逛。他听警探们聊天，有时还会被警探们带去一起破案。大约十四岁时，他已经知道了许多侦探方法。多年后，他仍然珍藏着剪自当年布鲁克林一家报纸的一段报道，上面讲述着十五岁的他如何“向警探提供了一条宝贵信息，使警方成功逮捕了该社区盗窃珠宝的一个年轻人”。十六岁时，哈利辍学了，在中尉探长的帮助下，他前去为尼古拉斯·布鲁克斯工作；布鲁克斯曾经是警察，后来开始做起了私人侦探生意。

当时，哈利完成了在亚历山大·汉密尔顿高中第一年的学习。此后，他仅仅在三年后、他所在的班级毕业的那天回过学校一次。他听说班级的学生需要站在学校台阶上拍摄集体照，他一直在教学楼内等待，直到摄影师准备拍照了，才走上台阶加入了前同班同学中。他买了一张照片的复本，把它挂在家里的墙上，上面写着“亚历山大·汉密尔顿高中毕业班，1916年6月”。年轻的格罗斯曼的脸在后排清晰可辨。

为布鲁克斯工作使得格罗斯曼在十八岁前就给自己树立了机灵的私人侦探的名声。曾经有一位雇主派格罗斯曼去跟踪一名推销员，因为老板怀疑该员工玩忽职守，结果格罗斯曼提供的信息使老板解雇了这名推销员，同时，推销员妻子还依靠他收集到的证据成功地离了婚。但等他年满十八岁开始递送法院传票和法律文件时，他的雇主以及所有认识他的人才意识到，这才是能让他一展才华、出人头地的事业。第一年，他就扮成一位年轻仰慕者，把传票送到了女演员莫德·亚当斯（Maude Adams）[①]手中。那天晚上的演出结束后，亚当斯正从帝国剧院的舞台出口走出来，格罗斯曼来到她面前，左手拿着一束黄水仙。他问道：“你是莫德·亚当斯吗？”亚当斯惊叹道：“哦，这些不会真是给我的吧！”说着就伸手要去拿花。“花不是给你的，但这些是。”格罗斯曼说着收回了花束，右手将传票送到了亚当斯手中。他回忆说那束黄水仙花了他50美分，后来他又以20美分的价格回卖给了花商。

格罗斯曼对待被告人能比被告人对他还要愤怒，这在很多时候使他免受皮肉之苦。他最早的成功案例之一涉及雕刻家卡曾·波格兰（Gutzon Borglum）[②]。当时波格兰正在葛莱美西公园的一处工作室中雕刻真人大小的人像。格罗斯曼用自称“匆忙障眼法”的方式进入了工作室。当时，一位女仆开了门，格罗斯曼匆忙跑过她身边，敷衍着问：“波格兰先生在吗？”波格兰正在参照一个几乎全裸的模特雕刻石像。格罗斯曼对他说：“波格兰先生，这是给您的传票。”“这简直是厚颜无耻！”雕刻家开始吼道，“你，你，你应该……”这时，格罗斯曼也开

① 真德·亚当斯（1872—1953），美国百老汇女演员，饰演了第一代彼德·潘。（译者注）

② 卡曾·波格兰（1867—1941），拉希摩尔山（Mt. Rushmore）上四总统肖像的创作者。（译者注）

始了咆哮。“那你又如何呢？”他问，“你难道不应该为自己感到羞耻吗？你和你的裸体女模！”他一边气急败坏地说着，一边走出了工作室。而波格兰则哑口无言地站在那里，手中捏着他的传票。

几年前，格罗斯曼曾送过传票给玻璃工匠麦克斯·布洛克，后者住在布鲁克林区亚特兰蒂克大道。当时，布洛克强烈谴责格罗斯曼的递送策略，像往常一样，格罗斯曼又一次大发雷霆；但是这回布洛克可有不少帮手——布洛克太太、三个成年的儿子、一个上高中的女儿，以及布洛克的丈母娘——他们不仅帮布洛克说话，还帮他动手。全家人把格罗斯曼从门廊拽进客厅暴打了一顿。几个儿子捶他，父亲踢他，母亲和女儿掐他，就连老丈母娘也用拐杖敲他的头。这顿暴打让格罗斯曼在医院里躺了两天，第三天他带着一位警察又出现在了布洛克家。他递给这家人每人一张逮捕证，指控他们非法殴打。第二周，奥尼尔法官判处这家人罪名成立，处以每人15美元的罚款。同一天，格罗斯曼提起诉讼，向他们索赔损失赔偿金，就在这家人走出法庭的那一刻，他将这起诉讼的传票又交到了他们手中。这回双方达成了庭外和解，那家人赔偿了格罗斯曼两百美元，外加医药费。

受雇于布鲁克斯时，格罗斯曼每周有25美元的直接工资。他知道如果每天都工作的话，一位优秀的自由传票投递员依靠为侦探所和法律事务所处理棘手案件，每周可以赚六七十美元。于是，他便开始决定要离开布鲁克斯单干，可这时第一次世界大战爆发了，中断了他的事业。对于格罗斯曼而言，战争只持续了四十三天，因为他于1918年10月25日应征入伍，同年12月7日便光荣退伍了。

在美国陆军服役的经历是格罗斯曼一生中宝贵的插曲。他在休战前十七天入伍，在休战后二十六天退伍，在这几周中，除了工资和之后获得的一笔60美元的现金奖金，他还赚了2 500美元。在参战前，他凭借做传票递送员挣钱存了几百美元，用这笔存款他参加了沃兹沃斯堡军事基地的连队骰子赌博游戏，后来在弗吉尼亚州的尤斯蒂斯营地他也这么做了。当时在训练基地格罗斯曼几乎每场大型赌博游戏都参加。他比其他任何参赌玩家都有钱，总能吃掉别人的钱；他总是押小，而且从来不自己投骰子。根据平均律，这么做并不能保证他总能赢，但是格罗斯曼确定这样做会给他带来优势，而事实是他确实总能占上风。格罗斯曼把他赌博赢得的钱攒了起来，等他回到纽约时，他决定做一名自由传票递送员。在他独立事业的最初三个月，他就创造了成功给很难接近的被告人送传票的纪录，迄今为止这项纪录都无人能超越，就连他本人也无法突破。由此，他声名鹊起，被人们视为当时顶尖的传票递送员。这三个月结束时，他的主顾中有许多法律事务所和私人侦探社，这些机构让他能够稳定地从事自己所选择的这份工作。

格罗斯曼在这三个月中的成功可能完全归功于他的足智多谋。他穿着列兵军服、带着船形帽从尤斯蒂斯军营回到了纽约。和所有退伍士兵一样，他有权在接下来的三个月中穿着这身军装。因为那时美国远征军第一军团正从欧洲返回祖国，政府决定给这些军人足够的时间置办平民的服装。穿着军装，格罗斯曼得以将传票送到那些曾经成功躲避了其他传票递送员数月之久的被告们手里。他采取的方法非常简单，以至于他都弄不明白为什么除了自己没有人想到可以在那段时间里利用军装送传票。穿着军装的他尤其擅长给老太太们送止赎权文件，但是几乎任何人都会被他蒙惑——门卫、电梯操作员、秘书，以及经常充当传票递送员绊脚石的家庭佣人，都不例外；每当穿着卡其色军装的格罗斯曼对他们说“别通报我回来了——这是个惊喜”，这些人都会会意地点头笑笑，格罗斯曼也就通行无阻了。

格罗斯曼并不打算在法律规定的期限外利用他的军装。他的性格决定了他从不肆意妄为（正是肆意妄为使得许多美国人犯法或抗法）。他会去赌博，但前提是他能够将依靠运气的因素最小化，就像他在军队的赌博游戏中做的那样；但他绝不会想自己去经营赌场，因为那是违法的。他是纽约历史上一丝不苟地遵守交通规则（包括限速令）的为数不多的驾车人之一。当他在工作了一天后开车从曼哈顿回家经过布鲁克林大桥时，他会将时速降至十五英里。如果有其他驾车人按喇叭催他或者从他身边超车时瞪他，他就会瞪回去，同时怒吼着质问：“你识字吗？你难道认为我想上治安法庭或者接受罚款吗？”格罗斯曼总是对社会制度的权威和尊严深感安慰，而他也是这个社会制度的一个重要的工具。当他工作时，他知道法律是他坚实的后盾；无论工作还是玩耍，他都对法律表现出极大的尊重。

穿着军装送传票给格罗斯曼带来的成功令他体会到制服对于他的工作的价值。1919年初，他终于脱下了军装，与此同时，他找人做了一套特殊的服装，这套服装又欺骗了全城的数百名被告人。这套服装是蓝色的，配有黄铜纽扣，在帽子的帽檐上方写着“特种邮递员”的字样。他工作的大多数时候都穿着这套衣服，每过一两年就置办一套新的。他无须定做这样的服装，因为除了帽子上的文字，这其实就是一套公交车司机的制服，他可以从大型公交公司的供货商那里轻而易举地买到现成的服装，然后再找个裁缝在帽子上绣上文字。假扮成特种邮递员，格罗斯曼得以成功地将许多躲起来的人诱骗出来。有时，他会带着一个花商们常用的长纸板箱，或者一个空的糖果盒子，上边精心地系着丝带。他用这招来对付难以接近的女士们。这些女士或透过钥匙孔窥视他，或通过窗户打量他，然后她们就会给他开门。对于男士们，他通常会用包装纸包住一个空酒瓶，并系上一个红丝带，这样他手里拿的是什么便一目了然了。这些伎俩在圣诞节前后最为奏效，不过总体上说来，全年任何时候它们都挺有效的。

一位居住在长岛东夸格一处偏僻的海滨住所里的女士没有被花箱和糖果盒诱骗，这种情况给格罗斯曼提供了一个展示他多才多艺的机会，而那正是他获得成功的秘诀。一连好几天，他三次从车站走到这位女士的家门前，先是穿着平民的服装，第二次是扮成特种邮递员，带着鲜花，第三次与前一次装束相同，不过带的是糖果。每次他都是被仆人赶走的。第三天他离开时，格罗斯曼看到房子的女主人正在后花园中喝茶。花园外面是一片私人海滩。他断定，要想进入花园，必须先游到那片私人海滩。于是他返回了布鲁克林。第二天他带着游泳裤、游泳帽和一副望远镜，又回到了夸格。他从水湾另一侧、距离花园四分之一英里远的一棵树上观察那位女士的花园，直到看到那位女士走出房屋来到花园里喝茶。于是他换上泳裤，把传票放在泳帽里戴在头上，开始向花园游去。当他出现在这位女士面前时，他发现必须对她正言厉色地说话。因为当他把潮湿的文件放在那位女士的腿上时，那位女士斥责道："这简直是无耻的暴行！""你觉得这是暴行吗？"他愤怒地回敬道，"假如我在游泳途中抽筋了呢？或者溺水了呢？那你这又算不算暴行呢？"后来，他又义愤填膺地游了回去。

相对于男性被告，女性被告们给格罗斯曼留下了更为深刻的印象。法院规定传票递送员不得强行闯入民宅，但他可以通过一扇打开的门或窗进屋。对于传票递送员而言，最棘手的情况就是被告人把所有的门窗都关上后，自己躲在屋内。男人们很少能这么做，因为他们通常需要离开家去办公室工作。但是，格罗斯曼有时需要和女人们较量，而女人们则似乎非常乐意在室内度过余生。

格罗斯曼回忆说，令自己最难忘的一个案件是一位名叫格罗斯曼的律师委托他将止赎权文件交给一位名叫格罗斯曼的女士。鉴于在他的职业生涯中，他曾经将传票送到无数人手中，所以这听起来也就不那么让人吃惊了。这位格罗斯曼女士住在布鲁克林区第八十三大道和第三大道的路口，除了一名用人，家里就只有她一人。用人负责购物，而这位女士则整天坐在客厅的窗口，只要有人靠近前门，她就对来人挥舞拳头。格罗斯曼曾穿着特种邮递员的制服在三个不同日子里造访此处。第一次他带了鲜花箱，第二次他带了糖果盒，第三次他用包装纸包裹了三个沙发靠垫，并用蓝色丝带扎好，就带了这么有趣的一捆东西来了。格罗斯曼女士只是坐在那儿向他挥舞拳头。此时这位传票递送员意识到，这场格罗斯曼与格罗斯曼的较量是场真正的考验。他推测尽管这位老太太对其他人都非常怀疑，但她一定对他们感到好奇，否则她就不会每天坐在窗口前向外张望了。他给了她一周的时间，好让她忘掉关于传票递送员这茬事情，然后就穿着普通的衣服、戴着墨镜作为伪装，又一次出现在了那里。在街上距离格罗斯曼女士的窗户大约十五码的地方，他找到了一根路灯灯柱，就靠在了上面。他在那里待了一整天，其间只是去了一趟街角的饭店吃午饭。次日一早，他又出现在了灯柱旁。他估计还得花一天的时间格罗斯曼女士才会派用人前来询问他究竟在那里做什么，但事实上他低估了对手的好奇心。当天下午就有一位警察过来询问格罗斯曼到底想干什么。这位警察解释道："街那边的一位老太太打电话通知了警局。"格罗斯曼告诉警察他正试图把传票交到那位女士手中，并且说自己愿意花5美元请警察转告那位女士，说这位站在路灯旁的男人是从纽瓦克市来的侦探，为了跟踪一名造假犯正在监视街对面的一栋房子。"那如果她发现我撒谎向警局投诉我，怎么办呢？"警察反对道。"听着，"格罗斯曼说道，"这可是一份止赎权文件。她不会在你的辖区这里再待很久了。"于是警察同意了他的提议，半个小时后，老太太打开了窗户向格罗斯曼招手说："你愿意从我的窗户这里监视那栋房子吗？"用人也打开了房门，问道："你准备逮捕那栋房子里的谁呀？"格罗斯曼走进了门厅，将传票送到了格罗斯曼女士手中。

无论纽约的哪个区，格罗斯曼都非常熟悉。他曾将传票送给过曼哈顿区、布鲁克林区、皇后区、斯塔顿岛和布朗克斯区的居民手中。他曾经将传票送去给东区廉价公寓里的一个宅女，那次他不得不蹲在垃圾升降机上爬进她的厨房。他将传票交到那位女士手中时，她正要伸手去拿垃圾桶。另一次他伪装成洗衣工在布朗克斯区送传票。还有一天晚上在皇后区的一个小屋外，他把番茄酱倒在头上，然后倒在人行道上，被那家的主人扶进屋后，格罗斯曼把传票给了他。当莫德·沃特伯里女士拒绝在自己位于环河路的公寓中见他时，格罗斯曼与一名刚刚给同一栋房子中的另一个人送了一个箱子的快递工人做了笔交易，他们两人将另一个箱子送到了沃特伯里女士家里，女仆为他们开了门。当他们抬着箱子走进客厅的时候，沃特伯里女士说："你们一定搞错了，我姓沃特伯里，我没在等什么行李。"格罗斯曼把箱子放下，并把文件交给了她。他们往外走时，沃特伯里女士说："我会向快递公司投诉你的。"格罗斯曼不想给那位快递员添麻烦，于是他告诉沃特伯里女士："不用麻烦了，女士，难道您看不出来我们都是冒牌货吗？"

在对付某些男士时，格罗斯曼遇到了一些小困难，也取得过一些小胜利。当罗杰斯·皮特公司与美国服装工人联合工会牵扯到一桩诉讼案时，格罗斯曼需要将传票送到西德尼·希尔曼、约瑟夫·施洛斯堡、雅克布·泼托夫斯基以及其他工人领袖手中。格罗斯曼事后说："激进分子比任何人都难对付，因为他们通常没有固定住址。"最终他趁这些工人在库伯联盟学院的一次群众大会上堵住了这些人。他要找的人都坐在演讲台上，当主持人挨个儿介绍他们的时候，他把他们都记下了。一名爱尔兰警官正在门口执勤，格罗斯曼把文件给他看了，并请警官在他送交这些文件时保护他。格罗斯曼发现，大多数警察在看见法律文件时都很吃惊。这位也不例外，他仔细研究了一会儿传票，检查了上面盖着的、精美的发证单位图章，然后陪着格罗斯曼走到了演讲台前，并对格罗斯曼说："去吧，做你应该做的。"

几年前，有一位名叫乔治·亨德森的先生住在皇后区塞内加大道。这位制造商为躲避格罗斯曼费尽周折。在家里，他的两位成年儿子保护着他，在办公室，他的几位秘书则为他时刻警惕、处处提防。有那些秘书在，格罗斯曼无法见到亨德森；当他扮作邮递员、拿着一瓶香槟前往亨德森住处时，亨德森的儿子们一把抓过包裹，发现酒瓶是空的后，就把格罗斯曼扔出了门廊栏杆。格罗斯曼断定要想把文件送到亨德森手中，唯一的方法就是在他从家到办公室的途中抓住他。然而，尽管他一连三天监视亨德森家的大门，却从未看到亨德森从那里离开过。第二天，格罗斯曼转而监视了房子的后门，终于发现亨德森每天是如何离家上班的了。这位制造商离开家后走进后巷的一栋房子的地下室，然后爬上房顶，沿着房顶走到街区尽头，再从另一栋房子中下到地面。次日早晨，格罗斯曼告诉一位正在巡逻的警察，这个社区将要发生有趣的事情。"跟我来，"他说道，"我要给你看看有个家伙从那里爬上房顶，又从街区尽头的那栋房子中下来。"格罗斯曼和警察在巷子中观察了亨德森，然后又来到街上，等着亨德森从房顶上下来。"我是乔治·亨德森，"制造商向警察解释道，"为了躲避那些可恶的传票递送员，我只能出此下策了。""哦，原来你就是亨德森先生啊！"格罗斯曼讽刺道，说着便将文件递给了他。

格罗斯曼每周的收入从没突破过70美元，但也很少低于这个数。他与妻子住在布鲁克林区联合大街的一个带家具的房间内。他们不喜欢在房子上花太多的钱；他们每年都会换辆新车，手头也总是有不少零花钱。有时如果东西物美价廉的话，他们会租一两个月的带家具公寓，但他们同样也不介意租一间双人房，与其他人共用走廊尽头的浴室。在谈到居住问题时，格罗斯曼曾说：“这又有什么关系呢？只是一个睡觉的地方而已，人在哪里不能睡呢。”

格罗斯曼总是独自一人工作。他经常与律师事务所和私人侦探社保持联系，而这些机构则将困难的案件交给他处理。如果一个任务需要好几天来完成，那么他索要的报酬是10美元一天。他不会接少于5美元的生意。他的雇主们从来没有理由怀疑他怠工耗时或者虚报工作时间。每次他一完成任务，就会跑去向他的客户汇报，并且告诉他们自己是如何做到的。“伙计，”他会说，“我让他们哑口无言！”或者“他们自以为很聪明，但我让他们见识了我的厉害！”在这一行中，没有人能够与格罗斯曼相媲美。纽约确实有一些优秀的传票递送员，但是没有人能够做到格罗斯曼那样的娴熟巧妙。有一回，格罗斯曼对一位同行的做法感到有些不满——这位同行让自己的母亲去替自己送传票，老太太时年六十八岁，他的儿子发现母亲能够接近一些自己无法接近的人。格罗斯曼认为这样的策略实在应该受到谴责，他说：“无论如何都不该这样对待一位老太太，即使她是他的母亲！”

1948年的一天晚上，格罗斯曼吃完晚饭正在看报纸，结果一场突如其来的心脏病发作，令他极为活跃的职业生涯戛然而止。他一生中几乎没怎么生过病，也没有任何征兆表明他的心脏有问题。但是那晚他瘫倒在了椅子中，报纸掉在了地上。没有人知道当他的心脏停止跳动时，他是否真的在看报纸，还是在愤怒地回顾过去发生的某件事情。

（侯凌玮　译）

新新监狱的无辜者

1938年11月的一天傍晚，一个名叫菲利普·卡鲁索的年轻人两周来第一次走到户外。感恩节那天他得了流行性感冒，在床上躺了12天后，家庭医生告诉他可以起床到屋子外面走动走动了。此后，他又在屋里休息了两天，看看杂志、听听广播。他和父母、七个兄弟中的五个，以及一个姐姐住在位于布鲁克林区七十九街的一处独户住宅里。他的上嘴唇右侧长了个发热性疱疹，在床上躺了这么久，他觉得有些虚弱，但还是很高兴终于可以出门了。他径直走向第二十大道和第八十六大街交口的那家自助餐厅，想着或许能在那里遇见一些朋友，他的朋友都是住在附近的职员和办公室勤杂工等。如他所愿，他在那里见到了三个朋友，便坐下与他们交谈。他喝了些咖啡，和他们讨论了当时正在麦迪逊花园球场进行的曲棍球比赛。这一切他都记得非常清楚，因为正当他坐在自助餐厅里和朋友们聊着天的时候，两位警探走进来逮捕了他，指控他因参与了七月（也就是四个月前）的一场持枪抢劫案而犯有一级抢劫罪。他特别清楚地记得自己嘴上长了个疱疹，因为事后证明，这个疱疹实在是个异常不幸的瑕疵。尽管卡鲁索是无辜的，他还是被起诉、判刑，并被送往新新监狱服刑十年到二十年。

卡鲁索入狱八个月后，警方、控方和判处他的法官才发现他是无辜的。他们又花了一个月，投入了比当初在法庭上判处他有罪多得多的时间和精力来确认他是真的无罪，之后才释放了他。当初卡鲁索的审判没有引起任何公众关注，毕竟那是纽约当月五十多起判处被告重罪的审判中的一起。但当人们发现卡鲁索无辜的时候，大量关于该案件的报道出现在了布鲁克林和纽约的各家报纸上；他出狱时，报道甚至更多了。这些报道都认为它们与卡鲁索的无罪释放息息相关，但实际上卡鲁索之所以被释放，仅仅是因为布朗克斯区的两个年轻人承认他们才是卡鲁索那起案件的真凶。可以理解的是，法官当时并没有被轻易说服，但这两人最终还是令法官相信了他们说的都是实话。为了让故事更加精彩，布鲁克林的《鹰报》（*Eagle*）发表了一篇非常浪漫的文章，称卡鲁索的女友，玛丽·塞纳托尔，独自一人追踪到了真凶，并且动之以情，使真凶深感惭愧于是决定自首，这样终于让自己所爱之人获得了自由。后来在法庭上，这篇文章被证明完全是无稽之谈。有趣的是，当初没有任何一家报纸对卡鲁索的被捕和定罪产生过丝毫兴趣，但现在，卡鲁索在城市治安法官面前的听证会的法庭记录、对他的公诉、对他的审判以及后来证明他无罪的听讯都得到了广泛报道。

卡鲁索一案最显著的特点是它看似是一桩极其普通的重罪案件。如果我们仔细检查审讯记录，我们不会觉得卡鲁索比其他任何可能遭到指控的年轻人更倒霉，被告倘若换成其他年轻人，结果可能都是误判，换句话说，也许还存在数百起类似的冤案，这些不为人知的案件在没有任何公众报道的情况下匆匆审判、草草了事。警察一再强调说他们是根据一些“情报”逮捕卡鲁索的。也就是说，警方的一个线人告诉他们卡鲁索参与了一起持枪抢劫。这也没什么特别的，每天警方都在依据这样的证据实施逮捕，如果受害者能够指认嫌疑人，那么这嫌疑人极有可能被判有罪。有时警方付给线人报酬，但大多数时候，线人提供“情报”是为了换取好处。线人们通常是犯有小罪的罪犯，只要他们愿意成为警方的线人就可以免受指控。在卡鲁索一案的记录中，有文字坦率地承认警方对卡鲁索嫌疑人身份的确定似乎过于肯定了，并且暗示地方检察官办公室可能也认识到了这一点。被告辩护律师错失了好几个能够帮助他的委托人洗脱罪名的机会，现在他或许对此后悔万分。有证据表明，在案件审理的一个阶段，辩护律师曾试图在大陪审团面前，尽可能深入地提问，但地方法官却阻止他这么做。倘若当时辩护律师能够发问，那他也许能够令陪审团就罪犯身份的认定产生怀疑。主审法官似乎已经认定被告是有罪的，并依照他的这个判断组织了审判。在审判过程中，法官曾经把公诉人、辩护律师和被告都叫进了法官室，当卡鲁索称自己与持枪抢劫案毫无关系时，法官称他是个骗子，并敦促他认罪。当然，这不在记录文档内，但我把这作为一个事实陈述出来，因为卡鲁索告诉我这件事确有发生，而我相信他。当我向辩护律师求证此事时，他拒绝证实卡鲁索的话，称发生在法官室内的事情应该对外保密；而后，他又教育我说法官这样的行为不应该受到批评。然而，法官的这种行为本可以使审判无效，如果辩护律师甘愿违背法律礼仪将法官的这种行为在法庭上公布的话，那场审判或许就真的无效了。许多知情人士告诉我，在这样的案件中，法官的这种行为并不罕见，事实上，这样的冤案也绝不鲜有。为了强调以下这些人只是众多处理类似案件中的人的典型代表这一点，我选择在下文中隐去他们的姓名。

这起案件被恰当地称为“纽约州人民对菲利普·卡鲁索提起的公诉案”，它于1938年12月9日开庭审理。首先控方展示了在布鲁克林地方助理检察官办公室中记录下的证词。第一位证人名叫尤金·斯卡拉梅丽诺，此人于1938年7月28日被三个男人拦截并抢走了1 400美元。斯卡拉梅丽诺是一家博彩公司的职员，在泽西城外的一家大型赌博联合企业工作。那天早上他正开着车在布鲁克林区附近从一些小赌徒处收集赌资。他在位于第四十五大街四百一十二号的一家雪茄店前停下了车，店老板“左撇子”走了出来，给了他雪茄店赌输了的112.40美元赌资中的112美元，由于斯卡拉梅丽诺没有钱找1美元，“左撇子”又走回店中去拿那剩下的40美分。斯卡拉梅丽诺正坐在驾驶座上等老板找零钱，一个男人走了过来，拉开了他右侧的车门进入了车内，并用一把左轮手枪抵着他的肋骨，说道：“别作声，别说话，否则我就让你吃枪子。”斯卡拉梅丽诺在随后的听讯和审判中都一字不落地重复了这句话。几乎与此同时，另一个男人打开了斯卡拉梅丽诺左侧的车门，说道：“让一让。”于是，这个人坐在了驾驶座上。第三个男人坐进了车的后排座位，斯卡拉梅丽诺夹在两个男人中间坐在前排，车就这样开走了。证人说，坐在他右侧的男人拿走了他所有的钱，包括“我自己的钱”，并且不断叫他目视前方。车开过了几个街区之后，他们把钱给了坐在后排的那人，并让那人下了车；车又开了一段路，他们让斯卡拉梅丽诺下车，并告诉他，他们会把车丢在附近一个他能够找到的地方。这次持枪抢劫进行得非常顺利，几乎称得上礼貌。在斯卡拉梅丽诺的证词中，他从头到尾都称劫匪为“我右侧的先生”“我左侧的先生”和“坐在后排的先生”。人们后来发现，斯卡拉梅丽诺此前曾遭遇过一次抢劫，那次他追赶并且抓住了劫匪，一直控制着他们直到警察赶到，但在与劫匪们搏斗的过程中，他身受重伤，后来在医院里休养了好几周。

斯卡拉梅丽诺无法向地方助理检察官描述坐在他右侧的那位先生指向他的枪是什么样的。他不知道那把枪是自动的还是转轮的。这时一位警探热心地拿出了自己的配枪，问斯卡拉梅丽诺："那把枪看起来是不是像这样？"后者回答说是的。

斯卡拉梅丽诺接着描述了劫匪。他说他几乎没有看见后排的那个男人，"但我瞥见他是个大块头"。他对坐在他右侧的男人的描述很混乱，他说那人穿了一件马球衫，但不知道他的外套是什么样的。地方助理检察官问他是不是指运动衫，证人回答道："他的领子是翻在外套外面的，所以我不确定那是什么，因为他穿了件外套。但外套的颜色一定类似于蓝色或棕色。"

斯卡拉梅丽诺说自己以前从来没有见过劫匪，但劫案发生后他曾经看见过其中一人。

这时，菲利普·卡鲁索被带了进来，地方助理检察官问斯卡拉梅丽诺："这个你昨天晚上辨认出的人是不是你刚刚跟我说的那起抢劫案中的劫匪之一？"

"是的。"

"你确定他是劫匪，是吗？"

"是的。"

接着，他们记录了卡鲁索的供词。卡鲁索说自己的绰号叫"鬼魂菲尔"，他与家人住在一起，目前没有工作，他习惯熬夜，第二天过了中午才起床，他与这起抢劫案毫无关联，此前他也从未被捕过。

在地方助理检察官办公室记录的供词中再也没有提及斯卡拉梅丽诺右边的那位劫匪，供词中甚至都没有说明斯卡拉梅丽诺指认卡鲁索是三名劫匪中的哪一个。这一点至关重要，因为卡鲁索之后的判决完全基于斯卡拉梅丽诺指认他为当时坐在自己右侧的那名劫匪这一点，除此之外，没有其他任何对卡鲁索不利的证据，而斯卡拉梅丽诺是在案发后四个月才做出指认的。

接下来，这桩案件被移交给了市地方法院，而那里的地方法官只想早点将它脱手。卡鲁索的辩护律师是他父亲花25美元聘请的，而控方则是代表纽约州全体人民的另一位地方助理检察官。

在这种听讯中，如果法官认为针对被告的指控不成立，则被告人可以获释，而如果法官认为指控成立，那么他在大陪审团面前接受裁决。斯卡拉梅丽诺又一次讲述了他的故事，这回他明确指认卡鲁索就是当时在车上、坐在他右侧的那个持枪劫匪。他说这个人命令他目视前方，但是他回答道："我习惯看向我的交谈对象。”因此，他得以好好地看看那名劫匪。

地方助理检察官指着卡鲁索问道：“这就是在车里的那个人，对吧？”

“是他。”

“你确定，是吧？”

“没错。”

在盘问斯卡拉梅丽诺时，辩护律师试图更深入地了解证人作为博彩公司职员的职责，法官却不耐烦了，他对证人说：“你下来吧。盘诘结束了。”接着，他有些语无伦次地对辩护律师说：“你的提问有意义吗……你想提问，我会让你问，但是如果你问的是这些问题，那么盘诘就结束了。”

“我认为我有权询问证人那天上午究竟发生了什么。”辩护律师说。

“如果你告诉我问这么宽泛的问题有什么意义，那么我会让你问的，”法官答道，显然此时证人又一次站上了证人席，“但是如果你花了这么长时间——我只是说说，你（指证人）回去吧，如果问这些问题有意义，那么我绝对会让你继续的。但是到目前为止你问的全是泛泛而谈的东西。请问下一个问题吧。”

辩护律师只得放弃，不再试图了解斯卡拉梅丽诺的工作究竟是怎样的，但他很快就切中了斯卡拉梅丽诺对车里坐在他右侧的男人描述不足这一点。

“好吧，”证人辩解道，“如果一个人处在恐惧中，他是不会看那人穿着的西装或者领带的。”

“你当时究竟有没有看到被告坐在车里？有没有清清楚楚看到他全身？”

“你指什么？”

“那有没有看清他的整张脸呢？”

“好吧，大概四分之三的样子。”

“他当时戴着什么样的帽子？”

“我不能说自己当时注意了他的帽子。我相信自己当时并没有看见什么帽子，因为我看见开车的那个家伙戴着帽子。如果坐在右边的这个人也戴着帽子的话，我应该会注意到。”

“你连他有没有戴帽子都不确定？”

“提问无效，”法官插话道，“别再反复说同一件事了。问点别的——不要重复。”

辩护律师接着动议法院不要受理此案，因为纽约州人民没能提供足够的证据，不足立案，但法官否决了这项动议，并将卡鲁索提交给大陪审团，规定其保释金为1万美元。卡鲁索无法支付保释金，因此他被关进了布鲁克林雷蒙德街监狱。他被关押在雷蒙德街监狱时，他的兄弟、姐姐和父母获准去看望他，这是他们在他被捕后第一次见到他，他的女友还给他送去了些香烟。

之后，大陪审团指控卡鲁索犯有四项罪状：一级抢劫罪、一级盗窃罪、二级人身侵犯罪（因为他拿枪指着斯卡拉梅丽诺）以及绑架罪（因为他“故意抓住、关押、诱骗和绑架了原告，意图在没有法律授权的情况下将原告关押在本州境内，违背原告本人意志将其扣留”）。第四项罪名后来被撤销了，或许是因为它太言过其实。起诉书中还记录了卡鲁索的另一些信息：他二十四岁，上一份工作是水果店的职员，信仰天主教，没有受过常规的宗教教育，不吸毒。

对卡鲁索的审判于1939年3月8日在布鲁克林国王郡法院，在一位法官和一群陪审员面前开庭审理。此时距劫案发生已有七个多月，距卡鲁索被捕也已经过去三个月了。一位新的辩护律师代表卡鲁索出庭，代表纽约州人民的则是那位在卡鲁索被捕次日收集过他证词的地方助理检察官。卡鲁索的父亲支付给这名律师400美元费用，并额外付给他30美元，律师用这30美元买来了卡鲁索在城市治安法官面前的听讯会的记录。

斯卡拉梅丽诺是第一位证人，他又一次讲述了他的故事。这一次的故事和前两次差不多，但是加入了许多细节，在描述抢劫案时，他用的词是“我右边的家伙”“开车的家伙”和“坐在后排的家伙”。按理，他没有提及任何具体人名。随后，他开始描述劫匪们放他下车后的事情。

“我一下车他们就走了。”斯卡拉梅丽诺说。

“谁走了？”公诉人问。

“车，还有车上的人。”

“车和谁？”

“那个叫卡鲁索的人和那个开车的人。”

这是审判过程中卡鲁索的名字第一次在证词中被提及，这很可能是证人无意为之，但它一定在陪审团的脑海中留下了深刻印象，即卡鲁索就是劫匪之一。这是不符合法庭流程规范的，被告方本可以对此提出抗议，或者要求法官将此从记录中撤销。但法官和辩护律师都没有注意到这一点，而斯卡拉梅丽诺继续说着他的故事。他不断将坐在他右侧的劫匪称作卡鲁索，以至于在人们意识到对卡鲁索不利的唯一证据就是斯卡拉梅丽诺对他的指认前，公诉人就已经开始提出如下问题了：“被告人当时坐在车的哪一部分？”“在你下车前被告人说了什么？”

“告诉我们他说了什么——我说的是卡鲁索。”一度，斯卡拉梅丽诺正要愉快地说出一位警探告诉他的有关于卡鲁索的信息，但法官打断了他的发言。法官问辩护律师：“你为什么不提出反对？”接着便对速记员说：“把这条删去。”这是正常审判中代表卡鲁索做出的为数不多的反对之一。尽管斯卡拉梅丽诺口中的那名警探的故事由于是道听途说、不足以作为呈堂证供而被删去，但它却是能让陪审团意识到卡鲁索的被捕仅仅是基于线人提供给警探的情报这一情况的唯一机会。

审判中，斯卡拉梅丽诺的供词曾一度与他之前在市治安法官处的证词相矛盾。

“当时你有没有看清楚被告人的整张脸？”有人问他。

“是的，我看清了。”他回答。

辩护律师抓住了这一点并就此做起了文章。“你在之前的盘诘当中可不是这么说的。”他说。

公诉人就此提出反对，法官判反对有效。

证词实在令人气愤，至少在每一个知道卡鲁索是无辜的、在被捕当天还长着发热性疱疹的人听来是这样。在盘诘时，辩护律师开始讨论那天晚上在警局斯卡拉梅丽诺对卡鲁索进行指认时的具体情况。

“你有没有注意到被告人面部的什么特征，让你得出结论他就是那天劫持你的人或者劫匪之一呢？”律师问证人。

“我只是认出了他而已。”斯卡拉梅丽诺说。

“你当时没有就此做出陈述？”

“我没有。”

“你记不记得在警局你对警官说‘我认出这个人，是因为他嘴上长了颗痣’？”

“我没那么说过。当时我说我注意到他嘴唇上有一处疤痕，可能是抓伤干燥后形成的，也可能是颗痣或者什么其他类似的东西。”

“当时在警局他嘴上有什么痕迹吗？”

“没有。”

“你确定吗？”

“我确定。”

“你有没有对地方法官说‘如果劫匪不是他，那一定是他的双胞胎兄弟’？”

“我想我确实这么说过。我是想说我挺确定的。”

就在斯卡拉梅丽诺刚刚说完“相当确定”之后，法官随即开口了，他这时所说的话无疑帮助了卡鲁索的公诉人。当时辩护律师提醒大家注意证人的用词“我是想说”，而法官打断了他，说道：“是的，他说他那么说过，如果不是他就是他的双胞胎兄弟，而且他补充说他很肯定。现在他这么说，是想说他的意思是他确定是这个人。”

“我动议将这一点删去。”辩护律师说。

“动议无效。”

就这样，盘诘结束了。

如此，法官非常有效地从陪审团的脑海中将本场审判中至关重要的一个形容词“挺”给抹去了，从证人对这个词的使用来看，这个词清楚地表明他对指认卡鲁索为劫匪只是比较确定而已。

这场公诉中还有另一位证人，他就是那位警探。他只是做证说是他实施了抓捕，并且在斯卡拉梅丽诺在警局中指认卡鲁索时在场。他说，当时包括卡鲁索在内的四个人背靠着墙站成一排，斯卡拉梅丽诺指出卡鲁索就是车里坐在他右边的那个人。这一点，加上斯卡拉梅丽诺的证词，就是纽约人民指控卡鲁索有罪的全部证据。

被告律师的辩护和前两场一样无力。本杰明·科恩，那个卡鲁索曾为他工作多年的水果店老板，毋庸置疑地指出卡鲁索是个左撇子。斯卡拉梅丽诺做证说在他右边的那名劫匪是右手持枪的。辩护律师自己在设计辩护策略时似乎并没有给予这一点应有的重视。实际上，他几乎没有提到这一点。

卡鲁索的父亲是下一位证人。多年来，他一直在斯塔顿岛的渡口做擦鞋生意，所挣的钱足够养家并且定期支付卡鲁索全家人住的房子的房租。他做证劫案发生时菲利普正在家里睡觉，但是在盘诘时，公诉人一再强调卡鲁索一家人口众多，以及父亲在没有具体的理由注意这个儿子的情况下，要记住七个月前的一天这个儿子在做什么是非常困难的，这使得卡鲁索父亲的证词显得不那么可信了。

随后，菲利普·卡鲁索站上了做证台。他也说自己在案发当天待在家中。事后卡鲁索说，就是在这时，法官把他们几人召进法官室并敦促他认罪的。当卡鲁索回到做证台上时，他被问到那天晚上在自助餐厅警探们走到他面前后对他说了什么。他回答说：“他们说：‘你是叫菲尔吗？’”之后，他被带到了警局，警察们问了他一些问题，然后让他和另外三个家伙一起靠墙站好。卡鲁索做证说："他们都穿着驼绒毛外套。"之后，斯卡拉梅丽诺指认了他。后来那名中尉警官试图说服他认罪，他说："菲尔，我希望你帮我个忙。这对我们来说可是个大案子。"

卡鲁索接下来的证词反映了警方和地方助理检察官在调查早期的不确定。

"检察官问我：'菲尔，我知道你是个好孩子。你来自一个好家庭。告诉我另外两个家伙是谁，我保证你绝不会进监狱。'我说：'我不知道什么另外两个家伙。'然后他把原告叫了进来，问：'你确定是这个人吗？'原告说：'如果不是他，那一定是他的双胞胎兄弟。'"

"于是检察官问我是否有兄弟。我说：'是的，我有七个兄弟。'"

"'有和你长得像的吗？'"

"我说：'有，我的两个兄弟长得像我，但是他们也绝不会做这样的事情。'"

接下来，卡鲁索转而描述了斯卡拉梅丽诺在警局指认他时的场景。

"这时原告走了进来，直接指向了我，然后说：'是那个家伙。那天他穿着灰色外套，戴着灰色帽子，嘴唇上还有颗痣。'我转向警探，对他说：'我嘴上的不是痣，是个发热性疱疹。我刚刚病愈下床。'"

没有人注意到这一点。和卡鲁索的左撇子问题一样，辩护律师让这个问题就这样溜走了。

要求菲尔帮助他的中尉警长倒是做了些反驳。他说自己从未说过那样的话。辩护方没有机会强调痣和疱疹的问题。接下来，在地方助理检察官办公室里记录斯卡拉梅丽诺和卡鲁索的证词的速记员被传进了法庭，他发誓自己做的记录是精确无误的。于是这件案子就等待陪审团的裁决了。

按照惯例，没有公诉人或者辩护律师对陪审团发言的记录，但有一条法官的命令，记录的第二段似乎对公诉方更有利。法官对陪审团说："在这起案件中，你们的问题非常简单，非常简单。有没有发生抢劫案？这是提交给你们决议的唯一的问题。被告人有没有参与抢劫案？如果有，并且如果你对我接下来将向你们阐述的法律感到满意的话，那么你们的职责就是定罪。如果没有，就判他无罪。这里唯一的问题就是：'到底有没有发生抢劫案？'"

直到几百字之后，法官才明确说明尽管抢劫案可能确有发生，被告人也不一定是劫匪之一。他说道："当时有没有抢劫案发生，如果有，这个被告人是否是劫匪之一？”他告诉陪审团，这将由他们定夺。在其他方面，法官的命令非常常规——令人厌倦地解释合理的怀疑、证据的判定，洋洋洒洒说了六千字。

陪审团退场了，并递给了法官一张纸条，问了个问题。过了一会，他们回到了法庭上。

当陪审团回到法庭时，法官说：“先生们，你们能否建议宽大处理？”

“是的。”陪审团主席回答。

“是的，你们可以，”法官说，“法庭将确认收到你们的建议，并给予适当的考虑。如果你们在排除了合理的怀疑之后认为被告人有罪，那么你们的职责就是判他有罪；如果你们想建议宽大处理，你们完全有权这么做，就像我所说的，法庭会给予充分的考虑。你们还想知道什么吗？对于证人的供词还有什么疑问吗？你们想再听一遍证词吗？”

此时，陪审团似乎意识到了这场审判存在某些问题，因为陪审团主席回答道：“劫案发生时受害者的指认。”

“陪审团请法院提供信息，”法官说，“我必须让他们回到陪审团室，直到昨天的那位速记员赶来。他正生病在家休息，我们会通知他让他过来。如果各位能够从陪审团成员中获得你们想要的信息，那自然最好。如果就你所提及的问题还有什么严重的疑问的话，我们必须把证人的证词读给你们听。因此你们必须等一会，直到速记员赶来。但是，如果你们想听的证词，或者你们想弄明白的问题能够依靠你们的回忆、在你们内部解决，那么你们可以继续考虑，直到达成一致意见。但是如果你们做不到这些，如果你们认为必须听某些证词，那么请留在陪审团室，我们会让速记员从家里赶来，请他把证词读给你们听。”

当时如果法官真的毫无拖延地立刻传唤速记员，陪审团可能（虽然这个可能性不大）宣布卡鲁索无罪。陪审团似乎走上了正确的道路，然而他们并不想等待速记员赶来。

陪审团退场了，很快就带着他们的判决回到了法庭上。“我们判处被告被控罪名成立，并建议法庭宽大处理。”陪审团主席说道。

按照惯例，辩护律师动议驳回裁决，因为证据不足，但法官驳回了该项动议。

法官宣布：“本法庭依据证据裁决被告犯有被控罪名，他被判有罪，他曾携带危险武器，即一把左轮手枪。我将接受陪审团宽大处理的建议，为被告减刑五年。他的服刑期将缩短五年。”

随后，卡鲁索被押回了布鲁克林的雷蒙德街监狱，等待判刑。他的家人和女友又一次去狱中探望了他，尽管不抱什么希望，他们还是讨论了上诉事宜。大约一个月后，他又被带到了那位法官面前。

“案件是这样的，”辩护律师帮助法官重温本案，“陪审团曾裁决有罪并建议宽大处理。”

“是的，”法官说，“一级持枪抢劫，陪审团建议宽大处理。我当时就说过我会尽我所能尊重陪审团的建议，我会将此视为一级非持枪抢劫，这样为他减刑五年。剩余的刑期就是强制性的了。我认为这个裁决还是相当公正的。两三个小伙子上了一个男人的车并劫持了他，从他身上拿走了1 400美元，开了一段路，让他下车，又开着车走了一阵子。车后来是找到了，但钱没了。根据证词，这人（指卡鲁索）就是持枪的那个。法庭判处他在新新监狱服刑，刑期为十年以上二十年以下。”

于是卡鲁索就被送进了新新监狱。如果他在狱中遵守规定，不企图越狱，那么他将于1945年9月22日收到假释裁决委员会的传唤。但是，如果那时他还坚称自己无罪，拒绝说出他并未参与的罪行中的同伙的话，假释裁决委员会很可能不会假释他。事实上，卡鲁索既没有违反任何狱规，也没有试图越狱。在新新监狱中，除了日常生活不那么舒适，他不介意在那儿继续服刑，只是他睡得很少。从那以后他常说：“你知道，如果你真的有罪，那么在新新监狱服刑也挺好。每晚你都可以安睡。但我是无辜的，我始终想着自己的清白，因此无法入眠。”

他在布鲁克林的雷蒙德街监狱待了四个月，后在新新监狱又待了四个月。再后来，他被转移到了纽约康斯托克的大草原监狱，在那里待了三周。然后，他在被捕近九个月后，也就是37周259天或者6216个小时后，他又被送回了新新监狱。从那里他被带回了纽约，出现在了一场听证会上，原来有人动议要在那位曾经接受陪审团的裁决并判处他去新新监狱服刑的法官面前进行新的审判。

1939年7月28日，星期五晚上，卡鲁索和纽约州人民的交锋开始向相对乐观的方向发展，当天恰好是斯卡拉梅丽诺遇劫后整整一年的日子。那天晚上，住在布朗克斯区的一个名叫莫里斯·戈特利布和一个名叫杰克·雅各布森的人被布朗克斯警方抓住并审问了。警探根据一名线人提供的线索抓住了这两人，而上一年11月警方也是依据线人提供的线索逮捕了卡鲁索。结果证明这次线人的情报是准确的。警探告诉戈特利布和雅各布森，他俩可能被判参与多起抢劫案。俩人随后决定认罪并坦白了参与的几起抢劫，其中就包括斯卡拉梅丽诺遭遇的那场。

警探们相信戈特利布和雅各布森说的是实话，他们在周日将这两人招供的消息提供给了报社供他们用作周一晨报的新闻。对于纽约的报纸来说，这是非常值得报道的新闻，因为在新新监狱服刑的人中很少有人能被证明是无辜的。布鲁克林的报纸将这一消息作为头版新闻刊出。布鲁克林区地方检察官吉欧根看了这条新闻，尽管他之前根本没有注意过卡鲁索那桩微不足道的案件，现在他却下定决心要尽快让卡鲁索从新新监狱获释。他把自己的意图告诉了报社，而这条消息又被报纸四处宣扬。吉欧根将此案交给了地方助理检察官海曼·巴尔谢，巴尔谢从未接触过这桩案件，现在却费尽心思帮助卡鲁索出狱。由于卡鲁索是依法被判有罪入狱服刑的，所以想要释放他并不那么容易。首先，必须举行一个听证会，之前接受有罪判决的法官必须确信真的需要进行重新审判。接下来，如果法官动议进行重新审判，他也可以决定重新审判是多余的而直接动议撤销对卡鲁索的指控。总之，要想让卡鲁索出狱将比把他送进监狱难上许多。

在戈特利布和雅各布森坦白后一个月，即8月28日，法庭举行了听证会。这一个月是个常规性延时，正如当初卡鲁索在雷蒙德街监狱里待了四个月等待审判和裁决一样。听证会一开始，法官就细致入微、全面彻底地调查起了案件。一名速记员记下了整个过程。戈特利布和雅各布森首先出庭做证，描述了那场抢劫案以及他们与另外一个人合作的计划。这剩下的一名劫匪早在劫案发生前数周就已经计划好对斯卡拉梅丽诺的抢劫了，只是他运气不佳，在他实施他的计划之前，就被捕了。一名布鲁克林区的警察在辖区内开车巡视时，完全凭直觉逮捕了这个他认为很可疑的家伙，结果在此人的车中找到了一把枪。这个人被指控携带危险武器，后来被陪审团无罪释放了，但这个插曲使他没能参与自己和戈特利布、雅各布森一起策划的抢劫案。于是，戈特利布和雅各布森找了另外一个人入伙，警察至今仍在搜捕这个人。

戈特利布承认自己就是那个坐在斯卡拉梅丽诺右边的人，他的上嘴唇右边有一颗醒目的痣。听了他的证词，法官说话都没什么语法了，但显然他是真的感到了吃惊："卡鲁索和这人有那么多的不同，简直就和月亮上的人一样。两人没有任何相似之处。这个人的鼻子很长，几乎是鹰钩鼻，有一块胎记，上嘴唇右边嘴角附近有一颗黑痣，肤色也较深。"然而，当雅各布森做证时，法官仍然将信将疑。他试图检验雅各布森供词的真实性，暗示斯卡拉梅丽诺曾说是雅各布森坐在他的右侧，但雅各布森没有上当。从这时开始，法官表示他已经相信卡鲁索的清白了。

曾在卡鲁索之前的审判上出庭做证的警探也被传唤上庭了。他透露当斯卡拉梅丽诺第一次形容坐在他右侧的那名劫匪时，他提到那人上嘴唇上面有一颗痣。这位警探承认这条证据虽然使人怀疑斯卡拉梅丽诺对卡鲁索的指认，但并没有在审判过程中被提出。

在之前的审判中出庭做证的中尉警长也再次上庭了，这回人们终于在本案中第一次调查卡鲁索当初究竟是为什么被捕。中尉警长做证说一个线人暗示卡鲁索“曾在一段时间之前在湾脊区抢劫过一位赌注登记经纪人”。从警长的证词可以明显看出那位线人的话极其模糊，他甚至不知道那位赌注登记经纪人的名字，也不知道劫案发生的日期。警长说自己随后查看了当年夏天有关抢劫案的记录，找到了斯卡拉梅丽诺的案子，于是询问在哪里可以逮捕卡鲁索。显然，他们没能查明卡鲁索的住处，只是知道他有时会光顾第二十大道和第八十六大街交口处的自助餐厅。负责逮捕他的警探受命在那里抓住他，事实上他们就是这么做的。

接下来，斯卡拉梅丽诺出庭做证，现在他明确地表示自己从来没有真正确定过卡鲁索就是那个劫匪，他也曾经向警方和起诉卡鲁索的地方助理检察官反映过自己的疑虑。他说自己确定坐在他右边的劫匪嘴唇上有一颗痣，而当他第一次在警局那排人中见到卡鲁索的时候，他就已经注意到卡鲁索嘴上的是发热性疱疹，而不是痣。“我甚至跟警探说了这一点，我说：‘他上嘴唇那儿的印记看起来不对。’”当然，这与他在卡鲁索之前的审判中的供词相悖，当时他称自己在警局没有看见卡鲁索嘴唇上有任何印记。

法官此时显然开始感到有些愤怒，尽管他可能不记得他自己曾在审判中将斯卡拉梅丽诺所说的“挺确定”改成了“确定”，这样证人当时清晰地表达出的疑虑就被一笔带过、不予追究了。

有意或无意地错误指认了卡鲁索的斯卡拉梅丽诺，和接受了有罪的裁决并且判处这个无辜的人去新新监狱服刑十年到二十年的法官之间，有一段悲喜交加的对话。斯卡拉梅丽诺称自己一看到戈特利布就知道卡鲁索是无辜的了，因为毫无疑问戈特利布就是劫匪。

法官问道：“你一看到戈特利布、看到他的痣就说‘就是这个人’？”

“是的。当我看到真凶的时候我就确定了。”

“你之前难道不确定吗？”

“当时我也确定，但当我看到戈特利布我才真正确定了。在我见到戈特利布之前一分钟，我都以为真凶是卡鲁索。当时我是真的这么认为的，所以我说我确定。”

“卡鲁索和戈特利布之间有什么相似之处吗？”

“有。”

“有，对吧？你看到了戈特利布的鼻子了吗？”

“呃，但是……先生……”

“回答我的问题。你看到戈特利布的鼻子了吗？”

“是的，尖鼻子。”

“典型的犹太人的鼻子，是不是？几乎是鹰钩鼻。简直就像个钩子，尖尖的，是不是？”

“我认为我当初描述的是正确的。”

“那卡鲁索的鼻子是什么样的？难道他的鼻子不是圆的吗？”

“他的鼻子也很尖，尊敬的法官大人。”

“你知道你已经对这个小伙子造成了严重伤害吗？”

“我很抱歉。我并不想这样。”

“我不相信你。”

“在卡鲁索先生被捕前我从不认识他。我也不认识戈特利布。我那么做能得到什么好处呢？”

“你非常疏忽大意，非常粗心，你完全没有考虑他的权益。”

“对此我非常抱歉。”

“从你的证词中我只能得出下面这条结论：当初要么你撒谎了，要么你非常随便地指认了他。”

“尊敬的法官大人，我没有理由撒谎。”

“那可由你决定，由你的良心决定。”

“法官大人，我没有理由撒谎。”

随后，法官将卡鲁索传唤上庭，非常详细地询问了他的个人生活，发现他经常和朋友们一起打台球，有时甚至赌赌骰子。接着，法官对这个因为自己主持的审判而在监狱中度过了过去九个月的人说了如下这段特殊的话：“卡鲁索，你至今已经在监狱中度过了约五个月。（在此法官没有算上卡鲁索在审判前在狱中度过的那几个月。）有人犯了错，这非常令人悲哀。我确信这是你经历过的一段非常痛苦的经历。我对此非常抱歉。现在我只想请你做到一点：不要对司法系统心怀怨恨。你受到了不公正的待遇，但那是个无心之过。无论是原告证人还是警方，都对你没有恶意。事情恰巧就那样发生了。发生了一场误会，确实是这样。菲尔，我想给你一条建议：你可以居住在我在巴斯海滩的老社区中，远离那些台球房。那里不适合你，也不是正派的人应该待的地方。这一年来你都没有工作。你四处赌骰子，也靠赌博赚了点儿钱。你在走下坡路，那就让这次的事情给你个教训吧。雷蒙德街监狱不是人住的地方。新新监狱也不是个好地方，你在那里的五个月应该已经有所体会了。好好吸取这次的教训吧。远离你曾经的那群朋友。向前走。听见了吗？”

“是的，先生。”卡鲁索回答。

卡鲁索的父亲已经聘请了另一位律师替儿子上诉，这也是自卡鲁索被捕以来他聘请的第三位律师了。他支付给这名律师400美元用于负责上诉，并答应一旦自己可以筹到钱，还会再支付给这名律师200美元。律师还额外获得了40美元现金用于购买卡鲁索审判的法庭记录。律师提交了上诉申请，按照这类案件的相关规定，他应该在三个月内完成陈辩书，并向上诉法庭申辩该案件。然而，事实上，本应该受理卡鲁索上诉案件的纽约最高法院上诉预审法庭每年夏天都会闭庭两个月，即七月、八月，有时甚至包括九月的大部分时间；其间司法部门不会受理包括卡鲁索案件在内的任何案件。因此，按照惯例，司法部门最早也只能在9月25日受理卡鲁索的上诉案件。结果他们可能整个九月都在休假，而就卡鲁索一案而言，真凶在7月招供了，卡鲁索已洗脱了罪名，主持重审听证会的法官也已经告诉卡鲁索要远离台球房并且准备将他释放了。

此时，曾在最后的听证会上代表卡鲁索并受委托处理上诉案的律师发表了一场漂亮的演说。他赞扬了法官释放卡鲁索的决定，也对地方治安法官的配合表示了敬意。“最后我想说，”他说道，“对于这个小伙子而言，这就像梦想成真一样。1939年5月24日，他从新新监狱给我写了一封信，在信末附言中他写道：‘不久前的一个夜晚，我曾梦到你答应了我的上诉官司，证明了我的清白。我希望这个梦能够成真。’”

法官对此做出了适当的回应，说地方治安法官在此事上保持公正是正确的。他接着说了一会儿。然后，仿佛突然想起来了，他补充说道：“好了，菲尔，现在你可以回家了。”

于是菲尔就回家了。根据纽约州和其他州的联邦法律规定，一位被误判有罪的人不能控告该州，除非该州给予此人控告它的权利，而此项权利只能凭借立法机关的特殊法令才能获得。没有这条法令，这个无辜的人甚至无法弥补他用来聘请律师为自己辩护所花的费用。每当一个囚犯服刑完毕离开新新监狱的时候，州政府都会给他20美元的资助。当卡鲁索离开新新监狱的时候，他没有拿到这20美元，因为他本不需要服刑。卡鲁索可以起诉斯卡拉梅丽诺，但除非他能够证明后者对自己怀有恶意，否则他根本不可能获得伤害赔偿金，而卡鲁索并不能证明这一点。他也可以起诉那几位警察、公诉人，甚至那名法官，但为了获得赔偿金，他同样必须证明他们怀有恶意。

卡鲁索是个25岁、长相英俊的小伙子，尽管他偶尔和朋友们打打台球，有时或许也赌赌骰子，但他似乎还是听取了法官的某些建议。我上一次见他（那是在他获释几个月后），他似乎对司法部门并未怀恨在心，他对自己的遭遇并没有特别愤怒。他说，很快警方就会将他的指纹记录还给他，他对此感到感激。“他们将从纽约甚至是华盛顿联邦调查局那里消除我的指纹记录。”他惊叹道。玛丽·塞纳托尔仍是他的女友，两人说等菲利普找到工作后他们就结婚。卡鲁索从来没有申请过救济。他说：“我想找份稳定的工作。”他曾希望真凶一招供自己就能获释出狱，因为《每日镜报》（*Daily Mirror*）和《真故事杂志》（*True Story Magazine*）希望他将自己的故事写下来给他们，派拉蒙公司也想基于他的案件拍摄一部短片。如果他当时接受了这些报纸杂志和公司的邀请，他就能获得一些钱。但六个星期后他终于被释放时，他们已不再对他的案件感兴趣了。他的案件已不再是新闻。他确实上过一档名为《我们，人民》的广播节目，因此赚到了250美元。那名准备上诉并且在最后的听证会上代表卡鲁索的律师向他索要50美元的报酬，因为是他与广播台协调，让卡鲁索上了节目，但卡鲁索至今还没有把钱给他，卡鲁索的父亲也没有支付欠律师的200美元。最近，那名律师寄给卡鲁索一张2 500美元的账单，他说这其中包括动议重审最终使得卡鲁索获释的费用。这实在令卡鲁索一家感到吃惊，他们不知道如何处理此事。卡鲁索认为事情将好很多，如果纽约州人民通过立法认为应该补偿卡鲁索的父亲支付给三名律师共895美元的费用。但至今没有人建议立法部门这么做。

正如我之前所说，涉及对卡鲁索的逮捕、指控和审判中的人是每天处理类似案件的众多人中的典型代表而已。在上文中，我试图利用法庭证据和审判记录来证明我的观点，即卡鲁索的被捕、判刑和入狱并非由于他特别不走运。我确定我的这个判断是正确的。警探们对指认卡鲁索时证据的不确定性闭口不谈，辩护律师总体上看来既不勇敢也不精明，法官不恰当地有失公允——至少他有两个偏颇的举动，一是将被告叫进法官室，二是敦促被告认罪，即使不是根据法庭流程，而仅仅是为了维护法律的尊严，他也不能够继续主持审判了。以上这种种情况的发生并非偶然，卡鲁索也不是恰巧遭遇了这些厄运。

要说卡鲁索一案有什么特别之处的话，那就是它非常普通。警方经常根据线人提供的情报实施抓捕，尤其是抓捕卡鲁索这个阶层的人，而那些线人通常都有各种理由需要讨好警方。如果原告和斯卡拉梅丽诺一样对于嫌疑人的指认有些不确定，那么警方和公诉方往往会设法让指认显得确定无误。城市治安法官总是匆匆将这些案子交送到大陪审团面前。曾受到犯罪分子侵害的受害者自然急于看到有人为此付出代价，而他们对于嫌疑人的指认也是众所周知的不可靠，尽管他们可能比斯卡拉梅丽诺确定得多，坚信自己在说实话。在这些案件中，辩护律师通常不会投入足够的时间、设计有效的策略，因为这些案件不会被公开报道，而且报酬通常在案前结算，数目很小。此外，辩护律师也不愿在法庭上做出什么出格举动得罪法官或公诉人。法官们则不断就被告人有罪与否做出自己的判断，尽管根据审判规程，衡量案件事实并不归法官管；在此情况下，法官不断向陪审团传达自己的意见。法官们还常常在审判中途将被告叫进法官室，敦促他认罪以节省法庭的时间，并向被告指出他肯定会被判处有罪的，这种情况在情节较轻的案件中尤为常见。在这种情况下，法官会与律师达成所谓的君子协定。如果被告和卡鲁索一样拒绝认罪，那么辩护律师不会就法官的行为动议审判无效。当然，这套法律体系不仅节省了地方检察官和法官的时间，也节省了辩护律师的时间。律师们会告诉你，通常在法官的威胁和辩护律师的漠然下，一个无辜的人往往会甘愿认罪。

第三位代表卡鲁索的律师的态度说明卡鲁索一案只是普通的一桩案件。这位律师在人们发现卡鲁索并不需要上诉之前就在处理卡鲁索的上诉事宜，那时他说上诉成功的可能性很小，这说明他不觉得卡鲁索之前的审判有何特别不妥之处。他也没有因案件的处理过程对警方、公诉方或者法官感到丝毫不满。他只是为这个小伙子的梦想能够成真由衷地感到高兴罢了。

斯卡拉梅丽诺对于卡鲁索的错误指认（无论是有意还是无意的）也并不罕有，在许多案件中，唯一获得的证据便是受害人对于嫌疑人的指认，而在这些案件中错误指认是常常发生的。这个问题已经被一些进步律师发现，他们就此写了许多文章，但都无济于事。有一本题为《给无辜者定罪》（*Convicting the*

Innocent）的书收录了与卡鲁索一案类似的65桩冤案。在这本书中，耶鲁大学的埃德温·M.伯查德教授说了如下这段话：

> 这些悲剧性错误可能主要源于受害者对于犯罪嫌疑人的指认。陪审团似乎倾向于相信受害者的话是准确可靠的，而不会重视与受害者供词相反的、有利于被告人的任何证据，无论是不在场证明、品德见证人还是其他证词。这些案件证明受害者或者目击证人的遭遇严重影响了他们的情感平衡，扭曲了他们的判别力，致使他们的指认往往并不可信。在指认过程中还夹杂了受害者的其他动机，并且这些动机一定是由被告人本人引起的，如报复自己所遭受的罪行、报复自己所认为的罪犯、寻找一个替罪羊，或者有意无意地支持别人做出的指认的欲望等等。因此，被告人总是受到怀疑。在本书的八桩案件中，被误判的无辜者和真凶之间毫无相似之处，而在另外十二桩案件中，被误判的人与真凶之间即使略有相似，仍然有极大的不同。只有在两桩案件中，误判者和真凶才能称得上惊人地相似。所有这些例子都体现出受害者对嫌疑人的指认是多么没有价值。

卡鲁索并不是不走运，相反，他是幸运的。布朗克斯区的一个线人碰巧掌握了戈特利布和雅各布森的正确情报，而这两人卡鲁索见所未见、闻所未闻。这两人被捕并坦白了犯罪事实，使人们相信他们才是卡鲁索被判入狱的那起案件的真凶。

记录卡鲁索一案的卷宗中也包括了对戈特利布和雅各布森犯有抢劫罪的指控记录。其中还有写给地方检察官办公室的一封信。这封信用本案法官的话来说是无关紧要的。这封信是雅各布森的妻子写的，其中她写道："无论如何，我的丈夫今年只有22岁，而劫案发生在一年前。为了我们很快就要出生的孩子，请您帮他至少减一点刑，就连这一点您都做不到吗？每天无论白天还是黑夜，我听到的都是十年到二十年的刑期，想着这么长的一段时间，我都快疯了。除了您，我找不到其他地方或者人能帮我。您瞧，我们虽然穷，但我们很快乐。请您让我们像从前那样快乐吧。因为我是如此爱他。"

地方检察官办公室对此无能为力，因为十年到二十年的刑期已经是犯有一级抢劫罪的人能够获得的最短的刑期了。于是，雅各布森被判入狱服刑这么长时间，而持枪的戈特利布的刑期则还要长上十年。这也许是他们应得的，毕竟他们曾经抢劫了一个人，并也已认罪。但正如卡鲁索一案是众多案件中的典型一样，雅各布森太太的信也绝非罕有。一位并未犯下抢劫罪却被判了刑的无辜者的妻子或许也会写信表达同样简单的情感，但事实上，她们写的信也会像雅各布森太太的信一样毫无作用，很快就会被人们遗忘。

（侯凌玮　译）

寻常警察

倘若用寻常的标准衡量，阿尔伯特·莫兰·威廉姆斯这人有些奇怪。他每周都要进行六天远足，有时甚至几乎不休息地一连闲逛上八个小时。他通常是一个人行走在城市的街道上，而一旦他和某人说话，那几乎一定是他在责骂那人。他总是把自己卷入其他人的事情中。如果他在晚上路过某家店铺，他会检查店门是否没有锁好，但是一旦他发现别人也在这么做，他就会去追捕那人。他睡觉很没有规律，还经常在下午三点钟吃早餐。对他这个年纪、这种教育背景的人而言，他有一种异常强烈的责任感，从不像其他人那样放松过。他很年轻，看上去很健康，但他总是穿着自己的“袋子”，冬天还会套上一件“外套”。他经常随身带着一把“罗斯科”（一把左轮枪）、一块“珀西”、一块“饼干”和其他一些东西，而且他总是警惕着“便衣”。他总是专注于深入思考死亡问题，而且比与他一起在西区长大的男孩子们更信奉宗教，当然一个成为了天主教牧师的男孩除外。他对人类形成了一种现实主义的、近乎愤世嫉俗的认识，因此寻常老百姓反过来对他也存有一定的敌意。他的大多数朋友都是他的同行，无论是工作还是业余时间，他的谈话总是三句不离本行。他从警已经四年半了，很快他就将成为一级巡警。

他说的很多话你可能都不太明白。他把我们大多数人称为巡逻路线的东西称作他的“里程”，当他在里程之内时，他是在

"巡游"而不是在执勤。他的警服是他的"袋子"，而他的冬季大衣则是他的"外套"。他把对违法者的投诉称为"过去式"。如果他有个颇具影响力的朋友，比如一名政客、一位杰出的银行家，或者一位大律师，那么他称这位朋友为他的"拉比"。他的警徽是他的"珀西"，他的枪则是他的"罗斯科"，当然，他的手表就是他的"饼干"。他把子弹叫作"肝丸"，警长是"老板"，队长是"船长"，管理监督巡警的副队长们则是"便衣"。他用来打给警局的电话是"箱子"。此外，他还经常称他的妻子为"厨子"（甚至是当着妻子的面！）。

目前，威廉姆斯是一名二级巡警。他是从菜鸟、试用巡警、四级巡警、三级巡警一路做到二级巡警的。今天距离他首次常规执勤已经过去太久，记忆几乎模糊得无法辨认了：那天这个二十五岁的菜鸟第一次走出小分队，看着一队宽阔的、蓝色的背影沿着街道渐渐走远，留下他一人守护东五十三大街的安全。但那天的记忆依然生动。那天他早早在家中换好了警服，他的妻子在厨房中忙碌，他就站在卧室里，对着镜子欣赏着身着警服的自己。巡逻的第一天他觉得人们一定都在看他，因此感到非常不适。走着走着，他的太阳穴开始跳动，他经历了一生中最受打击的情感体验。他所有的思绪都集中到了自己身上，他只看见自己一人，穿着蓝色的警服；突然他想起了土匪恶棍们、被割破喉咙的女人们和被绑架了的孩子们，想到了车祸撞击、救护车和火灾，想到了躲进建筑间通道里的窃贼们，想到了各种罪行和灾难，一瞬间，他意识到自己警察的身份以及肩负的职责。他感到头晕目眩，也有些歇斯底里，他至今仍然记得自己就像个经过严格训练的猎犬突然停下了脚步，仔细探寻着周围的环境。事情就是这样。片刻之后他感觉好多了。"这是我遭遇过的最糟糕的事情，"他说，"你知道吗？我差点儿晕过去了——你能相信吗？"

在他的试用期开始之前，威廉姆斯已经在东十五大街的警察预备学校业余学习了两年，在此期间他每周听一场讲座，学到了足够的知识，通过了初试，使他有资格进入警察学院学习。在警察学院，他接受了为期六个月的强化课程培训，在此期间他接触到了复杂的刑事法典，也接受了科学的体能素质强化训练，在心智和身体方面均有收获。例如，他知道了垃圾桶放在人行道上后必须盖起来，如果缺乏具体的扒窃证据，警方可以以推撞他人为由逮捕已知的扒手。通过学习，他射击真人大小的目标的准确率达到85%。早在课程结束前，他就已经不可避免地把职业罪犯视为自己的敌人而不仅仅是社会的敌人了。关于卫生法规、交通法规、轻微和恶性人身攻击、伪造罪、盗窃罪以及未成年人犯罪等的课程也使他对广大公众产生了类似的专业性的态度。在理论层面，他熟知各种形式的犯罪以及由利益和激情导致的轻罪。威廉姆斯开始将普通市民视作潜在的犯罪分子，认为他们有可能纵火、盗窃、性侵、谋杀或者做出其他各种危害社会的行为。在那段为成为警察做准备的日子里，他每天乘坐地铁回自己位于布朗克斯区的公寓，途中他发现自己对身边的乘客怀有坦率又无法克制的怀疑。他会愉快地对自己说："那边的那个家伙在我看来像是个蹩脚的伪造者。"

自从他开始巡逻以后，他经常遇到普通市民，与他们的接触使他意识到市民们对巡逻警察面临的问题存在极大的误解。他记得在东五十大街巡逻时，曾遇到过自己巡逻以来的第一起突发事件，他现在想来还觉得有些受伤。一辆出租车搭载着两位衣着体面的商人，引擎盖突然着火了，司机赶忙沿街停了车。威廉姆斯当时可能仍有些过分热心，他急忙跑到一个火警箱处报火警。但在消防车赶到现场之前，火已经灭了，发动机又启动了，车上的两位乘客催促司机继续行驶。

"你必须等一等，消防车一会儿就来了。"威廉姆斯告诉司机，说着把手按在方向盘上阻止汽车开走。

"简直是荒唐，"一位商人把身子探出窗户说道，"我们在赶时间，而且火已经灭了。司机，开车。"

"不，你们不能走。"威廉姆斯紧张地说道。

分外漫长的五分钟之后，消防车赶到了。消防员检查了出租车，扔掉了一些烧焦了的废棉花，之后回到了消防车上，鸣着警笛离开了。直到这时威廉姆斯才允许出租车载着急不可耐的乘客继续前进。

事后，威廉姆斯把这件事告诉了妻子，他问道："难道他们想让我放出租车走，然后一个人空无一物地站在那儿傻等消防员们过来吗？他们一定也看到我报警了，但是他们只想着到达他们那该死的目的地。"

"亲爱的，当然如此。"威廉姆斯夫人说。

还有许多其他因素导致威廉姆斯与平民老百姓之间的隔阂逐渐加深。他时不时地在报纸社论中看见"警方的愚蠢"和"警察内部的贪污"等字眼。有一次，他正在看自己最爱的流行杂志中的一则有趣的故事，他看得非常开心，直到他看见这样一句简洁的比喻："像警察一样愚蠢。"他对此非常愤怒，从那之后就再也没有买过那本杂志。

两三年前的一个下午，威廉姆斯挤过第三大道上拥挤的人群，将一个小男孩破碎的尸体从一辆卡车的车轮下拖了出来。救护车就要开走了，一位歇斯底里的女人紧抓住威廉姆斯的胳膊，威廉姆斯给她看了孩子的尸体，那是她的儿子。这个女人没有晕倒，但是她看上去是那么脆弱、无助、绝望，于是威廉姆斯送她回到了街对面的廉价公寓，也就是她的家里。女人心烦意乱地询问了他关于把尸体移交给殡葬所的问题，威廉姆斯回答了她。他还向她保证会帮她处理此事，接着陪她走进了公寓的小客厅，掏出自己的钢笔和备忘录。正在这时，孩子的父亲（街区一家面包店的老板）走进前门来到了客厅，他是一个焦虑的小个子塞尔维亚移民，身上还系着条围裙，头上戴着沾满灰尘的德比帽。

女人告诉丈夫："他死了。"

面包师什么也没说，在那儿呆立了一会儿，然后缓缓地坐在了椅子里，头上还戴着帽子。然后他意识到威廉姆斯在场。他匆匆摘下了帽子，看着这个穿着警服的高个子男人，说："抱歉，警官，我刚才没看见你。"

威廉姆斯发现自己很难解释他对男人这个举动的反应。

"跟你说这个感觉挺傻的，"他说，"但他那么做让我觉得自己有些——好吧，是非常寂寞，如果你懂我的意思的话。"

随着年龄的增长，威廉姆斯的观点几乎变得柔和了；将近30岁时，他对自己守护的市民们更为友好，但同时他也越来越退隐到城市生活的一个独立的领域，即警察部门。已经当了四年半警察的他再过半年就能成为一级巡警了，他的工资已经涨过三次，而成为一级巡警后他的年薪将达到4 150美元。他知道自己在经济上毫无后顾之忧，而大多数曾经和他一起在第二十三大街西端玩耍长大的男孩都无法享受这一点。他甚至掰着手指、一个个点名数出了这样的十个男孩。一个前面也提到过，成了牧师。一个是出租车司机。两个从小偷小摸沦为了黑社会成员，其中一人在两年前的一场帮派械斗中死了。一个是医生，工作过度，生活贫困，但比较快乐。两个在夜校学习法律，其中一人正迅速往上爬，另一个则得了肺结核，于去年冬天病逝于萨拉纳克疗养院。一个在海军任下级军官，一个是酒吧老板，而剩下的第十个则是威廉姆斯，他认为自己过得挺不错。

他在布朗克斯区拥有一套六居室的公寓，目前有两个儿子，一个6岁，另一个4岁。他还想再要一个孩子，并且希望那会是个女儿。他拥有一辆雪佛兰轿车，尽管部门有规定不允许，他还是每天开车去上班，并把车停在街上一整天。他正在购买一间位于韦斯切斯特的小棚屋，至少他是这么称呼它的。在他家隔壁住着一个和他一起从警官学校毕业的巡警。威廉姆斯在房产公司、汽车代理商以及百货商店处自然都拥有良好的信用记录，因为这些商家知道警察可能因为不良信用记录而被革职，更何况大多数警察都是负责任的。

威廉姆斯的工作时间颇为辛苦：连续六天，每天从早上8点到下午4点工作8小时，然后可以休息32小时；接下来六天，每天从午夜12点到早上8点工作8小时，接着又是个32小时的休息；之后六天，每天从下午4点到午夜12点，工作8小时，然后又可以休息32小时。如此一个工作周期，这样循环。

迄今为止，威廉姆斯还没有对任何一个人开过枪。他也没有中过枪，但他知道每年都有许多警察被枪杀或者中枪致残，虽然他不怎么考虑这个问题，但这也让他对于死亡具有了一种冷酷的认识。他是名天主教徒，他用很传统的方式祈祷，呼唤上帝（救世主）的名字以及一些圣徒的名字，尽管祈祷只是徒劳，他还是比较经常地去参加弥撒，对自己心中的那个上帝仍然抱有朦胧的坚信，有时他甚至会想象上帝在轻拍着他的后背。倘若他什么时候真的需要追击一伙杀人犯跑进漆黑的巷子中，他极有可能毫不犹豫地冲进去，即使胸前佩戴着的亮闪闪的“珀西”是极佳的靶子，他也会冒着丧命的风险而在所不辞。

他应市民们的需要参与调解过许多场家庭纷争，警告过上百户住户要及时倾倒垃圾桶，依靠在夜间检查所有商铺的门，在许多盗窃案发生后抓住过无数窃贼。只要扫一眼威廉姆斯和他的同事们每年统计的数据就会发现，绝大多数违法犯罪的逮捕缘由都是被捕者违反了卫生法、交通法、赌博法和其他情节较轻的法律法规。实际上，威廉姆斯有一次真的追捕过一名窃贼，最终徒手抓住了他，他也曾经制止过许多起街头斗殴，斗殴的双方都是挺难对付的强壮恶棍。但总体而言，威廉姆斯很少与职业罪犯或者黑道流氓有什么接触，即使遇见了最臭名昭著的黑道流氓，他往往也认不出他们。有时，有人因为他没有某些事情而坚持要付给他一些报酬，他将此称为“诚实的犒赏”，他总共接受了大约300美元这样的钱，不过人们不希望他做的事情他本来也不会去做；还有时，商人们送给他的圣诞礼物的价值总计达到50美元一年，但他从来没有向任何人恶意敲诈过钱财。他知道如果受贿很可能会被发现，更何况他也不比任何其他人更贪婪，而且，他的自尊心或许比大多数人都要强。他还经常接济他在工作中遇到的穷人，并且他组织的慈善活动不比他接受的赏金和赠物少。

当他晚上出去巡逻时，他尤其注意醉鬼们；他将一些醉鬼们送上过出租车，满足过另一些醉鬼坚持的要求，和他们一起探讨过哲学问题，也逮捕过其他一些醉鬼，把他们送到过夜间法庭。威廉姆斯自己挺喜欢喝酒，但他在执勤时很少会喝得微醉，即使在业余时间也从不会喝醉。

他觉得巡逻并没什么不好，只是在闷热潮湿的天气里，情况才变得着实糟糕。巡逻时他不允许抽烟，所以他不得不时常躲进某家店铺或者什么其他地方，悄悄抽上几口。但是他得把握好时间，因为他必须一分钟不差地从街道报警箱向警局里的小队长汇报情况，否则的话，队长会勃然大怒，并叫他彻底检修一下他的“饼干”（手表）。现在他的双脚不再感到不适了，不过一开始它们确实对他产生过困扰。他穿着的警靴鞋跟很厚，脚上感觉很敏感，夏天时路面像沸水般滚烫，而到了冬天则像冰块般寒冷。每隔一段时间，他就能接到一个小任务，如为一场职业拳击比赛或者一场政治会议举行阅兵。威廉姆斯觉得这样的阅兵很无聊，他说这只是又一次远足罢了。

在他任职的第一年，巡逻时他与一位意大利哑姑娘来往甚密，后来他又与一位挺漂亮的女士有过一段风流韵事，要知道，当时他已经结婚三年了，现在他不愿谈起这两位女士中的任何一位，也放弃了卷入婚外情中，认为那太麻烦、太冒险，在各方面也都不能令他满意。他的妻子似乎能够理解他，他的儿子们当时还太小，对父亲有的只是崇敬。每隔一段时间，他都会带妻子去百老汇，去看一场演出，在那之后或许会去中餐馆吃顿杂碎，好让妻子能从厨房里放天假。在这些场合，他都必须带上自己的“罗斯科”和“珀西”，但每当他和“厨子”出门消遣时，他不会愿意仅仅因为一点免费的食物或酒水就和别人动手。当然，他“巡游”结束后，会脱下自己的“外套”和“袋子”，在下勤后穿上平民的服装。

威廉姆斯的父亲具有一半苏格兰血统和一半英格兰血统，四年前去世时他是一片伐木场上的工头。威廉姆斯的母亲则是爱尔兰人。威廉姆斯上了一年高中，之后就辍学去他父亲监工的伐木场工作了。在伐木场那儿他曾经和父亲发生了一次口角，因此还短暂离家了一阵子，向西一直到了纽瓦克，向北一直到了杨克斯，在一家小餐厅里做勤杂工，或在建筑承包商那儿做计时员，或在另一处伐木场工作。一年后，他回到了家里，开始与日后成为他妻子的姑娘交往，姑娘的父亲是一家大型乳制品工厂的职员，在他的帮助下威廉姆斯获得了一份稳定的工作，即做牛奶车的司机。他与另一位司机成了好朋友，这位司机的兄弟是一名警察，就这样他偶然间决定要成为警察。

尽管有时候他会想象自己喜欢推理，威廉姆斯想做警察并不是因为他特别喜欢演绎推理，所以他不太可能选择报酬更加优厚的侦探部门。他即将拿到的4 150美元的年薪是他能够挣到的最多的工资，除非他成为警队小队长，那样他每年能多挣500美元。他不能仅凭影响力获得晋升，但是他的“拉比”帮他删除了一些“便衣”对他的日常投诉，使得他的晋升之路稍微容易了一些。威廉姆斯的“拉比”是他童年时的一位朋友，现在是一位蒸蒸日上的律师，也是位坦慕尼派人士。如果威廉姆斯成为了小队长，那他之后可能晋升为警队副队长，某天甚至会成为队长。即使他像大多数巡警一样一直是个巡警，但他在服役25年后退休时也可以拿到工资的一半。他一点儿也不想加入交警部门，因为他认为交警的工作很不稳定，比他的工作更辛苦、限制更多，而工资待遇却是一样的。

威廉姆斯身高5英尺9.5英寸，体重165磅，这两项指标恰好是纽约全体巡警的平均水平。但是他像我们大多数人一样有着令自己感到安慰的信念：他认为他和别人都不一样，甚至和其他警察也不怎么像。纽约的警察中有大约一万七千名巡警，这些人与他相比或胖或瘦，或高或矮，有些比他贪婪，有些则比他知足，有些比他聪明，有些则比他更野心勃勃。尽管如此，威廉姆斯仍是一名普通的纽约巡警，哪天我们若有求于他，我们便会在纽约的大街上看到他的身影。

（侯凌玮　译）

此荣誉之王何许人也?

圣父在不止一个场合都说过自己是上帝。在这里以及其他一些城市他都有“天堂”，这些“天堂”的墙上曾经挂着这样的横幅，上面写着“圣父即是全能的上帝”，还有巴士载着他的追随者欢欣鼓舞地从哈莱姆区的“天堂”赶往纽瓦克和泽西城的“天堂”，这些巴士上无一例外用红色的字母题写着“圣父（上帝）”。

如此大胆的宣告对媒体和纽约政府都产生了极大的影响。总体上说，报纸似乎视圣父的事迹为奇迹。而市政府多年来对他也是非常恭敬。1933年纽约市长的两位最有力的竞选人曾于一个夜晚去他位于哈莱姆的“天堂”拜访过他。拉瓜迪亚先生说：“今晚我到这里来，是想寻求圣父的帮助和建议。无论他想要我做什么，我都会为了他那么做。”欧布莱恩先生更早一点的时候出现在这次夜间会面上，他说：“安宁！苦难、快乐或者痛苦，无论发生什么，你都能够在圣父的领导下以理性面对它们。安宁吧！”似乎除了圣父的追随者们，许多人同样认为圣父就是上帝。

圣父希望每个人都相信他生下来就是个成年人，并且称自己在几年前生于普罗维登斯，此普罗维登斯不是罗德岛上的，也不是天上的，而就在此处（或者那里），就像泛神论中的神祇或者菩萨的永生一样，是无处不在的。耶稣曾经告诉尼哥底母[①]："除非一个凡人重生，否则他是看不见上帝之国的。"圣父不仅每天都能看见上帝之国，而且租用着它，他自己住在上帝之国的一间主要公寓之中。他说，自己自然需要重生才能够这么做。他坚称自己不记得重生前的自己是谁、什么样子。"难道你能记得自己出生前的事情吗？"他会如此质问那些就此问题对他产生怀疑的人们。

如果你将以下事实牢记在心里，即圣父是个身材矮小、肤色高贵且秃头的男子，那么你会意识到他真实的人生经历比他神圣重生的故事更令人敬畏。他的人生经历就是一部不断向前向上、从默默无闻到杰出卓越、从一贫如洗到家财万贯的艰苦的奋斗史。在短短的四十年间，他从篱笆、草坪修剪工成了福音传道者，又从福音传道者成了神之信使，又从神之信使成了 J. 迪瓦恩上校，又从 J. 迪瓦恩上校成了 J. 迪瓦恩教士，又从 J. 迪瓦恩教士成了圣父（上帝）。这段对他的颂词写于1936年，当时他的势头依旧强劲，尽管报纸已经感到厌倦，不想再对他一探究竟了。

1936年他六十岁左右，他早年的记录已经无从考证。在他二十来岁时与他相识的人们认为他来自佐治亚州，或者佛罗里达州，或者弗吉尼亚州，他们不能确定究竟是哪一个州。但毫无疑问，在1899年时，他的名字叫乔治·贝克，在巴尔的摩依靠修剪篱笆和草坪老老实实地生活着。他有一把长柄大镰刀和一把修枝剪，在春天和夏天他会走遍白人居住区招揽生意，为自己一天的服务开价50美分。他很节俭，所以当冬天到来时他通常已经积攒了足够多的钱，能供自己清闲一阵子。如果他的积蓄开始变得太微薄，那么他会去码头上打些零工。当时的他看上去并没有什么野心。

礼拜日他会去位于伊甸园街的亨德森牧师浸信会教堂的礼拜日学校去教课。他是个认真严肃的年轻人，常对上帝感到忧心忡忡。他并不觉得也没有声称自己比亨德森牧师的其他有色会众们更加接近上帝。他只是教授着礼拜日学校的课程，读自己的《圣经》，在工作日又去工作，脑袋中装满了复杂词汇和高谈阔论。他有时会在教堂周四晚间的祈祷者集会上发表一些小演讲（这也是会众中任何一个成员都享有的权利），在演讲的过程中他常常会纠结于一些惊人的想法，例如"上帝被人格化和物质化了的"。他会牢牢抓住这个想法并且绞尽脑汁思

① 尼哥底母，法利赛人和犹太公会的成员，从《约翰福音》可以看出他赞成耶稣，在福音书中共出现了三次。

考它。他会说："上帝不仅被人格化、物质化，而且一次次被重新人格化、物质化。同时他也使其他事物重新物质化。他重新物质化他物，也可被重新物质化。他重新人格化他人，也可以被重新人格化。"他会像这样说上好一阵子，浑身出着汗，双眼略微肿胀，然后他会突然停下回到座位上。就连在当时，人们也喜欢听他说话，在年轻人的话语间隙甚至不等他将一个词说完，你就能听到人们发出"阿门，兄弟！""兄弟，不是这样的！"等诸如此类的感叹。但当时的他还不是后来那个一流的演说家，他似乎永远完全确定自己演说的用意究竟何在。

后来，是一个名叫塞缪尔·莫里斯的几乎全白的黑白混血儿为贝克指明了方向。和贝克一样，莫里斯也有很强的宗教信仰，对《圣经》中的文字极为痴迷。在19世纪末20世纪初，莫里斯住在宾夕法尼亚州的阿勒格尼城，并在那里的轧钢厂工作，偶尔他会作为嘉宾牧师站在黑人教堂的讲道坛上发言。他为会众们布的道温和而传统，充满了《圣经》中的和与《圣经》紧密相关的典故，但人们觉得他的布道枯燥无趣。他曾经不止一遍通读过《圣经》，和任何受到启发的读者一样，他有时允许自己的思绪牵引自己，跳过整段整段的文字，完全略过其中的意义。当贝克正在巴尔的摩勤恳地工作时，莫里斯在阿勒格尼城一次次重读着他的《圣经》，一天晚上莫里斯偶然发现《哥林多前书》（*Corinthians*）第三章有一段诗文他此前从来没有看到过。他事后回忆说，当时这段文字跳出了书页砸在了他的脑袋上。这段诗文写着："岂不知你们是上帝的殿堂，上帝的圣灵就蕴藏于你们的体内？"莫里斯感到这句话就是特别对他说的。就是这样。莫里斯想道："如果上帝的圣灵就在我的体内，如果如《圣经》上所说上帝、圣灵和圣言是一体，那么上帝他自己就在我的体内。如果上帝在我体内，那么我的身体就是上帝的身体，而我就是上帝。"那天晚上莫里斯怀着无比兴奋的心情上床睡觉了。他梦见自己看见有人溺水了，有一个声音对他说："去巴尔的摩拯救他们。"第二天早晨他仍然记得那个梦和那个声音，想到既然前一天他成为了上帝，那么他体内一定有足够多的上帝的意志在命令他。由于他没有钱，于是他就徒步前往巴尔的摩了。

莫里斯当时非常精明，所以他不会完全始终如一地坚持自己的信仰（他现在也是如此）。在去巴尔的摩的路上，虽然知道自己是上帝，但他仍然用自己的那套传统的方式沿途向人们布道，以换取食宿，他始终是塞缪尔·莫里斯，从未向人们暗示自己还有其他身份。但当他来到巴尔的摩的黑人教堂时，他就可以随心所欲了。他会安静地开始他的布道，非常克制地说上一阵子。接着，《哥林多前书》中那句意义非凡的诗文将征服他，他会突然伸出双臂，砰的一声将它们合拢到胸前，然后又伸展开，叫道："我就是永恒的天父！"每当他这么做时，巴尔的摩的会众们就会把他抬起来扔出去。因此他在一处教堂里只能发表一次演说。

当莫里斯在巴尔的摩亨德森牧师浸信会教堂中布道时，会众中唯一没有被他激怒的就是乔治·贝克。当莫里斯说"我就是永恒的天父"时，贝克被震撼了。当莫里斯被扔出教堂摔到大街上时，贝克来到了他身边，把他扶了起来，并邀请他与自己一同回家。当时，贝克住在东巴尔的摩费尔芒特大道的一间木结构小屋中，房东是一位名叫安娜·斯诺登的福音派信徒。她很欢迎莫里斯，并和贝克一样成了莫里斯的信徒。莫里斯找到了一份工作，为货运公司驾驶马车。每周一到二两个晚上，这三人都会在小屋内举行集会。前来参加集会的人从未超过十到二十个，但这些人非常自得其乐。莫里斯是集会上的主要传道者，他先会进行一场常规性的布道，之后会朗读《哥林多前书》的那段文字，他会展开双臂叫道："我就是永恒的天父！"对于那些参加集会的人来说，这个时刻总是快乐的。他们并非确实相信莫里斯就是上帝，他们知道他依靠驾驶马车谋生，也知道他在接受他们的小额施舍时是多么感激，但是听到他如此叫喊，仍然令人激动，这些人的心中隐约觉得如果莫里斯不是永恒天父的话，那永恒天父一定会把他打死的。

在他那令人敬畏的宣告之后，莫里斯通常不会再多说什么。他会略显不安地坐下来，这时贝克就会接过集会的主导权，开始谈论上帝。贝克从来没有公开地将莫里斯等同于上帝，但由于他的话总是紧接着莫里斯的宣告说的，这令他看上去就像在探讨那个刚刚坐下的人一样，而这种效果是强有力的。贝克在学习如何挑出一个宏达复杂的词句，对它发表一些忧虑和思考，然后再将它搁置下来，不让这个词句占自己的上风。他学会了挑出一整段文字然后对它进行这样的思考——给所有重要的词语加上前缀和后缀，并且以一种特殊的方式结束自己的发言，使追随者们发出狂喜的惊叫。他越来越擅长此道，他的话向来难懂，但是它们却激动人心。例如他会说像日后作为"圣父"时那么说的话："每个人都是人格化表达的人格化体现。因此他是不具人格的事物的人格化表达，他是人格化表达也是全能的上帝在人格化前的人格化表达！安宁！这简直太美妙了！我再说一遍，这确实太美妙了！"追随者们纷纷附和道，这是个充满狂喜的仪式，他们附和道："太美妙了，安宁！这确实太美妙了！"

到了1907年，莫里斯重生了，他自称天父"耶和维亚"，给"耶和华"的名字加入了一个音节。此时的贝克仍然比较谦逊，他也宣称自己重生了，他的新名字叫神之信使。莫里斯毫无敌意地接受了贝克的行为，并将自己的信徒冠以“子级上帝”的头衔，莫里斯自己的头衔则是“父级上帝”。同时，贝克继续修剪着篱笆和草坪，而莫里斯也继续驾着他的马车。他们的集会也一直很低调。1908年左右，一位名叫圣约翰神圣主教的重要信徒加入了他们的集会。这位圣约翰神圣主教原名叫约翰·A. 希克森，他堪称是宗教之海上一个饱经风霜的海盗。在他的家乡——弗吉尼亚州的亚历山德拉，他曾是一名牧师，对五旬节圣洁会、圣灵降临派和其他秘密宗派都略有涉猎，有一段时间他还在波士顿的老罗伯特逊的“永生不死教堂”做过助手。一天晚上他无意间走进了莫里斯和贝克的集会，并被莫里斯对于基督教的理解深深打动。他留在了巴尔的摩，打些零工并成了贝克家集会的首要参与者。直到20世纪30年代末，圣约翰神圣教父一直是一位伟大的传道者。礼拜天晚上，通常在第一百一十大街的“上帝神龛”中你偶尔能听到他的布道。他通常开始很缓慢，轻柔含糊地说着，说话时他会绕着讲台踱步，显得专心致志。当他的声音开始提高时，他会突然跑起来，低着头抬着跨。接着他会垂直跳向空中，像一匹顽抗的马一样腿部僵硬、落地大叫。圣约翰神圣主教又带了几位追随者到贝克家中，但并不多。总体上说，巴尔的摩人仍旧没有做好准备接受莫里斯自称永恒天父的宣告。

圣约翰神圣主教虔诚地追随了莫里斯四年，但此后他开始重新阐释《哥林多前书》，并说它适用于他自己以及全人类。他并不试图从莫里斯处夺走“父级上帝”的头衔，他的意图很简单，即如果《圣经》上说上帝的圣灵“蕴于你们的体内”，那么“你们”适用于任何阅读到此句的人。此前无论是莫里斯还是贝克都没有这么想过。莫里斯当然不喜欢这样的阐释，而贝克却心存怀疑，但他没有表达自己的怀疑。圣约翰神圣主教甚至追溯到了《新约》中，并挖掘出了其他《圣经》手稿用来支持自己的论点，即任何人、所有人都是上帝。他引用道：“‘上帝是爱，住在爱里面的，即住在上帝里面，上帝也住在他里面。’‘凡认耶稣为上帝儿子的，上帝就住在他里面，他也住在上帝里面。’”这后一条引用甚至比莫里斯原来从《哥林多前书》中引用文字还要清晰。但是，对于这一问题的争论持续了数年之久。直到1912年，经过深思熟虑，圣约翰神圣主教前往纽约创立了“永生上帝教堂”。贝克也决定独自出发，他开始往南方走，并没有告诉任何人自己究竟计划做什么。

在圣约翰神圣主教提出他的内在的上帝这一信条后，莫里斯开始有些含糊其词，在贝克离开他之后他还坚守着自己“耶和维亚”的头衔，但他从来没有试图利用它谋利。他在新泽西州哈克特斯镇附近的一处农村房产做看护人，这处房产是他从哈莱姆的一家名为德素托发展公司买来的，该公司卖许多东西给黑人。他仍然喜欢被称为“耶和维亚”，但现在他的主要愿望只是在这里永远地住下去。他几乎确定自己会这么做。关于自己的永生他找到了一段令他深感安慰的文字：“‘我实实在在地告诉你们：人若遵守我的道，就永远不见死。’”万一上帝一时忘了他一直遵守上帝的道，莫里斯也有一个方法来避免死亡。每当他生病的时候，他就会跳向空中，把鞋跟碰得咔咔作响，他说这样就能踢走困扰他的一切病痛。他说自己知道那些病痛只是暂时的，不会真的要了他的命。他是个亲切温和的老头，他以一种讽刺的眼光审视着圣约翰神圣主教的得势与渐渐失势以及他的老信徒，神之信使贝克即后来的圣父日后的成功。

关于神之信使在南方的发展，唯一的书面记载是1914年2月在佐治亚州瓦尔多斯塔市对于他精神失常的审判的法庭记录。当时他的行为惹恼了该市一群有色居民，他们认为他对于公众是一种威胁，于是报了警，被捕时贝克仍自称是神之信使。然而，当警察向神之信使的信徒们询问神之信使的真实姓名时，信徒答道：“他就是上帝，不是什么其他任何人。”所以将他送上法庭的令状上写着：“无名氏，别名上帝。”在审判中，他自称为神之信使，并说自己没有其他名字。

在瓦尔多斯塔，神之信使被判精神失常。对他的审判温和且不正式，庭上充满了律师、法官和陪审员的苏格兰、爱尔兰风格的巧词慧语，没有任何一个研究人类思维的学者会认为那场审判的裁决是经过深思熟虑的。神之信使有两个主要的诉讼人。一位是斯塔福德医生，他是一名有色人种医生，也是瓦尔多斯塔圣灵降临教堂的一位牧师。斯塔福德医生指出在该社区有三四十名神之信使的追随者，他们认为神之信使就是上帝，因为神之信使鼓励他们相信这一点，因此根据事实本身可知神之信使是个疯子。另一位主要的诉讼人是一名叫怀特的卫理公会派牧师，他同样认为神之信使是疯子。神之信使的律师 J. B. 科普兰是个白人，他质问斯塔福德医生如果一个人相信卫理公会派对于《圣经》文本某些段落的阐释，那么他是否能判定此人精神正常，斯塔福德医生说他不能。科普兰先生随后询问怀特牧师他是否认为圣灵降临派信徒是精神正常的，怀特牧师回答说当然不是。于是科普兰先生对陪审团说：“先生们，对被告提起诉讼的两位主要证人已经做证说明他们认为对方精神都不正常，这一判断是基于宗教偏见，而同样是基于宗教偏见他们才对被告提起了诉讼。”

这令陪审员们都笑了，但后来该社区的有色人群做证说他们的妻子为神之信使着了魔，并对她们在街上碰见的每一个人大喊上帝来到了瓦尔多斯塔，陪审员们退场进行考虑，最终做出裁决称神之信使精神不正常。然而，他们认为他并没有那么疯癫，不应将其送入州精神病院，鉴于他很快就将离开佐治亚州，陪审团建议将他释放。法庭接受了裁决和建议。

神之信使离开瓦尔多斯塔前，人们将他的私人物品还给了他，其中包括一小卷钱和两张报纸剪报。一张剪报上说他曾经在萨凡纳市做过六十天的苦力囚犯（但剪报没有说明具体罪名），另一则剪报则报道了一辆载满监狱检查员的汽车发生车祸的消息。在第二张剪报的边缘上，神之信使写着："记住，你的罪过最终都会遭到报应。"

律师科普兰先生在审判后曾写信与神之信使交流。回忆起几年前的那场案件的细节，他写道："我记得当时这个人着实具有某种显而易见的能力，所有与他有过接触的人都有所体会。他告诉我他试图践行上帝的意志，他不觉得自己做了任何有悖于上帝意志的事情，他认为只要他能够自我等同于上帝，那么他就是上帝。"

神之信使从容不迫地离开瓦尔多斯塔而北上，在一个镇上组织一次集会，又继续前往另一个镇子。他并不是独自旅行，有三四个男女离开了他们在瓦尔多斯塔的家，成为了他的虔诚信徒。他们会在一个一个镇上停留一个月左右，当神之信使在街角或者有时在有色人种居住区的教堂讲坛上布道时，这些信徒就会找些活干，把工资凑在一起来购买食物、缴纳房租并为前往下一个城镇积攒路费。其他一些信徒加入了他们北上的队伍。1915年，神之信使来到了纽约，此时他已经有七八个忠实的追随者了。

神之信使发现圣约翰神圣主教创办的"永生上帝教堂"正在西第四十一大街上欣欣向荣，当时纽约城的这块区域主要居住的是有色人种。圣约翰神圣主教因为他的内在上帝的信仰而大获成功。和在巴尔的摩时一样，他依然认为《新约》中说上帝在我们每个人体内，因此每个人都是上帝。他刚开始在纽约宣扬这个信条，人们就欣喜若狂地接受了它。这时上帝们正沿着整条西四十街跳上跳下，从第十七大道到第九大道。在"永生上帝教堂"的那些不朽之人每天下午和晚上都会举行集会。男性会众自称也互称是"上帝的殿堂"，他们头戴黄色头巾，上面装饰着银色的金箔，女性会众则头戴一种粉色风帽，肩披紫色披肩。"上帝住在这个殿堂里，我真高兴啊！"这些"上帝的殿堂"们会如此喊道。他们按照《我的祖国》（*My Country*，*'tis of Thee*）这首歌的调子唱道："真高兴，真高兴，真高兴！”还会喊道：“将要永生！不会死去！”他们的圣歌是这样唱的：

上帝在你之中，
上帝在我之中。
你是上帝，
我是上帝，
大家都是上帝。

奥贝主教是教堂默认的支柱，他这样描述当时信徒们的总体精神风貌：“我是永恒的存在。我无处不在。我从那里到这儿来。但我还在那里——也在这儿。我不受打扰。”

神之信使在西第四十大街找了处公寓，与他的信徒们在那里住了几个星期。他们不相信自己和所有其他人都是上帝，而是认为只有神之信使才是上帝。神之信使充满嫉妒地守护着他的信徒。他经常与圣约翰神圣主教见面，但他没有加入“永生上帝教堂”的狂欢活动。他只是站在一边旁观。作为福音传道者公会的一员，他对圣约翰神圣主教所做的颇感兴趣，他有时会邀请他的这位老朋友来到街角的公寓里，一起吃顿饭并谈谈他的组织。但是神之信使从来没有想过要让自己的信徒去圣约翰神圣主教的教堂。他的信徒们在曼哈顿做厨师、侍者、洗衣女工和家庭女仆，而神之信使本人则不工作，他的信徒们为他提供食物、衣服、租金，有时甚至还会准备一些现金放在他的口袋中供他零花用。因为这些追随者们相信他就是上帝，所以他们愿意将自己挣到的每一分钱都给他。神之信使变得有些守口如瓶了，也很少再和圣约翰神圣主教探讨《圣经》，他与圣约翰讨论的大多数内容都是关于“永生上帝教堂”的经济状况。

在神之信使到来后几个月，“永生上帝教堂”便开始解体了，当然这不是因为神之信使做了或说了什么，而是因为该教堂创立所基于的信条并不可行。在教堂中没有纪律。与圣约翰神圣主教一样，会众中的每一名成员都是上帝，因此他们对牧师的命令充耳不闻。由于他们是全能的，因此会众们对自己的邻居们颐指气使。一个“上帝的殿堂”会与一个路人搭讪，并对他喊道：“粗鲁的野兽！我要用火和硫黄杀死你！我将吹灭你的生命之灯！”那段时间出现了许多街头斗殴，根据西第四十七街警察局的记录还发生过一些持刀捅人事件。圣约翰神圣主教应该知道，在12世纪的德国也曾经有过类似“永生上帝教堂”这样的宗教流派，那个流派同样是基于内在性的学说，被称为“自由灵兄弟会”。每一位兄弟都是上帝，他们赤身裸体四处活动，烧毁邻居的房舍，抢劫、强奸、杀人，无恶不作，最终被人民大众所支持的宗教裁判所镇压。

神之信使感觉到“永生上帝教堂”正逐步走向必然的毁灭。他动员自己的信徒们去布鲁克林区默特尔大道的黑人区，在那里他们成立了一个集会所与职业介绍所相结合的机构。他租用了一个四居室的公寓，和信徒们一起住在里面，在每天晚上晚餐时和餐后举行集会。时不时会有一些新的信徒加入他们。如果新加入的信徒没有工作，神之信使就会给他一个。有时他会在布鲁克林的报纸上刊登“求职”广告，凭借这个方法帮助追随者们找工作。有时神之信使自己会回答“求助”广告，并推荐自己的信徒去应征该职位。事情进展虽然缓慢，但发展的速度仍旧足以让神之信使确信自己产生了一个非常宝贵的想法。

也许神之信使的追随者们比他们此前任何时候都要快乐。他们的公寓变得拥挤，有时他们一间屋子里睡了三四个人；但是他们曾经住过的所有地方都如此拥挤。他们的食物很棒也很充裕。有十来个人拥有固定工作，他们将挣来的钱悉数交给神之信使，因而他们拥有足够的钱买所有生活用品。任何一个恰巧没有工作的信徒就会充当厨师。每天当信徒们在工作时，他们会意识到自己是在上帝的家中工作。与莫里斯早期的那些在巴尔的摩的信徒不同，这些信徒确实相信他们的首领就是上帝。神之信使不必工作，他也什么都不缺。这在他的信徒们看来简直是奇迹。每天晚上的晚餐都非常丰盛，神之信使的口袋中也总是有一卷钞票。每当信徒们对这些事情感到惊异并且请神之信使做出解释时，他会笑着坐在桌首看着他们，说：“上帝会提供一切。”信徒们比在南方时挣得更多，工资上的差异足以让他们过上现在这样的生活。就像他们晚上常常唱的那样，他们现在的生活棒极了。在神之信使看来，这一切确实棒极了（他总爱这么说）。他的信徒们每人每周挣10或12美元，这意味着他们每周一共可以挣到约130美元，其中他每月只需支付40美元的房租，每月花在食物上的费用大约有150美元。通常他们在食物上无须花费这么多，因为他的信徒都是南方人，那些做厨子的信徒像许多南方黑人厨子一样遵循传统，会将食物“私拿”回家，每天当他们离开雇主的厨房时，他们都会私带少量的面粉、白糖、盐、蔬菜和肉类回上帝之家。

信徒们一无所求。他们不喝酒，因为神之信使不赞成饮酒。他们从不乱花钱，因为首先他们不需要上帝之家以外的任何娱乐活动，其次在他们把工资交给神之信使之后，从信使那里得到的唯一的钱就是车费。当他们需要的时候，信使会为他们买衣服，当然是从二手店里买来的便宜货，由一个身为女裁缝的信徒将这些外套、裙子改制合身。神之信使发现十二个人的生活开支并不是一个人生活开支的十二倍。他在家里将英国食堂或者说美国供膳寄宿处的原则发挥到了极致。或者你也可以称之为共产主义。无论它是什么，它看起来运转良好。

在上帝之家从来没有人感到孤独。神之信使会主持每天的晚餐，每个人都会唱圣歌并且欢呼好一阵子。这没有什么不道德的。如果在晚间的集会上大家激情澎湃，他们会像圣灵降临派的集会那样疯狂歌唱，他们的快乐是共通的。男人和女人被隔离开来，女人们睡在一间房里，男人们睡在另一间。当然，有时个别人也会破戒，有人会秘密见面，发展秘密恋情。但至少所有的信徒都比他们过去更克制，有些更是毫无疑问的独身主义者。神之信使反对性欲表达，他的信徒们则诚恳地践行这一点。神之信使要求信徒们摒弃他们之间的一切爱，唯独保留对上帝的爱。

在1919年秋天，神之信使离开了布鲁克林，与信徒们一起搬到了长岛塞维尔的一栋房子中。似乎有一种天意把他引领到了这里，并将把他提升到全国皆知的地位。此时，他已有十六七个信徒，他需要扩大空间。另外，他希望让他的信徒们远离他们有色同胞们的影响。他们可以留在纽约工作，周末到塞维尔来，他也可以为他们在塞维尔找工作。他们绝不会被白人老板们影响，到了晚上或者周日，他们很乐意回到上帝之家，而在一个真正的家中会有更多的空间为更多的信徒提供住处。

美国加入第一次大战约一年后，在塞维尔一个名叫爱德华·费尔根豪尔（Edward Felgenhauer）[①]的德裔美国人将他的姓改成了费洛斯。此人在镇上拥有一家油漆商店，在梅肯街上有一处房子。他的隔壁邻居名叫谢弗，没有改名，并且嘲笑费洛斯的胆小。终于费洛斯和谢弗因此吵了起来，费洛斯决定搬走。为了在与邻居的争执中强辩出最后一句话，他在纽约报纸上为自己的房子刊登广告时要求新住户须是“有色人种”。神之信使看到了这则广告，就前去看房。这是一栋又长又不规则的两层房屋，有十到十二间房，还有一块六十英尺的空地。这正是神之信使想要的房子。一直以来他都很节俭，现在他手头还有些现金。他总共付给费洛斯先生700美元现金，其中一位名叫皮宁娜的、来自纽瓦克的有色女人

① 费尔根豪尔是个常见的德语姓氏。（译者注）

可能用自己的积蓄给他提供了帮助，这个女人此时已经成为了他的一名主要信徒，并在后来取得了“圣母”的杰出地位。契约就这样签订了，剩余的2 500美元房款将以按揭的形式支付。购房契约上有两个签名，一个是皮宁娜的，另一个则写着“J. 迪瓦恩上校”。神之信使从人间蒸发了，从当年众多军事头衔之中，他选定了J. 迪瓦恩上校这一个。乔治·贝克第三次诞生了。这次他新身份的诞生似乎是在去长岛的火车上发生的。

在如此复杂的一个故事中，似乎需要为读者诸君快速地重述一下前文要点，也好让大家喘口气。前文要点如下：乔治·贝克是一个巴尔的摩的割草工，通过一系列“重生”过程他先后成了神之信使和J. 迪瓦恩上校，1919年他似乎一在长岛的塞维尔安顿下来，就又第四次、第五次换了新的身份。他抛弃了军事头衔，用元音字母“i”替换了元音字母“e”，变成了J. 迪瓦恩教士，这让他的名字有了超自然的含义。随后他几乎立刻又成了圣父（上帝）。从此之后，他一直是上帝。1936年的一个场合，他在哈莱姆的信徒们在他位于西一百一十五街的“天堂”（他们教派的总部）的宝座上拉了一根黑金相间的丝质彩条，上面醒目地写着：“圣父是宇宙之主。”但那纯粹是夸大其词。宇宙之主的头衔仅仅是他那些狂热的追随者毫无根据的表述，并不代表他又一次正式重生了。无论是之前在塞维尔还是之后在哈莱姆或者其他任何地方，圣父从来都没有暗示他认为自己超越了上帝。

在塞维尔安顿下来之后，作为上帝的他很谦逊，甚至几乎毫不矫揉造作。他住在梅肯大街上的白人邻居们从来都没有真正对他友好过，但他们也没有特别和他作对。这条街上的人们都不做作。一栋栋房屋距离路牙有一定距离，看起来舒适安宁，院落中树木成荫，房中的住户大多常年在村中工作。夏季度假村在梅里克街的另一边，而酒店和豪华住宅还在更远的地方。对他的邻居们而言，圣父不是J. 迪瓦恩上校，虽然这是他买房时在房契上的签名，他们认识的圣父是J. 迪瓦恩教士，他告诉他们自己在运营一个职业介绍所。他看起来特别干净整洁、正直诚实，肤色也是那种高贵的颜色，目光温柔，行为文雅。直到多年以后，他的邻居们才知道他被一些人视为上帝。他们有时会看到他在业余时间里在庭院中做些杂活，修剪灌木、草坪，整理前任房主留下的垃圾成堆的卫生死角。除了一位厨子相伴，他整天一人独处。那二十多个与他同住的人是工人，其中一些除周日外都在纽约工作，另一些则在早晨离家晚上才回来。他们都是正派、有条理的有色人种，从不打扰任何人。晚上他们会唱很多歌，周日晚上尤其如此，但是他们的歌声从不刺耳，他们唱歌也很少会持续到晚上九点以后。在屋里乔治·贝克被称为圣父，他的所有追随者都坚信他就是上帝。

圣父每周都会去一次渔民银行和信托公司附近的《萨福克县新闻报》（*Suffolk County News*）办公室，给那里送去一份可靠的有色人种求职的分类广告。只要有人回复了广告，圣父就会亲自登门拜访，还会带着一张商业名片，上面写着“J. 迪瓦恩教士”。他会摘下帽子，站在门口的台阶上说：“我可以一再担保我介绍的所有的工人都是品格良好、廉洁正直的人。”塞维尔的居民们都喜欢他，在大约一年内他就不急不忙地在塞维尔以及塞维尔附近为自己所有的早期信徒找到了工作。这样他们就可以节省下一大笔通勤费用，那开支对于整个团体来说确实是不小的负担。

圣父的这些早期支持者除了工资再没有什么能够给他，而他们的工资也从来都不高。这些穷苦的人提供的是边缘家政服务，他们当中没有一个人是烹饪或者洗衣专家。他们通常为三口之家或者四口之家服务，这样的家庭能够请得起一位用人，每周支付的报酬也不超过10或12美元。但是现在圣父开始吸引更多新信徒的注意了，这些人在夏季度假酒店、拿骚和萨福克县的豪宅中担任厨师和男管家，他们是有一定技能的有色人种，有时每月的收入多达100美元，吃住都在雇主的家中，并且拥有银行账户和保险契约。这些人将圣父视为上帝，而圣父在他们眼中的神奇程度似乎超过了他在那些早期追随者眼中的神奇程度。随着他越来越熟悉塞维尔和附近城镇的处于更高阶层的有色人种，圣父开始邀请他们来自己家共进周日晚餐；餐后他会向他们布道，但从来不接受募捐。当客人们坦率地问他是如何能够给他们提供免费的晚餐时，他会高兴地回答：“圣父会给予一切的。”而他的信徒们则会说：“太美妙了！难道这不是很棒吗？亲切的圣父是全能的上帝！”圣父并没有一夜之间大受欢迎，每次总是只有两三个人慕名来到他的家里。在有些周日，家里根本没有外来的客人，而其他一些时候，家里可能有三四个人。有好几年圣父影响力的发展非常缓慢，直到19世纪20年代末他的声望才开始大起来。

有一对名叫托马斯·布朗和维琳达·布朗的夫妇，丈夫是一位男管家，妻子是一位厨师，夫妇二人都为森林山的一户殷实的白人家庭工作，他们每月一共能挣150美元，雇主家庭还给他们提供食宿。这对夫妇的经历就是此时加入圣父教派的几十个教徒的典型代表。从1930年到1933年，托马斯和维琳达在圣父的

“天堂”中占有显赫的地位。圣父冠以他们“天使”的头衔，凡是将自己所有的财产都过户给圣父、上交挣得的所有工资并接受一个新名字的人都会得到这一头衔。维琳达改名为瑞贝卡·格蕾丝，1931年的每一次周日晚餐她都坐在上帝的右手边。托马斯改名为翁华德·尤尼维斯，有一段时间他是上帝最喜爱的“天使”之一。如今这两位又恢复了原名，成了托马斯和维琳达，他们回到了森林山，依旧为当初他们认识圣父时所服务的那户人家工作。此外，他们不再相信他是上帝了。

维琳达是个身材高大、外表健康的中年女人，她的肤色像上好的貂皮大衣。她的五官又大又清爽——一个大大的鼻子、一个硕大的下巴、一张嘴巴张开合拢时显得果断决然，她的脸上自然地挂着豪爽的笑容。托马斯则矮一些，肤色更深一些，不如妻子那么活泼，更像是含蓄版的维琳达。他的眼神懒懒散散的，眼睛运动得很慢。他天性喜欢深思熟虑，做事情有条理讲方法，想法也很周到。维琳达来自巴巴多斯，托马斯则来自巴哈马群岛。他俩在这个国家都已经生活超过三十年了，他们结婚也已十年。夫妻俩人都非常干净整洁，托马斯甚至有点像个公子哥，他有段时间曾经拥有过十六套西服，这些衣服的品质都上佳。维琳达是个好厨师，并且会照看孩子，而作为男管家和男仆，托马斯工作效率很高，并且举止令人宽心。总之，他们都是正派、诚实的人。据他们估算，两人在塞维尔做圣父的“天使”时，他们自由且自愿地给了圣父5 000多美元，明细列举如下：

从铁路合作建设与贷款协会取出的存款	700美元
维琳达每月75美元的工资（从1930年4月至1933年10月）	3 225美元
金币	100美元
七块佛罗里达的土地（估价）	350美元
托马斯的工资，平均每月75美元（1930年的6个月）	450美元
托马斯在塞维尔打零工的收入（1931—1932年间的18个月）	750美元
托马斯的十五套西服（估价）	85美元
总计	5 660美元

直到很长时间后，维琳达和托马斯仍然认为他们与圣父相识的方式显然就是个奇迹。在1929年春天，圣父的周日晚餐在塞维尔和附近地区的有色人种中已经颇具名气，但还没有引起其他地区人们的注意。一天，一位在森林山工作的洗衣

工犯了个错误，将一些陌生的干净衣服留在了托马斯和维琳达工作的那户人家。托马斯知道街那头有一户人家同样雇用这名洗衣工洗衣，于是便带着这捆衣服来到了那户人家的仆人入口处，并向那里的厨子介绍了自己。他询问两户人家洗好的衣服是否恰好弄错了，送到了对方家里，而事实正是如此。那家的厨子是个快乐的有色女人，她说自己名叫普里西拉·保罗，“取名于耶稣的那位门徒”，她解释道。托马斯自己经常阅读《圣经》，于是他和普里西拉除了交换了那捆洗好的衣服，还交流了几句《圣经》中的文句。在分别时，他们已经成了朋友。“安宁！这太美妙了！”当托马斯准备离开时，普里西拉这么感叹道。直至今日，托马斯仍然记得当时这句话听起来是多么令人舒心和安心。（“这是个蛊惑人心的句子”，相信不可知论的托马斯如此解释道。）

当天晚上，普里西拉来到维琳达和托马斯所在人家的厨房里看望夫妇俩。她进门时说道：“安宁！太美妙了！”她邀请他们于下周日去塞维尔她的父亲家共进晚餐。她说自己每周日都会去塞维尔，并建议夫妇俩与她一起坐巴士同行。夫妇俩接受了她的邀请，周日那天晚上他们惊讶地发现自己受邀参加的是一种宗教集会，但他们并不感到不快。晚餐非常丰盛，每个餐盘在传到食客面前之前都会得到一个男人的祝福，而普里西拉和其他用餐者都称此人为“父亲”，这点对维琳达和托马斯很具感染力。餐后圣父在他的布道中并没有说什么令人难忘的内容，他没有说自己是上帝，甚至都没有暗示这一点，但他的措辞非常恢宏壮丽，托马斯尤其喜欢圣父说话时那种《圣经》的语调。维琳达则认为圣父有着她见过的最可爱、最温和的眼神。

每周日，维琳达和托马斯午餐后申请休假，他们成了圣父家的常客。他们问圣父他们难道不应该为每周日在此吃晚饭而付钱吗，并告诉圣父他们非常乐意付钱，因为他们在这里非常快乐。但圣父总是摆摆手拒绝，愉快地笑着说：“圣父会给予一切。”这真是太美妙了。渐渐地，夫妇俩认识了其他信徒——那个做事全神贯注、一板一眼的老伙计叫加百利，那个唱歌非常动听的、上了年纪的女人叫苏珊娜，还有露丝·蕾切尔、和撒那·勒夫、费斯·斯威特尼斯、弗兰克·尹森思、布莱斯德·查理迪等等，他们开始意识到事情比他们预想的还要棒很多。圣父不仅每周提供晚餐（那一定得花15或20美元），他还创造其他奇迹。对他而言，创造物质利益只是寻常之事，他还能治愈疾病。每一个在圣父家的人似乎都曾被治愈过某种身体或者精神疾病。晚餐后，他们会唱：

圣父是完美的上帝
完美的上帝，
完美的上帝……

还会唱：

我热爱为你唱颂歌，
亲爱的圣父，
我热爱为你唱颂歌，
每次都能应验……

在这两首歌的间隙，“天使”们会给出圣父圣迹的证明。在集会的这一流程中，他们会开展一种道德重整运动，每个人就像用软木炭把脸和手涂黑一样把自己抹黑（这种做法当时在北欧确实是一种时尚）。维琳达和托马斯的身体都很健康，但他们对自己却有着非常严厉的良心，于是他们加入了大家的行列，讲述自己做过的错事，并且表示自从自己认识了圣父，他们就再也没有做过错事。

在圣父的布道中，他会反复提及“清醒的神智”。他会说：“放松清醒的神智是人类超精神的放松。”在巨大的餐桌上坐得离圣父最近的“天使”们似乎已经达到了这个崇高的境界。他们放松了自己清醒的神智，直至他们重生为“天使”，他们获得了新的好名字，他们不记得此前自己经历的一切。维琳达和托马斯很钦羡这些“天使”以及关于他们的一切，于是他们也开始试图放松自己清醒的神智。他们被告知做到这点的方法就是去爱圣父并且时时刻刻都想着他。

维琳达和托马斯的雇主感到很困惑，也有些不安，因为这段时间，他们能干的仆人们的精神似乎正在崩溃。他们打碎了餐具，倒鸡尾酒时又动作迟缓，当雇主们因此责怪他们时，维琳达和托马斯却沮丧地解释说他们正在尝试放松自己清醒的神智。他们看起来心事重重、悲哀难过又庄重严肃，倘若不是他们在过去九年中一直是可靠、忠实的仆人，恐怕他们早就丢了工作。除了对自己清醒的神智的担忧，他们还有着雇主们无法理解的焦虑。托马斯和维琳达开始爱上圣父了。在相识最初的这几个月中，圣父对他们是那么好，他似乎什么都知道，什么都能感受到，他在用餐时一次又一次信心满满地说道：“你们的圣父能满足你们的一切需求，他会给予你们缺少的一切。”“天使”们发出的狂喜的欢呼——“是的，圣父，您是那么棒！”和“谢谢您，圣父！”令人印象深刻且极具感染力。一想到一个人能够像“天使”们信任圣父那样信任另一个人，就令人感到非常满意和快乐。维琳达和托马斯开始将圣父视为上帝。然而现在，正当他们热爱着他并且竭尽全力要使他满意时，他却似乎根本不注意他们了。一个又一个周日，他们发现自己在餐桌上的座位离圣父越来越远。即使圣父真的看向他们，似乎也只是在鄙视他们。这段时间他一直在谈论牺牲、克己和奉献，一层层辞藻堆砌使那些词语看起来似乎比它们的原意重大四倍。有时他会坦率地说：“凡是想进入上帝的天国的人都必须身无长物、一无所有。”他反对购买人寿保险，也反对一切形式的保险，称任何想依靠保险获利的人本质上都是个杀人犯或纵火犯。他会说：“瞧瞧那桩斯奈德-格雷案吧！”那是当时一起颇为轰动的谋杀案。“如果阿尔伯特·斯奈德没有购买保险，他也就不会被杀。他是在诱惑邪恶。正确地活着并且遵守我的戒律，这样你们就永远不会死。《圣经》上就是这么写的。凡是为自己的生命或者财产投保的人，都是没有什么信仰的人。”但圣父并没有告诉他的追随者们，他从消防保险公司、格伦斯福尔斯保险公司和国家自由保险公司这三家公司为自己的房子购买了火险。

当维琳达和托马斯听了圣父反对保险的演讲后，他们非常开心。圣父的这番话仿佛就是针对他们说的。他们购买了一些能够赎回现金的小额保险，那周周一他们就立刻申请取回这笔钱。次周他们拿到现金之后，维琳达为托马斯买了一个皮箱，托马斯为维琳达买了一枚钻戒。那天晚上，他们特意前去塞维尔把这件事告诉圣父，他们确信圣父会对此感到满意。

谁知圣父直言不讳地质问他们：“你们为什么不问问我该如何处理那笔钱呢？”随后又用更加像上帝般的口吻补充道：“爱自己的父母、儿女、丈夫、妻子胜于爱我的人是不配进入上帝的天国的。”夫妇俩感到非常窘迫。维琳达比托马斯更加快嘴快舌，她赶忙说她非常抱歉，并请求圣父的原谅。沉默了片刻之后，她说他们在铁路合作建设与贷款协会有一个联合账户，里面约有700美元。她说无论圣父要如何处置这笔钱，他们都会同意。圣父说：“把那笔钱取出来。不要把这笔财富放在蛾虫、盗贼和老鼠可能闯入的地方，而要把它放在‘天堂’中与你们的圣父同在。”

于是他们就这么做了。那周五圣父得到了700美元。

之后的一段时间，托马斯和维琳达都处于至福极乐的状态中。组织里有人告诉他们，他们已经达到了“天使”的等级，并且获许能够为自己选择新的名字。

维琳达在其他“天使”的建议下选择了丽贝卡·格蕾丝，托马斯则为自己想好了翁华德·尤尼维斯这个名字，并毫不犹豫地改了名。在他们的雇主那里他们仍是托马斯和维琳达，但有一天他们对雇主解释道，他们过去的名字其实只是昵称，他们现在真正的名字叫丽贝卡·格蕾丝和翁华德·尤尼维斯。“但是您可以继续叫我们托马斯和维琳达。”托马斯告诉他的雇主，“那样也完全没关系。”

那时托马斯和维琳达感觉很快乐。用餐时他们的座位又移到了桌首附近，圣父带着温暖人心的关爱对着他们微笑。还没等圣父要求他们那么做，夫妇俩便理所当然地向所有其他“天使”那样开始把每周挣得的工资交给圣父。托马斯从皮箱里拿出他在佛罗里达的土地的地契，在上面签字把土地转让给了圣父。某个周日晚餐时，维琳达正坐在上帝的右手边，她发现自己正在和圣父亲密地交谈，而托马斯和他们也只相隔了几个座位。他们从来没有和其他“天使”们讨论过他们交给圣父的钱，因为这个“天堂”的信条里提过真正的信徒“会放下一切关于物质交易的记忆”。圣父曾将这句话加上前缀和后缀，把它变成一整段令人钦佩的文字。

圣父是个目光锐利的上帝。他发现托马斯每次到“天堂”来都穿着不同的西服，于是有一天他就此事询问了托马斯，后者告诉圣父自己有十六套西服。圣父对托马斯说：“把其中的十五套西服带来给我。看看那些流浪汉是怎么穿衣服的，他们可并不纺纱织布。”

圣父也是个嫉妒心重的上帝。在布鲁克林时，他总是向和他同住在公寓里的追随者们宣扬独身禁欲，而在塞维尔，有大约二十名“天使”和他住在一起，另有四十名追随者住在各自的雇主家中，他便更加坚定地宣扬独身禁欲思想。他说，如果清醒的神智确实得到了放松，那么除了对圣父的爱之外所有的爱便都会松懈。维琳达和托马斯是一对虔诚的夫妇，晚上他们睡在一张双人床上，他们一字不差、严肃认真地遵守圣父的劝诫，托马斯面临了和13世纪的僧侣们类似的艰辛；要知道，13世纪的僧侣们曾经特意邀请迷人的女人到修道院来诱惑他们，以此驱除自己的邪念。正如吉本（Gibbon）在《罗马帝国衰亡史》（*The Decline and Fall of the Roman Empire*）中谈及那些僧侣时说的那样，愤怒的自然女神有时也会展开她的报复。每当夫妇俩没能抵抗住自然女神的惩罚时，他们就会在圣父面前显得局促不安、良心有愧，而圣父则会看着他们，说：“我知道你们犯了罪。你们躲不过上帝的眼睛。我无处不在。我能看见一切。我能知道一切。”这时他们就会呻吟、哭泣：“哦，圣父！是的，圣父！原谅我们吧，圣父！你是如此伟大，圣父！”

圣父的“天堂”需要像托马斯这样的能人，于是在托马斯成为翁华德·尤尼维斯六个月后，他辞去了原来的工作，离开了维琳达，搬进了梅肯街上的这栋房子里居住。他是最主要的“天使”之一，有一阵子他在工作日晚上会与圣父就《圣经》展开长时间的讨论。他擅长使用工具，白天他在“天堂”各处工作，遵照圣父的想法设置隔离墙、维修屋顶、做其他一些必要的家务。显然，虽然托马斯现在不能给圣父带来收入，但是有他在圣父身边还是很值得的。如果“天堂”里没有什么需要托马斯做的事情，他就会在村里找些零工，时不时地挣点现金回来交给圣父。维琳达则继续在森林山工作，只在周日才到“天堂”来。当夫妻俩见面时，他们会对对方说：“安宁！这棒极了！”很长一段时间里，他们都觉得自己前所未有地快乐。维琳达一直是圣父虔诚的追随者，直至1933年的秋天。当时圣父身边已经有六十多个“天使”了，而她只是其中之一，她开始对圣父的神性产生怀疑，也厌倦了没有任何零花钱的日子。她在森林山的雇主很喜欢她，他们建议她不要再去圣父的集会，最终她采纳了他们的建议。托马斯在圣父身边多留了一年，那时他已经被降职成了哈莱姆的“天堂”里的烧炉工。终于有一天他走出了“天堂”，回到了森林山，找回了原来的工作和他的维琳达，就再也没有回“天堂”。

在塞维尔的那段时期，许多其他“天使”夫妇都像托马斯和维琳达那样被逐渐疏远了。他们中的有些人独自住在“天堂”里，有些则独自住在“天堂”外，他们都很孤单，他们心中充满了爱，但是他们不爱任何人，只爱上帝。圣父依旧照管所有事务，就像他和早期的信徒们在布鲁克林时那样。这时他给他的“天使”们提供二手衣服，这些衣服都由身为女裁缝的“天使”恰到好处地改做过。“天使”们没有任何“天堂”外的开支可言，他们也不需要支付医药费，因为圣父反对医生和牙医，“圣父即医生”也成为了“天堂”圣歌的一句副歌。如果一个信徒经常前去诊所治疗某种疾病，即使那是最易传染的疾病，圣父也对他表示不满，并劝诫他不要如此缺乏信念。他说，死亡是不会降临到一个真正的信徒身上的。倘若死亡真的降临了，那只能证明死去的那个“天使”并非真正的信徒。至少有一位“天使”曾死在塞维尔的“天堂”里。她是一个名叫鲍曼的女人，据当时的记载，她是个乞丐，没有亲属为她出资办葬礼，于是她被埋在了塞维尔的一处无名公墓里。

没有人确切地知道圣父在1929—1930年的冬天一共得到了多少钱，大家只能凭猜测估计。如果那六十个能干的和不能干的信徒每人每周平均挣15美元（事实上，当年他们中的有些人每周能挣到四五十美元），那么一周的总收入就是900美元，而这还没有算上圣父拿走的保险单和储蓄账户里的钱。

到了1930年春天，圣父的周日晚餐已经成了盛大的活动。人们开始谈论一个貌似上帝的陌生传道者，他每周日都提供免费的晚餐并且从来不收取捐款，而这个传言也传回了哈莱姆。人们开始从哈莱姆赶到塞维尔，想亲眼目睹这位传道者并亲自尝尝那神奇的晚餐。但是这些人和那些新的信徒一样，都不是穷困潦倒的乌合之众。从纽约到塞维尔的往返车票要2.4美元，这比那些手头拮据的人在家里吃顿饭的开销还大，因此只有那些富裕阶层的黑人才会来参加圣父周日的晚餐。他们当中的一些人成了"天使"。报纸上出现了一些关于圣父的报道，他们都惊异于圣父的好客。经过这样的宣传，一些白人也开始到塞维尔参加周日晚餐了，这其中就有一位来自长岛市的威瑟斯太太（Mrs. Withers）。她也经过了惯常的入会流程，并最终成为了一个"天使"，取名为希斯特·艾弗乔伊（Sister Everjoy，意为永乐修女）。她曾经是个基督教科学派成员，她失去过一个孩子，之后就极易受到任何新信仰的影响。还有一个叫 J. 梅纳德·马修斯的人，他是马萨诸塞州布鲁克莱恩市的一个汽车经销商，他曾经接触过神学教派、统一教派和一些圣人或瑜伽修行者，但都没能找到他想要的。他送给圣父一辆凯迪拉克，放弃了他的生意，并成为了圣父的秘书。他将名字改成了约翰·兰姆，并将成为正常运动中最重要的"天使"之一。其他一些白人追随者从全国各地前来，他们并非大批前来，而是独自赶来。其中有一个来自北卡罗来纳州夏洛特市的寡妇、一个来自芝加哥的医生和一位来自堪萨斯城的年轻会计。他们都很孤独，目光中流露出那种心中怀有深邃信仰的人所特有的痛苦的神情，他们都在寻找一种新的生活。

那年仲夏，塞维尔警方在周日不得不在"天堂"所在的街区前前后后设置禁止停车的标志，以防发生严重交通堵塞。每周都有许多卡车和巴士从哈莱姆送数十名黑人到这里来。圣父的邻居们将前院作为停车位租出去，以此来抗击正在萌芽的经济萧条。圣父家的餐厅最多只能容纳七十五人，于是他会在周日分批给人们提供餐饭，免费的餐饭从早晨一直提供到晚上。大约在这个时候，人们想出了一种新的提供餐饭的方法：饥肠辘辘的拜访者们会围着餐桌坐下，圣父首先会赐给大家咖啡和茶水，随后就会上些酒水饮料，这时会有大约30分钟的间歇，间歇期间每个人都必须喝下四五杯饮料。然后，当食客们的肚子感到有些饱了的时候，圣父才会赐予大家意大利面、土豆、利马豆和其他淀粉质食物。再过半个小时，火腿、烤肉、鸡肉和火鸡肉等美味的主菜才会上桌。这些食物虽然赐予每个人，但人们此时通常都再也吃不下了，于是这些菜肴能几乎原封不动地为当日下一批食客奉上，那些食客也几乎不会碰它们，最终在某个安静的工作日的晚上，它们会出现在“天使”们的餐桌上。圣父本人对“天堂”的餐饭感到不满，他偶尔会在周日去维琳达所在的森林山的厨房里拜访她，她则会邀请他吃点什么。圣父会从桌边站起身，反对道：“我不能，因为我的‘天使’们还在塞维尔等我赐予他们食物。”维琳达会做一些炒鸡蛋、薄煎饼、香肠、煎土豆和咖啡，这时圣父又会坐下，更正说自己或许可以吃一点小零食，这样他就能有足够的体力开车回塞维尔了。维琳达事后回忆道：“每次我给他炒鸡蛋，都会炒上六个蛋。”

随着圣父的名气逐渐变大，许多教派外的人也对他越来越怀疑。塞维尔警方的调查员曾经给他寄过装有现金、邮政汇票和支票的信，他们认为他可能会上钩，并且因为利用这些信件实施诈骗而受到联邦指控。但每次这些信都被退了回来，里面还附上了一张纸条，上面写着：“圣父会赐予一切。”萨福克县地方检察官在圣父的“天堂”里安插了两个从哈莱姆来的有色女人，试图发现他的钱的来历，但两周后她们告诉检察官她们没能发现任何线索。其实，从一开始这个方法就注定要失败，因为这两个女人正是圣父在哈莱姆的追随者，她们即将成为“天使”。最终萨福克县当局放弃了针对圣父确立刑事案件的努力。圣父声称自己的钱是上天赐予的，没有人能够令人信服地反驳他。“天使”们常说：“他能自动获得一切，因为他就是上帝。”而这似乎是唯一可能的解释。

到了那年秋天，“天堂”里的“天使”太多了以至于圣父不得不扩大地盘。自从他的大型集会开始后，他所在街区的房产就已经有些贬值了，于是他买下了梅肯街六十四号，也就是隔壁的那栋房子。这栋房子比之前的“天堂”小一些，它被作为女性“天使”的宿舍使用。“天堂”里左侧的这个房间则成了又一间餐厅，以便招待每周日越来越多的客人。此时圣父身边大约有一百五十个“天使”与他同住了。1931年夏天，他租下了街对面的一栋房子，作为专门给白人“天使”居住的地方。差不多同时他在哈莱姆建立了他称为“扩展天堂”的机构，它是位于第五大道和第一百二十八大街交会处的一处拥有五六个居室的公寓。二十来个在纽约工作的“天使”住在这个“扩展天堂”中，而在郊区工作的“天使”们则住在塞维尔的“天堂”里。男人和女人们被隔离开来，圣父的主要“天使”之一负责掌管营销事宜、统领家务并收集所有“天使”每天的工资。

到了1931年秋天，塞维尔警方和萨福克县地方检察官确认圣父是个妨害公众利益的人，因此圣父于当年11月16日被捕。获准改变审判地点之后，他被带到拿骚县、在路易斯·J. 史密斯法官面前接受审判。结果谁也没有想到，这位法官为圣父日后的巨大成功做出的贡献不比任何一个人小。这位法官根据上级法院的意见（上级法院后来驳回了他的判决，但这是后话），允许人们将成见带入审判中，他动员和命令陪审团的方式几乎就是在要求陪审团判处圣父有罪。于是圣父被判有罪，并被史密斯法官处以500美元的罚款和一年的监禁。史密斯法官在宣读此判决四天后就去世了，奇怪的是，他一直身体健壮，去世时年仅55岁。他的医生说他死于心脏衰竭。在所有圣父的追随者以及全国成千上万个在报纸上读到此消息的人（无论是白人还是有色人种）看来，事情再明显不过了——圣父战胜了法官（正义）。圣父的上诉事宜由一个名叫詹姆斯·C. 托马斯的黑人律师非常漂亮地处理了，他曾任美国地方助理检察官。他义务为圣父提供服务，因为他认为此案涉及种族歧视。当上诉法庭于1933年1月对圣父重新宣判时，人们认为这是对圣父神性的又一次证明，“天使”们完全剥夺了托马斯先生在这场胜利中的功劳。

在圣父被监禁且不得保释的那五个星期里，又有几十名新的追随者加入了他的教派。几名备受信任的“天使”很好地维护了在塞维尔的“天堂”以及它在哈莱姆的分支，这几名“天使”还经常来拿骚县监狱听取他的命令和建议。这时，圣父已经做好了进一步扩张的准备，他已经选定哈莱姆为他的新总部。他让一位年纪较长的“天使”留在塞维尔去照看他的财产，自己搬去了纽约。此时，有超过三百名“天使”正将他们挣得的一切交给圣父。

1936年前后，圣父会在位于西一百一十五街二十号的一栋宽敞的、五层楼高的“天堂”中对他的追随者们发表演说。他的一举一动充满警惕，这说明他是个极度紧张的人。他最喜欢的流程是带领信徒们高唱赞歌。赞歌的开头是这样的：

一百万个恩赐，
自由流淌的恩赐，
自由流淌的恩赐。
这儿有这么多恩赐，
恩赐为你自由流淌。

他接着唱道：

十亿个恩赐，
自由流淌的恩赐，
自由流淌的恩赐，
这儿有这么多恩赐，
恩赐为你自由流淌。

赞歌就这样唱下去——一万亿、一万兆一直到他称为“一兆兆”个恩赐。他会高喊每段歌词的开头，当他哼着副歌而追随者们在放声高唱时，他的眼睛就会开始四处游走。他的目光会迅速扫视观众们，短暂地瞥一眼入口和出口，在唱歌时他会一两次突然回过头看看身后。他看上去焦虑不安，显然他脑中除了组织这个宗教集会还在考虑很多其他事情。他的举止既超然又心事重重，就像禁酒令颁布早期的酒吧侍者一样，一边在搅拌苏打威士忌，一边在想警察什么时候会冲进来。

集会举行的这个“天堂”曾经是一个黑人慈善互助会的总部，曾经归联合广场储蓄银行所有。楼下是一个大厅，大厅中央有一张大餐桌，可以供150人同时用餐。大厅四周靠墙放着一些小一点儿的餐桌，每张小桌可以坐六到八人。此时，圣父仅为“天使”们和少数尊贵的客人提供免费餐饭，所谓的尊贵客人是圣父认为值得特别款待的并经“天使”介绍和推荐的人。其他所有客人每餐都被直截了当、毫无歉意地要求支付15美分。若要喝汤或者吃甜点的话，还得每样另付5美分。当侍者们收取这些餐费时，他们会说：“谢谢您，圣父！”

“天堂”的二楼、三楼和四楼是宿舍，供50到75位“天使”居住，每间房间睡5或6人。顶楼则是圣父自己的房间，他大多数时间都住在那里。紧邻着圣父的房间，是“天堂”的办公室，他的秘书约翰·兰姆（也就是那个在塞维尔加入组织的白人汽车经销商）在这里领导着一小批任职人员——五六名速记员和秘书，有白人也有有色人种。他们负责回复城外的追随者们寄来的信，速记下圣父所有的布道内容，并完成其他书记任务。和圣父最为亲密的人或许是亚瑟·A. 麦迪逊，他是一位黑人律师。此人是个非常虔诚的人，早在圣父还在塞维尔时他就对圣父的运动产生了兴趣。从严格意义上说，他不是个“天使”；他有自己的家和自己的办公室。但他几乎总是在圣父身边，处理一切需要他注意的法律事务。他是个出色的律师，在法庭上的举止略微有些矫饰做作，但头脑精明，反应敏捷。

“天堂”当时是圣父和他的教派的表演舞台，他们也是在这里招待来访者。楼下的大厅既被用来进餐，也被用于朝拜，每天晚上集会也在这里举行。有时圣父会在场，有时则不会。如果他在场，他就会赐给众人食物，并且在席间站在一个讲台上发表演讲。他的演讲比之前在巴尔的摩时要容易理解一些，但其中仍有许多人都不会使用的词语。根据担任速记员的“天使”的记录，在一次演讲中圣父对他的追随者们说：“你们是一个崭新的世界。记住，我们展示的天堂不是一个地理位置，而是一种意识状态，所有人都能够上升到这一境界，意识到上帝是真的存在的，是有形可触的，像数学原理一样具有实践性。这实在是太美妙了！上帝的存在不仅是有形的，而且是可触的；人们已经看见了他，并且还可以再次触碰他；上帝可以也将继续具体化、人格化、重新具体化、重新人格化，因为具体化的伟大过程是永不停息的！”

圣父的追随者有的坐在桌边，有的从街上挤进大厅站着听他演讲，当时足有两三百人。这些追随者中总有少数白人，但是大多数是有色人种。一位漫不经心的旁观者立刻会发现在这些集会上追随者们会做出许多惊人之举，这些人的身体扭动着、抽搐着，口中发出尖叫和难以理解的胡言乱语，他们倒在地上又跳向空中。显然有些追随者是疯子。两年中，有18位圣父的“天使”被送进了贝尔维尤医院的精神病区，因为人们发现他们在大街上精神状态异常，有的极度兴奋，有的则昏迷不醒。这其中只有两名“天使”经过观察被释放出院，其他十六人都被送进了州精神病院。但大多数圣父的追随者都是相对安静的人，并不会大喊大叫或者扭动抽搐。他们津津乐道地说自己在认识圣父之后生活是如何比之前好了，他们唱赞歌，他们也会加入有节奏的跺脚舞中，这种舞蹈有时在圣父不布道时可能会持续一小时之久。他们大多工作努力勤奋，能够保住工作，也有的直接为圣父工作来体现出他们服务的价值。

1933年初，圣父离开了塞维尔并在哈莱姆建立了他的总部，从那时起他就成了拥有许多产权的商人，他肩负的责任也十分重大。首先，他是哈莱姆一位杰出的集合式公寓管理员。除了“天堂”，他还经营着三栋公寓楼、九栋私人住宅、十五到二十间公寓（它们全部被改成了宿舍）、三个上层带有宿舍的会议大厅。所有这些房屋里都住满了房客。每栋公寓楼里有十到十五间公寓，每栋楼里住着大约两百五十人。私人住宅以及会议大厅上层的宿舍中住着八百多人。在公寓中总共住着至少三百名房客。这意味着圣父在哈莱姆为超过一千五百人提供着栖身之地。那些公寓楼、私人住宅、大厅和公寓都被他称为“扩展天堂”，它们的窗户上有着许多标语，上面写着：“安宁！”“圣父是全能的上帝。”所有的“扩展天堂”都被登记在“天堂”前厅里的一块公告牌上。

圣父的追随者们最终分化成了两个阶层。首先是“天使”们，这些“天使”和塞维尔时期的“天使”们一样，要么在外工作（大多从事家政服务），然后把工资上交给圣父，要么直接为圣父工作，仅仅贡献出他们的劳动。有些挣钱的“天使”住在他们雇主的房子里，只到“天堂”来参加集会。其他挣钱的“天使”睡在某个“扩展天堂”中，他们在那里的食宿均免费。剩下的一部分人则叫作“孩子”们，“孩子”是被圣父感染的人，他们来参加集会但并没有虔诚到能够把一切都上交给他。大约有一千名“孩子”住在“扩展天堂”中，每周需支付1—2美元的房租。

在西一百二十六街上、第七大道和伦诺克斯大道之间有一连串的七栋四层建筑，它们的窗户上都挂有标语，上面写着：“安宁！”“圣父是全能的上帝。”这个街区的建筑归一个名叫费斯弗·玛丽（Faithful Mary，意为虔诚的玛丽）的有色“天使”掌管，它们被称为“虔诚玛丽的扩展天堂”。它是“扩展天堂”中最大的一处，支撑它运作的经济方案在其他“扩展天堂”中也极具代表性。这个建筑群中的主要建筑比其他建筑更宽，是个巨大又通风的房子，它曾经是一个土耳其式的浴场。它的地下室曾经是一个游泳池，现在被改为地下后院用来烘干衣物。建筑上部的一些迷宫样的人造大理石阶梯因为腐朽和衰败而被用绳子给围了起来。需要去上层宿舍的人必须走过一层楼前部的一段台阶，再走过另一层楼侧面的台阶，再走过另一层楼背面的台阶。水管工们拒绝在此进行任何大规模的修理，因为他们说这里的管道锈蚀太严重了，整个水管系统即将坍塌。这个房子很潮湿，有些墙上还长有霉斑。底楼是个巨大的大厅用来用餐和朝拜。圣父偶尔会造访此处，就像他去造访其他“扩展天堂”一样。他在这里的顶楼拥有一套公寓，但他几乎没有在这里住过。无论他在不在这个“扩展天堂”的集会大厅里，集会都会进行一整天直至深夜。追随者们在大厅里进进出出，即使圣父根本不在那里，他们也会当作他就在那里一样与他说话。他们讲述疾病被治愈和他们身上发生的奇迹般的事情，他们盯着圣父在时会坐的那张椅子哭喊道：“谢谢您，圣父！”“这真是太美妙了！”没有人负责主持这些集会，集会以一种非正式的方式进行，当中会有歌唱、感言，偶尔也会有舞蹈——也就是在“天堂”中能够看到的跺脚舞，跳舞时男人站在屋子一侧，女人站在屋子另一侧。集会过程中都没有任何布道，除非圣父本人在场为大家布道。

费斯弗·玛丽租了“虔诚玛丽拓展天堂”的中心建筑，并支付给布鲁汗物业公司（一家白人机构）300美元的月租费。这个建筑并没有带来直接的收益。许多住在上层宿舍中的房客都是“天使”，他们要么将工资交给在“天堂”总部的圣父，要么直接为圣父工作，根本没有工资。但是与中心建筑毗邻的六栋褐砂石房屋则可以通过房租带来收益。费斯弗·玛丽每月为每栋褐砂石房屋支付75美元的租金，而每栋房屋中居住着约50个“孩子”，他们每人每周至少支付1美元的房租，这意味着玛丽每月能从每栋房屋中获得至少200美元的房租。由于房客的房租都是这样收取的，因而费斯弗·玛丽每月向房产经纪人支付房租时，都会给那人一小背包皱巴巴的1美元纸币和一些零钱。

在“天堂”和所有“扩展天堂”中，男人和女人都是相互隔离的，就像当初在塞维尔时一样。“天使”和“孩子”们每6到8人睡在一间屋里。他们当中没有人接受定期医疗治疗。这时的圣父仍然像他当初那样反对医疗。哈莱姆的性病、结核病和癌症诊所的记录显示，有数十名曾经定期接受药物治疗来医治这些疾病的黑人不再接受治疗了，诊所的主管经过调查确定这种情况是圣父宣扬的反医生信条导致的。在“天堂”和任何“扩展天堂”里，从来没有任何葬礼仪式。如果亲属不要求认领死去的“天使”的遗体，那么很有可能他会被纽约城的纳税人埋在公共墓地中。一个名叫查尔斯·詹金斯（Charles Jenkins）的“天使”就是个典型例子。当詹金斯加入圣父的教派时他拥有一栋房子，他将房子连同他所有的财产都上交给了圣父。之后，他为圣父驾驶煤车，并为他做一些其他杂活。晚上他睡在“天堂”的熔炉间里，与翁华德·尤尼维斯（即托马斯·布朗）共用一张床。1935年9月，詹金斯患上了肺出血，他被送到了第一百二十九大街的一处公寓里，这处公寓与圣父的教派并无官方联系，之后他又被送进了哈莱姆医院，同年10月7日他病逝在医院里。没有人认领他的尸体，于是他被埋在了莱克斯岛上的一处无名公墓里。

“孩子”们每周花1或2美元获得的住宿条件或许比他们花同样的价钱在哈莱姆其他地方能得到的条件要优越。除了一个睡觉的地方，“孩子”们可以使用每个“扩展天堂”都有的餐厅。他们不能享受免费餐饭，但是每顿饭15或20美分的价格仍然比他们在哈莱姆的饭店吃同样的饭菜所需的花费略微便宜一点。他们享用的饭菜很简单——炖菜或者一片肉加土豆。每个“扩展天堂”都有一间洗衣房，更大些的“扩展天堂”还有理发店和美容院，那里的收费都比哈莱姆的同类店铺要便宜。

每个“扩展天堂”都由一位“天使”掌管，这位“天使”的工作直接受到圣父的监督。如果一处“扩展天堂”并没有像预计的那样赚钱，圣父就会抛弃它，或者派另一位“天使”去掌管那里。只要组织想租用一栋公寓楼、私人住宅或者公寓作为“扩展天堂”，那么圣父一定会亲自检查那里并与中介人洽谈租金。如果需要签订契约，则由一位“天使”签名。

“扩展天堂”里住着支付房租的“孩子”们，它们代表了圣父策略上的改变，这种改变从1933年他在哈莱姆安顿下来后不久就开始了。截至那时，他除了从“天使”们那里拿钱外从未从任何人处收取钱财，而且除非“天使”们自愿将自己的所有财产上交给他，他从未强迫从“天使”那里获得什么。媒体对圣父塞维尔审判的广泛报道为他的运动提供了极大的推动力，而审判法官的突然死亡促使了一批“孩子”的形成。他的时间很有限，已经不能像在塞维尔时那样花数小时或者数天来说服三三两两前来拜访他的潜在的追随者了。他刚在哈莱姆建立他的“天堂”，就有数百名潜在追随者前来投奔他。他仍然时常册封“天使”，但除了特殊情况，或者册封对象是富裕的白人，否则在成为“天使”之前，这些追随者们必须做过好一阵子的“孩子”才行。同时，“孩子”还可以作为房客为运动做出贡献。

圣父终于开始在巴尔的摩、纽瓦克、泽西城和布里奇波特建立同等规模的“扩展天堂”。除新泽西州的城市外，这些城市中的圣父追随者都超过几百人。他经常前往这些外地的“扩展天堂”并向他的追随者们布道。通常，当他前往一个外地“扩展天堂”时，都有两三辆巴士的哈莱姆信徒们与他同行，这就更强化了大众们的印象，觉得当时全国各地都充满了圣父的追随者。报纸对圣父的广泛报道给全国数千民众留下了深刻影响，人们纷纷写信寄到“天堂”。但是圣父的运动的影响主要还是地方。

随着“扩展天堂”的发展，圣父很自然地开始采取新的策略，他开始站在纯粹商业的立场上看待哈莱姆的普通大众。这一策略方向的第一步涉及擦鞋匠。一些男“天使”既不是好的厨师、男仆或搬运工，也不能在“天堂”或者“扩展天堂”中担任服务员、熨衣工等有用的角色，圣父便给他们一些擦鞋工具，上面印着“安宁！”的字样。他们会被派到“天堂”外去为别人擦鞋，晚上下班带一两美元的收入回到“天堂”里。这些“天使”会告诉他们的顾客：“圣父赐给了我一个擦鞋盒，我真高兴！这太美妙了！”

这之后又产生了许多由“天使”经营的店铺，店员也是“天使”们，他们以盈利为目的直接与哈莱姆的大众打交道。到这时，圣父已经拥有许多餐馆、杂货店、理发店、洗衣熨衣店、贩货马车、煤矿生意、数量可观的农场以及两家周报，这些都由“天使”们经营着。

圣父大约有二十五家餐馆，它们面积都不大，每家餐馆最多只能容纳二十名食客，价钱则比哈莱姆同等质量标准的餐馆略微便宜一点。在圣父的餐馆，人们可以花15美分吃到包括一片肉、土豆、面包、黄油和咖啡在内的一顿饭，而同样一顿饭在街角的同类餐馆中可能要20美分。圣父的餐馆的玻璃上写着：“安宁！这太美妙了！到代价最小、回报最多的地方来购买吧！”餐馆的男女服务员们一边放下餐盘，一边低声说：“安宁！”当顾客们付钱时，他们又会说：“谢谢您，圣父！”圣父拥有大约六七家杂货店、十家理发店、十家洗衣熨衣点和二三十辆贩货马车，马车上贩卖着“安宁圣父，蛤和牡蛎”和“安宁圣父，新鲜蔬菜”。圣父的煤矿生意比较低调，他有3辆卡车往来于纽约和宾夕法尼亚州的几处煤田，在那些煤田里只要花4美元就可以买到一吨煤。位于第八大道的圣父餐厅的收银员曾经从顾客那里接受买煤的订单，只要圣父的卡车回到纽约，他们就会去送货，并按照约7.5美元一吨的价钱把煤卖出去。

圣父的所有这些商业活动都能净赚利息，因为他与其他竞争者不同，无须支付劳动成本。偶尔，他确实会给某个辛勤工作的“天使”一份礼物，而每当这时，“天使”都会说是圣父“赐予了他们一切”。例如，费斯弗·玛丽那年整个冬天都穿着一件毛皮大衣，她说那件大衣是上帝直接赐予她的。这时，一位聪明的“天使”能够在为圣父服务的同时为自己开辟出一项事业来，当时“天堂”有大约40名白人“天使”，他们似乎就是这么做的。

当时圣父的两家周报分别是《圣言》（*Spoken Word*）和《纽约新闻》（以下简称《新闻》）（*New York News*）。这两家报纸在西一百一十五街三十六号有联合办公室，并由以布拉泽·胡奈尔（Brother Honaeel，意为胡奈尔兄弟）为首的“天使”委员会负责编辑。布拉泽·胡奈尔是个尖鼻子、亮眼睛的加利福尼亚白人，他在“天使”当中很有名，因为据说他是被一位校对员的灵魂引领着来到圣父身边的。他说那个灵魂来加利福尼亚找到了他，告诉他应该放下一切直接去找圣父并成为一个“天使”。那个灵魂说他作为天使的名字将是“胡耐尔”（Honael）。这个男人写下了这个名字，结果听到那灵魂说：“不，不对。它有两个字母e，应该写作胡奈尔（Honaeel）。”这两家报纸每期都会完整地刊登圣父的布道，有时一期就刊登三四篇。《圣言》每份卖5美分，《新闻》则卖3美分一份。《圣言》将英王乔治五世逝世的原因归咎为这位陛下没有回复圣父寄给他的关于公义政府的信。《圣言》当中的出版日期总是印成这样：

星期五，6月5日，1936年，圣父纪年（A. D. F. D.）

而《新闻》则从来没有这么做。

圣父的农场生意则是另外一项事业。他以每英亩约15或25美元的现金价格买下了阿尔斯特以及和橙县约一千英亩的土地，这个项目中的总投资约15万美元。农场的所有契约都由“天使”持有。圣父宣布自己想在这些农场上种植蔬菜，由“天使”担任农民，至今这些农场都运转良好。

在他经营的所有这些事业中，圣父从不以自己的名义拥有或者租用任何财产。虽然他没有任何有形资产，但是他收入的来源已人尽皆知。如果保守估计，假设有一千名“天使”要么为组织外部的雇主工作，每人每周上交给圣父10美元工资，要么经营着利润如此丰厚的商业生意，那么圣父每周的总收入就将达到1万美元。同样保守地估计，倘若用“孩子”们支付的租金来满足“天使”们在“天堂”和“扩展天堂”中的生活开销，那么圣父每周还将净赚1万美元。但神秘的事情是——圣父用这些钱都做了什么呢？世俗的、没有宗教信仰的人可能会猜想他一定在某处拥有大量现金。如果他确实拥有这么一大笔钱，那么他一定把它藏得很小心。几年前曾有一位律师费尽心思想要确定这笔钱的所在，结果他无功而返，即使财宝是藏在天上的一朵云后面，结果恐怕也不会比这个更失败。

在1940年冬天的一天，一辆写有“圣父（上帝）”的巴士载着一队“天使”从哈莱姆前往巴尔的摩的一处“扩展天堂”，结果大巴行驶到马里兰州的阿伯丁市时与一辆游览车相撞了，游览车上的乘客受了伤。次年春天，马里兰法庭判处圣父赔偿伤者总计6 152美元，并将此判决交给了威廉·W. 莱塞尔鲍姆，由这位面色苍白的纽约律师负责收取赔偿金。莱塞尔鲍姆先生从当地法庭得到了命令，法庭赋予他按照赔偿程序调查圣父的权力，因此圣父被请到了律师的办公室。他发誓他没有任何财产，因此法院无法扣押他任何东西。律师就此尽可能深入地调查，但最终一无所获。他发现西一百四十四街的一处车库由一位“天使”租用，并有一队“天使”经营，车库里有七辆巴士、九辆卡车和五辆超长豪华轿车，所有这些车上都有“圣父（上帝）”的标语，但所有这些车辆都登记在“天使”们的名下。显然，在所有“扩展天堂”里情况也是如此。契约是由“天使”们签订的，因此“扩展天堂”内的所有家具装饰依照法律都归“天使”们所有，而非圣父所有。当时，就连总部“天堂”也是由一位名叫莉娜·布林森的“天使”租用的，她曾经在哈莱姆街头的贩货车上贩卖炸鸡。此外，莱塞尔鲍姆先生找不到任何以圣父名义开设的银行账户。但他的确发现当圣父购买北部的农场、令罗斯福的邻居们都自惭形秽时，他随身带了一个小背包，里面装满了现金。莱塞尔鲍姆先生从现场参与了这些不动产交易的人们那里获得了口供，人们做证说有一次圣父从包里取出了1万美元购买了一片农场，还有两次他分别支付了7 000和1 100美元现金。显然那段时间圣父正在大量地用现金进行投资。

1942年，圣父关闭了他在纽约的总部，搬去了费城，此后他就与几百名追随者一起住在布罗德大街和繁梦大道交会处的一家酒店里。许多前“天使”在纽约打赢了针对圣父的官司，说圣父用欺诈的方法从他们那里骗取了金钱和债券，纽约报纸称圣父之所以离开纽约，就是为了避免接到关于这些裁决的法院传票。1946年，也就是圣母去世后几年，圣父娶了一个名叫艾德娜·罗斯·瑞金斯的21岁白人女孩。在对他的追随者们的演说中，圣父说自己只是“名义上”结婚，并很多次谈到“上帝没有结婚”。然而，他的婚礼完全是合法的，在华盛顿特区由一位有色浸信会牧师主持。在他的结婚证上，他登记的姓名是“F. 迪瓦恩上校”，但他仍然自称上帝，而且就在几个月前他还称杜鲁门总统同意制造氢弹的决定全是他的功劳。他告诉他的追随者们：“我通过影响他的直觉、启发他的想法，让我们的总统杜鲁门先生在氢弹制造决定上签了字。氢弹将很快被研发和制造出来，它很快就将用于维护正义与和平。是我通过思维和启发命令制造氢弹的，我虽然不亲自做什么，但我的精神在说话，它指引人的心理、直觉和灵感，无论人们相信与否，我的精神确实在引领着地球上各个国家的命运。这真美妙！真美妙！真美妙！”在费城的酒店里，他的追随者们摇摆着身体、跳上跳下，并重复着他的话：“真美妙！真美妙！”

（侯凌玮　译）

20世纪

ZUI SHAONAO DE
FANZUI GUSHI

40年代作品

和美国联邦调查局来点乐子吧

早在1941年的一天，我曾和哈利·布里奇斯在皮卡迪利酒店进行了一次谈话，当时的他还没有被判做伪证，只是个激进的工人领袖。我从当时的报纸报道中得知，作为一个受调查的对象，他对联邦调查局的工作方法尤为熟悉。报纸上报道，当年夏天有几乎一个月的时间他住在西四十七街的艾迪生酒店，当时他知道自己的电话已经被窃听了，此外他认为还有两个或者更多的联邦调查局特工住在他隔壁的房间。《PM》报（*PM*）甚至把参与行动的特工的名字都列出来了，还写道有一位年轻女士做证承认自己与几位特工在布里奇斯隔壁的房间中待了约一小时，这几位特工邀请她一起监听布里奇斯的电话通话当作消遣。由于窃听电话是违法的，报纸自然更关注布里奇斯隔壁的特工们对他做了什么，而不是布里奇斯对隔壁的特工们做了什么。报道中几乎没有提到布里奇斯首先是如何发现自己被跟踪了的，也没有说他是如何对待那些跟踪他，却不知道已经被他发现了的人的。

我问他：“你是如何判断自己被联邦调查局特工跟踪的？”

布里奇斯先生用他典型的实事求是的语调回答道：“我有很多种方法确定自己是不是被跟踪了。我是不是应该描述一下我是用哪些通用方法来确定他们是否在跟踪我的？或者你希望我讲讲今年夏天我在这里使用的具体方法？”

“你可以告诉我一些通用的方法，”我建议道，“然后再详细描述一下你在艾迪生酒店里使用的方法。”

他开始慢条斯理、清楚明白地说起来，我发现自己没有必要在他说话时问任何问题。我们当时坐在皮卡迪利酒店餐厅一角的桌边。当时美国政府已经做了一段时间的努力，试图将他驱逐出境，因为他是个共产主义者。布里奇斯生于澳大利亚，他说话时有浓重的澳大利亚口音。他个头高挑，身材瘦削，时年三十五岁左右，态度坦率，精力充沛，语气坚决，不容置辩。我没有询问他关于驱逐出境的程序，也没有询问他的政治观点，他也没有提起这些。

他说：“首先，在酒店，联邦调查局的特工在条件允许时喜欢占据你隔壁的房间。如果他们能像通常那样提前安排，酒店方很可能会把你安排进指定的房间，这个房间与隔壁的房间之间通常有个锁着的门相连。这扇门的下方几乎总是有一定的缝隙，有时有半英寸那么大；我猜，以前住在隔壁的联邦调查局特工一定会通过这门下的缝隙偷看或者偷听这间房中的情况，但如今他们的技术那么强大，已经没有人会那么做了。现在他们把那视为小孩伎俩。他们通常会在临近建筑的某个房间中用野外望远镜观察你房中的情况，他们通常也会在你的电话上做手脚，这样他们的接收设备不仅能获得你在电话里说了什么，也能知道你在房间的任何一个角落说了什么。所以你可以自己通过这个连接门底下的缝隙窥探和听听隔壁的情况。如果你看到有两双男人的脚在隔壁房间里走来走去，而且听不清他们说话，只能听见他们在窃窃私语，那么你就可以相当肯定那间屋子被联邦调查局的特工们占据了，或者至少那间房里的人的表现有别于正常的酒店房客。当然，你通常也能看到那间房的地上散放着电话窃听的工具，比如电线、耳机等等，那么你就不会再有任何怀疑了。

“当然，你也要学会如何观察酒店大堂中的人们，你环顾四周看看那里有没有什么联邦调查局的人正蓄势待发地要跟踪你。通常我立刻就会发现一两个这样的特工，因为（正如你所知）他们怀疑我是共产主义者，在过去这些年中我见过那么多联邦调查局特工，所以在我入住的任何一家酒店的大堂里都可能出现一两张我曾经见过的面孔。但如果我恰巧没有看见认识的联邦调查局特工，那么我会留意把报纸拿在胸前的男人们，他们拿报纸的方式有些奇怪，报纸的高度正好齐及他们眼睛的下方，而且他们的眼睛总是越过报纸的上端四处扫视。你很容易发现这种人，因为他们越过报纸上端四处扫视的样子让他们显得非常古怪。当然，在观察他们的时候我不会直视他们。酒店的大堂中总是会有很多镜子，我就从镜子当中间接地观察他们。然后我会突然走向酒店大门，就在我将要走出酒店大门的时候，我会停下脚步、迅速转身，这时通常会有一个或者更多的特工正迅速从座位上站起身。他会站在那里，看起来非常悠闲自在，比任何突然起身、停下脚步的人看起来都更为悠闲。当然，如果我想要完全确定他们是联邦调查局的人，那么我会走出酒店，甩掉所有有可能在跟踪我的人，然后回来站到与酒店一街之隔的门口等待，当我看到我认出的一个特工从酒店里出来后，我就会在他去联邦调查局办公室汇报我的动向时一路跟踪他到那个办公室。这些联邦调查局特工个头几乎都很高，在人群中很容易跟踪他们，而且他们似乎从来不会怀疑自己被跟踪了。

“你可能会将以上这些称作确定自己是不是被联邦调查局盯上了的通用方法。那么我现在会遵照你的建议，告诉你在艾迪生酒店里具体发生了什么。

“今年七月初我入住了艾迪生酒店，酒店给了我一间普通的、三天50美元的客房，那也是我要求的房间。这间房有个小阳台，窗前有个窄窄的平台，当然也有一扇锁着的门连接着隔壁的房间。我当时正忙于处理工会的事务，你知道我是美国产业工会联合会的官员，也是国际码头工人和仓库保管员联合会的主席，当时我没有立刻去检查联邦调查局是不是正忙着盯我的梢。但一天晚上我有半小时的时间无所事事，我来到了阳台上，通过窗户看向隔壁的房间。一个男人在那间房里，我看着他，他也看着我。我不知道他是不是联邦调查局特工。无论如何，我从来没有听到过他们的任何动静。随后我退了房去别处度周末，当我回到酒店想要入住同一间房或者其他三天50美元的房间，我被告知已经没有这样的房间了，但我可以入住另一层的一个很好的房间，仍然享受三天50美元的收费标准。酒店工作人员把我带到了一个非常宽敞的房间，房里有两张单人床、两扇大窗户，但没有阳台。当然，房里也有一扇通向隔壁房间的锁着的门。当时我还是很忙，根本无暇顾及联邦调查局的特工。几天后，我又退房了，并于八月四日回到了酒店。这一次酒店仍然把这个有着两张单人床的大房间提供给我，我说我想要一个普通的三天50美元的房间，但酒店前台说我可以按照同样的价钱住在这间大房中，并且想住多久就住多久。我说我非常感谢酒店的好意，当然，此时我也已经开始在酒店大堂中寻找联邦调查局的人了。

“我相当确定我在大堂中看见了一个我在旧金山或者某个西部城市认识的特工，他与今年春天驱逐我出境的听证会有关联。然后，我就做了我之前告诉你的那些事情，观察那些假装看报纸的家伙，看看当我准备走出酒店时他们有没有站起身等等。我确定在当天中午前，自己已经发现了三个特工。你想知道我是如何记住联邦调查局特工们的脸的吗？”

“是的，非常想。”我说。

布里奇斯说：“我是这样记住联邦调查局特工的脸的：我看着他，把他的面孔清晰地记在脑海中，然后我试图想象他长得像我认识的什么人，比如一位朋友、一位电影演员或者任何我熟悉他的脸的人。这种方法比试图记住细节要管用——比你想要用语言描述联邦调查局特工的长相要有效，如果你懂我的意思的话。比如我认出的这三人当中有一个长得像一位码头工人，那人是我的一位老朋友，当我还是码头工人的时候我们曾在一起工作。这三人中的另一个让我想起美国产业工会联合会的一位律师。剩下的那位则长得非常像电影演员加里·库珀（Gary Cooper）。我用这种方法记住联邦调查局特工们的脸，这种方法似乎能将他们的脸印刻在我的脑海中，我想就像人们在记忆课程上教的那些小窍门一样。

“当然，我想我的电话可能也被窃听了，于是在我确定自己记住了那三个人的脸并且能在任何地方辨认出他们后，我回到楼上的房间，打了一个测试电话。我给我的一个朋友打了通电话，他是美国产业工会联合会在这里的一位官员，我说：‘瞧，我必须要见那个大人物。’你要知道，联邦调查局的人总在留意这样的话。他们都有点像大学或者高中男生。我那位产业工会联合会的朋友当然不知道我在说什么，说了很多，然后我说：‘难道要我告诉你我指的是谁吗？那个大人物呀！头号人物！听着，十五分钟之后和我在街角的杂货店见面，到时候我会跟你解释的。’

“之后我下楼从一个公共电话亭里又打了个电话给我的朋友，向他解释了事情的原委，告诉他不用去杂货店见我。然后，我在四周逛了大约十分钟后就走进了那家杂货店，不出所料，那三人中的一个紧跟着我进了杂货店，我喝着奶昔的时候他就坐在冷饮柜台旁边，和我隔着两个座位。当我走出杂货店时，我发现另一个长得像加里·库珀的家伙正站在街对面。我装作我在等人，盼着有人走进杂货店，因为我不希望让他们意识到我已经发现他们在跟踪我了。我走进了一家电影院，装作要去看电影，实际上我悄悄跑了出来，从缴费处的另一边观察大街，我看见第一个家伙开始往酒店走，而另一个家伙，那个长得像加里·库珀的人独自一人向另一个方向走去。于是我跟着他，他上了一辆出租车，我也上了一辆出租车，一直跟他到了弗利广场，他在那里下了车，进了联邦调查局办公室。我是不是说得太久了？”

“哦，绝对没有。”我说。

于是布里奇斯继续说道：“之后我回到了酒店，进了自己的房间。我很快就进了门，趴到连接门那里，躺下来，通过门下的缝观察隔壁的房间。有两双脚在我眼前走动，我还能看见地上放着一些捆扎好的电话线，它们就那样被丢在那里，卷曲着。

“我想看看这几个家伙的脸，看看他们是不是我在楼下认出的那两人，还是不同的人。所以我在自己的房间里等了很久，保持安静，开向走廊的房门微掩着。他们一定以为我离开了房间，这正是我想要的效果，因为我终于听到他们打开了房门，我透过门缝观察着他们，只见他们沿着走廊走向了电梯。我于是轻轻关上门，又像往常那样打开门，走向了电梯。我和他们一同乘坐电梯下了楼。他们互相之间没说一句话，其中一人一直盯着自己的手指甲看。当然，我好好地打量了他们。那个盯着自己手指甲的家伙就是让我想起我的码头工人朋友的那个人，而另一个人则长得像美国产业工会联合会的那位律师。

“在告诉我的朋友们我的电话被窃听了之后，我的心情似乎安定了下来，想和联邦调查局找点儿乐子玩。当时我并不忙，手头有一些空闲。我知道我们现在所在的这家皮卡迪利酒店俯瞰着艾迪生酒店，所以我前往第六大道，并租用了一副野外望远镜。我支付了押金，并且同意每天支付50美分的租金，但我最终还是买下了这副望远镜，因为我用它和特工们玩得太开心了。我回到了我的房间，那两个家伙又在隔壁房间里。我透过门下的缝望过去，看见他们的脚在走来走去。我打电话给酒店接线员，告诉她我正在等一通长途电话，让她一旦接到电话就立刻转接给我，我会等她。然后我悄悄离开了房间，溜出了酒店，我悄悄溜进了好几家商店又溜了出来，以防酒店大堂中的人在跟踪我，然后我来到了皮卡迪利酒店，并上了酒店房顶的花园。我曾经在皮卡迪利酒店住过。我很轻易地就用那副野外望远镜发现了我在艾迪生的房间，因为我在房间窗台上放了一些东西，好让我自己辨认出来。然后我将望远镜移向我隔壁的房间，只见里面有两个男人，躺在两张单人床上，头上戴着耳机，他们一定以为我还在隔壁的房间里。大多数时候他们似乎都是站着、头戴耳机监听的，但我想这次他们一定以为他们得等很久才能接到那通长途电话，所以他们躺在了床上。我在皮卡迪利酒店的房顶上距离他们在艾迪生酒店的那间房只有大约一百码，因此我能很清楚地观察他们。我想我就这件事说得太久了。你还想听更具体的吗？”

“我当然想。”我说。

布里奇斯接着说："我决定在皮卡迪利租一间房以便更舒适地监视那些联邦调查局特工，我也产生了让我的一些朋友在我待在艾迪生的时候前来监视他们的想法。之前我和联邦调查局的人打交道的经历都很不愉快，尽管我发现辨认出他们相对容易一些。每次我离开艾迪生酒店来到皮卡迪利酒店时，我都会绕过街角，溜进一家商店，看见那个长得像加里·库珀的人从店前经过，在寻找着我，然后我才会到这里来。至少在我看来，他们根本不知道发生了什么。我在这家酒店租了间房，我的一些朋友比如工人们等等就留在我在皮卡迪利的房间里，我通常会带一位朋友回到自己在艾迪生酒店的房间，这样我就可以和朋友说话，让联邦调查局的特工们忙上好一阵子。我和朋友走进我在艾迪生的房间，我在皮卡迪利的朋友们就会看见我隔壁的两个特工从床上起了身，戴上了耳机。然后我们就会说各种无聊的话，比如说我们如何计划接管金贝尔商店的罢工，这样我就可以利用金贝尔商店漂亮的女店员们帮我争取到纽约的码头搬运工了。我们说的都是这些东西。但我们也说一些更加复杂的内容，我们精心设计好对话内容，以便混淆联邦调查局对一些人的档案记载。当然，还有些内容是相当粗俗下流的。一想到他们坐在隔壁偷听，我们就忍不住要开开玩笑，但显然那些特工把一切都记了下来。我们一离开房间，他们中的一人就会坐在窗前开始迅速地用打字机把我们的谈话内容都打出来。

"后来我记起联邦调查局特工总是会将监视目标房间内留下的任何一片纸屑都收集起来。他们可以配一把房门钥匙，或者安排一位打扫卫生的女仆，或者通过什么其他手段。于是我们会撕毁一些旧信件或者文件，然后于第二天早晨把它们留在我在艾迪生的房间里。当天下午，我们就会看到其中一个联邦调查局特工正坐在他们房间的窗前，把一片片细小的碎纸屑粘贴起来。有几次，我把纸撕成六角星或者五角星或者一连串小纸人的形状。（你是知道那样撕纸的方法的吧？我曾经为我的孩子那样撕纸。）第二天我们就会看到那个特工坐在窗前拿起那些星星和纸人仔细研究。

"我们还会在垃圾桶里留下一些完全用旧了的复写纸，这样特工们也可以研究它们。你要知道，特工们非常喜欢复写纸，每当他们拿到一张写过二三十个字的复写纸时，他们就真的会去城里进行化学分析、用放大镜等等一切程序，试图解读出复写纸上曾经写过什么。我让我的一位律师朋友从他的办公室给我弄来了一些复写纸，我的另一位朋友的女朋友是位速记员，他让她从办公室也给我带了些来，当然这应该算二手货了吧。我们会留五六张复写纸在房里。那两个特工当然不会自己解读复写纸，他们会直接把那东西送去总部。

“这几乎就是报纸中没有提到的全部内容啦。自从我把我艾迪生酒店房间中的电话里的话筒取出来并退了房之后，我再也没有见到过任何联邦调查局的人。但我仍然带着那枚话筒。”

“你在你的电话当中发现了一枚话筒？”我问道。

“哦，”布里奇斯先生说，“我一定是忘了告诉你。对不起。你知道，除非那些联邦调查局特工很空闲或者手头完全没事，他们通常只是在电话里放置一枚话筒。那是一种特殊的话筒，能够获取这部电话打入打出的通话，也能获得整个房间内人们说的话。当然，我检查过电话，就在我打那通测试电话、他们跟踪我去了杂货店的那天我就发现了它，但我并没有急于处理它，直到我要够了那些特工才把它取了出来。”

（侯凌玮　译）

880号先生

1938年夏末，一位名叫爱德华·米勒的老鳏夫发现自己没钱养活自己和自己的狗了。他的口味非常简单，他的杂种狗也非常理解主人的难处。多年来米勒先生一直是上东区一栋公寓大楼的管理员。他住在这些公寓大楼的地下室里，和妻子一起抚养了两个孩子，一男一女。米勒太太在1937年去世了，当时孩子们已经长大成人，并且有了自己的家。他的儿子有一份工作并且事业有成，而女儿也已经成家。妻子去世后，米勒先生搬出了地下室（那是他们全家在一起居住的最后一个家），在靠近百老汇大街和第九十六大街的一栋褐砂石廉租房里租了一小间位于顶楼、阳光充足的公寓。1938年春天，他和他的狗搬了进来。米勒先生自觉年事已高，已经无法再胜任大楼管理员一职，于是有一阵子他以捡破烂为生。当时他63岁，性格和蔼，脾气温和，非常独立。他只有5英尺3英寸高，身材瘦削，肌肉坚实，脸庞红润，眼睛又蓝又亮，秃秃的头顶油亮亮的，耳朵上有几丝雪白的头发，唇上有一小缕胡子，牙齿几乎都掉光了。他买了一辆二手手推车，天气好的时候便在狗的陪伴下在社区里闲逛，捡捡空地上和西侧公路下面河滩上的废品。他工作的态度很随意，并且看上去总是很开心。有时他会停下来和想要聊天的陌生人聊聊天，有时他则会与跟在脚后面的狗有一句没一句地说话。他能够把见到的破烂玩意儿卖给废品批发经销商，但是这几个月以来他开始意识到自己赚得不够维持生计了，如果情况再不好转，他的积蓄很快就会用光，他就会变得穷困潦倒了。

当他的儿女们拜访他的时候，或者他去看望他们的时候，米勒先生都会说自己过得很好，什么都不缺。整整五十年来，他都只依靠自己，他从十三岁起就开始辛勤工作，从未向别人求助过，因此他有着这样的老人们常有的那种顽固的自尊。多年来，他一直过着正派、守法的生活。每个认识米勒先生的人都会说他或许是世界上最不可能用欺诈的方法赚钱的人了。然而，米勒先生真的就那么做了。1938年11月，他开始伪造1美元钞票。他看起来依旧快乐，依旧在阳光灿烂的顶楼公寓中过着低调的生活，自己做饭、自己洗衣、自己遛狗，但他也自己制钱。当他需要现金的时候，他会走进厨房，从水池旁边的一角取出一个小型手摇印刷机。接着他会推着手推车、带着他的狗来到大街上，捡拾各种破烂，并使用一两张他制作的假币。十年来，他每月使用四五十张1美元假币，并把它们平均用在他所在的社区和纽约附近各社区的各家商铺中。在那段时间，美国特勤局曾对米勒展开过打击造假犯的历史上最大强度、最大规模的搜捕。特勤局称他为880号先生，后来就叫他880号老先生，之所以叫他这个号码，是因为他在华盛顿特勤局总部的档案编号是880。在那些年中，他们对于米勒唯一的了解就只是那些他用出去的假币。

在米勒曾经作为管理员工作过的那些大楼里，他的雇主和住在他们一家楼上的公寓房客们都对他抱有极高的评价。他工作效率很高，待人温厚，态度认真，给人一种体贴偶尔也很幽默的印象。有一次，一位女房客问他是否可以修理她孩子的电子火车，那个玩具在圣诞节前天的深夜停止前进了。他检查了那个玩具，回到地下室他的家里拿了些工具又回到了楼上。他在那位房客家的客厅里摆放的圣诞树旁边坐下，开始安静地修理玩具火车。那位房客说：“用这件蠢家伙来打扰你，真抱歉。”米勒抬起头看着她咧开嘴笑了笑，温柔地说：“如果这真是个蠢家伙，你当初为什么要买它呢？”那位房客无言以对，米勒继续修理玩具，而她就站在一旁。过了一会儿，他抬起头看着她，又咧嘴笑了，说：“如果它坏了，就应该能修好。”他又摆弄了玩具几分钟，然后接通了电源。小火车令人满意地沿着轨道跑了起来。那位房客向他表示了感谢，并给他5美元作为小费。这位访客再也没能忘掉这件小事。二十多年后，当她最近谈起这件事时，她说：“他让你感到他每时每刻都在认真严肃地思考，很有尊严，而相比之下你自己则头脑空虚、轻薄肤浅。他真的是个非常棒的大楼管理员。”

长期以来，米勒似乎只想做一个出色的大楼管理员，直到1938年夏天，他似乎只做过两件明显与此无关的事情。1905年6月，当时他还是个年轻人，他将一个新型相机的蓝图寄给了伊士曼柯达公司，之后他接到了该公司的回信，告诉他公司认为他的发明没有商业实用性，但是赞扬说他的发明“非常精巧”。米勒保留着那封信，并怀着不同程度的自豪感向朋友和熟人们展示了它。当他于1938年搬进顶楼的那间公寓时他仍然保存着那封信。信已经磨损了，纸面也由于年代久远而泛黄了，当他给新邻居们展示这封信的时候总是小心翼翼地拿着它。

米勒告诉这些邻居，他在中年时代还曾发明过一个软百叶窗，它能够像遮光窗帘一样卷起、放下。他会说：“你无须这样或那样地拉一根线让它卷起来或者放下来。你只需要轻轻拉动它一下，就像拉动遮光窗帘一样，它就会卷上去。你也可以把它拉下来，那么它就会放下来。我的软百叶窗就是这么简单。”当邻居们问他为什么没有借此发一笔财时，他会解释说制造软百叶窗的人们认为他的发明并不能带来经济效益。“但你们得知道，他们告诉我，我的发明很简单，也很巧妙。我去看一个在泽西城开工厂的年轻人时，把我的发明钉在了他办公室的墙上，然后他一直把它拉上、放下，说‘真想不到’，但是他觉得生产它们成本太高。我依然清晰地记得那人的模样，当时他在办公室里不停地拉上、放下我的软百叶窗。他是个年轻的胖小伙，穿着一件蓝西装、白衬衫。白衬衫的领子很软，领子上还有小纽扣把领子固定在衬衫上。”

米勒说这些话时通常会短暂沉默一会儿，那时他会对倾听者咧开嘴微笑，就像他在二十年前的那个圣诞节前夜对着那位女房客咧开嘴微笑一样。因为到1938年时他的牙几乎全掉了，所以他的笑容令人印象深刻。“米勒先生的笑是无齿的笑，我几乎从没见过那样的笑容。”他的一位邻居最近评价道，“当他咧开嘴笑时，他看上去有点傻，但当他没在咧嘴笑时，他看上去很和善、很聪明。”当时令认识米勒的人们印象深刻的还有一件事，即他的杂种狗没有名字。他显然对那条狗呵护备至，而人们也曾经问他为什么不给狗起名字。他对此给出的解释又一次折射出他性格的独特。他说那条狗不需要名字。他会咧开嘴笑笑，温柔地问：“一个名字对于一条狗来说有什么好处呢？当我和它说话时，它知道我在和它说话，不是吗？而我不需要用某个编造出的名字叫它也知道它是谁，不是吗？”人们承认，尽管他的观点非常独特，但确实有一定道理，这时他会很开心。当米勒总结他拾废品的事业行不通而需要额外的收入时，他为自己的经济问题想出的解决方法也是他这个年龄、性情、背景的人想不到的，但他成为假币制造者或许与他的个人特点还是相符的。尽管从某种意义上说，他成为了美国现代史上最成功的假币制造者，但他并没有摆起架子，也没有改变自己的生活水准。他的儿女和邻居都没有发现他在做什么。1938年他交给他的同胞们的第一张假币是一张制作拙劣的1美元假币。1948年，当他的假币制造生涯快要终结时，他仍旧在同一张劣质的金属图版上用同一个手摇印刷机在同一间顶楼廉价公寓的同一间厨房的同一个角落制作着同样粗糙的1美元假币。一直以来，他需要多少钱养活自己和狗，他就造多少假币，从来不会制造多余的假币。

造假这种有利可图的欺诈方式史前就有了。在古代，人们产生了关于钱的概念，同样也打起了制造假钱的念头。钱的概念自然比假钱的概念出现得早，但或许并没有早多少分钟。有证据表明，在人类最早有记载文明中，人们既使用真货也用假货冒充，并且可以确定在尚无文明记载的原始部落中既存在好钱也有坏钱。似乎在一些人意识到他们可以轻而易举地使用诸如兽皮和粮食等货币替代物来代表难于处理的财产之后，很快就有另外一些人醒悟到他们可以同样轻而易举地用其他货币替代物来代表同样用来代表财产的初级货币替代物。这两个想法彼此紧密相关，几乎可谓是双生子；正如这两个想法的产物，它们也是不可分割的。倘若没有假钱，钱的故事可能单纯而美好。但事实上，钱与假钱命中注定地纠缠所形成的格局必然是错综复杂、奇异怪诞的。

在史上所有流氓无赖中，没有哪一群人比造假犯更“经久不衰”，而比他们人数更多的恐怕也只有窃贼了。人们从来没有想出能够根除造假这一顽疾的有效惩治措施，因而造假行为也长盛不衰。有钱的文明人一方面希望自己的钱有价值，另一方面又知道这些价值符号本身其实一文不值，因此他们总是对钱有着强烈的厌恶感，而他们对制造假币者的处理方法简直近乎于野蛮人。直到离我们比较近的时代，文明人想出并且执行了许多惩治假币制造者的措施，在惩罚制假行为的道路上走向了极致。一些最早的假币制造者不辞辛苦地将钱币沿边缘剪去一些，然后将剪过了的钱币传给他的同胞们。然后，他们制造假币，用他们从真币上剪下的贵金属在假币表面包裹薄薄的一层。为了打消人们造假的念头，一些最早的真币维护者们“以其人之道还治其人之身”，剪去造假者的身体边缘——他们的耳朵开始剪起。在罗马帝国形成的时期，造假者的双耳会被割去，他们的公民权也会被剥夺。后来在罗马，除了双耳和公民权，造假者的鼻子也会被削去。当罗马文明达到鼎盛时期时，造假者的双手、双脚、鼻子、双耳以及公民权都会逐一被剥夺，然后这名造假者还会被直截了当地阉割。他们身体的剩余部分会被扔进关满了饥饿的狮子的斗兽场。然而，在这一时期逃过这些刑罚的假币制造者似乎并没有被这些刑罚所吓倒。

随着罗马文明的衰落，制造假币变得越来越流行，罗马帝国中各行各业的人都开始从事造假活动。早期文明为这项事业做了许多尝试，沿着前人开辟的道路，许多令人尊敬的个人也开始传承造假事业，最终就连国家本身也加入了进来。元老院议员、律师、医生、商人以及罗马最优秀的家庭中走出的帝国缔造者都参与了制造假币。坚持维护健康货币的罗马皇帝们毫不犹豫地剥夺了这些杰出公民的公民权或者剪除了他们的身体，并喂了狮子。当尼禄（Nero）①当了皇帝之后，他发现制造假币非常诱人，而且凭借他在帝国的地位，制造假币对他来说易如反掌。在尼禄的统治下，真币与假币的混合达到了其堕落的极致。他用国家铸币厂制造假币，将真币与假币这两个相对的事物合二为一。他用毫无价值的铅仿制了大量有价值的银币，最终导致罗马帝国货币系统的崩溃，也导致欧洲文明不得不回到以物易物的交换方式。

自从罗马帝国衰落之后，这样荒谬的循环又重复了许多次，其间只有很小的差异。在文艺复兴时期，在制造假币者的身体被完全剪除之后，他的双眼会被挖出来，然后被放血，身体被分成四份，再被重新组装起来，最后再被绑在火刑柱上焚烧。经常有一些君王们最信任的朝臣、最敬仰的世俗和宗教领袖会因被判犯有制造假币罪而被带到君王们面前，而君王们对此也逐渐习以为常了。总体上说，他们惩罚这些人的残酷程度和他们惩罚普通假币制造者相当，只是偶尔闪过宽大处理的念头。例如，当梅塞登修道院院长因制造和流通假币而被捕时，英王爱德华三世②决定要对他处以绞刑并放血，但考虑到其身份，将不剪除他的身体，也不会把他的身体四分。英王亨利八世③和尼禄一样，作为一国之首加入了

① 尼禄（37—68），古罗马帝国的皇帝，54年到68年在位，尼禄出生于罗马的贵族家庭。后世对他的史料与创作相当多，但普遍对他的形象描述不佳。世人称之为“嗜血的尼禄”。他是古罗马帝国朱里亚·克劳狄王朝的最后一任皇帝，是古罗马乃至欧洲历史上有名的残酷暴君。（译者注）

② 爱德华三世（1312—1377），英格兰国王，1327年到1377年在位。爱德华三世是一位英明的君主，但他在晚年却变得昏庸，并受其情妇佩雷斯夫人的控制。也是在这时，被认为是异端的罗拉德派宗教改革运动盛行起来。（译者注）

③ 亨利八世（1491—1547），都铎王朝第二任君主，1509年4月22日到1547年1月28日在位，英格兰与爱尔兰的国王。（译者注）

制造假币的行列中，这同样导致英国的货币贬值，货币系统崩溃。许多法国国王也因为同样的做法毁了他们国家的货币系统。古往今来，假币已经导致一个又一个货币系统的衰败，致使许多国家不得不间歇性地放弃货币而回到以物易物的状态。然而，文明人总是倾向于将货币视为一个文明的产物，每当他们发现尚处于原始状态的人们也有货币时，他们就会惊异万分。据塔西佗（Tacitus）[①]记载，野蛮的哥特人，甚至连发展落后、嘴唇松弛的法兰克人都有货币系统，尽管他们还居住在木制小屋里并且尚没有奴隶。塔西佗记载这些事实时的口吻就像个目瞪口呆的历史学家。同样在新英格兰[②]登陆的清教徒们以为货币对于当地的印第安人来说一定是个新奇的事物，结果他们发现这些半裸着身体、皮肤赤红的当地人凭借他们原始的头脑竟然也想出并发展了货币的概念，并且对货币相当用心，这令清教徒们大吃一惊，有些清教徒还在回忆录中表达了对这一事实的悲伤。

有些印第安人使用贝壳建立了货币系统，而另一些印第安人则通过制造假贝壳来扰乱那个货币系统，这加剧了早期在新英格兰定居的白人面临的困难。清教徒们习惯于用牙咬钱币或者使劲用鹅卵石敲击钱币来辨别他们是否是假币。印第安人则习惯于向一串蓝贝壳上吐口水，然后用力擦拭贝壳珠子来确保它们真的是圆蛤类贝壳的中心部位而不是被印第安造假者们用野生蓝莓汁染成蓝色的廉价白色贝壳。一开始，清教徒们不知道如何辨别假冒的贝壳，而印第安人们也不知道如何辨别假币。尽管清教徒们受过更好的教养，但是他们确实是处于劣势的，因为他们要么没有那么多钱，要么就以为在美洲这样的地方不需要钱，所以就只带了很少的钱过来。在殖民早期，无论是真币还是假币都极其缺乏，而真贝壳和假贝壳都非常充裕。因此，清教徒们热切地将贝壳作为物质交换的媒介。很快，他们发现自己就陷入了假贝壳的深渊中，这些假贝壳是一些印第安无赖给他们的。当清教徒们试图用这些假贝壳和印第安人做交易时，就连最无知的印第安人也知道要在上面吐口水、擦拭它，当发现那是假贝壳时便会把它摔到地上，双手抱在胸前，生气地摇摇头。不久之后，清教徒们和其他一些早期殖民者也学会了在贝壳上吐口水并擦拭它，以便确认那是真的圆蛤贝壳。他们还天真地颁布了几条反

① 塔西佗（约55—约120），古代罗马最伟大的历史学家，他继承并发展了李维的史学传统和成就，在罗马史学上的地位犹如修昔底德在希腊史学上的地位。（译者注）

② 新英格兰，位于美国大陆东北角、濒临大西洋、毗邻加拿大的区域。新英格兰地区包括美国的六个州，由北至南分别为：缅因州、新罕布什尔州、佛蒙特州、马萨诸塞州、罗得岛州、康涅狄格州。（译者注）

假冒贝壳法。

和古罗马时期的模式一样，对殖民地假币制造者的法律刑罚一开始是比较温和的。例如在1647年，罗德岛殖民地和普罗维登斯种植园一般选举法院规定："如果印第安人在物质交换过程中使用假贝壳冒充真贝壳，或保证那是真贝壳而之后被证明是假贝壳的话，那么假贝壳将被公库没收。"这个方法似乎让那些野蛮的红色人种老实了，但不久之后就有一些意志薄弱的白人开始制造假贝壳，而他们造假的规模是印第安造假者们从未设想过的。出现在新英格兰印第安人面前的第一颗玻璃珠并不是要看起来像玻璃珠，而是看起来像贝壳，无法分辨玻璃珠和贝壳的印第安人和白人都以为这是贝壳而接受了它。最开始，白人造假者从英格兰的地下工厂里弄来这些假贝壳。后来，他们在殖民地这里建立了秘密的玻璃贝壳工厂。当时对于这些造假者采取了什么样的惩罚措施已不得而知，但是他们的出现导致了贝壳货币系统的崩溃，这在历史上还是值得记上一笔的。

到1690年，纸币作为信用凭证替代了贝壳。同年，假的信用凭证也取代了真的信用凭证。钱币的使用和钱币的伪造保持了它们一贯的怪异特点。美洲大陆最早有记载的对假币制造者的审判于1704年发生在罗德岛。在那些被判故意传播使用假的信用凭证的人当中，有一个叫小佩珀·怀特的人，他的父亲老佩珀·怀特是在"五月花号"驶向美洲大陆的途中出生的，因此他通常被称为"第一个土生土长的美国白人"。小佩珀交代了自己是在什么地方弄到假钱的，并承认有罪，也为指控其他人做了证，最终他缴纳了罚款并只在监狱里待了三个月。而在其他因印刷和传播使用假的信用凭证的人当中，有一个人被判处"当众佩戴颈手枷一小时，并在众目睽睽之下割去一只耳朵，再坐一年牢"。通过这些最初的步骤，在美洲的假币制造行为也达到了要被剪除身体的阶段。对于假币制造的惩罚很快就变得更为严厉了，每个造假者要被割去两只耳朵，在狱中的服刑期更久，佩戴颈手枷的时间也更长了。然而制造假币的行为还是有增无减。很快，殖民地的假币制造者在被割去双耳后还要接受当众鞭笞，之后他们会被固定在颈手枷中而不是像之前那样坐在里面尚可以移动。到这个时候，已经出现了许多女性假币制造者，她们中的一些人是美国革命女儿会中的祖母级人物。她们同样也遭受了鞭笞，但她们的耳朵没有被剪去，而是头发被剃去了。再后来，殖民地的假币制造者无论是什么人，都会被处以绞刑。然而制造假币变得更加流行。基于信用凭证的货币系统也崩溃了。

1772年，菲利普·斯凯勒上校在纽约省联合大会上发表了一篇演说，其中他提议："在纸币的背面印上如下图案：一只在云中洞悉一切的眼睛、一辆载着一口棺材的马车、三个吊在绞刑架上的重罪犯、一对哭泣的父母和几个年幼的孩子、许多魔鬼正将人形物体拽进一个燃烧着的火坑中的画面，以及一行标语——'让假币制造者们腐烂吧'。"大会最终认为将所有这些图案放在一张纸币的背面成本实在太高，但大会确实授权在钱币背面印上醒目的"制造假币是自取灭亡"几个字。但是假币制造者发现复制这条简单的短语非常容易，便依旧无忧无虑地制造着假币。新的货币系统很快也崩溃了。无论在美国革命前还是在那之后，制造假币令许多纸币系统解体。在美国革命期间，英国政府利用自己的印刷业生产了大量假美元投放进美国，其目的是要制造金融恐慌，并希望以此来阻止美国革命。英国政府的这一努力导致的最令人难忘的结果是产生了"一文不值"[①]这个表述。

如今在美国仍有人在制造假币，但它已经不再像过去那样回报丰厚和流行了。现在已经很少有人会认为制造假币的行为会令美国现今的货币系统分崩离析。现代的假币制造者被抓住后经常会被送去联邦监狱，在那里只有他们的头发会被剪去。现在在美国制造假币的行为逐渐减少的一个原因在于现在要想制造出看起来和摸上去与真币相仿的假币非常困难，成本也相对较高；另一个原因则在于一名普通的假币制造者几乎不可能长时间从事造假活动，他很快就会被美国联邦特勤局抓住。

联邦特勤局负责保护国家总统不被暗杀以及国家货币不被伪造。特勤局的职员们都非常勤恳、工作卖力，他们默默无闻地履行着自己的职责，工作效率高到仿佛他们无所不知一样。1901年特勤局开始负责保护美国总统，从那以后没有任何一位总统死于暗杀，1948年全美流通的总计27 902 858 000美元中只有137 318美元被发现是假币。特勤局就是斯凯勒上校在美国革命前曾经梦想过的那只在云中洞察一切的眼睛。1948年，特勤局在假币制造者们把假币流通进市场之前就掌控住了面值2 948 437美元的假币。

倘若一个人开始制造假币，那么快速地制造大量假币的诱惑几乎是难以抵挡的，而这看起来似乎也比其他任何合法或非法的行当更容易做到。假币制造者开始制造假币时就已经是贪婪的人了，如若不然，他们很快也会变得贪婪。像880

---

① 一文不值，not worth a continental，字面意思为不值一个美国兵——指纸币。（译者注）

号老先生这样不贪婪的假币制造者是独一无二的，这也反映出他近乎禁欲的特点。1938年11月，这个老年假币制造者在百老汇大街靠近第一百零二大街的一家雪茄店用出了第一张假币。雪茄店中没有雇用助手，因此店主工作繁忙，当时他根本没有仔细看看或者摸摸那张纸币就收下了它。那天下午，他带着这张纸币去社区的银行将当天的营业款存起来，结果一位银行出纳员发现了这张假币。他从雪茄店老板的存款中扣除了1美元，并告诉店老板，银行应该依法将这张假币上交给联邦特勤局。财政部的分支机构特勤局保持了一贯的工作效率，第二天就派了一位特勤局的人前来向雪茄店老板问了些问题。店老板说自己完全不知道是谁给了自己这张假币。尽管不断有顾客前来打断他与特勤局人的谈话，店老板还是从后者那里学习到了完整的识别假币的方法，那人还告诉他一旦发现又有人使用假币就把街角的交警喊来。880号先生的假币被送到了特勤局总部，位于财政大楼的特勤局实验室中的假币研究者对它进行了例行检查，之后又把它送去了联邦铸币局的技术实验室进行全面检查。

所有联邦货币在报废前，只要没有被毁或者存起来，最终都会上交到财政部。假币通常是个人或者银行发现的，随后就在它流通之前上交给特勤局。特勤局实验室有关于他们发现的每一系列假币的档案。大多数这些档案都标着“结案”的字样，这表示制造假币金属图版的假币制造者已经被送进了某间联邦监狱，或者已经服完刑出狱并受到特勤局时不时的检查，或者已经确认不再制造假币，或者已经去世了。标有“未结案”的档案中包括仍然活跃着的、特勤局正在寻找的假币制造者的作品。特勤局实验室中的工作人员能够非常肯定地区分不同假币制造者的作品，就像一位指纹专家能够肯定地区分不同人的指纹一样。

事实上，现今所有的假币都是通过照相凸版印刷的方法制造的。假币制造者拍下真币的两面，依据照片制作出金属图版，然后再根据金属图版印刷出自己的假币。真币则是用手工制作的钢制金属图版印刷的，这些金属图版由一流的艺术大师制作。现在全美国只有五六位艺术大师能够用雕刻工具在一块钢板上雕刻出像1美元纸币上的乔治·华盛顿、5美元纸币上的亚伯拉罕·林肯和大面值纸币上那些其他伟大的美国人那样令人暖心又栩栩如生的人物肖像。这些肖像的头发和（或）胡须非常真实，面部表情逼真，双眼像睁开的活人的眼睛那样有明有暗。绘制这些肖像的艺术家以及制作纸币上其他精细设计的工匠们都是为联邦铸币局诚实工作的人。假币制造者试图徒手用雕刻工具在一块钢板上复制现代美国货币上的肖像和装饰，但他们如此制造出的假币总是很容易被发现，因此他们转而采用仿真度相对更高的照相凸版印刷法。

自从1863年美国开始使用全国通用的货币以来，只出现了一位技艺足够精湛的假币制造者，只有他能够徒手复制出与真币相仿的假币，但他使用的并不是雕刻工具。他是用骆驼毛制成的毛笔直接在纸张上画出一张100美元的假钞。这人名叫伊曼纽尔·宁格，直到他于1896年落网，他一直被特勤局的人称为“画家吉姆”。他制造假币的方法是把一张100美元的真币放在一块玻璃下面，然后在玻璃下打上强光。然后他会在一张大小相同的纸上描出人物肖像和其他图案的轮廓。接着他凭借高超的记忆，仅仅用他那只骆驼毛毛笔蘸上绿色和黑色的墨水把肖像和所有花纹临摹出来。就像那些为联邦铸币局工作的艺术家们一样，他在这方面确实是个天才，他制造的假币也堪称艺术品，它们近乎完美，甚至连银行都会接受。“画家吉姆”的首张假币几经转手后被送到了新奥尔良的财政部分部，后来财政部分部将它上交给了特勤局，经过特勤局的检测才最终确定它是张假币。特勤局花了很多年寻找“画家吉姆”，最终在泽西城抓住了他。当时特勤局的人已经跟踪他好几天了，后来当他正在纽约一家银行兑换100美元假币时逮捕了他。特勤局没收了他的骆驼毛毛笔、纸张和墨水，并把他送进了联邦监狱。后来他依靠贩卖艺术作品过着拮据的生活。他本可以通过帮联邦铸币局制造真币而挣得比那多得多的钱，但是正如他解释的那样，制造假币对他而言有某种特殊的魅力。

假币制造者们发现通过照相凸版印刷法制作出的假币，上面的人物肖像、边缘的细小阴影和其他特征都会变得有些模糊，不那么生动。为了生产出更好的金属图版，假币制造者必须首先拍下真币的照片，然后对它进行手工加工，尽可能地强化那些在金属图版制作过程中可能淡化的线条。为了达到几乎无法企及的完美，假币制造者通常会尝试在金属图版上刻下一些线条和阴影，即使手工处理过相片，这些线条和阴影在印刷时可能还是不够清晰。这道手工工序使得做出的假币成品会更像真币，但对于在特勤局实验室工作的人们而言，这道工序也给每个系列的假币赋予了独一无二的特征。这能帮助他们区分不同人制造的假币，并且及时抓住造假者。

但880号先生制作的第一张假币在特勤局实验室中接受检查时，特勤局的人发现它不同于任何其他登记在案的任何面值的假币。当时特勤局没有未结案的假币档案，因为在20世纪30年代末期，除了880号先生没有人认为伪造1美元纸币有利可图。即使在美国假币制造最初期以来所有那些已结案的档案中，也没有多少人是伪造1美元纸币的。于是特勤局设立起一个新的“未结案”的档案。一开始，特勤局的人称这位假币制造者为“880号先生”，但几年以后他的案子成了特勤局档案中最久远的未结案件，因此也获得了独特的地位，特勤局的人开始将他称为“880号老先生”。在他们寻找880号先生的十年间，特勤局逮捕并定罪了其他假币制造者，并且在它们进入市场流通前查扣了面值3 458 235美元的假币。而880号老先生是他们有史以来最难抓的人。

假币制造者需要花费极大心血来试图智胜现代美国货币系统，而特勤局为揭露现代美国假币制造者所付出的努力与之相比则有过之而无不及。特勤局的人曾经抓住过住在纽约中国城里的几个人，这几人在金币的边缘处打上小孔，然后将里面的金子几乎全部挖出来，再把中空的金币中填满水泥或者泥土。他们也抓住过一些铸造假币的家伙，这些人的车中有可移动的铸币工具，他们就在车上铸造外观挺逼真的锡镴制50美分硬币。他们还抓住过一些制假者，这些人将5美元真币上的林肯肖像刮下来，然后把从精选手册上轻而易举弄下来的、等大的纽约法官的肖像贴在原来林肯的肖像处，再改掉纸币上的数额和文字，在这位法官所居住的社区将这些假币当作20美元纸币使用。有时，特勤局的人也会装作是假币制造者或者假币的批发商，或者通过其他危险的方式将那些有黑社会背景的、大规模生产假币的造假者的组织击垮。他们曾经将两个非常顽固的假币制造者送进了监狱，结果后来发现这两人在监狱里仍然继续制造着假币。

特勤局抓住的或者听说过的大多数假币制造者都是非常聪明的手艺人。而880号老先生的手艺却非常拙劣，其他假币制造者即使随便看看或者摸摸他所制作的1美元假币，都一定会嘲笑他作品的粗制滥造。他笨拙地修饰过华盛顿的肖像，使他看上去既模糊不清又死气沉沉。他做的假币的边缘、数字和字母都很糟糕。他所使用的廉价证券纸在任何一家文具店都能买到。然而，880号老先生仍然不断将这些粗制滥造的假币使用出去，而他使用它们的频率在特勤局看来简直低得可笑。当他使用他的假币时，没有一位市民会仔细看或者摸那纸币。毕竟那只是1美元纸币。当人们发现自己收到了1美元假币时，他们似乎并不太在意，只是花1美元买个教训而已。特勤局于1948年春天在880号老先生靠近百老汇大街和第九十六大街的阳光明媚的顶楼廉价公寓的厨房中逮捕了他，在他们抓住他之前很长时间，特勤局就普遍将他视为史上最难对付的也是最不贪婪的假币制造者。

一开始特勤局对880号先生的搜捕规模很小，因为他伪造的假币的面值很小。在他使用过第一张假币一个月内，又出现了40多张假币。这些假币大多数都被纽约的银行发现，在某些情况下银行还能确定存款者。特勤局的人对这些存款者进行了细致入微的调查，但他们当中似乎没有一个人是假币制造者，而他们当中也没有人记得谁把假币给了他们。为了抓住880号先生，特勤局在纽约的办公室墙上特别挂出了一张纽约地图，每当一位商店店主或者其他任何可能与假币制造者直接接触的人收到了一张假币，他们就会在地图上订上一颗红色图钉标明这些人所在地点。过了一段时间，地图上的红色图钉显示大多数假币都是在曼哈顿上西区使用的，该地区幅员大约五平方英里，有将近一百万人口。

当然，特勤局还将总部里保存的880号档案复制了一份放在纽约的办公室中。这份档案日后将成为特勤局档案馆中最厚的一本档案，收入其中的第一则条目是特勤局实验室检查过880号先生的首张假币后，从华盛顿发往特勤局在全国各办公室的常规性备忘。这条备忘毫不留情地评价了880号先生的制作工艺，内容如下：

880号

1938年12月1日

兹开始设立关于一名新假币制造者之档案。

据纽约方面汇报，于11月19日发现新的伪制1美元银元券，1935年版；核对字母为“K”，正面图版编号为1371，反面图版编号为601，序列号为K70025356A，美国财政部财务长为W. A. 朱利安，财政部长为小亨利·摩根索，其上印有华盛顿肖像。

该假币使用粗糙的照片蚀刻图版在一张廉价品质证券纸上印制而成。人物肖像绘制粗糙，黑色背景没有绘制任何线条。人物左眼用一个黑点表示，右眼形似杏仁，下眼睑处线条粗重。华盛顿的右肩与椭圆形背景融为一体，没有任何阴影。蚀刻有缺陷，导致华盛顿衬衫正面下部有污渍。对于小字母尤其是标题的复制不到位，有些字母无法辨认。肖像下方的“华盛顿”一词中字母要么扭曲变形，要么边缘粗糙。

印花和序列号是用单调的靛蓝印刷的。印花的图案和文字雕刻得都很粗糙。组成序列号的数字比真币上的更粗，印刷的颜色也更深。本系列本面值的真币最高的序列号（精确到日）应为S92144000A。1美元真币正面图版的最高序列号（精确到日）应为975，这比本假币正面图版的数字小了396。本假币的反面用深绿色印刷，比正面做工好一些。在某些地方，装饰图案经过手工加工以加深图案薄弱处的深度。这一点尤其体现在中央的大字“一”上。

（签名）弗兰克·J. 威尔逊

特勤局局长

特勤局纽约办公室的负责人是詹姆斯·J.马洛尼，他的头衔是特工总管。在搜捕880号先生的第五年底，他作为特勤局助理局长被调至了华盛顿，并于1947年（在880号老先生被捕前）晋升为特勤局局长。1939年底，对880号先生的搜捕已经进行了一年，马洛尼先生略有些懊恼地注意到880号先生的制作工艺甚至更差了。最近出现在马洛尼先生办公桌上的假币上面，美国第一任总统肖像下面的“华盛顿”一词被误拼成了“华兴顿”。显然这个假币制造者对纸币上的字母不满意，在试图做出改进的过程中把两个字母的顺序颠倒了。这使得这张假币看起来比原来还要假，也让马洛尼先生和他的特工们觉得自己前所未有地愚蠢。他们认为880号先生制作的假币上这种赫然在目的缺陷是这桩案件中最令人恼怒的方面之一。特勤局的人在和聪明的假币制造者斗智时有时会感到兴趣盎然，甚至紧张兴奋，但每当他们看到印有“华兴顿”字样的假币，他们就知道这个造假者非常粗心、笨手笨脚、十分拙劣，而他们却又抓不到这个笨家伙，这几乎令他们忍无可忍。

马洛尼先生和他在纽约的特工们越是多想880号先生，越是觉得此人性格古怪。在第一年底，这个人只使用了585张假币，也就是说他作为假钞制造者每天的收益不足2美元。他们从来没有听说过这样的假币制造者。早在对880号先生展开搜捕伊始，他们就知道此人不可能与黑社会有关系，不会大量制造假币，也不会为了一下子让大量假币流入市场而甘愿杀人。当880号先生制造的假币开始出现的时候，特工们找来了一些已经改过自新的假币制造者，让他们看看这些新假币。这些制造假币的专家只是嘲笑说任何有点经验的假币制造者都不可能妄图用这样粗制滥造的产品蒙混过关的。这肯定了特勤局的观点，即880号先生是个怪人——一个狂热者或者疯子，他把制造假币当作一种古怪的爱好，或者只是为了惹恼特勤局。

特勤局办公室中，为880号先生挂出的地图上的红色图钉，继续显示该假币制造者将他的大多数假币用在了曼哈顿上西区。但是这些假币也会出现在其他各种地方。有些假得吓人的“华兴顿”纸币竟然被银行粗心地接受了，并传递给了其他银行。里士满联邦储备银行发现了一张这样的假币，并根据其记录确定这张假币是被巴尔的摩的一家银行混在一堆真币中运到南方的。巴尔的摩的这家银行不知道是谁把这张假币给了它，而当年这家银行的1美元存款量也相应地减少了。同样的事情也发生在其他银行身上。当年还有几十个人也粗心地接受了880号老先生的假币，并且看都没看就把它们又传给了别人，结果一些这样的假币就出现在了远在亚特兰大和丹佛的银行中。有一张假币引起了西雅图一位出纳员的注意。特勤局排除了880号先生在全国四处旅行、亲自散播假币的可能，基于他如此低的收益，他们认为他没有钱那么做。

作为一名研究假币制造的人员，马洛尼先生明白这样一条不言自明的真理——一个人手中拿着的钱币面值越大，他就会越仔细地看和摸那张纸币，反之亦然。一个人即使对如何辨别假币一无所知，在拿到一张百元钞票时通常也会多看上两眼，他或许会先用手指摩擦一下纸币，确认之后才会把价值100美元的东西交换出去。任何一个收到一张千元钞票的人都会花更长的时间更仔细地检查它。银行职员和其他经常与钱打交道的专业人员很少会被假币蒙骗，但纸币的面值越小，他们越可能忽略它。在搜捕880号先生的第一年，特勤局向各家银行发了上千份传单，描述他制作的假币的特点。很快银行就不再接受他的假币，但是个人仍然不断接受它们，看也不看一眼就把它们装进口袋或者钱包中。接近1943年底的时候，已经五年过去了，马洛尼先生的办公室里已经收集了28 040张880号先生的假币，平均下来也就是一天不足两张。订在880号先生那张地图上的红色图钉此时已经扩展到纽约市区和市郊全境。他的一些假币在布鲁克林区、泽西城、皇后区、斯塔顿岛、布朗克斯区、曼哈顿上西区以及曼哈顿的其他一些地区流通。仔细检查地图会发现这些图钉隐隐约约集中在上西区的一处区域内，这块区域的中心就是百老汇大街和第九十六大街。一些马洛尼先生的特工被派往该社区调查商店店主和其他一些他们认为从880号先生处直接收到假币的人，他们还奉命前去该社区的其他商店，给店主们散发传单描述880号先生的假币，并叫他们如何辨别假币。在搜捕的第五年末，特勤局的人已经拜访了该地区上千个商店。这种广泛的布网行动使十几位纽约人在使用880号先生的假币的时候被抓了现行，但是他们都成功地证明了自己的无辜。

当然，在那最初的五年中，搜捕880号先生的棘手任务并不只由纽约的特勤局人员负责，相反，马洛尼先生记得他曾经在各种奇怪的时刻想起880号先生，尤其是当他想要休息的时候。在他的带领下，特勤局捣毁了好几个在纽约和新泽西的大型职业假币制造团伙，他们在假币还未流入市场之前就截获了面值数十万美元的假币，还逮捕了几十个假币制造者和传播者，并把他们定罪了。1943年11月，马洛尼先生被调往华盛顿，在此之前他已经证明，只要假币制造者暴露出一丝一毫的人类共有的弱点，那么即使此人伪造的仅仅是50美分硬币，他和他的手下们也能够抓住他。特勤局认为，倘若880号先生为了达到某个目的杀了人（比如，为了一周内在纽约的一个社区内使用500张假币，而不需要走很远到其他的地区，在整个上西区每天只用一两张），那么他们很容易就能抓住他。在880号先生处于上风的同时，全国各地开始出现一些外形逼真的锡镴制50美分硬币，这起案件中的一切表现——假币制作的工艺以及打一枪换一个地方的惯用伎俩——都说明这是个职业犯罪团伙。一天，这些50美分的一个造假者和散播者开车从纽约到了新罗谢尔市，并且开始沿着当地主要商业街购买廉价雪茄、鞋带和其他便宜的小商品，尽可能快地花掉他的50美分假币。有人发现了一枚假币，并打电话报告给了纽约的特勤局办公室，随即特勤局打电话通知了新罗谢尔警方。那人在离开新罗谢尔之前就被捕了，他口袋中装着56枚锡镴制50美分硬币，他的车里还有1 000多枚。

这个相对悠闲的假币制造者名叫爱德华·约翰·威尔曼。特勤局发现了关于他的很多信息。他遭到了起诉，支付了2 500美元保释金后被释放了，后又被特勤局跟踪了几个星期。和大多数职业假币制造者一样，此人从来不直接去什么地方，他总是横穿过一条街，走过一栋公寓楼来到后院，翻过一段篱笆，乘坐一趟当地地铁，换乘上一辆特快汽车来到住宅区，然后再坐回市中心，搭乘一辆出租车去中央公园，快速走过动物园，划船穿过一个湖，在湖的另一边丢弃船只，再搭乘一辆出租车，溜进另一栋公寓楼又溜出来，然后才前往他的目的地。大多数时候，特勤局的人都紧紧跟着他，短暂地跟丢一阵子之后又能发现他。马洛尼先生坚信此人是一个职业犯罪团伙的成员，因此希望此人能够带他们找到这个团伙的其他成员。1941年8月，当此人的审判日即将到来时，他却放弃保释金从人间蒸发了。

这时马洛尼先生和他的手下们意识到威尔曼先生的生活无忧无虑。每当他有钱的时候，他都会去赌马，一旦破产，他就会去滑冰。他是个长相漂亮的中年男人，具有爱沙尼亚血统，是个不走运的赌马者，也是个出色的滑冰者。当他开始在冰上滑行、旋转时，其他滑冰者就会慢下来或者完全停下来看他。纽约和纽约附近所有滑冰场的人都认识他。他时不时会利用滑冰教练的身份偷一些滑冰者口袋中的钱。他对孩子们非常亲切友好，对待女士也非常绅士。特勤局将对他的描述和他的照片分发到所有赛马场和滑冰场，在他逃跑后三个月多一点他就在佛罗里达州的“热带公园”赛马场被捕了。他一直在迈阿密全境以及周边地区传播使用锡镴制50美分硬币，并用所得利润在赛马场中赌马。特勤局在他的车中发现了789枚50美分假币、35磅锡镴、一瓶氯化银、一罐氰化钠钾、一些他用来铸造硬币图版的银和其他制造50美分假币成品所需的设备。他无须走出他的车（一辆1941年的别克）就可以制造假币。

威尔曼先生被送进了科勒尔盖布尔斯的一间监狱，等待被引渡回纽约，但是他很快就用自己带进监狱的一个闹钟里的主弹簧打开了牢门，又逃了出去。一个月后，一位纽约特勤局的特工在法拉盛草原公园溜冰场发现了他，当时他正在冰场中央迅速滑行，最后又用一个胜利性的脚尖旋转结束了表演，他的表演令在场的所有人眼花缭乱。当他结束了旋转走出冰场时，就被捕了，并被带到了马洛尼先生的办公室。他意识到自己这次算是完了，于是就无所顾忌地谈了起来。正如马洛尼先生一直以来认为的那样，这位会滑冰的假币制造者是一个团伙中的一员。另外有三个爱沙尼亚人都是使用便携的锡镴制50美分硬币铸造器的专家，一周内这三人也落网了。和威尔曼一起，他们被送进了联邦监狱。

当威尔曼的案子了结后，一连几天马洛尼先生和特勤局纽约办公室的特工们都备受鼓舞。此时少量的880号先生做的“华兴顿”假币又摆上了马洛尼先生的办公桌。这时他已经知道自己即将前往华盛顿担任局长助理，于是他和自己的继任者约翰·J. 麦格拉斯进行了一次谈话。麦格拉斯先生列举了几条推进对880号先生的搜捕的举措。马洛尼先生承诺将从总部给予他一切所需的帮助。麦格拉斯先生确实极大地加强了搜索的力度，但是当特勤局抓住880号先生时，麦格拉斯先生自己也已经到华盛顿担任局长助理了，而马洛尼先生也已经晋升局长了。当马洛尼先生接到纽约办公室发来电报说880号先生终于被抓住了，他的图版被没收，他厨房中的印刷机也被拆解了，他给纽约办公室回复了一条电报，电报内容对于一位特勤局的特工来说着实有些动情，他说：“这些进展让我非常高兴。”

1948年初，假币制造史上力度最大的搜捕行动终于结束了，结果人们发现搜捕的对象从来就没有试图躲藏。实际上，880号先生落网的情形和这起案件的方方面面一样令特勤局的特工们感到分外愤怒。与其说是特勤局的特工们或者其他什么人，不如说是命运中断了880号先生的事业。当然，命运女神在她给予了初始一击之后需要人类的协助来完成整个任务——880号先生的公寓失火了，这时命运女神以她一贯的轻薄态度选择了九个上西区笨拙男孩（年龄在十到十五岁之间）完成了致命一击。当特勤局的人终于将目光聚焦到880号先生身上时，他们发现自己很难相信自己的眼睛。这位看起来乐观开朗的小个子七旬老人坦白了一切，并且毫无悔意。他有个恼人的习惯，即在回答严肃的问题时总是心不在焉地说着不相关的废话。他在漫无边际地闲聊时会停顿一下，开心快乐地看看提问者，然后咧开那张没有了牙的嘴笑笑。所以特勤局的特工们面临着这样一个窘境——一方面，他们的罪犯看上去老态龙钟，另一方面，他们的重要证人是一群乳臭未干的少年。

特勤局事无巨细地记录下了他们和那群未长胡须的少年的谈话，以及对那个牙齿掉光了的假币制造者的审问，现在任何精力充沛的美国人翻开这本尘封的记录，都会被它深深吸引，忍不住不停翻动档案书页而想要知道更多案件，了解更多在特勤局赫赫有名又名副其实的案件。这种愿望很容易实现，因为特勤局解决假币制造案件的过程通常就像钟表装置一样精细准确。即使匆匆浏览一眼特勤局纽约办公室记录的发生在1948年（抓获880号先生的那一年）的其他案件文档，就能满足人们最浪漫的期待。例如，索罗卡一案就在各方面令人满意，案件的过程是这样的：

特勤局纽约办公室了解到有一个黑社会人物名叫约瑟夫·索罗卡，此人化名莫西·乔或泽西·乔，正试图将价值10万美元、面值20美元的一流假币散入市场。一封发往旧金山的电报令一位特勤局特工跳上了向东开去的“星座”列车，由于在旧金山工作，这名特工不太可能被纽约的假币制造者们认出来。第二天，时任纽约办公室特工总管的U. E. 鲍曼（现任特勤局局长）命令他乔装成一个来自西海岸的黑社会成员，假装要到黑市上入手一大批假币。这名特工在东区的一家餐厅找到了索罗卡，他和索罗卡聊起了西海岸的生意，请他喝了几杯酒，恭维了他几句，并最终向他透露自己到东边来就是为了入手一批假币。索罗卡很谨慎，没人能轻易蒙骗他。这名特工发现索罗卡很崇敬某个经常光顾东五十街的一家豪华咖啡厅的顶级骗子，但他从来没有见过那个人。于是另外一名特工就乔装成这位骗子，并在那家豪华咖啡厅由之前那位卧底特工引荐给了索罗卡。当那位卧底特工很有技巧地留下这两人单独谈话时，这位乔装成骗子的特工就告诉索罗卡说那名卧底是个不错的家伙，完全值得相信。此后索罗卡就开始热情地与第一位卧底特工协商交易那价值10万美元的20美元假币的事宜。很快，索罗卡和这位卧底特工成了交易伙伴。两人达成了成交价格，即用7 500美元真币购买10万美元假币。这名特工还知道了是谁制造了这些20美元假币，以及造假工厂的地址。两人达成了交易日期。当天索罗卡提着一个鞋盒来到市中心一家酒店，那名卧底特工就在一间客房内等他。另一名黑社会成员陪同索罗卡一起来了，这是为了防止特工在付钱时做手脚，而这些钱将会按比例分给黑社会的各成员。索罗卡前去指定的房间时，这名同伙就在酒店大堂里等着。当索罗卡把装满20美元假币的鞋盒递给那名卧底特工时，他立刻就被捕了，另一名特工在大堂中给那名同伙也戴上了手铐。同时，另一些特工突袭了位于泽西城的造假工厂。索罗卡的另外六名同伙也落了网，他们分别负责照相凸版印刷、印制假币和传播使用假币。他们的印刷机被没收了，但是制作20美元假币的图版却不翼而飞。一名同伙供认说在印完20美元假币后他们就将图版从纽瓦克附近的一座桥上扔进了帕塞伊克河里。第二天那些图版就被美国海军的潜水员们找到了。金属图版和鞋盒中装着的20美元假币相吻合。索罗卡及其七名同伙受到了起诉，被判有罪后就被送入了联邦监狱。整个破案过程就像钟表装置一样精细准确。

然而抓捕880号先生的过程一点也不像钟表装置。1948年1月的一天下午，九个上西区小男孩中的七个正在百老汇大街和第九十六大街附近的一处空地上嬉戏。当时地上还有积雪，这些小孩在雪地上混战时偶然发现了一些有趣的废物，他们上次在这里玩耍时这些东西并不在这里。这些废物中有旧汽车轮胎、两到三个损坏了的婴儿车、几片生锈了的皱皱巴巴的铁片、一个破破烂烂的鸟笼和其他一些乱七八糟的废品，这些东西可能是一个拾荒者不加区分地从社区的水沟和建筑间的通道里捡来的。后来特勤局的特工们查出并记下了这些男孩子的名字，他们是爱德华·莫维尔、泰迪·斯威尼、吉尔伯特·梅迪纳、保罗·拉莫斯、约翰·梅尔文、约翰·霍桑和理查德·贝乐。他们中有五人年纪在15岁左右，霍桑和贝乐分别是10岁和12岁。霍桑和贝乐查看这些被积雪覆盖的废物，发现了两块镀锌的雕刻金属图版和三十来张滑稽的1美元纸币。尽管在过去的十年间数千名美国成人都误把同样的纸币当成真币，这两个美国男孩立刻认出它们是彻头彻尾的假币。“快瞧啊，道具钱币！”他们中的一人喊道，其他年长些的孩子们都聚集了过来。霍桑和贝乐很慷慨，他们自己收起了金属图版却和其他小伙伴们分享了假币。

在这段相当生动的插曲之后却是个相对无聊的时段，男孩子们用假币互相玩着天真又无利可图的恶作剧。在此之后的第十天下午，斯威尼的父亲偶然撞见自己的儿子正和几个其他的男孩在他的地窖里玩加勒比海扑克，而孩子们拿的钱看上去很滑稽。于是老斯威尼检查了那些纸币，判定它们可能不是道具钱币而是假币。他把这些钱从孩子们那儿拿过来，交给了西一百街警察局的接待警员，后者又将它们上交给了该警局的诺斯和贝伦斯两位警探。那晚晚些时候，诺斯给特勤局纽约办公室打了电话，告诉特勤局值班人员他们手里有一小叠疑似1美元假币的纸币。诺斯本人对这整件事情并不感兴趣，这完全可以理解，但特勤局的人回答时语调非常兴奋，这令他大吃一惊。诺斯事后回忆说："听了对方的反应，你大概会以为我是至尊神探迪克·特雷西（Dick Tracy）[①]正在给警长汇报一条重要线索呢！"特勤局的人让他看看那些纸币上乔治·华盛顿肖像下方的"华盛顿"一词是怎么拼写的。诺斯看了看，笑了，并告诉特勤局的人他们愚蠢地将那个名字拼成了"华兴顿"。不等诺斯再多说什么，那名特勤局特工（由于特勤局的保密原则，他的名字我们不得而知）告诉诺斯保管好一切，他本人或者其他特工立刻就会前来见诺斯。刚过午夜就有三位特勤局的人员来到了警局。他们又立刻从警局出发，去街那头的老斯威尼的家见老斯威尼。后者叫醒了儿子，这孩子向特勤局的人说出了他所知道的一切，即那些钱币是在百老汇大街和九十六街附近的一处空地上找到的，霍桑和贝乐保留着镀锌的金属图版，他不知道他们具体的住址，但是他可以指出他们居住的公寓楼。特勤局的人决定等到早晨再行动。

那天早上九点刚过，小斯威尼就给两位特勤局的特工指明了霍桑和贝乐居住的公寓楼，但他们在寻找那两个男孩的过程中遇到了点困难。那天是个周六，这两个孩子出门了，并没有留下话说他们要去那里。特勤局的特工们追踪了小斯威尼能够提供给他们的一切线索，几个小时后，他们终于在第九十六大街南边的一处游乐场抓住了霍桑。霍桑被证明是清白的，他用一个旧棒球捕手手套从贝乐那里换来了所有的镀锌金属图版，之后又用它们从一个名叫罗伯特·博伊尔的11岁男孩处换来了一把日本刺刀。他虽然不知道博伊尔的具体住址，但他可以指出博

① 迪克·特雷西，切斯特·古尔德创作的连载漫画小说《迪克·特雷西》中的主人公神探。（译者注）

伊尔住的公寓楼。博伊尔当时不在家，特勤局的人就在他家中等着，直到下午他才回来吃午餐。博伊尔毫不掩饰地坦白自己用那些金属图版从一个名叫约翰·坎宁的10岁男孩那里换来了一袋弹珠，并为特勤局的人指出了坎宁的住处。当时坎宁已经吃过午饭，正在上西区玩耍，黄昏时分他回到了家。他同样对整件事情非常坦率，他把特勤局的人带到了自己的房间，并把镀锌金属图版交给了他们。他还展示给特勤局的人看他是如何利用这些图版制作了更多的道具钱币的——他将一块金属图版涂成绿色，把它反扣在一张舒洁面巾纸上，然后在上面跳上跳下。约翰交给特工们的面巾纸币一团糟，但是那些金属图版保存良好，而它们正是特勤局想要的——它们是880号先生用来制作他的“华兴顿”假币的金属图版。

当这几位特工正在专注于调查涉案的青少年时，另外两位特工正试图弄清这些金属图版和假币是如何出现在那块空地上的一堆废品当中的。在调查的这一阶段，特勤局采取了一些如钟表装置般精密的方法。通过对附近居民的走访询问，特勤局的特工们偶然发现了一条貌似有用的线索，事实证明它确实很有帮助。有人反映几周前在西第九十六大街二百零四号的一栋褐砂石廉租公寓楼的顶楼曾经发生了一场火灾。那栋公寓楼就位于那块空地旁边，而那块空地上的废品显然曾经被火烧焦过。特勤局的特工们立即赶往位于九十六街和阿姆斯特丹大道二十二号的钩梯消防公司，并把麦高恩队长带到了消防站的一角进行了一番谈话。麦高恩存有关于那场火灾的书面记录，他本人也记得那场火灾。用麦高恩的话说，那场火灾起因不明。当然它实际上是命运的安排。这场火烧毁了那栋廉租公寓楼顶楼公寓的内部，据麦高恩回忆，当时公寓的主人并不在家中。那间公寓中摆满了废品，为了尽快扑灭火灾，麦高恩命令手下将这些废品从公寓的窗户扔到临近的空地上。这场火灾没有造成任何人员伤亡，但是公寓中的一条老杂种狗在消防员到来前就窒息而死了。公寓大楼的管理员告诉麦高恩，他觉得这条狗大约十二三岁，它可能太老了因此没能逃出来。麦高恩说，奇怪的是这条狗没有名字，并且告诉特勤局的特工，那名大楼管理员名叫亚历山大·弗林。

弗林在他位于底楼的房间中接待了特勤局的特工们。他说顶楼的房客现在正在屋里，名叫爱德华·米勒，他住在那间公寓里已经有十年了。特工们问他米勒对火灾有何反应，弗林回答说最令米勒难过的是他的狗死了，米勒是在消防员们离开后才回到公寓的，当时弗林和他一起上了楼，那位老人显然对火灾感到非常困惑。当他从狗死了、公寓也被烧了个精光的打击中恢复过来时，他说道：“几乎所有的好东西都没了。”弗林很清楚地记得这就是他的原话，他继续说这位房客是个独立的贩卖废品者，自从火灾发生后，他就搬到已经成家的女儿那里居住了，但他每天都会回来，在公寓里消磨时间。弗林估计他可能想在公寓修缮好之后再住回来，毕竟保险赔偿金足够支付公寓的维修费用。就弗林看来，火不可能是这位房客自己放的，他说这栋大楼里有时会有老鼠出没，他认为其中一只老鼠可能无意中点燃了厨房火柴，或者导致了电线短路，或者做了其他什么类似的事情。特勤局的特工们让弗林和他们一起上楼，他们要和那位房客谈谈。

特勤局的特工们敲了敲门，米勒就打开了公寓的门，特工们走进了屋，瞥了一眼这个白发老人，转身问弗林："那名房客在哪里？"弗林立刻介绍了双方。一名特勤局特工不可思议地问米勒："你是这间公寓唯一的房客？"米勒第一次向他们咧开了那张没有牙的嘴，笑着说："是的。"他补充说他的公寓曾经发生了一场火灾，而消防队员们让他的狗活活窒息而死了，他们不该那么做的，他微微抱怨道。他与一位特勤局特工聊了一会儿，同时另一位特工在公寓里四处看了看。在厨房里靠近水池的地方，他发现了一个小型手动印刷机。在厨房的一个抽屉中，他还找到了几张印有"华兴顿"的假币，这些假币印刷得脏污不堪，显然是被丢弃在抽屉里的。

在两位特工们都检查过印刷机和纸币后，他们故作随意地问米勒他制作这种1美元假币多久了。

"哦，有九到十年了吧——很久了。"他愉快地回答说。

"你承认制造假币吗？"一位特工问道。

"我当然承认，"他回答说，"它们不过是1美元假币而已。"他不断向两位特勤局特工们咧嘴笑着："我从来不会给任何一个人一张以上的假币，所以每个人最多只损失1美元。我在全市使用它们。我去过布朗克斯区、斯塔顿岛、皇后区；最近几年我跑遍了整个纽约城，因为我从来不会给任何一个人一张以上的假币。"

特勤局的特工们问他是否有人帮助他制造假币，他摇了摇头。他们就这一问题设计了许多问题，尽可能强烈地暗示他说一定有人帮助过他。事实上，他们不愿意相信这位礼貌的、好脾气老人就是特勤局苦苦搜捕了近十年的880号先生。米勒依旧咧嘴笑着，他坚称自己独自一人制造了那些假币，他告诉他们自己是如何用自己的一台老照相机拍了一张1美元真币的照片，又如何制作了镀锌金属图版并对它们进行手工加工。他说早在1938年夏天自己拍完照片后就将那台相机留在了他女儿位于郊区的家中，那台照相机现在仍在那里。

当天，米勒欣然地和特勤局的特工们一起前往特勤局在市中心的办公室做进一步调查，尽管他一再表示他认为特工们正在毫无意义地大费周折。另一些特工们到他女儿家中没收了那台相机，米勒的女儿证实了父亲的话，承认相机是父亲于1938年夏天留在她家的。与此同时，特勤局纽约办公室的特工总管鲍曼先生听取了米勒更多的证词。鲍曼先生和他的特工们对米勒越了解，就对他越和善；他们倾听了他的人生经历，听说了他在作为公寓大楼管理员期间做过的失败的发明。他们记下了他曾经工作过的几栋大楼的地址，随后又询问了他们能找到所有认识米勒的人。那天晚上，他们告诉米勒说他可以回家了，他们之后会与他保持联系。米勒走后，特勤局派人跟踪了他。结果他们发现他只是直接回了自己女儿家，就睡觉了。从那天起，特勤局一直派人跟踪他，但是不出意料，没有任何异常情况发生。

至此，鲍曼先生和他的手下们已经很好地掌握了整桩案件。显然米勒一直过着正派的生活，直到1938年他突然决定要做一名有节制的假币制造者。同样显而易见的是，他没有同伙，他的女儿和儿子都对他的所作所为一无所知，年届古稀的他制作假币仅仅是为了依靠自己维持朴素的生活。鲍曼先生决定让跟踪米勒的特工们把他捉拿归案，这样该案就可以提交至联邦检察机关进行处理。就在这时，米勒自己坐上了前往曼哈顿的地铁，主动来见鲍曼先生了。

米勒在鲍曼先生的办公室里坐了下来，他起初略显犹豫，不过很快就变得越发坚定，开始讲述关于自己的另一个版本的故事。他说自己有个犯罪同伙，这一点并不在鲍曼先生意料之外，因为被指控独自犯罪的人通常会声称自己还有同伙。坐在办公室远处一角的一名特工不声不响地记录下了米勒说的一切。米勒所说的故事梗概如下：1938年他遇见了一个名叫亨利·雷诺兹的男人，亨利说自己有制作1美元纸币的金属图版和印刷机，于是亨利便和他一起住进了米勒的那间顶楼公寓，此后他们一直一起制作假币并且散播它们，后来在火灾发生的前几星期，亨利突然消失了。鲍曼先生向米勒询问了关于亨利的各种事情，米勒也给出了各种回答。几个小时后，鲍曼先生告诉米勒，他很高兴米勒能把这些告诉他，并且建议米勒和他的一名特工一起去联邦大楼里见一位名叫托马斯·F. 墨菲的联邦助理检察官，因为米勒需要在一位联邦专员面前接受提审。墨菲先生在到达联邦大楼之前就已经大致了解了案情。当米勒在联邦专员加勒特·W. 科特面前接受提审时，墨菲先生建议米勒自己保释自己。稍微听取了一些案情之后，那位专员同样认为没有必要把这位老人送进监狱，甚至都没有必要让他支付保释金。米勒的儿女赶到了那里，米勒就被儿女接走了。墨菲先生已经告诉米勒的儿女，政府很可能会让一个联邦大陪审团来起诉米勒犯有制造假币罪。

在接下来的几个星期，鲍曼先生费尽心思地核查了米勒关于亨利的每一条描述。米勒所在的公寓楼管理员确定从来没有人和米勒在那里同居过，管理员的话也得到了米勒的邻居们的一致肯定。米勒曾经说自己是在离公寓不远的一家街角餐馆遇见亨利的，当时他正在那里喝啤酒，然而那家餐馆的老板认识米勒，并且确定米勒从来没有进过自己的餐馆。该社区的其他酒吧的老板和伙计们也都确定米勒从没有到过他们店里。大家都知道那个叫米勒的拾荒老汉从不喝酒。米勒曾说那台相机是亨利的，但是他的女儿已经发誓说在距1938年夏天很多年前那台相机就已经归她父亲所有了。米勒曾说亨利是一名一战英雄，能从政府处领取到一小笔抚恤金，然而在美国退伍军人管理局的档案中没有关于这样一个亨利的记录。米勒曾说亨利是某个电工工会的成员，然而电工工会中并没有这样一个亨利。

在接受了提审之后，米勒就经常来拜访鲍曼先生和其他特工们，愉快地和他们聊东聊西。特工们对他非常有耐心，而米勒也觉得他们是自己的朋友。一次米勒又来拜访了，为了表明最终态度也为了便于记录，鲍曼先生建议米勒接受一次测谎。他们向米勒展示了测谎仪，后者很喜欢那仪器并热情地同意接受测谎。测试的结果除了显示出米勒是个心满意足、毫无烦恼的老人并没有证明什么。测谎操作员的报告全文如下："我们准备了十五个与案情相关和不相关的问题。被试者在接受询问时，他的呼吸没有显示出任何想要欺骗的迹象，他的血压略微有些偏离常态，但偏差值非常小，不足以说明他在说谎。在测试过程中，米勒显然没有表现出情绪紧张或生理心理上的反常，后续的提问令测试者相信被试者之所以对说谎毫无反应是因为他将该犯罪行为合理化了，以至于他能在说谎时不产生或产生很小的情绪波动。他说自认为是个诚实的人，以及他承认散播1美元假币只让店主损失了几美分，因此是微不足道的小事等行为证实了前述观点。"

鲍曼先生认为880号老先生的案子告破了。在特勤局历史上，米勒是带给他们最多麻烦、耗费他们最多精力的假币制造者，但无论是鲍曼先生还是他的特工们，就连那些辛辛苦苦前往上西区上万家商店进行宣传、调查的特工，对他都只抱有同情和好感而已。联邦助理检察官弗雷德里克·H. 布洛克负责起诉米勒，当布洛克向鲍曼先生征求意见时，鲍曼先生站在特勤局特工总管的位置上非常明确地向布洛克先生表示，他认为把米勒送进监狱没有任何用处，他本人倒希望米勒能够得到缓刑。

直到1948年9月3日，这桩案件才在约翰·W. 克兰西法官的主持下，在纽约南区联邦地区法庭开始审理。开庭前，代表米勒的欧文·雷德律师已经与米勒进行了多次长谈，他发现米勒对一件事尤为顽固。对米勒的指控基于三点事实——拥有金属图版、传播假币以及制造假币。雷德先生几乎可以肯定，只要米勒认罪、承认以上三点成立并且忘掉他编造的关于亨利的故事，那么法官极有可能判处他缓刑。但是米勒温和却坚决地拒绝这么做，他说他会承认犯有前两项罪行，但是不承认第三条指控。他这种倔强毫无意义，因为前两项罪行中的任何一项都可能让他被判15年有期徒刑，而前两项罪行加起来则可能带来30年的刑期。但是雷德先生无法说服他。米勒总是咧嘴笑着说："是亨利制作了假币。"他这么说也毫无意义，因为自从他讲述了关于亨利的故事之后，米勒就已经承认了自己曾经帮助亨利制造假币，他对雷德先生也承认过这一点。这就意味着他承认自己和亨利合作制造了假币，这从法律上说，就是承认了他犯有第三条罪行。然而，米勒说他不会承认对自己的第三条指控，事实上他确实否认了。当法庭书记员问他是否认罪时，他清楚地回答说："我承认前两条指控，但否认第三条。"布洛克先生动议删除第三条指控，动议获得了通过。

布洛克先生是个戴着角质框架眼镜的年轻人，他在听证会伊始回顾了案件的各个重要事实。和鲍曼先生一样，布洛克也用自己的方式证明了他是米勒的好朋友。但是，他在总结案件的某个时刻说漏了嘴。他说："他（被告）只承认自己制造了假币。"

克兰西法官冷冷地看了公诉人一眼，打断了他："他并没有承认自己制造了假币。"

"对不起，"布洛克先生赶忙说，"我收回刚才那句话。本案中涉及的纸币只有1美元纸币，在被告家中发现的设备与用于制造1美元假币的金属图版相似，他承认在过去几年中以每周12到15张的速率传播1美元纸币。"布洛克先生又说了一阵子，并不断强调米勒的犯罪情节很轻。

这时，法官又一次打断了他，问道："为什么他没有支付保释金就被释放了？他有没有什么儿女或者其他什么人关心他？"

"尊敬的法官大人，"布洛克先生回答道，"他被捕后——鉴于他年事已高，人们认为他不会逃跑。"

“你有什么建议？”法官问。

雷德先生对布洛克先生点了点头，重复了法官的问题：“你有什么建议？”

“那是他的家人吗？他有一个已婚女儿？”法官问道。他指的是正坐在法庭里的米勒的女儿。

“不，就我所知，他有两个孩子。”布洛克先生说，“他有个已婚女儿和一个儿子。”

“是的，先生。”雷德先生插话道。

“米勒今年73岁了，”布洛克先生说，“因此，法官大人，尽管本案中被告的犯罪行为非常恶劣，但我建议给予其缓刑。我建议缓刑是因为被告的年龄。当然我也有另外一个考虑，即被告没有前科。”

“作为一种公共政策，我总是对假币制造者从严处理，”克兰西法官说，“我认为现在我应该对他一视同仁。”法官转而询问雷德先生：“你意下如何？”

雷德先生此时可能犯了个战术错误，他回顾了关于亨利的故事，并称亨利才是真正制造假币的人。但是克兰西法官手头有（而且很可能也已经读过）关于亨利一事的详细调查报告，该报告显示即使真的存在所谓的亨利，被告也已经承认自己曾帮助过他制造假币。法官听了雷德先生的发言，然后说：“我认为任何与制造假币有关的人在涉足这个勾当之前都应该清楚这么做他会进监狱。要把一个73岁高龄的老人送进监狱，我对此感到遗憾，如果他是15岁左右的话，我同样也会感到遗憾，但是我认为不应该因为他们的年龄就让他们逍遥法外，而将人们置于收到假币的危险之中。被告在过去数年中犯下了上述两条罪行，并且参与制造了假币……基于这些，我认为不把他送进监狱的做法是毫无根据的。”

雷德先生说：“我想向本庭指出被告已经73岁高龄了。”

法官却说：“我将把他送进监狱。除此之外别无他法。考虑到他年事已高，我将依据前两条指控，两罪并罚判处他9个月有期徒刑。”

在整个庭审过程中，米勒一直站在被告席上。他看上去很平静，时不时地像是在对自己咧嘴笑笑。他穿了件蓝色衬衫和一件磨损了的灰色旧西装，双手拿着一顶布满褶皱的帽子，在手中转来转去。他那粉红色的秃顶闪闪发光，一次，有位法警打开了一扇窗，一小阵新鲜空气吹乱了他耳朵上雪白的头发。待法官宣读完判决后，米勒短暂地看了他一眼，当他被法警带出法庭时，他咧开了那张牙齿掉光了的嘴笑着。

随后，布洛克先生和雷德先生与法官进行了小声的交谈。他们提醒法官一个（颇为奇怪的）法律事实，即如果刑期改成一年零一天的话，那么罪犯在服刑四个月后可以被假释，但由于现在判处的刑期是九个月，他不得不在监狱内待满整整九个月。克兰西法官终于点了点头，并对一名法警说："把被告带回来！"那名法警匆匆走出去，一会儿之后就带着米勒回来了。"告诉他，"克兰西法官说，"告诉他，经过要求，我们将他的刑期从九个月改为一年零一天，我知道他对此一定也同意。（现在他又转而对被告说）这样，四个月后你就可以出狱了。你觉得这样可以吗？"

"可以。"米勒看着法官答道，依旧咧嘴笑着。

克兰西法官说："我判处被告有期徒刑一年零一天。"之后他站起身，快速走向了法官室。

在米勒前往位于西大街的联邦拘留总部之前，还有一些细节需要处理。一年零一天的刑期必须要有相应的罚款。若法院没有明确规定罚款的具体金额，那么罚款就自动变成一种形式。因此，不是克兰西法官而是诡计多端的命运女神安排米勒在入狱前向纽约南区联邦地区法院缴纳了1美元的罚款。

（侯凌玮　译）

“雪茄”、三支飞行联队和低空空袭

今年1月中旬，39岁的柯蒂斯·E.勒迈少将担任了第二十空军第二十一轰炸机部队的指挥官，该部队在马里亚纳群岛中的关岛、天宁岛、塞班岛都设有基地。他上任后将训练部队作为当务之急，轰炸日本则居于次位。他的前任小海伍德·S.汉塞尔准将在塞班岛的行动之后很快就开始展开“先锋队员训练法”。勒迈是从中国调过来的，他在中国用同样的方法（即“先锋队员训练法”）将他的B-29轰炸机中队的作战效率提高了好几倍（而人们普遍将他的优异表现归功于他出身于英国第八空军），现在他将此训练系统广泛运用在了马里亚纳群岛。一夜之间，各种训练课程开始启动，介绍轰炸、领航、射击、导航等特殊技术。“先锋队员训练法”的原则很简单，就是选择一些队员对其进行特殊训练，以便让这些队员带领轰炸编队去轰炸目标。轰炸编队中的其他轰炸机在看到先锋机投放炸弹时就会跟着投放炸弹。勒迈认为在短期内减少前去轰炸日本的飞机数量并增加参与先锋队员训练的飞机数量，最终是会取得成效的。所以在接下来的数周，有八九十架B-29轰炸机每隔四五天就去轰炸日本，其他十几架B-29则按训练任务要求前去轰炸特鲁克岛、硫磺岛、帕甘岛等其他日本岛屿，同时飞行员们夜以继日地参加特殊课程训练。3月1

日前后，勒迈差不多做好了准备，打算增加对日本的打击力度，这时从华盛顿传来了命令，要求他在3月10日前后开始尽最大的努力进攻敌人。既然命令已经下达了，他就别无选择，必须将尽可能多的飞机派往日本，并在全力发动攻势的同时继续进行先锋队员训练和其他各项训练。事实证明，这条命令很适合他。

勒迈在第二十一轰炸机部队的外号叫“雪茄”，大伙儿都这么叫他，他成为指挥官已经将近六周了。在人员上他没有做出什么改变，他从自己在中国和印度的老部队中带来了五六名军官，并将这些人低调地安置在重要但不是最高的职位上。一名作战计划长官接管了作战计划部门，该部门原来是归负责计划、作战、训练和情报的现任副参谋长领导。汉塞尔的情报官前去华盛顿参加一项会议，这时一名A-2（情报长官）恰到好处地填补了他离开后该职位的空缺。一名年轻的飞行中校（也是我在塞班岛上的一位朋友，我俩曾共用过一顶帐篷）曾在英国第八空军、勒迈的麾下服役，他之前就很期待勒迈的到来，勒迈上任后免去了他A-3（作战长官）的职位，又重新赋予他一个同等重要但魅力略逊的工作，即天宁岛空军联队副指挥。一名从中国调来的A-3成了我们轰炸机部队的新作战长官。所有这一切都发生在勒迈到来后短短几天内。勒迈把他的新司令部中至关重要的参谋长一职交给了准将奥古斯特·W. 基斯纳（August W. Kissner），基斯纳曾在英国与他共事过。基斯纳从欧洲飞回了美国，在华盛顿执行了一周的勤务，并享受了几天假期，现在他又来到关岛加入了我们。很快基斯纳就证明了自己是一位理想的参谋长。与勒迈一样，他也相信并且喜欢人，但他的性格使他能够通过运用巧妙的智慧和书面政策而不是直截了当的行动和言语来达到和勒迈相同的目的。毋庸置疑，勒迈正是因为这些原因选中了他。此外，他们两人对对方都有很高的评价。基斯纳的就任不涉及人事任免，因为汉塞尔的参谋长罗杰·M. 雷米准将已经被调去中国接替勒迈，担任第二十轰炸机部队的长官了。雷米是个坚忍不拔、强悍粗俗、骨架很小的西方人，太平洋战争爆发伊始，他曾在珍珠港和菲律宾群岛取得过辉煌的胜利，之后他回到了美国，第二十一轰炸机部队在国内训练期间他一直担任该部队的代理主将，直至汉塞尔在部队开往海外前接任指挥官一职。

约翰·B. 蒙哥马利上校是个很有才气的年轻南方小伙，部队在塞班岛的初期他担任汉塞尔的代理参谋长，在雷米前去中国之后他又一次接任了这一职位，在基斯纳成为勒迈的长期参谋长之后，他做回了自己的常规工作，担任负责计划、作战、训练和情报的参谋长助理。大家都叫这位年轻的上校蒙蒂，汉塞尔将军退休回美国的前一天晚上在他的营房中举行了一场派对，蒙蒂虽然不舍将军回国，但仍在派对上强颜欢笑地演奏了吉他。而如今，他又同样坚定不移地为勒迈卖命工作（你却从来不觉得蒙蒂在为他自己工作）。包括我自己在内的很多人都曾经怀疑过蒙蒂是否能在司令部的人事变动中留存下来。他的职位是整个部队当中除参谋长之外最重要的，而在勒迈接管部队之前他从未见过勒迈。三月的第一周周末的一个晚上，当几乎所有人都已经睡着了的时候，我和蒙蒂一起在部队食堂喝了杯咖啡，蒙蒂说："有个了不起的人物就要到我们这儿来了。这个叫勒迈的可是个厉害家伙，他真有两下子。"我仔细打量了蒙蒂，发现他看上去状态不错，虽然略显疲惫、有些紧张，但又精神亢奋、充满自信，这显然是空军上校应有的面貌。

在汉塞尔治军时，我的军职使我有权知道所有人的作战计划，包括那些最机密的计划，因为汉塞尔认为如果我了解作战计划，那么我就能够比任何人都更有效地防止计划泄露给公众（以及敌人）。而现在我的这一职务却成了一个令人不快但完全常规化的职务，作为公共关系长官和新闻官，我无法知晓任何作战计划，除非新指挥官勒迈告诉他的首席助理们我应该以什么样的角色融入整个部队的大图景之中。我在其他部队中也曾经有过类似经历，我已经知道在这种情况下唯一能做的就是按兵不动、耐心等待、做好本职工作，长官没有找你谈话时不要先开口，除非你有急事需要长官立即做出决定，此时你也必须简明扼要地阐述你的问题、获得长官的回答并且迅速从长官的办公室中退出来。然而我与勒迈的会面让所有人感到担忧。保持自尊在人的生活中至关重要，这使得一个人在作为平民时害怕失去一份好的工作，在军队服役时也同样害怕失去一个好的军职，无论这其中是否涉及经济利益，情况都是如此。很快我就察觉到勒迈对于被称为"公共关系"的活动持怀疑态度，对此我感到非常同情。然而我也发现那些一开始轻视公共关系，想要回避或者忽略它的将军们，一旦了解了公共关系究竟是什么、可以为部队做什么，并且建立起了对公共关系长官的信心之后，就会采取最合理的态度来对待和处理公共关系。当然也有其他一些将军对公共关系印象深刻，他们认为自己对公共关系无所不知。然而，就我的经验来看，这些将军很少能够对公共关系采取明智的态度，至少他们常常会使自己陷入困境。

在勒迈和我们在关岛上共度的那几周，我和其他军官们学会了如何捕捉他那轻柔但又常常引人注意的话语，要知道勒迈标志性的动作就是边抽着雪茄，边咕哝着说出那些话的。3月6日他对我说："这支部队现在已经受到了公众的广泛关注，但它还没有真正取得什么轰炸战绩呢。”如果说我当时没有生气的话，那我至少是受到了刺激，我开始告诉他自从三个月前B-29轰炸机第一次从塞班岛出发前去轰炸东京开始，这支部队就努力保持尽可能低的曝光率，并且告诉他我曾努力说服战地记者们不要夸大我们的首次行动，而华盛顿的政府首脑对我的这种努力取得的成效非常满意。我想我当时相当平静地看着他，说这件事说来话长，如果他愿意听的话我可以告诉他来龙去脉，但我想总体上来说那么做可能会浪费他的时间。他露出了类似厌恶的怪表情，盯着地面，转了转手中的雪茄，最后终于说：“让蒙蒂把即将发生的一切都告诉你。有很多东西只有我们确定小日本知道我们要干什么以后才能说，但是你有权知道它们。你要知道，我们不想泄露的消息就一定不能泄露。”

“是，长官。”我说。

他又看了我几分钟，从办公桌上拿起了一些文件，说道：“B-29轰炸机真棒。如果你觉得有任何困难应该让我知道，就尽管告诉我。”

现在我已经知道勒迈在与他的军官们交谈时常常会露出的怪相，其实并不想表达厌恶之情，那个怪表情其实是微笑。他的鼻窦有严重的毛病，由于在英国第八空军服役而被他忽略了。一块通常用来提升和扩展嘴角的肌肉部分瘫痪了，导致他在笑的时候，一侧的嘴角几乎无法察觉地略微提升，而另一侧的嘴角则完全不动。此外，我还知道了每当他有重要事宜要说时，他能够相当清晰地表达出来，语调抑扬顿挫，而通常只有在闲聊或者说一些无关紧要的话时，他才会咕咕哝哝，或者在一串词语后戛然而止，吸一口雪茄或烟斗。同样，我还知道了他有着很棒、很健康的幽默感，他的幽默感可以阐明一些严肃或半严肃的事情。大约在这个时期，一位后勤长官在一次军官会议上以半严肃的态度提出是否应该在B-29轰炸机上为来自南方和中西部的机员设置痰盂的问题，因为据这位后勤长官说，这些机员在往返东京的途中一直在嚼烟草，结果着陆之后每隔几秒钟就要吐一口烟草汁，这种情况要持续近一小时。会上大家对此做了些讨论。此前汉塞尔已经将完美主义标准引入了塞班岛，现在勒迈又将它注入了不断扩展的部队的各个角落，从上到下，涉及每个人员的职能以及关岛、天宁岛和塞班岛上的每个飞行联队、飞行小组与飞行小队，因此当时的气氛既紧张又兴奋，在此大背景下，类似于可能需要为嚼烟草的机员们提供痰盂的问题自然会引起每个人愉快又半疯狂般的关注。当时，这个问题给我们所有人提供了足够的喜剧，让我们能够获得片刻的放松，但它既然是在一个正式的军官会议上提出来的、亟待解决的高级别问题，也需要我们以足够专业的态度来对待。勒迈叼着一根雪茄，听着大家的讨论。然后，他把雪茄从嘴里拿了出来，露出了他那肌肉僵硬的微笑，说道：“来自南方和中西部的士兵们嚼烟草是为了愉悦心情或者获得乐趣，但不是必须的。不必为他们在轰炸机上设置痰盂。他们可以回家吐烟草汁，但是他们必须等到回家才能这么做，在这儿没有人会想看他们吐烟草汁。”

我和勒迈谈话那天（也就是他让我从蒙蒂那里获取信息的那天）晚上的晚些时候我才有机会截住蒙蒂，让他从更为重要的事情中抽出几分钟的时间。我和蒙蒂是好朋友。在塞班岛我们首次对日本实施轰炸的那无眠的几周里，只要我需要去见他，他总是雷打不动地将自己的办公时间优先分配给我。蒙蒂把我视为一个年长的、相当有趣也有些奇怪的家伙，偶尔当我们俩脑中都没有什么公事需要考虑时，他会和我谈论文学，此时他的态度和他谈论空军战术或者油耗问题时的态度一样自然、热情，有着刨根问底的智慧和无忧无虑的专注。

每当我有公事要告知蒙蒂，我通常会在他匆匆走过走廊、穿过一条珊瑚路或走向将军的办公室或营房时对他说：“蒙蒂，我得见你。”

他会问：“很紧急吗？”这时，我就会像棒球捕手那样，把右手的一根、两根或者三根手指放在左手掌心给他看。这是我俩之间的暗语。三等紧急事件不能拖延超过12个小时，或者必须在这个工作日或当晚之前解决。这天，我看见他小跑在作战部和情报部活动板房之前泥泞的道路上，我对他做了三等紧急的手势。“好的。”他说，看起来有些绝望，但还是友好地顺从了我的要求，“如果我今天下午没给你打电话，那么你今晚大约11点时来我的帐篷里找我，我会请你喝瓶啤酒，也会给你任何你想要的东西。”

“我想要绝密计划，”我说，“‘雪茄’说让你以后把即将发生的一切都告诉我。”

“好的，”蒙蒂说，“我帐篷里同住的两个人都知道那些绝密计划，所以如果我没有打电话给你，你只管过来就行。”

那天蒙蒂没有给我打电话，所以当晚我在他的帐篷里喝了酒，也知道了我们全力出击的作战计划。3月9日开始，我们将向日本的四座重要工业城市发动燃烧弹袭击，我们将在晚上轰炸那些城市。B–29轰炸机将携带一种用凝固汽油做成的新型燃烧弹，而凝固汽油这种燃烧剂还没有公布于世，也很少有人提及。每架轰炸机将携带大约6吨燃烧弹，每轮空袭将有多达300架B–29轰炸机参与行动。

空袭将每隔一晚进行一次，而B-29轰炸机的轰炸高度将为五千到六千英尺，而不是通常的二万五千至三万英尺。

我无法充分表达这则消息对于在关岛、天宁岛和塞班岛上的飞行联队长官、中队长官、机长、飞机副驾驶、投弹手、无线电通信员、设备专员、机枪手、机工长、工程师、维修人员、后勤人员、机械师、军械人员以及其他直接参与B-29轰炸机作战的人员意味着什么，也无法说当部队中从事其他各种任务的数千名军官和士兵听闻这个消息时他们又会做何感想，我只能说我那天从早上7点开始就辛苦工作了一天，晚上去见蒙蒂时又累又困，但当我从他那里离开返回自己的帐篷时，我就再也睡不着了。和我同住一顶帐篷的是（美国海军后备队的）乔治·C.麦吉中尉，他是个来自得克萨斯的年轻阳光的石油百万富翁，当时担任我们与海军的联络官，他还主动担任了我们的海空救援专家，当我回到帐篷里时，他正准备就寝。我非常谨慎小心地试探他是否知道我们未来的计划，结果发现他是知情的，于是我们对此又谈论了约半小时。随后，乔治就睡觉了，而我则试图搞明白一些事情。我不想不必要地拖延蒙蒂，打扰他休息，当晚他已经把基本事实都告诉我了，而剩下的事情我可以在第二天早上利用蒙蒂授予的权威，从他的下属们那里弄明白，他的下属们将会知道关于军火、飞行战术、载弹量等方面的细节。如果当时的我就像现在一样熟知空军的（或者说是常识的）工作、娱乐和睡眠方法，那么我那时应该读一小时的侦探小说，睡上一觉，然后第二天再去弄清楚自己想要知道的事情。但是我当时并没有这么做，而是翻开了《李的中尉》（*Lee's Lieutenants*）的第二卷，读了一章又一章，这本书是离开多时的汉塞尔将军在返回美国前给我，用来和我交换一本幽默散文集。我这一读就读到了第二天早上6点，但其实一个字也没看进去，我冲了个澡，提前吃了早饭，就开始等着那些我必须立刻见到的人。

蒙蒂告诉我的四条大新闻是：（1）轰炸机的飞行高度将很低，只有五千到六千英尺；（2）飞机上只载有燃烧弹；（3）每架飞机将装载大约6吨燃烧弹，而不是4吨；（4）空袭将每隔一晚进行一次。

关于这次行动的消息必须向部队中其他军官和士兵们保密，这一点比想象中的还要迫切。此时，小日本仍然占据着罗塔岛，该岛就在天宁岛的视野范围之内；虽然马里亚纳群岛中最主要的三座岛屿都被美军占领，并被改建成了B-29轰炸机基地，但这三座岛上仍埋伏着尚未抓到的数百名日本兵，他们的报话机即使无法向东京也至少可以向罗塔岛或者硫磺岛传递信息。官方情报此前就曾显示，东京方面似乎在我们的行动开始之前就已经知道我们的计划了。

那天上午我做的第一件事情就是补充获知即将开展的作战计划的制定背景。3月1日前后，指挥第二十一空军（一直完全由B-29型轰炸机组成的空军）的H. H. 阿诺德五星上将在华盛顿向第二十一轰炸机部队下达了全力进攻的命令。这个全力进攻的命令是阿诺德将军以美国所有空军部队的指挥官和参谋长联席会议成员之一的身份下达的。在此之前，对硫磺岛的进攻刚刚开始，而另外两位美国高级将领——马歇尔将军和金上将，当然也和阿诺德一样，知道对冲绳岛的进攻将于4月1日开始发动。

阿诺德将军在第二十空军部队的参谋长，劳瑞斯·诺斯塔德准将在视察过关岛之后已于当年1月返回了华盛顿，在那里他应阿诺德将军的要求，做出了指挥人员调整，让一流执行者勒迈接替了一流计划者汉塞尔的位置。这标志着马里亚纳群岛上的B-29轰炸机行动的第一个阶段的结束和另一个新阶段的开始。汉塞尔因为计划并执行了B-29轰炸机第一阶段的行动，被授予战时优异服务勋章，此时他已经回到美国本土从事新的任务。诺斯塔德知道勒迈以岛屿为基地的B-29轰炸机部队能够取得相当优秀的战绩，阿诺德将军也是这么认为的。

塞班岛上是艾美特·罗西·奥唐纳准将领导的B-29轰炸机飞行联队，他们于关岛时间12月24日对东京展开了首次进攻，现在他们的状态正佳。天宁岛上的是约翰·H. 戴维斯准将率领的新的飞行联队，他们几乎也处于最佳状态，并且已经参与了过去几次任务。轰炸机部队在关岛上建立了他们在马里亚纳群岛上的永久总部，这里的飞行联队由托马斯·S. 鲍尔准将指挥。在关岛上建立飞行联队着实费了一番工夫，因为缺少清除丛林的拖拉机和推土机，地面部队迟迟无法进入并建立他们的机构，但如今他们一切运转良好。有一支中队已经等不及机械的到来了，他们自己用斧头和壕沟战刀在丛林中开辟了一块地方。对于所有知情人士而言，勒迈领导下的三支飞行联队将在3月10日前后展开的全力进攻显然将取得很不错的效果，那时将同时有约三百架B-29轰炸机出现在日本上空。进攻将采取什么方式，如何组织，使用何种战术，美军将对以东京、名古屋、大阪、神户为中心的日本工业城市的具体哪些目标展开攻击等细节，将遵照美国军队指挥责任的日常运作方式，由作为战地指挥官的勒迈自己决定。在首次行动前的每一个晴朗天气里，B-29轰炸机都会飞到日本上空从事照相侦察任务，勒迈对于具体工业目标的选择就将基于它们带回来的照片以及其他情报而定。

现在是3月7日早晨，进攻将于3月9日打响。这天早晨我发现部队尚未下达任何野战命令，而这些命令应该由作战部的人员下达，通知各种关于即将到来的全力进攻的具体战术流程。华盛顿对于这些细节知道多少？我需要知道这一点，因为如果华盛顿对此完全知晓，那么我就有必要于当天晚些时候或者次日发一封电报，通知位于华盛顿的第二十空军总部将一些涉及军事安全的信息保管好，不要让媒体知道；如果我不这么提醒他们的话，他们一定就会把消息泄露给媒体的。不过后来我得知华盛顿方面尚未得知行动的具体方案。事实上，只有很少的人知道具体方案，尤其是那条前所未有、极其大胆、几乎不可思议的低空飞行（而不是采取两万五千至三万英尺飞行高度）的决定。"雪茄"似乎是在昨天和我谈话前不久做出这个决定的。当天下午作战任务就会下达到各飞行联队，几乎同时，它也会传回华盛顿。而此时，第二十空军参谋长诺斯塔德将军已经坐上了飞机，他将于3月9日上午到达，并与勒迈进行会谈，所以即使是诺斯塔德也不知道即将展开的作战计划的具体细节。当然，他知道我们将按照命令展开全力进攻，也知道如果勒迈能够设法让燃烧弹袭击取得很好的效果，那么全力以赴的燃烧弹袭击完全是勒迈的几个备选项之一。

通过与各种人员的交谈，一个主意在勒迈的脑中逐渐清晰，即低空飞行。关岛上那支新联队刚刚准备开始运作，它的指挥官鲍尔将军就已经产生了关于让B-29轰炸机低空飞行的想法。鲍尔的想法再加上蒙蒂和新上任的计划长官想出的点子，让勒迈构想出了一个新的可能的战术打击方式，而他的这一想法是鲍尔、蒙蒂和那位计划长官远远没有想到的。塞班岛上的罗西·奥唐纳也有一些好主意。天宁岛联队的指挥官戴维斯将军又贡献了一些他的好点子。所有这些让勒迈做出了一个重大的决定，这种决定在整个第二次世界大战中也没有发生过几次，它就像美国独立战争时期格兰特将军让谢尔曼大军穿过佐治亚州，以及拿破仑战争和其他战争中的几次突然、迅速和前所未有的战术决定一样，而二战中在欧洲战场双方差不多势均力敌，亚洲战场的力量对比也在一定程度上较为平衡，所以几乎不需要前线或者本土的高级将领做出这样大胆的决定。

勒迈希望轰炸机以五千到六千英尺的高度，向东京十平方英里的工业中心区全境谨慎、准确地投下大量燃烧弹，将其烧成灰烬。如果我们的飞机以五千到六千英尺的高度飞行，地面高射炮对它们会造成多大威胁呢？勒迈找来了所有飞行联队中的高射炮专家，同时选择了一些在欧洲和东京都曾有作战经验的机长，并与他们交谈。高射炮专家告诉勒迈，如果他让飞机以那样的高度飞行的话，在东京上空他就将损失70%的飞机。他们还告诉了勒迈高射炮对于在两万五千英尺和三万英尺飞行的飞机的威胁力。勒迈听取了他们的意见，衡量了那些事实和数据后温和地说：“如果事实真如你所说，那么如果我们采取低空飞行，我们可能就不剩什么飞机了。”高射炮在两万五千和三万英尺高度的火力确实很猛烈，但是迄今为止我们被敌人的高射炮打下了多少架飞机呢？统计管理部门拥有这个数据，勒迈查看了一下，那数字并不大。那么具有欧洲作战经验的机长们对此又做何想法呢？勒迈询问了他们的意见。他们中至少有些人认为我们能够圆满完成任务，因为这个做法实在出其不意。但几乎所有人都认为那么做万分危险。在五千到六千英尺的高度，B-29轰炸机的大体积将成为防空炮甚至是机关枪的完美攻击目标。勒迈又征询了许多其他人的意见，这些人都试图给出他们的最佳观点。蒙蒂支持前所未有的低空飞行策略，鲍尔也是如此，其他一些人也持同样观点。已经没有时间去聆听所有人的想法了，也没有时间去咨询华盛顿方面，无论最终决定如何，责任都在勒迈一个人身上。一连几天，勒迈一直在听取大家的意见，他自己也一定已经想了很多。

我已经开始意识到勒迈是个非常强悍的人，他确实如此。他的那种强悍来自（或者说伴有）天生的敏感，而这种天生的敏感则来自（或者说伴有）天生的善良和诚实；倘若一个人在青年时期曾经面临过最残酷的现实，那他很可能具有这样的品质。我对勒迈的早年经历不甚了解，只知道他没有任何客观优势，他完成了在俄亥俄州立大学的学业，在经济大萧条的第一年，即1929年进入了空军接受飞行训练。1942年，35岁的他作为少校，带领一队B-17型轰炸机前往英格兰。他非常严酷地训练了自己的队员，他对队员的态度那么冷酷无情，以至于队员们都称他为“铁裤衩老兄”，这个绰号在当时可不带有任何喜爱的感情色彩。他无情地训练着他们，因为他知道缺乏纪律和训练将给他年轻的队员们带来多么严重的后果。在每一次任务中，他都身先士卒，尽管在短短几个月中，这支队伍的原始成员就损失了四分之三，但在当时它是英国第八空军中伤亡率最低的队伍，它的轰炸效果也是第八空军中最优秀的。

勒迈坚持着自己高标准的纪律和训练，领导了对雷根斯堡的首次攻击任务，成为了第八空军的一名师长。他率领的轰炸机能够精确巧妙地打击德国的重要战术目标，因为他训练有素的队员们能够按照他的情报人员所标明的地点精确地投放炸弹。38岁时，他成为了空军最年轻的少将。他能够自上到下、从里到外彻底了解战术轰炸的复杂方面，而且我认为他具有最佳的领导才能。他来到关岛还不到一个月，总部的军官们以及塞班岛、天宁岛和关岛联队的其他军官中有很多人，只要一提起他的名字就会说：“哦，老天，那家伙可真厉害，他真有两下子。”就好像这句话是某首歌的副歌一样。就我所知，这些军官只是得到了勒迈的信任，就为他拼命做事，就为了证明他相信他们能够一点儿没错地完成好工作。也有少数几人对他感到震惊。例如，一位军衔相当高的军官就经历了或许应该称为神经衰弱的疾病，他每天都为许多事情担心得要命，每当遇到棘手问题时就会看到鬼魂，他这样的状态威胁到了他负责的那部分B-29轰炸行动的效率，也挫伤了他的士兵们的士气，他本来可是应该鼓舞士气的啊！勒迈通过多种渠道了解了这位军官的情况，并且建议这位军官来找他谈谈，他说：“我得跟他谈谈。”两人的谈话非常简短，但取得了奇迹般的效果。“雪茄”花了15分钟倾听了这位军官的话，然后对他说：“别再游手好闲了，做正事去。”“雪茄”就说了这些。那名军官事后告诉我说“雪茄”的那几个字当场就消除了他所有的烦恼，让他变成了一个全新的人，使他走上了正轨。“那家伙可真厉害，他真有两下子。”他一边摇着头，一边补充道。

勒迈对人说话时声音很轻，有时清晰，有时却含糊，但总是非常真诚。他说话时很努力，尽量使对方不仅完全明白他的话，也能彻底清楚他的话背后的深意。每当这时，他的眼中就会流露出一种不言而喻的坦白，让你知道他希望被完全理解的愿望时常以失望告终，但他的眼神依然显示出他仍旧固执地相信只要人们有一丁点儿机会，他们就能够看清情况、做好工作。日复一日，他都以这样的态度对待他人，很快，他想要早日完成任务、结束战争的迫切愿望就传递到了他领导的部队的每一名官兵心中。他没有什么私人生活，只是用健身实心球进行锻炼以减少日渐肥胖的身体上的脂肪，或者打打扑克放松大脑，但其实他的大脑一刻也不曾停止过思考，他总在想第二天如何能把工作做得更好，他还会读点儿书，大多是颇为严肃的作品，来改善他自认为不足的头脑。他的妻子和儿女在莱克伍德市（在克利夫兰市旁边），他非常想回家陪伴妻子儿女。自从1942年秋天以来，他一直在海外，只短暂地休了两周探亲假。一名少将无论在战场上还是在华盛顿，对待上级军官时必须拘泥于一些细节、微妙之处和外交辞令，勒迈对此时不时会感到厌烦。他的手下们不得不常常建议他要谨言慎行。“为什么？”他常常这样问道，“他们最多也不过是把我降至我的终身上尉军衔而已，不是吗？”他问此话时非常严肃，甚至堪称严厉，而且他常常直截了当、毫不圆滑，也不委婉，甚至都称不上友好地对待上级军官，这样他通常能很快获得那些他原本要等上很久才能得到的，或者压根儿就得不到的回复。

在决定让他的B-29轰炸机以五千到六千英尺的高度实行轰炸后，勒迈实际上是增加了他的队员们所冒的风险，因此他对他的队员们怀有很深的个人责任感；同时他也在用整个B-29轰炸机项目的胜败冒险，而B-29轰炸机项目是在他接任马里亚纳群岛新任务之前在他的中国基地开创的，这对于他来说既是一种作战方式，也有着深深的情感寄托；当然，他也是在拿自己的个人前途冒险，我认为不仅是他作为一名军官的前途，也是作为一个人类的未来。如果由于这个决定他损失了70%的飞机，或者就算损失是50%，甚至25%，他就完了，我想，像他这样一个人，他会彻底完蛋，因为他会丧失自我信心。他断定小日本的高射炮不会真的像他在欧洲时带领他的B-17轰炸机飞过的那些高射炮那样火力强劲。此外，他断定小日本们会大吃一惊，他们绝不会料到通常飞行在平流层的超级空中堡垒竟然会以这么低的高度袭来。因此，他断定这个决定或许不是个赌博，即便是，他也会下赌注的。

勒迈还决定采取某种前所未有的、即便是现在都仍是个秘密的方法来增加他的飞机的载弹量，让飞机装载尽可能多的燃烧弹，有些飞机的装载量甚至多达6吨，他的300架B-29轰炸机轰炸日本时的装载能力几乎堪比轰炸欧洲时动用的1000架B-17轰炸机，因为B-17轰炸机在长途任务中最多只能装载2吨炸弹。他决定让养护人员来对飞机进行完善，使他们在全力攻击的那十天中，每隔一天都能派出超过300架B-29轰炸机，尽管原来每次执行完对日本的轰炸任务后，B-29轰炸机通常需要修整4到5天才能再次起飞。他断定，如果能在东京中心方圆十平方英里的目标区域内细心地选择轰炸对象，并且燃烧弹能够准确地落至目标位置燃起大火，大火就会在可预测的地表风作用下蔓延、融合成为熊熊烈火，能够轻易将该区域内的所有工业目标化为灰烬并使东京陷入瘫痪。在做出以上这些决定时，他又想出了一个新的战术轰炸策略，该策略不同于英国皇家空军在空袭欧洲时所采用的区域燃烧空袭，也不同于第八空军通常采用的定点高空轰炸，而是定点低空轰炸，其目的不仅仅是要燃起火灾，摧毁某个工厂，而是要燃起熊熊大火，使炸弹的威力成为原来的两倍甚至四倍。他的目标城市东京极不易燃，但他断定如果他的大批燃烧弹能够落在指定的地点，那么还没等他的轰炸机飞离目标上空，东京市中心的十平方英里区域就已经化为一片火海了，到那时小日本发明出的防火障和其他防火措施都将形同虚设。

3月9日下午，在飞机起飞前往东京前一小时左右，我们召开了一次新闻发布会，五十来位来自尼米兹上将设在关岛的前方总部的、主要负责报道太平洋战区陆上和海上军事行动的战地记者们，加上已经和我们在一起的战地记者们，一起听取了诺斯塔德将军和勒迈将军对于即将展开的军事行动所做的选择性通告。从登上塞班岛初期开始，尼米兹上将的公共关系和新闻审查官们就不断给予我们各种热情的配合。战地记者们不允许透露我们的低空飞行是有意为之，因为小日本们可能会认为是天气状况或者估计错误导致了我们这种意想不到的创意，而我们则希望他们一直抱着这样错误的推测，直到我们对他们的更多其他城市也展开同样的空袭。那时他们才会发现我们是有意为之。此外，除了涉及载弹量和空中战术这两个技术问题，其他的方面均可以全面报道。随后，战地记者们前往关岛上的作战基地“北场”，观看了飞机起飞，并写下了他们的报道。我们将这些战地记者一直留到在东京上空执行任务的飞机发回第一条“投弹完毕”的消息，这消息也告诉我们空袭开始了，并正在按计划进行。

次日上午2点左右，我来到了我们的大作战指挥部，等待从我们的飞机上传来的第一条消息。除了作战指挥部中几名值夜班的军官和士兵，那儿除了勒迈就别无他人了。他告诉他的其他手下，如果他们想去睡觉的话就尽管去睡，而他会在这里坚持到第一次空袭结束。诺斯塔德从华盛顿飞了八九十个小时到达这里，其间他几乎没怎么休息，他此时正躺在勒迈的营房中睡觉，人们向他保证一有紧急情况发生就会立刻通知他。从现在到早上9点左右，人们所能做的只有等待，到那时第一批机组成员就会降落在关岛、天宁岛和塞班岛。然而，我们接收到的“投弹完毕”的信息至关重要，因为它们能够表明机长认为自己点燃的是小火、略大的火还是熊熊大火，同时也会反馈回高射炮火力是否猛烈的信息。勒迈正坐在作战指挥室中，这里四周的墙壁上挂满了图纸、地图、图片以及任务指挥板，这些任务指挥板一目了然地显示着B-29轰炸机项目的过去、现在以及未来。勒迈正坐在一张长木凳上抽着雪茄。他对我笑了笑，问我为什么不去睡觉，我解释说我们必须等待轰炸机传回第一条“投弹完毕”的消息，以确认进攻是在按照计划进行，然后才能让记者们把他们的故事用无线电发报机公之于众。他忽略了我的解释，我想这是因为他知道我公关部门的副手们会做这些事情，而无须我亲自前来。“我自己对这件事情也非常紧张，”他承认道，“很多方面都可能出错。”

我认为，处于勒迈这种位置的人在此时向一位非技术性军官解释此次作战行动的一些战术和战略问题，或者阐述自己关于战争等问题的见解，或许是一种缓解压力的方式。“我睡不着，”他说，“我通常都能睡着，但今晚不行。”我坐了下来，和他一起抽了会儿烟。“如果这次的空袭达到了我预期的效果，”他说，“那我们就能更快结束这场战争。”他在说这话时充分体现出了他独特个性的魄力（他的这种个性是我在本文中一直试图描述的）。他希望我能完全明白他的话，于是继续说道：“在一场战争中，你必须努力在每时每刻都比对手至少棋先一招。战争是非常残酷的。如果你不消灭敌人，敌人就会消灭你。我觉得敌人一定没有想到我们这次的攻击。我觉得他们没有适合的高射炮来对付我们的空袭，也无法阻止他们的城市被烧毁，彻底从地图上消失。他们尚未将工业移至满洲国，虽然他们已经开始动作了，但是如果我们可以在他们移动这些工业设施之前摧毁它们，那我们就赢了。我现在还不能确定这样做是否行得通，我必须看到空袭后的地图才能做出定夺，但如果此次行动成功了，我们就能让这该死的战争快些结束。”

他看了看他的表。“至少还要再过半小时我们才能收到‘投弹完毕’的消息。”他说，“你想喝可乐吗？我能悄悄潜进我的营房，不吵醒其他人，拿出两瓶可乐来，然后我们俩可以在我的车里喝喝可乐。这样可以消磨掉这半小时。”

我们开着他的车来到了几百码外他的营房前，他溜进去拿出了可乐。我们在一片黑暗中坐着，面对着总部周围的丛林，从我们开辟出的空地一直到海边，丛林生长得最为茂密。因为某些原因，我们聊了聊印度，我曾经驻扎在那里。我离开那里后，他也去了印度，但我们看见过同样的景象，并且一致同意那里非常糟糕。他说：“印度那些人打倒你的方式让你感到非常不痛快。”我们较为深入地探讨了这个话题。

勒迈不是那种会让人时刻注意到他将军军衔的人，军衔对他而言仅仅是军衔而已。现在，我正在深夜里和他一起在黑暗中喝可乐，我完全意识不到军衔的存在；我只觉得，有个年轻人正做着非常惊人的工作，他判断正确、头脑清醒，并且想让战争早些结束。我觉得这个人就是美国军队中许许多多人的代表，无论他们处于什么样的军衔，他们都比之前的自己更优秀，也比世界上大多数人更优秀。同时，我也短暂地想到了人们经常谈论的战后适应问题。我想，也许是留在美国本土的人们需要重新适应这些人，而不是让这些人来适应他们。勒迈用他的智慧、善良以及对人类努力的信心，率领着他的部下，即所有在关岛、天宁岛和塞班岛上的人，为同一个崇高的目标在奋斗着；在那些紧张的日日夜夜中，每当你从短短几个小时的睡眠中醒来时，你的四周和体内几乎都能清楚地感受到他们这些人产生出的巨大效应。而这支部队只是这场战争中无数部队中的一支，他们开始了战斗并持续战斗着，并且做了所有人都知道人类能够做到的事情。我突然想到，这样的部队中的健康的人们，不想也不需要重新适应战后生活，也许他们根本就不该重新适应。

勒迈和我回到了作战指挥室，几分钟后，第一个B-29轰炸机编队从东京发回了“投弹完毕”的信息。破译后的信息被交给了勒迈，上面写着：“凭肉眼轰炸了主要目标。看见目标燃起了大火。高射炮火力适中。无战斗机反击。”这说明东京上空的天气晴朗，就天气状况、高射炮火力和地方战斗机等因素来看，我们的进攻正在取得突破。接着，其他轰炸机编队“投弹完毕”的信息也迅速地传了回来，前三条信息都汇报“燃起大火”，只有中等的高射炮火力并且完全没有战斗机反击。

这时，蒙蒂和两三位作战长官也走了进来，他们要么根本睡不着，要么就是让人把自己叫醒了，他们研究了传回的结果，都颇为满意。勒迈对他们说：“看起来情况不错。但在明晚拿到东京的照片前，我们还不能确定结果究竟如何。不管怎样，高射炮的火力似乎并不猛烈。我们似乎也只损失了几架飞机。”他动了动嘴里的雪茄，笑了。事实上，那天晚上我们只损失了两架飞机，而在后两次的低空空袭中，我们没有损失一架飞机。

第二天晚上12点左右，我们得到了东京的照片。这些照片是第二天白天B-29照相侦察机拍摄的。这些照片被迅速送到了我们的照片实验室中，当照片解读长官坐上他的吉普开向勒迈的营房，要叫醒勒迈和诺斯塔德给他们看照片时，有五六名军官都感到了警觉。我就是这些感到警觉的军官之一，因为关岛上的所有战地记者都在等待空袭结果的消息，当然这得等情报人员研究照片、对空袭造成的破坏做出评估后才能获得。其实，我们已经从返回的机长们那里得知空袭很成功，此外，关岛联队指挥官鲍尔将军本人也参与了轰炸任务，并且在目标上空停留了一小时，对照着腿上放着的东京地图研究轰炸结果，他也告诉我们空袭是成功的。但是，只有等专业人士对空袭后的照片进行分析后，我们才能真正得到空袭的结果。

几位军官的五六辆吉普车就像牛仔的马匹一样迅速赶到了勒迈的帐篷前，我们跳下车，就在照片解读官夹着照片走进勒迈的帐篷时，我们也一起挤进了将军的寝室。照片解读官在动身时就已经打电话叫醒了勒迈和诺斯塔德。现在他们正穿着睡衣、揉着眼睛，勒迈以一种极其顽固的态度点燃了一支雪茄，就好像如果此时此刻若有任何人或事阻止他点燃这根雪茄，他就会把他悄无声息地彻底抹去。照片解读官把照片分散铺在一张照明良好的桌上，勒迈和诺斯塔德走上前俯下身观看。

大约整整一分钟，没有人说话。然后，勒迈的手指绕着东京照片上数平方英里的区域说："这些都没了。这里没了，还有这里、这里和这里。"只见，那块区域在放大了的照片中成了一片灰色，几乎是一片白色，这与另一张放大了的照片形成了鲜明对比，在那张照片中，该区域是一大片工业区，银座大街从中穿过，而城市的边缘区域则呈现黑色。他站直了身体，环视了几秒我们在场的其他人，他嘴里的雪茄慢慢地前后移动了一下，就像个旋转机枪，但我不知道他想表达什么，因为他面无表情。我们都凑近了桌面，想要看得更清楚。诺斯塔德正俯身看着照片，说："一切都成了灰烬，那个、那个还有那个。"

尽管照片拍摄时，东京的有些区域还是被烟雾遮住了，但此时我们已经能够确定15平方英里的区域已经被烧了个精光，几乎没有一栋建筑完好无损。照片上这块城市的中心区域一寸不留地呈现出一片灰白色。在一大片碎石和灰烬中，还有少数几栋建筑竖立在那里，它们是被防火障包围的，并且毫无疑问地具有自己的消防设施的大型工厂。借助显微镜，你可以看到这些建筑的内部已经被烧毁，房顶也已经下陷。你还能看到勒迈的计划是那么奏效，致使在一小时内，东京两处最大的工业和商业中心之一，至少有10平方英里的区域同时燃起了一场大火。随后的照片显示，大火不断蔓延，烧毁了总共16.8平方英里的区域，这相当于三分之二个曼哈顿岛。在1923年的东京大地震后，曾经发生过一场大火，大火持续了几天，烧毁了城市25平方英里的面积。而勒迈的B-29轰炸机燃起的大火，在短短几小时内，就烧毁了那场大火破坏面积的三分之二。

自从几周前我休假回到了家，我看了许多报纸，我知道，在我们最初五次对东京、名古屋、大阪和神户实行大型低空燃烧弹袭击（名古屋被轰炸了两次）的那十天中，我和我在关岛上的公关和新闻审查官们读过的和澄清的许多信息都出现在了全国的各大报纸上，这些报纸都将这些报道作为头版头条。然而，我认为即使时至今日，这些在美国家中的人依然无法完全理解那些燃烧弹袭击的规模和破坏力是多么巨大。即使我当时就身在关岛，我也用了好几天时间来消化、理解那些事实。我知道那些战地记者也和我有相同的经历，因为他们是那么说的，也是那么写的。

从那以后，除了为配合对冲绳岛的进攻而对日本南部的机场实施战术性轰炸，马里亚纳群岛上的B-29轰炸机群通过连续的燃烧弹袭击，彻底摧毁了东京多达51平方英里的区域。东京的第二大工业区，即银座大街穿过的那个，现在已经和首次空袭后的其他工业区一样，在空袭后的照片上成了一片灰色。神户、大阪和名古屋的工业和商业中心也已经被高度易燃易爆的燃烧弹烧毁。在所有这些空袭中我们的损失惊人地小。自从他利用首次低空空袭把敌人打了个措手不及之后，勒迈似乎总能够阻止敌人对B-29轰炸机做出任何有效的防御。

对日本的空袭仍在继续。我在纽约的报纸上读到，勒迈正在让他的B-29轰炸机用不同的方式、不同的战术对日本进行攻击，这种攻击几乎每天都要进行。有时，这些B-29轰炸机都奔向同一个目标，有时两三个任务部队在同一天或同一个晚上对不同目标展开进攻。经过特殊训练的B-29轰炸机编队旨在夜间实行低空飞行，它们已经将日本主要岛屿的港口炸毁，加强了海上封锁，并阻止了小日本在本州的军事工业完全被毁前将它们转移到满洲国的企图。这些天，参与执行轰炸任务的，除了勒迈开始低空燃烧弹空袭时他的那三支飞行联队，还有从第二十轰炸机部队前来的他的老飞行编队，这些编队从中国飞行了2 500英里来到天宁岛建立了基地，组成了第四支飞行作战联队。在关岛、天宁岛和塞班岛上的勒迈和他的部下们正在加速战争的结束。

（侯凌玮　译）

老谋深算的威尔比

1939年秋天的一个阳光明媚的午后，旧金山的一家雪佛兰汽车经销店的老板们从一名通用汽车公司的审计员处听到了一个令人沮丧又震惊的消息，当时这位审计员正在对这家店的账簿做常规检查。审计员从财务部门走了出来，告诉他们，实际上，他们以为完好无损的公司账目上有1万美元已经不翼而飞了。说完，那名审计员又回到财务部门继续他的工作，留下那些老板自己思考。接下来的几天，这位审计员不时发出惊奇和惊骇的感叹，这天，他手里拿满了银行对账单和已付支票，脖子上还挂着一圈加法机打出的一卷纸条，又一次找到了公司的老板们，告诉他们公司的前任秘书和财务主管，一个他们称为詹姆斯·W. 罗尔斯顿的人，已经将公司的1万美元转入了他的私人银行账户中，他掩盖自己贪污行为的方式非常精明并且充满创意，这甚至使这位审计员非常享受发现他罪行的过程。几个月前，这个叫罗尔斯顿的人就辞职了，他与公司全体员工握了手之后就离开了公司。他告诉大家他在用自己的积蓄在科尔顿镇投资建立一个他自己的汽车经销店，那地方在旧金山南边五百英里处，距离圣地亚哥不远。他说他已经在那里买了一栋小房子，并将和妻子在那里定居。在与审计员交谈后，老板们告诉一位助理地方检察官，罗尔斯顿在他们眼里是个很好的小伙子，他时年35岁，身高5.5英尺，穿着整洁，举止轻快，说话方式非常诚恳，一头波浪式的棕发在太阳穴的鬓角处略微发灰，蓝眼睛，白皮肤。第二天，罗尔斯顿就在科尔顿被捕了，而此时他在当地已经被视为一个工作勤奋、令人尊敬、前途光明的汽车经销商了。在把他带回旧金山的警察们看来，此人毫无悔意，相反，他总体上看来心情愉快。和警察们一起坐在回旧金山的火车上时，他不停地拍着大腿，说他简直无法理解那名通用汽车公司的审计员是如何发现他挪用了公款的。在狱中，他和那位审计员进行了专业交流，详细地询问了后者是如何发现他的罪行的。他花了1 000美元雇用了一位律师来处理自己的案子，将挪用的1万美元中的1 500美元还给了他的老东家，并最终认了罪。

在此类案件中，负责缓刑的官员们按照惯例会尽可能多地了解犯人，以便在宣判前为法庭提供关于此人的报告。结果，他们发现此人的真名叫拉尔夫·马绍尔·威尔比，是一名加拿大公民，他在加拿大和美国都曾经挪用过公款。在他二十岁出头的时候，他曾经在多伦多一家公司担任簿记员，用一种罕见的方法窃取了这家公司的钱财。他当时是用真名在这家公司工作的，但他利用化名，巧妙地将自己作为公司的持股人写入了公司的账簿中。两年间，那家公司忠实地将红利分给他，这些红利总共多达数千美元。他足够谨慎，从来不参加股东会议，而是在股票代理上签上自己的化名，把它们寄给那些他知道赞成高分红的善意的股东们。两年后，威尔比辞去了簿记员的工作。然而，作为持股人，他又接受了两年的分红。后来，公司发现了威尔比的所作所为，他被捕了，被判犯有重大盗窃罪，被送进管教所接受了短期改造。他将从该公司盗取的几千美元中的几百美元还了回去，但他没有表示后悔。他问了很多问题，想知道公司最终是如何发现他的盗窃行为的。他在管教所中表现优秀，一年内就被释放了。之后，他来到了美国。使用自己的真名，他娶了一位美国姑娘，两人幸福地生活在一起，直到1935年，他因在弗吉尼亚州诺福克市挪用了相当小额的公款而被捕。当移民官员们向弗吉尼亚州政府保证，威尔比立刻就会被遣送回加拿大，对他的诉讼也就撤消了。当时，他的妻子公开赞扬了他的忠贞、慷慨、好习惯和阳光向上的性格。直到威尔比被送回了加拿大，她才遗憾地解除了两人的婚姻关系。随后威尔比就用起了罗尔斯顿这个名字，并很快溜回了美国，他几乎立刻就在旧金山的雪佛兰汽车经销公司当上了簿记员。很快，他晋升为公司秘书和财务主管，之后他又娶了一位美国姑娘。直到他于1939年在科尔顿被捕，他都和这位妻子幸福地生活在一起。这位姑娘随他来到了旧金山，与第一任妻子一样，她也四处向人称赞威尔比的优秀。她从不知道他贪污，当人们告诉她事实时，她说："无论如何，他都是个非常好的人，只是有怪癖罢了。”

就在威尔比在旧金山等待受审的时候，人们发现他在科尔顿被捕前一周还戏耍了一家别克汽车经销公司。那位通用汽车公司的审计员以前就对威尔比在旧金山的作案手法印象深刻，而当他发现威尔比在圣地亚哥的所作所为后，他更是大吃一惊。威尔比在圣地亚哥的作案手法毫无掩饰。威尔比事后说，不是自己有什么怪癖，而是那天突发奇想，开车从科尔顿到了圣地亚哥，进了一家别克汽车经销公司，他知道通用汽车公司的审计员们很少会到这里来。他自称叫罗尔斯顿，是通用汽车公司的一名审计员，他检查了那里的账簿和现金，然后就将800美元现金塞进了屁股后面的口袋中。然后，他开车回到科尔顿，又过起了他的平凡生活。当旧金山的贪污者的故事和照片出现在报纸上时，圣地亚哥这家经销店的两位老板面面相觑、满腹狐疑。随后，他们一起来到了圣地亚哥检察官的办公室。威尔比被从旧金山带到了圣地亚哥，在那里，他都没有雇用律师就认了罪。他尚未因在旧金山犯下的数额更大的贪污案而判刑，这似乎令南加利福尼亚州司法部非常恼火。终于，在1940年初，旧金山一案和圣地亚哥一案合并在一起立案了，然而当时负责本案的法官非常仁慈，或许也有些天真。当威尔比做出郑重承诺，保证再也不返回美国时，这位法官没有判处他缓刑，而是判处他十年的查看期，并且将他移交给了移民局的官员们，后者用船将威尔比送回了加拿大，他的第二任妻子也遗憾地申请解除婚姻关系。然而，三个月后，他就出现在了纽约一家公司应聘会计一职，这家公司有着极其复杂的记账系统，并且经常在公司宣传册中吹嘘自己每年的支付额高达近400万美元。威尔比得到了这份工作，短短几周内，他又与另一位美国姑娘结婚了，两人一直幸福地生活在皇后区的杰克逊高地。

威尔比为了侵入纽约商界，做了他标志性的、既大胆又新颖的准备。移民局官员刚把他送到加拿大，他就开始寻找新的化名。在此期间，他以什么谋生的没有人知道，但是据研究他犯罪生涯的人推测，当他在加利福尼亚工作和贪污时，已经颇具前瞻性地将一些钱存入了加拿大的银行中。无论如何，他都能够为寻找新的化名支付一些现金。这回，他不想只是像过去那样随便起一个化名，比如“罗尔斯顿”；他想要一个有一定意义的名字。于是，他在加拿大和美国的一些商业杂志上刊登了广告，上面称现在有个绝佳的机会——某家（未给出具体名字的）有着国际贸易往来的大型公司正在招聘一名优秀的注册会计师。应聘者需要将资格证书等书面材料寄到某路某号某信箱。威尔比收到了许多应聘材料，其中他最喜欢的是一个名叫亚历山大·道格拉斯·休姆的注册会计师的材料。这位休姆先生的简历完美无瑕；他曾为好几家纽约公司工作过，他将这些公司的名称一一列举出来，并且附上了他在各家公司有私人往来的至少一位经理的名字，他确定这些经理都愿意助他一臂之力。休姆是一位加拿大公民，当时正作为一名注册会计师在多伦多工作。威尔比写信给他，询问了更多细节，休姆提供了这些细节。两人相互通信了数周。但此后，在得到这个工作的道路上，休姆似乎遇到了障碍，他好像不那么确定是否要应聘威尔比所提供的这一职位了。他向威尔比承认，他已经开始认真考虑为大英帝国服役之事。他说，毕竟战争正在进行着，而他既年轻又身强力壮。在这封信后，两人又继续通信了一个月，在信中，他们讨论了战争的进展。威尔比说他非常敬佩休姆的爱国主义情怀，说如果他自己也年轻、健康就好了，等等。最后，威尔比接到了休姆匆匆寄来的、饱含感情的信，说自己刚刚接受委任，成了加拿大陆军中尉，并估计在轴心国被打败之前，威尔比都不会再收到他的信了。威尔比写信对休姆表达了祝贺，并祝他好运。

在这时，威尔比才来到了纽约。他去了曼哈顿中心的一处专门为会计介绍工作的职业介绍所，填了张表格，在姓名一栏写着亚历山大·道格拉斯·休姆，并且列举了休姆在纽约的简历。当职业介绍所的领导看了这张表格之后，他派人把休姆请来了，因为当休姆五年前在纽约工作时，这位领导对他略有熟识。当威尔比走进他的办公室时，那位中介人员对他说："很高兴在这么多年后再次见到你，休姆。"那位中介人员后来常会想起，当时那人看着他，咧嘴笑了，惊呼道："是呀，见到你我也很高兴！"并和他真诚友善地握了手。"你瘦了。"这位中介人员评价道，威尔比解释说他一直在节食，现在他的身材比多年前健康多了。事实上，威尔比和休姆长得一点儿也不像，但是威尔比完全不受这个问题的影响。他用他真诚的说话方式，接着告诉了这位中介人员自己如何抵抗住了土豆和其他淀粉质食物的诱惑。然后，他们着手解决手头的工作。那位中介人员拿出了一张纸，上面列出了正在招聘一流会计的公司名称。威尔比仔细琢磨了这些公司，很聪明地询问了不同公司的营业额和会计方法等问题。最终，他选定了威廉·T. 诺特公司，那名中介人员便给该公司打去电话。后来，威尔比前往位于西三十一街的诺特公司办公室，并被直接带进了公司财务主管凯西先生的私人办公室。两人交谈了一会儿。应聘者对于簿记学的了解给凯西先生留下了深刻印象，同样令他印象深刻的也是常常回想起的，是威尔比开朗、谦逊和专业的态度。凯西先生拿起电话，对威尔比说了句"这只是个常规程序"，便拨通了休姆曾经工作过的一家公司的电话。他与休姆的简历中提到的一位公司管理人员通了话，当然那人说自己非常清楚地记得休姆，说他是一位非常出色的会计，也是个各方面都一流的人才。“替我向他问好。”那人说，凯西也这么做了。就这样，假扮成休姆的威尔比第二天就正式上班了。

威廉·T. 诺特公司是家管理公司，业务非常繁忙。它为它的母公司——商业商店公司管理着十六家分布在全美各地的百货商店和一家在加拿大的百货商店。它的众多职责之一是为这些商店向生产商和批发商支付购进商品的钱款。当货物被送到各百货商店时，商店会按照发票开出支票，然后将发票和支票一并寄给诺特公司，诺特公司就用支票把钱款支付给生产商和批发商。诺特公司是家既诚信又成功的管理公司，因而它很注重自己支付款项的方式。公司保存着采购订单，这些订单会与发票对比核查。会计、职员、打字员们和商业机器将保存好这些经过认可的发票，并将它们输入一个像迷宫一样复杂的簿记系统中。最终，这个复杂的迷宫系统会产生相应数量轧好了花的银行支票，每张支票都是朴素的黑白两色，上面写着向某某生产商或者批发商支付某某数额的钱款。这些支票一旦被签上字，就会被装进开窗信封中，并由美国邮政迅速寄往正等待着的生产商和批发商处。诺特公司财务部门的人员和机器配合默契，工作人员有男有女，而机器则是标准化的。机器负责处理许多更烦琐的事务，其中一台机器甚至负责在支票上签字。这台支票签字机极其复杂，在机械方面也无可指责。只有少数几名享有特权的员工才能够靠近它，然而即使是这几名员工，也不能让这台机器帮他们签署即使是次要批发商的支票，因为只有当办公室里其他的一些智能机器在一种秘密的纸板上，为每张发票都加工出了不同的保密小孔和保密刻痕后，这台机器才会接受这些纸板，如果纸板上的小孔和刻痕看上去没问题，它才会在支票上签字。当支票签字机坏了的时候，它一些最重要的部件就会被取出来，例如那块刻有公司财务主管签名的部件。这些重要部件都被锁在办公室的一个角落，而这台机器则会被锁在另一个角落。整个这套系统就是为了确保万无一失。

1940年期间，威尔比使用他的新名字，作为诺特公司的巡回审计员，前往一家又一家百货商店，检查他们的出纳员和簿记员。1941年期间，他成为了诺特公司纽约办公室的一名会计。整整这段时间，财务处的男女职员和机器照常工作，几乎没有出过任何错误，也从未有过贪污的情况，整个公司继续愉快地用它那套复杂的系统，每年支付着近4 000万美元。1942年，威尔比成为了首席会计师，掌管那个复杂的支付系统。那时，尽管他的工资已经涨过几次了，年薪仍然只有

6 000美元。然而，他认为自己所居的职位可以让他发大财，他是对的。1942年期间，他从公司挪用了110 936.81美元。公司没有发现钱少了，而审计员也没有发现账簿有任何异常。威尔比的老板似乎也对他的工作格外满意。他们不仅认为他工作高效，而且很欣赏他与下属们打交道的方式。他总是很愉快、很放松，即使他在很快的节奏和很大的压力下工作也是如此。他对部门里的员工非常体贴，即使身居很高的行政管理职位，他也会亲自关心机器的运转状况。他总是有时间倾听会计、职员、打字员们遇到的问题，而且不止一次，当有机器拒绝工作时，他就会走上前来，精明地看一眼机器后又按上几个按钮，机器就又重新运转了，每在这时他总能令机器操作员目瞪口呆。诺特公司上上下下对他的总体感觉是这位新任的首席会计师的性格确实好得难得。在他担任首席会计师第一年的年底，公司把财务主管助理的头衔交给了他，这样他就拥有了两个头衔，此外公司还给了他500美元的奖金，要知道他还有6 000美元的基础年薪，以及那110 936.81美元他偷来的钱。

威尔比认为他在1943年的职位可以让他比1942年赚得还多，这次他又对了。1943年，他从公司盗取了275 984.48美元。1943年底，诺特公司仍然没有感到任何不对劲，还又给了威尔比500美元的奖金。这样，在两年间，威尔比的工资收入为12 000美元，奖金收入为1 000美元，而他盗取的钱则有386 921.29美元。他将他挣的一部分钱和盗取的所有钱存了起来，并且无论他什么时候想要这笔钱，他都可以立刻拿到它。他用这些钱的一部分投资了随时可转让的债券，但是这笔钱的绝大部分都存在了他在纽约银行的账户中。

当他在积累这笔财富的同时，威尔比和他的第三任妻子住在杰克逊高地的一处公寓内，为这处毛坯房，他每月要支付65美元。他从布卢明代尔百货公司买来了枫木家具，装饰了客厅、餐厅和卧室。威尔比的妻子名叫黑兹尔，是诺特公司在辛辛那提的百货商店女装部的一名售货员。1940年，威尔比还是诺特公司的巡回审计员的时候认识了她，并与她结了婚。辛辛那提那家百货商店的一位出纳员被怀疑从商店的备用款里偷走了几百美元，但是商店经理无法证明这件事。威尔比奉命前去调查那个家伙。威尔比这次出差就像旋风一样。他设计抓住了那名出纳员，把他交给了经理，遇见了黑兹尔，又带她到治安官员面前领取了结婚证。当时她年仅21岁，天性善良，长相非常漂亮，比5.5英尺高的威尔比还要高几英寸。

当威尔比和黑兹尔住在杰克逊高地时，她不知道她的丈夫除了工资和奖金还有任何其他可支配的资产，而且她以为他的真名就是亚历山大·道格拉斯·休姆。她叫他道格。他们的生活在邻居看来着实单调乏味，但黑兹尔是威尔比忠实可靠的伴侣。他们婚后好几个月内，他们经常一起去曼哈顿看电影或者吃晚餐，但是在威尔比成为首席会计师以后，他似乎比杰克逊高地的其他丈夫们都更专注于工作。他把一个塞满了办公室记录的公文包带回了家，全神贯注地研究它们直到深夜。几乎每个周末，威尔比都说自己要出差，有时他会一直到中西部去，然后在周五晚和周一上午之间赶回来。黑兹尔从未陪伴他一起出差，她会像一个家庭主妇那样消磨掉这个孤单的周末。她是从俄克拉荷马州的一个小镇到辛辛那提的，对纽约的一切都深感震撼，对丈夫也完全满意，并且非常稳重地协助丈夫，决定在他的工资和奖金可承受的范围内好好生活。他们在杰克逊高地的银行合开了一个支票账户，威尔比告诉她如何管理账户，也告诉她如果银行在每月结单中弄错了哪怕一两美元，应该如何发现这个错误。在威尔比外出出差的周末，黑兹尔会阅读《时尚》（*Vogue*）和《时尚芭莎》（*Harper's Bazaar*）杂志，给自己做些衣服，时刻了解潮流趋势，裁剪、缝制出十分相像的衣服，因为这点，她从前的邻居们至今仍记得她。威尔比为妻子的美貌深感自豪，还曾向办公室的朋友们吹嘘自己的妻子在衣着上的花费是多么少。偶尔，在丈夫没有将工作带回家的晚上，休姆夫妇会去社区的餐馆简单地放松一下，有时他们也会和住在附近的好友一起出行。这些朋友颇为好笑地指出，威尔比在花钱方面极其谨慎。他饮酒适度，当他们四人在一起时，他只会为自己和黑兹尔买单，并且说：“咱们各付各的。”并且在一夜的消遣后，留给酒吧侍者一块一角硬币。“他的节俭并不苛刻，也不令人讨厌，但他从不胡乱花钱。”后来这些邻居经常这么对其他邻居说。他们发现威尔比总是很擅长与人打交道，态度也总是亲切和蔼，通常他都挺轻松愉快。在一张当时拍摄的照片里，他正抱着邻居的宝宝咧着嘴微笑，他的头发略微有些凌乱地挂在额前。而身高比他高些的美丽的黑兹尔，正面带微笑深情款款地低头看着他。

1944年1月，威尔比除了从工资中存下的一些钱，手头还有386 921.29美元。将近中旬的一个周五早晨，他走出了自己在诺特公司的私人办公室，走进了财务主管凯西先生的私人办公室。他告诉凯西，自己太疲惫了。1943年，公司的账户收支平衡，一切都在掌控之中，他想知道自己是否能够获得一个短暂的假期。“只是个长一些的周末，”威尔比说，“我想我会带休姆太太一起去加拿大滑雪。我能今晚出发，下周二之前回来。”凯西说：“当然可以，道格。”并祝他安全抵达，和太太共享好时光。两人都对这个笑话笑了笑，威尔比热情地向凯西表达了谢意，他俩握了握手。当晚，威尔比就前往了加拿大，他不仅带了黑兹尔同行，还带了一个公文包，并要么一直把它夹在手臂下，要么就把它放在枕头下，黑兹尔为此还开了他的玩笑。黑兹尔以为他们真的是要去加拿大滑雪。

第二周周二，也就是休姆按约应该回来的日子，凯西的秘书递给了凯西一封电报，这封电报引起了整个办公室的关注。这封电报是从多伦多附近的一个小镇发来的，上面说："道格拉斯滑雪时摔断了腿，将不得不在此停留几周，我之后会写信给您。黑兹尔·休姆。"凯西对此非常担心。黑兹尔没有说清楚她丈夫到底被困在了哪里，但凯西采取了一些措施来搞清楚。他给诺特公司在多伦多附近的汉密尔顿市的百货商店的经理发了封电报，请他去所有医院、酒店和附近的旅游景点查看，看是否能够确定公司的首席会计师和财务主管助理在哪里，然后看看可怜的休姆是否需要什么东西。两天过去了，商店经理回复说他没能找到休姆，但表示他会继续寻找。一周过去了，既没有任何关于休姆也没有来自休姆的任何消息。此后，有一天凯西的心里突然有了一种不好的感觉。他派人前去杰克逊高地，看休姆夫妇是否回家了。同时，他叫来了审计员们，将休姆夫妇去滑雪的事情告诉了他们，并让他们立刻审核去年的账目。前去杰克逊高地的人发现休姆的公寓内空无一人。审计员们则拿出了诺特公司1943年支付的一捆捆支票，解开了他们，并且用一些加法机将支票的总金额加在一起。他们将这个总额与诺特公司在国家城市银行第五大道支行的账户的总开支进行了对比。这两个总额相差甚远，实际的支出比支票总金额高出许多。这只可能意味着一件事情，即有人销毁了一些支付支票，而他这么做的原因一定不可告人。审计员们匆匆跑进凯西的办公室，告诉他这个坏消息。片刻之后，凯西就打电话到了地方检察官弗兰克·S. 霍根的办公室。反欺诈局的地方检察官助理小乔治·G. 亨特奉命负责此案，亨特叫来了约瑟夫·M. 加萨克，他是一名律师兼注册会计师，当时也是地方检察院会计局的一员（现在他已经成为了该局的头）。亨特和加萨克来到了诺特公司，并与审计员们进行了交谈。审计员们掌握的事实其实非常少，公司1943年的账目似乎少了275 984.48美元，一些支付支票也不见了。尽管没有任何合法证据能够证明是首席会计师兼财务主管助理拿走了这笔钱，但是似乎他作案的嫌疑非常大。加萨克是个身材丰满的秃头中年男子，他对工作有着极大的热情，总是埋头苦干，他认为这次的案件很有趣，便舒舒服服地扎了进去，一年多之后都还没有完全从中脱身。

当诺特公司的审计员们正专心调查1943年的账目时，他们不禁开始怀疑1942年的账目是否也像他们去年冬天认可的那样准确无误。加萨克发现一些支付支票不见了，并前去国家城市银行第五大道支行核对文件。国家城市银行是个做事谨慎的机构，而这家支行也是如此，它会在支付每张支票前都拍下支票的正面照片，并将照片发回给储户。加萨克获得了一张不见了的支付支票的微缩胶片照片，发现那张支票是伪造的，但诺特公司的支票签字机仍然在上面签了字。这张支票是支付给一个叫雅芳磨坊的公司，很可能诺特公司旗下的百货商店购买了这个生产商的产品，诺特公司因此要向其支付货款。由于银行没有拍下那张支票的反面，加萨克不能确定是谁在它背面签字同意了，甚至连那家公司在哪座城市做生意都不得而知。然而，账本中有一则条目显示这张支票是从新泽西州特伦顿市的特伦顿银行公司发来的。加萨克前往特伦顿，在那里，他发现雅芳磨坊公司的账户早在几个月前就注销了，但是银行的官员仍然记得那个在1943年3月份来开户的人，他们的文档中还保存着他的签名——“A. D. 休姆”。在特伦顿，再没有其他人听说过一家叫雅芳磨坊的公司。该公司在这家银行账户里的钱多达67 857.90美元，后来这些钱全部被转移到了其他银行。同样，特伦顿银行也保留着转账记录，上面显示这些钱被转入了A. D. 休姆在纽约国家城市银行的个人账户中。

加萨克回到了纽约，他发现在国家城市银行的A. D. 休姆账户中的总金额高达119 050.13美元，同时，这家支行还有诺特公司的账户。休姆的账户在这位首席会计师兼财务主管助理前往加拿大前夕就被注销了。所有这些证据已经足以让警方以贪污罪逮捕威尔比了，于是美国方面要求加拿大各城市的警方寻找亚历山大·道格拉斯·休姆。地方检察官助理亨特命令加萨克继续进行他的调查，看看还能有什么发现。调查非常艰难，但加萨克时时刻刻都在享受这个过程。后来他说，追踪威尔比伪造账目的方式就像追寻着山中的一条小溪，它在山里迂回曲折，有时还会潜入地下。有一段时间，他能够比较轻松地找到威尔比篡改账簿的痕迹，也能抽丝剥茧地追踪到诺特公司支付支票，在经过公司支票签字机签字之后，将钱款转入休姆的银行账户的记录。然而后来所有关于这个贪污者和他的罪行的痕迹都消失了，这段不为人知的地下勾当只有这个嫌疑人自己才能解释。

很快，加萨克发现这个叫作休姆的人从1943年3月20日至7月8日，一共盗取了275 984.48美元。由于嫌疑人所使用的假发票、秘密卡纸以及支付支票都消失了，所以他不确定此人对诺特公司的机器做了什么手脚，使它能在假支票上签字。但是，加萨克发现这些支票将钱汇给了东磨坊公司、约克磨坊公司（以及雅芳磨坊公司），这些都是虚构的公司，嫌疑人在特伦顿的一个经纪人的办公室里租下了一张办公桌，作为这几家假公司的办公地。这些公司的所有业务就是从特伦顿的四家银行接受和存入诺特公司的支票。每家假公司都有65 000到75 000美元的存款，四个账户中的总金额加起来正好与诺特公司在纽约的银行账户中损失的金额相等。这样，1943年诺特公司少掉的那些支票的下落就全都找到了。除了在国家城市银行第五大道支行的巨额存款，嫌疑人在该银行的其他支行还存入了45 000美元，还将剩下的钱款以A. D. 休姆分别存在了谷物交易所和大通国家银行的各个支行中。

威尔比在特伦顿为假公司租办公地点时，他买了一张破旧的二手办公桌。1943年9月，当他关闭他的假磨坊公司并把从诺特公司盗取的钱款转移到纽约的银行时，他仍然没有忘记这件事。他寄给那个经纪人一张支票支付租用费，还附上了一封信，在信中，他很遗憾地告知对方他“将在本月底空出那块办公桌的地方，因为本公司已经决定不在特伦顿永久定址，至少目前看来不会。”他还聘用了一名兼职打字员，名叫伍德小姐，在经纪人的那间办公室中工作，负责按照他的要求处理一些少量的文书工作。他记得自己曾对伍德小姐表示过赞赏，并且会半严肃半开玩笑式地提及他那张破败荒废的办公桌。“毋庸置疑，我很不愿意离开这么好的公司，以及工作如此优秀的伍德小姐。”在前面提到的那封信中他写道，“另外，如果你恰巧知道有人想要那张办公桌——当然，如果还有人称它为一张办公桌的话，那么请你迅速安排把它给卖掉，我当然会对此深表感谢。当然，对方愿意出多少价钱都可以，因为那桌子对我来说已经没有用处了。”后来，那位经纪人以12美元的价格卖了那张桌子，把所得钱款用支票寄给了威尔比，威尔比回寄给他一张签有“A. D. 休姆”名字的纸条，告知对方支票已经收到。

很快，诺特公司的审计员们就又一次涌进了财务主管的办公室，告诉他1942年的账簿里少了110 936.81美元。他们说，他们确定在上一次检查该年的账簿时，这笔损失还不存在。然而，现在一些支付支票已经不见了。凯西把这事告诉了加萨克，加萨克点了点头、笑了笑，就立刻开始调查起1942年的情况了。1942年，贪污的嫌疑人采取了更为复杂的方法，而这也增加了加萨克调查的难度。嫌疑人在新英格兰地区、美国中西部和美国南部都建立了假公司，而没有采取他在1943年时的做法，把它们集中建立在像特伦顿这样的纽约附近的工业中心。1942

年，威尔比手上的生产商和批发商遍及波士顿、匹兹堡、辛辛那提、水牛城、托莱多以及南加利福尼亚的琼斯维尔。加萨克发现嫌疑人在所有这些城市，都租用了办公地点，并且雇用了兼职秘书，但是他只让他们帮他接收邮件和保管邮件，且不能拆看邮件。嫌疑人唯一能够去这些办公地点的时间就是周末，加萨克通过调查还原了威尔比在1942年间的一些周末出行，显然他的出行非常频繁也很辛苦，甚至使加萨克对他的身体竟然没有因此而垮掉深感惊讶。

威尔比是在1942年3月9日到11月13日期间贪污的，在那期间，十来张诺特公司的支票经过公司的支票签字机器的签字，寄给了威尔比虚构出来的贝利纺织厂、爱斯坦德公司、埃蒙斯兄弟公司、戈德歇尔制造公司、弗雷德里克·B. 赫克特公司、包裹快递公司、卡佩勒公司和韦兰传播公司。当他知道一批支票正在邮寄中时，他就会写信或者发电报给他的兼职秘书，告诉他们帮他保管好信件直到周日中午，如果到了周日中午他还没有来取信，就把信件交给门房或者夜间电梯操作员代为保管。周五下午，威尔比一从诺特公司下班，就立刻离开纽约，在周六中午之前，他就能在某个城市中拿到信件，然后将其中的支票存在他的某家公司的银行账户中，然后继续赶往下一个城市。周六晚上晚些时候或者周日早上，他就能匆匆赶到另一座城市，从电梯操作员和门房那里拿到更多的支票，并把它们存进银行的夜间存款槽中，然后匆匆赶回纽约，并于周一上午坐在他在诺特公司的办公桌前。诺特公司里没有人发现他有丝毫倦意，他还是分外精神。

在托莱多的一家银行，有人使用了乔治·B. 陶瓦鲁的假名开了一个账户，该账户里存进了部分被威尔比挪用的钱款。托莱多的这家银行希望确定这位陶瓦鲁先生是一个正经的商业伙伴，于是就不嫌麻烦地检查了他的简历。后来，银行对陶瓦鲁的开户申请做了个标注，上面写道："有望成为威廉·T. 诺特公司的一名客户。给出休姆先生作为证明人。"其后，又写道："已与威廉·T. 诺特公司的休姆先生通话，他说自己已与陶瓦鲁先生相识多年，知道陶瓦鲁是个守法的商人（广告语），并且将很快与威廉·T. 诺特公司建立联系。"

1942年，就在他疯狂挪用公司公款的时候，威尔比写信给他在中西部的一位兼职秘书，说他不明白为什么这位秘书还没有收到自己欠她的10美元（那是她前一个月劳动的报酬）。他说自己已经留给夜间电梯操作员一张10美元的支票，并托那人将支票交给这位秘书。他在信中写道："请再次检查你的账户记录，如果你还是没有收到这笔钱，那么我将会与我的银行进行确认，看看这笔钱有没有被那名电梯操作员自己兑现了。"两人之后的通信显示，事实上是那名电梯操作员忘了把那张支票交给那位秘书，然后他在那位秘书收到威尔比的信一两天后又想起了那件事。当威尔比得知此事后，他又写信给那位秘书说："我很高兴你的账户又井井有条了。"

就加萨克的调查结果看来，只有一个人曾对诺特公司的首席会计师兼财务主管助理在那两年间的所作所为提出过质疑。这人就是丹·特鲁（Dan True），他是诺特公司在蒙大拿州布特市一家百货公司财务部门的主管。他不满意诺特公司记在他商店头上的某些货物运费，并且写信给诺特公司的财务主管反映了此事。财务主管将这封信转交给了首席会计师兼财务主管助理。不久特鲁收到了一封来自母公司的备忘录，提醒他应该安分守己。备忘录的全文如下：

主题： 运输统制账目中出现的错误

收件人：丹·特鲁先生

抄送给：M. A. 凯西先生——诺特公司财务主管

发件人：A. D. 休姆

您于19日曾写了封信给凯西先生，其中附上了一则账目汇总，我发现其中有一个错误被忽略了，而这很大程度上是我们纽约方面的责任。您在汇总中说，截至7月31日，还没有显示任何余额。然而，如果您参看我们的试算表，您会发现有一笔6 831.63美元的余额，但是这笔余额没有在图形1中作为单独的数据标出来，而是包括在了"货物运输"这项中。7月份，所有的商店都采用了这项政策。当然，我们还将贯彻此政策，将运费结余通过结账后分录的方式转移到"货物运输"一项中，然后将它们分发到次月的购货款中，这样，无论是借方账项还是贷方账项，每月底运费账户都会被结清，只留下需要分配给下个月的一些余额。只要您把7月份的结余加到您此前的汇总中，您就会发现其中过度分配的运输费用其实是有一些结余来支撑这种过度分配，这就是您的运输账户的真实状况。此致敬礼。

A. D. 休姆

加萨克从威尔比在这封备忘录中所说的话里看出了大多数人看不出的东西，他将此信视为威尔比贪污诺特公司钱款后，对公司账户做的手脚的一个相对小的例证，并抓住了它，这让他发现了一个他一直苦苦探寻的秘密。加萨克在诺特公司的财务系统中一路追踪了好人特鲁提到的那6 831.63美元，终于能够知道威尔比是如何（或者说大概是如何）在挪用了公款后，仍让诺特公司的账簿看起来收支平衡的。他盗窃的所有款项全被记到了百货商店的账上，而他转记这些账目的手法非常高明，方式也多种多样，并且非常了解哪些账户的什么地方可以增加一些数字，而又不会让百货商店察觉。加萨克现在知道了为什么审计员们在检查1942年账目时没有发现异常了。威尔比允许审计员们将所有的银行对账单加起来，然后再将所有的支付支票（包括他私自签字支付的）加起来，那么诺特公司银行账户中取款的总金额当然与支付支票的总金额相等。然后，他就毁掉那些他私自签字支付的支票，并且改掉账簿中数百项条目，这样，诺特公司通过对百货商店持有借方账项（如运费账项），从百货商店那里赚到的钱就全部落入了威尔比的口袋中。然而，让加萨克不明白的是，为什么在1944年1月中旬，威尔比开始感到恐慌，并且逃到了加拿大并神秘地消失了，以至于诺特公司的财务主管终于察觉到了事情的蹊跷。加萨克相信，如果这位贪污者等到当年的年度审计结束，再销毁那些支付支票，那么他贪污的罪行就不可能被发现。

就在加萨克独自一人尽力还原这两年来这个嫌疑人贪污的犯罪手法时，蒙特利尔、多伦多和渥太华警方对亚历山大·道格拉斯·休姆的寻找有了结果。他们在二战的欧洲战区追踪到了他，发现他正作为一名少校，统领着一个营的加拿大士兵。多伦多警方给纽约发来了电报，汇报了这一情况，并且尖锐地补充指出，休姆自1940年以来就一直在加拿大陆军服役。他们还寄来了休姆少校的照片，结果照片上的男子表情颇为严肃，一点也不像威尔比。加萨克愉快地继续着自己的调查，想弄清楚到底是谁制造了这桩令人惊叹的诺特公司贪污案。他又一次来到了国家城市银行第五大道支行。他花了数天时间在银行记录中寻找，终于发现这个自称休姆的人曾在1943年5月犯下了一个明显疏忽的错误，而这个错误是到目前为止他犯下的唯一一个错误，但正是这个错误把他和诺特公司贪污案联系在了一起。当时，他要求银行用他的个人账户购买价值1 500美元的加拿大汇票。在填写购买订单时，他将这张汇票汇给一个叫“拉尔夫·M. 威尔比”的人，之后，一位银行职员将这个名字填在了汇票收款人这一栏，但这时，威尔比改变了主意，他转而让银行职员将那张汇票汇给他自己，也就是给“A. D. 休姆”。这个小失误是任何一个有不止一个姓名的人一不小心都会犯的。

当纽约的报纸首次披露拉尔夫·马绍尔·威尔比从诺特公司贪污了386 921.29美元的公款时，这些报纸文章一次又一次地称他为“备受信任的员工”。所有的报道都反复强调这一点。和本时期的所有贪污案一样，在威尔比的案件中，这样的陈词滥调都是不准确的，人们依旧这样说着是因为他们对会计员和老板间的关系仍抱有老式的、浪漫的幻想。但丑陋的事实是，一个会计员在公司会计部门爬得越高，他在老板心目中的可信度也就越低……威尔比在诺特公司有一位最要好的朋友，和许多人一样，此人似乎对威尔比赞赏有加，同时他也是公司的财务主管，即凯西先生。正是凯西先生一路鼓励和扶持威尔比从巡回审计员升到了首席会计师兼财务主管助理的位置。但也正是这位凯西先生，从公司的利益出发，以一种在浪漫主义者看来冷酷到可憎的方式，与旅行者保险公司（这家公司给除旅行者之外的任何人提供保险）下了赌注，赌未来某一天威尔比会贪污公司资金。而旅行者保险公司则赌威尔比不会那么做。赌注为30万美元的债券，条件是只要威尔比没有贪污公司的任何财产，那么诺特公司必须向旅行者保险公司支付数千美元的年度保险费。如果他真的贪污了公司的钱款，那么旅行者保险公司则要补偿诺特公司遭受的损失，补偿最多不超过30万美元。

威尔比的雇主以对他不利的方式打了赌，而且除非威尔比被捕并且愿意偿还他从诺特公司贪污的大部分钱款，否则旅行者保险公司就必须赔偿给诺特公司30万美元，这个事实缩短了威尔比的失踪时间，否则他可能隐匿更久。还有一件事情也让他更快地暴露了行踪，那就是他的第三任妻子——黑兹尔，长得非常漂亮；当然，这也是威尔比和她结婚的原因。威尔比被带回纽约后，纽约的一位缓刑犯监督官曾这样描述他：“他在人群中很不起眼，无论是身材还是性格都与他人没有显著区别。”但黑兹尔则不然，不论她的性格如何，单是她的外貌就足够令她与众不同了；无论她走到哪里，都能吸引众人的目光，她永远不能完全隐没在人海里。

搜捕一个被大家视为亚历山大·道格拉斯·休姆的人的任务交到了弗雷德·海恩斯的手里，他是弗兰克·S.霍根地方检察官手下的一名出色警探。从那时起，海恩斯就晋升成了中尉，他处事从容不迫、头脑灵活、想法实际。他首先发了封电报给蒙特利尔、多伦多和渥太华警方，详细描述了休姆和他漂亮的太太，并且依据休姆的工作记录为他们提供了一些有关休姆日常生活的信息。在海恩斯看来，这个案子并不难办。他知道，只要把嫌疑人的照片广泛分发并基于足够的赏金，那么这个骗子在这个世界上就没什么地方可去了，因为总有人会认出他来，海恩斯对这一点颇为满意。他知道在这桩贪污案中，旅行者保险公司一定会焦急地拿出所有需要的钱来分发嫌疑人的照片。然而，该公司却没能找到休姆的照片。

海恩斯前往杰克逊高地与休姆夫妇曾经居住的公寓大楼管理员进行了交谈。他发现在1944年1月19日，也就是凯西先生收到电报，得知休姆在滑雪中摔断了腿那天的第二天，黑兹尔曾经回到过杰克逊高地。她告诉大楼管理员，自己和丈夫将在加拿大定居，并支付了公寓剩余两个月的房租。随后，她收拾了几个箱子，把家具放入板条箱内，就搬了出去。大楼管理员说她看上去很匆忙，但并不忧心忡忡，也绝对没有鬼鬼祟祟。这件事再加上他从诺特公司的人那里得知的关于休姆夫妇的信息，海恩斯（正确地）估计黑兹尔还不知道她丈夫偷了一大笔钱。这就意味着，无论她在哪儿，她都可能会四处闲逛，而她的丈夫很可能会和她在一起。海恩斯与休姆夫妇最好的朋友谈了话，他们是住在杰克逊高地的一对夫妇。如他所愿，这对夫妇曾经给休姆夫妇拍过一张快照。他们找到了那张照片，并把它交给了海恩斯。大楼管理员记起，铁路快递公司曾经来取走过休姆夫妇的箱子和家具。海恩斯从快递公司得知，这些东西被送到了黑兹尔在俄克拉荷马州的父母家中。他记下了两位老人的名字，以及他们所住小镇的名字。他给那个镇的警长打了电话，让他安排人手密切注意任何邮寄给黑兹尔父母的东西。

几天后，多伦多警方发来电报说他们掌握了一条关于休姆的线索。一两天后，多伦多警方又找出了真的亚历山大·道格拉斯·休姆的照片，并把它寄给了海恩斯。海恩斯一眼就看出这人不是盗窃了诺特公司钱财的那个人。他还没来得及告诉多伦多警方这一点，后者就告诉他，亚历山大·道格拉斯·休姆自从1940年起就在加拿大陆军服役了。海恩斯笑了，并且开始喜欢上了这桩案件。他现在知道，他正在追捕的这个人，使用了某种方法获得了一位诚实的注册会计师的工作履历，假扮成这位注册会计师在纽约工作生活了四年，并且在完全占据一家大公司首席会计师和财务主管助理的职位时盗取了近40万美元。

又过了一周左右，加萨克才发现了这名贪污者的真实姓名，很快海恩斯就得知威尔比在美国加利福尼亚州和加拿大安大略省都犯有前科。旅行者保险公司很愉快地把海恩斯在杰克逊高地发现的威尔比的快照复印了数千张，并开始把他们邮寄给美国和加拿大的警察局、酒店、铁路、机场和它们的分支机构，同时还附上了材料，说明照片中的人就是诺特公司贪污案中遭到通缉的嫌犯。

海恩斯和警探同事乔治·萨利卡开始动身前往俄克拉荷马州。在黑兹尔父母居住的小镇，他们从小镇警长那里得到了一封黑兹尔在搬离杰克逊高地公寓后写给父母的信。她在信中说她立刻就要回多伦多，她和丈夫将在加拿大永久定居，他们打算去不列颠哥伦比亚省，因为丈夫有几个亲戚在那里。她让父母保管一阵子家具，直到她和丈夫决定他们将在哪里定居。她说丈夫从一位伯祖母那里继承了一小笔遗产，他想在不列颠哥伦比亚省用这些钱的一部分投资做生意。海恩斯将信的大致内容告诉了渥太华、多伦多、蒙特利尔和温哥华警方，他正准备回纽约，这时他在纽约的办公室把一封电报转发给了他，这封电报正是不列颠哥伦比亚省首府维多利亚市的警察局长发来的，他说他的手下刚刚在皇后饭店与威尔比失之交臂，他们将于一两天后抓住他。

正如黑兹尔日后在纽约法庭上承认的，当时威尔比已经告诉了她他的真名叫威尔比，但他没有告诉她自己是个贪污的罪犯。当他们到达多伦多时，威尔比对她说自己要向她坦白。他说在他青年时期，他曾被驱逐出美国，因为他没有按规定签订文件就跨过了两国的国界。于是，当他日后返回美国时就不得不使用化名。他从一位在英国过世的伯祖母那里继承了一小笔遗产，并且把它们投资在股票市场又赚了一些，但没有缴纳所得税。这导致他不敢再留在美国，因为他可能由于违反所得税法而被判入狱，因此，他把他的财产（现金和债券）装在公文包中，随身携带。他让黑兹尔回到杰克逊高地，搬出那处公寓，保存好家具，再和他在多伦多会合，随后他们就会去不列颠哥伦比亚省拜访他的亲戚，投资买卖，并且舒适地度过余生。虽然黑兹尔很信任他，但她不是个傻姑娘，她害怕她的丈夫会被捕并被带回美国。威尔比用他特有的、公事公办的态度打消了她的这个疑虑。他带妻子去见了一位多伦多的律师，问律师自己是否会因为没有缴纳个人所得税而被引渡。律师告诉他，那是不可能的。黑兹尔问了律师很多问题，很快她就觉得整件事情没那么严重了。那名律师告诉她，一位加拿大公民只有犯有重罪，如谋杀或重大盗窃时，才会被引渡。威尔比为此付给这名律师一小笔费用。黑兹尔回到了纽约，搬出了公寓，然后又回到了多伦多。之后，威尔比夫妇不慌不忙地穿越了美洲大陆，来到了维多利亚市。威尔比重新使用了自己的真名，而黑兹尔也开始叫他拉尔夫，而不是道格。

等威尔比夫妇到达维多利亚市时，旅行者保险公司正四处邮寄他的照片，这些照片正在加拿大东部散发，但还没有到达不列颠哥伦比亚省。同时，维多利亚市《时代周刊》的一位名叫福莱西·斯特里克兰的摄影师在皇后酒店大堂的人群中注意到了黑兹尔。他之所以注意到她，完全是因为她的美貌。他低声吹了声口哨，目瞪口呆地看着她。这时，这家报纸社会部的一名女孩恰巧也走进了酒店大堂，正想寻找新闻事件。她问那名摄影师在目瞪口呆地看什么，后者指了指威尔比夫人，当时她正走进电梯。那名女记者走到前台，询问刚才那位美丽的姑娘是谁，并从登记处抄下了她的名字——“拉尔夫·M.威尔比太太，来自汉密尔顿”。汉密尔顿是多伦多附近的一座城市，也是威尔比的故乡。第二天，维多利亚市的《时代周刊》刊登了一条消息，即来自汉密尔顿市的拉尔夫·M.威尔比先生和他美丽的太太住在皇后酒店。几天后，多伦多的一家报纸采用了这条新闻。旅行者保险公司多伦多办公室的一位速记员看到了这条报道，认出了这个名字就是那个贪污的罪犯的名字，而他的照片也已经从纽约寄了过来。于是，她把这事告诉了她的老板，后者又汇报给了多伦多警方，多伦多警方又把这消息告诉了维多利亚警方。当维多利亚警方赶到皇后酒店时，威尔比夫妇已经退宿离开了。他们是去城外拜访威尔比的亲戚。几天后，当他们返回维多利亚市，再次入住皇后酒店时，威尔比被捕了。这天距他离开纽约去度长周末只过去了57天。

海恩斯得到威尔比被捕的消息时并不惊讶。旅行者保险公司则非常高兴，但他们没能高兴多久。因为第二天，维多利亚警方发来电报说，当他们对威尔比的财物进行搜查时，发现他口袋里只有几枚硬币，行李中没有找到任何钱或者债券，也没有任何银行存款。加萨克得知威尔比被捕很高兴，因为他希望能够和威尔比谈谈，想要知道他作案方法中更为巧妙的部分。这时，地方检察官助理亨特已经拿到了对威尔比的起诉书，指控他犯有重大盗窃罪，他前往维多利亚去进行引渡程序。加拿大法律规定，在一名罪犯被引渡之前，必须向主持法官提供足够多的证据，来证明他有罪。加萨克作为对威尔比指控的专家证人，与亨特一起前往维多利亚，同行的还有海恩斯和萨利卡，他们两人将负责把威尔比带回纽约。

纽约州花了四个月和至少1万美元才把威尔比带回加拿大。威尔比花重金聘请了最优秀的律师为自己辩护，其中一位曾是不列颠哥伦比亚省的司法部长。威尔比把他偷得的一些钱装在锡罐中，埋在了他在温哥华市郊购买的一栋房子的后院里，他还把其他一些埋在了维多利亚附近的一条公路沿线。后来，黑兹尔在纽约做证说，她曾经亲手把一些钱从地里挖了出来，交给了加拿大律师们。再后来，那些加拿大律师坚称他们怎么也不会想到，那些钱会是偷来的赃款，而且没有人能够说服他们把那些钱还给诺特公司或者旅行者保险公司。人们从来不知道这些律师到底从威尔比那里收到了多少钱，但从他们为威尔比辩护的那股子卖力劲儿就能猜到，威尔比给他们的报酬一定很丰厚，否则的话，他们对他的忠诚实在是令人感动。这些律师曾23次代表威尔比出庭，三次帮他拿到了人身保护令，还前去伦敦准备向枢密院提出额外上诉，而也就是在这个时候，海恩斯和萨利卡利用两次人身保护令之间的间隙，终于抓住了威尔比，用一艘小渔船把他带回了西雅图。此前有一次，也是趁着两次保护令之间的间隙，他们差点就把威尔比带出加拿大了，当时他们把威尔比拘留在一个酒店中，威尔比在酒店里大声疾呼，还说服一位加拿大警察把他从纽约警探的身边带走了。等到那名加拿大警察终于明白过来威尔比并非遭到了绑架时，威尔比的律师们已经为他弄来了新的人身保护令。亨特和纽约地方检察院留用的一名加拿大律师，坚定地与威尔比的律师们展开了智斗，但是，正如亨特所写，“事情实在太奇怪了，我们不能指望依靠任何人”。在此期间，威尔比一直表现得像是一个受到了不公正指控的重要人物，他的一举一动都流露出自以为是的自尊。他没有否认盗窃，但他确定自己不应该因此被引渡去美国。在两次人身保护令间隙他被纽约警探拘留的那段时间里，他对纽约警探非常不友好。诺特公司的财务主管凯西前往了维多利亚市，在狱中和威尔比进行了一次谈话，当他请威尔比放弃抵抗回到纽约帮诺特公司理清账簿时，威尔比大发雷霆。凯西温和地对威尔比说：“你知道，公司的账簿现在一团糟。”威尔比愤怒地告诉凯西，公司的账簿不是一团糟，它们保持着完美的收支平衡，因为他所盗取的每一美分，都细心地转记到了各百货商店的账上。然而，在从西雅图回纽约的火车上，威尔比对警探们的态度稍微放松了一些，用小额赌资和警探玩了金罗美纸牌游戏。事后，亨特说：“和他这人在一起很有趣，从很多方面说都是如此。”

威尔比被关进了纽约市监狱，一连好几周，他都拒绝告诉加萨克他想知道的，也拒绝告诉旅行者保险公司他那里是否还留有一些赃款，如果有，他又把它们藏在了哪里。他雇用了一名律师，这名律师说他希望威尔比支付给他的报酬不是赃款，而且这名律师最终还说服威尔比认了罪。但是，威尔比在认罪前，和旅行者保险公司做了笔交易，这个举动就和他的犯罪手法一样新颖。他提议说，只要该公司愿意给他个人1万美元，他就可以告诉该公司在哪里能够找到大约30万美元的赃款。保险公司和许多代表不同银行的担保公司接受了这个交易，这些银行都可能要为威尔比的假支票承担责任，所以如果威尔比真的返还那30万美元赃款的话，他们都会获利。威尔比说自己之所以提出这个要求，是因为他在回到加拿大时，除了那些赃款，他自己还有1万美元。当然，他承认自己偷了386 921.29美元，但是他已经将其中的8 000美元支付给了他的加拿大律师们。没人能确定这到底是真是假，但是威尔比给出的交易条件非常诱人，因为他是在用30万美元换4万美元。旅行者保险公司和所有的担保公司都会因为赃款被归还，而在不同程度上减少损失，他们花了几周时间仔细考虑了威尔比的提议，最终接受了它。威尔比拿到了一张价值1万美元的保付支票后，告诉了旅行者保险公司的一位律师剩余赃款的所在，那名律师前往加拿大把赃款挖了出来。那里共有303 000美元。

现在，威尔比的态度非常配合，他不仅向加萨克坦白了，还给凯西和其他诺特公司的职员提供了有用的小建议，叫他们如何把公司一团糟的账簿修改正确。此外，在纽约市监狱中等待判刑的日子里，他还写了一万字的文章，用拿破仑回顾滑铁卢战役的那种冷静超然的态度，探讨了他那两年在诺特公司贪污过程中的起起伏伏。威尔比这份陈述的前三分之一，极其巧妙地解释了诺特公司的会计系统及其运作方式。它解释了诺特公司管理的百货商店如何寄来它们的发票以购买货物（专业会计术语将这些发票称作“付款凭证”），公司的工作人员和机器又是如何处理这些付款凭证，使得支付给生产商和批发商的支票能够从诺特公司的支票签字机中制造出来。威尔比直接提到了某些诺特公司职员的姓名，他们都是财务部门的次级部门的管理者，他还解释了他们各自的职责，评价了他们工作上的表现。随后，他安静地开启了新的一个段落，开始解释他是如何盗取诺特公司的钱款的。他写道：

> 至于我是如何贪污的，事实上，我没有什么一直贯彻到底的固定方法，只是在1943年，我的作案手法遵循了大致相同的程序罢了。我在1942年所使用的方法和1943年时使用的大不相同。
>
> 1943年，我采用的方法大致如下：在从百货公司接收到一批原始付款凭证并被卡塔拉小姐分发之前或者之后一段时间，我会在其中插入其他可以支付给“我的”公司的支票，并更改相应的清单，我要么会用加法机重新打出一条纸带，要么就用铅笔在商店准备的原始清单上进行修改。其他一些时候，我会取出一张支付给百货商店原来的某个供货商的支付凭证，比如，这张凭证应支付235美元，是支付给某某公司的，我会在这个数值前加上一个数字“6”，并把原来的供货商擦去，写上“我自己”公司的名字。用这种方法更改商店送来的清单相对容易些。当然，我随后自己制作一张和商店送来的那张一模一样的支付凭证，把它加进当日或第二天的凭证和清单中。

所以我有几种方法把支付给“我的”公司的付款凭证添加进各商店的原始付款凭证和清单中，但所有这些加起来的总和都是相等的，所以它们很容易就被接受了。

正如我前面所说，有时这些支付凭证在卡塔拉小姐收到邮件之前就已经加进去了，这没什么困难，因为只需要在她早晨到达办公室前，从她的办公桌上拿走一个信封，或者在邮件分发到卡塔拉小姐办公桌上之前，装作急于得到某家商店的报告的样子，从邮件部门直接把邮件拿来。由于每天都有付款凭证从各百货商店送来，所以我很容易弄到装有这些原始付款凭证的信封。还有些时候，我会等原始的付款凭证正在邮寄时，再加入给“我的”公司的付款凭证。

如果我是在数据控制员记下原始总额后才加入我的付款凭证的话，我只需要在加入的支付凭证上修改她所填写的数字即可。如果我是在编码后加入支付凭证的话，我就得修改控制数字并且自己对付款凭证进行编码。由于我能够操控财务部门每一位职员的职能，因此之后的所有步骤对我来说都不难。一旦“我的”支付凭证加到了商店的清单中，它们就会遵循常规的程序接受处理，而我通常会允许该程序进行下去。

诺特公司平均每天要签发和邮寄600到700张结算支票。通常，诺特公司每周五签发和邮寄的结算支票要比其他工作日签发和邮寄的多得多。我从经验中得知，诺特公司周五晚上邮寄出的支票在周六清晨之前是不会寄到“我的”办公室或者邮政信箱里的，而我恰恰是在周六上午将钱存入“我的”公司的银行账户中。但事实上，我只有在周六上午才能在银行营业的时间到达特伦顿或者其他城市，这就意味着，除非我能在周五从诺特公司的办公室内直接拿到付款凭证，否则我只能在一周后才能把钱存入“我的”账户。这有悖我一贯的策略，即尽快把钱存入银行，一旦确定钱款安全，就在不引起他人怀疑的情况下，迅速把它取出，当然我总是会留出足够的时间来把账户清空。

因此，每个周五（一般每隔一天，我也会这么做），我会设法在诺特公司的员工们完成最后一个程序前，把支付给“我的”公司的支付支票拿到手，然后自己完成最后一个流程，并将支票放入口袋，这样我就可以在下一个周六把钱存入银行了。我总是像这样亲自完成“我的”支票的最后一道程序，并在它们离开诺特公司办公室前拿到他们。我之所以这么做，还有另外两三个原因。

其中一个原因是，在1942年，我曾经让诺特公司的职员全权负责处理了好几张“我的”支票，这样，我最早也只能在这些支票送达邮件室后才能拿到它们。但是，等我从邮件室取回支票后，工作人员会清点支票的数量，这样他们就发现了支票的数量和登记簿上的数据有出入。他们将这一偏差汇报给了审计部门的头——墨菲小姐，墨菲小姐批评了她手下负责将支票装入信封的员工，并重新清点了支票，将它们送回了邮件室。墨菲小姐认为这名员工工作疏忽大意，甚至想撤她的职。从那以后，我再也没有那么干过，因为我不想看见无辜的员工陷入麻烦。

在所有的方法中，有一个最为简单，即在支票的准备过程中，在上面做一个记号，注明该支票须交由休姆先生做最后处理。但是我认为这个方法太过冒险，因为人们可能会在准备支票的过程中对此产生疑问和怀疑，而且，这些支票很有可能会积少成多，在诺特公司内，我可不想让自己的名字和“我的”支票们有任何的关联。

还有一个原因，导致我更喜欢并且试图自行完成对“我的”支票的最终处理，并把它们装入口袋。那就是在1943年初，我曾经让财务部门的员工全权处理了一两张“我的”支票，然后由公司将这一两张支票和其他所有正常的支票一起寄出去。然而，其中一封应该寄到“我的”雅芳磨坊公司的信件推迟了一两周，才在某个周六寄到了特伦顿。当时我真是急坏了——自然，我设想了可能发生的一切情况。最后，当这封信终于寄到时，上面有一张说明，解释说由于邮递部门的失误，尽管这封信上写的地址准确无误，它还是被误寄到了伊利诺伊州的芝加哥市。这件事给我造成了极大的困扰，从此，我再也不愿让我的办公室职员和诺特公司邮递处的工作人员来完成和邮寄“我的”支票了，尽管我自己还是会亲自邮寄它们。

威尔比的书面陈述，以及他与加萨克和诺特公司人员的谈话，都证明他的犯罪是独自完成的，没有帮凶；这一点令所有人感到满意。诺特公司财务部门里，没有职员因为威尔比的所作所为而受到指责。然而，一些机器则受到了批评；威尔比的犯罪手法使人们意识到应该给这些机器设置新的保障措施，于是他们将这些机器拆开又重新组装起来。但是，一些了解和使用这些机器的人知道，如果这些机器能够说话和思考的话，那么它们一定早在威尔比消失前就把他的罪行揭露出来了，而不会等到他自行消失，最终引起公司对他的怀疑。

后来人们发现，倘若不是联邦调查局的介入，威尔比可能在1944年及以后的数年内，继续从诺特公司盗取钱财，就像他在1942年和1943年所做的那样。J. 埃德加·胡佛和他的联邦调查局人员出版的年鉴中，没有提到联邦调查局与威尔比一案的关联，但确实是联邦调查局迫使威尔比在当初主动离开诺特公司的。威尔比当时掩盖罪行的手法毫无破绽，这使他即使在1944年继续留在公司内实施盗窃，或者至少等到1944年冬天公司账目的年度审计工作结束再从容不迫地辞职离开，可能也不会引起任何人的怀疑。然而，事实上，他匆匆离开了诺特公司。就像他在纽约市监狱中写文章解释的那样，他智胜了所有人，却没能预见到联邦调查局对他的行为产生了兴趣。其实，联邦调查局并没有怀疑他挪用了公司公款，而是以为在追踪一名纳粹间谍。威尔比没有对联邦调查局的这种想法采取任何防范措施。在这一切发生了这么多年后，威尔比这位颇具哲学头脑的人或许会反思，发现那导致他失败的三件事情组成了一个疯狂的图景；而生活有时恰恰就是这么疯狂。在这三件事中，黑兹尔的美貌是事实；诺特公司对他一直以来的怀疑，给事情增加了一分讽刺意味；而联邦调查局则为整个事件加入了喜剧元素。

威尔比坦白，1942年他将一些诺特公司的支票寄给了圣路易斯市的一个虚构批发商，他将这个批发商取名为弗雷德里克·B. 赫克特。他从未料到，这个德国名字后来会给他带来麻烦。然而，事情就是这么出人意料。在那段时间，联邦调查局检查了全国所有的银行账户，尤其是那些用德国名字开户的账户。一名联邦调查局人员正在检查一家圣路易斯银行（那正是威尔比的开户银行），他发现了这个赫克特名下的账户，并询问银行这个赫克特是谁。然而这家银行对赫克特本人一无所知，只知道诺特公司的一些支票被存入了他的账户。于是，银行派了一个人到纽约去向诺特公司打听关于赫克特的信息。这个人被交给了威尔比接待，威尔比要求对方给予他一些时间来调查此事。后来，威尔比在他的陈述中解释说：“我后来赶紧准备了一些正常的针对赫克特的发票，好在下一次与银行代表见面时展示给对方。”由于他已经毁掉了之前的那些假发票，他不得不绘制了一些新的假发票，并以为他已经让银行相信，赫克特是一名合法的批发商，并没有参与任何有损美国利益的活动。然而，八个月过去了，联邦调查局还是惦记着赫克特这个人。1943年12月的一天晚上，一名态度认真的年轻联邦调查局人员来到了杰克逊高地与诺特公司的首席会计师兼财务主管助理面谈此事。这名联邦调查局人员坦率地告诉威尔比，说他寻遍各处也没能找到赫克特这个人。他说，他能确定赫克特是一名纳粹间谍，并问威尔比是否能想起什么线索，好让联邦调查局能够找到此人。“我给出了一些关于赫克特的假情报，”威尔比在陈述中写道，“在接下来的两三周里，这名联邦调查局的人员来到我在诺特公司的办公室，以获取更多关于赫克特的信息。我又提供了一些误导性的建议，但当时我已经明白，很快就得摊牌了。”威尔比没有等到最终摊牌的时刻。

1945年2月，在地方刑事法庭，由约翰·A. 马伦法官主持，威尔比出席了一场耗时很长的听讯，听取判刑结果。威尔比的纽约律师很有说服力地为当事人争取宽大处理，指出威尔比归还的欠款数额前所未有地多。但是马伦法官指出，他之所以能归还这么多钱，是因为他此前偷的钱也是前所未有地多。

黑兹尔在庭上做了很长时间的发言，她令法官和在场的其他人相信，在威尔比被捕之前，她都不知道他贪污了公司的公款。“当我嫁给我丈夫时，”黑兹尔说，“我不知道他有多少钱。尽管有一次我曾经问过他这个问题，但他非常礼貌地拒绝回答。我当时想，也许我问得太多了，所以我就再也没有问过他。我对他的经济状况一无所知。”

“我知道，”马伦法官插话说道，“我这里的鉴定报告显示，她没有任何理由相信她的丈夫偷盗过任何钱款，因为那些钱既没有花在她身上，也没有花在任何其他人身上。”

黑兹尔被问及她的丈夫是在何时告诉她他得到了一大笔钱的，黑兹尔回答说是在他们前往加拿大的火车上。

“当时，这个话题是如何提起的？你还记得吗？”法官问道。

“是的，我还记得，”黑兹尔说，“当时，他带着一个棕色的小公文包，我像往常一样，开玩笑地问道：‘你那包里装的是什么？’当时，我记不清他到底说了什么，但后来，经过回想，我记起他说的是‘这里面装的可是我们这辈子的财富呢’或者类似的话。”

“那你说了什么吗？”

“我说：‘别把它到处放。你应该好好保管它。’”

后来，威尔比的律师在庭上就威尔比此前的贪污罪行发表了冗长而杂乱的演说，强调威尔比一直过着节俭的生活，并且得到了三任妻子的高度评价。“至少，我在试图表明威尔比脑中的想法。”他总结道。

“恐怕我们永远也无法知道他脑中的想法。”马伦法官说。

在这次庭审前，法官就已经非常审慎地权衡了本案中的各项事实，在宣布判决前，他又做了一番权衡。这并不是一件简单的事。威尔比对于贪污的态度似乎是他性格中的唯一瑕疵，如果没有这一点，他的性格本应该是非常优秀的。除了贪污，他从未触犯过其他任何法律。虽然现在贪污在美国和英格兰都是法定重罪，但马伦法官知道，在十六世纪以前，它在英国法律中算不上是个罪行，因为人们不视其为损害人民利益的行为。在过去，人们认为这种做法值得嘲笑，但并没有罪，也不将它与偷窃一视同仁，因为贪污者只是挪用了他职务涉及的那部分钱款。在过去的英国法律制度下，被盗公款的主人唯一的追索权，就是在民事法庭状告潜逃的簿记员。英王亨利八世自己就曾被贪污者欺骗过，正是他在1592年颁布了第一个反贪污法令。纽约在1942年才修订了它的反贪污法令，弥补了其中的一些漏洞，这些漏洞曾给某些贪污者可乘之机。同时，马伦法官也知道人们依然不认为贪污是反人民的罪行，如果贪污者归还了盗取的钱款，法院也经常会给予他们缓刑或者短期徒刑。此外，他知道，由于威尔比归还了303 000美元，而旅行者保险公司的债券也轻松地覆盖掉了剩余的83 921.29美元，所以诺特公司其实没有遭受任何损失。虽然旅行者保险公司确实有所损失，但另一方面，它收取的保险费率使它足以承担这样的损失，况且这一年保险公司遭受的损失并不比其他年份更多，而且尽管有威尔比一案发生，保险公司还是取得了丰厚的利润。那些担保公司和银行也是如此。然而，为了将威尔比弄出加拿大，纽约州人民却花费了至少1万美元，而如果像诺特公司这样的大型企业必须为像威尔比这样的员工购买债券，那么这笔额外开销就必然会转嫁到消费者的头上。马伦法官是一位不相信惩罚的法学家，但如果惩罚能够对犯罪起到威慑遏制作用，那就得另当别论。他不禁想，如果威尔比口袋里揣着从旅行者保险公司那里拿到的1万美元，又被判了缓刑或者非常轻的刑罚，那威尔比一定立刻又会走上贪污的道路。因此，马伦法官判处威尔比在新新监狱中服刑五到七年。迄今为止，威尔比在新新监狱中表现良好，很快就能获释。黑兹尔和威尔比的两位前任一样，成功申请废除了婚姻关系。之后，她做了一段时间模特，再婚了，现在正幸福地居住在纽约。一旦威尔比离开新新监狱，移民局官员们将会立刻把他送回加拿大。

（侯凌玮　译）

漫谈专栏作家

1939年9月2日，星期六。沃尔特·温切尔和我们大家一样，认为大不列颠肯定要与德国开战了。与我们不同的是，温切尔对此做了点事。经过一番斟酌，第二天一早，他给张伯伦（Chamberlain）[①]首相发了封电报。内容如下：

> 请容我恭敬地建议阁下，如若贵国要宣战，措辞应为"向阿道夫·希特勒（Adolf Hitler）个人及其政权宣战"，而非"向德国宣战"。这样便可强调希特勒并不真正代表广大德国人民的真实意志这一事实。这样的宣言可能会产生惊人的效果，让德国人民恢复理智，尤其是当他们熟知这宣言时——而通过广播和其他渠道，这又将是必然的。以上仅是我这个门外汉的粗浅建议，鄙人只希望能迎来世界和平的新纪元。

次日，温切尔将这封电报的内容公开发表在他在纽约《每日镜报》（以下简称《镜报》）的专栏"沃尔特·温切尔在百老汇"以及美国其他165份报纸上。他并未就电报内容做出任何评

① 张伯伦（1869—1940），于1937—1940年任英国首相。（译者注）

论，只是让读者们明确是他本人发了这封电报。

翌日，即9月5日，温切尔在他的专栏中写道：

> 如果读过周一的专栏，你可能会对下面的内容感兴趣。9月4日凌晨2点33分，伦敦电报局发报报道称，张伯伦首相刚刚通过一家法国广播电台向德国民众宣读了一份声明，其中他宣告大不列颠并没有向德国人民宣战，而是向阿道夫·希特勒以及纳粹政权宣战……经证实，关于此声明的建议是通过电报发给首相的。

颇具意味的是，温切尔在通告自己个人的非凡成功时，仅仅是不露感情地陈述了事实，可以说是为了历史而记录。虽然他在内心深处认定自己才是张伯伦宣言的促成者，但这似乎只触及了他的理智而未触及情感。他的文字中透露出一种近乎忧郁的淡漠，仿佛他不再是享受成功甜美果实的冒险家，而开始像舞台上的演员般对当下的事件保持一种审慎的疏离。在他给张伯伦的电报中，一个词语即为力证：他坚称自己只是在以一介门外汉的身份与英国首相说话。这是重要人物常采用的一种声明，只有地位无法撼动的杰出人士才会试图对外自贬为凡夫俗子。

也许有评论家会说，区区一个漫谈专栏作家干预严肃的国际事务实在是可笑；而倘若温切尔认为他的电报确实影响了张伯伦的话，那更是荒谬。这种观点很狭隘。温切尔没有理由认为漫谈写作是可耻的或不光彩的，也不会认为作为一位漫谈作家，他就该受人小觑。称温切尔为区区一个漫谈作家就像称林德伯格（Lindbergh）[①]只是一个飞行员，或者吉恩·腾尼（Gene Tunney）[②]只是一个拳击手一样。写漫谈、记录他同胞们个人生活的琐事确实是温切尔在生活中获得巨大成功的原因，但倘若用“他只是写写漫谈”来概括他的话，就实在是轻描淡写了，这就好像用“他击败过登姆普西准将”来概括腾尼，或者用“他曾飞到过巴黎”来概括林德伯格一样片面。

---

① 林德伯格（1902—1974），美国飞行员，因单独完成横越大西洋的不着陆飞行（1927年5月20日）而闻名世界，著有《路易斯精神号》，记录其飞行经历。（译者注）

② 吉恩·腾尼（1898—1978），美国职业拳击运动员，世界重量级拳击冠军（1926—1928）。（译者注）

十五年前，温切尔开始了他作为漫谈专栏作家的事业；从那时起，许多温切尔所尊敬的人都在他的工作中给予过他鼓励。这些名人包括乔治·萧伯纳[①]、西奥多·德莱塞[②]、列奥波尔德·斯托科夫斯基[③]、詹姆斯·J.沃克（James J. Walker）[④]、费斯·鲍德温[⑤]、盖普西·罗丝·李（Gypsy Rose Lee）[⑥]、鲁伯特·休斯（Rupert Hughes）[⑦]、詹姆斯·蒙哥马利·弗拉格（James Montgomery Flagg）[⑧]以及秀兰·邓波儿[⑨]，罗威尔·托马斯（Lowell Thomas）[⑩]还曾帮他写过特约专栏，好让温切尔能够在夏天休假。温切尔从一开始就与纽约的一些最古老、最显赫的家族建立了友好甚至是亲密的关系。这些家族称他为沃尔特，并为他的专栏提供素材。在纽约黑帮势力兴盛时，温切尔是黑帮最喜爱的专栏作家；黑帮分子带他去看职业拳击赛，也为他精心举办各种派对；还有一位黑帮分子曾经送给他一辆斯图兹豪华轿车。一年前，温切尔曾作为贵宾，参加了美国副总统在国会大厦举行的午餐宴；而在那之前几个月，美国总统曾经与他进行了一次长达45分钟的私人谈话，并亲切地拍了拍他的膝盖，说：“沃尔特，我有消息要告诉你。”美国退伍军人团[⑪]曾授予他一枚金质奖章，“表彰其为美国精神所做出的贡献”。新泽西州的莱克伍德市则以他的名字命名了一条大道，以纪念“我们这片土地上为民主事业而斗争的第一位战士”。政府出资翻印了他的爱国主义文章，民主党将这些文章分发给人民大众。温切尔的生命非常宝贵，他的朋友欧尼·马登和乐吉·卢西安诺曾尽心尽力地派遣保镖来保护他，而近年来，保护他的任务则落到了联邦调查局在职特工的肩上，这些特工是温切尔的

① 乔治·萧伯纳（1856—1950），英国剧作家。（译者注）
② 西奥多·德莱塞（1871—1945），美国现代小说的先驱、现实主义作家之一。（译者注）
③ 列奥波尔德·斯托科夫斯基（1882—1977），英国的指挥家、古典音乐改编家。（译者注）
④ 詹姆斯·J. 沃克（1881—1946），于1925—1932年间任纽约市长。（译者注）
⑤ 费斯·鲍德温（1893—1978），美国小说家。（译者注）
⑥ 盖普西·罗丝·李（1911—1970），美国著名脱衣舞明星、演员、作家、剧作家。（译者注）
⑦ 鲁伯特·休斯（1872—1956），美国历史学家、小说家、导演。（译者注）
⑧ 詹姆斯·蒙哥马利·弗拉格（1877—1960），美国画家，创作了山姆大叔这一形象。（译者注）
⑨ 秀兰·邓波儿（1928—2014），美国演员、歌手，20世纪30年代著名童星。（译者注）
⑩ 罗威尔·托马斯（1892—1981），美国作家、播音员。（译者注）
⑪ 美国退伍军人团，1919年成立的美国全国性退伍军人组织。（译者注）

朋友J. 埃德加·胡佛[①]派到他身边的。

如果你仔细审视温切尔的职业历程，你就会清楚地发现，他给张伯伦首相提供建议绝不是一个爱管闲事的家伙在多管闲事，而是一位公众人物为了履行肩上所承担的责任，在深思熟虑后做出的举动（虽然这份责任或多或少是外界强加给他的）。虽然在温切尔给张伯伦发去电报之前，英国一些最聪明的人物可能已经想到，第二次世界大战针对的应该是希特勒个人而不是广大德国人民（第一次世界大战伊始，盟军就曾明确区别过德国皇帝与德国人民），但鉴于温切尔的身份，他的电报很可能被展示给了英国首相，后者阅读之后就颇为尊敬地认可了。

在当时，温切尔无疑是美国最广为人知的名人；唯一能与他匹敌的，恐怕就只有“圣父”了。他生活的大大小小各个方面的几乎所有细节都显得与众不同。成功和公众给予的赞誉并没有使他趾高气扬、目中无人。他天生具有独特的气质和个性，但并不因此感到忸怩为难。他有两个孩子，都以他的名字命名；儿子叫作沃尔特，女儿则叫作沃尔达。他每天早上9点或10点钟左右睡觉，在孩子们吃晚餐的时候及时起床，与他们一同进餐，当然，他吃的是早餐。他上衣的内侧口袋中，放着一本活页小册子，里面装有沃尔特和沃尔达多达20张的照片，另一个口袋中，则装着一把装有子弹的自动手枪。在他大衣的口袋中，还装着另一把装有子弹的自动手枪。尽管从未有人对他开过枪，他也只被殴打过两回，但他总是时刻做着遇袭的防范措施。

《镜报》每周支付给他1 200美元，其中一半的钱来自他的专栏在各大报纸上刊登所得的收益，这笔收益有时一周就多达750美元。此外，他每周的广播谈话节目还能带来5 000美元的收益。正如温切尔在他的专栏中指出的，他把收入的近一半都上交给了州政府和联邦政府。这样，他的年净收入大概有185 000美元，但他的生活依然节俭。他几乎总是同一身装束：外穿一套蓝色西服，内着一件蓝色衬衫，系一条蓝色领带，头戴一顶灰色毛毡帽。他从来不打高尔夫球、网球、羽毛球或者乒乓球。直到去年夏天，他才学习了游泳。1932年之前，他从没看过一场橄榄球比赛。几个月前，他开始学起了伦巴舞，现在对伦巴舞非常热衷。除此之外，他朋友真正见他参与过的消遣放松活动就只有开车兜风了。纽约

① J. 埃德加·胡佛（1895—1972），美国联邦调查局改制后第一任局长，任职长达37年。（译者注）

警察局已经给了他特别许可，同意他在自己的轿车上装配无线电短波接收机，这样，他就可以接收警察总部发给各巡逻警车的无线电通话了。

这个设备成为了温切尔娱乐消遣活动的中心。在深夜，他会和三四个朋友一起，在曼哈顿的街头兜风，有时，像布伦达·弗瑞兹（Brenda Frazier）①和约翰·冈瑟②这样的名人也是他的兜风伴侣。温切尔车上的电台接收到警方的信息，他便迅速赶往事发地点。几乎警方的每次行动都是在抓捕窃贼。偶尔，当他赶到现场时，正及时赶上持枪抢劫或者谋杀，温切尔说那才是“真刺激”。

每晚这样的例行兜风对于温切尔的朋友们来说，可不好受，因此坐在他车中陪他一起兜风的人换了一茬又一茬。名人们几乎参加过一次就不会再参加了。玛娜·洛伊（Myrna Loy）③就在她参加的那次兜风过程中睡着了。能在温切尔的车里睡着并不奇怪，因为尽管纽约警察局允许温切尔安装警笛，但是他知道在清晨使用警笛多么扰民，因此只有在接到听起来特别令人兴奋的警情时才会使用。一天晚上，他就接到一个令人兴奋的警情，于是便鸣响警笛在中央公园西大道上开车飞驰。当他驶近自己所居住的公寓楼时，他关掉了警笛。他对朋友解释道：“我不想吵醒沃尔特和沃尔达。”那天晚上，直到他到达第一百一十大街，他都没有再鸣响警笛。

就友谊这一主题，温切尔写的文章比任何现代漫谈作家都多，但是被他称为朋友的人不超过七八个，而且大多是新朋友而不是老朋友。他曾经写道：“与人相处的最佳方式，即永远不原谅敌人，也永远不忘记朋友。”但是，他曾经至少与一个公开谴责过他的人和另一个打过他鼻子的人冰释前嫌、言归于好。相反，他也因为在自己的专栏发表关于朋友的负面消息，而失去过许多朋友。他曾为自己的这种做法辩解道：“我从没有失去过一个我想挽留的朋友。”有几次，朋友们指责温切尔背叛友谊，温切尔说：“我知道，我就是个讨厌的家伙。”他的一些朋友接受了这样的解释，并与他保持了友谊，而另一些则将之视为蹩脚的借口，与他分道扬镳。

当我让那些没有与温切尔中断友谊的人来形容他们的这位朋友时，他们常

① 布伦达·弗瑞兹（1921—1982），蒙特利尔银行总裁的后代，美国名媛。（译者注）
② 约翰·冈瑟（1901—1970），美国记者、作家。（译者注）
③ 玛娜·洛伊（1905—1993），美国女演员。（译者注）

常会露出困惑的表情。“他是个了不起的家伙！”其中一个人在想了好一阵子之后，脱口而出。另一位则热情洋溢地说：“他不是一个人，他是一个专栏。”几乎温切尔的这七八个朋友中的每一个人都会告诉你，他们曾经被温切尔专栏中关于自己的文章伤害过。其中一位朋友与温切尔的关系非常亲密，以至于温切尔允许他把小沃尔特放在膝盖上逗弄。正当他逗着小沃尔特玩的时候，温切尔告诉他，第二天温切尔的专栏将发表一篇文章，内容会令这位朋友感到难堪。“我就是这么个讨厌的家伙。”温切尔解释道。他使用了委婉语，因为当时小沃尔特正在天真地把玩那位朋友的背心纽扣。那位朋友开始还抗议了一下，后来就默认地点了点头。他没有与温切尔断绝朋友关系。温切尔在新闻报道方面非常正直诚恳，他对读者大众负有的责任使他在遇到一个“好素材”时，会击败他对朋友的一切感情。

几年前，当温切尔想挽留的一位朋友在一起交通事故中丧生时，温切尔发表了一篇悼词，如果他在其中没有抒发他对这份友情的忠诚的话，那他至少表达了他对这份友谊的现实意义的感激。“什么！”他写道，“像我这样的人，不能失去像唐纳德·弗里曼这样的朋友！他是少数几个与我相像的人，也是第二位向我伸出援手，把我拉进新闻天堂的重要的杂志社编辑。而那还是1927年发生的事情，我当时还在为全城都看不起的一家小报社《夜间图片报》（*Evening Graphic*）工作——那简直是几百万年前的事情了！可怜的唐，他正开着车去看望他的母亲和姐姐，结果出了车祸，现在他已经离我们而去了。我会怀念唐纳德·弗里曼，怀念他在我需要时给予我的精明的建议……”弗里曼先生生前是《名利场》（*Vanity Fair*）杂志的总编辑，该杂志曾在1927年和1928年发表过温切尔的一些文章。

即使温切尔没有发现什么能够诱惑他损害自己与朋友间友谊的杂谈轶事，他也会想出一些令朋友们不悦的素材，并就此发表一些文章。温切尔与朋友们之间的友谊很少逐渐冷却直至彼此漠不关心。如果他觉得双方的友谊正在失去刚开始时的热情，彼此的好感都有所减少的话，他就会趁着这份友谊尚存温暖时首先采取行动，先发制人。“我让他尝尝厉害。”他这么形容自己的做法。温切尔曾经和一位名叫卢修斯·毕比的专栏作家私交甚好。后来两人友谊破裂，但毕比先生从来都不知道到底发生了什么，他猜想温切尔一定认为当时发表在另一家报纸［不是毕比所在的《先驱论坛报》（*Herald Tribune*）］上的一篇署名为“L. B.”对温切尔的小批评是个麻烦。尽管毕比不知道这位署名“L. B.”的作者是谁，但无论如何，温切尔还是发表了一系列对毕比非常不友好的文章。另一次，温切尔断定另一位好友，也是一位专栏作家，对两人的关系开始疏离了，他就让这位朋友尝到了厉害。结果这位朋友采取了“厚脸皮”战术，用哲学的态度对待温切尔的攻击，并没有予以回击。几个月过去了，温切尔感到很困惑。最终，两人在一家夜店中见面了，温切尔大度地建议双方重归于好。“你干得真漂亮，”他告诉这位朋友，“你在生我的气时却没有打击我，我对此很欣赏。”

温切尔处理友谊时的实用现实主义倾向在他处理其他随意的人际关系时也有所表现。在日常对话中，他喜欢谈论他自己，或者听一些能运用到他的专栏中的东西，对其他内容，他一概不感兴趣。作曲家理查德·罗杰斯（Richard Rodgers）[①]曾在棕榈海滩[②]与温切尔有一次美妙的相遇。当时，罗杰斯正在海滩上和一些同伴谈论自己在制造业的投资项目，这时，温切尔恰巧路过，便加入了他们。罗杰斯与温切尔并不是很熟，为了能让温切尔听明白，他礼貌地开始为温切尔总结这场被打断的交谈的中心话题。可是，罗杰斯话才说到一半，温切尔就把一只手举到了罗杰斯的脸旁，说：“不用了，不用了。”罗杰斯感到很不解，他不确定地小声问道：“你指什么？”“这对我的专栏无益。”温切尔解释，随后就沿着海滩走了。罗杰斯后来还是继续向同伴们解释完了他在制造业的投资，但是，正如他所说，自从听了温切尔的话以后，他的心思早就不在这个话题上了。

当温切尔在谈论自己的时候，他要求他的每一位听众全神贯注地聆听。詹姆斯·坎农曾经是位体育专栏作家，也是温切尔最亲密的朋友，一天晚上他正和女朋友在一家餐馆用餐，这时，温切尔加入了他们。温切尔开始谈论他自己，他一连说了十分钟。坎农开始猜想他的女朋友是否想要再喝一杯酒，于是，他虽然眼睛紧盯着温切尔的脸，装出十分专注的样子，却用嘴角快速地对他的女朋友说：“亲爱的，你想喝点什么吗？”听到这句话，温切尔说到一半，突然停了下来，他抓住了坎农的胳膊，责备道：“吉米！你没在听我说！”

温切尔相信所有人每天都在阅读他的专栏，他的这个想法也不无道理。如果他在交谈中想要提及他写过的内容，他会说：“关于布鲁克林间谍恐慌的那篇文章。听着，周四晚上我打电话给胡佛……”诸如此类。有一回，温切尔的一位朋友承认自己没有阅读某个周二的专栏内容，温切尔就真诚地询问他周二那天是

① 理查德·罗杰斯（1902—1979），美国作曲家。（译者注）
② 棕榈海滩，一个位于美国佛罗里达州东南部的富人密集的住宅区。（译者注）

否生病了。还有一次，另一位朋友在结束国外之旅后返回了纽约，他说："我的老天，沃尔特，我真的太怀念你的专栏了。我整整两周没有读它了。""没关系，"温切尔说，"你明天可以到《镜报》办公室来阅读那些文件。"

许多人在餐馆或者夜店中第一次与温切尔见面后，都会感叹说："要我说，他不像人们说的那么坏！"这是可以理解的，因为温切尔的个性特别使人着迷。他的脸很瘦，脸上充满了警觉，像猎狐梗犬一样有种探求的敏锐表情。他的双眼又蓝又冷。他总是生机勃勃、动个不停，你简直无法想象他休息的样子。他的精力非常充沛，当你看到他尽情地燃烧自己的能量时，会感到既振奋又感动。尽管他说话的内容可能并不有趣，但他说话的声音以及方式总是为那些内容注入活力，使听者兴奋激动。他有一位朋友很爱造些新词妙句，这位朋友称温切尔是个"令人激动的无聊家伙"。当温切尔不在谈话时，他会身体前倾着坐着，头不自然地仰起，态度机警。他会像爵士乐音乐家那样，用鞋跟在地板上快速敲打，目光不停地在屋里徘徊，双手则在桌布上、衣领上下或者口袋内外漫无目的地摸索。当他和另外9到11人在林迪俱乐部或者史托克俱乐部这样的地方聚会时，他会心不在焉地做出听大家聊天的样子，但这就足够了。如果大家提到的什么内容能够成为他专栏的素材，他就会说："我可以利用这个。"然后掏出一支铅笔和一个笔记本，将这内容记下来。他所具有的责任感远远超过了普通记者们的责任感，所以他经常随身带着一个笔记本，而不是几页复印纸。他是个左撇子，这让他在写字的时候显得尤为紧张和吃力。他总是显得很饿，因为他总是想吃东西。对于像他这样充满活力的人而言，这是一个讨人喜欢的特质。一个人很可能毫不自私地给温切尔一些吃的。

温切尔在一些方面很正直，也有自己的一套行事准则。他的想法和他的行为一样古怪。他对自己的行为一点儿也不感到羞耻。他有时会把他的专栏作为私人报复的工具，但他用专栏实施打击报复时，就像一个洞穴人挥舞着棍棒一样直截了当、毫不遮掩。当他想起自己在专栏中报复一个曾经怠慢或者侮辱过他的人时，他坦率地说："三天后，我就让他尝到我的厉害。"他天性好斗，并且总是在战斗，他天性不爱赔礼道歉或者阿谀奉承。他像孩子般对自己的成功感到骄傲，并且坦率地承认这一点。他完全知道自己专栏中的一篇文章可能对一个他无意伤害的人造成非常大的打击。他的态度似乎在慢慢变得柔和。这个过程就像花岗岩老化，认识他多年的人都能感觉到他身上的这种变化。最近，当有人向他指出他的一篇文章给别人造成了痛苦的后果时，他真真切切地感到了苦恼，他真的和那些他伤害了的人有点感同身受了。他对于事情的这种态度是基于这样的认识，即这些文章出现在他的专栏中就像命中注定那样无法避免。他会激动地问："我能怎么办呢？那确实是篇好文章，不是吗？"就这样，他继续发表有关那些还没有申请离婚的夫妇的婚姻状况的小道消息，毫不犹豫地暗示当地某些男居民的同性恋倾向，也会时不时地报道那些原本不会公开的未遂的自杀。他相信，如果一件事情是真的，哪怕有一半是真的，那它就是他的专栏的素材，无论这件事情多么私密或者私人。当然，他的这条规定也有个例外。他声称如果自己知道一对夫妇婚姻幸福的话，他从来不会故意报道这对夫妇的婚外情。温切尔最忠实的仰慕者特别指出了这一点，认为这就是温切尔的慷慨和正派的体现。

温切尔确实见到过已婚男女在夜店中和其他异性打情骂俏，但他没有将这些信息公之于众。因为，他知道或者有人告诉过他，当事人的婚姻看上去挺幸福的。如果他知道或者有人告诉他，当事人的婚姻已经摇摇欲坠了，那么他认为公布此人在外与其他异性嬉笑调情的事情也就无可厚非了。当然，有时他恰巧不知道或者恰好没有人告诉过他那名当事人已经结婚了。当一则类似性质的文章出现在他的专栏中，并对当事人造成了伤害时，他会这样替自己辩解："你们不能指望我什么事情都知道。"当温切尔知道一则消息可能会破坏一对夫妇幸福的婚姻时，他就会对此消息秘而不宣，但他这么做纯粹是出于个人原因。"我是个已婚男人，"他说，"如果有人报道了我和一位女士出去约会的消息，我该何去何从呢？"

温切尔有时还会努力与一些当事人确认他写的某篇文章是否会对他们造成伤害。这些人多少要属幸运的，他们通常是温切尔见过的并且不反感的、相对杰出的人物。有时，温切尔的秘书会打电话给这些人，她会做个自我介绍，并且给予对方适当的保证，例如她会说："我们理解您对某件事情感到有些生气。您反对我们将此事发表出来吗？"如果温切尔认为这位名人的反对理由正当合理，那么他就会和秘书解释此事，而这篇文章也就不会发表了。在这种情况下，当事人就会对温切尔抱有某种感激之情，同时也会隐约感到不安。有时，即使有人要求温切尔不要发表某篇文章，但温切尔认为此人的要求是无理的，那么无论如何，他还是会发表那篇文章的。在这种情况下，他往往会在事后指责这位当事人，说他妄图利用自己作为新闻工作者的职业道德。温切尔努力用这种方法使自己文章既精确又公正，但很多次结果都令他感到失望。经常，在他写文章说某对夫妻毫无征兆地提出了离婚申请之后，这对婚姻即将破裂的夫妻双方都会否认他们即将分手的事实，并说服他不要发表那篇文章。对此，温切尔抱怨道："你试图光明磊落地对待他们这样的人，但是他们却向你撒谎。这让我非常气愤。"

尽管温切尔对自己文章的精确深感自豪，但他仍然害怕别人会控告他诽谤，也不愿意为他专栏中或广播节目中有损别人名誉的内容做出经济赔偿。几年前，温切尔曾在一个广播节目中提到，有一位木匠坐在一根树枝的一端把那根树枝给锯断了，之后就有一位愤怒的木匠起诉他诽谤，称温切尔损害了他的职业声誉。温切尔的赞助商要求他与他们共同承担律师费、诉讼费以及给木匠的一小笔和解费，但是温切尔不愿意这么做。他要求在他的广播节目合同中加入一则条款，要求如果他因为节目原因遭到听众的诽谤诉讼，赞助商们必须为他辩护并在必要时解决纠纷。赞助商们后来屈服了。随后，温切尔要求《镜报》也在与他的合同中加入类似条款。《镜报》同意了他的要求。此后，只有三四个人会因为温切尔的言论像那位木匠一样生气，指控他诽谤。

温切尔在家中写他的专栏并准备周日晚间广播节目的手稿。他雇用了两名秘书，在《镜报》的一间办公室内工作，而他本人很少去那间办公室。他通常都是通过电话与秘书们保持联系的。晚上6点左右，他的专栏会交付印刷，这时他才刚刚起床，如果文章有什么需要修改之处，他会打电话给秘书做最后的调整。然后他就会开始写第二天晚上将要刊印的专栏文章。晚上6点左右，一位邮差会将他的信件送到他手中；他的信件内容丰富，涵盖各种话题，他专栏文章的大多数素材都是取自这些信件。他会花上好几个小时阅读信件，并从中选择他将要用在专栏中的素材。在这段时间内，他会隔绝一切外界干扰，而他的秘书们也只会在紧急情况下才会打电话给他。他会在自己想回复的信件上草草写下回复，然后把这些信件送回《镜报》办公室，由他的秘书们在第二天进行处理。他不会为这些素材支付费用。

除了史托克俱乐部，温切尔再也不常去夜店了。史托克俱乐部对他来说就是一间在外的办公室。几乎每晚，他都会在11点左右到达那里，那时他已经为自己的专栏准备好了主要内容。他一般会在史托克俱乐部待到第二天早上四五点。之后，他会开车兜一会儿风然后回家，写完他的专栏，把文章送到《镜报》办公室，在上午9点或10点钟左右睡觉。在他睡觉时，他的专栏会被打印出来，校稿会被送到赫斯特集团旗下的国王影像辛迪加进行编辑，然后发给外地的各大报纸。温切尔毫无异议地接受对他文章的编辑。《镜报》雇用的一位律师也会阅读校稿，他会修改或删除一些他认为可能会带来诽谤诉讼的内容。

在史托克俱乐部，温切尔会接那些他想接听的电话，并亲自接见一些总想见他的人，这些人中有名人、政客，也有对劳动条件颇有怨言的歌舞团女演员。有时，他在史托克俱乐部的理发厅里接见他们，有时就在俱乐部入口处的一张桌子处和他们见面。当温切尔在那里的时候，只有他愿意见的人才能走进那间理发厅。理发厅是俱乐部隔壁的一个统间式建筑，有两个入口——一个位于建筑的正面，另一个则是与俱乐部相连的走廊。在俱乐部里，他像老板那样使唤侍者们，尽管多年来一直有流言说他拥有俱乐部的一部分股权，但他否认了这一点。温切尔的朋友，也是俱乐部的老板谢尔曼·比林斯利证实了温切尔的话，他补充说史托克俱乐部的成功与温切尔经常在专栏中提及它息息相关，因此他很感激温切尔，对他自然也很友善。然而，当比林斯利得知温切尔在最近的文章中，不顾念两人的友谊以及比林斯利已婚的事实，将自己的名字与一位音乐喜剧女演员纠缠在一起时，比林斯利当着同桌的伙伴们的面愤怒地叫道：“（温切尔）那个卑鄙小人！”但是，在当晚他见到温切尔之前，比林斯利还是控制住了自己的愤怒。

温切尔与三四名朋友坐在一张桌子上（他的保镖可能就在不远处），他会听一位来自大西洋城的“改革家”说话，这人相信只有得到温切尔的支持，他那个度假胜地的计划才能成功；或者他会听一位歇斯底里的崇拜者，踮着脚尖仿佛在发表演说一般在说：“沃尔特，我想和你握手。我认为你是个伟人，也是美国最宝贵的公民。”这时，温切尔会和他握手。温切尔经常受到类似的赞颂。许多人愿意在史托克俱乐部坐上好几个小时，等待温切尔的到来，那样他们就能有机会当面赞扬他了。许多人都是真挚诚恳的，不带任何私人目的。温切尔很享受人们对他的热情赞颂，但是偶尔，一位崇拜者会在鞠躬离开时突然想到要介绍自己说：“我是一名男高音，名叫某某。”或者“我本周在‘勒夫之国’俱乐部有歌舞表演，我叫某某。”这时，温切尔的兴致就会大减。温切尔不喜欢这样的阿谀奉承，也从不会在自己的专栏中提及这些人以示回报，甚至连关于这些人的负面报道都不会写。当然，史托克俱乐部中也会有些胆大之人，比如一天晚上温切尔正在吃晚饭，一位初进社交界的女子突然来到他身边，抢走了他手中的面包，故作害羞地说“打个赌”，就悄悄溜走了。那天晚上，温切尔与《邮报》（*Post*）漫谈专栏作家伦纳德·莱昂斯的文学关系将被公之于众。他们两人的关系堪比康拉德与斯蒂芬·克莱恩之间的父子般的情谊。莱昂斯是温切尔的一位门徒，而不是竞争对手，因为《邮报》是一份晚报，他的题为《莱昂斯小窝》的漫谈专栏也是由赫斯特公司统一分配给各家报纸的。这天，莱昂斯不知从什么地方悄悄冒了出来，说："沃尔特，我能让你帮我看看一则笑话吗？""好的。"身经百战的温切尔说。莱昂斯随后就会说这是他准备明天写到专栏中与读者们分享的一则笑话。如果温切尔认为这则笑话老套或者乏味，他就会建议莱昂斯放弃它。否则，他就会再次说"行"，莱昂斯就会开心地回到他的工作中，从一个桌子跑到另一个桌子，寻找轶事和笑话。

纽约的媒体将温切尔誉为"百老汇最伟大的作家""百老汇的男朋友""偷窥小男孩"和"百老汇诗人"。温切尔本人最喜欢最后一个。他的朋友们有时叫他"大脑"或者"国王"，这两个称谓在他眼中难分伯仲。他在很多方面都很像一位国王，但在其他方面又与国王大相径庭。埃德蒙·伯克（Edmund Burke）①曾经断言"国王天生都喜欢与下层人为伴"。他的主要论据是，国王的地位至高无上，即使与仅次于他的权贵们之间的差异都非常悬殊，这使得在国王的眼中，所有非国王的人，无论身居高职还是微如蝼蚁，都没有太大差异。据伯克所言，国王更讨厌身居高位的权贵们，因为这些人对他的行为负责，对他的缺点表示不满，并试图让他改过自新。因此，他喜欢那些讨好他、取悦他的身份低微的人。尽管许多显赫的人物都对温切尔趋之若鹜，但温切尔经常在凌晨一两点钟时摆脱他们，转而与平凡的报纸记者和默默无闻的剧院人员们一起交谈共饮。他与这些人在一起的时候感到更放松。另一方面，国王们历来喜欢丢掉自己的公共身份，微服私访。就连总统们也有类似的弱点。威尔逊和柯立芝都曾经从特勤局人员的眼皮底下溜走，享受微服出行的乐趣。即使温切尔产生过这样的冲动，他也坚决地压抑住了它。他似乎丝毫不想逃离自己的身份。每次他在冬天前去迈阿密海滩度假时，总是会住在洛尼广场酒店，因为那里的人都认识他。多年来，他都在纽约的夜店或者餐馆中度过自己的暑假。两年前，他的妻子说服他在韦斯切斯特县②购买一栋房子，他挺喜欢这处乡村，但他还是每天白天拉上遮光窗帘，躺在开着空调、保持阴暗的度假屋里呼呼大睡，而每天晚上无论有没有公事要做，都

① 埃德蒙·伯克，爱尔兰的政治家、作家、演说家政治理论家和哲学家，他曾在英国下议院担任了数年辉格党的议员。（译者注）
② 韦斯切斯特县，美国纽约州的县，在纽约市北面，富人聚居区。（译者注）

会回到纽约城里。偶尔，当他在午夜后和朋友们开车兜风时，会将微服私访反过来玩，目的就是看看在较为偏僻的公共场所，人们要花多久才能认出他来。几乎在纽约的任何地方，不出几分钟就会有人认出他来。如果人们没有认出他，他通常会对一位酒吧服务生或者服务员说："我是沃尔特·温切尔。"这很快就会在此处引起骚动，但温切尔很快就会离开。

不久前，温切尔和一位朋友曾途经韦斯切斯特下城区一家朴素的街边餐馆，并进去喝了杯咖啡。当时，柜台后面只有一位懒懒散散的女孩在工作。她没有认出温切尔，并且不怎么友好地打量着他，显然她只把他当成了一个前来买咖啡的人。温切尔咖啡喝到一半，对朋友使了个眼色，就开始与女孩攀谈起来。

"你看《镜报》吗？"他问道。

"不，"她说，"我看《新闻报》。"

"你听广播吗？"

"有时听。"

"那你听说过本·伯尼（Ben Bernie）[①]或者沃尔特·温切尔吗？"

"没，"女孩说，"其实我喜欢夏威夷音乐。"

温切尔和朋友没再说什么，之后两人离开了餐馆。当他们坐进汽车里时，温切尔说："你能想象那个女孩竟然这么傻吗？"后来，他们就继续上路了，在路上温切尔突然说了一声："哈！"朋友问他想说什么。温切尔说："我刚刚只是在想那个傻姑娘。你能想象她那么孤陋寡闻吗？"

（侯凌玮　译）

① 本·伯尼（1891—1943），美国著名爵士乐小提琴家。（译者注）

20世纪

ZUI SHAONAO DE FANZUI GUSHI

50年代作品

彼得·罗杰·欧比的最高音

随着参议院军事委员会对军种间竞赛的调查愈益深入，我开始感觉到这次调查最终会一路追查到我这里来。许多仍活跃在军中的人——海军、空军、陆军，以及一些当时的内阁成员——都知道我在二战期间做的那件事，并且还对之印象深刻。我相信，他们中的某个人，随时有可能把这个秘密披露出来。那时，我的命运将会再次落入我上级的股掌之中。很多个晚上，我都在想等我收到传票后，开始为自己辩护时会是怎样的情景。例如说，它或许会是这样：

“你在民事生活中的职业是什么？”

“作家，多数时候是记者，法官。”

“你的年龄？”

“53岁。”

“1945年5月18日晚上你在哪里？”

“马里亚纳群岛，在关岛上。”

“担任何种职务？”

“我是柯蒂斯·E. 勒迈上将指挥的美国陆军飞行部队第二十军第二十一轰炸机联队的首席新闻检查官和首席公共关系官。我们当时正在轰炸——正在轰炸日本。”

“勒迈上将之后担任过战略空军参谋长，目前是空军副参谋长？”

“是的，法官。”

“你在关岛时的军衔是什么？”

“中校。”

“该军衔的徽章是一片银色叶子？”

“是的。”

“那么，据你所知，海军上将切斯特·威廉·尼米兹当时是否也在关岛？”

“是的，他在岛的一边，住在一栋配有花园的新房子里；而我住在岛的另外一边，在一个旧帐篷里，与一个躲在地板下面的六脚蜥蜴为邻，而那个地板曾是……”

“那不重要。尼米兹上将在关岛的职务是什么？”

“他是美国太平洋舰队总司令以及太平洋战区盟军总司令。”

“换句话说，除了担任舰队的司令官，他也是关岛所在区域的作战指挥官？”

“正是。”

“他的军衔是？”

“那时他是海军五星上将，和陆军五星上将——像是麦克阿瑟或是艾森豪威尔平级。”

“你指的是前盟军西南太平洋战区，后来包括朝鲜半岛在内的战区总司令，以及现任美国总统、美国三军总司令？”

“是的，法官。”

“我们回到尼米兹上将，他当时军衔配用的徽章是？”

“五颗星星。”

“那么，在我说到的那个晚上，你是否向五角大楼发送过一封官方电报，并在电报中提到了尼米兹上将？”

“是的，法官。”

“实际上，你在这封电报里面针对他做了一项指控？”

“是的，法官。”

“以何种罪名？”

“叛国罪。”

“你可以重复一遍吗？”

“我指控他犯了叛国罪。”

“你明白你已经当庭宣誓？”

“是的。”

“你基于何种理由指控尼米兹上将犯了叛国罪？”

“基于他为敌军提供帮助和便利。”

“以什么方式？”

“通过一系列行为，这些行为在我看来会拖延对日战争，并且使海军，而非第二十军第二十一轰炸机联队的B-29战斗机群，看上去对战争结束负主要责任。”

“你现在仍然是一名中校吗？”

“不，法官。”

“你被军事法庭审判过吗？”

“没有，法官。”

“尼米兹上将呢？”

“没有，法官。”

“你曾因有伤荣誉的原因被解职吗？”

“没有，法官。”

“你曾因健康原因，无论身体上的，还是精神上的理由被解职吗？”

“没有，法官。”

“你接受过惩戒吗？”

“没有，法官。”

“你可能接受过命令吗？”

“没有收到过举报尼米兹的命令。没有，法官。”

“但此前你曾得到一次表扬？”

“是的，法官。”

“因为什么？”

“因为我在处理第二十一轰炸机联队公共关系事务中的优异表现，以及帮助联队与太平洋地区海军良好相处。”

“谁为此表扬了你？”

“美国参谋首长联席会议成员，空军第二十军司令，美国陆军飞行部队司令亨利·H. 阿诺德将军。”

“只需要回答我的问题。”

“好的，法官。”

“你是否被授予过勋章？”

“没有，法官。很多年后勒迈将军告知我，在那个晚上的前两天，他曾建议授予我功绩勋章，但这个建议被总部否决，因为这可能看上去像是因为我指控了尼米兹将军而被授勋。”

“另一方面，尼米兹上将因他在对日作战中做出的贡献被授予多枚勋章，是否如此？”

“是的，法官。包括海军杰出贡献奖章（四次）、陆军杰出贡献奖章、海军十字勋章、菲律宾勇士勋章、大不列颠巴斯勋位大十字勋章骑士、尼德兰奥兰治-拿骚勋位大十字勋章骑士、法兰西共和国荣誉军团勋章大军官、比利时棕榈十字及皇家大十字勋章、阿根廷解放者大十字勋章。”

“在发出那封电报后，你曾被要求向尼米兹上将道歉，或是收回那项指控吗？”

“没有，法官。”

“在那之后你还继续正常履职吗？”

“是的，法官。”

“在哪里？”

“五角大楼。”

“是否可以说，你发出那封电报的行为，至少导致你被免除军职并被召回到华盛顿？”

“恐怕不可以，法官。”

“能够解释一下吗？”

“是的，法官。你看，在事发前几周，诺斯塔德在从华盛顿去往关岛的途中已经和勒迈将军讨论过，安排我回华盛顿担任一个短期职务。他希望我在五角大楼的空军第二十一军公共关系部门工作一段时间，因为他认为我的海外经验能给那里其他的员工带来帮助，他们多数从来没有走出过弗吉尼亚的亚历山德里亚。当时对我的任命已经下达，我的工作指令已经切断，尼米兹总部的海军空运服务中心已经为我安排了1-B的空中运输优先级。但是勒迈命令我原地待命，直到我们对日本的系列轰炸结束。事发那天晚上，我们距离这一系列空炸的结束已经非常近。”

“你说到的‘诺斯塔德’，指的是四星上将劳里斯·诺斯塔德将军，即现任欧洲盟军最高司令，美国欧洲司令部总司令或北约组织欧洲盟军总司令？”

“是的，法官。你看，整个战时我差不多是从一个空军上将手下调去另一个的手下；他们都称呼我为麦克，我也在某种程度上感到与他们很熟悉。我甚至对那些我从未见过但常听说的将军抱有类似感觉。”

“好的。诺斯塔德将军那时的职务和军衔是什么？”

“空军第二十军参谋长，在亨——在阿诺德将军的领导下。诺斯塔德那时只是一名准将。”

“在那封电报发出之后，勒迈将军不希望你再为他工作了？”

“他的表述是‘再见，麦克’，但是我相信他不愿意让我留在那里。事情会变得尴尬，我会需要参加由尼米兹主持的媒体发布会，但是无论如何五角大楼已经要求勒迈敦促我的任命生效。我关于尼米兹的报告在五角大楼和关岛流传之后不久，五角大楼就下达了命令。”

“那份报告在关岛进行了流通？尼米兹上将也看过那份报告？”

“第二天一早，法官。那份文件就被送到了他的桌子上。为了确保和海军的密切合作，我们的行政文件副本会被自动电传至尼米兹的总部。”

“你把这个文件叫作行政文件？”

“嗯，它并不是一份作战文件。”

“你以何种优先级和交通方式返回华盛顿。”

“1-A，航空运输服务。”

“你说什么？”

“尼米兹的海军空中运输中心在我指控尼米兹叛国之后将我的优先级从1-B调整至1-A。”

“当你返回华盛顿之后，是否在诺斯塔德将军的办公室工作？”

“是的，法官——那时候，一个从超长海外服役归来的军官通常都会得到一个三十天的假期和一个这样的岗位。”

“你有多长时间在海外？”

“在印度、缅甸和中国一共十七个月，在马里亚纳群岛六个月。”

“你在哪里度假？”

“在纽约。我在丽思酒店有一个小的套房，利用白天的时间以《和B-29在一起的记者》为标题为《纽约客》写了四篇长文。”

“战前你就曾为这家杂志社工作？”

“是的，法官。”

“在这些文章中你讲述了自己通过一封公务电报向五角大楼指控海军上将尼米兹叛国的事？”

“没有，法官。”

“为什么？”

“我很快从关岛回到美国，当我向诺斯塔德报到时，他告诉我：‘现在，麦克，就我们所关心的，这件事从未发生。它将被遗忘。我们对你只有一个要求。那就是，对这件事保密。绝密。’”

“所以这件事至今为止都未曾公开？”

“没有，法官。但是，那份电报并没有被我归入‘绝密’。我只把它归档为‘秘密’。”

“你是如何做的？”

“用我的‘秘密’章在上面做了标记。”

“明白。那么，在你假期结束之后，你在诺斯塔德的部下任职多久？”

“不到两个月。即使在广岛之前，战争也已经接近结束，我有充分的理由离开，所以我问诺斯塔德我是否可以申请离任。他说我可以。”

“那段时间，或任何其他时间，他是否和你讨论过关于尼米兹的电报？”

“从来没有。当我要前往亚特兰大的复员转业中心时，他和我握手，对我说：‘麦克，祝你好运。你知道，麦克，你是一个愿意为原则而死的人，但我希望你永远不被置于那种境地。’那时我比现在更感性，法官，所以我把这句话记在一个小笔记本中，那个笔记本我以前一直放在我那件艾森豪威尔夹克的胸前口袋里。其中，也有我在关岛期间不时记下的有关海军阻碍B-29项目行动的笔记。”

“你还保留着那本笔记吗？”

“没有，法官。后来我把它扔掉了。”

“好的，那么那封电报是否在五角大楼的存档中？”

“应该是的，法官。我回到华盛顿之后看到过一个它的副本。”

“你是否保有一份副本？”

“没有，法官。我想要一份来缅怀，但它被重新进行加密为‘绝密’，而且我最近被告知，它的所有复印本都被密封并标上‘只在被明确许可并在空军司令在场的情况下可打开’。”

“那么，在写那封电报的过程中有任何个人和你合作吗？”

“没有，法官。我自己在我的帐篷里将它打印出来，然后我的两名中士仅仅用很短的时间把它送去了信息中心。而实际上，直到关岛时间凌晨两点过后我才让它发出去。”

“选择在那个时间发出去有什么特别的原因吗？”

“是的，法官。那意味着它将在东部夏令时的早上八点左右开始从五角大楼的电传打字机中打印出来，那个时候，各军的上将们也正准备开始他们一天的工作。”

“在那份电报被发送之前，有任何军官在背后支持你传送它吗？”

“没有，法官。”

“那份电报大概多长？”

“我印象中大概刚刚超过三千字。”

“现在，你能否精确地向我们说明如下问题：你是如何做出这一针对尼米兹上将的指控的，你做出这一指控的依据是什么，以及你是如何在除你的两名中士及信息中心的电传操作员外无人看过这份文件的情况下，通过官方无线电从关岛向五角大楼发送了这样一封超长电报的？”

“这说来话长，法官，并且有一些复杂。”

“请你尝试用自己的话把它讲出来。”

“我已经在若干场合尝试过这样做，法官，但是从未成功地把整个新闻讲出来或者用笔记录下来。我手中现在有一份手稿，是我开始就这一主题写的书的开头部分。不知道我是否可以把它读给你听，法官？不过，它主要是关于我自己的。”

“你认为它和当下的审问相关吗？”

“是的，法官。因为我认为除了我，不会有人对尼米兹上将进行叛国罪的指控，因此，为了理解我是如何做出这一决定的，我觉得你有必要对我进行了解。”

“我们只有一周左右的时间来听你的证词，但是我们想看看你的这份手稿是如何说的。继续。”

“谢谢你，法官。下面是这份手稿：

“‘一切又清楚地浮现出来。如果不是“彼得·罗杰·欧比”的存在，我想尝试用无情的细节去阐释我在二战中担任空军军官这段不寻常的职业生涯的高峰，以及是什么导致了这一高峰会是尴尬甚至是痛苦的。“彼得·罗杰·欧比”是战时我的上级称呼我的代号。它自然是一段在军中使用的字母代码，代表P. R. O.或公共关系官员[1]。然而，对我而言它更多的是一个化名或别名，是一个指向我这一新的有些奇怪的身份的标签，而我已经被说服进入这个或多或少与我性格相抵触的身份。“阿诺德致扬特转彼得·罗杰·欧比。” 1942年，巴顿 · K. 扬特少将指挥下的飞行训练指挥中心在得克萨斯州沃斯堡市总部收到的电报上这样写道。这些电报立即被送来放在我的桌子上，它们是写给我的。那时我是一名上尉。“乔治致亚历山大转彼得·罗杰·欧比。”1943年，从哈罗德 ·L. 乔治在华盛顿的总部发至阿萨姆邦，给空军运输指挥中心印度—中国分部的爱德华 ·H. 亚历山大将军的电报上这样写道。在新德里和加尔各答，电报上写着“阿诺德致斯特拉特迈耶转彼得·罗杰·欧比”，而当我在史迪威的后方指挥部担任代首席公共关系官时，有时这些电报上写着“马歇尔致史迪威转彼得 ·罗杰 ·欧比”。那时，我是一个少校，但比我是一个上尉时感到更加困惑。在锡兰，电报上写着“C. C. S”——这是指联合参谋长会议，“致蒙巴顿转魏德迈知会斯特拉特迈耶转彼得·罗杰·欧比”。最后，在马里亚纳群岛，当我是一个中校时，电报上写着，“诺斯塔德致阿诺德转勒迈转彼得·罗杰·欧比知会尼米兹”。随着战争的进行，我觉得自己越来越不像自己，而越来越像是彼得·罗杰·欧比。直到今天，当我回忆发生过的一切时，我觉得好像那些事情都发生在彼得·罗杰·欧比身上，而不是我。这个故事更像是关于彼得·罗杰·欧比，而不是我自己。某种意义上，我为他工作。

“‘自1933年，我一直平静地用一台无声打字机为《纽约客》杂志撰文，如果不是一位我从未听说过的空军大将阅读并且认同了我在1942年为《纽约客》写的一篇文章的话，我永远不会成为一名空军军官。那篇文章出现在那本杂志的第一页，栏目名称是《城中巷议》，小标题是《记录及评论》，这位上将坐在得克萨斯州沃斯堡市干净整洁的总部办公室里，阅读了这篇文章。他派来密使问我是否愿意接受一个上尉的任命，去帮助空军解决它的公共关系问题。因为不知道怎么拒绝，我接受了这个邀请。这或许说明一个作者应该注意他写作的内容，特别是在战争时期。

① 在英文中“彼得·罗杰·欧比”和公共关系官员的首字母缩写都是PRO。

“‘如果我们把记忆或时间回溯到1941年12月7日，在日军轰炸珍珠港之后的最初五到六个月——特别地，回到1942年5月的某一天，当整个国家和其人民都被动员，并意识到对日战争将要爆发时，就可以更加容易地理解那篇导致我加入空军的文章。也是在那天，消息最终披露出来，詹姆斯·H. 杜利特尔准将和几个陆军飞行员从海军航母起飞，轰炸了东京。相关的流言已经传播了几个星期，日本的电台也已经播放了他们关于这个新闻的版本，但是华盛顿政府还没有发布任何确定性的消息。在阅读那天的报纸时，我和别人一样对这则消息感到高兴，但是对这则消息被发布出来的方式感到不满。很明显因为安全原因，这件事的披露被延迟了一段时间，但同样明显的是，因为和安全无关的原因，这次披露被拖延了更长的时间。我把自己有关这件事的反思写下来（使用了社论式的主语“我们”），经过改写最终形成了下面几段话——也就是那位空军大将在得克萨斯读到的几段话：

“‘“我们，也许和其他每个人一样，饶有兴趣地在上周的报纸上读到这则消息，是吉米·杜利特尔这位资深的高速飞行员在上个月领导了对日空袭。因此他在白宫被授予了一枚奖章，这被报纸称作‘一次令人惊喜的典礼’。即使是杜利特尔夫人，据《纽约时报》报道，之前也并不知道自己为什么被召去白宫。她一直以为她的丈夫处在战区，直到她乘坐陆军飞机从西海岸飞至华盛顿，走进白宫的那一刻，她才看到她丈夫完好无损地站在那里。接下来是为英雄授予奖章，然后是报纸的摄影记者和新闻片的拍摄，最后才是这条每个人都渴望得知的新闻的发布。作为这出戏剧的学生，我们认为这场表演有几分怪异和夸张，而作为一个处于战时的民主政体下的公民，我们很遗憾是以这种方式获知，这次对日轰炸是一次军事上的胜利，而且我们的飞行员无一丧生。（很久之后公众收到消息，很多飞行员在这次杜利特尔空袭中丧生，他们中的一些在中国的日战区进行迫降，在受尽严刑拷打后被处死。）我们很狂热，也感到醉酒般的无力——像是走进剧场去看一场新戏，已被告知做好准备对胜利热情鼓掌，然后才坐下来去看他们做了什么事值得我们这样吹捧。我们觉得其余的公众或许和我们的感受相似。然而，万岁！杜利特尔。

“‘“就这一话题，我们猜测前述的在这次典礼中显示出的怪异的元素是来自一种被称作是公共关系的活动（或心态）。相对而言，这是一种近些年来开始占据它所代表的个人（或机构）和媒体间位置的专业（或观点）。换句话说，如果你希望通过媒体向公众表达一些内容，你雇用一个公共关系人员（或采取一种公共关系的观点）来告诉你如何说出这些内容。公关的原则或是被用于弱化你想表达的内容，或是被用于放大或拓展这些内容。在这个话题下我们讨论的是后一种情况。

“‘“公共关系常用的来放大或拓展新闻的方法大体上是基于以下善意的假设：如果一个事件是富有戏剧性的、被装扮的、最好是有照片的，就会被公众更充分地接受。然而，因为事件的戏剧性常常是无形的，或者发生在远方的和过去的，对此，公共关系的原则是通过设定某种舞台，安排一种噱头或奇观，至少，也会让一些人在镜头前做一些并不一定是符合逻辑的、天然就可以吸引注意力的，却是华而不实的事情。近来一个政府公共关系活动的例子是里昂·亨德森骑着自行车、他的秘书站在车把上的照片和新闻片。这个噱头的目的是向公众传达骑自行车可以节省汽车轮胎的理念。正如你所见，公共关系整体上是一个奇怪和惊人的专业（或观点），因为它一方面寻求遮蔽或催眠公众，一方面又常常只有通过在公众头脑中引发猜疑和不满才能够成功。当你把它看得更加透彻时，公共关系作为一门专业又不像是它所以为的那样现实主义和注重实践。它非常像是马戏团新闻代理或是老式药师那种职业，因此它对公众的态度也可能或者是见利忘义的或者是罗曼蒂克的。

“‘“现在，作为公共关系的学生（我们还可以冒险），我们的看法是白宫的这次“意外的胜利”从今天政府的活动来看是一种公共关系原则中罗曼蒂克式语句的表达。轰炸日本的戏剧就是轰炸日本，就像橡胶短缺的戏剧曾是——现在也是橡胶短缺本身。然而公共关系的准则对轰炸日本的戏剧的新闻的展示有某种背景设定的要求，因为：（1）轰炸发生在一个月之前；（2）到现在为止，并没有轰炸的照片。按照逻辑（而非公共关系的）应该做的是政府直接宣布杜利特尔将军带回的消息或是提前广播这一消息，然后当他回到华盛顿时再恰当地颁给他勋章。公众会对此理解和认可。但是公共关系的准则需要制造某种戏剧，设置一个舞台，而结果是，我们认为，公众对杜利特尔将军的成就的认可是被缩小而非放大了。我们的阐述基于以下两点原因：（1）公众对轰炸日本的新闻在军方审查解除后仍然被压制一段时间的这个事实感到不满；（2）公众认为一个英雄先被授予国会荣誉勋章然后人民才被告知他因做了什么而得到这枚勋章的顺序是错乱的。基于以上和其他许多合理的原因，我们认为如果政府能下定决心在处理与公众的关系时放弃这样的方法，并且禁止公共关系的准则被用于国家政策工具中，这将是一件令人愉快的事。”

"'在这些关于军队公关的文字被发表之后，几天后的一个晚上，我顺便到舒伯特剧院的后台去拜访伯吉斯·梅瑞狄斯，他在凯瑟琳·康奈尔版本的萧伯纳戏剧《坎迪德》中扮演马奇班克斯。'"

"等一下！我们一定需要知道你看了什么剧吗？是否有必要把话剧演员也带进来？"

"可是，先生，是伯吉斯·梅瑞狄斯帮助我进入了陆军航空部队，如果我没有进入陆军航空部队的话，我就不会指控尼米兹犯了叛国罪。"

"好吧，但是我们不能一直像这样说下去。只有几天时间了，我们必须回到尼米兹上将那里去。继续。"

"'《坎迪德》的上演是为了给军队应急基金和海军救济协会筹钱。梅瑞狄斯刚刚被征召入伍，是空军部队二等兵，分在最近刚设在得克萨斯沃思堡的飞行训练司令部总部公关部门。为了这次义演，空军部安排他扮演马奇班克斯。我看完了表演，到后台去和梅瑞狄斯打招呼，他是我的老朋友，我们是艺术家和作家，是"21"餐厅、第三大道上的提姆·科斯特洛沙龙，还有一些其他或者高端或者低端的酒吧的常客。"在这里待会儿，"他和我在拥挤的化妆室握手之后说："我有话和你说。"他说话的方式有些怪异的轻快。等化妆室空出来之后，他说："瞧，麦克，《纽约客》上那篇关于军队公共关系的社论是谁写的？"

"'"怎么了？"我问。

"'"不管谁写的，扬特将军想要这个人，"他说，"他昨天为这事给我打了电话。"

"'"哪位是扬特将军？"

"'"天，就是巴顿·K. 扬特少将，陆军航空部队飞行训练司令部司令！你是不是什么都不知道？"

"'"我倒是知道他都能做什么，"我粗鲁地说，"如果他觉得他能阻止我们说我们想说的话，无论是否与战争有关。不过，飞行训练司令部是个什么？它是不是一直忙个不停，还是什么？还有——"

"'"听我说！扬特喜欢那段关于军队公共关系的话。他赞同那个观点。那篇文章是不是你写的？老扬特一直都在读《纽约客》，他也清楚我认识你这帮记者，所以打电话给我让我搞清楚这件事。"

"'"是我写的。"

"'"那么，你是个上尉了，或者可能是个少校。因为他的组织编制问题，他不确定目前是否还能直接任命另外一个少校，不过你可以以上尉的身份进去，然后用不了多久你就会成为少校。”

“‘“对这个我想不出什么想说的话。”

“‘“他认为，”梅瑞狄斯继续说，“一个和他对公共关系持有同样观点的人就是他想要的在公共关系部门工作的人。”

“‘“在哪？”

“‘“在得克萨斯的沃思堡，看在老天的分上！飞行训练司令部总部就是在那！我明天早上会和他打电话。到时候会有一个军官——一个少校——和你直接联系。他到这里来为扬特的公关部找一个新人。走，我们喝一杯去。”

“‘我说我要直接回家，我这么做了。我想试着做些建设性的思考，尽管通常我不会在家里这么做，我想不到还能去什么地方。作为一个离了婚的男人，我住在位于东八十街三区八号，在一个曾是豪华公馆客厅的房间里，离第五大道不远。那有一个厨房，还有浴室——实际上曾经是一个套房——但是我喜欢的是它的大空间，镶着暗色红木板，用从古董店或罗德泰勒百货买来的家具精细装饰过：一头是一张双人沙发床，另一头是一张桌子；一条长的厚沙发，还有一些巨大的印花棉布盖着的椅子，有个角落有一张吧台；一个大的开放式壁炉；前面对着街道有一些又长又宽的百叶窗盖着的窗户。租金是每个月85美元。那些日子我过得有点奢侈。我雇了一个全职的性格开朗的黑人做我的厨师、管家兼男仆，他对每个月15美元的薪水很满意，除了忙着做饭或调制鸡尾酒、准备点心和处理我的衣服，他都久睡在地下室的一个房间里。

“‘我进入军队之前的生活方式和我之后的生活在每个方面都有很大不同，现在难以置信的是，尽管这样我还是在任何我想要记起的时候，都能清楚并精确地记起战前的每个时刻。大多数时间我并不想。1942年的时候我37岁，但是，我表现得恐怕好像我仍然处于十几岁的末期。我被告知我看起来也比实际上要年轻；如果真是这样，那就表示堕落享乐的道路上的气候对人类的外表而言是有益的。我并不肯定，对我战前生活全部性质的解释，可以用不可靠的不愿长大来概括，但是如果有人这么做，我不会感到吃惊。除了我的公寓，我的厨师兼管家兼男仆。我还有一辆1931年产的橄榄绿色皮尔斯箭头敞篷旅游车，八个汽缸，挡泥板上带有前照灯。那个时代没有几辆车会在挡泥板上安装前照灯。1938年它花去了我500美元，但是就好像是花了5 000美元一样，并且在家里一直使用了很多年。在起步之前它就需要喝下两夸脱的重油，吞下十加仑汽油。它在每个方面都是奢华的。我也是这样活着——至少在某些方面。我在布克兄弟和德羽记账买了西服、大衣、外套、衬衫、帽子、手套、短裤、鞋子、袜子和领带。我在其中一家或者另外一家定制西服。因为，作为一个出生在北卡罗来纳夏洛特郡的苏格兰-爱尔兰人，一个并不富有的长老会牧师的儿子，我对风格的准确无误的感觉让我觉得布克的成衣在肩膀那里需要更多的垫肩，而德羽则需要再少一点。除了衣橱里的其他物件，布克的定制西服和一件诺福克夹克得体地放在一起，成为我周日晚上在乡村周末或“21”那里吃晚餐时的装扮。这就是1941年和1942年初我生活的方式。

“‘回想着梅瑞狄斯在他的化妆间和我说的话，我告诉自己我不太可能被征召，因为我的年龄以及我有两个人要养活。我意识到自己唯一穿过的制服是美国童子军的制服。在那个组织里，我也从来没有得到过二等兵以上的军衔，并且只赢得了一枚勋章。那是为了奖励我熟练地制作了动物标本，包括对一只在1917年冬季困在华盛顿岩溪公园里的花栗鼠进行剥皮、填料和安装。我还估量了我的身体和心理特征。我的胃部潜伏着一个危险的溃疡，同时胃部的正常功能正在被一种叫作食管裂孔疝的体质混乱破坏着。一本医学词典告诉我，这个丑陋的医学术语的意思是在我消化器官的上部有一个突出——在这种情况下会趋向于形成两个胃，而正常情况应该只有一个——我的症状一次次地表明我的这个胃从来很难知道另外一个在做些什么。除上述情况外，我在多数时间都极其健康，通常都可以食用和饮用一些对我有吸引力的东西。可以肯定的是，我也经历过在那些无聊的日子里被称作神经衰弱的症状。我在马萨诸塞州斯托克布里奇的奥斯丁里格斯中心待了三个月时间（我的朋友数量惊人，包括我的雇主H. W. 罗斯，也曾在那里住过或长或短的时间），在那之前以及之后，我也经常发现自己需要从纽约市悄悄离开，在一个位于卡茨基尔山叫作福特博士诊所的温馨的治疗休养所度过长长的周末，就像在里格斯中心一样，那里的政策不能接收酗酒或深受困扰的病人，只能是一些疲倦的、紧张的人。

“‘在去里格斯中心之前，我曾试着开始一个雄心勃勃的写作计划，但是不能在纸上写任何东西，也睡不着觉，常常喝很多酒，然后罗斯建议我去里格斯试一下。我去了，在那过上一段令人愉悦的间歇时光，在两个月内写了大概三万字的可以发表的文章，同时也对我自己有了差不多同样多的了解。那里的精神医生觉得我神经衰弱的直接原因是我太过努力集中在写作主题上，但是他们也确定地告诉我，我（就像我在纽约的一些朋友）有一种不稳定的倾向，而这一倾向由于我习惯于持有较高的道德水准又过着卑微的浪荡生活，既紧紧压制又放松喧闹的情况而被加剧了。等我回到纽约以后我个人相信我头脑中的麻烦和我胃部的麻烦是并行的——我有两个心灵而非一个，一个是长老会式的，另一个是亨利八世那样的——除非我像我的多数男性先辈那样，成为一个长老会牧师，我的状态不会比那个时候有任何改善（不过那时我感觉还好）。我觉得让我在我的年纪回到高中去完成学业，上完大学，接着在神学院毕业后去讲坛布道是不现实的。即使我这么做，并且成功登上了讲坛，从任何方面讲这也不会有什么回报，我以为，因为我没有做公共讲演的能力。有一次我试着在华道夫酒店的一个小宴会进行演讲，竟然晕眩得昏倒。我还是倾向于继续从事新闻业。罗斯说我生来就不是一个牧师；他声称我唯一的问题是，在我的印象里，所有的钱都要在黎明前花光，否则就会被收回，以及基于同样谬误的推理，所有漂亮的女人都应该被追求。想着所有这些事，回家那天晚上我睡了一个长长的觉。

"'梅瑞狄斯提到的少校那天下午给我打了电话，请我在第二天和他在"21"一起吃午餐——无论以什么方式，那段时期我生活中的所有事情似乎都是在"21"被搞定的——过了几天我在怀特霍尔取到了身体和精神检查报告。我向那个少校坦陈了我的缺陷，他郑重地说，最好不要跟医生提起这些。因此，当部队医疗人员问到我的胃病时，我说我偶尔会有一些轻微程度的病状，然后他就在我前进的路上顺水推舟了一把。陆军精神医生了解到我曾三次结婚又离婚，问我是否能从经验中学习，我冷冷地回答说可以。他那里也通过了。几周之后，我收到了陆军部打来的电报，于是拿着它去了布克兄弟，穿上他们卖给我的定做制服，在那个晴朗的下午走到了麦迪逊大街上，我觉得自己看起来像一个陆军飞行部队的上尉。'"

"那么？"

"那么什么，法官大人？"

"之后发生了什么？"

"这就是目前为止我写进这本书的内容，法官。"

"很好。所以现在我们可以谈关岛的部分了？"

"呃，法官，从我在布克穿上上尉的制服那天之后还要很久我才去关岛。还有六个月时间在得克萨斯，然后是十七个月的时间在印度、缅甸和中国。"

"我们需要在这把这段经历讲完吗？"

“我不这样认为，法官，除非——”

“什么？”

“或许我将使自己被置于掩盖证据的指控，如果我不能告诉你那次我差点造成所有将军死亡的情况。”

“什么将军？在哪里？”

“将军史迪威、斯特拉特迈耶、乔治、哈丁、亚历山大还有其他两个，他们的名字我记不清了。在印度。”

“你是试图要谋杀他们吗？”

“我告诉日本人，他们正要从驼峰航线飞去中国，全部在一架飞机里，因此日本人就可以抓住一切机会把战士从他们位于缅甸的基地——直接位于我们使用的飞行路线的下方——送上天，然后把那架坐了所有将军的飞机打下来。”

“你是否因为这个行为被军事法庭审判过？”

“没有，法官大人。”

“那你是否——啊，不用说了！既然这个事件看起来显示出你对军衔有漠视的倾向——无论是陆军上将还是海军上将——或许你最好还是跟我们说一下这件事。”

“我那时是一个上尉，法官，在亚历山大上将，也就是印度—中国空中运输指挥部司令的部队中。我们的总部位于印度东部最北的地方，阿萨姆邦的查布亚空军基地，我们的飞机从那里起飞，飞跃驼峰航线到达中国。战争越来越激烈，飞去中国的航空吨位要被提升十倍以上以帮助蒋介石抗击日本，那时所有的将军要参加一个会议——会议从查布亚开始，将在昆明和重庆继续。我也即将在那天和将军们一起乘坐B-24轰炸机飞去昆明，另外还有埃里克·塞瓦赖德以及其他一群战争通信员。但是当我们正要在将军之后登上飞机时，亚力克——我的意思是亚历山大上将——觉得飞机太过拥挤，所以转向我说：‘麦克，呼叫左哈特——那时的另一个机场——告诉他们你在代表我说话。告诉他们立刻调另外一架B-24到这来。你和男孩们可以乘坐那架飞机过去。’尽管从来没用过，我知道查布亚无线电通信室有一部能和左哈特建立联系的电话，所以我到那里去，告诉中士我要代表亚历山大上将和左哈特的接线员建立联系。他拨了几个键，把电话递给我，我告诉左哈特的接线员我是代表亚历山大上将，现在需要一架B-24飞过驼峰航线。他听上去有点犹豫，我说我们是要和史迪威、斯特拉特迈耶以及其他几位将军一起飞过去那边，但是亚历山大上将决定让我们坐第二架飞机，我们必须现在就要这架飞机，因为将军们刚刚已经起飞。那个接线员听起来有点像悄声说‘照办’，然后我把电话递回给中士，他的嘴巴大张着。接着我从中士那里了解到这不是一个普通的电话，而是一个无线电话，在使用它通话时应该使用代码，因为日本人一直都在监听它。直到那时我才明白我刚刚告诉日本人将军们才起飞，而日本人有足够的时间送战士们出来击落他们。由于未知的原因，日本人对此没有采取任何行动，除那位中士和左哈特的接线员外也没人知道我的罪行，他们两个都没有和任何人说起过。会议结束后，决定由斯特拉特迈耶上将接管位于印度、缅甸和中国的所有陆军飞行部队，他和亚历山大上将一起把我安排成为他的首席公共关系官员，我在那时被升职为少校。”

“我明白了。那么，你因为什么成绩被提升至中校，并且被任命了位于马里亚纳群岛的工作？”

“噢，我得了四次疟疾，掉了40磅体重，斯特拉特迈耶上将认为我应该回家去承担一些临时的职责。他也认为如果我去华盛顿，我可以和飞行部队的高层解释一些印度的公共关系问题，例如英国人的审查问题。你看，英国人当时对所谓的‘这个地区的安全’负责，因此能够审查或是搁置所有从印度地区传出的新闻（想来是为安全的原因）。在那段时间早期，无论何时我们的飞行部队做了什么事——例如向英国驻印度军队空投物资，由于他们自己的供给被缅甸的日军切断——英国人就会审查或搁置这个新闻，他们说，因为这会危及这个地区的安全。实际上，这么做的人当然是因为不想让美国的军队因此记上功劳。我把这种局面怪在‘不到百分之一’身上，因为他似乎有反美倾向，还有——”

“等一下！谁？”

“对不起，法官。我刚才指的是蒙巴顿将军的公共关系人员，他来自一个古老的安格鲁-诺尔曼家庭——空军少将菲利普·朱伯特·德拉费尔泰爵士。我们曾把他叫作空军少将菲利普·朱伯特·德拉费尔泰爵士和不到百分之一。”

“请完整解释你从少校到中校的提拔。”

“斯特拉特迈耶认为如果我能当面解释这一情况，五角大楼或许可以对英国这一审查情况采取一些措施。他说他想在我离开前提拔我至中校，但是他的机构编制没有多余的中校名额——特别是一个负责公共关系的中校。但是，他说，如果我能让Hq.A.A.F——在华盛顿的陆军飞行部队总部——同意我回国，他可以在我担任那一临时职责时让这项提拔通过，因为这样就和他在印度、缅甸还有中国的机构编制无关了。所以我给华盛顿的长官发了电报——雷克斯·史密斯上校，阿诺德将军的公共关系负责人——向他建议我回去负责和印度相关的会务公关，这项提议通过，我飞回了华盛顿。在那里，史密斯上校说我不会再回到印度去——但是太平洋地区即将要发生一个热点事件，而我也会在身体复原之后被送回那里去。就在我正式地从斯特拉特迈耶的指挥下转向五角大楼的陆军飞行部队总部员工之前，斯特拉特迈耶已经使我的提拔通过。我发现一个能干的军官——一个之前在工业领域工作的公关人员——接替了我在印度的工作。得知我要到太平洋地区和B-29部队在一起，斯特拉特迈耶给我写了一个私人的纸条说：‘麦克，在这你有中国人、印度人，还有英国人，在那你会处理的事都是关于海军、海军还有海军。’后来证明这是对的。我们的海军，你看，对那一地区的安全负责。”

“是在什么时候到了太平洋地区？”

“法官，那是在1944年的夏天，那时，海军、海军陆战队，还有太平洋地区的陆军——都在尼米兹上将的指挥下——正在占领马里亚纳群岛，也就意味着B-29轰炸机能在那里建设基地。从马里亚纳群岛出发，B-29可以轰炸东京，这是从杜利特尔的突袭之后第一次可以实现这一任务。B-29第一次对东京突袭是从位于塞班岛的基地出发，而B-29部队在马里亚纳群岛建立基地的事实直到对东京的第一次突袭完成前都是最高机密。”

“那时，尼米兹上将作为太平洋地区总司令，是这些空中行动的直接指挥？”

“不是，法官。或许就是这一点让海军对B-29部队感到恼火。B-29部队基地处于尼米兹控制下的地区，但是他们是直接听命于位于华盛顿的阿诺德。那是一支独立空中力量的开始。B-29是一种新型战机，比一战轰炸德国的B-17战机大一倍，能够带着四吨重的炸药飞行3 500里——执行16个小时的任务，无须补充原料。1943年9月，陆军飞行部队想办法说服了参谋长联席会议和总统，B-29可能会是一支‘全球性的空中力量’，因此不应该从操作上被置于任何一个具体的战区司令之下。因为这一缘故，空军第二十军在1944年春天成立，阿诺德成为这支军队的指挥官，此外还同时担任陆军飞行部队总司令和参谋长联席会议成员等职务。诺斯塔德是他的参谋长。在总部位于华盛顿的空军第二十军之下，是那些从行政和后勤角度，而非操作角度处在战区指挥官之下的轰炸机指挥部。第二十军的轰炸机指挥部在中国是在史迪威的战区下运作，在印度是在蒙巴顿的战区下运作，从中国出发轰炸了一些目标，为了让蒙巴顿高兴，也从印度出发轰炸了一两次仰光。但是这支多少是试验性的B-29空中力量从非日战区的中国出发，到不了东京或者其他的日本城市。但是自从日本那里攻占了马里亚纳群岛之后，从那里的塞班岛、提尼安岛和关岛出发，B-29就可以到达日本那些城市。所以第二十一轰炸指挥部最初想要把基地设在塞班岛，之后在提尼安岛和关岛安插其他侧翼。但最终第二十一轰炸指挥部的总部还会从塞班岛搬去关岛，在那里尼米兹上将也建立了他的总部。”

“那么，这些从何种角度和你相关？”

“在马里亚纳群岛被完全攻占之前，我被送去檀香山和珍珠港——彼时尼米兹的总部所在地，五角大楼指示我，一旦B-29战机在日本丢下炮弹就向公众发布B-29部队偷袭东京的新闻。东京从1942年杜利特尔行动之后就没有再被轰炸过。当时的计划是一旦塞班岛的基地建立，B-29部队在那里安顿好准备筹划对东京的第一次突袭，我就要打电话给军事通讯员，告诉他们将要发生什么，让他们提前写好新闻稿，这个稿件会被海军审查以防他们说了任何会危及这一地区安全的事情，之后我也会审查以防他们违反了B-29部队的安全规定。然后我会压着这条新闻直到我收到飞行队长——埃米特·奥唐奈（玫瑰号）准将——从东京上空发回的‘投弹’的消息，此时我的任务是保证这条新闻发出并传到全世界，无论我当时能连上的通信工具是什么。”

“这似乎很合理。这是不是就是你曾建议的，在杜利特尔突袭发生时应该做的事？”

“是的，法官。但是在1942年我从没想过在1944年这会成为我的职责。我在那篇社论中说的只是——”

“我们已经知道你在那篇社论中说了什么，全文。现在，你在做这项安排工作时有遇到任何困难吗？”

“很多，法官，一开始。在位于珍珠港的尼米兹的总部，我被他的公共关系人员告知——但是不是由尼米兹本人——既然这个突袭是从塞班岛出发，通讯员也会在塞班进行报道，那么我的这些审查和公共关系安排就得得到塞班岛指挥部的支持，因为他们对这一地区的安全负责。在塞班岛被完全攻占后，我得以从空中运输到了那里，我到岛上的指挥部去谈我的问题。之后，塞班岛的指挥官是一个尼米兹控制的陆军的人，但是那时是一个尼米兹指挥的海军方面的人。他是一个真正的海军上将。我忘了他的名字。对B-29在东京的第一次突袭的新闻发布，他有一个完全不同的计划。”

“他的计划是什么？”

“啊，他说，首先知道突袭真正被实施、飞机都回到塞班岛的基地之前，不能告诉通讯员任何事，因为早些告诉他们，在他看来，会威胁到这个地区的安全。尽管如此，他说只要飞机回到塞班，他很乐意我叫来通讯员，告诉他们B-29部队现在驻扎在塞班并且在八小时前轰炸了东京。然后通讯员可以开始写这个新闻，之后我从我们的总部乘坐吉普和小船到我们总部对面，停泊在岛另一边的他的旗舰上去。在旗舰上，这些新闻会被一个海军审查官审查然后还给我，我在这之后可以坐船和吉普回到我们的总部，再把它们用航空邮件寄到珍珠港。在那里，除了海军在处理的新闻，这些急件才会被电传到它们的目的地——美联社、合众社、国际新闻社、纽约时报等等。如果我们运气不错——没有人在往返于岛上和指挥官的旗舰的路上掉到水里——这些关于B-29突袭东京的急件会在事情发生一周或十天之后到达公众那里。我感谢了岛上的指挥官，飞回檀香山。”

“这件事最后是如何完成的呢？”

“感谢尼米兹上将，我得以在B-29第一次突袭东京设定的日子前几天向通讯员——大概有二十个人——简要介绍了情况，他们在塞班岛的总部提前写好了新闻。一个海军的审查员被派来在我们的总部工作，在那里审查这些新闻。在‘投弹’的消息从我们这里的总部中转到五角大楼时，这些急件的复印件会通过航空邮件一起被送到五角大楼来发布。在收到这些消息期间，那些新闻被归入为‘最高机密’。为了防止这些复印件不能及时到达五角大楼，新闻的原件在位于塞班和关岛的海军通信中心以及同样位于这两个岛的我们自己的通信中心存档，当我们得到‘投弹’的消息后，也会被电传到它们的目的地。当飞机回到塞班之后，当然，会有后续报道——包括几名在突袭中随行的通讯员写的新闻——这些也会在我们的总部进行审查，然后被电传到它们的目的地。”

“你说这件事得以完成要感谢尼米兹将军？”

“是的，法官。”

“你可以解释下这是为什么吗？”

“通过我方工作人员的努力，以及我相信出于尼米兹上将和我们合作的真诚意愿。”

“你方的工作包括什么？”

“当时还在科罗拉多进行训练的第二十一轰炸部队司令部，在檀香山有一批先遣人员作为代表，包括五到六名物资供应官，有一个武器分配控制台，还有我自己，但是已经处于一个总部的状态。我向尼米兹的总部写下并发送了一个最高密级的备忘录——那时和B-29部队将要在马里亚纳驻扎的所有事情都被列入最高机密——在那个备忘录里，我用军事语言解释道，参谋长联席会议的成员已经让空军第二十军指挥第二十一轰炸部队司令部在塞班岛的基地做好准备后，把一支B-29轰炸力量借道檀香山转移至塞班岛，并且在1944那一年的11月24日当天或附近的日子发起一项针对东京特定目标的突袭。我们的总部请求尼米兹总部予以配合，让关于这一事件的新闻按照1943年9月1日总统指令的发布成为可能。接着这个备忘录建议道，依据随备忘录附上的绝密的一般性指令能被尼米兹的总部批准，并被送到马里亚纳群岛所有在以后可能被关涉的海军指挥官。在备忘录中附上指令指示可能相关的海军指挥官，总的来说，要协助我们总部按照前述的总统指令完成对B-29部队突袭东京的新闻的发布，特别是，我们的总部在塞班岛建立之后，能指派一个必要的审查人员到那里去工作，并为这些通讯员的新闻安置所有可用的无线电通讯方式；换句话说，这个指令指示牵涉的海军指挥官通过所有方式配合执行我们发布这些新闻的最初计划。”

“你提到的总统指令是什么？”

“在那项指令中，战争部长说总统指示他来指挥所有的陆军和陆军飞行部队，保证关于他们的作战行动新闻，只要符合安全规定，就能没有耽搁地被发布到美国公众那里去。我想海军部长应该也收到过总统类似的指令，但是我没有查证。”

“无论如何，尼米兹上将支持了你的备忘录并签署了你建议的指令？”

“是的，法官。在接到备忘录和建议指令后，我和他有过简短并且总体上是愉快的对话。他说那是一个很好的指令，他很乐意签署，然后他问了我很多关于《纽约客》还有杂志工作人员的问题。看起来，就像是得克萨斯的那位上将，他也是我们的老读者。”

“所以你和尼米兹上将最初的关系，从每个方面讲都是热情友好的？”

“是的，法官。”

“在你通过无线电向五角大楼指控他犯了叛国罪那天晚上之前，你经常看到他吗？”

“只有几次，在新闻发布会上。他总是友好地和我谈话，并且和我握手。”

“在那天晚上之后你遇到过他吗？”

“只有一次，几年前在纽约一次海外新闻俱乐部举办的鸡尾酒会上。”

“他做了什么？”

“他向我友好地点头，并且和我握手。在那种场合我从不确定他是否知道我是谁。”

“你没有提醒他？”

“没有，法官。”

“现在我们继续，到导致你指控他犯了叛国罪那天晚上的相关情况上去。你个人和那里的海军相处愉快吗？”

“非常好，法官，就公共关系和审查部门来说。派给我们的审查官都非常好，他们中的很多人成为了我的朋友。尼米兹部队中新进的首席公共关系官员H. B. 米勒上将也是一个好人，并且是我的朋友。”

“很好，那么就其他事情看呢？”

“从我在第二十一轰炸机司令部的同事，以及从我们军队分布在马里亚纳群岛上的不同侧翼和组织的人员那里，我在1945年冬天和春天不断地听到大量消息，据说他们认为是尼米兹的人在精心组织B-29项目。比如说，供应官非常恼火，他们认为在获取供应中有不必要的拖延——我们需要依靠海军来获得后勤供应。供应问题，当然影响到了组织中的每个人。这包含运往塞班岛、提尼安岛和关岛上战斗部队所需的炸弹，还有大家都需要的食物、啤酒和其他酒类在内的所有事情。就连我们的牧师也感到恼火，他们说海军的牧师服务推迟交付《圣经》和其他的祈祷书。”

“你认为这些抱怨是公正的吗？”

“从我所听说的来看，是的，法官。但是直到事发那天晚上，我都把这些看作是不可避免的，多少并无大碍的军种间竞赛。自从我进入飞行部队之后，我就一直注意到低级人员会不同程度地对他们总部的高层感到不满和抱怨——不管是在这支军队的哪个分支——我把这当成是一种战争中的正常状态。史迪威对马歇尔、蒋介石还有蒙巴顿也感到恼火。蒙巴顿对联合参谋部和印度总督感到不满。斯特拉特迈耶对史迪威和阿诺德有不满，谢诺尔德也会因为斯特拉特迈耶和史迪威感到恼火。不仅军种之间会有这样的不满，军种内部也会有这样的愤懑。军中的工程师会抱怨通信兵。空军先头部队会对空军后勤司令部和空运司令部不满。在海军内部也是一样。海军的前方工程营会对尼米兹的总部抱怨，潜艇部队对驱逐舰军种颇有微词，反之亦然。但是海军在对第二十一轰炸司令部和空军第二十一军的不满情绪上似乎达到了统一。我说服自己尝试理解海军对B-29项目的情绪。从珍珠港事件以来，海军已经在太平洋地区与有压倒性优势的敌人作战，现在刚要有点起色，参谋长联席会议责成它取下马里亚纳群岛，为了能快速地在那里建设B-29的基地。现在——在1945年5月——B-29部队正在日本轰炸一座又一座城市，把战争引向结束，而海军除了偶然从航母上发起一些无关紧要的战斗轰炸机袭击，还不能接触到日本群岛。比起勒迈的B-29第二十一轰炸司令部正在做的事，他们发起的航母袭击就像是九牛一毛。我可以理解为什么——不自觉地，但有时候非常自觉地——海军对B-29的出现如此不满，即使每个人都承认B-29正在缩短对日战争并且挽救了无数海军人员的性命。这是人类通常会有的，看到别人被叫来完成一项由他们开始的工作时自然会产生不满。我曾经试着让我在第二十一轰炸司令部的同事官员理解这一点，但是没有什么成效。毫无疑问我提出的一个支持和海军要好好相处的理由，也是我在五角大楼时一次次被灌输给我的，如同诺斯塔德在访问关岛时所说的，我们和尼米兹良好的共事关系到飞行部队在战后成为一支独立军种的实现。如果我在那时对尼米兹有一些不满的话，我怀疑我已经或多或少地把这个想法自动放下了。”

“你好像把‘海军’和‘尼米兹’当作同义词在用，是这样吗？”

“嗯，法官，这两个词在我心中，在很多B-29部队中的人心中，差不多已经这样。我们中的多数没有见过甚至看到过他，但是我们谈起他时就像我们曾见过一样——‘尼米兹这样做了’或是‘现在尼米兹那边怎么样了’等等。他对我们中的多数更像是一个机构的符号，而非一个个体。尽管我认识他、喜欢他，和他之间从来没有任何纠纷，他对我也是一个符号。他就是海军和更高级的当权者。”

“现在，到了关于你指控尼米兹犯了叛国罪的那个消息？”

“法官大人，请你原谅，在我们到那一步之前，能否允许我读一段在我发送了那条消息后回到这个国家写的关于B-29部队的文章摘录？”

“这个岔开的话题是必要的吗？”

“我认为这确实可以给参议员们一个印象，让他们了解那时的马里亚纳群岛正在发生什么，以及在我发送那条消息时那里大概的气氛是怎样的。”

“这些文章多长？”

“我想，法官大人，应该在两万字左右。”

“看在上帝的面上！”

“但是我想让你听的摘录大约接近一千字——大概是有关尼米兹的消息的那

个段落的三分之一。”

“好的。继续。”

“如果这段引用因为某种多情，甚至是直白的情感化而震惊到你，法官大人，我请你把那归结于是那个时代的精神。”

“请快点开始吧。”

“好的，法官。以下是发表在1945年夏天六月份的那篇文章的部分内容：

“‘在陆军飞行部队，特别是在海外飞行部队，一个集体中的军官和士兵通常被简单地称呼为“（自己）人”。官方文件时常用这个短语替换“人员”或者“军官和士兵”，空军指挥官很可能会说，“我有两千个人要操心”或是“我现在比什么都希望得到的是我们的人都有好的配给”。这个词语拉近了军官和招募士兵之间的距离，能够加强一种印象，即作战的这群人是一个实体，并且几乎成为由在同一目标下承担不同工作的人们构成的同一人格，而非一群有着不同等级、军衔和评级的人。

“‘时间朝着今年三月中旬推进的时候，对东京、名古屋还有大阪的第一系列的伟大的低空引火式袭击由驻扎在马里亚纳群岛的B-29部队实施了，空军第二十一军的第二十一轰炸部队司令部，以及分布在关岛、提尼安岛和塞班岛上的军士们，就像是一个处于巅峰状态的高尔夫球手或者就像贝比·鲁斯，全部做好了打出长长一击的准备。B-29的机组人员还有地面上的战士，全体构成第二十一轰炸司令部的成员，都达到了他们效率的最高点。我们有过最初的日子，当第一架B-29轰炸机到达塞班岛，第一次在白天从两万五千英尺或三万英尺的高空开创性地打击日本的飞机制造厂。我们曾在提尼安岛和关岛组织新的侧翼，一次迅疾的力量的集中，一次追求完美的努力。在今年1月份，我们的指挥官从杰出的策划者陆军准将小海伍德·S. 汉塞尔（负鼠号）换成少将柯蒂斯·E. 勒迈，他是我们坚韧、内敛、温和的，被大家称为雪茄的一流指挥家。在第一低空引火式袭击实施后，东京最密集的十七平方公里的工业区域被烧毁，B-29的战士们和其他每个人都这么说：“现在是我们上场了。”第二十一轰炸司令部的人们达到了一种状态，其中有我难以界定的成分，但我的确知道其中一定有因为缺少睡眠，缺少食物以及艰难地不间断地集中精神完成任务所带来的某种疲倦。那其中也有冷静，也有并非懈怠和懒惰的疲乏。其中也有紧张，有加快的节奏，但那既不是因为年轻也并非紧张或狂热。头脑、身体、精神，全部的身心都空置并做好准备来迎接一切，全部的身心也都自信一定会成功。这并不是扬扬自得，而是一种对完备状态富有了解的认可。

“‘无论他们的分工是什么，军官和战士都不想，似乎也无法一次睡觉超过三到四个小时。他们的生活没有规律，节俭并且紧张。他们几乎不停止地工作，不过当他们觉得必要时，会彻底地休闲和放松，他们知道这是必须要有的。即使是飞机指挥官和他们的机组人员，从去日本的一次十五小时飞行任务回来后，通常也睡了不到五六个小时就又起床到处活动、上课，研究战术、轰击、导航还有军械，在活动房屋里形成小组，起飞、战斗，用手当作飞机，以飞行员的那种方式，把刚刚飞过的任务再做一遍，改进它，把下一次任务在起飞前提前演练一到两次。好的飞行员变得更好，那些看上去中等的也变成好的了。

“‘我们第二十一轰炸机司令部位于关岛的总部，在B-29位于三座岛上的其他侧翼、小分队还有中队里，那些曾经不确定如何做好工作的人都倾向于不断看书、参加最好的课程，变得自信、奋进，急于想出捷径，急于向人表现他们能把工作做好。助理副官和他们的职员，在军事部门曾致力于繁文缛节，突然打破他们自己创造出来的系统，把复杂的命令和指示换成新的、灵活的办法，并且把其他一千种令人担心但必要的苦差事用难以想象的简明和速度执行出来。信使走得更快，开始保证正确的消息在正确的时间到达正确的人。吉普司机养护好他们的吉普，并且从来不会缺少汽油。一名总部供应官，在离开美国前想尽计策打通了进出通道，在基地帐篷里收到一个冰箱，直到它在角落放置了五个星期后，都没有过去打开箱子安装这个珍贵的机器。这个没有用过的冰箱就那么放在那，像一个没有打开的圣诞礼物。就如同一个诱人的自我牺牲的符号，它牵扯着每个人的神经。最后，在那些美妙的、顺畅运行的日日夜夜里，其中一个让人振奋的时刻，那个供应官的上司把他叫到一边，对他说：“听着，孩子，现在就去把你帐篷里那个该死的冰箱装好，在你的啤酒和你朋友的啤酒在里面凉下来之前不要回来，明白了吗？”

“‘每个人似乎都明白其他的人都已经忙疯了。要求被提出、命令被下达，都是以安静的声音。每个人奇迹般地充满了包容和理解。

“‘地勤人员，他们要惊人地用原来一半的时间来让B-29做好准备再次起飞进行全面攻击的任务，就在返程飞行员从去日本的长途飞行回来，刚关上引擎的那一秒，像猎狗追逐雄鹿一样跳上了那些大飞机。有一天，我看到一个机械工把梯子对着一架B-29的发动机短舱摆好，等着飞行员关掉引擎，这样他就可以开始进到里面为下次飞行做好调整工作。最后飞行员关掉引擎，螺旋桨一圈圈转动，越来越慢。这个机械工似乎等不下去了。他伸出一只确定戴着手套的手，用它把引擎的巨大叶片拉到停下来；然后用扳手继续工作。机械工们昼夜工作，常常是连续二十四个小时，有时一口气三十六个小时，中间没有休息，仅仅一下子喝掉一杯咖啡或吃下一个汉堡三明治来补充营养，直到飞机再次起飞。勒迈少将，指挥第二十一轰炸司令部和他的战士们在同样的高强度下工作，在两个引火式飞行任务运转后签署了一项重要命令。他命令所有的飞机指挥官在起飞时间的前两分钟亲自检查飞机外部，确保没有机械工仍然挂在起落架上，处于工作状态。’”

“到这里，是否可能是那段引用的结尾？”

“是的，法官大人，是的。”

“很好。现在我会问你一个分支的问题。你能告诉我们一些准确的概念，在广岛之前，B-29部队在他们对日本的空战中完成了什么？”

“这些事实刚好就在我的公文包里，法官大人，是战后战争部向公众发布的一份正式的学习报告。在广岛之前，B-29部队起飞32 612架次，战斗飞行里程达1亿公里。在最后六个月的飞行中，他们投放了16万吨炸弹，在日本海湾附近丢下了12 049枚水雷，摧毁了2 285架日本战斗机，烧毁了65座日本最重要的城市，以及158平方公里的城市工业区，炸毁581个重要的兵工厂，将日本的钢铁产能和飞机产能分别降低了15%和60%，当场杀死日本人31万，此外造成412 000名日本人受伤，使920万名日本人无家可归。”

“谢谢。那么第二十一轰炸司令部的伤亡情况呢？”

“在广岛之前，我们失去了437架B-29战斗机和297个机组成员，还有大约3 267个军官和战士。”

“那么，是什么直接原因导致了你决定在事发的晚上指控尼米兹上将犯了叛国罪？”

“尼米兹的海上、空中和地面部队以4900名美国人——多数是海军——的生命为代价，刚刚夺下硫磺岛——一个位于马里亚纳群岛和日本之间的一个很小的岛屿。硫磺岛和日本的距离近到可以让陆军飞行部队的新式长距离战斗机（P-51）在B-29战斗机对日空袭时予以掩护，五角大楼决定在那里建立这种战斗机的基地。在陆军飞行部队和海军之间曾有过争执，到底由谁来指挥这些战斗机，参谋长联席会议的决定——妥协的结果——是把它们置于尼米兹上将的作战指挥下，作为空军第七部队的一部分在硫磺岛和冲绳岛进行攻击和防御作战，在为B-29战斗机进行掩护时处在勒迈将军的指挥下。空军第七部队是一支常规的陆军飞行部队装备军，战时的多数时间在太平洋地区，一直处在尼米兹的指挥下。当我听到参谋长联席会议的决定时，我觉得这听上去太荒谬了——把战斗机的指挥权那样分割——但我把这归结为是相对无害的军种间竞赛，没有多想它。”

“那么，之后发生了什么？”

“在事发那晚的下午我正要离开尼米兹的总部，在跟军事通信员简要介绍了下一次B-29的燃烧弹突袭后——我以为是针对神户——这使海军新闻首席检察官，我的一个朋友叫住我，递给我一个要在第二天发布的海军新闻稿。他说或许我最好看一眼它，因为它间接地和B-29的作战联系起来。那篇新闻简单地说尼米兹上将的一组位于硫磺岛的长距离战斗机，会为B-29之后对日的空袭提供战斗掩护。我要求海军的检察官让我把这篇新闻拿给我们参谋长奥古斯特·W. 基斯纳，以确保他认为这不会影响到B-29作战的安全性。他说当然，把它拿给基斯纳，但是补充说那篇新闻稿已经被批准，第二天就会披露给关岛的通讯员还有华盛顿那些报社的人。”

“然后呢？”

“我回到我们的总部时把它拿给了基斯纳。他是那种温和的军官，有点像个智力劳动者，在几乎所有工作上都是个能手，他说他认为尼米兹不应该公开这种新型战斗机被用在B-29对日突袭中的消息。在那个时间，日本人还没有轰炸硫磺岛，因为此前那个小岛仅仅被当作三四架出问题的B-29战斗机一时着陆的地方，自然不值得日本的重型轰炸机或航空母舰上的战斗轰炸机把它当成是重要目标。他说他要问一下勒迈，也这么做了。在他和勒迈谈话后，把我叫去了勒迈位于一个活动房屋里的办公室。勒迈说他觉得我们应该对这篇新闻稿进行抗议，因为它很容易导致日军轰炸硫磺岛。以我看，勒迈和基斯纳都没有表现出对海军明显地想把这些战斗机叫作‘尼米兹上将的战斗机’——无论这些战斗机是否真的处于他的控制之下——这件事有特别的关心。我也清楚基斯纳急于避免从勒迈这里发出相对不重要的对海军的抗议，因为我们不时需要对一些海军所做的更加重要的事项进行抗议——包括对尼米兹的总部还有对五角大楼提出。基斯纳说，战争部有一条旧的法规授权给新闻检察官——当然，就是我——当他认为其他单位或总部的某些行为危害到，或者正要危害到他本人正在作战区域的所在单位的安全，可以依据他的职责向战争部提出直接的抗议。基斯纳因此建议我向五角大楼发送一条消息，援引这则旧的法规（他查询了他的编码，然后交给我），以礼貌和官方的方式抗议尼米兹的总部即将发布的这条关于战斗机将被用于支持B-29作战的消息。他说他不需要查看或准许我的消息，因为它是基于我作为新闻审查官的职责被发送出去的。我建议或许我应该在早上两点钟的时候发送它，这样诺斯塔德第二天一开始工作就会注意到这条消息。基斯纳表示同意，给我一份文件授权我可以在那个时间依据我作为新闻审查官的职责和五角大楼取得联系。然后我去到我的公共关系事务帐篷，要求我的一名中士在半夜叫醒我。走到我的驻地——我和一个派到我们这里做海军联络官的海军中尉共用的帐篷——我就睡觉去了。”

“你的意思是你是在睡觉期间发送了那条指控尼米兹上将犯有叛国罪的消息？”

“啊，不是，法官大人，完全不是。我去睡觉了，但是几个小时后就被叫醒——大概在那天晚上十一点左右——被我的帐篷室友进来休息的声音。他是一名富有的得克萨斯青年，叫作乔治·C. 麦克吉，之后成为副国务卿的特别助理，后来在杜鲁门政府期间，他成为了我们驻土耳其的大使。他当时正因为他所说的尼米兹——也就是海军的人——前一天所做的事感到恼火。从那时起他就没有回到我们的总部也没有睡一点觉。我们谈话后的一段时间我也大为恼火。”

“他说海军都做了什么呢？”

“嗯，海军一直在从各个方向对我们施压，希望我们协调与海军在航母上实施的对日突袭，这就使得海军能发布新闻稿吹嘘他们参与了正在结束战争的对日轰炸。这并不像发生在硫磺岛的长距离战斗机上的情况，在我看来，这是一件更加严重的事。根据麦克吉——之后我也从当时在场的其他军官听到了完全同样的说法，其中一些军官级别很高——勒迈参加了一个尼米兹的空军作战人员的会议，与会的还有麦克吉和四五个我们的参谋官，海军的人指出了一些目标——一些工厂，我记得——他们认为尼米兹的航母飞机或许可以和下一次B-29突袭共同作战。海军的目标是在日本主岛本州岛的东海近岸，而海军想要参与的B-29的突袭目标对航母飞机来说太远，根本到不了。在会议上，勒迈指出海军想要攻击的目标已经在之前B-29的攻击中被摧毁了，并且向他们展示了照片来支持他的论述。实际上，那里似乎已经没有还没摧毁的目标是这一支航母力量能够到达的。然而，海军的人说航母部队无论如何还是会攻击这些目标。勒迈指出这些航母上的某些飞行员会不可避免地牺牲，但是海军的人说，实际上，这不是勒迈应该关心的。勒迈接着卷起地图和照片，没有说下午好就从会议室里走了出来。麦克吉，尽管那时是海军军官（他之后被调到了飞行部队），对此感到非常生气，在他跟我讲这件事时脸色都是紫的。最后，他躺在床上睡过去了。

“我尝试着继续回去睡觉，但是我无法入睡，所以走到我的公共关系事务帐篷。我写下了关于硫磺岛的长距离战斗机的礼貌的抗议。非常简明，仅仅声明我认为，从B-29战斗部队在太平洋地区的指挥官的角度来说，海军的声明会威胁到B-29作战的安全，因为它会导致敌军攻击硫磺岛。然后我做了些别的工作——但是我忘了是什么——直到凌晨两点，那时我把那个消息交给我的一个中士，让他带去拐角处的通信中心，一起带去的还有基斯纳给我的授权文件。我让他把授权文件展示给那时通信中心的负责人之后再带回给我。通信中心当时是在另一名中士的管理下，基斯纳给我的授权非常清楚，我的中士把它带回给我，说那条信息已经在路上了。这就是关于那个信息全部的内容。”

“但是关于另外一条指控尼米兹上将叛国罪的信息呢？”

“那条消息马上就来，法官大人——在我的头脑中。等那名中士走了之后，我对军种间竞赛变得越来越恼怒。我听到并且想要忽略的所有关于海军涉嫌组织B-29计划的例子，似乎在我头脑中按照顺序自行串成一条线，我问自己，这些事情加在一起，是否已经代表了某种比军种间竞赛更严重的事。举例来说，像是计划中的航母打击已经被摧毁的目标的事情将会造成生命的代价，而这一事实——我认为——即因为B-29计划被阻止导致战争被延长也会以牺牲更多的生命为代价。如果有任何企图使得海军看上去正在做比他们实际上做得更多，并造成战争进一步延长的事情，这就是在给予敌军帮助和安慰，并且代表了背叛——叛国。而尼米兹，我告诉自己，必须承担处于他的指挥之下的所有事情的责任，无论他——本人，作为一个个体——是否清楚正在发生的事情。这一切对我来说都符合逻辑。我在我的打印机上滑进一张纸，开始很快地写下，开始的地方，我记得，是一些这样的话：‘在此我指控海军五星上将切斯特·W.尼米兹，美国太平洋舰队总司令以及太平洋战区盟军总司令，犯有叛国罪。’以及类似的话。我觉得自己非常平静，头脑清醒，当我第二次在五角大楼读到这段话时，它看起来也非常平静和头脑清醒——至少，开头的四分之三是这样。其中提到了一些我认为可以作为支持我的指控的证据的具体例子——那些我听到的并且在那本我后来扔掉的笔记本上记下来的事。那段话指出，每个人都知道在每个战区都在发生这样的事情，飞行部队和陆军也的确可以对海军做同样的事，或者彼此之间做这样的事，但是，里面说到，是时候有人出来彻底制止这件事了。”

“在你看来，这条消息的最后四分之一是不冷静或头脑不清醒的？”

“恐怕不是，法官大人。我在写消息的过程中变得越来越激动，当我在五角大楼第二次读到那篇消息快要结尾的部分，我觉得我说的已经是糊涂话，即便不是歇斯底里的话。那位一直在分段传送这则消息的中士显然也是这样想的，因为他把负责通信的上校叫醒，上校来到我的公共关系事务帐篷问我发生了什么事。我给他看了基斯纳的备忘录；那看起来似乎回答了他的问题，然后他就离开了。我继续写作。在我开始用一些亵渎和淫秽的语言来描述海军和他们的行为方式时，我自己意识到我一定是跑出了我的主题，所以结束了那则消息，我的其中一名中士把最后的部分拿到通信中心，把那晚最终成形的所有信息传递了出去。”

“那个时候关于你刚做的事你有什么感觉？”

“我后悔自己在最后有些失控，变成了咒骂，但我认为那则消息整体上达到了效果，能够给五角大楼留下一个印象，引起尼米兹的总部一些注意。我预计他可能会被送上军事法庭，甚至被击毙，尽管我觉得后一种可能性不大。而且如果我被军事法庭审判，将会有大量关于军种间竞赛的证据被拿出来公之于众，这对谁都不会是一件好事。我甚至有些愉悦地期待着军事审判，头脑中一直想着我将会和检察官说些什么尖刻的事。我当时极度疲惫，但状态放松，没有担忧。我怀疑自己可能会崩溃，但我认为我并没有。我记得那是一个多风、下雨的晚上，就在这时一阵风吹掉了帐篷前面写着‘第二十一轰炸司令部，公共关系事务’的牌子，咔嗒一声落在地上。我记得我把它捡起来，抬头看了眼天空说，‘不会有奇迹发生，谢谢’，然后对自己笑了下，回到了我的打字机那。”

“你还没有完成写作？”

“啊，没有，法官，我觉得还有很多事要做。在那个时候恐怕我的思维并不是特别有逻辑，但我当时并没有意识到。我那时的想法是除我之外没人知道在这条消息达到它最初的效果后应该如何继续。首先，我想，在我对尼米兹的指控被处理期间，尼米兹，肯定会被拘禁——在他的住所被限制外出。对此我感到抱歉，因为我一直非常欣赏这位老绅士，但是我觉得我必须面对这个事实，他毕竟要对所有在他指挥下发生的事负责。我也会被限制在我的住所，我觉得，因为这个原因，我当时急于给基斯纳和勒迈写一个备忘录，建议他们在尼米兹被限制行动期间如何在行政上和作战上继续运转。我很遗憾地说后来我没有再见到这份备忘录，我怀疑它是不是已经不存在了；我也回忆不起来它对我的总指挥官和他的参谋长提出了哪些进一步的建议。无论如何，它没有被完成。”

“为什么没有？”

“当时我还在写那个备忘录，基斯纳、一个空军军医还有两个武装的中士进到我的帐篷。那大概是早上八点钟。基斯纳和我说话，我和他挥了挥手，意思是我完成手头的工作就会到他那里。他那时判断我不具有伤害性，于是让两名武装的中士退下，他们离开了。然后他说他认为我一个晚上的工作量已经够大，或者是类似的话——他非常温和——军医递给我两片巴比妥镇定片、一杯水，说我吃下这两片药，就会睡一个长长的、舒适的觉。我吞下药片，模糊地记得处于半睡着的状态，坐着军医的吉普去到岛另一边的随军医院。”

“我们已经知道你做了什么，现在我们想了解之后你被处置的全部过程。在医院里他们对你采取了什么措施？”

“什么都没做，法官。我在大约四小时后起床，清楚地记得所有事。我的第一感觉是在军事法庭上，海军或许会声称我在写那则消息时是精神失常，除非我能证明这一点，否则我的报告的效果就会被抵消。我觉得我最好和基斯纳和勒迈商量下这件事，所以我开始穿衣服。我当时在医院的内科病房。一个科室医生过来告诉我他很抱歉，法官，但是我在军医签字允许出院前都不能离开，而那名军医已经回到了我的总部。我耐心而善意地和他争论，但是他很坚定。‘那是规定。’他说。然后我问他如果我坚持要离开的话会发生什么。他说他只能把我关起来，把我带去锁起来的病房——精神病房。我问他那是否意味着我得去做一项心理健康的检查。他说是这样，并且在那结束前，我都只能一个人被关在一个隔离病房里，因为我是一个军官。‘你是说我一个人单独的房间？’我记得这样问他。他回答说：‘是的，先生。’这解决了问题。”

“解决了什么问题？”

“首先，我觉得如果那时我被检查过心理健康，并被认定为心智健全，那么海军在宣称我的信息是不理性时就会站不住脚；第二，能够在一个属于我自己的房间，锁上或者没有上锁，这个想法对我的吸引力超过我能用语言表达的程度。我很久没有一个属于我自己的房间了。”

“所以你被转移到上锁的病区里一间上锁的病房？”

“是的，法官。那是一个非常舒适的小房间，窗户和门都装了护栏。一个传令兵给我送来一些早餐，我问他我能不能要一个打字机和一些纸，解释说我有一些重要的工作要做，但是他摇了摇头。然后我问他我能不能要一支铅笔还有一个写字板，他笑了说：‘当然可以，上校。在这里的每个人都一直在写东西。’他带给我一本又长又厚的写字板，装订着打了横线的黄色纸张，还有一支铅笔。他还给我拿了镇静剂。我开始很快地写作，然后倒下睡觉。”

“你在写些什么？”

“我认为我在对尼米兹的消息中没有把我的指向说得完全清楚，空军第七部队还有陆军地面军队，同样由尼米兹指挥，分别由各自位于檀香山的总部控制，他们和尼米兹完全一样负有责任，我在睡觉时刚开始写一篇关于他们的备忘录。等我起床以后，我继续写这个备忘录，当基斯纳和那个军医来看我时，一切进展顺利。基斯纳，就像通常一样非常温和，我问他有关我的消息目前有什么进展，他说没有什么——所有的事都按原来的安排，等我休息几天后就会依照原来的指令回家去。我问他曾发生过什么，他说：‘实际上，这则消息就是被撤回了，麦克，因为你当时正忍受着空战疲劳的折磨。’我担心他的意思是说那条消息根本没有到过五角大楼，或是尼米兹的总部，但是他说：‘啊，不是，它完好地送到了那两个地方，我相信也被广泛地阅读过。事实是，麦克，勒迈得去向尼米兹当面道歉，他一点也不喜欢这样做——完全不。’我又感到昏昏欲睡，他们离开了。”

“你接受心理检查了吗？”

“嗯，是的。负责精神病房的医生，一位少校，和我有过一次长谈——或者说，更合适的说法是，听了我的长谈——并且给我做了多种测试。然后他说我四十八小时内会被释放。我问他我是不是疯了，他说：‘没有。只是有点空战疲劳，上校。’所以我好好地休息了，几天后被释放了。”

“在此期间你和精神病房的其他囚徒有过联系吗？”

“只是和他们打了招呼，法官，在我来回洗手间的路上。按照那里的惯例，在这段路上我被一个持械的警卫陪同着，但是他让我在回自己私人房间的路上可以在士兵的区域逗留一段时间。那里多数的囚徒都在写东西，我犹豫着没有打扰他们，但是有两个没有在写字，我对他们产生了兴趣，就尝试着和他们聊了聊。”

“聊了什么？”

“噢，什么都可以。但是他们两个都不能说话。有一个是黑人，长得和我以前在东八十街第三大道公寓里的仆人很像。到那时我已经，我想已经完全恢复了神智，不过我真的认为他很可能是他的兄弟或亲戚。精神医生后来告诉我，他患有早发性痴呆以及姿势性固着。他不分日夜地不靠任何东西直直地坐在床上，右手举起来并举过头顶——弯曲得像半个拱形。精神医生告诉我他从珍珠港事件以来就一直在一艘战斗巡洋舰的厨房里工作，但是突然失了魂——或者至少是开始采取这个僵硬的姿势并且停止了说话——没人能对他做些什么。我曾给他提供过香烟，显然他并不需要它们。我在那里的最后一天，坐在他的床脚下，告诉他他看上去很可能是我以前家里仆人的弟兄，然后他开始哭起来——没有改变身体的姿势或是动一动脸上的肌肉，沉默地哭着。唯一的动作是眼泪从他的脸颊上流下来。精神医生后来告诉我这可以被看作是一种病情改善的标志——或许他能从他的姿势性固着中振作起来，即使他的早发性痴呆不会变好，因为至少他总算可以哭泣了。”

“那里还有一个人不会讲话？”

“是的，法官。他是一个看上去非常高兴的年轻海军——皮肤苍白，一头红发。医生告诉我，他也有早发性痴呆，但是他没有姿势固着。他总是坐着或躺着，什么时候有人和他讲话或是看着他，他就会笑起来，咕哝着一段相同、单一但好听的调调——像是‘喂——呕，喂——呕，喂——呕’但不是惊叹式的，就像是一只树顶上的鸽子发出的声音。他曾经参加过四次海军的抢滩登陆，最后两次是在硫磺岛。精神医生告诉我他的病好转的可能性不大，但是至少他看上去并不痛苦。”

“你离开医院之后做了什么？”

“我拿到了全部行李，像平常一样，和勒迈还有他的部下吃了晚餐，每个人都超出平常的热情——有些人甚至很恭敬——但是没有提到我关于尼米兹的报告。第二天早上，我乘坐国家空运局的飞机回家了。”

“那时你处于拘禁状态吗？”

“有一段时间，法官大人，我认为或许是的。一个上校，一群回家等待重新分配任务的指挥官由基斯纳在机场介绍给了我——基斯纳用他的吉普把我带到那里——并且说那个上校也是要到诺斯塔德那里报到，会和我一道返程回家。但是在檀香山，我本以为在那短暂停留的四个小时期间我也很可能会和这名上校待在一起，他却说有一些朋友要去拜访，会稍后和我会面。我自己也拜访了一些朋友，度过一段愉快的时间，在飞往华盛顿的飞机航班上重新和他会面。那天下午晚一点，我们抵达华盛顿后直接去了斯塔特勒，我们在那里共用一个房间，晚上一起外出喝酒用餐，但是分别返回酒店。我推测此时我不再处在被看守的状态了。第二天早上，上校打电话到诺斯塔德的办公室，告知我们已经抵达，诺斯塔德的行政官回复让我们当时就过去，诺斯塔德会立刻接见我们。我的上司，雷克斯·史密斯上校，似乎正在等我，因为在我们去往诺斯塔德办公室的路上，他在走廊上和我还有另一名上校会合，和我们一道走进诺斯塔德的办公室。在那，诺斯塔德和我们握手，告诉那名上校他的新职务是什么并祝他好运，上校就离开了。然后，正如我已经告诉你的，法官大人，诺斯塔德只是说整件事情已经被忘掉——它从没有发生过，等等。随后，我得到了三十天的假期，回到纽约，写下关于B-29计划的四篇文章。”

“你没有在五角大楼和那里的任何人谈论过这件事？”

“不，法官，我有谈起。史密斯上校看起来不愿谈起这件事，只是和我微笑，眨了眨眼，但是我在同一天和一个我的朋友吃午餐，一名中校，他是史密斯的其中一位助理，详细询问了事发过程。看起来曾经有很多航空部队、海军甚至是陆军的高级军官为此在五角大楼的走廊跑上跑下，有段时间阿诺德将军要把我带回家送上军事法庭，或者就在境外进行军事审判。阿诺德那时十分恼火，我的朋友说，因为他得在当天下午向参谋长联席会议的同事——海军上将厄内斯特·J. 金还有威廉·D. 莱希以及马歇尔将军——解释一名陆军航空部队的中校发送了一条这样的消息这件事是如何发生的。他对我负有责任，你看，作为陆军航空部队的总司令以及空军第二十军的总司令。但是当我的总部发出消息说我的那条报告被撤回了，每个人都明白不需要再做什么事，洛维特让阿诺德冷静下来。”

“你指的是罗伯特·A. 洛维特，当时的空军战争部长助理，后来的美国副国务卿以及国防部长？”

“是的，法官。”

“他也称呼你为麦克？”

“是的，法官大人。实际上，我和他比其他任何一位将军都更为熟识，和他在战前的纽约已经结识，并且参加过几次在他家中举办的晚聚。”

“你和他讨论过你那条针对尼米兹的消息吗？”

“是的，法官。因为我得知洛维特或曾阻止过阿诺德把我送上军事法庭，我在同一天下午过去感谢他。”

“那时你不再愉快地期待被送上军事法庭？”

“那很难说，法官大人，但是，实际情况是我觉得——一半的时间，至少——我对事情最终像那样进展感到某种程度的失望。我的感觉就像是左拉在写完‘我控诉’之后，除了每个人都不停地和他握手，什么都没发生时可能有的感受一样。另外一半时间，我很庆幸自己不需要在剩下的生命中都作为一个殉道者——有点像比利·米切尔被称作彼得·罗杰·欧比，并且无法驾驶飞机。”

“不管怎样，你去拜访并感谢了洛维特先生？”

“是的，法官。他的秘书让我直接进去，我就直接走进去，洛维特和我握手，笑了笑。我说我希望自己完全没有给他造成尴尬，他说绝对不会。他说海军曾到他那去，造成了很大骚动，问他关于我的那条报告会怎么处理，他说没什么能处理的，因为它已经被撤回，不再作为一份正式文件存在了，航空部队仅仅有兴趣去发现我在那个报告里说的任何事情——在消息被撤回之前被记录下来的事情——从事实来讲是否存在偏见。他们离开了，我记得他说，并且再也没有提起这个话题。”

“他有提过相信你在那条消息里说到的事吗？”

“他当然不相信尼米兹犯了叛国罪，即使一般的背叛也没有，法官。”

“那时你是否也过去拜访了阿诺德将军？”

“没有，法官大人。我从没有见过他。但是当我那天下午离开洛维特的办公室时，阿诺德正在外面的接待室等待，洛维特把我介绍给了他。”

“那么，请准确地告诉我们在那个场景下说了什么。”

“洛维特说：‘阿诺德将军，我觉得你可能没见过麦凯尔韦上校。他刚从关岛回来。’”

“阿诺德将军怎么说？”

“他没说一个字。他眼神锐利地看着我咧嘴笑了笑，然后和我握了手。”

“你说什么了吗？”

“我说：‘很高兴见到您，将军。’”

“好的，那么，洛维特有再说什么吗？”

“没有，法官大人。”

“我明白了。现在，我还有一个问题向你提出，你是否认为，军种间竞赛整体上看是一个好事？”

“不，法官。”

“我想就是这些。”

“谢谢你，法官大人。”

（卢一波　译）

凤头鹦鹉

这是一个真实发生的有关童年和死亡的故事，但我会努力使它跳跃起来。“跳跃”这个词，据词典解释是源自拉丁语saliens，意思是“通过跳跃和跃动进行移动”。什么是思考？思考是“针对某些意象的，有别于感觉和情感的精神性质的集中”。这是一个源自中世纪英语的词语，而古英语有时候是晦暗不明的。我想表达的是，就本文涉及的我一生中那段短暂的时间——从13岁到17岁的少年时代——我没有思考过死亡。我意识到了它，但从未像词典中的意义那样给过它“思考”。这种状态至少要持续到1922年夏天到华盛顿动物园里那件和凤头鹦鹉有关的事件发生的时候。那时，这个故事也正接近尾声。

我想有些年轻人在他们远未到17岁时就开始思考一系列事情，即使不包含死亡，当然对此我并不确信。年轻人是接受者。为了有东西可以给予，他们必须先接受，为了把已接受的事物交给别人——即使只是交给他们自己——他们就必须思考，在词典的意义上。我只了解我自己，当然，关于我自己，我知道所有的事。我知道在过去的时间里我听到的、看到的、我触碰到的和嗅到的，我了解我的想象力在顺利运转时展示给我的不存在的事物，我也知道我曾做过的事。我记得一切。如果我有过一些思考，我会记得它们。我没有遗落任何一个我可能产生思考（在词典的意义上）的事物，把它们一件件浸在记忆里去测试并百分之百地确保那里从没进行过任何和这些事物有关的思考；我认为这么做是不必要的。如果在这段13岁到17岁的时间里我不能思考死亡，那一定是因为我还不能思考任何事。我已经有过感觉，感受到情感的起伏和断裂，经历过想象力的游离和梦境或噩梦里出现过的事物，我有过这样或那样的行为。

我的父亲死时是52岁。当时我13岁，正在经受一次猩红热的折磨。当我一开始得病的时候，我母亲就认为让我搬去她和父亲通常睡觉的二楼卧室对于照顾我比较有利。因此，我就被卷进他们的双人床里，我父亲则搬去三楼的另一个卧室。我还躺在床上但日渐恢复的时候，父亲给我买了第一套积铁建造模型——1-A号。他早早地下了班，到伍德沃德和洛思罗普百货玩具部给我买到了那个玩具。他工作很忙，他曾是一个神学博士，实际上就像其他我们认识的那些人一样，但是为了做国家童工委员会的干事，他已经放弃了向长老会成员布道。他正在推动国会朝接受一项旨在防止儿童在南方的棉花种植作坊中被雇用工作的宪法修正案迈出第一步，那些棉花种植作坊多数都被长老会的人持有和经营着。因为有被我传染并把病菌从家里带去办公室的危险，他不能进入我住着的房间，即他从前的卧室，只能站在门口，而我会把我用1-A号做好的新的造型举起来拿给他看。房子已经被隔离了。我的母亲，因为经常和我还有我的病菌接触，被限制离开房屋。我的两个哥哥正在训练营为世界大战的战斗做准备，姐姐在隔离被解除之前都被寄养在马里兰州的表亲家。还待在我家的是我们的苏格兰-爱尔兰管家，安娜贝尔小姐，她在我出生前就已经是这个家庭的成员之一。因为她要和上门的送货员打交道，所以也不能到病房来。不用医生告诉我这种疾病的传染性，妈妈已经告诉了我。她对疾病的事都很清楚，从很多方面来说她都以最大的努力来面对它。她对那些最亲近的人怀有深厚的爱，同时又为他们的缺点对上帝保持强烈的责任感。当他们健康活跃的时候，有时会因为来自她无情的批评而感到压迫，但当他们生病静下来的时候，她又会缓和下来，把全身心都投入对他们的照顾中。

我父亲在我恢复的那几个星期给我买了1-B号、2-A号、2-B号以及3-A号积铁建造模型，如果他没有染病，可能已经给我买了3-B号。妈妈说他绝对不是从我这里传染的。“他得的是严重的支气管炎。”她说。然后又告诉我说他跟她承认他的心脏也有些问题。在我开始得猩红热的时候他去看了医生，那时已经被告知这一情况，但是不想让母亲感到担心。母亲说这意味着等他的支气管炎好了之后要生活得小心一些。在穿过六个街区上到小山顶的电车线时必须走得很慢，当我病好以后，他自然也不必再爬三层楼到母亲为他安排的房间去。与此同时，她可以同时照顾我和父亲，因为在我的猩红热隔离被取消前他也不能到家外面去了。

接着，大约在我父亲得了支气管炎的一周后的早上，母亲进屋来看我，我和平常一样问她他怎么样了。

“他已经离我们远去了，”她说，“上帝带走了他。他走得很平静。是在昨天晚上你睡觉以后的深夜，孩子。我给他准备了些热牛奶和饼干，当我帮他从床上坐起来，为他把枕头抖松的时候，他叹息了一声，倒下去，离开了。”

“他死了？”我问。

“是的，”她说，“想哭就哭吧，孩子。”

她等到我假装哭起来的时候，离开了屋子。医生说六周的隔离期差不多到头了，我的皮肤不再脱落，从医生的角度看我已经不再有传染性，因此他会根据情况冒一个险，就这么放手撤掉了隔离期。两天后，我已经可以穿上衣服到楼下的客厅去，那里已经为将在第二天举行的葬礼做好了准备。我从客厅进入厨房，安娜贝尔小姐在我脸颊上亲了一下，然后假装她正在忙着做饭的事。我知道她是在哭，她不是为父亲哭泣；她在哭是因为我是一个失去父亲的孩子。后院里养着我的波士顿小猎犬贝西。父亲在六周前圣诞节的时候从K街的宠物商店把她买给我。她跳起来，然后开始转圈跑，因为从生病以来她都没见过我。那个时候我哭了，但是在葬礼上还有之后在岩溪公墓我都没有哭。

这一切都发生在华盛顿和其他地方的电影院里出现的有声电影发明之前，但是有声电影那时已经以同样的方式在我头脑中放映了。有一些全部来自记忆，有些来自想象，有些发自情绪，还有一些是不知道来自哪里的噩梦。有时那些记忆、想象和情绪和其他一些片段融合，成为一些连续性的交叠的影像，并且伴随着对话。但是在噩梦里同样的场景总是一遍遍出现，并且全都是噩梦。我梦到在云海的岸边寻找父亲，我会找到他，责备他，用我颤抖的手指指着他，有时候对他大喊大叫。我会对他说他应该为离开我们感到羞愧。告诉他他应该立刻回到我们身边否则我就告诉母亲。我说会告诉妈妈我们两个人的秘密，那个周日只有我们两个人到他的出生地弗吉尼亚州夏洛特的政府大楼那里打猎时，他让我射击了一只鹧鸪。我尝试跺脚来让他知道我多么生气，让他知道我说的每句话都是认真的——我会告诉妈妈他撒谎说是在一个周六让我射击了鹧鸪——但是我的脚只是穿过我站着的云层，没有发出跺脚的声音，而我父亲就那么看着我，摆着一副在我假装胃疼时他为了取笑我而模仿我痛苦脸色的表情，那是在我们华盛顿州的第一个家——在乔治敦的房子里，而不是在芒特普莱森特他去世的那个房子——在我刚刚开始上小学的时候。然后他对我微笑，和我眨眨眼睛，我就醒了过来。我的记忆会立即很快地展示给我一些和那个噩梦相关的有声电影。例如，它会给我展示那个胃疼的场景——母亲把我放上床，说我那天不用去学校了，父亲上班前进来我的房间看到我脸上痛苦的表情，然后对我模仿那个生病的表情，表示他知道我是在装病。妈妈会站在我这边告诉他不应该取笑一个生病的孩子，他就会对我眨眨眼，然后笑着走开。我很生他的气因为他在拿我开玩笑。但是同时又觉得我和他是同伙，因为他对我眨眼睛，意思是他知道我是为了不去上学而在演戏，但他不会告发我。

然后我的记忆，很可能会带出我们刚从乔治敦搬去芒特普莱森特的家后，西格弗里德死在后院里的画面。西格弗里德是我哥哥赞的大丹犬。我们都很喜欢他，好像他是我们家的一员，就像安娜贝尔小姐一样。当他是只小狗的时候，是那么地大和笨重，以至于前腿都被压弯了，兽医说一只大丹犬发生这种情况时除了安乐死没什么别的办法。母亲说这真是太荒谬了，那只小狗需要的只是一副支架。我们用松木的柴火做了一副支架，用砂纸打磨得像妈妈的传教士表亲送给她当作三十岁生日礼物的翠玉块一样光滑。妈妈用黏性石膏把支架固定在西格的腿上，当他长大变强壮一些之后为他做新的支架，最后她把那副支架永远取走的时候，西格的腿已经变得很直，不再被压弯，母亲说："那些兽医真是够了！"然而，过了很久之后，西格得了狗瘟，因为在我们本应该为有这样一只大丹犬作为一名家庭成员而感到骄傲和开心时，我们却为了虚荣心把他送去狗展进行展示。母亲把那称作虚荣心，而我们所有人，包括她自己，都为此负有责任。西格得到了最高荣誉，也因狗瘟死去了。只是事实上，他不是自己死的。兽医来过，说他一定会死，所以应该被杀死以免除这样的痛苦，每个人都说我们不能就这么让他安乐死，于是西格躺在后院赞为他支起的帐篷里，吠叫着、咆哮着、哀嚎着、神志不清地呜咽着。父亲说他梦到了几百年前在丹麦追逐围猎的祖先们。但是西格吠叫、咆哮、哀嚎和呜咽了整整一周，每个人都变得十分忧愁，安娜贝尔小姐不管做什么饭大家都吃不下，最后母亲——由于她的责任感，她说——告诉兽医对他施行安乐死，兽医在我们都在学校的时候这么做了。他把一块布蒙在西格的脸上，上面涂了氯仿。当我哥哥从他在校足球队踢左前卫的高中回家之后，他说西格被杀了，被谋杀了，对母亲大吼道："只要你还活着我就不会原谅你！"她的眼泪夺眶而出，还有我姐姐、我和安娜贝尔小姐的。

我的记忆会为我展示母亲在西格的脸上蒙上一张蘸有氯仿的布的画面，然后是她在父亲的脸上蒙上一张一样的布的画面，她告诉我父亲正处在痛苦当中，必须接受安乐死以免除这样的痛苦，这将是我和她之间的秘密。但是接着我又看到在其他的画面中我身上的病菌飞上三楼杀死父亲，杀害了他，还有一些画面中上帝下到母亲为父亲安置的三层卧室去看他，上帝说："麦凯尔韦，我需要你到天上来，你得到这来。"然后父亲说，"我愿意跟随你，上帝"，然后就离开了我们。上帝用他名字的全称来称呼他，就像伍德罗·威尔逊总统做的那样。总统先生是宪法童工修正案的强烈支持者。母亲说修正案是必须的，因为父亲曾为一项联邦童工草案能在国会通过付出了巨大努力，但那条草案在总统签署之后却被宣布为违宪。有一张图片，一张总统签署草案的照片，从左到右站着父亲、母亲、姐姐、总统先生和我。那张照片被框起来放在父亲的书房，立在壁炉上面。父亲在那张照片里的表情十分庄重，而我的记忆给我一张他在葬礼那天躺在棺材里的画面，他跟那张照片里看起来一样，除了眼睛是闭着的。

有一些画面我在记忆中一遍遍重放，因为那是一些我最喜欢的画面，它们不会让我感到紧张。那是关于我九岁时要被父亲用剃刀皮带惩罚的那一天，他一生中从来没有对别人这样做过——即使是姐姐和我的哥哥们。由于疏忽大意和判断不准，我把一个装着活蚱蜢的牛奶瓶从很高的地方坠下，想让它在岩溪公园一个众议员的儿子正在玩耍的附近石头上摔破。但是牛奶瓶砸在他的头上，他开始流血，医生给他缝了十二针。画面中父亲从办公室回到家，而我被妈妈发落到房间里等候他，他带着皮带一路上楼，一边说："很抱歉，孩子，但是这件事实在是太过严重。"看起来那个议员没有敲门就进到他的办公室，告诉他省省心，不要再拿那些在南部棉花种植作坊的儿童来烦扰议会，最好开始关心一下他在哥伦比亚特区的自己的孩子们吧。那个议员说我应该被送到劳改学校去。画面中，父亲在严格地惩罚我之前，让我告诉他所有的情况，然后他晃动着皮带，开始叹息并且发出抑制不住的哧哧声。我以为他在哭，但他实际上是在笑，当他恢复过来的时候，再也回不到要用皮带抽我的状态，甚至也无法用手打我，只能对我说："啊，孩子，把我逗笑的是至少那是个众议员的孩子，而不是一个参议员的儿子。"最后这件事我得到的唯一惩罚是我必须赔付那个孩子的医疗费，并且给他和他的父亲——那个议员当面道歉。我用夏天在公园里打扫树叶的钱付清了那笔钱。

周围的事情就像在我脑海中一样进展迅速。哥哥们请假回家参加葬礼，然后又离开了。那是我第一次见到他们穿着制服。葬礼在我家的客厅举行，有很多华盛顿的政要，一些议员和两名参议员到家里来，母亲和姐姐、两个哥哥、安娜贝尔小姐和我坐在二楼楼梯平台的椅子上，在那里我们能听见所有的声音但不能被楼下的人看到。妈妈哭着，一张手帕几乎遮住了整张脸。姐姐也哭得和她一样。安娜贝尔小姐没有哭，因为那会引起别人的注意，她从来不希望这样做，但是她的表情扭曲着就像是处于极大的痛苦当中。我的哥哥赞，穿着海军飞行员的制服，哭着，也在用他的手帕；我最大的哥哥，博，穿着步兵少尉的制服，哭着，但没有用他的手帕，眼泪滚下来在他鼻翼的地方掉下去。我尝试着哭起来，但是哭不出来，所以用自己的手帕假装在哭。葬礼后不久，母亲把整栋房子和里面的家具都租给了一个内政部的战时官员，租期一年。姐姐被送到一个师范学校去学着怎么做一个老师。安娜贝尔小姐放了一个长假，去北卡罗来纳探访那里的一些亲戚。母亲和我则到弗吉尼亚她的姐姐家里。母亲知道姐姐的丈夫不喜欢狗，所以不想让贝西成为他的负担，所以贝西被送到她在乔治敦的朋友那里，他们保证会让贝西过得好。母亲说他们答应等我们回来安顿好会把狗还回来，除非那家的孩子们太过喜欢贝西，那样她会从别处给我再找一条狗。在父亲死后的最初那几天里，每次母亲看向我的时候，我都会移开视线。我不由自主。

那年夏天快结束的时候，母亲和我回到华盛顿，寄宿在霍巴特家里，一户在我们租出去的房子以北一个街区的一家人。霍巴特家的男孩，菲儿，是我的一个好朋友，但母亲并不那么在意霍巴特家的人。他们在她眼里就是一些普通人。母亲说她不想因为要他们收留贝西就欠下霍巴特家的人情。我在霍巴特家患上了流感，那让我情绪低落，和母亲说的完全一样。流感的病菌对新陈代谢产生了影响，她说。等我从流感中好过来，我们搬去乔治敦的惠特曼夫妇家。母亲和惠特曼太太是密友，如同她们所说，但是不太喜欢惠特曼先生。她说他是一个独断的人。他们有一个叫贾斯蒂娜的女儿，和我一般大。我完全忽视她。那时我开始在韦斯顿高中第一年的生活，经常偷偷抽烟，我已经和一些新生交上了朋友，他们不仅抽烟而且知道所有事情的所有方面。他们说的一些东西看起来并不可信，但一段时间之后我也相信了。尽管我头脑中已经想着一些女孩，但我并不喜欢面对面的相处。我对贾斯蒂娜不必要地刻薄。当那些关于父亲的令人愉悦的画面正在我头脑中进行时，有时候女孩们会闯进来，展开一卷有关她们的画面，而我并不想这样。但有时候关于父亲的坏的画面一旦开始就不会停下来，即使我极力地想让女孩子出现。几乎每天晚上我还是会做那个同样的噩梦。

我仍然穿着短裤，我母亲说我直到十五岁都不能穿长裤。我加入了韦斯顿高中候补军，为了能有一件他们的长裤制服，等我拿到以后，不管是训练日与否都穿着它，周六和周日也穿着。那时我差不多已经六英寸高，许多人觉得我至少十六岁了。母亲最后让步，在伍德沃德和洛思罗普百货给我买了一套长裤便服，一件单排扣蓝色法兰绒外套。我的叔叔、婶婶、表亲和母亲的朋友在我去拜访他们或在周末的祷告后偶遇时，会说："这就是我们家的大人了！"我母亲就会说："是的，确实，他现在是我们家的大人。"他们会朝我笑笑，我会做出严肃的表情。母亲在我们单独相处时会和我有很多交谈，把她的担心都告诉我。我不能看着她的眼睛，也不能问她是否有要和我分享的秘密。不过，我感到好像我确实是这个家中的男子汉了。我把烟戒掉，和我刚进韦斯顿时交上的那群逍遥的新生团伙断绝了来往，在二年级、三年级甚至四年级中间结交了新朋友，开始和真的女孩外出跳舞，和其中的一些在回家的汽车后座上拥抱和接吻。然后战争突然终止，母亲和我搬回了芒特普莱森特的家。安娜贝尔小姐回到了她的岗位上。哥哥们也回家，脱掉了制服，加入了家庭圈子。我相信他们不那么爱我，因为我已经长大了那么多。我开始比以前抽更多的烟，并且，第一次偷盗和逃学。

母亲决定在家中接待两三个付费旅客时，我把他们当成侵入者冷冷对待，不过，与此同时，也因为我可以有地方进行偷盗而欢迎他们。白天，我和一些最好的朋友从10美分商店里偷窃各种物品。有一次，晚上的时候，我们偷了一辆有人放在街上并且插着点火钥匙的汽车。我们开着车到处游荡了一两个小时，然后停在附近某个地方。一个人的时候我偶尔会从母亲手包里偷些二角五分或五角硬币。她总会想起这些钱，问过我这件事，但当然从没认为是我拿的。寄宿者来的时候，我不再从她那里偷钱，只在寄宿者那里偷。其中一个，叫作吉罗的先生，是一个金矿。他单身，在财政部工作，他常在母亲的晚餐餐桌谈话中发出羞涩的窃笑，低下头把餐巾举到嘴边。母亲喜欢这个人。她说他来自一个善良的法国胡格诺教派的支脉——吉罗家族。她觉得他或许会和她祖母家那边的胡格诺家人——米奇罗家族——联系起来。不管怎样，吉罗先生一见倾心于我们家的一位女租客。当他走下大厅去洗澡，把头发梳得油光发亮的时候，我就会走进他的房间，偷一些他放在书桌上面的零钱。他好像从来不会想起这些钱。然后我开始在他的钱夹里找钱，有时候会拿走3美元那么多。但他从来没有过一句话或者一个表示。他完全沉醉在爱情里。

我把偷来的钱补足我每周2美元的零用钱，那还不够我的车费和午餐钱。安娜贝尔小姐每天都会给我做一份很棒的午餐，鸡肉或烤牛肉或弗吉尼亚汉堡三明治，还有新鲜水果，装在纸袋里用绳子系好。但是我每天都在去乘有轨电车的路上，把它扔进柯林吉路拐角处的下水道里。因为和我一道的那群大孩子都在高中对面那条街的熟食店吃热狗和香肠三明治且没有水果的午餐。我在宾夕法尼亚大道的国民储蓄和信托公司有一个储蓄账户，里面存有45美元，是我在圣诞节期间为一家花店送花挣来的钱，但我不打算动它，也就没有动。我仰赖于吉罗先生。最后，我从他的钱夹拿走了10美元，这一次他发现钱不见了。告诉母亲说他不很确定，但觉得自己钱夹里不翼而飞了10美元。她询问了我这件事，也不认为是我拿的。这件事不了了之。吉罗先生和那位女房客订了婚，看起来很幸福，尽管母亲觉得她对他而言有些年轻，并且有点普通。

我很可能会再回到吉罗先生和他的钱包那去，如果那次我没有离家出走的话。我已经连续多日逃学，说服一个四年级的女生为我写了请假条，她在上面伪造了母亲的签名。整体来看，逃学是一件无聊和让人不安的事。自由的时间在我手中并不好打发。那时去游泳或钓鱼还太冷。我能想到的唯一的事是去电影院。但是电影直到11点才开始放映，而我为了装作在上学每天八点半就得离开家。从那时直到11点，我都无事可做。大部分的早晨我都把时间花在史密森学会，那是一个和其他博物馆一样遭我厌恶的博物馆，因为那是一个有教育功能的地方。不过，史密森学会内部非常暖和，在早晨的那个时间也没有更好的地方可以游逛。有时候我会到家附近的公园去，但是上一个的夏天我刚刚在那里扫过树叶，我对那里的情况已经了如直掌，甚至还不如史密森学会更加吸引我。在学会里不能抽烟，但是在电影院里，我可以坐在地下室的男用休息室的大皮椅里抽烟。但是如果我到那去抽掉一整支烟，我就会错过电影的某个片段。通常我只抽半支，实际上不会下去抽烟，这样一直到电影结束，我会回到抽烟室抽很长时间，之后如果我觉得喜欢那部电影会把它们再看一遍。除非一天剩下的时间我都想自己过，我就得在第二场电影散场前离开剧院，乘车到乔治敦到我们高中外面去，三点钟的时候学校下课。我会加入我的朋友们，和他们一道找些事做，待到回家吃晚饭的时间。

但最终，这样的日子还是到了头。二月的一个早上我带着一张伪造的请假条到学校去，把请假条交上去，大约一个小时后，被校长叫了过去。他告诉我他发现我的请假条是伪造的，已经和我妈妈沟通过，惩罚是我被无限期地停课，我可以回家了。那时候大概十一点半左右。我上了一辆电车，准备在杜邦环岛换车回芒特普莱森特的家，但是在到杜邦环岛之前，脑海中出现一个画面让我逃跑。那辆车是往市中心去的，我一直待在上面。到了国民储蓄和信托公司取出我的积蓄。一切都进行得很快。我意识到只有这45美元我走不了太远，想到我需要一些衣服还有一个装衣服的箱子。我从银行出来的时候在大堂的桌子上拿了一张空白支票。

然后我去了伍德沃德和洛斯罗普百货。母亲在那有一个记账的账户。我过去不时会在她的吩咐下去给她买些东西，记在账上。但是这次在记账买东西之前我先去了会计科的出纳窗口，在那张空白支票上填了45美元，签上名字，递给了收银员，莫尔特比先生。我告诉他我在那家银行有一个支票账户，这是假的，并说我母亲在那也有一个支票账户，这是真的。他认识我和我母亲。没有犹豫就为我支取了那笔钱。

我接着去了男装部，问他们要一些轻薄的套装。我那时不知道会逃往哪里，但我设想的是一个会让我觉得走了很长的路的地方，很可能是华盛顿南边的某个地方，那里会更加暖和。店员说他们那没有轻薄的羊毛套装，并笑着补充道现在买棕榈沙滩装还太早。我说，事实上我正要去佛罗里达——我有一个表亲在那里病倒了——棕榈沙滩装或许就正好是我要找的。他说他们的夏装供货几天前才到，还没有上架，但是他很乐意给我展示一些。我试了没几件就选中一套——它们都是一样的深奶油色——记在妈妈的账单上。它大小正合适，除了裤子有一点长。店员想帮我做些修改，但我说我的火车还有几个小时就要开，等我到了佛罗里达之后会让我生病表亲的妻子来帮我裁短它。

我去了男用服饰部，记账购买了两件白衬衫、两个半浆的长点衣领、两件B.V.D内衣、两对黑色的莱尔线袜子和两条棉质手帕。我想不出其他可能需要的东西。我觉得脚上正在穿的鞋子很合适，等我到佛罗里达之后可以买一顶带黑红条纹带子的草帽。我当时穿着那件单排扣的蓝色法兰绒上衣，外面套一件深色红绿花格呢短大衣，戴一顶带有耳廓的羊毛雪帽。我把这些东西带到行李部，记账买了一个中等价格的人造革的箱子，把我名字长而复杂的首字母用镶金的字体印在箱子上面，把其他东西放进去。直到现在我都不明白为什么那家百货里没有人会怀疑有些不正当的事情正在发生。我只能当作是因为我有一张诚实的脸。

等我离开那家商店时，我已经做好决定去基韦斯特。那是除了棕榈海滩我唯一听说过的佛罗里达的地名，那也是我能想象到的往南方去并且还在国境线内的离华盛顿最远的地方。我有感觉以后我可能会到南美洲的某个地方去，就像欧·亨利小说里的角色，但是一开始我不想到那里去。我在联合车站问了火车班次，买了一张通票，订了一张普尔曼卧车的上铺。价钱加起来惊人地贵。在我的火车被广播叫到前，我在报摊买了一本《欧·亨利短篇小说集》（简装本），放在了大衣的口袋里。我还买了一些简单的文具。我在候车室发现了一张桌子，就坐下来给妈妈写了一封简短的信——那种，我猜一个15岁离家出走的少年通常都会写的信。信中表达了我让她别为我担心，以及没能把握机会的歉意。信里说保证会常常让家人知道我健康状况良好，但也说到我做出点事之前都不会告诉他们我去了哪里。信里说我一定会把我用空白支票从国民储蓄和信托公司支取的45美元还上，也会为我在伍德沃德和洛斯罗普商店里记账购买的东西埋单——只要我找到事做。

我没有找到事做，直到五个月之后我回到华盛顿在《先驱报》广告部找到一份送信的工作。在基韦斯特我先是在旅馆住了几天，然后在稍微便宜的寄宿家庭里住到我的钱全部花光。我找到的唯一一份工作是给迈阿密的一个报纸征求订户——基韦斯特没有报纸——这份工作显然没什么前途，那些日子，基韦斯特已经不再是旅游胜地，除了打鱼和制造雪茄没有什么别的产业，基韦斯特的居民也对订阅迈阿密报纸毫无兴趣。等我的钱花完之后，我打包好行李，带着它去了码头。我自然地穿着那套棕榈海滩的衣服，戴着我一到这就买来的红黑带子草帽。我发现把裤子下面的袖口折起来可以不用花钱改装就能调整到合适的长度。我想物色一艘前往南美洲的货船，但是那里除了渔船和说西班牙语的船长什么都没有。我认识一些拉丁语，但不懂西班牙语。最终，我很饿的时候进到一家餐厅问柜台后面的人能不能做点工作换一顿饭。他看起来非常吃惊。我想我当时看上去衣着得体。他没有要求我做任何工作，送了我一顿饭，并且建议我如果想要找工作的话可以去迈阿密或者杰克逊维尔。

我上了去迈阿密的火车，等售票员过来的时候告诉他我没有钱，但如果他告诉我价格还有他的名字和地址的话，我会把从基韦斯特到迈阿密的车费寄给他。他看上去有点愣住了。当我追问他名字和地址的时候，他说“啊，见鬼去吧”，然后去到车尾，拿起一份周六晚邮报读起来，并且不时地拍打着那份报纸。

过一会他又过来，说：“你要是想在各地闲逛的话，你不能就穿着那身衣服，戴着那个帽子和提着那个箱子。你在这条路上或者全国任何其他的路上都不会这么混过去。只不过我是一个好心的人。为什么不从哪来回哪去呢？不过你为什么想要从家里跑出来呢？”

当我告诉他等我做出点事来就准备回家时，他说“噢，老天！”，然后回到车尾又拿起他的报纸。

等我从他车上下来的时候，他说，“杰克逊维尔是附近最好找工作的地方。迈阿密到明年冬天前都会死气沉沉。不过你得跳上某辆货车，你明白吗？你不能就这么离开这里。”

我问他应该到哪去跳到货车上。

“噢，老天！”他说。“他们会在出停车场的那个拐弯的地方减速，”他一边指一边继续说，“他们大多数都是空的。”

等我到基韦斯特一周之后我已经和家里建立联系，打了一通由对方付费的电话。我说服自己去打电话是因为听到我的声音母亲可以不那么担心，但是我不在乎她和我说话的方式，抑或是哥哥们或某个叔叔跟我说话的方式，只要我让他们知道我那时很健康。他们要求我立刻回家，并说会把车票钱汇给我。他们的每句话都以质问式的“你听到了吗？”结尾。我回复说我不准备回家，我刚刚在另一个州的另一个城市找到一份在报社做记者的好工作，马上就要离开基韦斯特到那里去，我对他们说让警察知道我的行踪除了会给家里抹黑没有任何好处，以后我还是会不时地让他们知道我过得很好。实际上，我是想要成为一个报社记者，但我知道报社对刚入行的记者每周只付5—10美元的薪水，而且在他们积累经验的时候甚至让他们免费为报社工作。

我没有遇上很大困难就跳上一辆去杰克逊维尔的货车，并且在空着的车厢里从一些其他乘客那了解到，在杰克逊维尔的码头总会有一些每小时70美分的工作。在杰克逊维尔，我在一个不错的小区的一栋头等出租公寓里租到一间房子，在那不需要提前给房东支付押金。有好几个星期，我在码头上做装卸工。计算到一天八个小时，一周六天，每小时70美分，每周就可以赚33.60美元，这样我不仅可以过得很自如，还能省下一些钱，但我通常在五个小时后就不干了，拿了工钱吃点东西，回到出租公寓里躺在床上。多数时间，我并不觉得孤独，因为我脑子里都是关于未来的乐观的白日梦。他们在我头脑中出现，在那些经常出现的关于父亲和女孩们的画面中并行在一起。

过了一段时间，房东开始对我感兴趣了。她发现了我挣房租的方式。说她的姐夫管理着佛罗里达和佐治亚州的所有火车站的工会新闻餐厅，主动提出去问问他有没有一份体面的工作给我。最终，他给我找了一个在圣奥古斯丁的火车站餐厅的工作，离杰克逊维尔不远。我成为一个夜班服务员，工作时间从晚上七点到第二天早上七点。我可以吃所有我想吃的食物，每周收到12美元的薪水。我唯一需要支付的是我的房间租金，就在餐厅经理还有他的家人住的同一栋房子里。我接受了这个工作。我一直和母亲保持通信，告诉她我过得很好但不会提供她能找到我的地址，现在我决定告诉家人我在哪里。很快我收到来信请我而不是要求我回家。如果我不想可以不用回高中去，他们说。我可以到华盛顿去工作，如果那是我想要的话，我可以一边舒服地住在芒特普莱森特的家里，一边出去做事。我只要要求，他们说，就会得到回家的车费。安娜贝尔小姐给我寄来3美元她自己的钱，说她希望我用这些钱买一些我需要的东西。我和妈妈通了信，说我在那家餐厅得到一些宝贵的经验，那是一个学习人性的极好的地方，告诉她只要我完成那篇为《大西洋月刊》写的关于在佛罗里达圣奥古斯丁的火车站餐厅做一个夜班服务生的文章，就会回家去。在清晨时间，火车班次的间隙，我用经理的打字机打出了那篇文章，并且寄给了《大西洋月刊》，但他们拒绝了稿件。然后我打出一篇我曾在餐桌上听母亲讲过的轶闻，寄给了《鉴定》杂志。邮电部长伯利森先生似乎曾对爱丽丝·罗斯福·郎沃斯说过，他反对女人拥有选举权，因为女人的位置在家庭里。“啊，伯利森先生，”她回复他，“我觉得你对女性的了解和你对邮政（英文邮政和男性谐音）的了解一样少。”《鉴定》喜欢这个故事并且寄给我一张5美元的支票。

我从夜班服务生的薪水中省不出任何钱，因为经理家那间房子的租金是每周9美元，这样我只有3美元来买香烟、牙膏、肥皂、文具和其他的小物品。这个薪水只比我在高中时拿到的零用钱多1美元。等我从《鉴定》杂志收到支票，经理给我付了现，我告诉他等他找到顶班的人之后我想马上辞职。他用不耐烦的声音说，已经有些顾客抱怨我不是在柜台后面睡觉就是在用办公室的打字机写东西，现在只要我打包好自己的行李就可以把自己当成是已经被解雇的。我怒视着他，在他祝我好运的时候没有理会。

我从在餐厅里休息的火车工作人员那知道了很多铁路系统的事。我带着行李箱，爬上了下一辆前往北方的列车，站在行李车厢前方锁着的门和火车引擎后面燃料车厢之间的小空间里。那趟旅途平安无事，但是等我到华盛顿的时候，我的棕榈沙滩衣服、我的草帽、脸和手都被煤灰和烟尘弄成了黑色，所以我等车在到站之前的场地减速时就跳下了车厢，从偏远的地方朝芒特普莱森特穿过去，最后从岩溪公园边缘的树丛回到家里，而不是从每个人都能看到我的小区路上走过去。

我常常设想他们会怎么迎接我。我猜那会是像欢迎一个回家的浪子，事实也是这样，除了安娜小姐为我做了一个我最喜欢的鸡肉派，而不是我只是有点喜欢的烤小牛肉。哥哥们对待我的方式就像是我已经和他们一样大了，看起来好像真的对我给他们讲述的我在佛罗里达的精彩故事饶有兴趣。母亲在晚饭后组织了家庭祈祷，感谢上帝让我平安无事地回到家里，但她说完就没有继续。在我去睡觉之前她单独和我谈话时，母亲只是说她希望她没有在父亲走后把房子租出去，因为她担心那一年对我来说太困难了。我告诉她我只是厌倦了学校，想要自食其力，做出点事情来。她说我可以做任何我想做的事，她都不会干预。而我还是不能看她的眼睛。

直到我在《先驱报》找到一个信童的工作，一路被提至邮递职员、仓库职员、助理会计，最后到工资结算员，每周赚30美元并且正在学习成为一个注册会计师时，我开始觉得我还是想做一个报社记者。作为工资结算员，各个部门负责人包括编辑部主任都非常熟悉我。我知道每个人的薪水，这些部门负责人知道我知道他们的薪水，这使得在每个支付日的前一天，也就是周五我去找他们在我准备好的工资单上签字时，他们都会对我采取某种客套的真诚态度。编辑部主任是一个友善的、耐心的叫作麦克·弗林的人（他在几年后锡西·帕特森死的时候继承了报社的一份股份），我曾问过他是否有机会得到一个记者的工作。这时我已经完全发育，积蓄可以买到福特的双座汽车，而我刚刚度过十七岁的生日。我对女孩们、汽车，还有男装服饰店展示的各式的箭头衣领非常感兴趣。每个月只有一两次还会出现关于父亲的有声电影。

麦克·弗林和我经常就我去做记者这个问题走到死胡同去。我说我负担不起薪水被削减，因为我正在攒钱去买福特两座车，他说他不能承担付给一个毫无经验的记者每周30美元那样的薪水成本。他的部门有一些最出色的人手，他指着面前的工资单说，还没有挣到那么多。不过弗林好像喜欢我，除此之外，这个僵局也让他很生气。就像那个年代的所有报纸编辑，他对经营部门有一种憎恶，觉得一个类似的年轻人在经营部门可以挣那么多钱，而他却给不起同样的价钱让他来做记者是一个侮辱。

“如果你真的对此有热情，”1922年夏天一个周五的下午他说，“你可以利用业余时间试着写一些特稿。我不能为此给你付什么钱，但是如果你写出一些能印刷的文章的话，或许我可以说服他人你不是一个愣头青——你是一个有经验的人——并且提供给你30美元每周的薪水。为什么不在周末的时候到公园里跑一趟？公园里总会有一些特稿。”

“你指的是一些什么样的东西？”我询问道。

“啊，一篇关于某些动物的文章。一些动物出生了，或者死亡了，或者其他像这样的东西。你知道——人情味。”

他在工资单上签了字，我感谢了他。

在接着到来的那个周日下午，我到公园里去漫步，和管理员们聊天。以前我扫树叶的时候已经见到并且认识他们中的多数。我发现大象们都很健康，也没有生育后代。狮子、老虎、美洲狮、熊类、猴子、水牛、狼、狐狸、骆驼、长颈鹿、海豹还有海狮也是一样的情况。我最后把范围缩小到鸟屋。在那，我从鸟屋管理员沃利那里了解到，一只凤头鹦鹉上了年纪，那天早上在它的笼子里死掉了。它是一只来自马来半岛的白色雄性凤头鹦鹉。已经在那待了超过二十五年，一直和它的配偶，一只同样来自马来半岛的白色雌性凤头鹦鹉居住在笼子里。它们的名字写在笼子的标签上。死去的凤头鹦鹉叫杰克，而他的配偶的名字是吉尔。

我从每一个角度盘问沃利。“我现在是《先驱报》的记者，你知道。”我告诉他。就像世界上所有动物园的管理员一样，他急于和媒体配合。他挖空心思去想，开始一点点带出一个个与杰克和吉尔有关的轶闻材料。我把他带到路对面的点心站，给他买了一杯沙士饮料，让他在一张凳子上舒服地坐着放松下来。“就这样一直想着杰克和吉尔，”我建议他，“把你能想到的都说出来。”他回想起一些能把两只鹦鹉区别开的小特征。讲述他们在谷物和种子上的不同偏好，他描述他们在一年中某个季节彼此调情，他告诉我杰克喜欢用一只爪子倒挂在那里，吉尔通常会在她的角落里优雅地栖息。他记得有时候杰克和吉尔也会吵嘴，两只鸟把翅膀张开，一边扑动翅膀，一边用嘴啄着彼此。

我开始构思一个真正的欧·亨利式故事，一对来自马来半岛的凤头鹦鹉夫妇长久而幸福的婚姻终止于丈夫不幸的死亡，此时失去亲人的寡妇独自留在笼子里，守着几根能让她想起丈夫的他的羽毛。当沃利问《先驱报》是不是要拍一张吉尔的照片，并且表示他很愿意和她站在一起时，我到电话亭去打电话给麦克·弗林，告诉他故事的大意，问他是否觉得值得派一个摄影记者来拍一张吉尔的照片。

“在一个无趣的周一早上这事值得一张照片，”他说，“但这听起来并不太像一个故事。她并没有杀死她的配偶，有没有可能她这么做了？”

我犹豫了一下，然后一个奇怪的情绪控制了我。一个年轻人急于写些什么的情绪？我不知道。我知道的是我告诉麦克·弗林，那个鸟屋的管理员曾说过，事实上是，杰克和吉尔曾有过争斗，张开翅膀扑着朝彼此飞过去。

“那或许是成立的，”他说，“她情绪失控，把他啄死了，现在她被终身孤独监禁。无论如何，这个故事值得一张照片。你事后到我这来，你可以试着写一个故事了。”

我的故事出现在第二天的《先驱报》上，在一个位于三版的三栏标题下面，我的名字出现在署名的位置。尽管一些不知是谁的《先驱报》本市新闻版编辑要被麻烦去改正拼写和语法错误，我在写这个故事时没有任何困难。它就在我头脑中流畅地出现。编辑做的标题是：

动物园凤头鹦鹉杀死配偶　管理员将其“关入禁闭”

新闻还配有一个两栏照片，吉尔在笼子里，沃利对她皱起眉头。

我在餐厅的早餐后把报纸递给妈妈，她把它读了一遍，中间停顿一次，重新组织一个我的句子，这样它就不会停在一个介词那里。我一边看着她一边听她读。她把我的故事大声地读给安娜贝尔小姐——不是因为安娜贝尔小姐自己不会阅读，而是因为母亲喜欢大声读出来。然后她告诉我她很清楚我不是为做注册会计师来到世界上，并补充说作为记者，我有和到讲坛布道一样多的机会来做好事，如同父亲和我的先辈们。我看着她热情的、崇拜的脸，看着她从未从我身上移开过的蓝色眼睛。她开始笑，然后停下来说：“你知道，孩子，自从你父亲离开我们之后你就没有那样看过我。”我很快从餐厅走出去，因为我觉得我好像要哭了。但那只是因为我就要开始思考（在词典的意义上）。生物和人会因为死亡的发生而死去，我想。我集中在那个想法上。我思考死亡，想我父亲的死。他是被死亡杀死，我的病菌没有杀死他，母亲没有杀死他，他也不想死，他没有因为上帝需要他就同意去死，没有秘密，也没有什么需要隐藏，他死于死亡，在这栋房子里他死了，在我爱他的地方他死了，我的父亲死了。

通过跳跃和跃动，父亲死了，孩子死了，孩子变成了男人。而男人，又是什么？

（卢一波　译）

一宗重罪谋杀案

在纽约室内安全特别行动小组保持密切关注的所有入室盗窃和抢劫犯中，莫里斯·夏皮罗和雅各布·韦斯在很多年里都占据着最重要的位置。室内安全特别行动小组在曼哈顿警察局之下运作，主要任务是跟踪监控那些知名的非法入侵住宅的犯罪“专家”。警探们跟踪这些人，当发现他们正准备作案时，就要在他们完成犯罪过程之前，而不是事后抓获他们。夏皮罗是一个高个子男人，长着球根一样的头，胡乱扔在一起的、不规则的面部特征让他的脸看起来像是一幅孩子的素描，他巨大的、椭圆形的身体重达三百多磅。韦斯长着一张被挤压的、阴郁的脸，上面有一双吓人的棕色大眼，体型则大概和赛马骑师差不多。对夏皮罗和韦斯，室内安全特别行动小组的人有一种近乎于热烈的感觉。像许多认识韦斯的人一样，他们把韦斯叫作小杰克；当提到夏皮罗的时候——他被许多相识的人叫作类猿人——警探们叫他莫伊舍，这是妈妈们称呼他们叫作莫里斯的小孩时使用的小名。因为莫伊舍又高又胖，而小杰克则非常矮小，对警探们而言，跟踪他们是一件让人愉快的简单的事。这对伙伴看上去，也表现得就像是某些电影故事中的西德尼·格林斯垂特和彼得·洛一样。大块头的莫伊舍走路的时候总是一摇一摆，并且时常用险恶的方式轻轻地笑。而小个子的杰克必须一蹦一跳地跟着莫伊舍，当他朝上看他的伙伴时，会一边舔着他的薄嘴唇一边翻滚着他的大眼睛，非常令人难忘。在过去这些年里，莫伊舍和小杰克一次次地在快要撬开一把难开的锁，或者在打开一个珠宝店或其他营业场所的防盗保险箱时被抓个现行。他们在兴格监狱或其他监禁场所的服役通常是短暂的，因为他们至多只能被控诉为涉嫌入室作案未遂。实际上他们从没有成功地入室抢劫过，但他们不停地尝试直到他们疲惫而老去。1951年夏天，莫伊舍已经70岁了，而小杰克也已经67岁。那时小杰克在布鲁克林克拉克森大道上开了一家不赚钱的烧烤酒吧。莫伊舍则在附近的社区做一些临时的合法工作，大部分时间他也泡在小杰克的酒吧里。他们似乎已经从他们一生所从事的尝试入室盗窃的专业工作中退休了，尽管如此，室内安全特别行动小组的人还是保持着对他们的跟踪。

那年夏天八月中旬的时候，密探传来消息说莫伊舍和小杰克的行为表现出了将要犯罪的迹象。他们在那个酒吧后面的小房间里长时间地窃窃私语，有几次有一个陌生人把他的新克莱斯勒停在酒吧外面，按了几下喇叭后，莫伊舍和小杰克就走出来，坐在那辆车后面，和那个陌生人交谈。小杰克有一辆新泽西牌照的旧道奇轿车（因为他的犯罪记录，他不能在纽约州获得牌照），看起来他和莫伊舍在白天和夜间都更经常地开着那辆车外出了。

警探霍华德·J. 费伦、弗朗西斯·香农、詹姆斯·L. 达盖特被分派去监视莫伊舍和小杰克，他们执行了这项任务，有时候一起工作，有时候轮班工作，这取决于室内安全特别行动小组其他工作的压力。在几周的时间里，警探们并没有发现他们做出什么可疑的事情。然后，在8月31日的早上，莫伊舍和小杰克乘坐那辆道奇轿车前往布鲁克林区萨特大道和福特街的拐角处，那里闲逛的是一些卡车司机和他们的助手，等着找附近运输公司的工作。司机们在一侧的人行道上聚集成一群，助手们在路的另一边。莫伊舍和小杰克把车停下来，过了一会，莫伊舍招呼一个衣衫褴褛但很灵活的上年纪的伙计，他和助手们站在一起，看起来就像他们当中的一个。那个人走过去和他们交谈了一会，警探们的印象是他在接受某个任务，不断地热情地点头，然后露齿一笑，鞠了个躬，挥挥手走开了。

那天下午，莫伊舍和小杰克开着那辆道奇去了布鲁克林区洛克威大街的一个公用车库，把车停进去。小杰克留在车库里，而莫伊舍走出来坐在一条长凳上。很快，那个被警探们认为是一个卡车司机助手的人就从一辆公共汽车上下来向莫伊舍走去。他们坐下来简短地交谈，然后走进了车库。在那，莫伊舍、小杰克还有那个助手从道奇车里搬出了十个瓦楞纸板做成的用粗麻绳捆着的箱子，把它们放进一个储物柜里。然后，三人一起开车到了曼哈顿，把车停在成衣区西九十八街的一栋阁楼建筑前。小杰克把莫伊舍和助手留在车里，走过拐角，很快又重新出现，带着一个衣着得体，外表体面的中年人。他们停下来，和莫伊舍以及那个助手交谈，其中一个警探勉强听到小杰克把那个中年人称作“柯什内尔先生”。之后中年人打开阁楼临街的门，和小杰克走了进去。那栋楼上的一个标识列出租户的名单，其中一个是亚伯拉罕·柯什内尔公司——运动夹克和休闲服饰制造商。柯什内尔的工厂占据了第五层。

大约十五分钟过后，小杰克和柯什内尔走了出来。小杰克回到车上和莫伊舍及助手在一起，柯什内尔则步行去第五大道，走到十九街，在一个公交站等候。小杰克和他的伙伴过了几分钟在那里接上他，四个人开着车在这个区域上下前后地移动，最终将车停在第六大道靠近十四街的地方。莫伊舍、小杰克还有柯什内尔站在人行道上交谈了大约一刻钟，而那个助手则坐在车里，然后莫伊舍、小杰克还有助手开车离开。柯什内尔走回到阁楼附近的一个停车场，开着一辆新的克莱斯勒离开了。

警探们猜想柯什内尔雇用了小杰克和莫伊舍把那些箱子运至工厂，偷一些他的货物，把这些战利品放在里面带走。这是一些陷入财务困境想要收取一些盗窃险的商人的常见做法。警探们估计莫伊舍和小杰克已经来查看了现场，很快就会采取行动。他们夜以继日地和莫伊舍及小杰克僵持着。一天晚上，莫伊舍、小杰克和那个助手在布鲁克林的车库见面，把那些箱子放进道奇车，然后在西十八街和柯什内尔会合。另一个晚上，柯什内尔在车库和三个人碰面，把六个箱子放在他克莱斯勒的行李箱里，另外四个放在后座上，然后开车去了那栋高层建筑；等再回到车库后，他们移出后座上的四个箱子放进小杰克的道奇车。两次行程中他们都没有把箱子放进大楼，柯什内尔每次都在楼外等一段时间后开车离开。莫伊舍两次都带着一个长而空的包裹。

然后，在那次克莱斯勒行程之后三天，9月10日周一的晚上七点钟左右，莫伊舍、小杰克，还有那个助手坐着道奇去到一家位于百老汇和第八大道上的餐厅。助手留在外面车上，莫伊舍和小杰克走进餐厅，几乎立刻就找到了柯什内尔。三个人坐在一起，喝着咖啡聊了大概二十分钟。等他们出来的时候，柯什内尔顺着街道走到他的车那，把它开回来与小杰克的车并排放着。那四个在之前的考察中被放进道奇车的袋子又被移回了克莱斯勒的后座上。两辆车随后开回那栋高层建筑，停在前面。莫伊舍走出来，带着那个长袋子。柯什内尔打开车子后备箱，和小杰克、助手一起把里面的六个箱子和后座上的四个一起抬进大楼，莫伊舍和他们一起。警探费伦和达盖特把车停在街对面，留了足够近的距离从街区下面观察这些人，又不至于太近引起他们的注意，而警探香农则把车停在第五大道上。

大约半小时后，柯什内尔和那名助手从建筑里出来，抬着那组箱子中的几个，把它们放在克莱斯勒的后座上，然后再折回去拿其他的。把十个箱子都放在后座上以后，他们坐进车里朝第五大道开过去。警探达盖特留在那里继续监视那栋建筑，费伦和香农开车跟在克莱斯勒后面。在第五大道，费伦迫使克莱斯勒向路边靠过去，在他身后的香农跳出车外，拔出了枪，将柯什内尔和助手控制起来。费伦打开克莱斯勒的车门准备查看那些箱子的时候，他闻到了汽油的味道。其中一个箱子的盖没有系好，费伦看到里面有一个锡匣子。他把它拿出来看。那是一个五加仑的汽油罐，而且是空的。他把其他箱子的盖子打开，发现里面装的全部都是空的五加仑汽油罐。直到那时，费伦和其他警探都认为箱子是在空的情况下被带进那栋大楼，再装进某种赃物再带出来。现在费伦意识到那个人想的是纵火。

柯什内尔，一般被他的朋友们叫作艾尔，被精神医生描述为“一个个子不高但身材结实、说话温和的中年人，没有精神问题，智力中等，进取，在个人生活习惯上比较节制，一个作风正派的丈夫和父亲，但也是一个深入执行了他在曼哈顿成衣区日常生活中习得的那种有问题的道德标准的人”。在1943年前后，他已经从布鲁克林的亲友那里借了7 000美元。他在布鲁克林长大，在这里开始他的生意，制造运动夹克和浴袍。他在三年内付清了债务。生意好的时候，他的工厂能雇用四十个工人，每周支付四五千美元的薪水，他自己每周可以赚150美元，多数年份可以有8 000或1万美元的盈利。他有一个已婚的女儿，一个在上大学的十八岁的儿子，还有一个四岁的儿子，住在布鲁克林一套舒适的公寓里。1951年春天，他用自己的积蓄现金支付了那辆价格大概在7 000多美元的新的克莱斯勒。他几乎每天都在第五大道和十二街上的那家朗香酒店吃午餐，这是那个区域很多成功商人最喜欢的地方。晚上的时间，他和家人平静地待在一起。

在费伦检查箱子而香农把前排座位上的两个人控制起来的时候，柯什内尔不发一言，那个助手也没说话。最后，费伦和柯什内尔之间发生了以下奇怪的对话。这段话之后出现在法庭上作为证据：

“这些东西用来做什么，点火？”费伦问道。

“是的，”柯什内尔回答，“你们这是在做什么？我是一个商人，在十八街有自己的生意场所。”

费伦搜了他身上没有发现武器。然后柯什内尔把手伸到背心口袋里，递给他一张名片，用有些受伤的语气重复道：“我是一个商人。”

“你打算什么时候点火？”费伦问道。

“大概早上五点钟的时候。”

“杰克和莫伊舍会待在那栋楼里吗？”

“是的，但是——我的天！你认识他们？”

“是的，我认识他们很久了。”

“你是怎么跟踪到这里的？”

“我认识杰克和莫伊舍很长时间了。上星期五发生了什么？”

“我的天！你们当时在附近吗？楼里有人在，我们没能成功。我已经花了一个月时间想把这该死的火点着了，甚至做好准备自己来点火了。为什么我们不能有话直说？为什么不能商量商量？为什么就不能让汽油点起来？”

“你疯了吗？如果这些汽油爆炸，可能有上百个消防员会因此牺牲。十个五加仑的汽油罐就是五十加仑汽油。”

“你们就不能睁一只眼闭一只眼吗？我需要那些钱。我已经陷入绝望了。”

费伦让柯什内尔交出大楼钥匙，结束了这次对话，命令他迅速开回那边去。香农把司机助手带到自己车上，跟在费伦后面。然后香农站在那里控制着那两个人，与此同时费伦去找到达盖特，后者还在监视着大楼前门。他们二人一道进入大楼，摸黑爬了四层楼梯到柯什内尔的工厂去。里面，莫伊舍和小杰克已经泼好汽油：将汽油倒在地板上、桌子上、文件柜和衣柜里，还有缝纫机下面。莫伊舍脱掉他的上衣和衬衣，出了满身的汗。很显然，他正准备点燃装在一直携带的袋子里的引信。专业纵火犯常用的方法是展开引线，一直拖下几层楼，然后在大楼外面点燃它的另一头。在警探逮捕莫伊舍和小杰克之后，已经受不了汽油味的费伦说：“我们最好快点离开这。这里已经倒满汽油。”他们开始下楼。然后，在费伦的建议下，他们又返回工厂，为了让莫伊舍去拿他挂在办公椅上的衬衣和外套。

在莫伊舍、小杰克和两个警探返回工厂后的一两分钟后，有东西引燃了汽油。几条街区都听到了爆炸声，火焰从五楼的窗户迸发出来，向上喷射了大概三十或四十英尺。香农警探当时和柯什内尔还有司机助手坐在车里，他事后说那个场景让他想起了火焰投射器。在那之前不久，柯什内尔还在问香农：“我们能不能上楼去把汽油倒进厕所，在早上我的员工进来工作前，把这个地方打扫干净？”

莫伊舍和达盖特警探烧死在工厂里。小杰克被送去圣文森特医院，然后在那死去。费伦警探被撞击昏了过去。他稍后醒过来，爬出办公室，在半路跌落了一层楼。“我一直在呼叫达盖特，我能听到屋里有两个声音在呼喊，”费伦稍后说道，“我的衣服着火了，我设法把外套和一部分衬衫脱掉。地板上到处都是各种东西——有一部分墙，倒在了楼梯上——我最后爬到一层和二层之间的楼梯上，那时我看到电梯井里好像有一个人。我以为那是达盖特，我叫了几遍他的名字，然后我看清楚那是小杰克。有很多其他残骸和燃烧物从电梯井里落下来。这迫使我从前门走出去。”费伦也被带去圣文森特医院，他在那治疗了两个月，面部、背部还有手都三度烧伤，随后领到伤残抚恤金退休。他没能完全复原，但现在能以私人警探的身份做一些事情。

柯什内尔被带去第十警察局，当时消防员还在努力把火扑灭。在警察局他直率地和警探们以及凶杀案局的地区检察长助理詹姆士·J. 戴利交谈。他没有尝试否认雇用了韦斯和夏皮罗去放火，并帮助他们为此做准备。据他说，他的动机是为了取得失火保险。他知道他惹了麻烦，并以为自己会因为二级纵火罪被送进监狱。当凶杀案局局长、地区助理检察官了解了这宗案件的主要事实后，他跟地区检察官弗兰克·S. 霍根一致认为，柯什内尔也应该被指控为一级谋杀，在纽约的法令里也可以被称为是重罪谋杀。抢劫犯在并无预先谋划的情况下杀了人，或者在武装抢劫过程中意外杀了人，在本州经常会被送上电椅，但并无先例与柯什内尔的案情一致。然而，含重罪谋杀在内的一级谋杀的定义，在霍根和赫尔曼看来包括了柯什内尔的行为。那个定义是：“当杀人的行为在以下情况发生时属于一级谋杀：第一，依据故意的和预谋的计划造成他人的死亡；第二，罪犯并未蓄意谋杀，但是被雇用或者在蓄谋犯下一项重罪的过程中，或导致或影响到并致被害人死亡。其他情况则不然。”如果可以毫无疑问地证明柯什内尔雇用了韦斯和夏皮罗，帮助他们准备纵火，柯什内尔将会犯有二级纵火罪，即使当火燃起时他并不在现场，而尝试进行二级纵火是一项重罪。柯什内尔被指控杀死了达盖特警探。而那个卡车司机助手，叫作雅各布·梅伦，坚称他并不知道纵火的计划，然而他还是以相同罪名被指控。柯什内尔和梅伦被拘禁在纽约市拘留所，不得保释。火灾发生后七个月，1952年4月，他们被共同送至地方刑事法庭，在那里接受法官弗朗西斯·L. 瓦伦特和陪审团的审讯。

在审讯之前，助理检察官赫尔曼已经和另一名助理检察官，上诉局局长理查德·G. 丹泽尔以较长篇幅讨论过这个案例，并已尽可能做了充分的准备。赫尔曼和丹泽尔已经探听了他们法律界朋友的口风，几乎所有律师都认为，在上述情形下，一级谋杀的指控不会被接受，即使被接受，上诉局也可能不会维持判决。在霍根的支持下，赫尔曼和丹泽尔仍然认为，柯什内尔和梅伦犯有一级谋杀的理由和假设他们在蓄谋持械抢劫过程中造成他人死亡的理由一样充分，他们把这个案件建立在这样的信念上。作为凶杀案局的局长，赫尔曼通常把指控工作留给助手，但他决定在达利的帮助下亲自操作这个案例。后者在失火几小时后记下了柯什内尔的口供，也为这个案例做了大量基础工作。柯什内尔雇用了詹姆士·D. C. 穆雷，纽约最好的刑事案律师之一来为他辩护，而梅伦则由法庭指派了辩护律师亚伯拉罕·J. 盖里诺夫、莫里斯·迪克曼及勒罗伊·坎贝尔。

赫尔曼对陪审团做出的开庭陈词是简要、事实性而毫不煽情的。他说，一名警探在一次由被告人参与共谋的蓄意纵火中被杀，根据法律，这构成重罪谋杀。“陪审团的先生们，”他在总结中说道，“我们将向你们证明，这两位被告人，即柯什内尔和梅伦，和他们那两位已经死去的共犯韦斯和夏皮罗，是他们犯罪性的纵火行为造成了警探达盖特的死。而这一纵火，是由四人共同在柯什内尔的大楼中并在柯什内尔的要求和指挥下完成的，他希望因此获得失火保险。先生们，请认真听取我们的证据，看清真相所在。让此州法律适用于你们看到的事实，毫无保留并确切地应用你们从大法官那里得到的法律。行使正义，不仅从被告的角度，也是从纽约州居民的角度。”

穆雷的部分辩词如下：“被告人柯什内尔是一名刚满四十岁的男性。他此前的生活从未和污名或犯罪行为联系起来。我们会证实，他一直诚信工作、努力持家，绝无任何犯罪行为的记录。我会从他的生意场和社交关系中传唤信誉见证人来向你说明他的良好名誉。先生们，我想向你们说出并且证明的是，被告柯什内尔，或许是不明智的，或许做了他不应该做的事，或许犯下了失职的罪，但是谋杀——绝没有。他此生从未想过去伤害任何一个人。是的，他的生意陷入了困境，他是购买了保险……他也的确着手去制造一场大火。但在诸多指控中，重罪谋杀这项指控是最严苛的……我们将向你们证明，他在该案中曾试图制止任何会伤害到他人的事情发生。最后，我再次向各位简要地申明，他或许有行为失当的情况，但是谋杀——绝对没有。”

梅伦的代理人则向陪审团申诉道，他的被告人对纵火的阴谋一无所知，他只是别人用15美元雇来搬运那些箱子的人，他甚至没有被允许把这些箱子直接运到十五楼去，也就没有看到韦斯和夏皮罗用箱子里的东西做了什么。

这项指控的第一个证人是弥尔顿·赫尔彭博士，副首席法医。达盖特的遗体是在工厂里发现的，衣服已经烧光，警探的徽章还在胸口。在赫尔彭博士在场的情况下，达盖特的一个兄弟、一位朋友、一名堂兄弟、三个消防员和一个巡警在太平间辨认了尸体。

“请你描述一下你见到尸体时的情况，并且告诉我们你的发现，”赫尔曼问道，“如果可以的话，告诉我们死亡的原因。”

“那具尸体看上去是一个三十七岁的白人男性，”赫尔彭博士说，“大约五英尺八英寸高，重一百四十磅，偏瘦，除此以外非常健康。在尸检的时候，可以看到尸体被重度烧伤。头部、胸部、腹部、背部以及四肢的一部分都被烧伤以至血管被烧焦，但尽管有严重的烧伤，仍然可以辨认出一个位于头部左侧的伤疤，以及另一个位于腹部右侧下方的伤口。那实际上是两道伤口。一个是某个手术的创口，另一个也是一个引流手术的伤口。那是一对旧的外科手术的伤口，我之所以这么强调是因为死者的亲属和我描述了他的特征。”

“你把这对伤口作为辨认尸体的标记？”

“是的。”

“请继续，博士。”

“现在，从尸检结果可以看出死者是因为烧伤导致的死亡。烧伤的创面很大，但有确证可以表明死者在烧着之前是活着的，这些证据包括在死者呼吸道中存留有吸入的烟，以及死者血液中检测到的一氧化碳。当一个人在火灾中死去时，他吸入的烟中含有一氧化碳，后者在血液中累积并且可以通过化学检测显示出来。所以呼吸道中的烟和血液中的一氧化碳可以表明该人在火灾发生时是活着的，并因此证实他是被烧死的。这一尸检结果在除烧死以外的任何情况下都会呈现实质性的阴性。”

“那么，在这个具体的案例中，是什么导致了死亡的发生？”

“死亡的原因，在我看来，是身体大面积的烧伤。”

“就这些了。”

穆雷在对赫尔彭博士进行交叉诘问时并未和他的证词产生分歧，仅仅向大家说明，赫尔彭博士也对韦斯和夏皮罗进行了尸检，结果表明他们也是死于烧伤。

接着出庭的是消防员，他们做证，爆炸使那栋楼和街对面那栋楼上所有的窗户都爆裂了。建筑物的内部从上到下全部毁坏，他们说，火情直到几个小时后才得到控制，但没有消防员牺牲。他们还告知了有关找到尸体和达盖特胸前徽章的情况。

一个经常在几个同谋见面的车库附近出现的人出庭做证，他几次看到他们出现在车库里面或附近，并且知道那些箱子里装的是汽油，因为他闻到了汽油味。夏皮罗告诉他，他们准备把这些汽油带去蒙托克，因为他们在那停有一艘渔船。警探香农跟着出场，他讲述了几位同谋几次见面的情形，叙述了他和费伦在火灾前把柯什内尔拦在第四大道时他们之间的对话。下一个证人是塞缪尔·泰伯，他是一个在警局实验室工作的化学家。他做证从容器中获得了足够的物质来认定它是汽油。他的验证方法包括闻味道、化学分析，以及点燃它来测定它的闪点——一种蒸气爆炸时的温度。测定结果符合汽油的闪点。接着一名保险经纪人做证柯什内尔有两张保单用于赔偿失火损失，一张价值2万美元，另一张25 000美元。费伦出庭对他观察到的几位同谋之间的见面情况进行了描述，复述了一遍在火灾发生前他和柯什内尔的谈话。香农警探支持了他的证词。曾审讯过柯什内尔的两名消防警察和一位警探出庭做证，柯什内尔对他们讲了和他对费伦所讲的相同的故事，并提供了更多细节。柯什内尔对地区助理检察官的陈词也被作为证据提交，大致和上面已经提到的故事相同。

在这些证人间的交叉诘问环节，没有出现对柯什内尔有利的辩护，但梅伦的代理人有几次确认，就证人们所知，梅伦对纵火计划一无所知。

下面，是什么引燃了那场大火的问题被提出。费伦警探做证他和达盖特意识到工厂中有很强的汽油烟雾，都已经把枪放入了枪套，因为他们知道一旦有意外的开枪就可能造成这些汽油爆炸。达盖特的枪被发现在他的遗体附近。弹道小组的专家出庭做证那把枪里有四发未被引射的弹壳和两枚引射的弹壳。但是，他说，那两枚已经发射的弹壳底火上不存在被手枪撞针擦出的凹槽。这位证人和其他几名弹道专家做证说他们认为那两枚弹壳并不是由扳机发射出去的，而是大火热烤引射的。辩护人没有就这段证词进行辩论。

这项指控的最后一名证人是威廉姆·G. 麦肯纳，美国铁路协会爆炸物管理局首席化学家。他是美国化学学会、美国国家研究中心、美国国家科学院、美国国家防火协会的成员。是一名研究易燃物的专家，特别是对汽油很有研究。他的证词指出，当汽油被倒在平面上时很容易导致蒸发，但这本身并不会导致它被点燃。

“换句话说”，赫尔曼问道，“当汽油的蒸发物和空气混合时是否会自发地点燃？”

“不，先生，它不会。”证人回答。

“你的意思是它需要一个引火源？”

“是这样。”

“引火源是指？”

“比如火柴的火焰、某种火花，像是你汽车火花塞正负电极触动的火花，抑或是任何来源的火花发出的火星。”

“某个电火花？”

“是的，先生。”

“静电可以吗？”

“那也是可以的，先生。”

在交叉诘问环节，穆雷提出汽油蒸汽可以被手枪的射击引燃，也可以是电灯被点亮，可以是电铃在响，可以是鞋钉擦过水泥表面，可以是一个人走过地毯碰到另一个人时引起的静电。辩护律师花费大量口舌让证人不断重申汽油的蒸汽不会在没有某种引燃来源的情况下被点燃。

诉讼过程暂停，陪审团被要求退席，辩护律师花了很长时间说服法官驳回起诉。柯什内尔的代理人和瓦伦特法官交换了他的意见，提出在该案中接受这样一项定罪的难度，并很大程度上使法官在这个问题上的意见得以澄清。

“法官大人倾向于认为，更精确地说，”穆雷在某个时间说道，“仅仅因为以下事实，即纵火犯（夏皮罗和韦斯）在西九区十八街那栋建筑的十五层地板上倾倒汽油，除此以外再无其他可以归咎于纵火犯的工作，就构成了一级谋杀，一项重罪谋杀，因为达盖特警官死了，在没有证据表明纵火犯一方采取了进一步的明显的行为的情况下。这是您的观点吗，法官大人？”

“是的，”瓦伦特法官说，“正如我已经指出的，根据法理，当然，至少他们犯有企图进行二级纵火罪，正是他们为了达到此企图做出的行为起到了关键作用。即使他们在现场被引燃时处于被控制行动的状态，我认为他们在那个时间点的状态并不关键。是他们在倾倒汽油时的行为起到了关键作用，使他们被牵连于应有的责任。”

“我明白法官大人您的推理方式，但是我所考虑的是：他们两个人都处于被逮捕的状态，处在那栋楼的外面，无法采取可以造成汽油被点燃的行为。我想这一点法官大人您是承认的。”

“是的。”

“之后他们被警察带走，他们并不是自己离开的。法官大人，我的观点是，尽管我们都认为倾倒汽油是在尝试纵火，但必须有从纵火犯这里发出的明显的行为来造成火的发生以及随之而产生的爆炸。在这个案例中，并没有这些东西。”

“但根据倾倒汽油来尝试纵火的这一行为，我们可以相当合理地假设，如果不是因为他们处于被监禁状态这一事实，他们可能已经继续他们的行为，点燃了汽油，使得整个纵火犯罪成为二级纵火。”

“但是，法官大人，在他们的行为以外，如果没有其他明显的行为，他们可能无法造成死亡的发生，对吗？我的意思是，从本案已有的证据来看？”

“是的，但是正是现有的明显行为构成了火灾的主因，从而导致了达盖特的死亡。”

“但是，法官大人，单凭这一点并不足够引发火灾。根据本案现有的证据，他们所做的任何事都无法点燃汽油。”

“这是事实。”

“绝对地，没有任何一件事和点火相关。”

“但是如果不是他们倾倒了汽油，也就不会有点火的发生。”

穆雷又辩论了一会，然后法官问赫尔曼有没有什么要说的。

“我不认为有什么特别需要占用您时间的事，法官大人，”赫尔曼说，“就我对双方律师最后一个争论点的思考，简要来说，我认为法官大人您所面对的问题是，是否存在一些尝试犯下纵火罪的行为，并且作为这一行为的结果，一场大火被未知的物体擦燃或者点燃，那一行为是否紧跟着一场作为这一行为后果的大火，而如果这是事实的话，达盖特是否死于这场大火？如果这是真的，那么为什么达盖特被杀死不是这一行为的结果呢，而这就是由纵火的尝试之下的一项重罪。”

在陪审团回到法庭之后，柯什内尔的律师所传唤的几位信誉见证人出庭，他们做证柯什内尔是一个诚信的商人，一个品性良好的家人，控方没有试图就这一点进行反驳。然后柯什内尔出庭为自己辩护。穆雷引导他对自己在布鲁克林的早期生活进行了总结，他在一户境遇良好的中产家庭中长大，是五个孩子中最小的一个。他讲述自己和妻子共同拥有的服装生意，如何在1951年的夏天开始亏损。在布鲁克林的一家餐馆，他无意中遇到了韦斯，被告知后者愿意“为那些拥有足够失火保险的人处理事情”。之后他在那家烧烤酒吧拜访了韦斯，和后者进行了一次商谈，并引向了纵火的结果。他同意付给韦斯和夏皮罗1 500美元作为纵火的报酬，并且在一开始就预付了200美元，在事发当天又付了1 150美元。他说他并不知道那些箱子里装的是汽油，一直以为那是一些必须和其他物质混合起来才能用于点火的东西。他说在早前两次他们把箱子运到大楼时他都搁置了计划，因为他发现有人在楼里面而他不想任何人因此受伤。他说他从没想过可能会有消防员因为扑火受伤或遇害，当费伦警探让他意识到这种可能性时，他曾想进入大楼取消整个计划。他没有否认警探们、消防警官和地区助理检察官达利的证词，不否认他在火灾前后向他们说过的话，但他说他不能完全记起他当时说的话，因为他处于精神紧张的状态下。他说，据他所知，梅伦并不清楚他们的计划并且也未被允许上到十五楼去。他自己上去了，他说，并且看到韦斯和夏皮罗把罐子里的东西倒进一个大的金属垃圾桶，然后把罐子放入箱子里。他说原本要把那些箱子全部扔进一个韦斯告诉他的位于布鲁克林的垃圾场。

在交叉诘问环节，柯什内尔非常好地做了辩护，但在交叉诘问环节前，他已经供认自己雇用了韦斯和夏皮罗在他的工厂里放火，并且在准备过程中给予帮助。早前已经展示了未引发分歧的证据，证实达盖特的死是火灾的结果，而这场大火在没有这些准备工作的情况下是不会发生的。在赫尔曼、辩护律师进行总结发言之后，法官对陪审团发出指示，陪审团在下午一点钟退席，然后在两个半小时之后返回法庭。

“陪审员请起立，”法庭书记员说，“被告人，请起立。陪审员，请看着被告。被告，请看着陪审员。陪审团的各位先生，你们达成一致的裁决了吗？”

“我们已经向法庭申请获得一些信息。”首席陪审员说。

“你们没有达成一致？”

“我们没有达成一致。”

“请坐。”书记员说。

“我收到一份来自陪审员的函，内容如下，”法官瓦伦特说，“‘请您宣读与共犯的定义相关的那部分指控以及被告有罪与否是否取决于他对作为共犯参与纵火的性质和严重程度有完全且具体的了解。’

“现在，我将向各位宣读主犯的法律定义，然后再讨论共犯。法律如此定义一次犯罪行为中的参与者，主犯或帮凶，我引用如下：涉嫌从事犯罪行为的个人，无论他是直接完成构成违法内容的动作，或者帮助或教唆他雇用的人，无论在场或缺席，都是主犯，也等同于一个直接地建议、命令、诱导、介绍他人从事犯罪的个人。你们可以从这项定义中看到，无论是你自己有违法行为、帮助他人犯法，或是引入他人来从事犯罪行为，你都将被认定为是一项犯罪行为的主犯，并因而有罪……现在回答你们的问题‘被告有罪与否是否取决于他对作为共犯参与纵火的性质和严重程度有完全且具体的了解’。如果要认定一名被告是共犯中的一个，你必须满足以下条件，即他的任何行为，都应该是在知道行为目的的情况下发出的；在该案中，这个条件就是为骗取失火保险而在柯什内尔的大楼中进行纵火。请问清楚了吗？”

“是的，法官大人，”首席陪审员说，陪审员们一同退下，又进行了另外三刻钟的讨论。之后他们返回法庭，宣布他们认为梅伦无罪，认为柯什内尔犯下了一级谋杀罪，并且没有陪审团建议缓刑。在一项一级谋杀的案子中，如果没有陪审团建议缓刑，法官没有其他选择，只能把这个被裁决有罪的人判决死刑。在这项决议宣布之后十天，柯什内尔被带回瓦伦特法官面前等待宣判。

“艾尔·柯什内尔，”书记员说，“你有任何法理依据认为我不应该在此时依法宣布你的死刑吗？”

柯什内尔没有发言。他的律师说话了。

“法官大人，我没有什么可以说的；我希望我有，”穆雷说，“此刻法官大人也已束手无策，这项判决已是无可修改。”

“对于已有的判决本庭没有其他需要补充的内容，”法官说，“庭下此人，由于对金钱的欲望，毁掉了自己的房子，也为自己带来灭顶之灾。”

穆雷评论道，实际上，柯什内尔通过他与梅伦相关的证词救了后者的命。“对此我没有任何问题，法官大人，”穆雷继续说道，“但这显示了被告品格中非常好的一面。”

“我同意你的看法，”法官说，“不管他想要得到的是什么结果，他都能从这件事中寻到一丝慰藉。”

“当然，法官大人，”穆雷继续，“陪审团没有建议改判死刑对我来说多少是一件痛苦的事，或许这样的结局也是由于我未能履行我的职责。”

“我不认为这其中有任何属于你的失败，穆雷先生，”法官说，“该案是诸多在这个法庭中可能发展出的情形中的一个。可以肯定的是你在处置一个非常困难的案子，我认为你多年的经验对被告是一个很大的帮助，你也已经尽你所能为被告辩护。这个结果只是以下这一情形中的一次，这一情形就是陪审员们做了他们认为恰当的事。显然这一结果并非由于你缺乏努力或能力。我想法庭中的每个人都会同意这一点，因此，你也不应该将这一判决当成是对你个人抑或是对你作为律师的能力的反映。

在柯什内尔等待宣判的同时，穆雷继续和法官讨论了一会这个案子，看起来像是要从法官的话中寻求一些慰藉。“法官大人，”他最后说道，“对我而言，在某些情况下，重罪谋杀的法理，在我看来，是合适和公正的，但是我认为在这一案例中，使得被告犯有一级谋杀的重罪理论是粗野的。这是我对这件事的想法。”

“那么，”法官说，“如果这个案例最终被送至州长那里，我相信你可以去做一次非常好的辩论。”

“那差不多就是我全部能做的事，”穆雷说，“并且我现在还心怀信念，认为这样的辩论最后不会不被人听取。”

然后瓦伦特法官转向柯什内尔，宣布，他将在1952年6月23日那一周的某个时间，在兴格监狱被执行电椅死刑。

执行死刑的时间被推延，因为柯什内尔提交了一项申诉。他的儿子被迫辍学开始工作，他的妻子把家里储蓄剩下的钱都用在律师费和其他和这项申诉相关的法律费用上。穆雷从这个案子中离开，伟格曼、爱泼斯坦和伯克开始为柯什内尔做代理。作为上诉局首席，地区助理检察官丹泽尔那年夏天的大部分时间都花在研究这个案子上，准备用于支持那项指控的简报。

上诉法院以六比一的投票维持原判。法官埃德蒙·H. 路易斯持不同意见，他的观点基于以下事实，即根据现有证据，被告人或他的同伙实际上都没有点燃那场火，因此被告不应该被认为是对达盖特警探的死负责。但这没有形成多数意见，其余六名法官都投票维持原判。

柯什内尔的死刑被定在1953年3月12日，周四。他的代理律师向州长杜威申诉，希望他行使行政赦免。尽管地区检察院的办公室已经为获得和维持这项指控斗争很久，在很多次会议之后，霍根、赫尔曼还有丹泽尔决定支持这个申诉，建议进行赦免。

“赫尔曼先生和我花费了许多时间来分析和讨论这个案例中的伦理和哲学问题，包括我们之间的讨论以及和办公室里其他同事的讨论。”丹泽尔在总结这个案例的时候写道，“在这段时间，我反复地骚扰法律界内外的朋友，把事实的情况摆在他们面前，然后问他们个人的意见，柯什内尔是否应该被处以死亡的惩罚。我一定已经用这个问题拦下过50到75个人，多数情况下我得到的答案是柯什内尔不应该被送上电椅。当我问他们这种观点的原因时，这些被问到的人会引用一个或更多以下的这些事实：虽然这个犯罪在最不可宽恕的罪行之列，但实际结果是源自一系列最异常的和不可预见的小意外；柯什内尔假若得到过一丝对结果的暗示的话，毫无疑问他都不会从事这样一件事；他不能和那些在抢劫过程中杀人的武装抢匪归为同一类人；他此前并不是一个职业罪犯，而是一个有清白犯罪记录的合法商人；最后，尽管他应该被处以严厉的惩罚，这却不是一个应被处以极刑的案件。”

“这样简慢的意见表达和我们自己对这件事没结论的讨论都远远不能让我们满意，赫尔曼先生和我继续探察了那些更密切地被这一悲剧影响到的人的感受。赫尔曼先生询问了死去的警探的父亲的意见，询问了受伤的警探，也问了他们的指挥官。我和乔治·莫纳汉警长进行了谈话。他们中的每个人都表示他们并不反对执行豁免。”

“除以上这些询问，尽管已经和霍根先生及警局里其他几位同事对这件事进行过持续的讨论，我们却从未就这一例法律应用的价值达成过非常明晰的结论。但在一点上，我们是一致的。在每个人的思考中，质疑开始从各个方向出现。在这一思维困境中，霍根先生以及每个和这个问题搏斗过的人的意见是，我们应该在这样一个危及他生命的情境中为被告体现这些质疑的价值。因为这个原因，我们建议豁免。”

3月10日，兴格监狱的监护按照惯例向这些警官发出邀请，其中包括地区检察院的一名代表，这一代表原本要参加在3月12日对柯什内尔的处决。在这一邀请被发出的当天，杜威州长将原有的判决减刑为终生监禁。

“柯什内尔的罪行是十恶不赦的，”州长在宣布减刑时说，“他雇用他人在一个人口稠密的城市纵火，并且造成三个人的死亡。他被捕后对警探们的供状的内容也不能为这一可能并确实是由他的行为引出的悲剧性后果提供好的理解。”州长说他最终决定对柯什内尔减刑很大程度上是考虑到地区检察院的建议，以及那位死去的警官的父亲和那位受伤的警探没有对此提出反对。

在莫伊舍和小杰克死后，室内安全特别行动小组的警官在布鲁克林区小杰克的烧烤酒吧附近进行了一些调查。根据那些信息他们相信那个高而壮的人以及那个瘦小的人多少是心血来潮才干了纵火的事，而他们在十八街的这个案子毫无疑问是他们在这个新的犯罪领域的第一次尝试。

（卢一波　译）

就是这样，亲爱的

地区助理检察官，凶杀案调查局的文森特·J. 德莫迪，多年前的一个早上和法医弥尔顿·赫尔彭博士谈话后，挂掉电话，取出一个叫作杰罗姆·罗伯特的男子的卷宗，后者因被指控犯有谋杀罪而被拘押在公墓监狱，不得保释。他找到一份几周前罗伯特向他做的陈述的速记，从头到尾又读了一遍。他记起罗伯特被两名警探从位于西南区的第十警察局带进他的办公室，然后坐在他桌子对面的椅子上，以及罗伯特如何快速而礼貌地回答他的问题，就好像是急于讨好他。德莫迪习惯于快速判断被告人，并把这些判断用几句话记在笔记本上。“罗伯特穿着发皱的粗花呢夹克和灰色的法兰绒长裤，看上去很久没有刮胡子，”他在那次谈话后在笔记上这样写道，“但他脸上的表情给我留下难以挥去的印象，那似乎暗示他是一个在某方面有不寻常才能的杰出的人。”

在那次谈话中，德莫迪的问题和罗伯特的回答分别如下：

“在我们开始前，我想先向你做一个说明。这位坐在你左边的正在操作那架机器的先生，是一个隶属于地区检察官办公室的速记员。他将会记录下每一句在这间屋子里说过的话，我问你的每个问题，以及你的每个回答。你明白我的意思吗？”

“是的。”

“你的名字是杰罗姆·罗伯特？”

“是这样。”

“你的年纪是？”

“39岁。”

“请问你已婚还是单身？”

“单身。”

“在我们深入之前，我想向你介绍我自己。我的名字是德莫迪，是地区助理检察官，我现在将就一位名叫玛德莲·巴里的女士的死亡对你提问。这次死亡发生在12月18日大约凌晨3点半的时候。也就是昨天，星期四的早晨。事发地点在西十四街一栋大楼后方的地下公寓。你愿意把那个时间发生在那栋公寓里的，和此事有关的你所知的所有事情告诉我吗？回答是或不是。”

“我非常愿意。”

“在我们继续之前，我同时必须提醒你——你可以选择什么都不说。”

“没有什么需要隐瞒的。”

“你所说的每句话都可能作为呈堂证供。你对此清楚吗？”

“是的。”

“获知以上这些后，你是否愿意对我讲真话？”

“完全愿意。”

“你是否认识死去的玛德莲·巴里？”

“认识她？德莫迪先生，我已经和她一起生活了将近两年时间。”

“那个晚上你几点钟睡觉？”

“非常早。大概12点钟。”

“在睡觉之前你有饮用任何东西吗？”

“我们在睡觉之前喝了两杯酒。”

“你们喝了什么？”

“苏格兰威士忌和啤酒。”

“你后来清醒吗？”

“是的。”

“玛德莲呢？”

“她也是清醒的。”

“然后发生了什么？”

“我们躺下睡觉。”

“有没有穿睡衣？”

“没有，我们在床上从来不穿任何衣服。就那么蜷曲起来，然后入睡。”

“你们中间醒过来了吗？”

“是的，我想差不多是在3点钟左右。那件事就发生在这之后。”

“什么事？”

“我把她叫醒。我不知道——我说道：‘就是这样，亲爱的。’”

“那么，你所说的那句话是什么意思，‘就是这样，亲爱的’？”

“我开始掐她。”

“在那之前，你是怎么叫醒她的？”

“她当时趴着睡在床上，我就摇了摇她的肩膀。”

“她转过身来了吗？”

“没有，她把头撑起来，然后把脸转过来，就这样，然后我吻了她。”

“当你说，‘就是这样，亲爱的’，她说了什么？”

“她说：‘好的。’”

“那么，在那之前，你说‘就是这样，亲爱的’的意思到底是什么？”

“她明白我在说什么。”

“你们以前讨论过杀死她这件事？”

“不是那天晚上。大约在一周之前。我们反复讨论过，谈妥了这件事，然后等待那个时刻。”

“什么时刻？”

“嗯……正确的那个时刻。”

“你们讨论的内容包括什么？”

“我们，我们觉得我们和正在过去的这一生——我们和它并不协调。我们并不是——这并不是我们要的生活方式。”

“什么使你们产生这种想法？”

“是，许多事情中的一个。”

“你和死者——和玛德莲之间有什么分歧吗？”

“没有。”

“有什么事情让你觉得你想要杀死她吗？”

“实际上，那时的想法是我们应该一起离开。”

“你和玛德莲讨论过这个想法？”

“是的。”

“那么你们自杀的计划是？”

“我们曾经做过一次尝试——去年春天，在四月份。我们试过割脉，但没有成功，所以我们去了贝尔维尤。”

“为了观察一段时间？”

“类似的事情。”

“在一周之前某个时间发生的谈话中，你是否告诉她你将杀死她？”

“是的。”

“我再问你一遍，在勒死那个女孩之前，上一次你谈到你们的自尽是什么时候？”

“一周前。”

“并且你告诉她你将会杀死她？”

“是的。”

“她同意了吗？”

“是。”

“你们准备怎么做这件事？”

“我原本以为我计划做这件事的方式是，把煤气开关打开，然后就随它去。”

“但是？”

“但是在周四的早晨，天啊，我也不知道——我有了那个想法，然后我做了那件事。”

“你说你把她叫醒，并且告诉她‘就是这样，亲爱的’？”

“是的，先生。”

“你那句话的意思是你将要杀死她？”

“是的，先生。”

“而她说‘好的’？”

“是的。”

“你为什么没有把煤气打开？”

“我第二天这么做了。”

“我是说为什么你没有在叫醒她之前就打开煤气阀，如果你想要同时结束你自己和她的话？”

“那有一点难以解释。我就是说，‘就是这样，亲爱的’，然后结束了她的生命。”

“在你决定勒死她之前，你有多久是醒着的？可以告诉我吗？”

“我就是醒过来，然后摇了摇她，把她叫醒，说：‘就是这样，亲爱的。’”

“然后你做了什么？”

“我勒死了她。”

“你是怎么做的？”

“我把手放在她的脖子上。”

“她有做任何反抗吗？”

“没有。”

“对此你确定吗？你说的是真话吗？”

“绝对属实。”

“她完全没有想要挣脱你？”

“没有。”

“你把手压在她喉咙上的时间有多长？”

“很难讲。”

“你可以试着对我们说一下吗？”

“嗯，大概十多分钟吧。”

“当你松开手之后发生了什么？”

“然后我知道她已经死了。我感受了她的脉搏和心跳。”

“接着发生了什么？”

“我把她翻过来，帮她闭上眼睛，然后亲了她。”

“当你把她翻过来时，有注意到她的表情和身体的形态吗？”

“她的身体有一种奇怪的样子。”

“你做了什么？”

“我，我就在她身边躺了下来。”

“你睡着了吗？”

“没有。”

“你在那里躺了多久？”

“我觉得大概有几个小时。”

“有什么感觉？”

“我觉得非常安静。她已经走了，我很快也将会和她在一起。”

“在那几个小时之后你做了什么？”

“我穿好衣服，去了街头的白色玫瑰酒吧。我们经常去那里，对我们而言就像是某种意义上的家。我为她喝了一杯酒，然后回去了。”

“你回去之后又做了什么？”

“啊，又喝了些啤酒，和我的宝贝说了你好。”

“你说的‘我的宝贝’指的是谁？玛德莲？”

“是的。”

“那之后发生的事是？”

“我在屋子里待了一整天。我睡了一会，稍后又醒过来。收音机开着，正在播报一条新闻，说一些关于十一点的事情。那已经是晚上。我出门，在外卖酒店买了五分之一杯苏格兰威士忌，在熟食店买了六瓶啤酒。然后又回家去喝了很多酒。”

“然后发生了什么？”

“那时又到了清晨。我打开了煤气炉子上所有的开关。然后我又在玛德莲旁边躺了下来。”

“你记得的下一件事情是？”

“我能记得的下一件事是警察出现了。”

“好的，你说在你掐死那个女孩之前，你们没有发生任何辩论或争执？”

“没有，我们从来不争吵。”

“没有争论或打架？”

“我们从不争论或打架。”

“罗伯特，你是否出于自愿做了这份口供？”

“是的。”

“有任何人强迫你做这样的供述吗？”

“没有。”

“你曾经犯有罪行吗？”

“没有。”

在玛德莲和罗伯特租了一间地下住所的四层棕色石头房子里，有另一位租客在那个周五的早晨大概9点钟下楼的时候，闻到了煤气的味道。他叫来了房屋监管人拉森太太。她是一位六十多岁、性格开朗但耳朵发聋，有些颤颤巍巍的寡妇。她住在一间位于地下的房间，养了一只大白猫和一只小的棕色的狗，同时独自照看着整栋房屋——每天带着拖把和水桶清洗一遍走廊，清空垃圾桶里的垃圾，收好每周的房租。拉森太太打开罗伯特的门，和那位租客一起进入房间，关掉煤气阀，打开唯一的窗户，叫来了警察。第十警察局的巡警看到玛德莲已经死了，以为罗伯特也已经死了。他呼叫了警局，然后一名警探在大约十分钟后赶了过来。警探走进来的时候，罗伯特醒了过来。他环视了四周，把手放在自己脸上，叫道："噢，不！噢，不！"警探问他发生了什么。他从床上起来，穿上浴衣，咳了一段时间，然后在靠近窗户的一把椅子上坐了下来。

"他看上去不像是喝醉了，"警探稍后说，"他很平静，有点忧伤，但并没有哭或者类似的行为。他告诉我他和那个女孩之间的自杀约定，他说已经掐死了她并且打开煤气开关准备自杀。他原本看上去像是举止优雅的那种人，但已经消磨掉了。他当时状态紧张，这是当然，但他说话的方式还是显示出涵养的。他说：'它显得污秽，但它是美丽的，我们所做的事。那是一种思维和身体的交会，但我们不能保持体面的生活，我们过得并不好。'"

"我呼叫了凶杀案调查局，当然，我们等待的时候，罗伯特说：'在他们来之前，我可以和我的宝贝说再见吗？'我说当然，他又走回到床边，跪下来吻了她的嘴唇。我把这些记在我的笔记上。他说：'我很抱歉我要这么做，宝贝，但是我们之间有约定。噢，我的宝贝，亲爱的，我多希望我和你一起离开这个世界！'"

"我们让他在警局清醒和休息了一会，然后带他离开去总部，接着又去了地区检察官办公室。这一过程中他完全没有制造麻烦。他像是纽约某个大家族的另类，一直用平淡的方式讲话——你知道，没有歇斯底里或类似的情绪波动——说他希望自己已经和他的女孩一起离开，但并没有尝试自杀或别的什么。我甚至有点喜欢这个人，我觉得玛德莲和他最终没有走出来是一件很让人惋惜的事。她是一个好看的姑娘，玛德莲。非常小巧，长得精致，脸色有些发白，有着长长的黑色头发。当然，我们必须让她躺在原地——在凶杀案调查局来之前不能动任何东西。她看起来很好，躺在那儿像是在笑，或是将要笑出来。"

前一年的4月9日，在他们第一次自杀未遂后，罗伯特和玛德莲自愿去了贝尔维尤的精神病区，在他们的手腕被处理包扎好后，他们分别和精神医生进行了谈话。一个速记员坐在屏风后面，记录下他们两个人说的话。

“我会尽量简短，”玛德莲说，“我一直过着艺术化的生活，但从来没有做过这样的傻事。我和这个家伙一起住了超过一年的时间。严格说来，我和另一个男人已经结婚。六年前我们结婚后过了两周我就再没见过他。那完全不能称为婚姻。之后我和他失去联系，所以没能从法律上离婚，但我需要一次离婚，我想嫁给这个人。想把这段关系变得合法。我们在一起非常合适。此前我从来没有真正地认识一个男人，你可能有点奇怪，因为我已经31岁，但那是真的。我一生都和我的母亲住在一起。并不是说她是一个强势的女人——她是一个很棒的艺术家，一个山水画家。但是近来她开始有点过多地干涉我们的生活。我们有自己的家，不过还是和她居住在同一个城市——在康涅狄格——所以三周前我们决定在纽约开始我们自己的生活。我毕业后一直在做音乐老师——我的父亲曾是一个音乐会的钢琴师——但几个月前我从其中一个孩子身上传染了麻疹，此后就再没有教过课。我们卖掉汽车，换了几百块钱，计划重新开始，但是当我们到纽约以后并没有找工作，而是待在酒店里，每天拜访朋友、喝酒。最后，我们花完了所有的钱，十分绝望，并因为那些酒而感到沮丧，我们决定割腕。我知道我只是在玩或是表演。我们意识到那个想法是过度饮酒、不吃饭和愚蠢的结果，所以我们觉得最好去到一个医院，休息几天，振作起来，重新开始。由于我们付不起私人医院，就想到了贝尔维尤，但是我做梦也没有想过事情会像这样。我过去的几年喝了很多酒，他从20岁之后就一直在喝酒，但我们两个都不算是真的酒鬼。我家里桌子上总放着酒，但我直到几年前都没有真正开始喝酒，在和我丈夫一起生活的那两个星期之后。我当时还是处女，而他非常糟糕。那根本就不算作是一次婚姻。过去的三个星期我喝了我从没喝过的那么多酒。我们在一起很快乐，自由，相配，我们只是不能停下来，然后所有的事情突然变得没有希望，所以我们希望一起死去，做一个了结。我们想结束所有的痛苦。”

精神医生对玛德莲的判断这样写道：“这个病人有很高的智商。父亲是音乐会钢琴师，母亲是一个山水画家。她很警觉，合作，穿戴整齐，长相舒服，说话友好。认为她尝试自杀的行为非常愚蠢。她是一个戏剧化的女孩，行为方式有些做作。”经过九天的药物治疗和观察后，精神医生继续写道：“此人没有出现幻想或幻觉，没有急性或是慢性的焦虑和抑郁，不存在偏执倾向或精神病趋势。性格神经机能症，可能有慢性酒精依赖和反应性抑郁症。和她事实婚姻的丈夫解除了关系。”

罗伯特和他的精神医生说：“我第一次见到这个女孩的时候并不喜欢她，

因为她喝酒，但我们已经不能离开彼此。那是一次心灵和身体的交会。我们在康涅狄格的时候过得非常好，但是她的妈妈总是干扰她的生活，所以我们放弃了已经租好的房子，卖掉了汽车。然而在我们花光了所有的钱之后，我们就决定放弃我们的生活。我们到了纽约，在时代广场附近的酒店待了一周，每天喝酒，过得很开心，但是也很清楚，这种生活一定会结束。我们无法支付账单，所以把行李留在房间离开，在另一家街区南侧的酒店入住。我们吃了晚饭，去看了电影，然后买了一个单刃剃刀。上床睡觉，醒过来的时候，她划伤了手腕，我划伤了我的。剃刀带来的痛苦很少。我们躺在床上，开始流血，然后躺在彼此的胳膊上睡着了，以为我们再也不会醒过来。但是我们醒过来了，发现血已经止住了，而我们的感觉并不是沮丧——我们觉得兴奋——然后我们决定到这里来。我曾经来过这儿一次。我的妻子因为喝酒的缘故把我送过来。我21岁的时候就结婚，几年后又离婚，有一个17岁的儿子。他现在在海军服役。我的妻子是一个演员，现在也还在做演员。她想要的是事业，而我想要一个家。我上了两年高中以后离开了学校，在一家律师事务所做了五年店员和信使。接下来的四年我成了一个职业摄影师，并且做得相当好。但是我开始喝酒，然后所有的一切都变了。在那之后，有一年半的时间我在一个运输公司做计时员，然后我的生活真的开始走下坡路。我在纽约、迈阿密、萨凡纳和新奥尔良的酒店里做侍者。有一些年头，我在商船上做海员，那儿有十个孩子，我是年纪最大的一个。我母亲死于乳腺癌。她曾是世界上最好的人。我想我也是她眼中最好的孩子。因为我是几个孩子中年纪最大的那个，她对我更加娇惯。我总是有最好的衣服。奶奶也一直给我们礼物。当我再大一些，我会带妈妈去剧院，做一些那样的事。父亲在母亲去世后不到一年就再婚了。我已经有三年时间没有见过他和我的那些弟弟妹妹了。”

“这位患者看起来并不焦虑，”精神医生在他的报告中写着，“他一遍遍地重复说尝试自杀是多么愚蠢的行为，认为都是由于酒精的影响才让他这么做的。对他的状态他没有想责怪任何人。他在所有的精神面向上都运行良好。他的知识储量，就他的教育而言，是很好的。记忆完整，注意力有些差，洞察能力和判断能力也有些弱。病人的叙述相关、一致，没有捏造成分。印象：神经性的性格紊乱、长期嗜酒和反应性抑郁。”在送走罗伯特之前，精神医生写道：“没有精神疾病的证据。并未显现出严重的自杀倾向。病人是安静的、友好的，能够遵守病房的日程。”

1月7日早上，在德莫迪拿出罗伯特的档案前，赫尔彭博士在电话里对他说的是，尸检中心最后正式的意见是，玛德莲并不是被勒死，而是死于心脏病发作。在和赫尔彭博士谈话结束的半个小时后，德莫迪收到一份关于此案的手写报告。报告的大部分内容在之前已经被准备好。赫尔彭博士只是在等一些关键性的检验结果，有关玛德莲大脑的情况，然后就完成了报告并送给德莫迪。

“这个结果没有任何问题，”赫尔彭对德莫迪说，“这个女孩不是被勒死的。没有任何证据显示任何人曾试图勒死她。她死于闭塞性冠状动脉硬化和急性酒精中毒。大脑中检测到了三加乙醇，没有巴比妥类和其他可溶性毒药。我想这个可怜人只是这几天一直在计划以某种方式杀掉她和自己，或许已经计划好用勒死这种方式但没有告诉她他准备这么做，然后当他看到她已经死亡的时候，他以为已经掐死了她。”

在正式报告里，赫尔彭博士一边进行尸检一边对他的秘书口述道：“这是一具成年白人女性的遗体，重95磅，高5英尺1英寸，身材和体格精瘦。发色为黑色，有少许白发。黑色眉毛，棕色眼球。胸部较小。手型偏小。手指细长。耳朵较小。耳垂穿孔以佩戴耳环。

“颈部表面没有发现明显的外伤性损伤。肺部比较大，重量足够。心脏自然地躺在心包腔中，主动脉口径狭窄。颈部器官被切除进行解剖。没有在颈部软组织或任何结构中观察到出血现象。舌头正常，舌尖是干的。喉咙狭小。在颈部的内在肌肉，喉咙或舌骨的任何结构组成部分没有观察到出血。脊椎、肋骨和四肢的骨头均没有出现损伤。

“心脏被移出解剖。心脏较小。动脉硬化。闭塞。解剖诊断：节段性闭塞性冠状动脉硬化。

“没有发现外伤性窒息的解剖证据。

“死因：闭塞性冠状动脉硬化、急性酒精中毒。”

德莫迪一直在准备向大陪审团陈述针对罗伯特的一级谋杀罪材料。现在，他把罗伯特带出公墓监狱，先在那天下午把他带去重罪法庭，和一名来自司法援助协会的罗伯特的代理律师协商后，建议将罗伯特送去贝尔维尤进行观察。法律援助律师也同意德莫迪最好在精神医生对他进行检查后，再告诉罗伯特尸检中心的报告。德莫迪的观点是或许精神医生可以发现一些在当时尚待发现的事情。

在贝尔维尤，罗伯特向精神医生复述了他已经说过的话。他也被安排见了一个心理学家。作为一个被指控犯有谋杀罪的人，心理学家对他做了更充分的检查，包括多种口头和笔头测试。其中一项连词测试，一位精神医生记录道：“在提到‘孤独’时，他说‘害怕’，提到‘女人’，他说‘玛德莲’。”关于玛德莲的死，他把对警探和德莫迪先生讲过的故事重复了一遍。他说过去几个月他在一家餐厅做招待，不能挣到足够的钱让玛德莲过上体面的生活。“我爱那个女孩，”他在某个时间说，“我们不能在世界上活得很好，我们想要逃离，这就是原因。”

精神医生的报告倾向印证德莫迪一开始关于罗伯特身上有某种独特素质的印象。“他的分数非常高，”精神医生写道，“一些轻微的强迫性的对自身能力的怀疑阻碍了他的能力发挥，否则他的分数会在最高等级的范围之内。动态来看，他和父亲的关系是相对健康的，而他对母亲则显示出某种程度的恐惧反应，有一些敌对的感觉同时结合了愧疚之情。有可能，他和那个他勒死的女孩的关系，是对一个具有威胁性的母亲形象的反抗；与此同时，他在女孩每次狂饮过后都选择继续站在她身边则是企图对这种敌意的关系进行补偿。”

精神医生的报告写道：“不存在妄想、幻觉或其他精神病趋势。高超的智商。他或许具有不自信、不成熟、不稳定的性格特征，甚至是分裂型人格，并带有深度的性格神经机能症，是一个被过度饮酒和抑郁症控制的人。结论是，目前没有证据表明此人患有精神病或智力发育缺陷。他并不处于极度愚蠢、低能或精神错乱的状态以至不能理解针对他所做的谋杀指控，抑或不能理解正在进行的诉讼程序，能够为自己进行辩护。”

罗伯特留院观察三周，然后被释放，送回到公墓监狱。

当德莫迪拿到贝尔维尤的报告后，他和地区检察官弗兰克·S. 霍根以及地区助理检察官、谋杀案调查局局长亚历山大·赫尔曼进行了协商，三人达成共识，罗伯特应该被无罪释放。德莫迪打电话给司法援助律师，告诉他他们的决定，然后罗伯特就立即被安排送至重罪法庭。此时距玛德莲的死已经有六周。在公墓监狱，罗伯特没有制造任何麻烦，那里的档案写着他“友善、安静、合作，尽管他知道自己将要被送上电椅，仍然表现得情绪高昂”。他没有和谁通信，也没有申请使用电话。司法援助律师还没有和他见上面，因为通常的程序是在犯人已经被大陪审团宣判之后才开始就这样的案子准备辩护材料。

从公墓监狱，罗伯特被送至重罪法庭附近的拘禁场所，和其他犯人一起等待自己的案子被叫到。司法援助律师在那对他说：“罗伯特，你马上就会收到你的生活给你的惊喜。你是一个自由人。过一会，地区检察官就会做出一项取消对你的指控的提议，这个提议也会被通过。”

“但是我犯了一级谋杀罪，”罗伯特说，“我不明白。你是什么意思？”

“你没有勒死玛德莲，”律师说，“你只是以为你这么做了。很可能是某种形式的幻觉，或是一个梦。尸检中心已经对玛德莲的遗体进行了彻底检查，没有任何证据表明有人实际上，或是尝试要掐死她。玛德莲死于心脏病发作。这是关于她的死因的正式诊断报告。”

罗伯特和其他犯人一道坐在一条长凳上。他站起来，朝着走廊远处的尽头走了几步，律师跟在他身后，把一只手放在他的肩膀上。然后罗伯特开始哭泣。“他没有发出一点声音，”律师后来说，“他只是安静地哭着，泪水在他的脸上不断地流下来。他不能讲话，我也没有尝试让他讲话。然后我们的案子被叫到，我们开始进入审判室。当我们到那的时候他多少已经控制好自己。”

在审判室，德莫迪就罗伯特的供认和尸检中心的报告向法官做了总结性陈述，然后向法庭提出取消针对罗伯特的指控的动议。法官没有深入讨论即宣布取消指控。之后德莫迪和司法援助律师都和罗伯特握了手，然后罗伯特问德莫迪玛德莲的妈妈有没有安排葬礼。他被告知她没有那么做，玛德莲已经被埋在佩勒姆湾外哈特岛上的公共墓地。那个律师和罗伯特一起乘坐电梯下楼，问他有什么感觉。罗伯特犹豫了一下说：“我真的不知道。”律师和他一起走到刑事法院大楼的大门处，和他又握了手，并祝他好运。“很难说他对于无罪离开的结果是不是高兴，”律师曾说，“他就那么对我表示了感谢，说了声再见，就又踏入了外面的世界。”

同一天下午，罗伯特回到位于西十四街的房子，看到拉森太太。她已经把那间地下室租给另一对情侣，但还留着罗伯特装行李的那个小储藏室。她已经把玛德莲的东西用包裹寄给她的妈妈；不过，她先是写信给玛德莲的妈妈，告诉她会尽快把东西寄过去，但是由于关节炎正在发作，或许会在几天后才能把包裹送去邮局。然后她向罗伯特展示了玛德莲妈妈的回信。

“在你觉得好些之前你都不用着急去邮寄玛德莲的东西——如果这样能让你方便一些的话，”第一封信说，“对我而言，晚一些收到那些东西或许也会好一点——现在我还没有做好准备。时间可以让痛苦减轻，但从不会治愈它。谢谢你的好意，让我觉得好受了些。”第二封信说：“箱子昨天到了。非常感谢你。我由衷感激你的好意，以及你在邮寄这些东西时花费的时间和精力。我很遗憾，你认识的玛德莲只是那个时候在你那里的玛德莲，因为那并不是真实的她。在没有开始喝酒的时候，她很精神，也很可爱，但这个可怕的灾难控制了她，把她变成了另一个人。我同意她和罗伯特先生的关系，因为我曾希望这会让她变得开心，或许能帮助她走出那场灾难。再次感谢你，我希望这封信能让你感觉好些。我会非常感激，在我感觉到想要继续下去的时候。随信附上1美元，是邮寄那个箱子的费用。如果这不能支付所有的花费，请务必让我知道。”

罗伯特读了信，把它们交回给拉森太太，没有说话。过了一会，他问：“还有任何玛德莲留下的东西吗？”

拉森太太说没有了。然后她想起感恩节时曾送给他们一盘火鸡当礼物以表达善意，玛德莲写给她一张纸条。拉森太太把它递给罗伯特，他读完以后把纸条放进口袋。“感谢您的礼物，不仅因为那盘火鸡，还因为您送出它时美好的出发点，”纸条这么写道，后面署名，“罗伯特夫妇。”

“我问他他以后要住在哪里，”后来拉森太太说，“他笑了——他笑起来很好看——然后说了句‘我真的不知道’就离开了。”

白色玫瑰酒吧的酒保还记得罗伯特和玛德莲，但自从玛德莲死的那天早晨罗伯特最后一次踏进酒吧后，他就再没看到过他。“他们是两个酒鬼，两个忧伤的酒鬼，但并不是小气的酒鬼，”他最近回忆说，“他们在酒吧的角落坐在一起，总是看着对方，话并不多。玛德莲比罗伯特喝得多，有时候她会哭起来，他就把手臂放在她身后带她回家。他看上去非常爱玛德莲。”

两周以后，罗伯特在他曼哈顿的地下出租屋里打开了所有的煤气开关，等警察赶到的时候，他已经死了。他也被埋在公共墓地——和玛德莲的坟墓有一段距离。在那里，地块很快就会被占满，没人可以提前预订一块。

（卢一波　译）

珀尔和奥尔加的险境

几年前那个12月31日的早晨，两个年轻女子和其他许多人一起，在位于布鲁克林五十街第五号从布鲁克林到曼哈顿的车站各自搭上地铁，并且在车缓缓向曼哈顿驶出时在同一节车厢相隔一段距离的地方坐下来。她们没有见过面，不曾讲过话，但她们的生活已经被关联起来，而为她们建立联系的，却是一个邪恶的人。她们都是上班族，外表比一般人更引人注意。其中一个高挑，皮肤苍白干净，有一双大而暗色的眼睛和闪闪发光的黑色头发；她当时28岁，而她的面孔除了美丽，还显现出一种有趣的、有些苦恼的表情。她已经注意到另一个女孩携带着一个像大号鞋盒一样、包装成礼物盒的箱子。在盒子的一边有一个孔，从里面伸出来一条像照相机镜头一样的东西。第一个女孩并没有多想，只是悠闲地猜测包装盒里面装的是什么样的礼物。第二个女孩刚刚19岁，个子小巧，一头金发。她的名字是珀尔·拉斯克。仅仅几周前，在圣诞节前的那一天，珀尔觉得她对纽约这座城市和它的生活方式的幻想破灭了，但那种心境并没有持续太久。现在，随着地铁一边颠簸一边发出咣当的声音，她感到兴奋和快乐。她把那个礼品包装的盒子小心地放在腿上，用两只手抱好。每过一会儿，她就会简洁地扫一眼过道对面那个高大而忧郁的女孩，好像在确认她是不是还在那里。

除了平安夜发生在她身上的两件事，珀尔·拉斯克对她到纽约碰运气以来的这段时间感到满意，她对每个人都这么讲。她在同一年秋天抵达这里，那时她刚从离费城不远的贵格敦某所中学毕业几个月。有一段时间，她住在布鲁克林，她妈妈和继父的家里，但是她一找到工作——在一家百货商店当售货员——就搬去曼哈顿上西区一处带家具的房间自己居住。她立刻把自己和那个房间重新打扮了一遍。开始使用睫毛膏，涂抹比贵格敦高中的女孩们用的颜色更深的口红。在西区大街一个昂贵的发型师的建议下，她抛弃了自己金色的刘海，为她的新世界展现了一头精心打理过的带有凌乱感的金色卷发。她为自己房间仅有的窗户挂上粉色的窗帘，为那个沙发床买了薰衣草色的床单。她很快就和那家百货里的其他售货员交上朋友，每天中午在冷饮柜那里吃午饭，然后几乎每天晚上都和那批朋友在一家自助餐厅聚餐。她最喜欢的午餐是非洲龙虾尾沙拉和可口可乐，再点一小杯香蕉船。她最喜欢的晚餐是蘑菇鸡肉馅饼、奶油山核桃饼和咖啡。她非常健康，情绪很高，经常没特殊原因地微笑或大笑。很快她开始和在那家百货工作的年轻人约会。随着假期的到来，她的房东越来越频繁地叫她下楼去接电话。没有电话叫她的晚上，她就放松地躺在那个铺有薰衣草色床单的沙发床上，一篇又一篇地读25美分版本的通俗小说和侦探故事。

珀尔是一个家教很好的女孩，从来不和未经介绍的男性一起外出，不管他们看上去多帅气。在感恩节那天，一个在她认为是见到过的除某几个影星外最帅气的男人提出在布鲁克林地铁站搭她一程，她打算那天去看母亲。尽管她用很友好的方式和他讲话，但没有同意和他喝一杯或者告诉他她的名字和地址。他告诉她他的名字是艾伦·拉吕。从那以后，她常常有些遗憾地想起他英俊的外表和浪漫的名字，但总的说来，她还是很高兴自己没有同意和一个陌生人外出。有一顿顿拥挤的午餐，和一群喋喋不休的售货员们的晚餐，还有偶尔和在百货认识的男生们的约会，以及25美分的书，她感到满足和忙碌。然而在平安夜那天，在她的新生活开始后的第三个月，那家百货商店把她和其他一批女孩一起解雇了，因为圣诞季的促销已经结束。此外，她的房东在同一天告诉她已经厌倦了叫她去接电话，以后只有她妈妈要和她通话时才会叫她。

断绝了珀尔的工资来源，抹除了她的社交生活，百货商店和那个女房东不经意间为她和她曾拒绝过的那个帅气陌生人的下次相遇做好准备。圣诞节后的那天晚上，当她从妈妈家里出来后在回去的路上，她在布鲁克林地铁上第二次偶遇了那个人，这一次她同意和他一起出去，并且在时代广场一起喝了酒。她点了她的最爱，苏格兰威士忌和七喜。她告诉他自己丢掉了工作，以及女房东给她带来的麻烦，他表示同情。之后，她记得经过一晚的喝酒聊天后，他对待她的方式发生了微妙的变化。“他一开始和其他男人一样看起来对我感兴趣，”她告诉地区助理检察官，“但是和他交流越多，我越发感觉他对我有一种不同的兴趣。”无论如何，经过一段时间的交谈之后，那个男人说如果愿意的话他可以为她找到一份工作。他告诉她那份工作的情况，而她非常喜欢。那让她想起她读过的厄尔·斯坦利的那些迷人的小说中，律师佩里·梅森会让他的秘书德拉·斯特里特去做的那种事情。除了是她在荧幕外见过的最帅的男人，艾伦·拉吕也是她目前见过的最会穿衣服的人。他穿一套双排扣灰色西服，衣服上有宽的垂直条纹和尖尖立起的翻领，外套垫肩很好地衬托出他宽阔的肩膀，并且使布料巧妙地垂坠到他窄窄的臀部。他纯白色的衬衣有长长的领尖，佩戴一条醒目的蓝色领带，上面绣有象牙色和金色的花纹图案。在那天晚上结束之前，珀尔已经热情地接受了那份工作，她的雇主叫她珀尔，而她叫他艾伦。

第二天早上珀尔很早就从床上跳起来，认真地化了妆，梳了她金色的卷发，穿上她最好的套装。在外面她套着一件从商店分期买来的仿波斯羔羊皮外套。她有三顶帽子，最喜欢的是那顶灰色的，上面带有大的白色蝴蝶结，于是就戴上这顶帽子。艾伦安排九点半和她在西三十街九号一栋建筑的拐角处见面。她急于开始新工作，不仅因为那是一项工作，还因为它听起来让人兴奋。艾伦告诉她他是一个服务于一家珠宝保险公司的私家侦探，因此工作主要是在珠宝从主人那被偷走的时候把它们找回来。他说，他有理由怀疑，一个叫奥尔加的年轻女人从公司的一个客户那里偷走了一些珍贵的珠宝，并把珠宝固定在衣服里随身带着，她曾经是办公室位于西三十街九号42室的克劳登帽子公司的老板私人秘书。那个女人曾经见过艾伦，因此，艾伦说，他不能冒险再被她看到，因为那样她会察觉到他已经在怀疑她所做的事，从而把那些珠宝藏起来或者转移到有防护措施的地方。在有证据证明她确实拿了珠宝前，他也不能向警察报案来抓捕她。珀尔的任务是帮助他证明这一点，他告诉珀尔那天早上见面的时候会告诉她怎么来证明这一点。

她到那儿的时候艾伦正在等她。她之后报告了他们的对话。“这是我想让你先去做的。去那家帽子公司的办公室问接待员，赛迪·怀特小姐是否在这里工作。那里当然没有什么赛迪·怀特，但是当你和接待员谈话的时候，你就有机会去看一眼奥尔加，这样下次见面你就可以认出她。她就坐在通往公司老板办公室的那扇门外。这里有一张她的照片，”他一边从他上衣里侧口袋里拿出一张照片，一边继续说，“但我希望你能面对面看到她，这样就算在人群中——比如在地铁里的人群中——你也一定可以认出她。等她今天下午离开这里的时候我会让你跟着她。现在，上那里去，然后在这里和我会合，告诉我你觉得是否能清楚地记得她，这样在她离开的时候不管去哪都能跟住她。”

珀尔很好地执行了全部这些任务，然后回到艾伦那去。她告诉他不管在哪都能认出奥尔加，她不仅记住了她当时身上穿的衣服，还记住了挂在她桌子附近的外套和帽子。“太棒了，”艾伦说，“现在我会告诉你我们怎样做好这项工作，如果我们能把这些珠宝找回的话，别忘了会有一份很大的奖赏给你。白天的大部分时间你都待在外面——去看电影或别的事情——但是不要和任何人说起这件事，因为做这一行到处都可能走漏风声，并且会传回到奥尔加那里去。她每天下午五点离开这里。你在三点半的时候到西十七街二百零四号我的公寓那见我，我会精确地展示给你看我们将如何证明她拿了那些珠宝。”

珀尔去了一个双片连映场，叫了一些还在商店工作的朋友，然后在指定时间赶到艾伦公寓去见他。在那他向她展示了一个他叫作X射线照相机的有趣的东西。那个东西看上去像是一个鞋盒，一边有一个小孔，用棕色包装纸包扎好，就像一个普通的包裹。有一段金属线从盒子的底部伸出来，在结尾的地方带着一个环。“你要做的就是把这个对准她，然后拉这个线，”他解释道，“X射线照片会告诉我们她是不是带了珠宝。但是不要在她可以看到你做动作的地方拍照。在她从布鲁克林下车的时候拍摄——那是她居住的地方。当你尾随她走出火车时你应该走在她的正后方，这样你就能在较近的距离内拍到她。你拍照的时候最好是在距离她只有两到三英尺的地方。拍完照后，在昨晚我们喝酒的地方见我，我会拿回相机，把洗好的相片取出来。”

珀尔被这个任务吸引着，走回三十街九号，在奥尔加离开大楼的时候看到她，跟着她到了时代广场地铁站，坐在她附近直到地铁抵达布鲁克林五十街五号的地铁站，在她出站的时候近近地尾随，把盒子对准她，然后拉动金属线。以为已经拍到一张好照片，她乘地铁回到时代广场。艾伦在烧烤酒吧等着她。他认真地问了珀尔，她怎么拍的照片，拍照的时候她离奥尔加有多近，以及奥尔加是否注意到什么。珀尔告诉他，她拉动金属线的时候离奥尔加不到二点五英尺，奥尔加什么都没注意到，因为当时她背对着珀尔，并且正在匆忙地出站。艾伦说他会在那天晚上把照片洗出来，问珀尔她能否在早上到他的公寓去，他会告诉她结果如何。第二天早上珀尔看到他的时候，他说那张照片完全没有显现出来。“我想问题可能出在照相机上，”他说，“我必须找到一个更好的，这可能会花上几天。三天后你给我打一个电话，我会告诉你事情进展如何。”

当珀尔给艾伦打电话时，他告诉她已经拿到新相机，希望她在次日早上——12月31日早上——八点钟到联合广场附近一个自动售货机那里去见他。珀尔非常守时。她发现新相机比原来的更大更重，有一条类似的带环的金属线从底部伸出。那个盒子被包装成一个礼物，包装纸上层层印刷着红色的“圣诞快乐”和绿色的“新年快乐”。艾伦说希望她骑车到布鲁克林奥尔加上车的地方，然后在她上车准备去工作的时候跟上她。之后坐在地铁上位于她附近的位置，在时代广场出站的时候拍一张和上一个相机所拍摄的一样的照片。“记住瞄低一些，对准她的手腕，”他说，“那可能是她携带珠宝的地方——别在她手腕附近的衣服内侧。”

珀尔按照他所说的做了；地铁抵达时代广场时，她跟随奥尔加穿过站门，把那个包裹对准她，然后拉动金属线。先是有一个带着咆哮声的爆炸，那个包裹几乎从她的手里跳出来。奥尔加尖叫着躺倒在地，握着她看上去几乎被炸掉的左腿。一名地铁保安冲过来，问：“发生了什么？发生了什么？”而珀尔，当时离奥尔加太近被溅了一身血，对他说：“我刚对一个女人拍了张照，然后有人射击了她。”一个男人在奥尔加的腿上绑了止血带，然后一个警察出现，抓住了珀尔，剥开她的包裹，很快就看到里面装的是一个锯短的霰弹枪。这时珀尔终于明白真相。她开始哭泣。被巡警抓着胳膊，向奥尔加倾斜着说：“我十分抱歉我向你射击。我找了一个新工作，你看，我以为我是在用X射线相机对你拍照。”奥尔加抬头看了她，然后很快看向一边，好像她认为在这个戏剧性事件中珀尔的角色并不值得她的注意。她并不针对任何人，用一种在听的人那里像是辞职的语气说：“好了，这次他终于伤害到我。现在如果他想就可以带走我。我已经瘸了。我想知道警察在做什么，他对他们来说一定是太过聪明了。”

在那一年过去的两个月中，事实是，奥尔加已经对警察讲过很多遍她的故事，而她之后还需要一遍遍地，偶尔需要在速记员在场的情况下，重复这个故事。奥尔加的其中一次（实质上每次陈述的内容都是相同的）陈述文本如下：

“既然你已经结婚，奥尔加，你丈夫的名字是什么？”

“他的名字是阿方斯·罗科，我们大概在一年半前结婚。”

“你是否已经和你的丈夫分开？”

“是的。”

“从什么时候起？”

“大概在第二年四月。”

“那时你在哪里居住？”

“我住在布鲁克林五十街七号1434室。”

“你在那和谁住在一起？”

“和我的父母，一个已经结婚的姐姐，还有她的丈夫及女儿。”

“那么，从你家到地铁站有多远？”

“我想应该有四到五个街区。”

“那么，在你们分开后，十月初的某个时间，你是否见过你的丈夫？”

“是的。”

“当你见他的时候你在哪？”

“我在西区快线上，上班的路上。”

“那时你的雇主是？”

“克劳登帽子公司，位于曼哈顿西三十街九号42室。”

“在去往工作场所的路上，你从哪个车站下车？”

“时代广场站。”

“所以你是从布鲁克林的五十街五号站上，然后在时代广场站下？”

“是的。”

“那么你说的是，在十月初的某个时间，你当时在一辆开往曼哈顿的火车上，是在那里——在那辆火车上——你遇到了你的丈夫？”

“是的。”

“你是否和你的丈夫进行了谈话？”

“是的。”

“当时那个场合下你感觉好吗？”

“不好。”

“在你们的谈话之后，如果有的话，你做了些什么？”

“我们在第九大道下了车，穿过街道，回到五十街第五号，因为他的汽车停在地铁站出口处。他提出要把我送回家去，这样我就不用在感觉不好的情况下走回家去。”

“你上了那辆小汽车吗？”

“是的，我上了。”

“他把你送回家了吗？”

“没，他没有。”

“他去了哪里？”

“他把车开去了曼哈顿。”

“他在车上，如果有的话，做了些什么？”

“嗯，他有一把刀，上面有一个按钮，他按了那个按钮，有一个长的刀刃弹出来，他把那个刀刃按在我的喉咙上。”

“你尝试过从车里逃出来吗？”

“我要求他停车这样我才能出来。”

“他停车了吗？”

“没有，他不愿意。”

“他用那把刀做了什么，如果有的话？”

“他把刀按在我的喉咙上说，如果我在车里尖叫或哭得太大声的话他就会杀了我。”

“然后，你们开车去了什么地方？”

“他把车开去曼哈顿桥，我们过了桥，在靠近滨河大道的公路上向乡下开去——波基普西。”

“在波基普西发生了什么？你们在波基普西做了什么事？”

“他在一个汽车旅馆附近停下来，租了一间小屋。”

“你想进那间小屋吗？”

“不想。”

“他做了什么，如果有的话？”

“他把小刀放在口袋里，告诉我说如果我叫出来，或对租给我们小屋的女士做些什么，他就杀了我。”

“你们在波基普西停留了多久？”

“两天。”

“你是出于自己的意愿停留在那的吗？”

“不，我不是。”

“在那他有什么别的武器吗？”

“是的。他有一把霰弹枪、一把左轮手枪，还有他随身携带的刀子。”

“那两天之后，他又开车把你送回纽约吗？”

“是的。”

“当他开回纽约后他去了哪里？”

“他带我去了运河街的那个地方。”

“那是一个什么地方？”

“在我看起来，是一个卖各类枪支和霰弹枪的地方。”

“所以，他买了——他在那里买了什么东西吗？”

“是的。”

“他在那里买了什么？”

“我看到老板递给他一个东西，他把它揣进了口袋。”

“那是什么？”

“那是一把左轮手枪。”

“好的。那么，在他拿到那把手枪之后，他有用它做什么和你有关的事吗？”

“是的，他做了。”

“他做了什么？”

“我们回到车里，他用它抵着我的太阳穴。”

“好的，那么他开车——他在那之后把车开去哪里？”

“我们原路返回，回到波基普西的另一家汽车旅馆。”

“你是出于自愿去到那里的吗？”

“不，我不是。”

“好的，你们在那里停留了多长时间？”

“一共五天。”

“好吧，五天之后你们去了哪里？”

“我们开车回到布鲁克林。”

“你去了哪？”

“我到了外甥女家。”

“在那里发生了什么？”

“我在台阶上摔倒了。”

“之后你和丈夫一起外出过吗？”

“没有。”

“11月1日发生了一件事？”

“是的。”

“那件事发生的时候你在哪？”

“我在我家厨房。”

“发生了什么？”

“我在帮妈妈摆桌子。”

“奥尔加，请保持大声说话。”

“我在帮妈妈摆桌子，窗子打开了，我突然感到左腿有一阵强烈的刺痛，我弯腰去检查时，左腿已经在流血。”

“你在检查腿部的时候有观察到别的东西吗？有没有看到任何穿孔？”

“嗯，我看不到，因为血流得太厉害了，我看不见。”

“那么之后的某个时间你有看到任何小孔吗？”

“是的，我看到了。是的。”

“那个孔在哪里？”

“在我的大腿上。我的大腿上有两个分开的穿孔。有一个在右侧，还有一个在大腿后侧。”

“叫救护车了吗？”

“是的，我们叫来了警察。”

“你住院观察了一段时间？”

“我在医院住了十天。”

“其间你有看到任何警探吗？”

“是的，我见到奥布莱恩警官，以及一个——我觉得是地区助理检察官的人，还有一个速记员。”

“你告诉他们关于——关于去波基普西的事还有你和你丈夫在那五天发生了什么吗？”

“是的，我说了。”

“以及你家发生的射击？”

“是的，我说我很肯定那是我丈夫干的，不会有任何其他人会这样做。”

“然后，你在12月9日回去上班了？”

“是的。”

“有人和你一起吗？”

“我姐姐和我一起。她在曼哈顿三十街第七号上班，所以她和我一道。”

“第一天回去上班时你观察到什么事吗，如果有的话？”

“当我们向车站走去时——在新乌得勒支大街上有一些高架柱子——我看见

我丈夫在其中一根柱子后面，我姐姐也看到了。”

“在你上班之后，如果有的话，发生了什么？”

“我到公司后，打电话给布鲁克林六十街第六区的警察局，告诉他们我看到了他，所以我很害怕，希望他们可以为我做些什么。我和警察局的其中一名警探通了话，他告诉我不要担心。”

“然后，12月9日那天你在上班的地方接到了一个来自你丈夫的电话？”

“是的，他在那天早上打来了电话。”

“他对你说了什么？”

“他说他在监视我，他知道所有的事，知道我什么时候去上班。他说第一次他没有瞄准，下次他能瞄准的时候他会杀了我。”

“你把这一情况对警察说了吗？”

“我一般会和吉丁斯中尉通话。他一直在那里接电话。我求他派人过来，求他派人来护送我回家，我很害怕，我知道一些非常严重的事情将发生在我身上，他说我不必担心。”

“下一次你见到丈夫是在什么时候？”

“嗯，可能是在几天以后。我一般是在三十街第九号看到他，在走廊和汽车后面躲着，有一天我也在回家的时候看到他在时代广场站。”

“好的，你丈夫多长时间往你的办公室打一次电话？”

“他几乎每天都会打来电话。”

“他打完电话你都做了些什么？”

“我每次都会打电话给六十街第六区的警察局，和某个警探通话，我曾不断地重复他对我说的每句话，我会请求他们派人来送我回家或是上班。他们说他们会的，让我不要担心。”

“好的。你说有一次你看到他出现在时代广场地铁站。那件事发生在什么时候？”

“我想应该是在圣诞节和新年假期之间，应该是在那几天休假当中的某一天。”

“你看到他的时候做了些什么吗？”

“我飞奔着下了台阶，付了车费，然后那里离上车的地方还有另外一段台阶要下，在高峰时段那里总会站着一个警卫，他看到我非常害怕。”

“你对他说了什么？”

“我对他说：‘我很害怕，我的丈夫一直跟着我。我知道他准备对我做些可怕的事情。求求你，我可以站在你旁边吗？’但他说我不能站在那里，因为当时有很多人正在经过台阶。”

“这是在高峰时段发生的事？”

“是的。他指着附近的一根柱子说，在我的车来之前我可以先站在那里，他会在他站的地方一直看着我，然后西区快线开进来，我乘上车回到了家。”

“有没有什么时间你看到你的丈夫出现在布鲁克林区五十街五号车站的站台上？”

“是的，我看到过他。是的。在我回去工作之后一周半左右的时间，肯定是在12月20日左右，在那个时间附近。”

“你把这个情况告诉警察了吗？”

“是吉丁斯中尉。他向我保证会派两名警探到办公室去，要我下班以后等着他们，他们会到那里去，让我在见到他们前不要离开。”

“在警探来之前谁在那里陪你等？”

“我姐姐。她每晚都会过来送我回家。”

“警探们开车把你送回家？”

“是的。我和他们讲了恐吓电话的事，我告诉他们他在电话里对我说的事，他说他要杀了我，让我最好开始向老天祷告，我告诉他们我离开家的那五天，他绑架了我，并且提到我每次在五十街第五号看到他的情景，以及我在三十街第九号看到过他，几乎和他们提到了所有的意外情况，因为从三十街第九号到布鲁克林的那段路很长。”

“好的。现在，12月30日你去过哪里吗？”

“是的，我有。我到位于卑尔根的警局总部见了雷诺兹局长。”

“谁和你一起去的？”

“我姐夫。”

“你对雷诺兹先生说了什么？”

“我告诉他我要工作，但我丈夫每天给我打电话，他曾经开枪打过我，我知道他还会对我做些可怕的事，他每天恐吓我，我——”

“请你慢慢说。”

“我有点呼吸不上来。”

“请慢慢说。不用慌张。”

“我对他说，我必须去工作，因为我有老去的父母，说我很害怕搭地铁，因为那里没有一个人可以帮助我，所以我才来找他，求他帮助我，做些什么来保护我。”

“好。雷诺兹局长有没有做些什么或说些什么？”

“他问我去了哪家警局，我告诉他是在六十街第六区的分局，他让人接通了那里的电话，他和吉丁斯中尉通了话。他叫了他的名字。”

“你听到他对吉丁斯中尉说了什么？”

“我听到他说，‘这有一个年轻的女士，叫作奥尔加·特拉帕尼·罗科，她的情绪非常激动。她正在哭，请求我帮助她。她告诉我她已经向你们举报了她在12月1日被射击，她的丈夫每天在电话里恐吓她，并且她已经多次看到过她的丈夫’——他重复了我的事和我跟他讲的恐吓的情况，我的丈夫会用枪瞄准我，然后他（雷诺兹）说：‘你们在做什么？等着看枪杀发生？’然后他告诉他们派一些警卫在我家附近，接着他挂掉电话对我说，我回家的时候就会看到那些警探。”

“那天晚上有警探去过你家吗？”

“是的。”

“都是哪些警探？你还记得他们的名字吗？”

“我记得那些警探有库珀曼、卡恩和麦克纳利，警探奥布莱恩也在那里。”

“他们那天晚上在你家里对你说了什么？”

“他们说我不用害怕，他们会保护我，当我上班的时候他们会守卫我，什么都不会在我身上发生。”

“好的，那么第二天，12月31日早上，你是否在通常的时间和什么人一道离开家？”

“是的，和我姐姐一起。”

“那天早上你看到什么警探了吗？”

“没有。”

“那么，在地铁站，你注意到过那个叫作珀尔·拉斯克的女孩吗？”

“是的，我注意到了。”

“你第一次注意到她时她在哪？”

“她在站台等车。”

“你注意到她的什么特征？”

“她带着一个盒子，一个很大的盒子，包装好的，带着圣诞的装饰，以及从盒子一头有什么东西伸了出来。”

“那个盒子大概多大？”

“比一只鞋盒大一些。”

“那个时候，你有印象此前见过这个人吗？”

“没有。”

“你和她讲话了吗？”

“没有。”

“在车上的任何时候你注意到她了吗？”

“是的。”

“她当时坐在哪里？”

“和我有一段距离，背朝着车的前方。”

“好，你姐姐当时还在去时代广场的路上吗？”

“没有。”

“她在哪里下的车？”

“她在三十街第四号站下的车。”

“好的。那么，在时代广场站，车门开了以后发生什么事了？”

“嗯，我走了大概三四步，准备到十四街的出口去，然后突然间——”

“在站台上？”

“在站台上。突然间我听到一声很大的爆炸声，感觉到我的左腿有一阵强烈的疼痛，我俯身想握住它，但是我晕了过去倒在地上，接着我记得有人向我跑过来，有一位男士弯下腰来，我记得有一个女孩，那个女孩就是珀尔·拉斯克。”

“你说你——”

“那个和我一道乘车的女孩。她也弯下腰来说——”

“嗯，请你稍微控制下自己。当时你注意到自己出现了什么情况？”

“我感觉不到我的腿——就好像它不在那里一样——并且我真的就躺在血泊里。”

“你的身体的哪个部分浸在血泊里？”

“我身子下面，我的整个身体，并且我记得和一个地铁的警卫说过话。他问了我的名字和电话号码，我给了他，然后我记得被放在担架上，被抬起来经过台阶，我还记得他们在救护车上送我去医院，然后我到了急救室，我记得他们剪下我的衣服，第二天他们从膝盖以上六英寸的地方切下了我的腿。”

在那次枪击后，珀尔·拉斯克被带去西三十区的分局，她在那里交代了自己的事，并且看到一张奥尔加和罗科结婚以前在夜店里拍的照片。在那张照片里，罗科开心地笑着，穿着竖条纹西服、白色衬衣、一条带花领带，看起来高兴和幸福。“那就是他，”珀尔说，“他甚至穿着一样的衣服。”当警察寻找罗科的同时，他们尝试了解更多关于他的情况。奥尔加和她的父母都不能说出很多关于他的事。他们所知道的就是他于1944年在布鲁克林的一个舞会上认识了奥尔加，在一段短暂的求爱后他们就结了婚。他常常消失几个星期，带着很多零用钱——还有，在有些情况下，一辆新车。他热衷于打猎和宿营，有一两次他带着一把猎枪和一个睡袋，独自一人前往卡茨基尔山度过周末。他很容易因为奥尔加吃醋。在几次激烈的争吵之后，她离开了他，从那之后，他就开始告诉她，如果不回到他身边，他就会杀了她。

警察发现从大概八年前起，罗科就开始在曼哈顿偷盗汽车，然后卖到布朗克斯。他曾为此被拘捕，并在布朗克斯郡服役一段时间。他没有其他犯罪记录。当时在他的减刑报告里写着，他的父母在他很小的时候就去世了，所以他一直在孤儿院和领养家庭长大。“他否认自己曾使用毒品，也从不过量饮酒，”报告继续写道。“他承认自己有混乱的私人生活。他不属于任何一个社会团体，声称他只有少数朋友。他有自我悔过的倾向，觉得他在生活中经历了糟糕的转折。把自己的行为归咎于缺少父母的正确教养。他是令人愉悦的、和蔼的，没有反常的表现和想法。他似乎有些迟钝，智商一般。”报告引用了贝尔维尤医院精神科评价罗科的一段话，“不存在精神问题或心理缺陷，普通的智力水平，不存在妄想和幻想症，性格开朗。”

在地铁枪击发生后的第六天，罗科的踪迹在卡茨基尔山被发现，他开着一辆偷来的车，用枪指着一群农民索要食物。五十个州警察和两个纽约警探发现他的车停在一段山路的边上，并很快在一棵云杉树下面的睡袋里发现了罗科。当时已经是晚上，地上有十英寸厚的雪。警察向罗科喊话让他投降，其中一名向空中发出了警告的枪击。罗科向闪光的地方射击四次，然后在警察开火之后被射死。从他的口袋里发现的物品中找到一张他和奥尔加在夜店里所拍照片的打印件。

珀尔和奥尔加之后成了朋友，不时看望彼此。珀尔结婚了，已经在养育一个家庭。奥尔加靠售卖人造珠宝勉强维持着生活。有几年时间，她希望能得到失去腿部的补偿，因为她和她的律师认为警察对此负有责任，因为他们没能保护她免于罗科的伤害。最终，这个案子在纽约地区最高法院立案，奥尔加作为原告，提出一项20万美元的伤害赔偿，而被告，是纽约市。审判持续五天，由约瑟夫·A.考克斯法官主持。奥尔加拄着拐杖，一瘸一拐地走向见证人，再一次讲了她的故事。多名警探证实那部分事实，即她曾十分努力地要求他们保护她远离罗科。珀尔也同样地，再次讲了她的事。而纽约市，由市政府法律处助理威廉姆·F.米勒代表，也对案件的事实毫不否认或隐晦。考克斯法官，在听完他们所有人的陈述后，驳回了奥尔加的申诉。对奥尔加不利的，就是案件的事实。没有人否认警察部门得知了罗科要杀死奥尔加。如果是罗科本人跟踪她进入地铁站对她射击，奥尔加或许可以令人信服地基于警察的失职使这个针对市政府的控告成立，但是，如米勒先生所辩护的，那不是发生的事实。他似乎很难找到一个精确的形容词来描述罗科出于嫉妒所做的一切。“这个案子中的事实，”米勒先生在某个时间说，“显示被告是在一个最不可疑，也最难以预料到的，奇怪和难以想象的情况下，被地铁中的另一名乘客，一个并不知名也未被怀疑过的女人——名叫珀尔·拉斯克——所击中。”几乎像是遗憾把这件事讲出来，他补充道：“这个城市对原告显然毫无法律上的义务为她提供远离珀尔·拉斯克的保护。后者是一个未经确定的，身份不明的个体。没有人对她了解到过任何信息，甚至连原告在此也没有尝试去指出警方曾有过任何关于此人的提示。她甚至对原告而言也是未知的。显然，唯一知道这个女孩的人是罗科本人，并且他还使用了化名。她也不知道罗科和原告之间的关系。这个城市显然没有责任为原告提供远离一个未知的未被怀疑的个体的保护。”

奥尔加的律师极力地辩护，但很快就看到再多言辞都不能扭转事实。当考克斯法官宣布他的决定时，他认为有必要再一次去引用那些事实。“证据是清楚的，”他用平静的语调说，“一个原告并不认识的女性，由于被欺骗带着一个装有枪支的包装普通的盒子，并用那把枪射击了被告，以为她正在为她拍照。在没有任何证据表明被告（市政府）能够预见，或经推理能够预见这一事件，而未采取有效措施阻止同样的事件发生时，对这样的攻击所造成的伤害原告无法向市政府要求赔偿。”一小段时间后，考克斯最后宣布他的决定时，他澄清道，尽管这一诉讼被驳回，但并未自然而然地随之解决。“总结来看，”他说，“就法庭有限的观察，这是一个让人震惊的事件，是一个有罪的病态的人的行为；而原告无法得到任何救济，则是不幸中的不幸。”

（卢一波　译）

先锋广场的富有隐居者

在大萧条时期，1931年3月6日早晨两点半左右，一个和父母一道居住在帕克街七百二十九号的叫作摩根·J. 奥布莱恩的中年律师，被他床头的电话铃声叫醒了。他很担心那是一个可能带来坏消息的私人电话。他的父母都已经接近八十岁，几天前刚因为身体原因前往南方休养，他一直担心长途旅行可能带给他们一些压力。然而那个电话是一个公务电话，并且尽管是一位送葬师打来的，最后证明它带来的并不是坏消息。送葬师报上了他的姓名，P. B. 麦克唐奈，他说自己是从位于西三十街四号的先锋广场酒店打来的。他被经理请来为一个前一天在酒店去世的玛丽·E. 梅菲尔德小姐安排葬礼。梅菲尔德小姐，送葬师继续说，过去的25年都一直和她的姐姐一道居住在那家酒店的两室套房里。梅菲尔德小姐九十一岁，而她姐姐今年九十三岁。那位姐姐自称是本杰明·伍德夫人，送葬师问她谁可以来做法律证明人时，她说摩根·J. 奥布莱恩法官曾是她的代理律师。送葬师对奥布莱恩先生说他觉得这位女士可能是一个疯狂的隐居者。

奥布莱恩先生有些厌烦地解释说他并不是奥布莱恩法官，后者是他的父亲，差不多已经到了退休的年龄，并且至少有一个月时间都不在城里。送葬师是一个坚忍不拔的人，尽管同时也是小心谨慎的。他说伍德太太在他看来可能并不是个有钱人，如果奥布莱恩法官真的是这家人的朋友的话，他很愿意为她的妹妹处理后事，否则他不能冒着费用得不到偿付的风险做这件事。最后，他总结说，毕竟现在每个人过得都不容易。尽管奥布莱恩先生当时非常渴望回去睡觉，他还是很有条理地记下了伍德太太的名字、送葬师的名字，以及这段对话的大意，并保证第二天早上到他父亲的律师事务所办公室以后，会和这名送葬师联系。不久以后，奥布莱恩先生会非常高兴他做了这些记录，因为伍德太太需要人来帮她料理一大笔财产，在那个时间很多人都不会有这样大额的储蓄。在她的衣服里、一个鞋盒里，还有各种其他的场所，她一共藏了752 200美元的现金和价值175 000美元的证券，即使在年景好的时代，这也是非常可观的，另外她还有价值75 000美元的珠宝。

奥布莱恩法官的律师事务所是纽约最知名和最有影响力的律所之一，它的声誉几乎可以说是第一等级的。它的全称是奥布莱恩、博德曼、康柏、麦海德和厄雷事务所。在百老汇街三十九号占据9 000平方英尺的建筑面积，除了十一名在任的高级成员和两名名誉高级成员，它还有十五名合伙人、四个法律专职人员、十八名秘书和速记员、两名档案专员、一名出纳兼会计、两名接线员、一个接待人员和五个办公室伙计。奥布莱恩法官从1887年到1915年期间一直是纽约州最高法院的大法官，其间的十年他都在上诉庭工作。他有半个多世纪的时间都是坦慕尼协会的忠实成员，到现在也是。

小奥布莱恩那天早上到办公室以后，他向父亲的秘书，一位年长的叫作J. C. 沃尔什的人提到了昨晚的电话和对话内容。沃尔什先生对他说本杰明·伍德太太很有可能是那位本杰明·伍德先生的遗孀，他在19世纪七八十年代是一位很有钱的富商，直到1900年还拥有纽约《每日新闻》，直到将这家报社卖给弗兰克·A. 芒西。当奥布莱恩先生听到这个消息后他又变得没有耐心了，但这次并不是急于去睡觉。在1931年那段困难的时间，有很多人都处于失业状态，即使像奥布莱恩、博德曼、康柏、麦海德和厄雷这样的律所也不像以前那么忙了。公司立即为此开了个会，结论是小奥布莱恩应该打电话给老奥布莱恩去咨询相关的信息和意见。小奥布莱恩这样做了，老奥布莱恩告诉他的儿子当他还是律师的时候，在19世纪80年代他和伍德太太无论是从业务角度还是在社交上都有很好的关系。她曾是那个时代纽约的大美人，他说，除此之外，还是一个精明的女商人。已经有很多年没有听到过有关她的消息。他听到的小道消息说，她在1907年的那个大恐慌前不久把自己的财产全部变成现金后消失了。

小奥布莱恩发现他开始越来越多地考虑伍德太太的处境。他希望她能够成为公司的一名客户，这样就可以更容易地帮助她，他想帮助她。他咨询了父亲，问父亲在他看来伍德太太能否成为公司的一名客户。老奥布莱恩有些遗憾地说他觉得这很难，但他觉得他的儿子应该打电话给她，因为她显然需要帮助，并且她向送葬师提到了奥布莱恩的名字，这很可能是她在请求帮助；此外，老奥布莱恩说，当他去看伍德太太的时候，可以带上公司一位叫作哈罗德·G.温特沃什的职员，他非常善于处理财产问题。奥布莱恩先生还记得他父亲对他说："当然，她也可能穷困潦倒。这样，我觉得公司应该为了这份老交情，承担起她妹妹梅菲尔德小姐葬礼的费用。毕竟，你妈妈和我经常在我们家里宴请伍德太太和她妹妹。不过我觉得伍德太太不像是已经处于穷困的状态。"

在奥布莱恩和温特沃什打车去伍德太太家之前，奥布莱恩给送葬师打了电话，告诉他自己公司会以某种方式保证梅菲尔德小姐的葬礼费用被支付。当这两位律师赶到酒店后，他们先和经理还有一些雇员进行了谈话，了解了一些有关这对姐妹的情况。那个经理已经在酒店工作了六七年，却从来没有见过梅菲尔德小姐或是伍德太太。据他所知，在这期间她们从来没有离开过那个套房。从她们开始住在酒店起她们一直都在支付她们的账单。记录显示在1907年她们搬去了五楼两个相邻的房间，当时和她们一道的还有伍德太太的女儿，艾玛小姐，她在1928年七十一岁的时候死在了医院。一个在酒店工作了十九年的黑人电梯司机模糊地记得，在他刚刚来酒店工作时有少数几个时间他曾见过这三位女士，但他对她们也是所知甚少，从没有分清过谁是谁。一个爱尔兰女仆负责打扫五楼；她刚刚到这几个月，从没有进去过那对姐妹的房间，她告诉律师。有两次，她说，她曾说服两位女士把弄脏的床单和毛巾递给她换成干净的，但她们也没让她走进那道门。一个黑人领班说有几年时间他都会习惯性地每天敲门问女士们需不需要什么。通常情况下她们会派他出门去给她们买点东西，回来后用现金支付，并付一点小费。她们似乎食用炼乳、咖啡、饼干、培根、鸡蛋，偶尔会有鱼，他说。有一次，他已经进到套房的客厅，但从没去过卧室。他说她们已经在浴室里搭起一个临时的小厨房，在那里煮咖啡，加工培根和鸡蛋，但不会在那做鱼。她们吃生鱼片。梅菲尔德小姐睡在客厅的沙发上，他想伍德太太应该睡在卧室里。每过段时间，伍德太太会让领班去买哥本哈根鼻烟、哈瓦那雪茄，还有几罐凡士林。两位女士都会吸雪茄，用鼻烟，他说，并且他有印象伍德太太每天都要花几个小时用凡士林油来按摩脸部。在梅菲尔德小姐死的那天下午，那个领班曾看到梅菲尔德小姐躺在客厅的沙发上，听到她在呻吟，就问伍德太太是否要他去请一位医生。伍德太太用很委婉的方式说，她妹妹确实生病了，但请医生来也没有用——几年前她的女儿艾玛生病的时候她曾叫过一个医生，那个医生带她女儿去了医院，而她女儿死了，所以说，现在为可怜的玛丽叫医生也是没用的。不过，酒店经理从领班那听说了这件事，在当天下午让附近麦卡尔平酒店的医生来看看梅菲尔德小姐。医生很快就确认她患有胃癌，在医生还在那的时候她就死了。一名从市中心赶来的法医已经检查过她的身体，确认死因后让送葬师安排葬礼了。

两位律师考虑着鼻烟、雪茄、股票、债券还有凡士林油等等上到了酒店五楼，敲了敲门。送葬师开门让他们进去。梅菲尔德小姐的遗体盖着床单，还躺在沙发上。送葬师说伍德太太把自己锁在卧室里不肯出来。两位律师中的任何一位都不会忘记他们和伍德太太的第一次见面。“大概在反复敲打房门五到十分钟之后，”温特沃什后来在法庭上做证说，“门开了，然后一位上了年纪的女人的形象出现了。她的头发非常散乱，有明显的驼背。她大概五英尺高，加上驼背——非常地虚弱。她用一条很脏的酒店毛巾系在上半身，那看起来应该是她唯一的遮盖物，她的下半身裹了一些其他布料，用别针或什么别的东西别在毛巾上。那不能说是衣服，在我们看来。她走起路来有很大的困难，非常慢地挪动到一个椅子那里，然后邀请我和小奥布莱恩坐下…… 她似乎已经无法阅读，我这样说是因为：有一些文件——她很渴望把一些文件交给小奥布莱恩和我，所以她拿出了一个旧的鞋盒，里面保存着那些文件，她让我和小奥布莱恩先生翻查那些不同的文件来找出她希望交给我们的那份，那时她说她看不见。她也已经非常地聋。即使用吼的方式也几乎不能让她听见我们说的话……有次她提到了联合太平洋公司的一千股股票，另外一次又改口说是一千一百股，说她拥有那些股票。她也提到一张联合太平洋铁路公司的1万美元的债券，当被问到这些资产在哪里时，她指着里屋说，她把那些东西锁在那里。”

“那间客厅极度肮脏，落满了灰尘，”奥布莱恩在回忆相同的场景时说道，“送葬师一边处理梅菲尔德小姐的遗体，我和温特沃什一边一直在敲那间卧室的门。客厅里塞满了堆起来的旧报纸、饼干盒、用过的绳子卷成的球、成沓的旧包装纸还有几个大箱子。伍德太太出来以后，我问她的名字。她在一张摇椅上坐下来，开始用我们已经听说过的凡士林油按摩她的脸部，我意识到她已经相当地聋。我一直冲她喊我的名字，最终她好像明白过来我在说什么，于是站起身向我走来。她身体瘦小，弯起腰身就像一个问号，但是你可以看到她曾是一个漂亮的女人，她的皮肤光滑没有皱纹。显然她的视线已经很不好。她走到我这里，用她的手摸着我的整张脸，然后退后喊道：‘你根本不是奥布莱恩法官！’我尝试着和她说明我是奥布莱恩法官的儿子，她好像终于明白了这一点。又坐了下来，点燃一根长长的细雪茄。有段时间她的话语非常理智和友好，尽管用词有些错乱。她向我们展示了一些联合太平洋公司的债券，还有一些没有支取的分红支票。她说她女儿和妹妹名下的财产，也已经继承给她。从她的话可以看出她在卧室里有大量现金。我问她是否开有银行账号，她说曾经在莫顿信托公司开过账户，但现在没有了。她告诉我她没有亲戚也没什么朋友。但是那时，突然间她好像变了，变得很生气，情绪激动。她说我是骗子和卑鄙的人，说我和其他人一样都是来骗她的钱，说她不喜欢我的声音和我的长相，她根本就不需要一个律师。她让我滚出去。然后抓起鞋盒和那些债券还有文件，以惊人的速度一瘸一拐地进了房间，关了门上了锁。温特沃什和我在那待了一会，不时敲敲门想劝她出来，但她不愿意，所以最后我们回到了办公室。说实话，我们不知道该做些什么。”

奥布莱恩、博德曼、康柏、麦海德和厄雷公司花了那天其余的很大部分时间来研究应该做些什么。从联合太平洋公司可以查到梅菲尔德小姐和伍德太太在那家公司拥有的股票和债券大概价值175 000美元，她们的分红支票也已经有十或十二年没有支取了。公司从一些其他渠道了解到是伍德太太，而不是她的丈夫把《每日新闻》卖给了芒西先生；她丈夫死于1900年，并把那家报纸和其他所有财产都作为遗产留给了她。这家公司尽可能地估计出，芒西先生为那家报纸支付了大概25万美元。有些知道那次交易的人还记得她要求，并从芒西先生那里一次性拿到了全部现金。在那家担保信托公司，一位上年纪的出纳还记得伍德太太在莫顿信托开户的日子，也记得她在1907年取出了她所有的钱，大概有100万美元的现金，全部放在一个大的网状购物袋里，并且在那之后再没有回过银行。

从一开始，这家律所就很热心地想帮助伍德太太，尽管她没什么钱。现在它仍然非常热心地想帮助她，即便她非常有钱。但是在试探性地向奥布莱恩显示她有一大笔证券财产，并暗示她可能会藏有巨额现金后——除此之外，用某种方式表明她自己无法处置她的财产事务后——她就无依据地把奥布莱恩称作骗子和小偷，声明她并不需要什么律师，命令他出去，并把自己锁在卧室里。这样的结果是，她并不是一名客户，只能是一名潜在的客户。

这家律所虽然感到困惑，但仍然愿意帮助伍德太太。公司把所有主管叫到一起，最后认为如果急需帮助的伍德太太不愿意从公司要帮助她的意愿中受益，这确实只能是一个悲剧。如果一名律师不知耻地围着一名潜在客户并且提出让他成为自己的客户，这名律师就违背了律师的职业伦理规范。律师的操守并不要求他坐在自己的办公室里等着潜在客户上门来提供业务，但当他偶然遇到一名潜在客户时，他被这一准则所允许的只能是取悦这些潜在客户，用他们天才的能力给这些潜在客户留下印象。遵守职业操守的律师在这种时候的行为在很多方面和拘谨的男性在面对约会对象时的行为有很多相似之处；生物之间的求爱，从人类一直到甲壳动物和昆虫，都具有一种奇异而值得同情的方式，那也是一名合乎伦理的律师在面对潜在客户时的行为方式。《大英百科全书》列出了大量求爱行为值得同情的生物，但其中只有少量生物的求爱行为，会奇异到和一间大型的、遵守伦理的律所在取悦一个富有的、九十多岁的、急需帮助又断断续续地认为自己可以不需要这样的帮助的女士时的举措类似。在奥布莱恩、博德曼、康柏、麦海德和厄雷公司着手使伍德太太相信他们的考虑是为她好时，它或许，是带着一些尴尬，这种尴尬之感就像是那种叫舞虻的昆虫中的雄性所感受到的那样，有时候那种感觉又像是一只雄性的招潮蟹。根据《大英百科全书》，雄性的舞虻在接近雌性舞虻时，会制造一个发光的球体，把这个球体吹得直到和它自己一样大，然后在里面放入一些小的明亮的物体——“使它自己和它的礼物都非常显而易见”。雄性招潮蟹有一只巨大的华丽的钳子，当它出现在一只雌性招潮蟹面前时，《大英百科全书》说：“它会踮起脚尖，在空中挥舞展示它的钳子，这经常会持续很长一段时间。”

小奥布莱恩明白他或许不是伍德太太的选择，因为她似乎对他有一种明显的憎恶。律所同意奥布莱恩的看法，但是认为温特沃什或许还有机会，因为伍德太太还没有对他有过什么评价。律所决定让他在那天回酒店去再次拜访她，于是温特沃什拖着一个闪闪发亮的公文包，并带着一束新鲜的红玫瑰又一次出发了。与此同时，当时律所实际上的首长并在两年后成为纽约南区联邦检察官的马丁·康柏做出一个决定，这个决定即使没有直接地为律所赢得伍德太太的青睐，也很好地以其天才给她留下了深刻印象。他打电话给一家私人侦探所，让其物色两个合适的人在伍德太太的套房旁边租了一间房子，然后对她保持二十四小时的监控直到有进一步的指示。仅仅是这些私人侦探的监控工作账单后来就达到7 000美元，这或许可以表明这家律所在保护伍德太太时的细心之处。

温特沃什拜访了伍德太太，之后又一次次因为想要帮助她重返酒店。在几周之后，伍德太太成为律所的客户，并且不是一次，而是多次。温特沃什是一个温和的、态度和蔼的人，一个伍德太太忠实的追求者。而伍德太太是易变而薄情的。她从没有答应成为律所的客户超过二十四小时，有时候她仅仅答应几分钟。

她似乎很喜欢他带给她的第一束红玫瑰。她拿起一只空咖啡罐，去浴室给它装满水，把玫瑰放进去，然后把罐子摆在客厅的其中一个箱子上面。温特沃什几乎每次去看她的时候都会带一束红玫瑰，而他几乎每天都会去拜访她。有时候他好像对这些花感到很满意，把它们放在咖啡罐里，有时候她掐掉那些花朵，从他的肩膀上面扔过去。温特沃什不会知道下一次将遇到什么情况，但他一直会回去看她。有一次他在她那坐了几个小时。他们成了一对样子古怪、行为奇特的朋友。如果有人透过气窗观察他们——就像那些私人侦探一样——他们会发现很难看出这两个人在彼此眼中都看到些什么。当温特沃什用他最高的声音说着话时，伍德太太就坐在她的摇椅里抽着一根细长的雪茄，另一只手用凡士林油按摩着她的脸，她一直把那罐凡士林放在一伸手就能够到的一只裂开的橘色木头箱子上面。有时候她会停下抽烟和按摩，开始大声咀嚼饼干，从盒子里吸食炼乳，每过几天会在温特沃什的注视下吃掉一条生鱼切片。他则继续向她喊关于没支取的分红支票、囤积的现金、抢劫的可能性、保险箱的安全性，还有其他奥布莱恩、博德曼、康柏、麦海德和厄雷公司为她考虑到的事情。温特沃什劝她让女仆来打扫房间，过了一段时间她答应清扫客厅，但还是不愿意让女仆或别的什么人进到卧室去。当他想尽办法用各种委婉的言辞建议她把那些股票、债券还有现金保存在一个安全的地方时，她会一边左右摇头一边懒洋洋地点燃一支雪茄。

有一天当温特沃什向伍德太太喊关于她女儿和妹妹的遗嘱，以及有个遗憾的事实即这些遗嘱从没有提交给遗嘱检验法庭进行认证时，她突然把它们递给他让他来处置这些遗嘱。温特沃什把这看成对那个阻止他主动提出代理请求的职业伦理问题的回答，但是当他把那两份遗嘱握在手里，开始表示他本人和他的公司都很荣幸能以她为客户时，她改变了想法，把遗嘱抢回去，摇晃着走进卧室，锁上了门。这之后有一天伍德太太只是把遗嘱拿出来让温特沃什握了它们一会，就又夺了回去。她也曾用同样的方式逗弄过那些有趣的债券。终于有一天，她让他把遗嘱放进公文包带走了，但是第二天一早，在遗嘱检验法庭还没开门之前，他接到一个酒店女佣打来的电话说伍德太太让她转告他，如果他不立刻把那些遗嘱带回给她的话她就会让他因为抢劫罪而被逮捕。他把遗嘱还了回去，伍德太太重申她不会做他们的客户。这时已经是七月中旬。温特沃什和伍德太太之间的“调情”已经进行了三个多月，律所欠私人侦探所的账单已经达到3 500美元。一个偶然的情况导致公司放弃了用原来他们尝试帮助伍德太太的那种方式继续做下去的努力。公司发现他们可以和一开始他们希望的那样有效地帮助她，但是是以另外一种方式。

这家律所并没有告诉报纸有一位九十三岁的富有隐居者、一位纽约市以前的大美人，悲惨地居住在先锋广场酒店，吃着奇怪的食物，吸着雪茄，同时有一帮私人侦探每天监视着她。但是这样的消息还是传开了，结果有一天一位叫奥蒂斯·伍德的老人出现在律所办公室，他自称是伍德太太的侄子，说他非常想要帮助她。他被告知这家公司很愿意帮助他来帮助伍德太太，但是很遗憾只能在他愿意成为这家公司的客户的情况下才能同意这么做。伍德先生成为了公司的客户。

奥蒂斯·伍德是费尔南多·伍德的儿子，后者在19世纪五六十年代曾经是纽约市市长，也是伍德太太先生的兄弟。就那时公司能够做出的判断而言，他和他的亲属是伍德太太最为亲近的血缘关系。除了奥蒂斯，纽约还有其他三位费尔南多的儿子，他们都是殷实的商人，还有几位孙辈，很快这家律所就成为十个轻松友好的伍德家的人的代理人。然后律所发现伍德太太的丈夫在此前的一段婚姻中有一个儿子，而这个儿子早已有了下一代，也就顺理成章地成为伍德太太的继孙子女。这一群亲戚有五个人，其中带头的是一位布兰奇·伍德·希尔兹太太。希尔兹那边的亲戚雇了一间叫作塔利和拉姆的事务所。很有可能这两组亲戚在未来某一天会为伍德太太的钱打起来，但是在他们帮助伍德太太的第一步努力中他们是站在一起的，因为他们和他们的事务所决定唯一能给伍德太太实在帮助的办法是宣布她不能对她的钱款负责，从而有人可以合法地被赋予权利，被指定来料理伍德太太的钱，这也决定为了这样做，为了把这些钱从她身边拿走——如果必要的话，将采用强制性方式。

奥布莱恩、博德曼、康柏、麦海德和厄雷公司代表奥蒂斯和其他伍德家的人，向纽约州最高法院提起了这项必要性申请，然后在8月4日，约翰·F.卡鲁法官命令由一组司法行政官组成的陪审团来裁决伍德太太是否无法妥善处理她的钱财。一周之前，在这家律所的请求下，威廉姆·哈蒙·布莱克法官已经为伍德太太指派了一名特殊的监护人。这名特殊的监护人在等待上述诉讼结果期间，被授权来说服伍德太太让他帮助她，但并没有被授权强制她这么做。他是一个叫爱德华·T.科克伦的律师，尽管在那段时间他比任何人都和伍德太太相处得更好，他只说服她交给他不超过5万美元的证券和一小笔5万美元的现金。在九月上旬，伍德太太被司法行政官陪审团宣布为无法处置财产，而奥蒂斯·伍德被任命为“她本人和她财产的受托人”，意思是要照看好她的身体，同时在必要的情况下，迫使她让他从她那里拿走她的钱并且为她掌管好。尽管如此，她仍然在被宣布为无力照管财产之后一个月的时间里守着那笔钱。她有一名医生和两个护士照看，身体状况好转，也变得更加警惕和多疑。最终，在10月6日，在多次劝说失败后，他们为伍德太太在她已经占据很久的套房下面租了另一个套间。然后在三四个来自两方面的亲戚和他们的代理人在场的情况下，由两名护士帮助她转移到了楼下。接着对她之前的卧室进行了搜查，在她藏起来的一个鞋盒里找到了247 200美元，多数是1 000或5 000的大额面值。在场的人数了一遍鞋盒里的钱，跟着又数了一遍，没有一个人觉得这辈子会再次看到这么多的现金，但仅仅两天后，同一批人看着两名护士在伍德太太睡觉的时候从她裙子下面找出的一个油布包，他们数了包里的钱，一共是每张1万美元的50万现金。接下来的几天随着搜查继续，她其余的股票和债券在那个空置房间的角角落落出现。

随着这些现金被安全地存入不同的银行，其中的一些就开始流通。第一笔支出，恰当地，被付给了奥布莱恩、博德曼、康柏、麦海德和厄雷公司。这家公司向最高法院的安特梅尔法官申请得到一笔因帮助伍德太太而产生的1万美元的费用，这个金额是根据伍德太太目前找到的钱算出来的。安特梅尔法官将这项申请减到8 000美元。塔利和拉姆公司要求得到1 500美元，拿到了一半。一名曾在司法行政官陪审团面前做证伍德太太对她的钱无力保管的精神医生申请得到2 200美元，最终得到了1 150美元，另一名为同一件事做证的精神医生申请1 525美元，拿到了810美元。那个曾经照顾过伍德太太身体的医生要求535美元，得到了全部。詹姆士·G. 多诺万，那位曾主持伍德太太管理钱财能力判定的专员申请1 000美元拿到了300美元。科克伦，那个特殊的监护人，要求得到5 000美元，得到了3 500美元。那家曾在康柏先生要求下监视伍德太太的私人探所要求拿到7 755.69美元，被判给了6 423.69美元。其余还有一些相对小额的支付杂项。一共加起来，在那个送葬师打电话给奥布莱恩的六个月之后，除了她在那段时间必须支付的炼乳、咖啡、鸡蛋、培根、鱼、饼干、房租、雪茄和凡士林的钱，伍德太太的财产还减少了22 268.59美元。不过，安特梅尔法官已经通过削减那些申请，多少为她节省了8 239美元。

现在那两家亲戚没有什么可做，只能等着伍德太太在那两个护士的照顾下住在那家酒店的新套房里。这回整个城市都听说了她的事，数百个不是亲属的人来拜访她，为了能从她那里要一些已经不属于她的钱，但都被护士们轰走了。报纸报道写道：“她发脾气的声音偶尔还能在走廊上听到，并且透过那双旧眼镜怒视着那些在她的房间进进出出的人。”奥蒂斯·伍德这么描述她：“她身材娇小，你知道，如果她想的话可以快速地移动，她还有惊人的力量。她非常礼貌，你知道，她保持着精细的礼仪。和她讲话就像是回到从前的时代，那时候人们会比现在更加注意一些小的细节。她是一个感性和强硬意识的有意思的混合。她现在会要两样东西，那本装着她拍于19世纪五六十年代老照片的相册，还要能看到她的存折。我们当然会让她看到这两样东西。”

伍德太太的精神状态和身体状况随着1931年最后几个月的过去也逐渐转好。11月，《时代周刊》的一个记者过去看她，她清晰地讲述了自己的过去。她告诉他自己在1907年的大恐慌之前从股市里赚了很多钱。“我的经纪人叫弗兰克·沃克，他长得非常英俊，”她说，“我在恐慌到来之前卖掉了所有的东西。我做得很好，你知道，很奇怪他们说我是‘无能’的。我自己赚钱，自己保存。有很多他们认为是有能力的人不能做到这一点。”她说她和她的女儿还有妹妹在1907年搬到那家酒店时“对一切都感到厌倦”，所以除了最初几年还会偶尔外出购物，他们不见任何酒店侍者和女佣之外的人。她的护士说：“她就像一个任性的孩子，有时候很难控制。”她继续抽那种细长的雪茄，用凡士林按摩她的脸。

在等待的同时，那帮亲戚和律师又进行了搜查，以确保伍德太太没有在其他地方藏有钱物。那次搜查极尽精细。在仔细排查了她屋子里的5个大箱子后，他们拆开了家具，用手指敲击墙壁，在那些有回声的地方挖开了涂层。接着他们检查了她存在酒店地下室的十四个箱子，还有她寄在住宅区仓库的四十个箱子。然后其中一位想到伍德太太或许会在她妹妹的棺材被合上并被送到加略山公墓安葬之前在里面藏了钱。这显然击中了奥布莱恩、博德曼、康柏、麦海德和厄雷公司，这是一种合理的可能。在已经饱受折磨的温特沃什和一名代表希尔兹那边亲戚的律师的见证下，那个棺材被挖出来，曾安排葬礼的同一名送葬师打开了棺材。几分钟后，他向律师报告说里面除了尸体什么都没有。

在那之后，直到1932年1月的一天都没有事情发生，那天伍德太太的一个护士决定扔掉三盒发霉的饼干，这些饼干是他们把她移出旧屋子时她带在身上的，并且之后就一直坚持放在手边。那名护士在伍德太太睡觉的时候把这些饼干放进了垃圾箱。然后，又想了一下，她把盒子取出来，检查了每个盒子的底部。在其中一个下面她发现了一个漂亮的钻石项链，第二天估值后被告知价值4万美元。那个护士和她讲了项链的事，并且责备她藏东西的事。她有点生气，说：“请好好保管那条项链。伍德先生买它给我时花了大笔的钱。”项链被交给了律师，之后被卖给了出价最高的珠宝商。伍德太太又活过了两个月。3月初的时候，她得了感冒，然后发展成了肺炎。她先是看起来像是要顽强地活过那场肺炎，然而在3月12日的早上，她的心脏病发作了。那天下午她去世了。当她躺在酒店套房的棺材里时，小奥布莱恩也是许多来看她的人之一。当天的记忆依然还有力量让他唇齿生辉地描述这段回忆。“当你看着她与世界和好、安静地躺在那儿时，你还是可以看出她曾是一位有着多么惊人美貌的女人，”他最近说道，“她的皮肤，尽管已经在她那个年龄，还是那么白里透红和光滑，那是我从未见过的，就像是着色的象牙。她的轮廓像是一个动人的雕像。”在她的财产被她的亲属分割之前，其中一笔支出被用来支付她葬礼的费用。那是一个价格适中的葬礼。她被安葬在加略山公墓，离她妹妹最近刚被挖开的坟墓不远。

在伍德太太去世之前不久，奥布莱恩、博德曼、康柏、麦海德和厄雷公司曾面对一个如鲠在喉的悲惨事实，即他们的客户，伍德一家人可能有很小的机会或几乎没有机会继承任何财产。另一边的亲戚——本杰明·伍德第一次婚姻的后代——显然比奥蒂斯·伍德还有本杰明的兄弟费尔南多的后代有更好的理由提出申请。代表本杰明·伍德后代的塔利·拉姆公司与奥布莱恩、博德曼、康柏、麦海德和厄雷公司之间的关系实际上非常友好，因为他们对伍德太太有共同的关怀。奥蒂斯·伍德作为伍德太太本人和她财产受托人的身份直到她去世都没有受到影响。之后，塔利和拉姆公司向法庭提出应该指定他们这一方客户中的一名来取代奥蒂斯的位置，因为他们的候选人比奥蒂斯和她的关系更加亲近。这项提议在没有太多讨论的情况下被通过了。塔利和拉姆公司代理的新管理者要对到那时为止被奥布莱恩公司所代理的受托人所掌管的资产进行核算。核算过程由布莱克法官委任的仲裁弗朗西斯·J. 沙利文进行审理，记录的文本长达1 708页。塔利和拉姆公司对诸多人对这笔财产提出的索取要求进行了质疑，但没有令人信服。依照仲裁的意见，其中一条款项共3万美元被支付给奥布莱恩公司，以偿付奥蒂斯·伍德在掌管这笔财产期间他们的代理费。在这项审理过后，奥布莱恩的公司得到了这3万美元，另外，还有750美元用于支付他们在这项审理期间的代理费，审理主要是在双方律师之间争论奥蒂斯是否有效地掌管了这笔财产。塔利和拉姆公司也为他们在这项审理期间的代理收到了7 500美元的佣金。奥蒂斯本人因提供受托人的服务被支付5 000美元。沙利文，那个仲裁，因为作为仲裁被支付了12 000美元。之后，因为这场遗产纷争中一个未预见到的发展，法庭指派公共机构取代了塔利和拉姆公司的客户，塔利和拉姆公司以及他们的客户一共得到17 500美元，来赔付他们在这名客户管理那笔财产期间，以及在公共机构对这笔财产进行审计以顺利取代这名客户期间所产生的费用。

这个未预见的发展，是一个伍德太太从她还是女孩时就小心并成功保守的秘密的发现。当她十几岁时，大概在19世纪50年代，她把名字更改为梅菲尔德，因为她喜欢这个读音。当她在1887年嫁给本杰明·伍德的时候，纽约的报纸上这样写这段婚姻，说她"曾是艾达·E. 梅菲尔德，是路易斯安那州法官托马斯·亨利·梅菲尔德的女儿"，在成为纽约的大美人之前她曾是新奥尔良的名媛。她不仅把自己的名字改为梅菲尔德，还把她母亲和妹妹的名字也改成了梅菲尔德。在1883年她母亲死的时候，在加略山公墓的墓志铭上写着"安·玛丽·克劳馥，托马斯·亨利·梅菲尔德的遗孀"。实际上，伍德太太出生时有一个平易的名字，艾伦·沃尔什，她的父亲是一个爱尔兰来的移民小商贩，他在马萨诸塞州的莫尔登停留过一段时间后，于1864年死在了加利福尼亚。

伍德太太的秘密，是在她死后六个月，被在她被宣布为不具备行为能力之前曾短暂地做过她的特殊监护人的律师爱德华·T.科克伦公开的。他在和伍德太太的谈话中得到了这个真相的一些线索，并对此保守秘密，然后在她死后的几天之后去到爱尔兰，找到两个姓肯尼迪的兄弟——休和迈克尔——他们在都柏林开着一家著名的肯尼迪兄弟的面包店。他告诉他们是伍德太太的表亲，或许是她最亲近的血缘关系，说服他们和他在布里奇皮特发现的另一个表亲一道成为自己的客户。然后他返回纽约，提交了他们对那笔财产的申诉。那时在遗嘱检验法庭已经堆积了几百份其他的申诉，多数来自南方的梅菲尔德姓氏，声称他们在还是个孩子的时候见过曾是新奥尔良大美人的伍德太太。差不多与科克伦在都柏林寻找肯尼迪兄弟的同时，奥布莱恩、博德曼、康柏、麦海德和厄雷公司对伍德太太的出身进行了独立的调查，发现她的真实姓名，开始孜孜不倦地在马萨诸塞州塞勒姆她长大的地方寻找其他表亲。康柏先生本人去了一趟塞勒姆，带着五个已经成为公司客户的塞勒姆来的表亲。几天后，他又去了一趟新泽西州的伊丽莎白郡，带回来另外两个做了公司客户的表亲。这个从法律上令人愉悦的案子在1939年才结案，这七名表亲和科克伦所代表的三名表亲共同继承了伍德太太的全部财产，减去付给科克伦和奥布莱恩公司的大约25%的律师费后，各分得84 490.92美元。正如小奥布莱恩在整件事情结束时和公司另一个职员评论的："这件事很好地说明了不论在什么时间电话响了，对一个律师而言接听这个电话都是一件好事。"

（卢一波　译）

20世纪

ZUI SHAONAO DE
FANZUI GUSHI

60年代作品

虚惊爱丁堡

过去的几年时间，总体上我并未十分在意远在华盛顿的中情局对我1959年夏天在苏格兰度假时做的事有所了解。我已经试着从这个事件中走出来。然而，几个月前，麦斯威尔·D. 泰勒将军正为肯尼迪总统调查中情局，我的确曾担忧他可能会在那里翻阅到关于我的文档。泰勒将军是一个精细而周全的军人，他从不漏掉任何事情，也没人能从他眼前混过去。在每天晚上的思考中，我越发觉得将军会让他的两个特派参谋官到纽约来见我，那时我和一条叫乔克的幼年苏格兰梗犬独自居住在纽约。这两位军官会详细询问那次旅行的情况，我也必须把有关事实告诉他们。但是泰勒将军完成了调查，向肯尼迪总统做完汇报，情况看起来像是最后我不必经受审问了。然而，最近的某个晚上，这些我一直在为之做准备的事突然完全控制了我的思绪。

两位军官已经进到房间里来。当然，他们带来了一台磁带录音机。它在我的咖啡桌上低声而连贯地转动，咖啡桌是20世纪20年代我在格林尼治村的旧货店里买来的，一张有些破旧、样式过时的老古董，那时我还是老纽约世界里一个十九岁的记者，用我们看来已是丰厚的每周50美元薪水养着我那留着波波头、风趣的第一任妻子。现在，乔克不再对磁带录音机吼叫，也不再嗅它，在他喜欢躺着的我的脚边安顿下来，乔克的睡觉时间早已过去。

乔克很快熟悉了两位军官中的第一位。这一位是一名空军准将，带着机长的飞行章。他负责大部分的询问。乔克对另一位老兄——一位空军少校有点多疑，徽章显示他是一名空军军医。两个人都很年轻——比我年轻好几岁——都很轻松、随意，但与此同时行为方式也极为公事化。他们没有打电话问我什么时间方便和他们谈话，直接上到酒店十八层的公寓，按响了门铃。那时已过午夜。乔克醒来，吠叫着，我从床上起来，在那之前我一直在读一本书。门铃响的时候，我披上那件帅气的麦克格雷格的格子呢浴衣，那是在一切都乱套之前，我在1959年夏天七月份一个美好、凉爽而晴朗的下午，在爱丁堡王子街的一家精品店里买的。准将和少校闯进来，程式化地做了自我介绍，向我展示了他们皮夹里的官方证件。他们都穿着制服。正如我说的，我一直都做好他们要来的准备，所以让他们进到我舒适的客厅，在那可以看到中央公园的水池，屋子里有高大的、盖着棉布的椅子和沙发，像其他家具一样都是属于我的。我问他们需不需要饮料。

“不需要饮料，谢谢。”准将说，“或许稍后可以上些咖啡，如果你愿意做一些或者从楼下叫一些送上来。我们的询问会花上几个小时，你知道。”

“如果咖啡不管用的话，上校，我可以给你一些东西。”少校说，“你最近的健康状况好吗，上校？”

“还不错，”我说，“不过有件事情，少校。我现在很不情愿自己被称呼为‘上校’。这体现出你的礼节，当然，对此我表示认可。但首先，在二战期间我只是一个中校，其次，那一切都已经结束，和现在无关了。就称呼我为‘先生’，少校。我不再是一个中校了。”

“嗯，但是你是，”准将说，“严格来讲，你看，你是一名不在役的空军中校。任何时间只要空军愿意，它就可以签署一项命令，你就会成为一名在役的中校。这是一次正式的质询，中校，一旦起誓，你要说出关于发生在1959年夏天爱丁堡的那次事件的真相，全部并且只是真相。”

我很乐意听到将军这么说。现在我只想把这个故事一吐为快，我当然打算（就像我现在正要）说出真相，全部并且只是真相。我向我的客人鼓励地笑着，将军继续说。

“情况是，”他说，“你在中情局的档案公开了，其中提到你在那一年七月和八月曾两次向美国安全部队的某单位，就俄国人要在艾森豪威尔总统将要启程的苏格兰访问期间绑架他这件事发出警示，那个安全部队的基地位于爱丁堡郊区的柯克纽顿，当时由斯科特上校指挥，后来则由格拉格上校接替。在同样的时间，你也就同一阴谋，向位于普雷斯蒂克美军基地的空军情报官发出警示。你的卷宗很长，但是泰勒将军觉得那些卷宗并不是全部，他建议你被质询。这当然是他向总统提出的诸多建议中的一个。我们就是来询问整个事件的。”

“我的天，这件事真的像所有那些建议一样重要吗？”

“泰勒将军认为所有和中情局相关的事情都一样重要，按照你的说法。在战争期间，你认识泰勒将军吗？”

“不。他是——或在我看来——我在战时没有在其部队担任过公共关系官员和新闻审查官的少数几位将军之一，但是我对他有极大的尊敬。几乎和我对我的最后一位飞行部队的上级，柯蒂斯·E. 勒迈将军的尊敬一样多。”

“战争快要结束时你在柯蒂斯·E. 勒迈将军的部队里，当然。”

“是的。那是我在飞行部队的最后一份工作。在那之后，或者那以后不久，我就成为了你所说的不在役的中校。”

“正是上校在勒迈部队中任职时，”少校插入，“他从位于关岛的勒迈将军指挥部向战争部发出一封官方文件，指控时任太平洋舰队总司令及太平洋战区盟军总司令切斯特·W. 尼米兹上将犯了叛国罪。上校在1958年7月14日那期《纽约客》上刊文详细地描述了这个事件。”

“我知道这件事，少校，”将军说，“你提到的那篇文章在中情局有关他的档案里，我读了它，尽管我还没有读完档案里所有的材料。那确实是一篇长文。顺便提一句，尼米兹上将对那篇文章有什么反应？”

“我给他寄了一份那期杂志的预印本，他给我回了一封很友好的信。他说他记得那个意外，并且觉得我对它的叙述，整体上，比一本叫作《不要靠近水边》的关于海军公共关系的书更有趣。”

“我昨天和勒迈将军完整地谈论了这件事，将军，”少校说，“但是今晚你和我从华盛顿到这里的路上，有很多关于此事或很多其他事情要商量，我还没有机会告诉你。勒迈将军似乎对上校在职业上和个人关系上都有很高的评价，长官。尽管上校在一封给五角大楼的官方电报中以叛国罪指控了尼米兹上将，过了几年勒迈将军在奥马哈指挥战略空军司令部时，仍建议上校作为公共关系顾问。上校没有采纳将军的建议，原因是那个时候他在情绪上还没有完全从战时以及战后的经历中恢复，对飞行部队没有很大用处。上校那时正在进行一些密集的精神分析取向的心理治疗，你瞧，他也不想中断。”

“我知道了。你目前还在进行高强度的心理治疗吗，上校？”

“啊，没有了，将军。现在转入深度精神分析了——和休伯特·F.卡特博士，他是第五大道一千一百六十三号精英组的其中一位顶级的年轻的分析师。我已经进入第三年的疗程，希望能在1965年初，在我进入60岁前完成这个疗程。这样，我之后或许会像一个安静的老人那样生活。少校本人作为医生，是否可能也是一位精神医生？”

“是的，长官。”

“现在，上校，”将军说，“我希望你理解这项质询的精确的意义。我们要一切信息。任何关于爱丁堡行动的细节，我们都不会认为太小或太普通而没有兴趣。你和任何人谈起过爱丁堡行动吗？”

“我的分析师，当然。但即便是他我也没有告诉他全部的细节。我们有更多可挖掘的材料可以分析。我从那个夏天之后没有告诉过任何人。我的一位亲爱的朋友——一位女士，在这件事进行的过程中出现在爱丁堡，她对此有一些了解，但绝不会是全部。我在不同地方会向一些其他朋友少量提及我在苏格兰度假时有过的奇怪经历，但从没有尝试告诉他们整件事。它像一个冗长的噩梦一样复杂——或者就像格林厄姆·格林写过的关于国际阴谋的那种供人‘消遣’的小说一样。但是或许——如果你们有时间和耐心——我可以把它讲给你和少校听。”

“上校，没有或许。你要把它讲出来。我们有世界上最充足的时间，我们也都非常有耐心。少校已经和你的分析师有过接触——顺便提及，他是一位不在役的上尉——他给少校提供了一份关于你目前情况的描述，整体上，你的情况良好。上尉认为你完全可以出色地完成这项质询。”

“换个话题，上校，你最长曾经多长时间没有休息？”少校问道。

“噢，我想应该是四天没有睡一点觉。在战争期间，在关岛上最紧张的那段高潮时期，勒迈的B-29部队正在从我们位于马里亚纳群岛的基地出发轰炸日本的城市，以加快战争的结束。或者那时我正在这里，在那些房间写一篇长文章。四天之后，我会很疲惫——打很多喷嚏。如果那时我想要睡觉，但又不能睡，我就会为了有事做而给远处的朋友打电话。在飞行部队的老朋友，还有一些其他人。他们散落在各处，所以话费该死地贵。但那很让人放松。你或许知道我用巴比妥片，少校，如果你已经和上尉谈过，我还用苯丙胺。”

“上校的体质比较少见，他使用巴比妥片后，会被刺激并变得兴奋，而不是镇静，”少校向将军解释，“苯丙胺则会让他入睡而不是让他醒着。”

“这非常有意思。”将军说。

“整体上，他的体质和中情局中一些最有价值的工作人员相同，长官，”少校说，“敏感、高度紧张、有某种创造力、轻度狂躁性抑郁倾向。因被祝福——或是被诅咒——他们有完整的记忆。喝酒时容易接近，有时会过度友好。有微弱的偏执型人格轻度幻想，但总体来说，可控。心智较正常。”

“谢谢。”我说。

“嗯，上校，我们当然一点都不赶时间，但你有没有可能在爱丁堡事件期间记过笔记，并且还保留着它们？”

“我有记笔记，将军，并且也还留着。在档案里——我自己的档案，我的意思是，在角落里那张桌子那边。我不仅记了笔记，尽管不多，我还把与这件事相关的每一份该死的文件都存了下来，以及所有的报纸——爱丁堡和伦敦的报纸。所有的东西都在那个档案里，上面贴着标签‘我在苏格兰的假期’。材料大概是按时间顺序整理的——有关你们叫作爱丁堡行动的我自己的笔记，还有旅途期间发生的其他事情的笔记。我不时会翻查一下这些东西。把它们铺开在西侧窗户附近那个大沙发上——名片、便条和备忘录、午餐及晚餐约会的提醒、我向总部发送的电报、编辑的回复，还有我在旅行期间发表的文章的副本、报纸地图，所有的东西。当我把它们铺开在沙发上时，小乔克就非常清楚现在不能跳到沙发上去。你们两位想要些咖啡吗？”

“我想要，事实上。”将军说。

“我也是，谢谢。”少校说。

“我去把水壶煮上。我希望你们会喜欢浓缩咖啡。”

“那是我最喜欢的，”将军说，“但是，少校，浓缩咖啡对上校会有什么作用？”

“噢，咖啡对他没影响，”少校说，“对他的作用就像正常人一样。”

我把水壶煮上，然后，一段时间后，把八杯装的浓缩咖啡壶拿进来。

“味道不错，”将军尝了一口说，“瞧，上校，我想少校和我会在谈话进行时向你提问，而不是让你从头到尾把整个故事讲出来。这样会简单一些。对你来说简单一些，我的意思是。”

“请这样进行，将军，”我说，“我会把那些材料拿出来铺在沙发上，就在这儿，而你和少校则开始‘行动’，按某些苏格兰人和英国人的说法。”

“你第一次发现自己意识到苏格兰之旅是一次不平凡的旅行是什么时候？”

“这个问题的答案是：当我发现有人趁我在格拉斯哥的酒店套房卧室睡觉时，检查过我放在客厅的公文包。这不仅是我的怀疑。这件事是确定无疑的。手稿都乱了——你知道。”

“在我们看来毫无疑问你的行李被什么人检查过。”将军说。

“真的吗？嗯，无论如何，我通常不会在旅行的时候住在两个房间的套房里——一个人旅行的时候当然更不会——但这是我第一次去苏格兰，那是很久之前我的麦凯尔韦祖先出发的地方，所以在去往爱丁堡前，我计划在格拉斯哥待上两三天，在那我想应该款待自己一番。所以当我到都柏林后——我在利菲河下游附近的海豚仓度过了一个愉快的周末——我写信给位于格拉斯哥的圣伊诺克酒店经理，告诉他我计划在那里为《纽约客》做一些事情。我请他为我预订一个小的套房，如果可能的话。并且寄给他一张纽约银行的50美元的支票作为押金。当我从都柏林飞过去，被带进那个套房的时候，我简直不相信我的眼睛。那是你看过的最大的地方，并且每天只要20美元。起居室——或者休息室，按照他们的叫法——有一个大理石壁炉和一个开放炉排，有一些巨大的落地窗可以俯视圣伊诺克广场。有松软的沙发和椅子——足够坐下十二个或十四个人。有一张我此生见过的最豪华的办公桌，摆在其中两个落地窗之间。它年代久远，皮革的桌面被时间和抛光打亮并柔化，大小和我们在美国用的那种大型办公桌差不多，办公的时候坐在一张旧式的温莎椅上。卧室也是一样的华丽。里面也有一个开放式的炉排，我钟爱开放式的火堆。即使在仲夏的苏格兰，在晚上或清晨点一堆火也是非常舒适的——看上去也是一样令人愉悦——无论大楼有没有中央供暖。我酒店的套房里有为两个炉排引火的木柴和煤块——堆放在壁炉上巨大的黄铜天窗里——当我问服务生壁炉能不能工作时，他说：‘为何，是的，先生。那就是它们的用途。请问这位先生现在想在休息室点起火来吗？我会派女佣进来，先生。’我在休息室的炉火前用晚餐——有一个快乐并健谈的爱尔兰室内女服务生服侍——我觉得如此放松和满足，以为我就会在那里定居下来，然后写一些长篇的有价值的东西。或许会和托尔斯泰的《战争与和平》一样的东西。”

“那么你写了些什么吗？”

“一个音节都没有。”

“那是为什么？”

“啊，主要是，我认为，因为我感觉太好了。我既不兴奋也不狂躁，我只是觉得太过舒适而不能工作。曾经，弗洛伊德也有过一次这样的经历。弗洛伊德事实上在今天也会被鉴定为轻度的狂躁型抑郁——像我一样。是这样吗，少校？”

“绝对的，上校。并且或许并不是那么轻度。”

“为什么你的心情在那个时间那么好呢，上校？”

“啊，华美的套房，我出发去往苏格兰的方式——好像我已经去过那里，并且回到了一个我一直爱着的家一样的地方——在去往美元镇的汽车上穿过可爱的乡下时我感到的愉快。所有这些东西。”

“你为什么要去美元镇？”

“在离开纽约前，我碰巧在一本经典的指南地图上看到了它——‘缪尔黑德的苏格兰’——我想，在苏格兰去到一个叫美元镇的地方或许能为杂志写一小篇文章。你看，我没有打算在那次行程中做太多工作——它更多是一次度假——但是在离开纽约前我为‘街谈’这个版面写了一篇短篇文章，叫作《霍尔在路上》，文中是我很早之前创造的一个虚构角色，一个脾气古怪的叫霍尔的老头子，和一名男仆住在穆雷山上，讲述了他暑假去欧洲旅行的计划等等，我希望在这趟旅程中做几篇类似的文章。除了叫作霍尔的主角，这些文章都是非虚构的，并且应该是幽默的。我这有一封从格拉斯哥发给在《纽约客》负责处理我的文章的编辑的电报，以及从他那里收到的涉及与霍尔相关的文章的回复。”

“读一部分。”将军说。

“我没有保存我发出的第一封电报的副本，不过那是从都柏林发出去的。第二封就在这个小档案的最上面。是这样写的：‘周三电报向你概述了另一篇可能的关于霍尔和都柏林的文章，关于谢尔本酒店那边的罢工，却没有收到回复。我目前在格拉斯哥的圣伊诺克酒店。给你发电报后，在都柏林这里遇到了吉姆·法雷，他的可口可乐之旅可以放在谢尔本的那篇文章里，或者如果不需要罢工的故事的话也可以单独成篇。需要建议并祝好。’

“我收到的这封电报的回答是这样的：‘喜欢你第一篇关于都柏林的文章。美元镇也听起来很好，谢尔本那篇也可以。抱歉因为上周有段时间不在办公室，所以我没有回复你较早的那封电报。我们计划在7月27日将要出刊的那期刊登《霍尔在路上》这篇文章。法雷或许可以是第四篇。祝好。’”

“很有趣。”将军说。

“你看，当我发现有人检查过我的公文包但什么东西都没拿走——除了我带在钱包里的支票，我还在那里放了一小叠旅行支票来应急——我猜或许是英国情报局或特勤局的人员，或是类似的人，检查了我的公文包。毕竟，那个时间世界局势非常敏感——女王正在加拿大，很快就会回到英国，艾森豪威尔很快就会过去英格兰和苏格兰——我想很可能会是英国人出于安全原因正在检查所有旅行人员。然后我想到我整体上的行为，以及我来往的电报，从一个英国特工的角度看起来都会很可疑。”

“为什么？”

“嗯，我觉得那些电报从他们的角度读起来会像是用代码写成的。你不这样认为吗？至于我的一般行为，我觉得自己看上去就好像我是某些扮演成作家的人，而不是一个真正的作家。我处于一种开心的迷乱状态中到处游览——和陌生人谈话，常常大笑，在格拉斯哥的酒吧里听各种很长的故事——这些，从我提到的那种角度，很容易看上去像是我在扮演某种角色。我可能看上去太过逍遥而不像是真实的，从一个英国刑事调查局人员或是特工的角度看上去。而我去访问美元镇，在他们看来可能显得格外神秘。”

“你采取了什么措施来验证你正在被跟踪吗？”

“实际上，我并没有采取什么特别的措施。可能有特工在跟踪我这个想法让我觉得很好玩，但我的确开始对那些我认为可能是英国特工的人多看几眼。不过，一旦你开始做这样的事情，你很快就会发现在格拉斯哥有很多男士都可能是在从事这一类工作。他们穿着粗花呢的衣服，带雨伞，抽着烟斗，转着手杖；行为随和，眼神明亮而机智，看上去有大把时间在酒吧和酒店大堂里闲逛，像我一样和人们谈话。我决定不再疑神疑鬼。这会扰乱我的兴致。在格拉斯哥又度过几天愉快的时光后，我乘火车前往爱丁堡，在那里的罗克斯堡预订了房间——一间装饰古朴并且可以俯视夏洛特广场的绝妙地方，位于乔治街尾，和王子街有一个街区之隔。我喜欢爱丁堡甚至超过格拉斯哥，因此尽管本来打算继续前往巴黎，但我决定留在爱丁堡一直到假期结束。当时我一共请了六周的假。在王子街的苏格兰银行支行，我兑现了所有的旅行支票——我总是担心弄丢这些该死的东西——然后在那里开了一个支票经常账户。我结交各处来的朋友。大多数是在记者俱乐部，《苏格兰人报》的一个记者送给我一张那里的访客卡，另外还有一间位于罗克斯堡附近拐角处，罗斯街上的叫斯科特的高级酒吧。一位曾各处旅行的纽约朋友告诉我斯科特有点像是‘21’在30年代早期的样子，也确实是这样——除了那里没有餐厅，它只提供小吃和饮料。我在那里遇到过律师、医生、羊毛商人和牧羊人，还有一些其他有趣的人，其中有些一直到现在还是我的朋友。目前我还和他们中的几个保持通信。”

“如果将军不介意的话，”少校说，“你看，上校，我知道这是不情之请，但是——我实在饿了！现在叫客房服务有点晚了。你会在厨房里储存一些东西，是吗？我可以自己去拿，如果你允许的话。什么东西都可以。”

“我觉得我也得啃一些东西了，上校，如果你这里有什么可以吃的话。”将军说。

“你们两位喜欢斯蒂尔顿芝士、裸麦面包、甜黄油和均质乳吗？”

“感谢上帝保佑！”

“斯蒂尔顿芝士和裸麦面包！”

“上校，”过了一会，将军说，“在离开格拉斯哥前往爱丁堡的时候，你是否已经差不多不再怀疑你正在被英国情报机构跟踪或调查？”

“完全没有了。那时我只是在享受一段美妙的时光，如果——像我对自己说的——我在格拉斯哥时接近精神愉悦的边缘，到爱丁堡后我已经很好地平复了心情。我仅仅觉得很好，而不是太好。不过，我还是没有做任何工作。”

“在你到达爱丁堡之后的哪一天的哪个时间你又开始认为你正在被跟踪？”

“直到我头部被击中的那天晚上的次日早上。那是1959年7月25日星期六。”

“谁击中了你？”

“我觉得最好先告诉你们我与卡梅伦夫妇的相遇。我头部被击中时正跟他们在一起。”

“请这样进行，上校。”

“你看，那时我在爱丁堡已经有两天，多少保持着我在格拉斯哥时为自己定下的同一个日程，我遇到了卡梅伦夫妇——”

“请告诉我们日程的内容，然后是卡梅伦夫妇。”

“好的。在爱丁堡，罗克斯堡酒店，我每天早上快到七点时起床，那是我能拿到早饭的最早时间。我会叫夜间门房送一壶早茶。我会洗浴、剃须，在门房送茶上门的时候已经换好衣服——或至少换好了部分衣服。通常托盘里会有一些饼干。我会吃一两块饼干，喝上二到四杯茶——加奶加糖——然后抽支烟。你们需要的是这样的描述吗？”

“是的。”

“此时，爱丁堡和伦敦的报纸已经送到门口，一起送到的还有刚刚擦好的鞋。我会换好衣服，穿上鞋子，叫客房服务，那时他们刚刚准备好供应早餐。在纽约时，我会吃各种不同但是沉闷的东西当作早餐——经常根本不吃早餐——但是在苏格兰我早上总会感到饥饿，并且，与此同时，我只希望尝试水果、麦片粥、鳕鱼和牛奶煮鸡蛋，在罗克斯堡和在圣伊诺克它们都一样美味。所以我会一边享用早餐一边浏览标题，然后开始真正阅读这些报纸。我在罗克斯堡有一个单独的房间——比一个卧铺车厢的休息室大不了太多——也很喜欢它。浴室就在大厅下面，我看起来总是第一个到那层楼的人。从我位于三楼的房间里唯一的窗户，看出去就是夏洛特广场。我猜，夏洛特广场今天就像它在18世纪时一样漂亮。我会坐在那里读着报纸，花一两个小时看着下面的夏洛特广场。我可能会看一眼我要在美元镇写的那篇文章的笔记。然后我决定第二天再开始写它。”

“顺便问一下，你最后写出那篇关于美元镇的文章了吗？”

“没有，将军，我没有。”

“那么回到你为自己设定的日程，在罗克斯堡的房间里读上一个小时左右的报纸之后，你通常会做什么？”

“那时我已经做出第二天再开始写有关美元镇的文章的决定，我会带上伦敦的《时报》和《苏格兰人报》——这是每天早上送到我房间的报纸里我最喜欢的两份——在胳膊下面夹着这两份报纸开始外出散步。我不带任何具体的目的，在爱丁堡到处散步，在某些我发现带着刺激性又如此令人舒适的气氛中喝点东西。那些在16世纪、17世纪、18世纪用来建筑爱丁堡的大房子和其他建筑的灰白色石头，已经在时间中被那些薄而不间断的水蒸气薰得几乎成为黑色，这些水蒸气来自所有燃煤的开放式炉排，来自相对少量的位于爱丁堡内外的燃煤工厂。建筑的景观在我看来有一种奇特的美丽，同时又可以唤起我的某种熟悉感——就好像在一些早前的存在中我已经见过它们。我也喜欢在乔治街上看男装店里的花格呢衣服。总之，我喜欢关于爱丁堡的一切。早上十一点，我已经准备好要喝一品脱啤酒，通常是在斯科特酒吧，不久前我提过的那家。在那里我会继续阅读我的《时报》和《苏格兰人报》，可能会和酒保还有老板娘斯科特小姐谈话，又或是和那些我已经认识的顾客。斯科特小姐的父亲在1899年开办了这个酒吧。她完全地保留了它那时的样子。快到午饭时间时，我会想要喝一杯粉色杜松子酒，但不是在斯科特酒吧，我希望是在罗克斯堡的酒吧，或是在英国北方车站酒店，或是在乔治街的乔治宾馆。就是在乔治街的鸡尾酒酒吧我遇到了卡梅伦夫妇。将军，你希望我现在进一步告诉你们卡梅伦夫妇的事情，还是希望我告诉你们我下午的行程？”

“随你喜欢，上校。但是如果你没有偏好，或许现在告诉我们关于卡梅伦夫妇的事也不错。”

“好的。我在7月25日下午差一刻钟就到一点的时候匆匆走进了乔治街。就是在当天晚上我头部遭到一击。我坐在乔治街鸡尾酒酒吧的凳子上——乔治街有三到四家不同的酒吧，但这是那家鸡尾酒酒吧，当你从前门进入乔治街时它位于左手边——点了一杯粉色杜松子酒。有一对男女坐在距离我挑的那张凳子有点远的另外一张凳子上。我已经读完了《时报》，但还没有看完《苏格兰人报》。我正在读威尔弗雷德·泰勒写的一个叫作《苏格兰人日志》的专栏，在当天那篇有趣的文章中，泰勒描述了他如何一边写作专栏，一边尝试治愈他的急性常见感冒。所以我尝了第一口粉色杜松子酒，继续读泰勒的专栏文章。酒吧里那对男女在和酒保聊天，我并没有注意他们说些什么。等我喝完粉色杜松子酒时，我也已经读完了泰勒的文章，我把报纸叠起来放在旁边的吧台上，找到不打扰那两个人和酒保正在进行的对话的间隙点了另一杯粉色杜松子酒。我扫过这对男女，一个迷人的女人，年龄我猜大概四十多岁，还有一位帅气的伙计，年纪和我差不多，或者稍微大一些。

“那位女人对我笑了笑说：‘你在哪里买到的那件衬衣？’

“‘在纽约的布克兄弟。’我说，并报以微笑。

“‘那么我丈夫得走很长一段路才能买一件像那样的衬衣，是吗？除非你能在这里做一些，伊恩，’她转向她的丈夫，继续说，‘戴那些能固定好衣服边角的扣子。’

“‘我也喜欢那件衬衣的样子，’男人对她说，‘但你为什么想要我穿一件装有那些小扣子的衬衣呢？’

“‘因为你衬衣的领子总是在下午三点以后就开始卷起边来，如果这不是发生在下午三点之前的话。’

“‘汤米，’男人对酒保说，‘类似的东西吧，我想。还有，’他对我继续说，‘你要加入我们吗？’

“‘非常感谢。’我说。

“瞧，将军，那是在全世界的酒吧都时常会出现的一个欢乐场景，但是，我觉得，这种场景在苏格兰要比其他任何地方都更常出现。至少，就我所经历的是这样。在我们告别，分别去吃我们下午两点的午餐前，卡梅伦太太已经邀请我晚上七点的时候去他们在格伦凯恩·克雷森特街十二号的公寓，先一起喝酒，再去爱丁堡郊外的乡村旅馆和他们一起共进晚餐。那时，我对他们有了很多了解，而他们对我的了解则更多。在我们随意、愉快、话题广泛的对话中，他们告诉我，比如说，卡梅伦太太经历了一次严重的手术，在医院住了几周，现在正在休养；我得知卡梅伦先生从不担心睡眠，因为，作为二战期间曾在伦敦工作的情报官，他几乎要不分昼夜地工作，并且，像卡梅伦太太所说的，‘伊恩绝对能在任何他所选择的时间入睡，就像一条狗’；我得知卡梅伦太太成为一个老苏格兰城堡的主人，直到最近——她没有说那栋城堡具体在哪里，我也没有问——但是，就像那些年很多在那里继承了类似财产的人，她得卖掉它来付清遗产税等等。我不知道他们是富有、贫穷还是某种程度的中等富裕，但是我的印象是他们至少过得很舒服。大概在我们聊天进行了半个小时的时候，卡梅伦先生说：‘对了，我的名字是卡梅伦，这一位，当然是我的太太。’我就告诉他我的名字，并递给他我的一张名片。他拿出钱包，在里面到处翻找，显然是想找一张他自己的名片，最后终于拿出一张递给了我。从上面我得知他的名字是伊恩·E.卡梅伦，以及他工作或拥有的公司是‘伊恩·卡梅伦有限公司，枪支和渔具，格拉斯哥，成立于1778年’。稍后，当卡梅伦太太邀请我和他们一起共进晚餐时，卡梅伦先生让我把他的卡片给他，然后他在卡片的背面草草写下他们在爱丁堡的家庭住址和他们在爱丁堡的电话号码——苏格兰5269。他说那是一个新号码，还没有录在爱丁堡电话号码本里。他们告诉我他们是最近才搬进位于格伦凯恩·克雷森特的公寓。七点过几分钟的时候，我到了那里——”

“我很不愿意打断你此刻讲话的连贯性，上校，但我想或许最好是在现在这个时间点你能告诉我们你在那天下午的其他时间做了些什么。或许这也能给我们一些关于你在爱丁堡下午的典型日程的概念。”

“按你说的，将军。让我想想，你看——我那次度假的时候，在我口袋通讯录的日历部分记了一种类似于约会记录的日记。我把它放在什么鬼地方了？噢，是的，在这里。我那天在记者俱乐部吃午餐。我常常去那里。女士们在晚上六点之后才让进来，但不会在白天出现。俱乐部所在的地方曾是一栋中型的三层楼私宅——是一排旧房子中的一栋——几乎每个房间都有壁炉。饮料和食品要用现金当场支付——省去了记账和欠账。那天，因为有些迟于午饭的时间，并且已经喝了几杯粉色杜松子酒，我直接进到餐厅，没有在酒吧停留。我一个人坐在那里，没有和任何人说话——很可能是因为那时几乎没什么人在那儿。午饭过后我在街道上漫步，在乔治街的斯图尔特·克里斯蒂公司商店买了一件针织背心——一件毛衣背心。然后我一路走回罗克斯堡，小睡了一下。过了段时间起床去洗澡、换衣服，在下午五点钟下楼到酒店大堂——那里，顺便说一句，有松软的黑色皮椅和皮沙发，还有落地窗户可以看到外面的夏洛特广场。我在那里用了下午茶——小而薄的三明治、热的烤小圆面包，还有黄油和果酱等等，以及半熟的煮鸡蛋。我花了几分钟时间读了欧洲版的《时代》杂志，然后把它放进纸篓。在此期间我没有和任何人谈话。我朝着爱丁堡旧城区散步，大约六点半的时候又回到罗克斯堡。我问过卡梅伦太太怎么到格伦凯恩·克雷森特去，她就告诉我等准备从那里出发的时候问领班罗斯先生，让他给我指路。她说他们曾在罗克斯堡住过很多次，知道罗斯先生是一个很棒的伙伴。我已经和他认识，他确实是这样，大约五十岁，六英尺高，身体健壮，可以像我带着六到八本书一样轻松地搬起六到八个手提箱。他是一个半专业的苏格兰民谣歌手，经常会写一些自己的歌词和曲子。他对爱丁堡的了解就像一本百科全书。就在我来到罗克斯堡的入口处时，一辆后面附带了拖车的劳斯莱斯旅行车正在酒店前面停下来。拖车上有一个大型划艇。两位穿着粗花呢钓鱼服的绅士已经从劳斯莱斯里走出来，大步走进酒店，而罗斯先生，虽然没有得到来自他们的任何指令，就开始卸下他们的行李——钓鱼竿、柳条篮子等等。我尾随他们进入酒店，看着他们办理入住手续。柜台后面漂亮的爱尔兰姑娘递给他们每人一把钥匙，很明显他们有单独的房间。我想如果他们是特工的话，他们有完美的‘掩护’，但我几乎没有再有这样的念头。

“卡梅伦太太建议我不要在出租车上浪费钱，而是让罗斯先生告诉我乘坐哪辆公交车，因为她说我可以在乔治街的拐角处找到我要的那一辆，距离酒店大概十码远。当罗斯先生带着钓鱼人的装备经过时，我告诉他我要去格伦凯恩·克雷森特见他的朋友卡梅伦夫妇。‘是的，他们是很好的人。’他亲切地说，然后清楚地给我指引到拐角去乘坐怎样的一辆公交车，最后在干草市场下车。他说他可以告诉我从下车的地方怎么到格伦凯恩·克雷森特，但如果我到干草市场那里后问一些行人可能会更加清楚。

“我感谢了他，上了正确的公交车，五分钟后在干草市场下车。我不知道他们是怎么做到的，但是爱丁堡的公交车快得要命。我问了一个漂亮的中年行人——一个男士——如何到格伦凯恩·克雷森特去，他告诉我，只要步行五分钟。我到那里刚好就是七点过五分钟。

“我按了十二号的电铃按钮，没有人回应。我推了推门，并没有上锁，又因为他们告诉我是住在一间‘公寓’，我想在门厅里面或许还会有一些其他的门铃按钮。我没有找到，但在那时卡梅伦先生出现在一段旋转楼梯的上面。‘快上来，麦凯尔韦。’他说。于是我走了上去。

“卡梅伦先生带我进到他们的‘公寓’并告诉我卡梅伦太太也很快会下来。

“‘老天，这个地方太惊艳了！’我环视着客厅说。客厅前面是一小片整齐的铺满绿草的公园，里面种着参天的老树。

“‘我们非常幸运，’他说，‘这是一栋亚当的房子。’他带我去其中一扇高大的窗子前面。从那里我可以一直看到公园尽头。公园是椭圆形的，对边的两栋房子建在两条新月形街道旁，这是在18世纪晚期就明确地设计好了的。我所在的这栋房子在新月的一边，这样，当你从卡梅伦家的客厅望到公园那边，你就能看到两枚新月是如何凸起的，可以这么说，然后在公园的另一头又差不多重新到一起去。

“‘老天！’我又一次对卡梅伦说。

“‘是的，’他说，‘我想我可以喝一杯苏格兰威士忌和苏打水。你想要什么？’

“‘类似的东西，’我说，借用了他在那天下午，对乔治街那个酒保汤米说的话。

“‘啊，但是你用错了它的意义，’他说，‘那是在你已经喝了一杯后，你才说“类似的东西”。这样说的技巧在于不必说“另一个”或者“再来一杯”。’

“‘这是一个棒极了的表达，’我说，‘我迫不及待想在曼哈顿第三大道一个叫作科斯特洛的沙龙里对酒保试一试说这句话。’

“‘你知道，我从没有去过纽约，’他说，‘但我非常想去。我妻子也是这样。’

“我猜卡梅伦夫妇把他们住的这个地方称为公寓仅仅是避免把它称为房子，可能是因为他们觉得这样叫它在某种意义上接近于粗俗。实际上，他们拥有整栋房子，一共三层楼高。一楼是一个单独的公寓，住着一位老太太，承担着我们这里称为管理人的职责。卡梅伦太太下楼来，他们讨论了我们出城时应该开他的车还是她的车。看起来是她不愿意让他开她的车，他也不愿意让她开他的。她有一辆希尔曼，他有一辆梅赛德斯。这时我已经清楚，卡梅伦先生可以让他的妻子做任何她想做的事——因为，这是我的猜测，她在手术之后依然有一点紧张。我觉得卡梅伦太太是一个总体上很有魅力的女士，完全和我一样健谈，而我们三个人的友谊也发展得如此之快，她和我已经开始在对话中互相争辩，以开玩笑的方式，并且我们两个都在指责另一个说话太多。她就像是我们会在伦敦的聚会上遇到的年轻的女公爵一样毫无造作，生活方式简单又充满个性和品位。卡梅伦先生是一个高大的男人，比我高一点——我六英尺高——他的眼睛是他最突出的特点。它们格外大，深棕色，当他对你说些什么的时候，他会用极具穿透力的方式望着你。这并不像是他的某种装模作样，而只是他与生俱来的方式。卡梅伦太太或许是两人中更具幽默感的；当她说任何机智的或是诙谐的东西时，卡梅伦先生都会笑起来，但是当他自己获得发言机会时——在我们三个人的组合中并不是很容易可以获得发言的机会——他更愿意用他的谈话技巧为我解释关于苏格兰的事情：它的风俗、它的历史，或是它的人民。即使在卡梅伦太太今天早些时候碰巧告诉我她丈夫曾在二战期间，作为情报官在高压下工作过之前，我也感觉到他是或者曾是某种最高级别的军人。一个将军，比如说。”

“我的看法是，上校，”我的将军说，“我注意到你现在没有参考那些你放在沙发上的笔记。就这些你和卡梅伦夫妇之间的对话你有做过笔记吗？”

“没有。你看，很多年之前，作为一个年轻的报社记者，我发现我并不需要记笔记，除非是一些非常具体的事情，像名字、街道地址等等。”

“并且上校无论因为被保佑还是被诅咒，都可以完整地回忆往事，将军。”少校说。

“谢谢你，少校。请继续，上校。”

“卡梅伦先生和我完成了我们的长饮，而卡梅伦太太则要了他们那里叫作‘一点威士忌’的酒。那是一种一盎司的饮料，在它上来的时候就一口喝掉。在解决了开哪辆车的问题后，他们讨论了我们三个可以到哪里去吃晚餐。卡梅伦太太将会用她的车载我们出去。在讨论了爱丁堡郊区各式旅馆的好的品质和少数缺点后，他们认为我们应该开车去一个叫作吉福德的小镇，那里有两家旅馆。

“‘其中一家有一个很不错的小酒吧，非常整齐，当你站在那里或者坐在那里从酒瓶里看过去——摆在宽大的窗子里的酒瓶——可以看到一个漂亮的小花园，’卡梅伦太太说，‘另一家的食物好一些，我们觉得，比前面那一家。’

“‘是的。’卡梅伦先生说。

“所以我们朝着吉福德出发了。我不知道那个地方有多远或者在哪里，我也不介意。那个时候，我觉得放松、平静并且快乐，预计自己会得到很好的照顾。

很快我就发现，卡梅伦太太是一个开快车的司机。通常我不会在汽车上感到紧张，但是当我们在王子街的车流中穿梭，向爱丁堡一个主要出口的方向加速行驶时，我发现我非常频繁地往地板上按着我的右脚。卡梅伦夫妇坐在前排，我坐在后排。我认为我的问题是还没有适应那些在路上从错误方向朝我们开过来的车，但是我还是觉得自己有点紧张，因为很快情况就变成卡梅伦太太不仅喜欢在开车的时候谈话，并且她认为当对我说话时应该转过来看着我。

"'告诉麦凯尔韦关于锁和警察的事，伊恩。'卡梅伦太太一边说一边快速前进。

"'你告诉他。'卡梅伦先生说。

"'但是至少在我说话的部分时间我必须转过身去看着他，'卡梅伦太太说，'有一两次我注意到他看上去有些脸色苍白。'

"'告诉我关于警察的事，卡梅伦太太，'我说，'我非常冷静。'

"然后卡梅伦太太告诉了我一个非常长的关于亚当门、亚当锁和一个爱丁堡警察的故事。结束的时候，警察告诉卡梅伦夫妇如果他们遇到任何异常的事情，一定要打电话给警察。

"'叫警察！'卡梅伦先生笑着说。

"'叫警察！'卡梅伦太太说。

"我们高兴地开车前行，在那个愉快的长夜里，每次其他人说了什么好像给我们起了个头，我们中的一个或另一个就会不断发现说'叫警察！'的机会。而在那个晚上的第一部分，伴随我们充满生气的三方对话中作为小副歌进行的，是卡梅伦夫妇之间不时穿插的关于怎么到吉福德的分话题。我们正快速驰过的漂亮窄车道是那种已经有几个世纪的道路，全都分布在苏格兰丘陵地形的轮廓上。如果不是能看到太阳已经准备要向西边落下去——在苏格兰的夏天太阳下山的时间很晚——我那时对我们在向哪个方向行进不会有任何概念。实际上，因为车道四处环绕，我们当时在往各个方向开去。很快，卡梅伦夫妇完全迷了路，但是在那时卡梅伦夫人似乎看到一条她熟悉的车道——尽管并不是去往吉福德的——她没有减速就急转一个左弯驶进那条车道。

"'你往哪里去呢？'卡梅伦先生问。

"'这条路通往宫殿。我想他会喜欢的，你觉得呢，伊恩？'

"'是的。'卡梅伦先生说。

"我们的新目的地原来是一个中型宫殿，据卡梅伦夫人说，那是未来的国王爱德华七世在他是威尔士亲王时为自己建的。就像卡梅伦先生和我解释的，现在那里是由苏格兰政府的委员会经营的一个宾馆。任何人都可以在那里留宿，在那里用餐和饮酒，价格只比一般的乡村旅馆高一点。爱德华国王的这座并不奢华的宫殿的外部——他只在夏天和秋天来这里短暂地停留，卡梅伦先生告诉我——还没有达到苏格兰那些最古老的城堡和宫殿的标准。在我看来它显得有点太现代了，用石头建成，但几乎还没被时间好好打磨过。不过周围的环境非常宜人。宫殿正对着大海，还有自己的高尔夫球场，当然，它的三面都被爱德华国王所偏好的那种规则式庭院所环绕，在所有那些野外的苏格兰风景中间，它们的板正赋予它们的美以惊人的品质。我们从原本是侧门的地方走进去，向右转，经过一个外观舒适的大堂，进入一个带有壁炉和小酒吧的令人舒畅的小房间。酒吧看上去像是原本就在那儿，实际上是在爱德华国王的时代过去很久之后才放在那里的。打开落地窗就通向其中一处庭院。那里有几张舒服的皮椅，还有一两张小桌子，在酒吧另一边的角落是一条长条型皮椅，挨着一张大些的桌子。除了酒保外没有人在房间里。

“‘卡梅伦先生，卡梅伦太太。’当我们进去的时候，酒保带着明显的愉悦说。

“卡梅伦夫妇问他是不是‘又在状态了，’这好像是个很大的玩笑——我并不理解，直到之后他们给我解释，他有一段时间因为在不当班的那天酗酒扰乱秩序，因此受到威胁，卡梅伦先生曾去为他担保。在我观赏外面花园的景致时，卡梅伦先生神秘地向我招了招手。我跟随他出了房间，走过一段离开大堂的走廊，穿过一道门，上到一个铺着石板的平台上——大海就在那里！平台上当时有一些信步的鹅，开始一起发出咔嗒的声音。卡梅伦先生给它们半把他从吧台上拿的鸡尾酒饼干。没有对我说任何话，他挥动一只手指着大海，我们两个都站在那里看着海。我对贫乏的词汇感到厌恶，我只是对他笑着，然后我们在平台上来回走了几分钟，他让我看那些绵延几英里的高尔夫球场，沿着海岸线一个接着一个。他告诉我这些球场现在全部对公众开放，我们看见一个打球的家庭在越来越重的暮色中沿着附近的球道向前移动。有一个父亲、一个母亲、一个十几岁的男孩和一个十几岁的女孩，还有两三个其他的孩子，最小的是一个五六岁的小男孩，他带着一把推杆，其中一个大些的男孩和他父亲带着俱乐部的球包。

“‘这就是苏格兰人通常打高尔夫球的方式，’卡梅伦先生说，‘把这作为一次家庭的集体外出，一次令人愉快的在海边草地上的长距离散步。’

“我们到了平台的尽头，他又一次挥起手，指着面积广阔的一长串向前延伸的高尔夫球场，一直延伸到目光所及的最远处。

“‘多好的一个伞兵空降地！’他说。非常突然，我想，也十分严肃。

“我们散步回去，见到卡梅伦太太正和三个穿着深蓝色西服的高大的苏格兰年轻人说话，和他们一道的还有一个漂亮的苏格兰少女。卡梅伦太太可以用让人轻松的方式和陌生人建立谈话，这是其中一个例子。那些年轻人似乎已经接受她成为他们中的一个，而她看上去还没问过，就了解到这些年轻人分别是一艘商船上的助理工程师、邮递员、小镇附近矿场里刚刚升上副经理位置的矿工。他们和那个女孩都是在这个镇上长大的。女孩是格拉斯哥一家医院里的见习护士，他们四个正利用周末一道玩耍。卡梅伦先生点了喝的，用他的食指对酒保做了一个不显眼的环形手势，把四个年轻人也包括在内。很快我们七个人就开始无所不谈，其间，那位工程师问我是不是从英格兰来的，我发现自己竟不明原因地感到这是种夸奖。但我告诉他我是从纽约来的。

“我付了一轮酒钱，但这么做看来相当地有难度；邮递员也想要付钱，坚持说这次轮到他，但是卡梅伦太太告诉他应该认可一位美国客人的愿望。又过了一轮，这次是邮递员付的钱，卡梅伦夫人从酒保那里清楚地问出应该如何到吉福德去，我们三个就又一次沿着弯曲的车道快速但稳定地行驶出去。

“‘你是不是很饿？’卡梅伦太太问我。

“‘我十分开心，并且一点都不饿，’我说，‘我在罗克斯堡的下午茶吃了很多东西。’

“‘很好，’卡梅伦先生看着手表说，‘我们会在三十分钟后在吉福德坐下来开始吃晚餐。’

“‘除非我又迷路。’卡梅伦太太说。

“‘是的。’卡梅伦先生说。

“吉福德应该是在海边往内陆十到十五英里的地方。我们很快就又迷路了，在一个由迷人的小型车道构成的迷宫里。

“‘吉福德看起来不想在今晚见到我们。’卡梅伦太太说，把车停到路边，卡梅伦先生给她点起一支烟。

“‘我车里有地图，’卡梅伦先生说，‘但我们不在我的车里。’

“‘如果我有一张地图，我永远都不会到我原来的目的地，’卡梅伦太太说，‘我总是看到一些诱人名字的地方，就会改变方向到那里去。’

“‘我们刚刚穿过了邓斯镇。’

“‘邓斯，噢，邓斯！那么我们离一个地方只有几英里远，有人几天前才告诉过我，在一个名字叫朗什么的地方，朗维奇？朗麦奇？’

“‘我不知道。’

“‘那是一个公寓式酒店，名字叫什么伯恩。’

“这时一位上年纪的乡下人步履蹒跚地向我们走来，当他走到我们旁边时，卡梅伦太太很有礼貌地和他打招呼，然后两位就谷物和绵羊进行了愉快的交谈，但是他也不能告诉她那个叫什么伯恩和朗什么的地方在哪里。

“‘噢，见鬼！’等他蹒跚着离开以后，她说，‘那儿正是我们今晚应该去的地方。那家酒店是一个画家开的，他和他的家人一起住在那里，就在拉莫缪尔山上面。那有一个很小的镇子，他们告诉我，在那个酒店周围的任一方向都看不到其他房屋，那些人说。它在山上很高的地方，他们说在晴朗的天气你可以往下一直看到大概在二十英里外的海那边。噢，该死！现在就是一个晴朗的傍晚，太阳刚刚下山。’

“‘我们一定要从我们朋友那里问出它在哪里，改天带麦凯尔韦过去。’卡梅伦先生说。

“‘现在我们没有目的地了。’卡梅伦太太说。

“‘我刚刚想到一个地方，’卡梅伦先生说，他转向我，问我，‘你喜欢丹麦食物吗？’

“‘我当然喜欢。’我说。

“‘噢，伊恩，你真是个可爱的人！’卡梅伦太太说，然后，对我说，‘邓斯离梅尔罗斯只有十到十五英里远，那附近有一个很棒的小旅馆提供老板娘自己做的非常好的丹麦三明治和特别的汤。那些正是我们在酒后需要的东西。’她调整车的方向，大概是向邓斯出发。

“后来我们发现，这条路是一段相对直接的线路，从邓斯到梅尔罗斯，从梅尔罗斯到皮布尔斯，然后——在一两次遇到纠缠的支线车道，停下来问方向后——到了他们谈论的那家旅馆。它就位于小镇大街上，实际上，就是镇上的酒吧。我们进去的时候老板和他的妻子向我们热情地问好，看起来和卡梅伦夫妇已是熟识。在这里工作的人通常会光顾大的开放包间，尽管如果他们愿意的话也可以去私人一些的小包间。在小包间，主人给我们上了黄油面包做的开面小丹麦三明治作为餐前点心，同时我们每个人也喝了一杯从放在冰块里的瓶子倒出来的阿夸维特，就像丹麦人在哥本哈根上酒的那种方式。那个地方人很多，但是他说我们稍等几分钟就可以有一张桌子。他给我们拿来菜单，在卡梅伦夫妇和一些陌生人聊天的时候，他告诉我他和他的妻子几年前买下了这个地方，通过和爱丁堡的丹麦总领事签订了一份半官方约定，安排他们的厨师和三名女服务生在哥本哈根接受训练，费用由丹麦政府支付，而他们则在恢复，也在小范围上重构古老的小镇酒馆。卡梅伦太太点了一些熏鳗鱼、熏三文鱼，一份沙拉和一份鱼汤，卡梅伦先生和我都点了丹麦式的鞑靼牛排，以及鳗鱼和三文鱼，还有沙拉和汤。我们决定不喝红酒，只要阿夸维特和散装的嘉士伯啤酒，那是这家旅馆的其中一项特制品。我们坐在一张靠边的桌子旁，那里可以俯瞰一个被矮墙环绕的小花园，花园里有一个藏族血统的小个白人小姐正和她两三个月大的小狗玩耍。我们都觉得非常快乐，但一点都没醉。准确地说，我觉得卡梅伦太太和我离喝醉还有很长一段时间，而卡梅伦先生则完全和他刚出门的时候一样清醒。”

“上校，我想这里可以问下你和酒精的事。你能喝很多酒而不醉吗？”

“在我状态好的时候，按照爱尔兰人的说法，”我告诉将军，“我的酒量相当大；实际上，有几次我发现自己的酒量非常吓人。但是如果我情绪低落，酒量就会下降。这取决于我当时的感受。在某些情况下我可以喝很多，但是如果不小心也很有可能会喝高，即使在我状态最好的时候。不过，我并不知道现在我的酒量如何，因为，除了在爱丁堡饮酒，以及之后多少算是无心失误的一两次后续外，我并不喝酒。上尉劝服我说，在精神分析治疗期间饮酒会让我的情感变得麻木，因而会让一切短路，喝酒也会使我这段想急于结束的分析疗程被延长。所以基本上我并不喝酒。”

“上校和卡梅伦夫妇那天晚上在那家丹麦餐厅待到很晚吗？”少校问。

“没有，少校。在苏格兰你不能在酒吧待到很晚。酒吧在晚上十点就准点关门了，然后，像他们在那里说的，你已经享用过了。我们到那里的时候刚过九点，等他们到处喊‘到点了，先生们，到点了’的时候，我们正在喝咖啡和白兰地。在那个时间，你可以把你正在喝的东西喝完，但无论是谁都不能留更长时间，除非你住在那家旅馆里，就成为一个‘旅客’。这种情况，按照苏格兰的法律，你可以在那里喝到烂醉直到早饭时间，并且第二天一天都可以继续，如果你想的话，只要你的行为方式不是醉酒就可以。你们两位去过英国吗？”

“没有，长官。将军当时在朝鲜半岛，我在日本执行任务。但是从那以后我们都一直被安排在华盛顿或者附近，服务于空军的研究和发展中心。”

“但我以为你们是在为中情局工作！”

“噢，不是，”将军说，“我们目前只是在中情局做一些临时工作。在泰勒将军为总统调查中情局时我们在他的小分队里工作，目前如果他们有工作分配，我们也帮着做一些零碎的事情。”

“噢，我明白了。至于卡梅伦夫妇在晚餐期间谈到的唯一让我感到不安的事是关于苏格兰托利党人，以及高地人。他们说有一些苏格兰的极端托利党人——地主们——几乎是法西斯主义者。他们依然和祖先一样仇恨英格兰人，他们仇恨工党，即使是麦克米伦的保守党对他们来说也不够保守。他们有能力发起针对英格兰的武力运动，如果他们认为运动能取得成功，并继而把英国变成法西斯国家的话。并且，卡梅伦夫妇说，苏联尽管是社会主义政体，和法西斯政权是如此相似，许多人担心以后，如果相关条件完全具备，苏格兰和英格兰的极端托利党人会尝试和苏联人做某种交易，来配合他们建立极权主义的英国的计划。此外，他们说，真正的高地人内心是如此狂热和野蛮，他们会加入任何意味着和英格兰人干一仗的事情。卡梅伦夫妇是以一种幽默和推测的倾向谈及此事，但我却不能轻易忘记这件事。

“但是，无论如何，卡梅伦夫妇和我在十一点过几分钟后离开了那个丹麦风格的地方，启程返回爱丁堡。在我们离开前的几分钟，我们正在和老板及他的妻子聊天，开着各种玩笑，我取笑卡梅伦夫人说当一个人被沉默寡言的苏格兰人包围着的时候，想插一句话是多么难。她说：‘我们这里，把麦凯尔韦叫作吵闹的美国人。’然后又说：‘伊恩，我们可以在回爱丁堡的路上把他扔进旁边的地沟里吗？’卡梅伦先生说：‘可以，然后我们就要叫警察了。’我说：‘快叫警察！’然后我们都对这个玩笑笑了起来。后来在回爱丁堡的路上，我们又迷路了。我度过了一段绝妙的时光，但因为过快的车速使我有一点神经紧张。车辆从反向车道向我开过来，我们话题广泛的谈话声以撕裂般的速度传出去，当我们在另一条小车道上迷路时，我看到路口有一块路标，我提议跳出车外看看那块路标能不能告诉我们如何回到爱丁堡。卡梅伦太太把车停了下来。那时天已漆黑，多云——没有月光，没有星星。卡梅伦太太打开前照灯，把车调整到灯光打在路标上的位置，路标在车道的另外一边，大概距离我们有十码远。我走出车外，向路标的方向大步愉快地走过去，一边小跑一边向上看着它，接下来我感觉到的就是我的头部被击中，在似乎很长一段时间后才恢复意识。我的脸上都是血，我躺在一个我一开始以为是自己还未填上的坟墓底部。事情显然是，那时并不知道在苏格兰这样的车道两边都有很深的沟渠，而在美国我们在一条道路旁边预计会找到的是柔软的路肩，因此我掉进了沟里。并且苏格兰的路标是用铁制成的。我一边摸索着回到这个世界，估计当时我正处在一条路沟里，我是在朝着路标小跑的时候先把脚跌了进去，而我倒下的势头让我的头部撞上路标基座，被击昏以后，整个人又倒在路沟里面。我从沟里爬出来，用手帕擦了擦正在流血的额头，然后发现车灯仍然照在路牌上——也正照在我身上——有两位戴着头盔的摩托警，已经从摩托上下来，正在和卡梅伦夫妇交谈，他们仍然坐在车子前排。我向他们摇晃着走过来，听到每个人都在发出感叹。似乎应该是在我接近路牌但还没有跌进路沟的时候，卡梅伦夫人已经拦下了从对面方向过来的两位警察，想要问一问他们如何返回爱丁堡。因为卡梅伦夫妇在我从他们视线里消失时都没有看着我，他们以为我已经走过了路标。无论如何，卡梅伦先生立刻就变成一位面临受伤士兵的英国军官。他从车里跳出来，看了看我的额头，问我觉得失去意识有多长时间，我告诉他我不清楚，但应该不会太久时，他说他认为为了我的安全，最好带我去爱丁堡皇家医院，因为我很可能会有脑震荡，即使没有骨折的话。他说我额头上的伤口大概有一英寸长，看起来相当深。当时伤口还在令人吃惊地流血，他从夹克口袋里拿出一条干净的手帕在伤口处扎成很紧的绷带，这样我看上去也觉得自己就像是正在演奏《扬基小调》①的三个人中的士兵。我当时并没有感到头部非常疼痛，正在自嘲整件事傻里傻气，尽管实际上我真的被吓坏了。在回爱丁堡的路上，在卡梅伦太太提到这个巧合——他们说过他们或许会把我扔进一条沟里，并且叫来警察等等——之前，我自己已经想到了。”

“在那时你有没有想到过，可能是有人击打了你的头部，而不是你自己撞在了路牌的基座上？”

“完全没有——在那个时候。我当时正忙着做一个勇敢的士兵，一边咒骂自己至少有一周时间要在额头上带着某种绷带出现在爱丁堡各处，看起来就好像我参加了什么酒后斗殴，或者别的什么事。”

“你参加过酒后斗殴吗？”少校问。

“我只能说，从来没有在酒后斗殴中受过伤。”

---

① 《扬基小调》，美国独立战争时开始流行的一首歌曲，最初英国士兵用这首歌嘲笑北美殖民地人民，后来殖民地爱国者也开始演唱这首歌，表示对自身风格的认可和自豪。扬基人对外泛指美国人。（译者注）

“那你为什么认为其他人会把这个当作你受伤的原因？”

“你问住了我，少校。我想可能因为，在我年轻的时候，常常会在某个早上醒过来，惊讶地发现昨晚竟没人打中我的头部或者鼻子。但确实没有人打中过。无论如何，我和普通人一样自负，我想，当时非常气恼要暂时损坏形象了。总之，我觉得自己就像个傻瓜。”

“然后是卡梅伦太太把车直接开回了爱丁堡吗？”

“我想这已经是她能力范围内最直接的方式。在路上，我告诉卡梅伦先生我觉得自己不需要去医院，他说会在北英国酒店停一下，在那里的洗手间，我可以洗一洗脸，让他更细致地检查一下伤口。我们照此做了，卡梅伦夫人坐在大堂那里等着。当我在镜子里看到我的头部时，我同意卡梅伦先生说最好赶紧到医院的建议。在我的额头那里，有一个小鸡蛋一样大的肿块，在我的右侧眉毛和发际线中间的位置，伤口看起来很难看。并且，我那时开始感觉到有点虚弱——好像我会晕倒，或是什么。他们把我带去医院——卡梅伦太太像那些在战时给红十字会开车的女士一样开得尽可能地安全和称职——并把我交给了护士。我被立即送进急救室。卡梅伦夫妇在一旁陪着我。”

“现在，详细地告诉我们他们在医院里对你做了什么，不要遗漏任何细节，上校。”

“急救室里没有人在等，几分钟后过来一位年轻的医生。有两位漂亮的女士，当她们把我带进病房时每个人都用一只胳膊架着我——显然他们以为我的生命可能马上要结束了。她们轻轻地把我放进一把椅子，我在那里等的时候医生进来了。卡梅伦先生向他简要解释发生了什么——也就是，我在爱丁堡郊外倒下来撞在一块铁制路标的基座上——医生让我起来到一个像是手术台的地方上面，我照做，躺在上面。医生在一束明亮的光线下检查了那个伤口，对其中一名护士说了一些我没听到的话。她离开了，几分钟后又出现，带着一个注射器针头，站在那里等医生卷起我的袖子后在胳膊上打了一针什么东西。我问医生那是什么，他说那是一针抗破伤风的注射用药。护士给我注射时，他说看起来我并没有骨折，但可能会有脑震荡，因此无论如何他希望我立刻在那里进行头部X射线检查，然后卡梅伦先生告诉他我是一名美国记者等等，我相信应该是一些和如何更有效、更细致地来照顾我的相关的话。医生告诉我他要对我做X射线检查时，我告诉卡梅伦夫妇不要等我，因为或许会花上一段时间。带着一些像是不情愿的样子，他们和我说了晚安，告诉我一定要在第二天和他们打电话，让他们知道我进展如何。他们离开前，卡梅伦先生说第二天喝大量牛奶对我会有好处。医生说除非我有骨折，没有必要在那天晚上都待在医院里。在一定的时间里，对我每个可能的角度都做了X射线检查，之后我在等候室里等了很长一段时间——直到X射线显影，医生对它们进行研究，显然有一些X射线专家的参与——医生告诉了我具体情况。”

“具体情况是什么？”

“首先，他说我并没有骨折，不过应该在一两天内小心行动，至少四十八小时内不能饮酒，因为我可能有轻度的脑震荡。他说如果第二天我都躺在床上会对我有很大好处，不过如果早上起来的时候我感觉一切都好，进行适当活动也不会对我造成伤害，只要我能保持小心，不要用力过猛。他是一个非常严肃认真的年轻医生，考虑问题极度全面。他的名字是麦克莱恩。当时他一边在某张医院的表格中迅速手写下一长段话，同时会暂停继续告诉我有关的伤情。”

“但是还有什么要告诉你的？”

“是这样，尽管我的头不疼了，我已经开始感到脖子后面的下方有很大程度的痛感——在我脊椎的上部——当我在X射线检查前和医生提到这件事，他就点了点头好像他都知道一样。现在，他说在倒下的过程中我显然把脖子后面扭伤了，并且原本我在那个地方就患有他叫作‘关节囊’的病症。他说我这次脊椎上部扭伤可能引发了那个部位的早期关节炎，他建议我连续十天每天到医院去，做一系列矫形治疗和训练，这不仅能减轻我脖子后面的不适，还会阻止那个部位的急性关节炎在我以后的生活中恶化。他说我真的应该来做这些矫形治疗和训练——即使我没有受伤——并且应该在回到纽约以后继续坚持。他和我说了晚安，和我握了手并祝我好运，然后把我交给其中一位护士照料。另一位护士和他一起出去，很快又回来，带着一个人们在扭伤脖子的时候会戴的那种复杂的矫正托架。我的脖子那时并没有对我造成很大困扰，我告诉护士我不能戴着那个托架出去，我有很多工作要做，有很多人要见，告诉她除非医生一定要求这么做，我是不会戴着它的。她说医生并没有强制我戴着它，但是他建议我这样做，所以除非我愿意否则我并不一定要戴上它。医生在我的额头上缝了三针，告诉我回酒店后经常用冷热毛巾交替敷伤口，并在第二天早上继续这么做，肿胀会消减下去。他已经在伤口上绑了绷带，涂了无色的碘。但他用来缝合伤口的线却是黑色的，当我乘出租车回到酒店，在镜子里看到自己的时候，当然看起来一团糟。在我爬上床，沉沉入睡前，我下定决心在周日好好休息，第二天再认真开始工作。”

“所以你在周一早上就着手认真工作，我想。”

“噢，不完全是，将军。大概七点的时候，我用手提打字机快速写下六行字——那篇关于美元镇的文章的开始——已经用过通常的早茶和饼干，正在等我的早餐。然后我——”

“你有你写的那篇东西的副本吗？”

“当然，是的。我想一下，应该是在这边的档案里。实际上，就在这叠档案的最下面，在《美元镇》杂志的副本下面，那是一份校办出版物。我必须解释，将军，我为街谈那个栏目写的这些小文章，形式上是由我假设出来的那个叫霍尔先生的人物，用第一人称单数写给栏目编辑的信构成的。好的，那篇关于美元镇的文章开始这样写：‘今天早上我突然想起’，这封来自旧时特工霍尔先生的航空邮件说道，‘贵杂志一些比较唯物主义的读者或许会对一个爱丁堡西北二十英里处的一个苏格兰小镇感兴趣，那个镇子在过去几个世纪的名字一直叫作美元镇。’这就是我那天早上写的全部片段，并且我再也没有回去继续写完这篇文章了。”

“在我看来你在这里写了一个不错的开头，上校，尽管我并不想假装对你们写作的事有什么了解。”将军说，“你为什么没有写完它？”

“我觉得极度不安。和从前一样快乐，但是我想开始行动。把我的行动局限在完成那一小段无关紧要的关于美元镇的文章似乎显得并不能满足我。我想要写一篇能够囊括我对苏格兰的一般情况，特别是爱丁堡的全部印象和感觉的文章。我的意思并不是想写一篇游记。我想要写的，是一篇带有我自己风格——我会叫作印象派，如果不是超现实主义的话——的文章，描述一名美国人在爱丁堡一间孤独的酒店房间里的感受，一个对苏格兰和英格兰感到狂热，同时又对他们感到迷惑和不解的美国人——关于报纸上英文体例的微妙差别，关于那些在古代城堡和新式纪念碑上看到的石块上刻下的吃力而冗长的铭文，关于这名美国人发现他读了一遍又读一遍的那些东西，像是酒店菜单和旅客引导册，像是你一抵达苏格兰他们就会发给你的那些关于风俗和移民法规的表格。此外，我还想继续我对祖先的研究。因为只是到处游荡度过美好的时间，我已经忽视了这一点，就像忽视关于美元镇的文章。还有——”

“上校，请告诉我们你关于祖先的研究，再回到那篇正在考虑写作的文章上来。”

“祖先研究。在这里。整个大信封里装的都是关于祖先研究的。你想要我全部读出来，还是读一部分，或是什么，将军？”

“就依你自己的方式读一些，看看都有些什么内容。”

“好的，它始于我从爱丁堡发给华盛顿的长兄的电报，内容是——”

“我想将军应该知道那个人是谁，上校。上校的长兄是本杰明·莫斯比·麦凯尔韦，是华盛顿《明星晚报》的编辑以及美联社社长。他还是洛克菲勒基金会信托董事会的成员。”

“噢，谢谢，少校。请继续，上校。”

“我发给他的电报是这样的：

亲爱的本，最初从格拉斯哥到美国去的那位麦凯尔韦医生的名字是什么，他什么时候去美国的。另外他是否是我们的曾曾曾祖父，或有什么关系。在这个美妙的城市里我们是否有一些表亲呢。请回复，爱你们。

“这封电报的署名是‘圣’，这是我的家人叫我的方式。然后在这个档案下面是我哥哥的回复，上面说：

约翰·麦凯尔韦医生1788年生于格拉斯哥，在1817年去到特伦敦，他是亚历山大·杰弗里的儿子。约翰医生的儿子同样以亚历山大·杰弗里命名。他1813年生于格拉斯哥。是圣克莱尔叔叔和我们的祖父约翰的父亲。事实是我们有非常多的表亲。

“你们看，我在苏格兰酒吧里遇到的一个律师告诉我——”

“律师叫什么名字？”

“我必须到苏格兰的那些文档里去查一下。在这里。他在我的一张名片后面写下了他的姓、地址和电话号码但没有告诉我他的名字。他的姓是麦克康纳彻，他的办公室在夏洛特广场三十二号，电话号码是苏格兰5554。他告诉我可以在苏格兰政府的总登记官办公室开始一项祖先调查，那个办公室在王子街后面一条小巷的老公共建筑里，离北英国宾馆不远。麦克康纳彻告诉我如果在那里遇到什么麻烦可以打电话给他，他会丢下手头的事跑去那里，并且按照他的说法，‘让他们顺利地开始工作’。他说总登记官办公室在没有收费的情况下不会给我任何关于我祖先的情况，但只要付上几先令就可以雇用一位那里的职员，他会做一个调查，有些记录甚至不属于总登记官办公室。我想要让这项调查开展起来，因为近些年我对自己到底是谁，从哪里来越来越感兴趣，我哥哥和我也一直想知道这位最开始的麦凯尔韦医生是否是苏格兰人或爱尔兰人。我们听到过的每一位美国的麦凯尔韦无不是这位同一先人的后代，我们两个都曾在我们所在的任何城市的电话本里寻找麦凯尔韦家的人，不管是在美国还是在国外。我找过格拉斯哥和爱丁堡的电话本，没有找到一位麦凯尔韦。尽管我必须给哥哥发电报来让他帮我理清父系祖先的线索，我头脑中也有很多与我的母系先人有关的事实和名字——他们中的多数一定都是苏格兰人或英国人。我想给总登记官办公室写一个备忘录，告诉他们在两条先人的线索上我都有什么材料，那天早上一开始写这个备忘录——已经把关于美元镇的文章放在一边——我意识到这也可以作为一个演讲的基础。"

"一个什么？"

"一个演讲。我在苏格兰酒吧遇到一个叫比格诺尔德的年轻医生朋友，他是爱丁堡自由主义俱乐部的成员。他说他想说服我在自由主义俱乐部做一次演讲，他们在夏天举办的那种年度单身聚会，会邀请一些他们希望是有趣的外国游客做一些小的演说。我一生中从来没有公开演讲过，但我一直清楚我伟大的叔叔圣克莱尔以及哥哥本杰明作为餐后演说家的名声，所以我非常乐观，这一次也充满自信，我想如果比格诺尔德医生把自由主义俱乐部的邀请函正式送给我时，我会接受这个邀请。我要完成这个备忘录和演讲稿，以及那篇关于酒店房间里孤独美国人的超现实主义文章，还有那篇关于美元镇的文章，于是我决定找一个秘书，我可以向秘书口述第一稿，再用打字机整理一遍，打印成稿，这样可以更快地完成这三个项目。最后，我找到了一个秘书。但她第二天早上才能过来，我决定等我可以开始口述时，再着手做这些项目的工作。这样在早餐之后，我先乘出租车到了总登记官办公室，在那里我可以先找人开始做相对简单的工作，找出麦凯尔韦的名字最开始是在苏格兰还是爱尔兰。有许多美国人出现在总登记官办公室，都是来寻找他们的先人，但那里很少拥挤，因为大多数有祖先崇拜的美国人更偏向去爱丁堡的私人族谱机构，他们中的一些不仅可以快速帮你列出先人的名字，还会卖给你一枚族徽，不管你是不是真的需要。总登记官办公室是一个非常有效率和严肃的政府机构。我在那栋老公共建筑里爬了三四层楼梯，在一个长柜台前等了一会，直到其中一名职员有空接待我。最后那名坐在我面前的职员是一位快活的、胖胖的小个子中年女士，我这里还有她的名片。她的名字是E.威妮弗蕾德·宾宁，住在爱丁堡十区，布鲁茨菲尔德二百二十四号，电话号码是喷泉大桥7134。我告诉她需要在那份备忘录完成后尽快得到一些有关的特别调查，她说可以承担这个特别的工作——会在业余时间完成——费用是每小时十先令，加上一小份付给苏格兰总登记官办公室的政府税。我告诉她会在第二天寄给她我的备忘录，同时问她有没有某种类型的苏格兰名册，或许可以为我寻找麦凯尔韦名字的来源提供一些线索。她轻快地说，‘当然’，并从其中一个书架上拿下一本巨大的分册。我立刻就读到它关于麦凯尔韦名字起源的描述。但是在我阅读这些短的段落之前，我把页码翻到书的开始，想看看书名和作者。让我吃惊的是，这本书是在1946年由纽约公共图书馆发行的，那离我在纽约的办公室只有一个半街区。这个大型分册的作者是乔治·F.布莱克博士，宾宁小姐告诉我，他是关于苏格兰名字的领先的苏格兰权威，他让纽约公共图书馆发行这本书，而不是交给一家英国出版商，是因为在1946年，当时的英国受到二战的影响，按照她的说法，‘处于严重的混乱之中’。我对宾宁小姐表示感谢，她把布莱克博士的书留给我。然后我就读了下面的段落，题目是《麦凯尔维、麦凯维、麦凯尔、麦克尔维》。我会把全文念给你，将军，因为这些似乎在之后对我卷入艾森豪威尔总统的绑架阴谋有直接影响。这段话是这样写的：

“‘麦凯尔维、麦凯维、麦凯尔、麦克尔维、G. 麦克·希尔巴黑格，塞尔巴克的儿子，’塞尔巴克·麦克·希尔巴黑格是巴里伊夫兰·格拉斯瑞格传说里的英雄（麦道格，《民间传说和神话故事》，1910，第216页）。邓弗里斯的莫里斯·麦克塞尼1296年献上顺从之意。其印章上画有一把猎弓，写着字符S的莫里斯和F的塞尼（贝恩，II，第210页，557）在1300年记录显示一笔抚恤金给马修——莫里斯·梅科·赛尔维的儿子，一名加洛韦人质（同上，1179；史.文档.，II，第426页）。1736年罗伯特·麦凯尔维在汤格之地的田地劳作（科库布里）。安德鲁·麦凯尔维1744年是斯泰尔伯爵的谷仓卫（威格敦）。1684年，这个名字以麦凯尔维的形式出现（帕里什）。麦克勒维、麦克维、麦凯尔韦、凯尔维（凯维）’。

“‘塞尔巴克，或者希尔巴克，旧盖尔语的人名，意思是“财产丰富”（沃森1，第239页）。在阿尔斯特701年的编年史中提到了塞尔巴克对都诺丽的毁灭，该城在奥本附近，是劳恩部落的主要据点：“都诺丽毁于塞氏”；以及714年塞尔巴克对它的重建：“塞氏建都诺丽”。塞尔巴克宣布自己拥有劳恩部落首领位（719年）和阿盖尔的王位（723年）。在723年他放弃了王国，进入修道院生活。’”

“这就是我在那本大书里读到的参考资料的结尾。”

“确实非常有趣。”

“我发现它是这样，将军，但因为某种原因，它也让我有些紧张和焦虑。当我站在那间旧时的办公室里，吸入那些旧书卷散发的独特气味，看着宾宁小姐来回快速走动地满足其他祖先崇拜者的请求，我觉得好像在某个惊悚片里承担了一个小而重要的角色——就像那部叫《39级台阶》的很好的老电影，希区柯克最早的片子中的一部。宾宁小姐自己看起来像某个角色的演员，其他职员也是这样；我看到他们更像是扮演角色的人，而非真实的人。然后，是她从书架上取下来展示给我的书声称是在纽约公共图书馆出版的事实——你看，将军，整个设定对我来说显得很怪异，同时我也被布莱克博士写的那个学术段落在我受伤的头部后面所创作出来的诗化意象刺激着。我也简要地告诉过宾宁小姐我的头部发生了什么——把这件事改成一个趣闻——她给我一个小而明亮的笑容，我觉得就像从其他人那里发出的笑声一样让人感到温暖。”

“那么你在那天其余时间做了什么？”

“从总登记官办公室离开以后，我朝着皇家咖啡慢慢地走了一个街区。我感觉很好；一闪而过的兴奋和焦虑很快就自己消散了。我不再觉得总登记官办公室或公共图书馆发行的书中那段关于我祖先名字的话或宾宁小姐有什么不对的地方。我已经把那段话抄写下来，放在口袋里。在皇家咖啡二楼一张靠窗的桌子旁，安静地吃了午餐，没有要任何喝的。午饭后，我在一个花店停下来，给卡梅伦太太送了一篮野花和石南。我坐出租车回到罗克斯堡，睡了一觉，准时醒来去大堂用平时用的下午茶。在这个时候，门童说有一个给我的电话。那是卡梅伦太太。她为那些花表示感谢，并问我怎么样。我告诉她我很好，如果他们没事的话，我第二天晚上很愿意带她和她的丈夫去吃晚餐。她说他们非常乐意，会在明天晚上七点半的时候到罗克斯堡接上我，如果这个时间我觉得合适的话。我说这个时间对我刚好，我们挂了电话。根据医生的建议，我在自己的房间里安静地吃了晚饭，但是我允许自己就着烤鲑鱼喝了半瓶尼尔施泰因白葡萄酒。晚饭后，我在床上读了一个小时左右的《缪尔黑德的苏格兰》，很早就慢慢入睡了。”

“很好。秘书第二天早上过来了？”

“是的，在九点钟。”

“她是谁，你是怎么找到她的？”

“她的名字是安·德尔顿，在这张2.4.6英镑的账单上写着，我找到她是问了罗克斯堡前台漂亮的爱尔兰姑娘，问她是否认识某位习惯了和记者工作的公共速记员。她说她认识一位为每年八月到这里参加音乐节的乐评人做过很多工作的速记员，她给我这位秘书的名字和电话号码。安德尔顿小姐进来以后，告诉我她只能为我工作三天，因为她要飞去哥本哈根度假，我说我或许在那段时间里就能把我要她做的工作完成。但是在我告诉她，我需要她快速地听写一些文章和其他材料时，她坦白她的速记方法不太能达到标准。但是，她说自己非常善于根据录音机的记录来打字。我说我没有录音机，她说她办公室有一台，可以在十分钟里拿过来。她说会对使用录音机收取少量费用，但是因为她对打字的收费比可以快速听写的秘书的收费低一些，这或许会让我们双方都受益。我喜欢她——一位忙碌的小个子苏格兰女孩，她戴着钢架眼睛，有注重实际的气质。我让她去取录音机，她离开了，在九分钟后回来；我计算了时间。和她一起的是她办公室的电气技术员，他负责让这个录音机保持在工作状态。他得换一个插头，因为罗克斯堡的一些电气装备实际上是非常古老的。然后，因为知道这一点，他已经随身带了一个和罗克斯堡插口匹配的旧式插头。他在五到十分钟后离开，安德尔顿小姐在告诉我什么时间会来取录有我说的话的磁带卷，还有第二天什么时间会送来完成的打字稿，两份副本，以及到那时所提供服务的账单后，也跟在他身后离去。我没有保存那篇关于苏格兰的文章的一开始的稿件副本，也没有保存任何修改版本，但我有一份完稿的副本，是我在三天后，用西联汇款的记者卡一起通过电报传到纽约的。那时，我已经在脑海中——在我到处移动和阅读的时候——对那个孤独男人待在酒店房间里的最初想法进行发展。在我的设想中，那个孤独的男人已经变成一个女人。她有点像是埃塞尔·默尔曼和玛丽·马丁的结合——意思是，这两位明星在音乐剧中扮演的角色的结合。那篇文章的设想是，这个作为我的人物——为了方便，我或许可以把她叫作埃塞尔·默尔曼——独自在爱丁堡的房间里，也对这次旅行感到愉快。与此同时，她对苏格兰的礼仪和习俗感到迷惑，有一些思乡。她觉得想要联系她的‘爹地’——她在美国的生意伙伴。她拿起电话，想给他发送一封电报，当然，也就被引到了苏格兰邮局，那里负责苏格兰地区的电报业务。她很快就和一个典型的苏格兰邮局职员说上了话，这和我在发送短电报时在电话里的通话是同样的类型。简而言之，她喜欢这个职员，他也喜欢她，最终他去到她的房间，在这篇超现实主义文章的高潮，他们两位在一起唱一首二重唱，就像是欧文·柏林或科尔·波特或罗杰斯和哈默斯坦写的那种故事一样。这是一个足够好的想法，但是我想太多关于自己的事，无法适当地写好它。这个想法被放弃了。”

“那么，你是在什么时候把全部的文章电传到了纽约？”

“7月31日，在我头部被击中的六天之后。但是在这六天除了完成这篇文章并发出去，还发生了很多事情。”

“我相信你说的是真的。但是在我们谈及那些之前——你是否也口述了要发给总登记官办公室的备忘录？你有那个备忘录的副本吗？”

“是的。这样做是有意义的，正如后来事情的发展。并且其中一部分可以是我给自由主义俱乐部所做演讲的基础，除非我没到那里去。”

“你会说它和绑架艾森豪威尔总统的阴谋有一些联系吗？”

“当然没有。只不过是很多和这个家庭母亲那边或父亲那边的长老会牧师先人们相关的材料。”

“那么，上校——非常严肃地——你认为那时你被跟踪了吗？或是被引导了？”

“是的，将军，我开始这么想。并且在对我而言是习惯性早起的清晨，我比以往任何在格拉斯哥的时间都更确信地感受到这一点。当秘书第一次到这里为我工作的那天早上，我刚从一个深深的睡眠中醒过来，一团让人不安的想法快速地在我脑海中闪过。但是我相信你们两位对我想了什么并不感兴趣。”

“与此相反，上校，在这个特别的场合下，我们感兴趣。您同意吗，将军？”

“是的，我感兴趣。我不确定我为什么理解，但那无关紧要。少校是对的。请继续说，上校。”

“这些想法经过我的大脑时我并不是在做梦。我是清醒的，而且正想再睡过去。我想到的主旨是，有些有趣的事正在进行，而卡梅伦夫妇无论如何处于这件事之中。不过，你们要理解我那时把卡梅伦夫妇当作——现在也还是当作——我一生中遇到过的最好的一对夫妻之一。实际上，以你们那一行工作中使用的语言，少校，可以说成是我爱他们。就像一个哥哥和姐姐，或是像一个父亲和母亲。我尤其记得被卡梅伦太太在爱丁堡郊外那天晚上说过的一些话所触动，这些话我忘记告诉你们。有个时间，我说了些我想自己看上去算是迷人的话，她对卡梅伦先生说：‘噢，我觉得我们一定要收养他！你觉得我们要收养他吗，伊恩？’我开玩笑地说我得首先确认他们在经济上和情感上都足够坚定，能收养一个五十四岁的孩子。但那天早上发生在酒店房间里的我的清醒的想法中，我觉得卡梅伦夫妇有些不明原因的险恶。简而言之，我恨他们。只有对那些我们爱的人，我们才会在不可预料的时间表现出扭曲和丑陋的仇恨一面。在那个时刻，怀疑很容易进入靠近我们心脏那里——我们以为只会由信任所占据的空间。我的这些想法，你们知道，以惊人的速度进入我的大脑又在几秒钟的时间里离开，但是在那几秒钟时间里，我看到卡梅伦是一个最高级别的苏联特工，而卡梅伦太太则是一个和他合作的特工。如果那才是他们的身份，他们也会是迷人和可爱的，就像那时我对他们的看法一样。他们最近才搬进他们在爱丁堡的公寓。关于大门上锁的事情，他们不在电话本上，还有他的那句评论：‘多好的一个伞兵空降的地方！’他曾在二战期间在英国情报机构工作过的信息，他们关于某些托利党人和高地人不可置换的独立性的谈话——下层人士以及上等阶层——这些人民对英国有意识或无意识的仇恨，以及他们对苏格兰没能像爱尔兰一样成为一个独立国家，而是作为联合王国一部分的遗憾。不过几乎与这些闪念同时发生的是另外一些闪念，在这些念头中我把卡梅伦看作英国特工，卡梅伦太太是一个和他合作的特工，在这一组闪念中我发现这个设定同样可信。如果这才是他们的身份，在我看来，他们很可能想要我为他们做某种情报工作而对我进行测试。在这种情况下，我想，他们会和中情局，或是和美国空军情报人员串通。我的思考，自然地回到我的公文包在格拉斯哥被人检查过的事实。以及事实上我可能是被人有意击中了头部，并在医院被注入某种不是抗破伤风用药的东西。但是在我把这些零碎的想法和他们的钱放在一起比较之后，这么说吧，我把这些想法当成是荒谬的而不再去想了，我从床上跳起来，像平常一样摇铃叫我的早茶。但是，从那天起我一直严肃地寻找任何或许可以合理支持这两组未经证实的推测的证据——如果它们可以被叫作是推测的话——即卡梅伦夫妇是俄国特工又或者是英国特工。除此之外，我继续做自己的事情。”

“同一天晚上你如约和卡梅伦夫妇共进晚餐了？”

“是的，将军，我去了。他们七点半的时候到酒店来接我，我们直接去了一家卡梅伦夫妇喜欢的乡村家庭酒店，叫作普雷斯顿菲尔德家庭旅馆，我在那里预订了一个三个人的桌子。我们过得很愉快。他们在午夜之前把我送回了罗克斯堡。”

“我想你最好告诉我们那顿晚餐的细节，上校。我们需要卡梅伦夫妇说的每句话、你说的所有的话，以及其他人说的话——如果你们那天晚上遇到了什么其他的人。”

“我很乐意，将军。那是我一生中最愉快的晚上之一。七点半的时候，我站在罗克斯堡的前台，和漂亮的爱尔兰姑娘聊着，这时卡梅伦先生准时走了进来。

“‘我的妻子又在开车了，’他说，‘我很高兴你前额上的肿块已经消散下去。那可能是件令人厌恶的事。你现在感觉如何？’

“‘我感觉好极了，’我朝街上一边走一边说，‘我不觉得自己有哪怕是轻微的脑震荡。’

“‘那些医生在医院对你进行的治疗还可以吗？’

“‘还可以吗？他们棒极了！我从来没见过这样一家医院——在我已经去过的非常多的医院之中。’

“我爬进车的后排座位时，卡梅伦太太热情地和我问好；实际上，我想我可以说她充满感情地问候了我。‘让我看看你，麦凯尔韦。啊，这个疤痕看上去相当不错！如果你是德国人，你可以说是在击剑的时候得到它的！’

“‘噢，我有一个比那更好的故事，’我们驶入王子街的车流中又左转的时候我说，‘我告诉人们我的曾曾祖母是一个麦克格雷戈，这是真的。但是大概是在几天前的晚上，我在一个酒吧里，和女招待聊天的时候不小心说出了这个事。三个叫坎贝尔的人——大块头的老兄——听到我说的话，当我离开时他们在小巷外面围住了我。我讨厌那样做，特别是其中一个人还是四个孩子的父亲，但我差不多只是为了自卫，毕竟，你知道，上一次战争的时候我是一名突击队员，所以——’

“‘噢，就这些吧，’卡梅伦太太说，‘我听不得这些带血的故事。’

“看起来我们三个人已经把在我头部被击中时丢掉的情绪重新捡了回来。我们直接开车去了普雷斯顿菲尔德家庭旅馆。在那里，一个年轻的女人匆忙爬下楼梯，正快步朝房子后面走去，这时卡梅伦叫道：‘啊，奥利弗夫人！’

“那位年轻的女人停下来，朝我们走回来。她是一个迷人的女人，我猜大概三十多岁。她的母亲也住在家庭旅馆里，我稍后见到了她。卡梅伦夫妇向奥利弗夫人介绍了我，她说我们的位置都已经为我们准备好了，但是或许我们会想先在吧台那边喝一杯。

“‘我们当然会。’我说。

“‘我希望稍后会再见到你们，’奥利弗夫人向我们三个人说，‘刚才真是

忙坏了，你们不知道——大厨正在生闷气。还有载满三辆巴士的法国游客要过来草地那边吃晚饭。’

“‘啊！’卡梅伦太太说，‘那么今晚会有一个吹笛子的人。’

“‘和你们上次在这里时是同一个人，’奥利弗夫人说，‘我必须走了。’

“奥利弗夫人朝房子后面快步离开，我们爬上旧石阶，去到叫作皮革房的地方。一个穿着红色上衣的管家在吧台后面，没有其他人在那里，也没有人在皮革房外面的长形休息室里。炉排上点着一堆火。

“‘我要一小杯苏格兰威士忌，’我说，‘你们两位呢？’

“‘等到我们坐下来吃晚饭的时候我应该会饿了，我想我会要一杯加冰的干马蒂尼。’卡梅伦先生说。‘你介意要一杯吗，亲爱的？’他问他的妻子。

“‘那正是我想要的。’卡梅伦太太说。

“‘实际上，我也是。’我说。不需要我给指令，管家就开始调鸡尾酒。

“不过，瞧，将军，我可以复制从那时起直到当晚午夜之间我们全部该死的对话，但是，老天，此刻这里马上就是早上十点钟了，我做好准备吃一顿丰盛的早餐了。你们两位也一定是这样。我这里有一份菜单，你们说我们早餐点些什么，我会在吃饭的时候和你们总结那天晚上的对话。然后，如果你们想要就此进一步问些问题，你们可以问。这样如何，将军？”

“正合我意，上校。如果你让我们为自己的早餐付钱的话。”

“顺便问一下，你现在感觉如何，上校？”少校问。

“巅峰。非常好。再好不过。”

我们点了早餐，房间服务生相当快速地把早餐推进来。

“回到苏格兰，”我对我的客人说，“卡梅伦夫妇和我在那天，比起我们在一起的第一个晚上，喝酒的方式更加温和，我们度过了一个你们或许会说是安静的晚上——除了吹笛子的人。我们在晚饭上谈论了各种事情。在皮革房，我们研究了菜单，讨论了点菜和酒单，然后我点了一大顿饭，因为我很清楚我们三个人都很饿。我们要了热清汤和烤鲑鱼，还有一个橘子酱汁烤鸭，那只鸭子从桌子上端走的时候骨头上一点肉都不剩了。我们桌旁的侍女叫玛莎，另一个从《39级台阶》里走出来的人物演员——一个开朗的、表面庄重的小个子中年女人，有一点可怕的神经抽搐。但与此同时，她的抽搐也有些可爱——当你适应了以后。那会让她以差不多一致的间隔时间把头从一边摆向另一边，好像她对你说的无论什么事都在给予一个不耐烦和否定的回应。餐厅里只有少数几个其他人，但是很明显她仍然非常忙碌——或许是在给我们上菜期间还要到外面帮助法国的游客。但是，她有办法高效率地为我们服务，只忘记了一件事。那发生在她为我们上甜点草莓拌奶油时。她忘了给我甜点盘，于是在她给我上草莓拌奶油时，我假装要用亚麻桌布来帮助我。这让她发出担心的尖叫，而当她明白我是在取笑她时，又用另一只手捂住嘴，大声地笑了出来。就像我们在遇到所有她那个阶层的人时的情况，卡梅伦太太看上去并没有明显发问，却了解到了玛莎的来历和家庭，过去和现在。就是这样。我已经在我心里一遍又一遍地梳理了那次晚餐的对话，将军，其中没有任何地方有任何事情是我会称为'线索'的东西。那不过是一顿非常让人愉快的晚餐，并且，就像我说的，那是一个非常安静的晚上，除了有那个吹笛子的人。"

"我目前先接受这个结论，"将军说，"但是关于那个吹笛子的人有什么情况？你的意思是风笛手？"

"是的，"我说，"在晚饭期间我们听到他在远处给法国游客演奏，当我们回去皮革房点了咖啡和酒以后，卡梅伦太太问管家他能不能让吹笛人在给法国游客演奏完毕后，上来这里为我们演奏一下。过了一会儿，吹笛人出现了，他从后院草地穿过房子向皮革房行进时一边走一边吹，音乐声也变得越来越大。他停下正在演奏的曲子，卡梅伦夫妇和他握了手，把我介绍给他。按照风笛手们的习俗，他接住了卡梅伦太太给他的一杯酒，那是大半杯纯威士忌，而他，就我看到的，一饮而尽。然后按习俗，他又开始行进并一边演奏风笛。他用军人一样的步伐向长形休息室的尽头走去，做了两个半右转，又从皮革房穿回来。有时候当他到达一个点，在那里按照古代的气质用全力演奏时，他会做一些停顿。我只听过两次风笛，一次是在像圣派特里克节日游行那样的场合下，在第五大道上远远地听到；还有一次是在我还是一个二十多岁的年轻记者时，参加纽约圣安德鲁协会的一个聚会时听到的。一开始，我觉得这样的音乐太过喧闹，但在卡梅伦太太要求演奏这个曲调或那个旋律，并在风笛手演奏之前告诉我一些这些曲调的历史之后，我进入了这种音乐的世界。我觉得在我说完我觉得它太吵之后，可能没办法向你描述这种音乐带给我的感受。我觉得好像它触碰到了我骨子里的某些东西，并且就好像在很久之前，在我和麦克格雷戈家族一起作战抵御坎贝尔家族，或其他什么嗜血的敌人时，就曾听到同样悲凉而野性的音乐。总之，我陶醉在了这样的音乐中，将军。而我们在晚饭时喝下的葡萄酒也是令人兴奋的东西。除了在喝咖啡时伴随着的白兰地之后，我们没有再喝酒，直到风笛手过来，那时我们每个人又点了杯苏格兰威士忌。然后我们三个人坐了一会儿，又各处站了站，在上路前喝了最后一杯苏格兰威士忌。

“‘我自己是一个低地人，’卡梅伦先生说，‘在格拉斯哥和它的郊外。我的妻子，是一个纯粹的高地人。他们是一个野性的、美好的、有些神秘的种族。你知道，有些最近的种族和考古研究表示，我们叫作高地人的种族最初是从阿比西尼亚附近的某些地区过来的。然后，古斯堪的纳维亚人，当然，在他们的血管中注入了新的血液，血液混入其中的还有诺曼人，通过某种方式，在稍后的时代。当然，还有土著的皮克特人。’

“‘所有那些流行的观念都认为高地人是拘谨和压抑的，’卡梅伦太太说，‘忽视了这样的因素，我们需要——或者认为我们需要——控制我们的感情，因为我们的情感极度未开化，我们心头沸腾着原始的本能。你会去高地吗，麦凯尔韦？’

“‘我不确定，’我说，‘我对高地的感觉有一点像是我对法国的感觉——奇怪的是，那里我从未去过。除非可以在那里花上两三个月时间，至少，我不想过去。我想或许就待在爱丁堡和周围地区，然后在明年夏天或者后年夏天再回到这里，那时我可以雇一辆车，在高地随心所欲地游玩。’

“‘噢，但是你至少一定要上奥克尼群岛去待上一周时间，’卡梅伦夫人说，‘大概一天的车程，当然，还有一趟火车，也有飞机和巴士。我很乐意送你到那边，并且安排你见到合适的人。’

“‘我明白麦凯尔韦的意思，亲爱的，’卡梅伦先生说，‘他希望对高地进行长期观察，而不仅仅是一瞥。’

“‘正是这个意思。’我说。

“‘这真是很可惜，’卡梅伦太太说，‘但是我想你是对的。’

“这段短小的对话，将军，是后来唯一对我造成困扰的。之后，如我之前所说，卡梅伦夫妇在午夜前把我送回了罗克斯堡。”

“另外你去医院做矫形治疗和训练了吗？”

“没有。他们已经为我做了一个预约，但是我过去那边，告诉那个科室的护士长我很可能坚持不下来——因为发生了一些事，我可能会非常忙。她看上去非常困扰，但当我告诉她真的没有办法时，她笑了，说：‘好吧，先生，祝你好运。’”

“好的。那么，周三的早上你做了什么？”

“我比平常起来得稍晚一些，觉得自己有一点宿醉的样子。这让我感到惊讶，因为我真的并没有喝很多酒。或许是因为昨晚的兴奋，或是那只鸭子，或是在喝葡萄酒之前的那些苏格兰威士忌——我不知道。不过，我还是用了早茶和饼干，到外面去轻快地散了步，然后在楼下餐厅吃了早餐。我看了报纸，全部都是些国际新闻。尼克松在莫斯科和赫鲁晓夫见面谈话。这里就是那叠报纸。女王当时在加拿大，有一些新闻关注她取消了几项那里的国事活动，比原计划的时间提早飞回英国。在一些小报和其他耸人听闻的英国报纸上，有传言说女王病了。在同样的报纸上，还有传言说英国政府的某些重要的危机使得女王和爱丁堡公爵有必要匆忙赶回家。还有一些传言——但是没有任何权威消息——说艾森豪威尔总统正在计划和赫鲁晓夫举行一个私下的峰会，一张报纸说两位领导人或许会在苏格兰见面，这样对他们都比较方便，因为艾森豪威尔很快要飞去巴黎，他希望之后在伦敦能够和麦克米兰首相会谈。另外他在埃尔的克伦城堡还有一个自己的公寓。另一个危机也正在柏林上方酝酿。几天之前，赫鲁晓夫取消了他‘声势浩大的对丹麦、瑞典、挪威和芬兰的访问’，由于斯堪的纳维亚人民对他这项访问计划的‘不予支持的反应’。美国和苏联之间签订了一项协议，根据协议两国科学家会进行为期两年的交换。德夫林报告否定了在尼亚萨兰有一项‘谋杀计划’的想法。逐渐扩大的印刷厂罢工已经扰乱了英国的图书出版，并在某些情况下，包括报纸的出版。法属刚果的一场骚乱中有35个人被害。苏格兰工业和发展委员会正在启动‘一项全面的调查，以发现苏格兰的失业率以及一些普遍工业问题的根本原因’——或者，像另一家报纸在一个标题里的表述，《苏格兰议会着手调查苏格兰地区停摆原因》。一组地质学家在萨瑟兰郡的肯罗其北维地区发现了铀——在高地北部——但是圣安德鲁斯大学（高尔夫球场所在地）的C. F. 戴维森教授，即地质调查学会原子能部前部长，说不确定这一发现具有任何经济上的重要意义。

“我回到房间，继续写那篇关于我假想出来的人物埃塞尔·默尔曼，以及她正通过电话与其调情的邮局职员的超现实主义的文章，我对此感到激动，也觉得我真的有些东西要写。我把这些东西口述给录音机，回放给我自己听，我发现我并不喜欢它。然而，我还是完成了这篇文章初稿的口述，当德尔顿小姐在下午一点钟冲进来的时候我已经给她准备好，然后她又带着那卷磁带冲出去，这样就能把它带回办公室打出来。然后我走过几条街道去一个小旅馆，有人告诉我那里有一家不错的丹麦小吃店，我到那家拥挤的小吃店喝着阿夸维特，吃着烤鳗鱼和鞑靼牛排，一边和苏格兰女招待聊天，这时，一对穿着蓝色制服的美国空军学员在我旁边坐了下来。他们能认出我是美国人，当然，很快我们就开始讨论空军的事。我告诉他们我曾是一个中校，他们吃了一惊。我让他们不要在意这件事——告诉他们我是一个平民中校，在那里只是作为一个公共关系官员。我告诉他们我现在的职业。他们是很不错的男孩儿，说会给我带几夸脱的美国波旁威士忌，给我放在罗克斯堡；他们说他们在柯克纽顿的军官俱乐部几乎不花什么代价就能拿到那些酒。我感谢他们，但是告诉他们我很习惯这个国家的酒精，差不多已经是一个苏格兰酒鬼了。我告诉他们在爱丁堡期间的任何时间都可以给我打电话，我会在罗克斯堡请他们喝杯酒，他们说会的。我留下他们在那里喝着丹麦啤酒，吃着丹麦小吃；我自己则回到罗克斯堡，买了一些风景明信片，在写作室的桌子前坐下来。我给纽约和其他地方的几位朋友写了明信片，上面都是些常规的明信片的内容，也给五角大楼的勒迈将军寄了一张，告诉他我刚遇到两个他的学员，他们看起来当然是那种无论发生任何事他们都能妥当处理的人。我在柜台买了航空邮票，把风景明信片扔进入口附近的信箱。然后在前台那里闲逛，和那位漂亮的爱尔兰姑娘闲聊，大概在我把明信片投进信箱三分钟后，一位邮递员进来拿走了信箱里的东西。我有一系列让人不安的焦虑。那会是英国特工——或其他什么人——正在跟踪我通过邮件发送的内容吗？我明白，当然，苏格兰邮政当局对我通过电报发送和接收的内容保持密切关注。但是现在我已经有一半确认有什么事真的在发生——单单由于那位行动迅速的邮递员。我告诉自己让这些东西见鬼去吧。走进苏格兰酒吧，在那里我遇到了麦克康纳彻先生，他正在喝半品脱酒，招呼我过去，于是我走过去。然后他问我的祖先调查进展如何。我告诉他纽约公共图书馆的事——当作一则趣闻——并且给他展示了我哥哥发来的电报，他看到最后一行也笑了。另外一名苏格兰人，我从没有听过他的名字，加入了我们关于美国人和他们苏格兰祖先的谈话。他看上去有点紧张，并且强调式地告诉我一定要和一位叫麦克纳布的人取得联系，他说。他尽管是业余的，却是一个苏格兰谱系研究方面的权威。他坚持要给我写下麦克纳布的地址和电话号码，但他没有带纸和笔，所以我把宾宁小姐的名片拿给他，他在背面写下‘J. M. 麦克纳布，爱丁堡十区，卡梅伦道六十八号，电话是爱丁堡5238’。这位后加入我们的苏格兰人有一撮皇家空军一样的胡须，穿着则非常像是夏洛克·福尔摩斯的那种风格。上身是一件诺福克的夹克，胳膊上披着一件因弗内斯斗篷，头上戴着猎鹿人的帽子——都是花格呢做的，当然。他继续讲在一个叫吉福德的小镇有一片有趣的墓地，非常值得我某天开车到那里一趟，看看那片墓地。‘那些古老的墓碑上的名字非常迷人’，他说，接着喝完他的半品脱酒扬长而去。另一个我新发现的朋友走了进来——一个叫W. 奥格尔维·彭特兰的羊毛商人。我们聊了一会，用在苏格兰酒吧聊天的方式，直到下午三点关门的时间，那时我回到罗克斯堡想睡一会。

“但我没有睡觉。我觉得那个夏洛克·福尔摩斯一样的人想要告诉我什么事，他在一方或者另一方，扮演了某种角色或是别的，在那时已经开始在我头脑中形成的关于女王或艾森豪威尔总统，或关于两者的某种阴谋中。我打电话给麦克纳布，但是没有回应。这时我对自己说我又犯傻了，但与此同时我决定出发去吉福德。那是一个舒适的下午——我在苏格兰期间的全部时间都几乎没有下一滴雨——我设想自己可以有一段不错的车程，在卡梅伦太太说过的那个酒店喝一杯，那一家窗户上有瓶子可以看到花园，然后到她说的食物非常优质的地方去吃晚餐。你看，将军，我只有其中一个意识真的相信有什么奇怪的事正在发生。与我其他多个意识一起时，我都正在度过一段愉快的时光。我——”

“我不明白。你说‘多个意识’是什么意思，上校？”

“啊，将军，上尉和我差不多已经达成结论说我有多重意识。我计算和确定过，我已知自己拥有十二个独立的意识，或身份。”

“简要地说，将军，”少校说，“上校的特点用简单的术语说，或许可以叫做多重人格。他在自己的大脑中承担了许多不同的角色，但是认识他的人几乎没有清楚这一点的。他从不把这些角色扮演出来，或者在他这么做的时候，是以一种非常不显眼的方式，以至于很少有人曾经注意到这一点。”

“好的，上校，那天下午你是否开车去了吉福德？”将军问。

“是的，我搭出租车到了那里。从爱丁堡到那里只有二十英里，这些爱丁堡的出租车和伦敦的出租车一样，你知道——舒适且紧凑——他们的收费也很合理。城市里的司机喜欢到外面的乡村去，如果你在酒吧里，他们就在外面或里面等候，有一半可能他们不会对这段时间收费。我发现他们通常会到乡村旅馆的大众酒吧去，和我想到私人一点的包间去的意愿一样。那也是我到吉福德的第一天下午的情况。当时是7月29日下午，像我说的，那是我称之为爱丁堡行动的开端。我没有记下司机的名字。他是一个有知识的顾家的中年男人，在我们向前疾驶的同时我们聊了很多话题。但是在我们飞驰的同时，我用欣赏的眼光看着可爱的乡下，也在用锐利的眼光，可以这么说，看着我们身后的车辆，那些朝我们开过来的车辆，那些超过我们的车辆。换句话说，和我的其中一到两个意识，我对任何异常的情况保持警惕，但是和多数的自己，我只是在享受这段路程。你看，苏格兰的车辆在车牌上会有两到三个大写字母，当然还有一些数字，我发现自己在读那些车牌上的字母，当那些车辆在我前面或后面，向我开过来或者超过我。在这些车牌上有你能想到的每一个字母组合，多数对我没有任何意义，但其中一些对我意义重大。比如，‘KSW’正在我后面，‘EBW’超过我，快速地继续向前驶去。然后是‘WG’沿着公路从相反的方向疾驰过来，其他一些我看到从同一方向或相反方向走过的车辆有‘CA’‘JB’‘GB’‘MB’‘RMC’‘PDV’‘JF’‘JG’‘BG’‘MG’‘TH’‘EJK’‘EFK’‘AJL’‘LL’‘WN’‘FB’‘MDR’‘WS’‘DET’‘JT’‘SV’‘HGW’和‘REW’等。凑巧的是，所有这些组合都是在我工作的那家杂志供职的编辑、作者和美术师的名字首字母，他们中的多数我已经认识了将近三十年。有一个车牌上写着‘JB3-某某’，有一块写着‘HT-某某’，另一块写着，‘CF-某某’。这些恰好是我的三个老朋友的名字首字母，其中两个在中情局工作。第三个人不时会回到空军去担任活跃的职责，我觉得——尽管我不清楚——他也在部分时间为中情局工作，如果不是全部时间的话。

“你看，这三位老朋友中的第一位为《星期六晚邮报》写过很多文章，既有严肃的，也有幽默性质的。他曾在海军服役，战后，他进入中情局的一个管理岗，这件事是公开的。所有的朋友和很多其他人都知道他的这份工作。一件事是，他在为中情局的某些岗位招募大学毕业生，所以那些大学都知道他的身份。第二位老朋友是勒迈将军在关岛的情报人员。他是一名艺术家，此外，在战前他已经在纽约赢取了作为一个真正超出常人的那种恶作剧者的可观名声。他的恶作剧从没有对任何人造成过任何伤害。我可以对你讲一百个这样的恶作剧，但有一个典型是，他曾在第三大道的二手家具商人那里买了一把就像你在中央公园看到的那种长凳，并且拿到一张购买它的账单。他把长凳送到他位于上东区的公寓，一天晚上在午夜过后他和他的一个朋友把它搬到中央公园，留在一条人行道旁边，那里还有一些其他长凳。在同一天中午前，他和朋友回到中央公园，坐在那条长凳上直到他们看到一个警察正走过来，于是他们抄起凳子，往公园外面走去。警察大叫起来，当然，并在他们后面追赶，我的朋友对他展示了那张购买账单。那名警察还是逮捕了他们，因为他们扰乱秩序，但是一名市政长官放走了他们，在他停止发笑之后。我朋友的这个玩笑进到了报纸。实际上，作为纽约最好的恶作剧者，那些年他经常被报纸写到。当他转去关岛做情报中尉后，这让我一开始感到有些紧张，但很快我就意识到他非常善于拼凑整合我们对日作战目标的信息，并且在给勒迈和他的人员展示每日作战形势图上有高超能力，他可以通过专业绘制的图表把作战形势展示得更加生动。在那里他从没有对任何人有过恶作剧，但那段时间他几乎成功地骗过了《读者文摘》杂志。用《我见过的最难以忘记的人物》做标题，他为那本杂志写了一个非常可信的故事，讲述一个居住在关岛一条跑道边缘的维多利亚式房子里的小个子老太太，她给从轰炸日本回来的飞行员供应茶点。《读者文摘》不仅相信了这个，而且信服了整个故事，在普莱森特维尔的编辑当时正和他联系，问他关于那位小个子老太太以及B-29部队更多细节和趣闻，并且准备寄给他一张支票。然后那里的一名副编辑突然想到这个作者和纽约市非常出名的那个搞恶作剧的人有同样的名字，这个玩笑就拆穿了。这个朋友也在战后进入中情局，同样不是秘密。他过了几年就辞职了，目前独立地写作和画画。多好的伙计。这三个人中的第三个成员是一个职业的幽默作家，我在关岛见到他时他是空军中校，后来又成为上校。我认识他很多年。嗯，在我的其中几个意识中，我觉得这三位恶作剧的人很可能是在苏格兰，并且和即将到来的艾森豪威尔总统访问有关，他们或许已经发现我在爱丁堡，于是用那些首字母贴出那些车牌，并且可能在指引我去做一种追逐游戏，最后会和我有一个欢乐的团聚以及大量的欢笑。与此同时，我告诉自己由于苏格兰人在他们的车牌上用上了字母表中所有的字母，如果我在看到的每辆车上寻找，就像我现在做的，我能从中找到任何一种我设想的字母组合。我在想这些的同时，你明白，我还在和司机聊天，也在欣赏风景。司机没遇到很大困难就找到了吉福德，我们下午五点钟就赶到那里，很多酒馆还没有开门。我告诉司机稍后会去找他，或是在他的出租车里，或在其中一个或另外两家旅馆的公共酒吧里，然后我去看了那片古老的墓地。它美丽而宁静——灰色的墓碑在绿色的草地上——我发现许多名字都很迷人，正如那个夏洛克·福尔摩斯式人物告诉我的一样。我发现很多名字都是我曾在这个时间或那个时间认识的人的名字——许多是在空军的人，但这只对我有一点扰动。你可以在一个爱丁堡电话本上投掷一支飞镖，不管它击中哪里，你都会看到一串名字和许多你的朋友的名字一样，我意识到了这一点。不过，我看到了汤米·鲍尔的名字，战略空军司令部的现任总司令；看到了约翰·蒙哥马利的名字，他曾是勒迈在关岛和奥马哈指挥中心重要的副参谋长，现在是白日风暴公司的总裁；还有一位奥唐奈的名字，这当然让我想到了罗斯·奥唐奈，那位指挥我们第一次从塞班岛突袭东京的年轻将军。在远近不一的闪回里，这片墓地和整个小镇看起来如此近乎于完美，这里的设置看上去就像搭建在位于好莱坞的派拉蒙片厂。这里看起来太过于接近完美。那里有一条由盖着茅草屋顶的老石屋组成的小街，街上的小石桥下面流淌着一条小溪，老绅士用皮带牵着上了年纪的梗犬散步，等等。我想到，这个地方或许会是某个美国空军特别组织经过掩护的总部，而那名在苏格兰酒吧里的夏洛克·福尔摩斯式的人物，由于某个和我方计划相关的原因，有意把我带到了这里——或者，确切地说，是为了我们正在努力的对战计划，以期击败俄国人绑架艾森豪威尔的阴谋。然而，我也告诉自己这是荒唐的。于是我在附近走了大约一个小时，用我的眼睛和耳朵并且通过毛孔，去感受那里的氛围，五点钟的时候，我去了我遇到的第一家旅馆的酒吧，发现那里正是在窗户上放有可以看到花园的瓶子的那家。

“我要了一杯苏格兰威士忌，然后和老板聊天，没有问他的名字，我又到处走了走，进到另一家叫作皮布尔斯郡阿姆斯旅馆里的私人酒吧，在那里我和老板聊了很长时间，他是一个叫E. A. R. 麦凯的年轻小伙子，他掌管酒吧，他的妻子掌管厨房。我告诉他们卡梅伦夫妇推荐了他们的餐厅，他们愉快地笑了。麦凯太太离开去了厨房，我和麦凯先生则继续讲东讲西。其间我提到曾于上次战争期间在美国空军服役，他说他遇到过许多美国空军的人，无论是战争中还是在之后。我递给他一张我的名片。他看了看，然后说，实际上，他刚从一位叫作菲利普斯的前空军军官的妻子那里收到一封航空邮件，信中说他们的一个朋友，也是麦凯的朋友赛尔尼·霍布斯在维京群岛买下一个迷人的地方，建议麦凯和他的妻子去那里买下一块地，之后可以改建一处像他们在吉福德这样的旅馆。麦凯拿出那封信，问我能不能在他到外面的公共酒吧招待客人的时候读一读它，因为里面有些东西和在美国的生活有关，他不太理解，或许我可以为他解释一下。那是一封用单倍行距打字的很长的航空邮件，就像你看到的，将军（这是它的一个副本），用的是他们在巴黎卖的那种信纸，上面写着‘航空信件-信’还有‘航空’，在你邮寄前需要把它折叠成常规信纸的那种尺寸。我详细地读了那封信，称呼语那里写着‘亲爱的麦克’，这也没有帮助我对此感到踏实。我会把它交给你，当然，然后你可以在你有空的时候读完它，如果你想的话，将军，但我会从中引用一个段落，是那种我在读的时候会感到脊椎发麻的段落，因为在我看起来，这封信至少一部分是写给我的，并且试图要告诉我什么事。实际上，我马上觉得这完全是由勒迈本人写的。在第二段它这么说：

> 听到你已经在苏格兰安顿下一段时间，我感到很高兴，如果我在国外的行程能有更多时间，我非常想去拜访你。但是我飞去马德里十天，然后到佛罗伦萨十八天，然后回到巴黎，就在戴高乐到达之前到的那里，所以对法国人给我的冷遇感到一点不满。

“它继续说着，就像你读到整篇信件时会感到的，它可以是一封来自前空军军官妻子的聊天式信件，也可以是一封给我的有关欧洲泥潭现状的间谍方式的通信，在我看来，它可以来自一个最近刚飞到那里的空军军官，他把这些话用某种密码写出来作为给我的启示。

“麦凯回来的时候，我告诉他我想带走这封信，因为我想我在爱丁堡认识一些熟悉菲利普斯的人，他们会很乐意了解菲利普斯夫妇的近况。我向麦凯解释了那些让他感到迷惑的关于纽约生活的问题，他说当然可以让我把信带走，如果我不会再回到吉福德，只要把信寄回给他就好。我把信装在口袋里，继续和麦凯聊天，过了一会，我早早吃了晚饭，找到在另一家旅馆公共酒吧里的司机，开车返回爱丁堡，大约晚上七点半的时候到达罗克斯堡。

“在酒店我洗了个澡，穿上睡衣和浴袍，想着可能会阅读或工作到晚些时候，但是我觉得自己在洗浴后又变得清醒，决定顺便到记者俱乐部，见一些那里的朋友。此前，我只在记者俱乐部吃过午饭，参加过一次在早上五点钟举行的早时鸡尾酒会，那天晚上八点钟时那里拥挤的人群也让我非常吃惊。那里的小酒吧和餐厅里挤满记者，还有他们的妻子和女朋友，还有俱乐部的其他成员以及他们的家眷，并且他们告诉我这里每天晚上都是这样的情况。在酒吧里，有两三位我的记者朋友欢迎了我，鼓动我喝几杯苏格兰威士忌，而我也回请了几轮酒。我感觉自己已经接近醉了，但我并不介意。那是一段美好的时间，我感到非常自在。过了一个小时左右，我真的醉了，因为我发现自己在跟一个外表野性的高地人发生激烈争执，我们讨论我的出生地，他从没去过那里，但是对那里却有极端的与我相反的见解。因为某种原因，我超乎寻常地平静，我非常冷静地和他争辩，这显然激怒了他。之后我猜测，一定是因为他把我的这种平静当成是一种胜利的骄傲。无论为何，他确实被激怒了，尽管他三十多岁，比我年轻很多，为了强调他的一个观点，他从我新买的苏格兰背心里拉出了我的活结领带。在这样的情况下我通常都会失去控制，那时我想要挥出一记重拳，尽管对拳击所知不多，完全无法发出有效的攻击。然而，这一次，我决定为我的尊严站起来，并且说了些什么——一些更加激怒对方的话——大意是我的对手因为违反绅士行为约定自动失去了在辩论中赢的资格。我这句并未预先策划的话，让一些似乎正在一边听着的好几位苏格兰人发出认可的吼叫，还有人叫了几声'支持！支持！'，对手用不带敌意的方式向我道歉。争斗结束了，我交到一个新朋友。很快我就意识到我喝醉了，大概在11点的时候开始往外走。在这之前，一位年轻人已经把我手里现在拿着的这张卡片交给我，我在记者俱乐部的声音渐渐转入低潮的过程中已经读过。上面写着：

爱丁堡记者俱乐部

1959年7月29日

先生：

作为一个撒克逊人，很可能是一名盎格鲁-撒克逊人，请允许我为你不幸遇到的那位穿着裤子的白痴的行为道歉。我不是这里的一个成员，而是一个访客，不过想到我人生中学到的第一门课就是关于热情好客，我对此感到很惭愧。我写这个纸条是因为这符合情理，但我的情绪也为在场的很多苏格兰人共有。

真诚的，

J. 乔治·奈特

爱丁堡国际社区

"我从记者俱乐部的前门走出来的时候，两位年轻人跟了上来，问我往哪个方向去，我说我正走回罗克斯堡，我住的地方。那段路只有几个街区远，你看。其中一个年轻人似乎认为我能认出他。直接谈起那个高地人的行为让他感到多么尴尬，我想到这位老兄一定是那个给我便条卡片的人。这两个人和我一道走回罗克斯堡，尽管我走得非常直，我觉得可能他们认为我应该有人陪着。我才意识到或许我醉的程度比自己认为的要严重。不过，我觉得自己在很大程度上还有清晰的意识，运动能力也还好，等我们到酒店以后，我邀请他们去喝杯睡前饮料。作为在酒店登记过的体面旅客，你看，我可以在白天或晚上的任何时间点喝的。他们拒绝了喝酒，但是在写作室，就在酒店进门之后的地方，我们坐着聊了几分钟，他们说的大多数话我都不记得了，只不过，我清楚感受到他们在政治上是自由或激进的，而非保守，实际上他们可能比，比如说，工党最坚定的成员还要偏左。我记不清楚第二位年轻人长什么样子了，但现在还能清楚地回忆起第一个人——给我写了便条的那一个——部分是因为两天之后的晚上我又看到了他，那时我正在一辆快速行驶的豪华轿车上前往普雷斯蒂克去见那里的空军情报官，因为我掌握了一些那时的我认为是可靠的证据，认为有人密谋在艾森豪威尔总统访问苏格兰的时候绑架他。有什么问题吗，你们两位？”

“没有，”将军说，“请继续往前讲第二天发生了什么。你呢，少校？”

“没有。”少校说。

“不过，事实是第二天，一个周四，什么也没发生。回到周二，在普雷斯顿菲尔德家庭旅馆的晚餐后，卡梅伦夫妇把我送回罗克斯堡，我和他们说再见的时候，已经得知卡梅伦先生几乎每天都要去格拉斯哥，因此几乎不会有空出来吃午餐。所以我从车里出来的时候，问卡梅伦太太是否可以在最近某天和我一道吃午饭。她说他们正准备在这周末去伦敦，但是如果周五有空的话她很乐意一起吃午餐。我说好，我会在周五早上打电话给她，商量去哪里。所以周四，在从记者俱乐部晚归之后，我一直在用录音机工作，还有德尔顿小姐，中间只在午饭时间停了下来，也是在房间里。我完成了埃塞尔·默尔曼那篇文章的终稿，准时交给德尔顿小姐带去重新打成一封长电报。她说会在第二天早上十点钟把它送回。她走时，是周四下午六点钟，我洗了个澡，换了衣服，又散步去了苏格兰酒吧。和那里的朋友喝了几杯威士忌，但是没有发生什么让我们感到兴趣的事，据我所知。我很早叫了晚餐到房间，之后在床上读了会书，睡了一个长长的觉。我一直和美国西联公司在爱丁堡的代表通过电话保持联系，第二天早上九点钟我又一次打电话给他，告诉他我有一封很长，并且有些奇特的电报想发回我的办公室，约定十点之后的什么时间我会把它拿去给他，并当面解释那些复杂的标点对我多么重要。他说很乐意到酒店来取这封电报，以省去我到他办公室的麻烦，于是在德尔顿小姐把完成后的稿件拿给我，我检查一遍并做了一两处修改后他赶了过来。我和他解释这段消息对电报连线员来说可能像是胡言乱语，但是告诉他这段文字后面的想法。他笑了，说他完全理解，会保证完全按照这段打字稿上面的标点来发送它。他把那篇文章装在公文包里离开，我决定这天剩余的时间都用来休息。我当时有一点紧张，部分是因为起床后我又产生了一系列一闪而过的想法，在这些闪回中我好像清楚地看见爱丁堡有些奇怪的事将要发生，而我会以以下四种方式中的一种参与其中。

“首先，我设想卡梅伦是一个苏联特工，而卡梅伦太太则和他一起工作。

“其次，我想象卡梅伦是一个英国特工，而卡梅伦太太就是他的妻子。但我感觉他们两人一直在努力告诉我——用我在国际阴谋类的悬念小说中读到的那种非常熟悉的间接方法——有一些苏格兰的极端托利党人，或是法西斯主义者正在尝试和赫鲁晓夫达成某种交易，准备等赫鲁晓夫到苏格兰和艾森豪威尔总统在私人峰会上见面时，绑架艾森豪威尔，绑架对象可能还有女王和爱丁堡公爵。我当时问自己的一个问题是，为什么卡梅伦不直接把他知道的事传递给美国情报人员，但对此没有好的答案。不过，我觉得无论如何，这个奇怪的事件可能正在达到一个点，那时我必须把我的怀疑交代给我自己祖国的情报机构里知道怎么处理这件事的人。

“第三。我想卡梅伦和美国的情报人员联合起来，故意给我一些线索，以激起我怀疑什么事正在发生，同时美国情报人员正看着我正在做的所有事情，如果我对这个怀疑的处理方式让他们满意的话，就会让我为他们完成某个特别的任务。

“第四。我还在想，整件事很可能是我在中情局的朋友设计的一出恶作剧，如果我跟着这个追逐游戏里他们为我留下的踪迹，最后会找到他们，我们会有一个我提到过的团聚和大笑。但那时我不觉得关于这一切有什么好笑的，并下定决心，如果这个团聚发生的话，我会在他们的耳朵上巧妙地给一拳来吓唬我的老朋友，因为他们对我的愚弄以及他们是在一些可能极其严重的事情上捣乱。

“然而，随着早上的时间一点点过去，我告诉自己如果真的要谈论这些事，我并没有什么真的事实要向我国的情报人员举报，对我来说可做的明智之举是继续我自己的工作，不要喝太多酒，保持冷静的头脑，找一些乐趣。你看，尽管有这些潜在的对绑架艾森豪威尔总统，或者还有女王的阴谋的焦虑，我还是享受了自己的时间。实际上，到此刻为止，我想我几乎可以说，我对这个潜在阴谋的猜测，对我可能通过某种方式卷入这个阴谋的外缘，以及这件事可能是我的中情局朋友打造的恶作剧的第三种可能性，都让我这段正在度过的时间变得更愉快。就像是我正在听一场交响乐，主旋律是我的假期，而这个主旋律被这样三个推测构成的小旋律变得更加让人激动。无论如何，那时已是早上11点，我打电话给卡梅伦太太，建议把午饭安排在普雷斯顿菲尔德家庭旅馆。她说好，提出用她的车到酒店来接我，但是在某种冲动之下我告诉她我正准备到处逛逛，如果她方便的话，我可以在那里和她见面。她表示同意，说会在下午一点钟在那里和我见面。真实情况是我突然意识到，和她通话时我比想象的要紧张一些，并不是很想和她在她的车里再经历另一段车程，尽管那时我很确信她是一个出色的司机，并且非常安全。

“挂电话后不久，我把早上的《苏格兰人报》和伦敦的《泰晤士报》夹在胳膊下，走去苏格兰酒吧，在读报的同时喝了半品脱酒，直到乘出租车到普雷斯顿菲尔德的时间。卡梅伦太太很准时，我们在皮革房喝了一杯粉色杜松子酒，然后点了午餐。在饮酒和午餐期间，我告诉他很多关于自己的事情，她也用自己的事情回应。在那些事中，她告诉我她是卡梅伦先生的第二任妻子，并且养大了他的两个女儿，但没有他们自己的孩子。她说两位继女现在都已经结婚，其中一位嫁给一位英格兰人，他在英国原子能委员会有一个很重要的职位。她没有说到很多有关的细节，我也没有就此问下去。我们喜欢和彼此交谈，等主菜上来，我在看酒单的时候，觉得非常高兴和放松，于是建议来一瓶香槟，解释说我刚完成一篇文章，想要庆祝一下。

“‘噢，我可不敢来一瓶，’她说，‘不过话说回来，也许我会想这么做。让我们折中一下，两个人一共喝半瓶吧。’

“我点了半瓶酒。然后卡梅伦太太说了一些当时并在此后更加扰乱我的话。她说：‘你知道，你和英国皇室的男性成员非常相像。你看起来和格罗斯特公爵惊人地相像，我敢打赌你年轻的时候看上去会很像还是威尔士亲王的温莎公爵。’

“我笑了，说事实上许多人在我年轻时告诉过我我确实很像那时的威尔士亲王，但我想那很可能是因为我短而小的鼻子。

“然而，卡梅伦太太又说我会很容易被当成是格罗斯特公爵，并且按她的说法，‘化一点妆，再刮去胡子，你甚至可以被看成是爱丁堡公爵’。当她这么说的时候，我因为某种强烈的焦虑或感受而浑身刺痛，我一直在思考并尝试从我心中除去的那个阴谋又在我大脑中闪过，其中包括一些复杂的策略，即不管是被我方或另一方，我会被当作女王丈夫的某个替身，而卡梅伦太太正在向我暗示这一点，看我对此会有怎样的反应。

“‘王室成员中我最喜欢的，’卡梅伦太太说，‘是大公主——玛丽。女王的姑姑，你知道。她智识过人，涉猎广泛并且非常迷人。能认识她我觉得很幸运。我希望可以安排你见见她，如果我们从伦敦回来后，她和女王一起到这里

来，或许我真的可以这样安排。女王通常在八月到这里来，你知道。’

“这也让我耿耿于怀，因为一个以上的原因，尽管如此，我们在每个方面都照开始这顿午餐的方式结束了它。卡梅伦太太说她和丈夫第二天准备离开去伦敦，但四到五天后就会回来。我告诉她我的一个老朋友——一位女士——过几天会从巴黎飞过来，第一次访问爱丁堡，希望我们四个人可以聚一次。我告诉她这位女士是谁，以及她会取道都柏林到这里来。卡梅伦太太说她和丈夫很愿意我们聚在一起，我说会在下周某个时间打电话给她。我还告诉她我已经有一半想法从罗克斯堡搬来普雷斯顿菲尔德，如果这儿有空房间的话，以及我稍后会和奥利弗夫人说到这件事。卡梅伦太太说她有很多东西要买，此外还要打包，所以我出门送她上车。我吻了她的脸颊，她挥手说再见，这是我最后一次看见她。

“我回旅馆去找到奥利弗夫人，得知我朋友预计到这里的第二天，她会有两个房间空出来。我告诉奥利弗夫人我朋友的情况，她说这两个房间我们想住多久都可以。一个房间在一层，另一个在三层。当时两个房间的客人都在外面，奥利弗夫人就带我去看了看。两间房的面积都很大，正方形，是舒适的双床卧室，里面都摆着开放式炉排。我告诉奥利弗太太我相信朋友会和我一样喜欢这个地方，如果在这里待上几个星期或更久，我觉得我们都会喜欢这里超过罗克斯堡——尽管我也喜欢罗克斯堡。所以我把这个预定确定下来，就是这样。我问奥利弗夫人怎么能最方便地叫到一辆出租车，她说她会为我叫一辆——有一个她觉得服务一流的叫无线的士公司，他们通常会在几分钟内派一辆车到这里，因为所有的的士都配备短波收音机，司机和爱丁堡的调度员随时保持着联系。出租车很快就赶到这里。”

“你现在可以往前讲那天其余时间发生的事吗？”

“当然。那辆出租车司机是那时为止我在苏格兰遇见过的最成功的性格演员。他的名字是麦凯，和皮布尔斯郡阿姆斯旅馆的老板发音相同，但拼写不同。他有一些语言障碍，那会让已故的阿诺德·班尼特认为自己是一个能说会道的人。司机不会高过五英尺，脸看上去就像迪斯尼的七个小矮人的面部特征组合，不过他有很爽朗和阳光的性格。我很快就对他产生好感，并且因为一时冲动，告诉他送我到柯克纽顿，那是靠近爱丁堡郊区的美军基地所在地。当时我只是想去看看那是怎样的一个基地，或许为了好玩见一些那里的空军人员。但我一告诉他开车送我到那里，我的焦虑就开始上升，等我到那里的时候——那是一段十五分钟的路程——我已经决定要求见基地的情报官，并把这些有关间谍事件的材料全盘托出。

“在基地入口处，正确地安置着一个由两名空军哨兵保卫的大门，我告诉他们我是一名美国记者，前空军中校，想见到那里的情报官。哨兵叫来一名在类似于门房的屋子里的中士，中士告诉我这个基地没有情报官。我要求见值日的长官，中士打了个电话，很快一名少校出现了。我把对哨兵说的话又对少校说了一遍，他说最近的空军情报官在西海岸的普雷斯蒂克，距离爱丁堡大概有七十英里。我问他谁在指挥柯克纽顿基地，他说斯科特上校是这里的指挥官，但他很快就会回到美国去，马上会被格拉格上校取代。他说如果我急于见到斯科特上校，我或许可以在爱丁堡的普莱斯酒店找到他，多数军官和家人如果没有固定住所的话，都会住在那里。我告诉他我不知道是不是需要见到斯科特上校，对他表示感谢，回到出租车上。此时，我又告诉自己正在犯傻。我想在乡下什么地方喝一杯，但所有旅馆的酒馆和酒吧在下午3点和5点之间都是关着的，那时正好是3点。所以我们打道返回罗克斯堡，等我到那儿时我觉得不再需要喝一杯了，就回到自己的房间，像通常一样睡午觉。为司机付款时，我告诉他下次要在爱丁堡附近出行时，很愿意再叫他来。他给我一张无线的士的卡片，上面写着他的名字。这是那张卡片。

“起床后，我决定去普莱斯酒店，看看那里是什么情况，并且如果到那以后我想要和斯科特上校谈谈的话，就这么做。普莱斯是位于阿伯克龙比街一栋房子改建的小酒店，尽管大部分已经被我们的空军军官占据，它也像任何一家酒店一样对公众开放。我到那里时，那里的小酒吧没什么人，吧台上放着一个你可以敲响的铃铛，还有一块牌子写着‘需要服务请按铃’，所以我敲响了铃铛，然后一位苏格兰女人出现了。她从吧台后面出来，向我问午安，并问我想要些什么。我要了一小杯苏格兰威士忌，在她上酒的同时进来两个年轻军官，和他们一道的明显是他们的妻子，过了几分钟，另一名军官走进来，肩膀上有上校的老鹰肩章。我感觉自己像闯入军事设施的平民，但是他们正和彼此谈论爱丁堡的商店和可爱的天气，并且——就像苏格兰人在酒馆里做的一样——他们似乎要让我参与他们的谈话。很快我就和他们聊了起来，告诉他们我以前曾是空军军官。‘事实上，’我某个时间说，‘我在考虑拜访斯科特上校。我有印象可能在上次战争中认识他。’

“‘这样，’那名上校笑着说，‘你以前见过我吗？’

“‘我想没有，’我说，‘我一定是在想着另一个叫斯科特的军官。’

"'空军有很多斯科特,'他说,'不过,我确实也叫斯科特。'他伸出手,把我介绍给两位年轻军官和他们的妻子。我告诉他们我的名字,说自己是一名美国记者。他说他在一天左右的时间里就会回到美国,我们继续像任何其他在国外偶遇的美国人一样聊天。我告诉他关于我在关岛勒迈将军部队中工作的事,当然,上校和我发现我们在空军有很多共同的朋友。后来我们发现,我在关岛的时候,斯科特上校是一名上尉。我决定克制自己在和这些空军的人谈话时的兴奋和喋喋不休,但在和他们再见的时候我问上校能否借一步到外面片刻,因为我有一些事想问他。他跟我走了出来,我简要地告诉他,我很可能是疯了,但我经历了一些使我起疑的事情,我觉得以防万一应该把这个疑虑告诉一位空军情报官。他说——作为柯克纽顿的值班长官——最近的空军情报官在普雷斯蒂克。我问他能否告诉我去那里最简便的方式,万一我决定要去,他说他认为我最好去问自己酒店的门童,让他帮我找一辆不错的汽车,而不是出租车——除非我考虑坐火车去那里。我谢了他,他再次和我握手并祝我好运。又一次,当我启程回罗克斯堡的时候,我觉得我自己是个傻子。但与此同时,我决定到皇家咖啡厅的柜台快速地吃完晚饭,然后回到罗克斯堡,叫一辆不错的汽车,到普雷斯蒂克去见那里的情报官,中尉库珀。等我到皇家咖啡厅,脱下帽子和外套的时候,我遇到了比格诺尔德医生,他礼貌地问候了我,邀请我到酒吧去喝一杯马蒂尼(据他说,那里的酒吧非常了解如何做一杯好的马蒂尼)。虽然我已经决定保持清醒并且尽快到普雷斯蒂克去,但他的邀请如此真诚,我接受了。当然,我喝了两杯马蒂尼,而不是一杯。聊天的时候,比格诺尔德医生透露说女王到苏格兰时他是她的医生。过了一会,我和医生说了再见,在咖啡厅另一个房间的柜台快速地吃了一顿饭。然后坐出租车回到罗克斯堡,告诉罗斯先生我需要一辆好的汽车带我往返普雷斯蒂克。十分钟后我从房间下楼的时候,那辆汽车已经在等我。在房间里,我打电话到美军在普雷斯蒂克的基地,接通库珀中尉,告诉他我正要坐车到那边去,并且想要见他。他说整晚都会在那边。我在夹克口袋里塞满了所有那些记有名字和地址等的纸条、便签还有备忘录,那些我认为是相关的。我发现自己在做出去普雷斯蒂克的决定后冷静了下来。我绝没有喝醉,甚至也没有一点晕的感觉,但那两杯马蒂尼当然有一些刺激的作用。我所有的触角,可以这么说,似乎都达到了灵敏度的最高点。似乎由于那位叫J.乔治·奈特的年轻人留下的纸条,以及周三晚我离开记者俱乐部后他表达的那些激进的观点尤其让我难忘,上车以后我告诉司机,要在爱丁堡国际社区停留五到十分钟,那是奈特留下的地址。我不确定到底在想些什么，但是想去看看国际社区是一个什么地方。我可能有个念头，或许在那里我会遇到奈特，可以判断他只是一个以某种方式把我当作朋友的不错的年轻人，或者他也是这个该死的间谍事件中的一部分。

“那个国际社区是王子街南面一栋老式大型建筑的上面几层，我只知道那里是一个这样的俱乐部，几乎任何从其他国家来到爱丁堡，而又不是那种普通观光客的人都可以成为这里的会员。爬了三层楼之后，我向接待处的苏格兰女人介绍了自己，拿给她一张我的名片，告诉她我非常有兴趣来看看俱乐部是一个什么样的地方。她告诉我很乐意让俱乐部的一位管理员带我到处看看，以及如果我认识一位可以为我担保的会员，我只要交几先令就能加入这个俱乐部。我告诉她我认识奈特先生，她说他还没有过来，但她知道到哪里能马上通过电话找到他，并且很乐意这么做。同时，他把我介绍给一个我没有记住名字的绅士，他带我穿过几个拥挤的房间，里面可以看到几乎每个可以想到的民族、种族、肤色的男人和女人。等我们回到接待处时，奈特已经到了，刚从楼下跑上来，气喘吁吁的，他和我热情地握手，之后我付了所需的几先令，拿到了会员卡。他邀请我和他到酒吧去喝几杯，我随他过去，他拿给我一张长长的上面列有几乎来自全世界每个国家的酒精和软饮料的单子，这是这个俱乐部的特色之一。我点了一瓶喜力的荷兰啤酒。他把我介绍给三四位来自中国、非洲、法国等地的青年男女，很快我就陷入一场关于最近常被谈及的正要举行的艾森豪威尔和赫鲁晓夫峰会的激烈交谈中。他们问了我很多问题，像是我认为这次会见会有什么成果，这对自由世界而言是一件好事还是坏事。我很欣慰地发现这不是一个有轮流请客习惯的群体，在国际社区里每个人似乎都是各付各的账。我喝完啤酒，提出请奈特一杯，解释说我必须得走了，因为还有一个约会；但他拒绝了，说他买给我的那杯是国际社区传统的欢迎方式。然后他说——很令人吃惊，我觉得——‘或许你会喜欢喝一杯牛奶，’他继续说，‘牛奶是绝妙的东西。喝牛奶是苏格兰这边越来越接受的一个美国习惯。你会发现许多这里的年轻人在喝牛奶，方式和我理解的美国人的方式一样。’我和他们所有人说了再见，当我离开的时候，奈特说：‘一定要尝试苏格兰牛奶，先生。那是极其出色的牛奶。’

“我回到了我的车里，发现我自己高度兴奋但并不焦虑。我决定尝试着在去往普雷斯蒂克的路上完全放松下来，不会在途中停下来去一个酒吧，通常情况下在这样一段路上我当然会这样做。那是一辆上乘的车子，一辆梅赛德斯，显然是全新的，装着深栗色的真皮坐垫。它是一辆豪华版汽车，尽管是小型的，和一辆劳斯莱斯一样舒适。司机是一个和我差不多年纪的高瘦苏格兰人，戴着司机的帽子，穿着长版的黑色外套。我已经发现他的名字是亨特。当他看到我从国际社区出来时就跳出车外，向我敬礼，并为我把车门打开。出发的时候我已经告诉他我想去普雷斯蒂克的美军基地，等我们上路以后，他马上准备关上我和他座椅之间的玻璃，我问他上次大战时他有没有在英国部队中服役。他说有——曾在苏格兰皇家军团中做一名士官。我问他为什么要向我敬礼，他说他把我当作一位美军军官。然后我告诉他在不违反限速规定的情况下以最快的方式到达普雷斯蒂克，并补充说，我想可能会在路上睡一会。他不发一言立刻把车停在路边，从位子上跳出来，打开车的后门，为我展示如何提起把后排座一分为二的扶手。然后他抬起一个弹跳椅，这样我可以把脚放在上面休息，并叫我注意一个我可以把头放在上面休息的皮枕。他又跳回车里，关上他的窗户，我则很快吸了一支烟，确实感到非常舒适。在我睡着之前，在我大脑后部的某个位置有一个清晰的想法，这是一辆美国空军用车，斯科特上校告诉罗斯先生如果我需要一辆车去普雷斯蒂克就可以调用它。在这段去往普雷斯蒂克的快速但平稳的车程上我断断续续地睡着。

“到普雷斯蒂克之后，司机打开他的窗子，问我想到这个美国空军基地的军事大楼还是其他建筑。我问他能否找到军官俱乐部在哪里，觉得那里是一个打电话给情报官，告诉他我已经到这里的不错地方。基地似乎并没有哨兵把守，更像一个公共机场，司机从经过的几个穿制服的美国军官那里问了方向，沿着一旁的小路走了一段，停在一栋很长但不高的建筑后面像是入口一样的地方。他跳下车，为我打开车门，说军官俱乐部就在里面。我从未确定这里是否真的是一个军官俱乐部。里面挤满了穿着制服的军官和男人，其中一些背上还有降落伞，也有很多穿着便衣的男人，显然是一些航空旅客。除了各式各样的柜台，房间里没有女人。从柜台那里可以拿到啤酒、小吃、咖啡、牛奶还有其他的一些软饮料。似乎并没有人注意到我，或是向我查证件，但我不确定这是因为我从后门进来，还是因为无论如何这就是一个对公众开放的地方。那里有一些石板公告牌显示进出的军事航班，在一个穿着女士空军制服的美国女孩管理的柜台那里，有一个电话装置。我告诉那位女空军我要和基地的情报官取得联系，她指了指电话，说可以通过电话找到他。我拨通电话，中尉库珀接了过来。他问我在哪里，我告诉他我不知道，但是可以让那位空军的女士接电话，她可以告诉他。我把电话递给她，问她能否告诉中尉到哪里来找我。在和中尉简短地交谈后，她挂了电话，说他会在十分钟左右的时间里到这里来。

“我到其中一个卖茶点的柜台，点了一杯牛奶。这时，我发现自己突然被一种清楚的信念控制，‘牛奶’是某种密码词语，我觉得自己处于我现在认为是一种不可逃避的冲动之下，不仅要点一杯牛奶，喝掉它，而且要在这些军人和平民之间传递这个信号，从航班公告牌上看来，他们正等着登上一趟从纽约起飞转机飞往巴黎的航班，我要持续地在和他们的对话中加入‘牛奶’这个词。我强烈地确信卡梅伦，在建议我在事故之后多喝一些牛奶时，想要我这么做，或者是奈特通过某种方式把这个系统问题植入了我的耳朵。我觉得，把这个关于牛奶的信息传递给加西亚，可以说，要么是意在导致某种关涉巴黎的秘密航空行动的取消，或者是按照该行动的方式使其加速进行。然而，在一段短到来不及定义的时间，我度过了这种不可避免的冲动的感觉，告诉自己想到这个牛奶的事情是愚蠢的，但我还是把它传递出去，说了一些像是‘这里的牛奶真的不错’以及‘我刚喝了一杯牛奶，我想我还会再要一杯’这样的话。我一点都不觉得恐慌，而是以一种面无表情的、幽默的方式融入自己这个关涉间谍的角色，我想我传递出的信息假若没有意义，也是无害的，但如果因为某种原因它却是具有某种意义，我也完成了这个信息的传递。很快我就会把这一切都告诉中尉，要了另外一杯牛奶，回到了空军女士的柜台，在那里，又过了几分钟，中尉库珀找到了我，向我介绍了他自己。

“‘你花了足够长的时间到这里。’中尉说。我感觉到，尽管他打算对我和我的任务保持开放的心态，但还是因为在这样晚的时间被我从床上叫起来有一点生气。他带我到同一栋建筑的一间小办公室，很显然那里是他的办公室，在那里我拿出自己的备忘录，和他讲了我的故事，尽我最大的可能向他表明，我有充足的理由认为我只是遇到一系列无辜的人和并无任何特别之处的事情，但我觉得应该告诉他，只是防止有最小的可能，我确实碰到一些或许和他所知的，或我认为和他有联系的中情局的人所知的其他事情相符的事。我说完这些之后，告诉他我想他应该知道在二战期间，在我任职于勒迈在关岛的部队时，我曾脾气失控过一次，那次我失控的方式是从勒迈的基地向五角大楼发送了一封官方电报，指控尼米兹上将犯了叛国罪。我告诉他这些以后，他的态度转变了，但是，出乎我的意料，是往好的方向。他说他曾听过那个故事——说实际上那是一个空军的‘传奇’，所以很高兴能见到我。我告诉他我的这个想法，爱丁堡城和附近地区有一些奇怪的事正在发生，当然可能除了是我的过度敏感并没有什么依据，但把这一切说出来对我来说无疑是个解脱。我问他会如何处理我告诉他的这些。他说这段信息会从他这里通过多种渠道提交出去，我问他这是否意味着空军和在华盛顿的中情局会在那些渠道中某一条的另一端，他说确实是这样。我感谢他，告诉他但愿不要为了一件很可能是竹篮打水的事情让他太晚睡觉，他说绝对不要这样想——我所做的正是在这样的情况下应该做的事，并且，据他了解到的信息，我告诉他的事或许真的是有意义的。他和我握了手，我准备启程回爱丁堡，感到无论这位年轻中尉是否仅仅是在迁就一位不太稳定的老空军，现在整件事已经从我这里移交到他那里了，我可以重新开始我的假期，并且真的享受它。”

“你享受了你的假期吗，上校？”将军问。

“不完全是，将军——至少，不是全部的时间。”

“你继续完成你的写作计划？”

“没有。把那篇关于埃塞尔·默尔曼的文章电传到总部办公室后，我不能指望会得到快速的回复——因为那并不是一篇编辑能在很短时间里拿定主意的文章——然而我很急于知道回复。第二天早上我把它读了一遍，发现它太过粗糙——尽管那篇文章是一个足够好的想法，我发送给他们的却真的只代表了一篇初步的草稿，而非一篇完整的、经过打磨的可接受的文章。那个时候，自我访问美元镇似乎也已经过去几个月，因为这样或那样的原因我一直在推迟写作那篇文章。无论如何，我清楚地感觉到自己情绪着实很高，我决定放轻松，忘记那个间谍事件，以及我的中情局朋友和我恶作剧的可能性，努力回到正轨。我手上现在拿着从宾宁小姐那里取来的四页单行距备忘录。总结起来，她说没能在她手头的格拉斯哥地区的出生和结婚记录里找到有关我那位做医生的祖先的任何特定记录，但她提供了很多18世纪80年代在格拉斯哥、威格顿和科库布里附近的其他的麦凯尔韦，他们彼此可能是或不是直系亲属或表亲，或别的什么。我支付给她一笔小额报酬，决定不再雇用她做更深入而且花费更贵的调查，部分是因为我现金剩余不多。我的朋友会在几天内从巴黎过来。”

“上校，我理解你不希望谈论你在巴黎的朋友，但你必须明白我们对她已经做了一项全面的调查，并且，实际上，包括你在普雷斯蒂克告诉中尉的，和这个爱丁堡事件有联系的所有人，这些信息全部都装在你在华盛顿中情局的档案里。”

“我明白。不过，我还是不打算称呼她真实的名字。我打算叫她苏茜。但我会告诉你她和这件事的联系——无辜的联系，不必说——因为这也是故事的一部分，毕竟。我现在明白，你们自然已经知道她是一名法国外交官的女儿，这名外交官目前在法国政府中担任一个相当重要的职位，他在战争中曾深入参与法国的地下抵抗运动。”

“是的，上校。无论她是否在你在爱丁堡时到那里去度过一部分她的假期，中情局都会知道这些情况。这不必说。但是在我们进入她到那之后发生的那部分事情之前，或许你最好能告知我们在她到达以前发生的事情。就是，你从普雷斯蒂克回来之后，在接下来几天时间里发生了什么。”

“好的，将军。我和以前一样经常外出，没有发生异常的事情，直到一天早上我一时冲动决定打电话给之前曾呼叫过的那位不错的无线的士司机——个子不高，有些语言障碍的那位——到吉福德去吃午餐。我喜欢那个小镇。我已经把那位空军军官妻子写给麦凯的信复制了两份，把其中一份给了普雷斯蒂克的那个中尉，想把原件还给麦凯。另外我也想把关于间谍的事搁在一边，享受一下吉福德的宁静。我们及时出发赶到并在那里吃午饭。去那里的路上，我又注意到周围那些车牌，上面写着很多我在纽约和空军认识的人的名字首字母缩写，但是我忽略了它们，只是沉浸在周围风景的美丽中。在吉福德，我把麦凯的信还给他，在他的酒吧喝了几杯酒，安静地吃着午饭，读康普顿·麦肯齐的《邪恶街道》。这时我抬头看见一个女人和另外一个女人、一个男人坐在餐厅里另一张桌子旁。那个女人戴着一枚设计独特的金质别针——那是一个做成一把小法国号形状的金质别针——恰好就像前一年我在蒂凡尼买给苏茜做生日礼物的那个别针。当时我立刻就被焦虑笼罩——这一次是为苏茜，我想她可能已经被绑架，这可能是他们表示已经抓到她的方式。与此同时，当然，我告诉自己我是荒谬的。不过，我没有等到结账就离开了我的桌子，到外面去看这三个人乘什么样的车子到吉福德来。那里有一辆小的豪华轿车，看上去就像送我去普雷斯蒂克那辆车的标准复制品，我问一位村民是否有三个人坐着这辆车到这里。那位村民说，‘是的，两个女人和一个男人’，并补充说他们进了皮布尔斯郡阿姆斯旅馆的餐厅，也就是我出来的地方。我问他司机在哪里，村民说他在公共酒吧。我试了试那辆豪华轿车的车门，它们是锁上的。我查看了公共酒吧，我的司机在里面——叫亨特的那一位——正在喝半品脱酒。然后我陷入了恐慌，但那是种我想可以被称为可控的恐慌。我快速走到另一家旅店，到酒馆里告诉老板我要叫警察，问他应该怎么做。他想知道发生了什么事。我告诉他解释起来太复杂，但是我急于找到他们，是一件很严重的事。我似乎给他留下了深刻的印象，他说他会打电话给他们——几英里外有一个公路巡警的总部。我找到麦凯，我的司机，告诉他在车旁等候并准备走。然后我看见那两个女人和那个男人从皮布尔斯郡阿姆斯旅馆的餐厅出来，我过去他们那里，随意说了些今天是多好的旅行天气这样的话。他们说确实如此。他们很明显是美国人或者加拿大人。我问他们是不是游客，那个男人说他们是，他是一个加拿大来的医生，要参加在爱丁堡举行的一些医疗会议。我们像路上遇到的游客一样交谈。那个女人的别针让我着迷，可以这么说。我向他们介绍了自己，拿出一张名片，那个医生拿出一张他的名片，我们决定在他们还在爱丁堡期间，找一天一起喝酒。他说他们就住在北英国宾馆。我觉得如果我的怀疑是正确的，想找到他们，这并不困难，但是我也决定维持我面无表情的美国记者的角色，让他们认为我并没有产生什么怀疑——我既没有注意到那枚特别的别针，也不会觉得它有什么特别的意义。

"你看，将军，到那时我可能除了一个意识，已经全部陷入怀疑和恐慌。这个意识坚持告诉我是荒谬的，并且这个意识设法对其他意识形成一定控制。但是其他意识仍然很大程度上控制着我。我突然觉得，卡梅伦太太第一个晚上提到的那个神秘的地方——在拉莫缪尔山上的那个——是我现在应该去的地方，或者是去见我恶作剧的朋友，或者是去见计划绑架艾森豪威尔总统的头目和那些抓到苏茜的人，他们把苏茜当人质控制起来，为了让我能听任他们的摆布。又或者我们自己空军的人可能在那里。我和那名医生和两个女人说再见，亨特开着那辆豪华轿车带他们离开，然后我告诉自己的司机看他能否找到附近一座小山上面的小旅馆在哪里——一个吸引了很多艺术家和作家的地方，那里有一个很大的图书馆等等。他咨询了很多村民，回来后告诉我那个地方是在朗弗梅克斯的拉斯伯尔尼宾馆，并且他知道如何到那里去——大概在山上十英里一个十分隐蔽的地方。我说好的，让他以最快的速度带我去那里。在这个时间，另外那家旅店的老板过来，在我开始上车的时候，他说：'但是警察们已经在路上了，先生。我怎么和他们说呢？'

"'把这张名片给他们，'我说着把我的一张名片递给他，'说我有一宗珠宝失窃案要报告，但现在我必须立刻离开这里，稍后我会和他们联系。告诉他们我去朗弗梅克斯的拉斯伯尔尼宾馆了。'

"'他们不会对这个说法满意的。'老板说。

"'那就让他们跳进湖里去吧。'我说，而我自己跳上出租车离开了。

"'我不能这么做！'老板用绝望的声音喊着，然后在我们朝着上山的路疾驰时，站在那里看着我们，几乎把手都拧了起来。

“如果，在这之前，有人提醒我想起那部老电影《39级台阶》，我觉得在出租车上那段往山上去的疯狂路程中，我就是那部传奇剧中的一个主要演员。在一两英里过后，路面开始起了尘土，路两旁的荒野是绝对无人、荒凉、可怕和美丽的。出租车沿着那条狭窄、曲折的单行道，每时每刻都在往更高海拔行驶，在去朗弗梅克斯的整段路上我们只看到了一个人——一个打扮成牧羊人的性格演员，他在一棵树下一动不动地站着，凝视着大海，我们从他十五英尺的路旁驶过时，他没有转头看一下。我的手表显示我们花了二十五分钟到朗弗梅克斯。那是一个石板屋顶的小镇，有五六家房子，还有一个很小的百货店。我们在商店那里停下来，我去问了到拉斯伯尔尼宾馆的路。我们开车通过镇子，穿过一条咆哮的溪水上面的石桥，在离镇子半英里处的一条车道那里转弯，然后就是拉斯伯尔尼。那是一栋三层楼的建筑，盖着人字形屋顶和几个烟囱。有一处足够大的停车场并已经停了几辆车，我从车里出来，告诉司机调转车头，这样就可以快速离开，我还告诉他如果我从前门出来向他挥手，我的意思是让他快点回吉福德把警察带到这里来，除非他发现能在朗弗梅克斯小镇打电话通知他们。我感觉非常庆幸，实际上，我几乎感觉不到我喝的那点酒，但还是有点慌张。司机似乎深刻地记住了我说的话，准备做我告诉他的任何事。当我从前门走进去时，我看到他停好出租车，这样他就可以在听到即时通知后快速开出车道。

“从前门进去后，我看了一眼周围，没有发现酒吧，但是听到大门厅后方传来一阵轻微的碟子碰撞的声音，所以我走到门厅尽头，发现一个女招待，我问她酒吧在哪里。她正告诉我它在哪时，一个戴着贝雷帽、穿灰色法兰绒裤子和一件天鹅绒外套的中年人走了过来，问我是否需要帮助。他介绍说自己是这里的老板，说他的名字是格林厄姆。我告诉自己的名字，还有我工作的杂志，他似乎突然有些激动。他带我走过一段短的走廊，从屋子后面横着穿过，进入一个小酒吧，从那里可以由后门找到第二个停车场。三四个看上去像乡下人的男人坐在酒吧里，也有三个看上去像英格兰或苏格兰绅士的男人，他们可能正在全国各地旅行。我点了一小杯威士忌，问格林厄姆是否可以一道，他说他很乐意。他说他很多年来都是《纽约客》的订户，我意识到他之前的激动可能并不是因为我发现了计划绑架艾森豪威尔总统头目的巢穴，而仅仅是因为他没想到一位来自《纽约客》编辑部的客人，会走进他这个距爱丁堡三十二英里的位于拉莫缪尔山上的偏僻旅店。”

“上校，这时你的头脑后面在想些什么？”少校问。

“在那时，少校，除了一两个我的意识，其余的意识都和我的主体意识达成共识，这些间谍的事情是没道理的。然而，这一小部分的我还对任何异常情况保持着警惕。格林厄姆问我是否在这里吃晚饭，我说我并不确定——我正在附近随便看看这里的景致，如果我觉得一切都适合的话，过一会会让他知道我是否需要晚餐。他告诉我请随便看看他的大图书馆还有那些画作的陈列——在这家旅店的墙上到处都可以看到——如果我需要任何事情都可以叫他。他离开了，我要了另一杯小威士忌，和酒吧里的几个人攀谈了些钓鱼和打松鸡的话题。这些酒吧里的老兄当然都是从一个或另一个惊奇剧里出来的性格演员。乡下人是为乡下人的角色化妆而成，绅士们是为绅士们的角色化装而成。他们告诉我在即将到来的猎犬野外测试中会有拉布拉多、雪达犬、波音达犬、金毛猎犬以及威玛猎犬。”

“‘拉布拉多是在周一，8月10日的时候进场，如果好天气持续下去的话，’其中一个镇上的人，说话带着浓重的苏格兰小舌音，但确是完美的英语，‘然后是雪达、波音达，到了周三，光荣的8月12日[①]，威玛会为整个测试画上句号。’

“‘时间到了，先生们，时间到了！’酒保喊着，我意识到那时是下午3点钟。

“镇上的人悠闲地喝完他们手里的酒，告别，从后门离开。绅士们继续待着，没有在意时间，证明他们是旅客。那位酒保，是一位上了年纪的苏格兰人，也是我首先遇到的一些沉默寡言的苏格兰人中的一个，他和我们其余的人说了下午好，就离开了。很快格林厄姆先生就进来接替他，他负责在这段酒吧只对游客开放的时间照看它。我问他我是否可以被当作是游客，他说：‘噢，当然，当然！让你我都把你看作是一个游客，你可以在白天或晚上的任何时间要任何你需要的东西。对这里的几位绅士也是一样，因为他们是旅店的客人。只有当地人，他们不能称自己是旅客，也就必须遵守下午三点到五点的停业时间。’

“格林厄姆之后把我介绍给酒吧里的那三个老兄，上了一轮酒，并说是他请的。我没有记下他们的名字，也不记得他们的职业。其中一个和我差不多年纪，另外两个可能是四十多岁，这三个人可能是俄国特工，或者是度假的英格兰或苏格兰绅士。除了一个意识其他的我都觉得他们是后者。我现在觉得放松和快乐，

① 8月12日，英国狩猎季节的开始。（译者注）

决定等苏茜到达后就把她带到这个特别的旅馆用午饭或晚饭。我告诉自己尽管我在蒂凡尼为苏茜买的别针是特别的，它当然不是这世界上唯一的一个，那么我在吉福德感受到的慌张就和我关于间谍的那类想象一样是不实的。我提出来请一轮酒，那三位绅士和格林厄姆同意了。我们讨论了各种话题，不过当我们这么做的时候，我又被一阵突然出现的焦虑感抓住，关于大公主和我与英国皇室的相像，这是卡梅伦太太和我在普雷斯顿菲尔德家庭旅馆吃午饭时花了些时长讨论过的，以及关于同样的那个旧的阴谋。

“‘公主还在这里吗？’我发现自己突然用随意的方式问格林厄姆。

“‘公主阁下？’格林厄姆说，‘啊，所以你也听说过我们的这位客人！嗯，是的，她当然还在这里。你认识她吗，麦凯尔韦先生？’

“‘不，我不认识她，’我说，‘但是我当然很愿意遇到她。’

“‘真的吗？’格林厄姆说，‘我想我可以安排，让我来告诉你。像通常一样，我会到你从酒店前门进来时的左手边那个房间去为她送茶，如果你恰好在一个小时左右以后——假如说是在下午5点钟——从那里过，我完全不会惊讶她会邀请你和她一起喝杯茶。’

“‘太好了！’我说。

“我那时不知道这一切都是为什么，但我的每个意识都确信我闯入了一些着实非常怪异的事情中间。当然，我也在想着大公主。其中一位绅士请了另外一轮酒，在我们喝完它之后，那位和我一样年纪的老兄问我是否想到花园里去逛逛。我们四个一起从后门走出去，我离开的时候，格林厄姆给我一个明确的眼神。我点点头，对他笑了笑，和其他人一道走出去。两位年轻的绅士说他们打算到野外走走，于是我发现自己和另一位老兄单独同行，他和我看了花园，带我去到一个长板形的整齐修建过的草地，我认出来那是一个草地滚球场。他问我是否玩滚球，我告诉他从1931年在曼谷玩过一次之后就再没有了，但我非常乐意试一试，如果他能忍受和我一起玩的话。我的同伴说他的草地滚球也不是很专业，如果我能和他玩一局他会感到很高兴。尽管我不记得他的名字，他是一位不错的老兄，我们开始玩之前，我对他说：‘先生，如果有任何可能你是一位英国情报人员，我希望你把我的话带回去，我已经受够了这种胡闹的游戏，要么就让我参与到这件事，要么就让我一个人待着。不过如果你不是一名情报人员，我希望你不要理会我刚才说的，让我们看看二十八年来我的滚球技术有没有长进。’

“‘我在伦敦从事烟草行业的工作，’我的同伴说，‘不过告诉我，先生，

我们的间谍人员对你造成什么困扰了吗？’

“‘我发誓自己不知道这件事，’我说，‘不过不要再想它了。’

“我们玩了几局游戏，我发现自己并不像我想的那样糟糕。他赢了第一局，我赢了第二局，在我们玩球的时候，格林厄姆和一个十几岁的男孩走了过来，他介绍说是他的儿子，他们看着我们这局游戏，我的同伴以非常接近的分数打败了我。我看了看手表，发现时间刚过五点，所以我感谢了我的同伴，说我想走到那边去看看公主会不会请我喝一杯茶，就离开了他们。

“等我回到旅店后，一位高挑清瘦的老妇人正在左边的房间里倒茶，我向她轻轻鞠躬，她笑了，说：‘啊，所以你就是那位美国记者！想和我一起喝杯茶吗？’我们用了茶、松饼、果酱和蛋糕，聊了一些事情。她看上去非常像是大公主，但我认为她不是。我不知道她到底是谁。在我们谈话的某个时刻，她和我讲了一则趣闻，提到酒店的一个女仆对她说：‘噢，卡特小姐，我以为你在外面的花园里！’所以我猜她不仅不是大公主，也不是任何别的什么公主，只是格林厄姆，或许还有旅店里的其他客人在背后称呼她为‘公主阁下’。想清楚这件事后，我又一次嘲笑了自己。卡特小姐用完茶，从椅子上起来，把手递给我——非常像是一位公主会做的事——我接过来向她鞠躬，告诉她我们的谈话是如此愉快。我跟着她进到大堂，然后她从台阶上消失了。我在附近消磨了一会时间，看图书馆的书和楼下墙上的画作，然后格林厄姆走过来说他想让我见一见他的妻子。他带我去到一个应该是他办公室的地方，把我介绍给格林厄姆太太，她非常愉快和亲切。我们开始聊天，不过，因为某种原因我还是不能释怀，我发现自己又一次陷入深深的焦虑中。整个经历看起来极度不真实和怪异。格林厄姆说他和妻子总会在一天中的这个时候，在下午茶后，喝一杯威士忌和苏打水，想邀请我加入他们。我说很乐意，他叫来一个女招待，给了她指令。我们三个坐着聊天和喝东西时，我试着克服逐渐上升的紧张情绪。我们喝完酒后，格林厄姆太太说她要去查看一下正在准备的晚餐，而格林厄姆想知道我是否想在那里用晚餐，并且如果是这样，他邀请我和他的家人一道在厨房外的私人餐厅用餐，问我是否会感到不便。我说我会感到很高兴，尽管我一点都不感到高兴，接着我说我想到酒吧去，在晚饭前和新认识的朋友聊天。他说当家庭晚餐准备好的时候会让我知道——他们通常会在给客人上晚饭前半个小时吃自己的晚饭。他离开去了什么地方，我走到前门，告诉我的司机放松。我建议他如果觉得饿，可以到后面的餐厅去看他们会不会给他一些吃的。他说他并不饿，但是或许可以溜到酒吧里喝半品脱酒，如果我不反对的话。我说当然，就和他一起进了酒吧。我问他能否让我给他买那半品脱酒，他同意了，尽管当他拿到那半品脱酒后，就带着它去到房间角落里的一张桌子旁，加入坐在那里的乡下人。我待在酒吧里，正和我的球友说我巴黎的朋友即将到这里来，以及我对此多么期待，这时格林厄姆又过来，听到我说的话，说我一定要等她到这里后找一天带她到这里来。我突然对格林厄姆发出一阵狂怒，说：'我知道你们已经抓到她，你这个十恶不赦的怪物，如果你胆敢动她一根头发——'此时，我这个奇怪的爆发还没结束，我又恢复了过来，对他露齿笑了起来。他的烟管从嘴里掉出来，咔嗒一声掉在地板上，他站在那里目瞪口呆、面无血色地看着我，我愉快地解释说我不过是在和他开玩笑，假装我们都是一出关于国际阴谋的传奇剧里的演员。他苍白地笑了，从地板上捡起烟斗，有些嘶哑地为屋子里的人点了一轮酒。

"我很快发现自己又平静下来，过了一会我和格林厄姆还有他的家人一起吃了顿很美味的晚饭。那个十几岁的男孩，两三个小一些的孩子，还有格林厄姆夫妇和我，一道坐在厨房外面的小私人餐厅里。格林厄姆和他们讲了我和他开的玩笑，他们都笑了，他拿出一瓶很好的白酒，在烤鲑鱼和稍后的烤鸭被送上来时，给他妻子、我和他自己倒了酒。在晚餐结束时的咖啡和白兰地过后，我知道我有点微醉，并且尽管我不再焦虑或紧张，我开始表现出一种少校在这会叫作强迫式的行为方式。我为这顿美妙的晚饭感谢了格林厄姆夫妇，当我私下问格林厄姆能否让我为这顿饭付钱，因为我本来无论如何就打算在主餐厅吃饭时，他不由分说拒绝了我。我在外面游荡了一会，想理清我的意识，或者意识们。但是，我没有理清楚。我发现在后面的停车场有一辆小型的摩托车，是那种你可以在苏格兰各地见到，但不会在美国发现的那种车辆。它是黑色的，前座开放，其余部分封闭，在后面的部分开有一个门。简单地说，它看起来就像一辆小型急救车或是美国警察二十年前用的那种小型巡逻车。我把它放入我所有的意识中，绑架的计划现在已经绝对地变成了一个对战计划，而且，一个我在其中应该发挥某种作用的演习正在进行。这个对战计划错综复杂的细节已经从我记忆中消失——如果，他们确实曾在我记忆中清晰地存在过的话。无论为何，我感到一种强迫要把部分书和文件等从格林厄姆的办公室里取出，携带它们穿过由他办公室直接通向后停车场的第二道后门，把它们放在黑色的车厢里，那些车的车门我发现都没有锁上。我在执行这项秘密任务时没人注意到我，我半认真半玩笑地继续进行，直到我不再强迫自己去放更多的书和文件在后车厢里。我现在也不知道在我做这件事时有没有人正在看着我。当这种强迫性自己消散后，我觉得可以自由做我愿意做的事时，我到酒吧去又一次找到新认识的朋友，喝了一杯上路前的酒，和每个人说再见，钻进了我的出租车。

“我们启程，沿着到朗弗梅克斯镇的那条孤独的路下山时，我的司机打开他的短波收音机，告诉他在爱丁堡的调度员他正在离开朗弗梅克斯镇返回爱丁堡城。由于他的语言障碍，这花了他好几分钟时间。然后他关掉收音机，问我是想从吉福德回去，还是走那条通过邓斯镇的路。我告诉他选后一条。然后在我的意识里，这辆车变得不再是普通的无线的士，而是一辆我方空军情报人员在司机的收音机开着的时候，能听到我说的所有的话的的士。我在快速地闪回中得出结论，目前正在进行演习的这个对战计划涉及一架小型飞机，它由我在空军的一位叫迪克·奈特的老朋友驾驶。我上一次看见他是在1944年，他是美国空军运输司令部印-中分部的第二指挥，他们的基地位于印度东北部偏远的阿萨姆邦查布亚，从那里我们的飞机飞越驼峰航线到中国去。奈特那时是一名中校，在那之前几年，他曾驾驶温德尔·威尔基环游世界的飞机，行程包括俄罗斯。我那时十分确信奈特正要带领一个战斗机中队在邓斯镇附近的荒原上着陆，那是对战计划的一部分。而我在出租车里，则应该在开车从朗弗梅克斯镇到邓斯镇的路上对着收音机讲话，细致描述我在这条路上看到的所有事物——就好像那队战斗机正依照我的指示飞去邓斯镇一样。所以我让司机再次打开收音机，那些爱丁堡城内外的出租车开始传过来模糊的声音，偶尔可以听到调度员的声音，我则开始用响亮的声音描述像是电话线和电线杆、牛、成群的羊、房屋和教堂这样的事物——在左边还是在右边——直到我们飞驰到邓斯镇的郊外，距离朗弗梅克斯镇七英里的地方。然后我告诉司机关掉收音机，如果他想的话，而我放松下来，感觉我已经做完了当晚的工作。夕阳刚开始落山，我们平静地行驶，我时不时打盹，直到我们返回爱丁堡，在罗克斯堡前面停下车来，那时大约是晚上十点半左右。那时我又感觉非常清醒，明白自己表现得像个喝醉的美国人。然而我的司机似乎觉得整件事是一个令人愉快的娱乐，我付他钱时他对我笑了笑，并且脱帽致意，说他觉得这是一次愉快的外出，希望第二天吉福德的警察不会给我找什么麻烦。

“我进去罗克斯堡，上到自己房间，脱掉衣服，洗了个冷水澡，几乎立刻就睡着了。在似乎不长的一段时间后，我一下子惊醒，再次被焦虑困扰。我觉得自己那时十分必要去见见新来的格拉格上校，他刚取代斯科特上校成为柯克纽顿基地的指挥官，我要告诉他那天在吉福德、朗弗梅克斯镇以及到邓斯镇的出租车路上都发生了些什么。我匆忙穿上衣服，把所有的备忘录、笔记和便签等都放进夹克口袋里，抓起我的大衣、花格呢帽子和手提打字机，直接走出酒店叫了一辆出租车。我告诉司机到普莱斯酒店，五分钟后我到了那里。我发现酒店没有开门，但在上面几层有一些亮灯的窗户，所以我那时确信格拉格上校和他的随从军官已经在酒店里成为囚犯，我一边敲门一边按门铃直到我曾见过的那个苏格兰女人到门口来，尖声告诉我现在早过了关门的时间，我不能进去。我抗议说一定要见到格拉格上校，她告诉我我只能等早上来见他。她几乎是在我脸上关上门上了锁。我之后站在那里几秒钟，认真思考，我决定应该通过向酒店里的军官唱一首歌的段落来和他们取得联系，那是我在那篇关于埃塞尔·默尔曼的文章——我已经电传到纽约的那篇——里写的那首歌。我唱得不是太好，但我还是试了一下。窗子纷纷打开，我可以看到酒店里的一些军官正往下看着我，附近房屋和公寓楼里的人也在往下看我，大概是，在听我努力唱那首埃塞尔·默尔曼的歌。我听到有人喊了几声："叫警察！"有一个路人，看上去就像《39级台阶》里通常会有的一个性格演员——花格呢、烟斗、雨伞等等——到我这里，非常礼貌地告诉我除非我停下来，否则我几乎肯定会被逮捕。我对他表示感谢，还是继续唱着。在我看来警察被叫来正是应该发生的，他们应该过来，带我到安全的地方，并且救出那些囚禁在酒店里的军官。我和卡梅伦夫妇私下里开的那个关于叫警察的玩笑一遍遍地出现。很快一个警车赶了过来，三到四个体型巨大的警察以温和但坚决的方式控制了我和我的打字机。我被他们推着进入警车，几分钟后，我就在爱丁堡的一家监狱因为醉酒行为失当进行登记。我把这些都当作自然而然的事，仍然相信我刚把我的祖国和我方空军人员从严峻的情况中拯救出来。警察人员拿走我所有的随身物品，包括备忘录和那些文件，我对此表示欣慰，因为有关当局当然需要这些备忘录来做出判断。我被护送去一间相当大的牢房，我是那里唯一的居住者。地板很脏，没有铺位或其他家具。现在我沉浸在一个清晰并且整体上十分令人愉快的幻觉中，我想着战略空军司令部已经从获救的军官那里获取消息：爱丁堡的会见没有希望了，现在的问题是俄国人会首先打击我们，还是我们会先攻击他们。我想他们现在一定非常警惕，正在行动的路上，要么马上要轰炸俄国，要么要去威胁那个国家——除非答应我们的条款，无论什么条款，否则就对他们造成完全的破坏。与此同时，我也被一个微弱的念头困扰，我可能只是醉酒并且因此被逮捕，当我从，或者如果我能从我待的这个牢房出去的话，我将很难和我的爱丁堡朋友解释我的恶作剧。然而，多数时间，我多数的意识仍然认为我是一个英雄。我记得自己用拳头轻轻敲击着墙壁，不是为了抗议对我的监禁，而是为了在悄声唱那同一首埃塞尔·默尔曼的老歌时打好节拍，其中我即兴唱出这样的句子：‘现在是拉布拉多！现在是雪达犬和波音达犬！现在出场的是威玛猎犬！’这些对我而言代表了不同类型的战略空军轰炸机，他们正在去往俄罗斯上方集合的路上。很快我就累了。我还发现办事员把香烟和火柴同其他行李一道拿走了。我正想呼喊几声看能不能拿到一些香烟，这时一位穿着制服的警卫出现了，打开我的门，护送我到另外一个更大的牢房，那里有二十个或者更多喝醉的人，他们处于醉酒的各个阶段或已经酒醒，或坐或站或是到处跳跃。我立刻意识到我不是被当作英雄对待，当局认为我只是一个醉汉。我对此感到愤怒，但又觉得太过无助而无法表达自己的愤怒。我就在那个大牢房的一个角落的地板上坐了下来，把帽子放在我眼睛上。我觉得非常凄凉。我觉得这个恶作剧毁了我的整个假期，很可能会写进那些耸人听闻的新闻，即便此事不会出现在那些保守报纸里的话，我在国内国外都会被塑造成一个喝醉酒的笨蛋。在那里我想聚集着我能见到的最惊人的一屋子不幸的人。他们多数是流浪汉和水手，尽管没有人打起来，我希望随时会爆发一场争斗，并且完全想要参与进去，尽管我继续坐在角落里用帽子盖着眼睛。一些人在睡觉，一些人躺在地板上正在恶心，一些人到处跳着，大喊大叫，还在唱歌，其中一个老兄，看上去比其他人都穿戴得更为得体，正在表演让人目瞪口呆的杂技。我一眼就看出他处于狂躁状态，并且他不想去控制它。他会大喊一声，穿过那间拥挤的房间，此时他已经在墙壁的半空中，然后一个筋斗翻身下来用脚落地。我坐在那里浑身发抖，出了一身冷汗，我完全相信某种暴乱随时都会发生，我或者会被杀死或者会严重受伤。然而，我迷迷糊糊地还是打了个小盹。突然我感觉有人重重地戳了我的肋骨。我跳起来，发现杂技演员站在我面前，手里拿着一个锡制杯子装的茶。‘茶，老先生！’他说，然后把锡制杯子递给我。接着他伸展了筋骨，从他衣服里面找出一个烟头递给我，还带着一根火柴。我很感激地抽了那个烟头，喝掉了茶。那位杂技演员又大叫一声，重新开始他的爬墙练习，我开始觉得或许至少我不再处于危险中了。一个一定已经接近八十岁的可怜的老爱尔兰人被卫兵从门口推了进来，然后门又从外面锁上了。那位老人一边哭一边嘀咕，我听到他说：‘我杀了他，我杀了他。’一个似乎已经清醒过来的中年水手给那个老人一个烟头，还有没喝完的茶，问那个老人他杀死了谁。‘房东，房东，’老人说，‘他在篱笆之间开车过去的时候我射中了他。’‘什么时候？’水手问。‘昨晚，昨天晚上。’老人哀叹着。‘在哪？’

水手又问。‘在戈尔韦，戈尔韦。’老人哭诉。不时有更多醉汉被带进来，其中一对发生了令人惊悚的争斗，最后两个人的鼻子都流着血。

“在后来了解到过了几个小时这样的时间后，我开始变得令人绝望地激动，我害怕会变得歇斯底里。我不确定如果我疯狂以后卫兵会对我做什么。一半的自我告诉自己我醉了并且行为像个醉汉，另外一半的自我告诉自己我的强迫性行为——到普雷斯蒂克去，谈论牛奶，比如说，向酒店里的军官唱接头歌曲，以及我到朗弗梅克斯镇去的那趟行程和我在那里怪异的行为（这部分仅仅是被酒精引发），特别是我关于奈特上校和空军战斗机的想法——可能意味着我在路上的某个地方被麻醉了。我在某些意识中产生一个想法，有人操纵了德尔顿小姐租来的那个磁带录音机，这样当我在某种药物的作用下——阿米妥钠，比如说——它告诉我之后要做的事。但主要是害怕自己在那个公共牢房会崩溃而被带去一个疯子待的房间。所以最后我用自己其中的一只鞋在门上敲着，直到警卫出现。我小声告诉他，我想让他把我从这里弄出去，放到一个我自己待的牢房，因为我害怕继续在这里待下去我会发疯并且变得歇斯底里。我还说我觉得需要看医生。警卫盯着我看了几分钟，然后抓着我的胳膊带我出去，到那张一开始接待我的桌子那里去。在那里我把对警卫说的话又告诉警官，他毫不犹豫地命令把我在看守状态下带去皇家医院。那段路很近，在囚车里。在那里我被带到同一个急救病房，我在那治疗过受伤的头部。其中一个相同的护士问我发生什么事，我礼貌地告诉她我不能和她讨论这件事，但是希望能看到一个医生。过了段时间，同一个麦克莱恩医生出现了，他看了眼我，看了看那两名看守我的警卫，让护士去给我倒杯咖啡。她拿了过来，我喝咖啡的时候，告诉他我喝醉并且扰乱秩序，但我有个念头，我可能在之前那个晚上，在路上某个地方被用了某种药物，因为我一直用强迫症的方式做事，有时候甚至失去控制，我告诉他整件事和某种间谍事件有关，其中一部分我已经向普雷斯蒂克的美国情报官做了报告。医生问我是否觉得他上次为我治疗头部时曾在那里被麻醉，我说我确定没有。他在某个报告表格上花一段时间写了一段话，然后说：‘你需要看精神医生。’

“‘我在国内时一直在看一个，’我说，‘但我现在担心的是，如果我必须继续待在那个公共牢房的话，我可能会陷入恐慌，或许是某种精神崩溃。’我告诉他，我认识到我完全应该像其他任何一个醉汉一样处以相同待遇，但我觉得如果我被逼疯，这对爱丁堡和蔼的警方不会有任何价值。

“他说他觉得那位在接待桌旁的警官，在这种情况下，很可能会让我有一个自己的牢房，他和我再次握了手，说再见并祝我好运，就转去照看下一位病人，一位被严重殴打的醉汉。

“在回监狱的路上，我想我要做的事应该是要求见到美国领事。我已经不担心会有多大曝光度——我只想控制我的理智。那名警官很友善，说他会立即打电话联系领事。现在时间要到早上九点钟了，那个警官告诉我所有人会在十点钟左右被带到一名法官那里接受控诉和传讯。他打电话时，让我坐在一个空出来的小型办公室里。领事大约半小时后到那里说他的名字是麦克拉里。我对他说很抱歉要打扰他，告诉他我在爱丁堡的警察和狱警那里得到很好的对待，但我发现自己在公共牢房里逐渐感到恐慌，担心被强制送回那里会失去控制。他说我并不是一定要回去那里，然后走开了，又马上回来，带着一个那种穿着长袍戴着假发的代理律师，看上去像是公诉人。他们向我解释我会被指控为醉酒和扰乱治安，如果我认罪的话，我到法官面前后两分钟内所有的事就会结束，我可能会被处以一英镑罚金，这需要我在十天内付清。他们说报纸可能不会刊登任何东西，除了一小段文章说我因为醉酒和扰乱治安被处以一英镑罚金。但如果我不认罪，我就得取保候审，等等。我说我有罪，这是毫无疑问的，我会这样认罪。麦克拉里先生说他会在附近等我，并用他的车带我去他的办公室，以防我有什么事情想告诉他，之后会用同一辆车把我送回宾馆。

“过了一会，警卫带我进入法庭，一名书记员宣读了指控，问我认为自己是否认罪。‘有罪。’我说。一名穿着袍子戴着假发的法官接受了我的认罪，罚了我一英镑，指出我可以在十天内把这一英镑交过来或是邮寄过来，这件事就这么结束了。我又是一个自由人，并且感觉不坏。实际上，我觉得非常好，除了很饿并且非常需要更多咖啡。麦克拉里先生带我去他的车那里，有一个司机开着它，我们坐车去了领事馆，在那有他的办公室。那是一间很大的、舒服的办公室，我坐在一把安乐椅上，他坐在办公桌旁。我告诉他我怀疑自己卷入某种间谍事件，并且已经把全部情况告诉普雷斯蒂克的情报官。我告诉他真的不知道我的这些怀疑是有事实依据的，还是只不过是我臆造了它们。他说当一个人面对这样的事件时，就算是老练的特工也非常难以确定这些事是想象出来的，还是他们真的正面对一些需要采取行动的事件。我点点头，说我在这里浪费他的时间，告诉他我的故事也无济于事，但我想再到普雷斯蒂克去见那位情报官，把最新发生在我身上的事说给他听，或者我可能到柯克纽顿去见格拉格上校，告诉他整个故事，如果他想要听的话。我告诉麦克拉里先生我也想过，整件事是我在中情局的三位幽默的朋友和我玩的某种恶作剧，但是对此，我同样没有任何证据。不过，我说，如果这是事情的真相，并且如果他，麦克拉里和他们有接触的话，他或许可以替我告诉他们我为他们预备了一个惊喜的结局。麦克拉里先生似乎对我说的这个结局有些在意，但是我笑了，告诉他这个惊喜的结局不会对任何人造成伤害。（我只是想在他们耳朵上捶上几拳。）然后我告诉他我在担心苏茜，她应该在那天早上从巴黎抵达这里。她取道都柏林，预计在那里停留几天，我告诉他，但自从她几天前电报跟我说要前往都柏林后，我就没有再听到过她的消息。我问他能否让我给罗克斯堡打电话，问问她是不是已经抵达，说如果她已经抵达那里，我不会占用他更多时间。他接通了罗克斯堡前台的电话并把电话递给我，我得到确定消息说苏茜已经在那里，并正在大堂等待，等几分钟前刚空出来的房间准备好入住。所以事情是这样——她并没有被绑架；没有人偷走我送给她的别针，她也没有被劫持为人质来让我做这做那。她只是认为不必要告诉我她已经安全抵达都柏林，并且她在那里玩得很愉快。我再次为给麦克拉里先生造成的诸多麻烦道歉，他说那就是他的工作。他说第二天就会离开爱丁堡去一个新的地方工作，会有一位麦克拉伦先生来替代他，如果我需要任何帮助，请尽管联系他的继任者——他已经和麦克拉伦先生提过我，所以如果我打电话给他，他会知道我是谁。接着麦克拉里先生带我下楼到他的车里，把我送回罗克斯堡。

“苏茜正坐在大堂一扇窗户前面，高兴地喝着一杯咖啡。我发现自己感觉不错，惊讶的是，我还发现自己并没有宿醉的感觉。这再次让我认为很可能在什么地方被麻醉了，但是当我和苏茜问好之后，我就完全不再考虑这些事，开始专注于和她在爱丁堡及周围的度假时光。”

“那么你们过得愉快吗？”

“是，也不是。在苏茜到来之后，我喝酒变少了，部分是因为我不想冒再次被投入监狱的风险，另一部分原因是当我和苏茜在一起时我通常和她喝一样的酒，而她喜欢葡萄酒和温和的开胃酒，憎恶鸡尾酒和威士忌；换句话说，她的饮酒习惯更像法国人而非美国人或盎格鲁-撒克逊人或凯尔特人。不过我可能甚至比之前更加忧虑艾森豪威尔总统，或许还有女王和她丈夫被绑架的计划，我也担心在我陪伴苏茜期间她会出什么事情。从监狱出来的第二天，在苏茜购物的时候，我去见了麦克拉伦先生。我差不多把在我身上发生的一些基本的事实都告诉他，还有我认为可能正在爱丁堡周围发生的事情，然后我对他说我看不到他或者任何人可以对此做些什么，只请他告诉我在哪里能找到一辆车和一个司机，是他知道对我和苏茜而言绝对安全的。我也告诉他打算当天或第二天去见格拉格上校，把所有我知道的和所有我设想过的事讲给他听。麦克拉伦先生给我一个公司的电话，他们有专职司机驾驶的汽车，说领事馆多年使用他们，对他们有充分的信心，并且他会在我离开后和那里通话，确保他们给我一个已经为他们工作了很长时间的司机。然后他说也会打电话给格拉格上校，告诉他我打算去见他，等等。他说他不能假装知道或猜测我感觉到的事是否有一些正在进行，但是一个人面对这些间谍事件时永远不会是确信的，我能和美国军事当局保持联系是在做一件正确的事情。那天晚些时候，我从他给我号码的那家公司叫了一辆车和司机，他们派来一辆大型豪华轿车，差不多就像一辆劳斯莱斯。那天晚上苏茜和我兜风去那家丹麦餐厅吃晚饭的时候，我们都感到有些不自然，苏茜想知道为什么我不叫一辆出租车，或者至少是一辆外表普通的汽车。我和她解释说我担心卷入某种间谍事件，因此无论正发生什么，我都想保证我们有一辆安全的汽车和一个可靠的司机。‘噢，亲爱的！’她说，‘这就是我一生的故事！’她的意思是，当然，在她还是少女的时候，她的父亲总是在纳粹的悬赏下到处窜逃。我决定不再告诉她关于那个绑架计划和我方对战计划的事，我们在丹麦餐厅，以及在路上停下驻足的几个地方，都玩得很愉快。第二天，我约了同一个司机，还有一辆不太引人注目的汽车。没有发生让我更加焦虑的事情，直到四五天之后我也没有感到更多的恐慌。到那时，我又开始乘坐普通的计程车了。我仍认为绑架计划和对战计划完全可能都是出自我的想象，但当我停下来，把所有零散的情况放在一起时，他们显得非常引人注目。”

“你如何把他们组织在一起，上校？”

“像这样：我首先把整件事情是中情局的朋友们设计的恶作剧这个想法视为不重要而搁置了。即便真是这样，那也无关紧要。在我看来，紧要的是我那天晚上在路边被击中头部，可能并非是撞在路标上，而是被一个或若干未知的人击中；我可能在皇家医院被麻醉；那个录音机可能被用于向我脑中植入一些稍后有必要由我来执行的想法；或者是被我方人员或另一方的人员利用，以某种方式装扮成是菲利普亲王或其他皇室成员的替身；苏格兰的极端托利党人可能马上就要和赫鲁晓夫达成某种交易，交易涉及绑架总统、女王和一系列其他显要的英国人或美国人，然后挟持他们作为人质，企图接管英国。而我们的对策是，大体来讲，是让另一方认为他们正在得逞，但实际上他们绑架的人是一些替身，之后在合适的时间我们会绑架赫鲁晓夫和他的人，对另一方做出和他们计划对我们做的完全一样的事。而我会以这种方式或另外一种方式卷入其中。我告诉自己所有不相信这些事的理由，但与此同时我向自己指出这个绑架计划和对战计划都相当合理。

“在我出狱后的第二天，苏茜和我搬去了普雷斯顿菲尔德家庭旅馆的房间，苏茜和我一样喜欢那个地方。我们和那里所有的常客——全年都住在那里的人——还有许多在那里停留几天的旅客，都成了朋友。我间或会被一阵阵的怀疑所困扰，关于绑架艾森豪威尔总统和女王的计划——少校在这里会称之为‘轻微妄想型人格的小型错觉’——但是，除了一个相当奇特的插曲，在我的意识或众多意识的内外都没有发生什么事情。我们和一位珀尔教授以及他的妻子成为特别的朋友。他是达特茅斯大学一名退休的自然科学教授。一位叫大卫·基尔的英格兰作家从伦敦到普雷斯顿菲尔德来，他有一位在英国政界地位突出的妻子。我们和他成为朋友，他带我们去他爱丁堡家中见了康普顿·麦肯齐先生，我把一天晚上的大部分时间都花在和康普顿先生的聊天上。我们在彭特兰先生乡下的家中度过了一个愉快的夜晚——他是我在苏格兰的酒吧遇到的那个羊毛商人——之后我们邀请彭特兰先生、他的妻子和他们三个成年子女到普雷斯顿菲尔德旅馆用晚餐。

“我如此享受那段时间，因而不断推迟去柯克纽顿拜访克拉格上校，就是我已经告诉麦克拉伦先生我会去的那个拜访。我想如果格拉格想要了解这件事，麦克拉伦会把我告诉他的事传递给格拉格，并且如果，正如我那时半怀疑的，整件事不过是我凭空设想出来的，我不必再拜访克拉格上校，让自己显得像个更大的傻瓜。然后，那个奇特的插曲发生了。

“你一定记得朗弗梅克斯镇那家拉斯伯尔尼宾馆的黑色机车，它们在我看来有某些特别的意义。然后，某晚九点钟左右，我在记者俱乐部吃过晚餐回到普雷斯顿菲尔德的时候——苏茜正在和奥利弗太太一起安静地吃饭——随着我的的士驶进普雷斯顿菲尔德的院子，我看见一辆黑色机车停在靠近大门的地方。它并不是停在停车场，而是在车道上，头向外。给的士付了钱之后，我向它走过去，试了试后面的车门，它们是锁上的。我往前走去了皮革房，那里有一对叫科林的亲切的年轻夫妇正在和苏茜以及奥利弗夫妇说话。科林夫妇似乎有一处用来养羊的土地，在吉福德附近地区。他们称自己把五个孩子留给管家，启程到爱丁堡去赴宴，但车子在爱丁堡郊区，科林夫妇朋友经营的一个车库附近发生故障。而且，那位朋友外出了，所以他们把车留在那里维修，用他的机车继续行驶到普雷斯顿菲尔德，在这里吃晚饭。像很多古老家族和旧贵族中的男人和女人，科林是一个讨人喜欢但没接受过什么教育的老兄——或者他在我看来是这样——他表达了许多保守的看法，是那种某些旧式苏格兰领主和地主家庭所固有的想法。

“我觉得这个关于机车的故事是一件不太可能发生的事。有很多天，在我的一到两个意识中都有个想法，一辆黑色的机车，或者几辆黑色的机车会出现在绑架计划和对战计划中，我判断这科林夫妇称是借来的这一辆可能是绑架计划的一部分，而非对战计划。我打电话给出租车公司的麦凯，让他把车开到普雷斯顿菲尔德的外面。他到那之后，我告诉他在那里等候——我想在那辆机车离开的时候跟踪它。我们跟踪了，但很快就丢掉了它。我感到自己又在犯傻，于是返回普雷斯顿菲尔德。那时非常晚了，苏茜已经去睡觉。我的意识想到，可以去看看酒店里的客人是否有任何人不见了。我观察了教授和她妻子的那间房——在一层我房间的隔壁——轻声打开了房间。月亮正在天上，我可以非常清楚地看到床铺是乱的但没有人在房间里。我觉得绑架计划在那晚被执行，教授和妻子已经被科林夫妇放在黑色机车里面带走。我回到自己房间，打电话给基地要求和格拉格上校通话，但他出去了。我联系到他的执行长官，让他转告格拉格上校，不论爱丁堡正在发生的是什么，它刚刚已经开始了，‘他们’控制了教授和他的妻子。我解释了教授是谁。然后我打电话到普雷斯蒂克，和中尉库珀说了一样的话。接着我上去皮革房看能不能找到酒喝，发现有些美国人正在客厅里玩桥牌。我此前从没有见过他们中的任何一个。其中一位说他是休假的空军军官。在皮革房里有一个短波收音机，我决定打开它看看世界上各大首都正在播报什么新闻。我调不出任何东西。我问那位说自己是空军军官的美国人——他是一个年轻人——看他能否让收音机工作。他试了试，但他也不能调出任何内容。他说收音机正在完好地工作，但是似乎在莫斯科、伦敦、纽约或巴黎都没有什么正在进行的事。我把这理解为整个世界都乱套了，除爱丁堡外的每个地方都正在哀悼。不过，我并不确定，所以没有对那些美国人说什么。他们都去睡觉，但我还是不睡。皮革房里的酒水都锁了起来，所以我无法拿到我当时非常需要的酒。我尝试打电话给麦克拉伦，但没办法接通他的电话。我想不到还有什么可以做的事。我无法入睡，所以，尽可能安静地冲了个澡来缓解紧张，然后换上干净衣服，读了本书，最终，天亮了。太阳升起后大约一个小时，我听到厨房里有声音，就想办法去拿到些茶和饼干。接着我开始上去二楼的浴室——一楼没有浴室——在那我遇到了教授，穿着睡衣，正在去浴室的路上。我和他说早安，问他是不是搬去了另外的房间。

‘是的，’他说，‘奥利弗夫人觉得我们在顶层会更加舒服，在一间比我们楼下那个更大的屋子里。’我失控地笑了起来，教授看上去就像他认为我已经疯了。然后我又去察看了皮革房。那里有一个男人，正努力修理收音机。

“所以现在收音机的秘密也澄清了。从那时起我再也没有焦虑和恐慌了。麦克拉伦，然而，却有一些焦虑——或者至少可以说他非常关心我。第二天他打电话给我，告诉我格拉格上校说他很乐意在柯克纽顿见到我，乐意带我参观基地，并建议我带上苏茜一起，如果我喜欢的话。苏茜和我去了，在路上苏茜让我在一个花店前停下出租车。我照做，她给奥利弗夫人的母亲买了一盆盆栽植物。我估计柯克纽顿的卫兵一定认为这盆包装好的盆栽植物是一个炸弹，但他们并未注意到它。他们带我们进去见格拉格上校，他热情地向我们问好，把我们介绍给一个年轻军官，大卫·法里斯上尉，他的徽章显示他是一名空军医生。法里斯说他很乐意带苏茜参观基地，同时我可以和格拉格上校交谈。我把我的事情梗概告诉格拉格，向他保证昨晚的插曲已经最终使我相信整件事都只是一些在我意识里进行的事。他说，用几乎和麦克拉伦及麦克拉里相同的措辞，一个人一旦开始想或者从事间谍这条线的工作，就会发现把事实和设想分开是极为困难的。我们聊了空军里我们都认识的人。苏茜和法里斯回来了。我问法里斯作为一名航空医学的人员，是否也是一名精神医生，他说他并不是，但他是‘精神分析取向的’。他问我是否觉得自己需要看一名精神医生，或者需要去一家疗养院。我说我不这样想，昨晚的事件已经把整件事情都澄清了，我现在觉得很大程度摆脱了焦虑。他给我他的电话号码——他办公室的和他家中的——告诉我如果觉得需要任何帮助一定要打给他。‘你会惊讶于许多情报官和中情局的人都需要不时去获得有关精神治疗方面的建议。’他说。格拉格和法里斯都告诉我他们很多年前就知道我和我在关岛的那件事，格拉格用随意的方式说他知道勒迈将军对我评价很高。我想他应该一直与华盛顿空军总部保持联系，勒迈或他的部下告知格拉格我是勒迈的一个朋友，并且表明他应该对我友善，但与此同时，如果有迹象表明我希望使用一条联系五角大楼的官方电报通道时，也应做好准备阻止我。我觉得完全恢复正常，心情快乐和放松，苏茜和我过了一会离开空军基地，回到普雷斯顿菲尔德。这就是爱丁堡行动的结尾。我和苏茜在那里又待了几天——白天和晚上交替过去，再没有一阵阵的怀疑或焦虑——然后我们去了都柏林，准备从那里分别飞回纽约和巴黎。离开爱丁堡的前一天，我收到了一张卡梅伦太太的便条说她和伊恩在伦敦的行程耽搁了，希望等他们回去的时候我还在普雷斯顿菲尔德，但是我没有，我也没有再见过他们，尽管我们不时会保持通信。我当然打算在另一个假期去苏格兰时拜访他们，还有那边的所有其他朋友，我希望这会很快。在爱丁堡的最后一天晚上，我带苏茜去朗弗梅克斯的拉斯伯尔尼旅馆，我们在那里看画作，和公主用茶，之后与格林厄姆家人一道吃晚餐，在花园里我们看着落日在紫色的拉莫缪尔山之后沉入大海，那是一段美妙的时间。苏茜装作——和我一样——非常喜欢格林厄姆讲的那天晚上在酒吧里我和他开的玩笑，当时我把他叫作是十恶不赦的怪物。我没有告诉格林厄姆我当时以为自己卷入一个绑架计划——或者一个对战计划——与艾森豪威尔和女王有关。实际上，直到今晚之前我再没有和任何人讲过。”

“好的上校，我们已经获得所有我们想要知道的事情，”将军说，“就这些。”

事情就是这些。

（卢一波　译）

布鲁克林来的平凡大人物

1890年11月25日，布鲁克林区一长排红砖砌起的二层房子——那种房子有五级灰色石头台阶通向前门，燃煤的炉子用来取暖，厕所都在后院里，每栋房子都和那一排房子里的其他每一栋完全相像，也和街道另一边的那些房子完全相像——在这排房子中的其中一栋，一个男孩出生了，他的父母为他取名斯蒂芬·雅各布·温伯格。他对他的名字或是他本人并不是完全满意。满二十岁之后，他很快开始随性地修改他的名字，成为除了他之外的其他人。多数时候和一开始伴随他的那个名字的基本特征相当接近，在一些快速而周期性出现的时间段，他是罗亚尔·圣西尔。只有在他想向自己和他人不断重复他是法国海军的一名上尉这个想法时，他是罗亚尔·圣西尔，当然他并不是。此外，多少按照顺序，他是S. 克利福德·温伯格、伊桑·艾伦·温伯格、罗德尼·S. 怀曼、斯特林·C. 怀曼、斯坦利·克利福德·韦曼、艾伦·斯坦利·韦曼和C. 斯塔林·温伯格，然后他尝试第二次或第三次回到S. 克利福德·温伯格和伊桑·艾伦·温伯格。中年时期，他坚定地落在了斯坦利·克利福德·韦曼。从那时起，他只使用这个名字，但是在它的名义下，他连续地执行了一些具有伟大艺术价值的骗术。在一篇无法避免出现不同事件的编年文体中，为简便起见，也考虑到他本人的想法，在这里一般用他似乎最喜欢的名字来称呼他——斯坦利·克利福德·韦曼。

韦曼是一个职业骗子。他不愿或不能一直做寂寂无名的布鲁克林市民，因而在他扮演他人的长期职业生涯中他成为了很多人。他成为的那些人从不是不知名的，他自己也在这段时间里不再寂寂无名。对他来说，仅仅有一个荣耀的梦想，然后将其置于一旁做自己的事是不够的。他把它表演出来。只有当它被满足之后，他才把这个荣耀的梦搁置下来，像一个画家放置一幅已经完成的画作。然后他会找到一个新鲜的角色来表演，去实施另一个完美无瑕的骗局。不止一次，他确实品尝到了荣耀。

无论韦曼从事什么骗局，他从不更改他的面部——甚至不会剃掉那一撇薄薄的、漂亮的八字胡，加上传神而明亮的棕色眼睛、鹰钩鼻、有力而严肃的嘴、漂亮的头部、苗条的身材，他以非常适度的优雅携带着这些外在给予他的独特气质。尽管韦曼对此并未察觉，他和查理·卓别林在默片荧幕上创造的那些留着纤细胡子、拖地行走的喜剧角色惊人地相似。然而，韦曼并不是一个自觉的喜剧演员，值得怀疑的是，一直到他漫长而多变的一生的晚年，他是否曾有过一丝的幽默感。多数时间他的命运不是让自己显得可笑，而是使一些人在另外的一些人看来是可笑的。

“做自己”是一个常见的命令。有时候它被告诉给一位朋友、情人、丈夫、妻子，或是说出这个命令的人有理由认为他们不是在做自己的人。另外有些时候，一个人向在他自己心中的那个灵魂发出这个命令。无论如何，它是一项很少被执行的指令。极少人对做他们自己是完全满意的。成为除自己之外的什么人的冲动是如此普遍、如此根深蒂固，它很可能是人类这个物种的一项非常基本的天性。诚然，许多人——尤其是具有创造性的人——把他们一生中较多的部分都花在寻找自我上；推论是，他们与此同时正设法维持的那个自我不是他们自己的，而是其他一些人的。三岁，甚至两岁的孩子们都乐于不做自己。只要不是反常而缺乏想象力的孩子，只要他们长大到能把一匹马弄出围栏并骑上去，都会装作是一个印第安人或牛仔。很有可能的是，在此很久之前普通的孩子们就会吠叫、喵喵叫或咆哮，尝试着成为一只狗、一只猫或一头狮子而不是他自己。

人类似乎极不情愿去发现、接受并保持一种单一的、固定的身份。显然，他们更愿意成为两个或者更多人，而不仅仅是一个人。这种愿望常常会导致精神失常。但是在艺术的世界里——特别是文学艺术——理智的成年人能够自由地放纵他们双重或多重人格的倾向。除了精神病院和艺术世界，唯一能够完全实现这些满足和满意的领域，就是职业伪装者的世界。每个人，当然，无论他是谁，即使并非总是这样，都至少在轻微的程度上曾经参与过小的伪装。当我们暂时或永久地带着某个面部表情或是摆出某个姿势，它们传递了一些我们内在并没有感受到的东西，我们就在伪装。不用说男女演员们在舞台上参与伪装——而且，并不鲜见地，在舞台下面也是一样。而在政治领域，当然，一系列相当低劣的伪装术就像出现在一群母山羊中的一头盲目的公山羊一样猖獗。但是我们中很少有人是职业的冒名顶替者。

职业的冒名顶替者，某种意义上，是艺术家。他们的作品是他们伪装自己时，成功地强加在和他们接触的人身上的那个自己。冒名顶替者和艺术家的关系是紧密的。在某种程度上也是神秘的。很多伟大的艺术家感觉他们是冒名顶替者。特别是在他们的早年，天才们发现很难（如果不是不可能的话）相信他们占据的卓绝天赋真的是他们自己的。他们有时倾向于感觉是他们偷走了这些天赋。一段时间后，艺术家通常至少成为两个人——他私下的自我和他具有创造性的自我。这一区分常常被画家、雕塑家、作曲家认可，特别是那些同时使用真名和笔名的作家。小说家、诗人、作曲家、雕塑家和画家常常奇怪地全神投入一种修改他们真名的倾向，即使他们并不真的使用这个化名。他们插入或者删除一个首字母，或者用中间名取代打头的名字，或是相反。并且古往今来所有类型的艺术家都奇特地着迷于冒名顶替者和冒名顶替这个分支的主题。身份转换和其他欺诈案件是所有古代神话和传说中、所有宗教故事中不断出现的主题，而在文学作品中，从其最初开始时，这一题材就比比皆是。

塞缪尔·约翰逊博士不完全乐意于做自己。有几次他谈起相比自己，他更愿意成为乔治·撒玛纳札。撒玛纳札是一个骗子使用的假名，他向18世纪的世界说自己是一名日本人。他伪造了福尔摩沙岛虚假的历史、地图、字母表和语言，声称是那里的原住民。这一伪装如此成功，他的真名和出生日期从未被明确获知，尽管后来很好地证实他从没有到过欧洲以外的地方。

歌德对卡里奥斯特罗伯爵（此人既不是伯爵，也不叫卡里奥斯特罗）的背景有很大兴趣，他找到了这名伪装者卑微的西西里家族。他为此前往西西里，并且自己也成了一个伪装者，他使用假的名字和假的证件，装作带给那位伪装者的母亲一封她儿子写给她的信，实际上那是他自己用伪装的笔迹写成的。

弗里茨·克莱斯勒是一个例子，作为一个年轻的天才，他既不相信他的天赋属于自己，也不希望别人认为他们就没有这样的天赋。十八岁时，他公开发表了一系列有顶替性质的作品——这一事实直到他六十岁生日的那个场合前他一直都没有直接揭示。在那些早年间，他创作了一些完全原创的音乐作品，把它们归功于那时不知名的过去的一些作曲家，像是维瓦尔第、普尼亚尼、弗朗克尔和库普兰。他继续在他的音乐会上表演这些作品，在音乐会的节目单上把自己列为是他们的编辑，声称他的编辑是对这些原作（当然并不存在）的自由的处理；与此同时，像其他天才一样自负，他规定如果这些欺骗性的作品公开演出，他的名字一定要和他们一起被提起。稍后，他开始在自己的名字之下展示其他的原创作品，并且不喜欢被问到那些早期作品；他会逃避这些问题，或是会谎称他在一些旧图书馆发现了这些作品的底稿。这个解释和另一位苏格兰冒名顶替者詹姆士·麦克弗森，在伟大的18世纪中那个奥西恩诗歌骗局里给出的解释类似，那些诗实际上是他自己写的。也类似于托马斯·查特顿，在同样繁花盛开的世纪，对他称是一个虚构的托马斯·罗利所写的诗给出的解释——那些诗实际上是查特顿自己写的。

在某种意义上可以说，所有职业的艺术家都是职业的冒名顶替者，他们加之于公众的自我并不是他们真正的自我。那是他们富有创造性的自我。他们创造的所有让其他人认为他们是有魔力的。与此相反，伪装者们的表现被其他人认为是具有艺术成就的惊人品质。这在职业伪装者是尤其正确的，对他们而言伪装的工作就像职业艺术家们的作品，它们构成创作者存在的内核。实际上，职业伪装者的职业似乎神奇而有创造力，就像是艺术作品。伪装者们上演让人信服的模仿行为的能力，包括对一些特殊技能的绝妙复制——像伪装出的医生、律师或王子的技能——和艺术家凭空创造事物的能力是非常相近的。

菲利斯·格里纳克博士，一位纽约精神分析学家，是研究冒名顶替者和艺术家之间这一奇特交叉详情的领先的当代权威。“处于新一轮创造性活动边缘的富有创造力的艺术家，和处在欺诈行为间隔中的冒名顶替者，”她写道，“他们都有一种围绕自我的饥饿感和完成的需要——对其中一个，是完成艺术性的自我；对另一个，是完成在这个世界上的令人满意的身份。”格里纳克博士花了很多年的时间研究艺术领域和伪装的领域，在其中一篇最著名的作品中她严肃地说：“伪装者和艺术家的关系是他们那黑暗的、具有欺诈性的性格像阴影一样伴随着天才的足迹。”或许可以说——稍少些严肃性地——艺术家的天赋，像阴影一样，伴随着职业冒名顶替者黑暗的、具有欺诈性性格的印迹。

即使韦曼作品的丰富类型并非奠定他在世界冒名顶替画廊中顶级位置的原因，它们当然和历史上任何其他伪装者的成就一样让人印象深刻。有些有天赋的伪装者，就像某些有才华的作家、作曲家、雕塑家和画家，容易步入既有的套路。20世纪其中一位最具有真实性的天才伪装者，迈克尔·罗曼诺夫王子就是这样。和韦曼一样，他也是布鲁克林的当地人。在很年轻的时候，他决定他不是布鲁克林的哈利·弗格森，而是俄国的迈克尔·罗曼诺夫王子。即使知道他不是俄国迈克尔·罗曼诺夫王子本人，在和他擦肩而过的时候人们也喜欢如此认为，并且他们也还是这么做。最近他成为一位成功的餐厅老板，虽然他是一个迷人的东道主，一位聪明、敏锐、有教养的绅士，毫无疑问的是，他叫作罗曼诺夫的那家贝弗利山庄餐厅，在其黄金年代如此火爆的一个原因，是曾经到那里去的人们都有这样的印象——即使他们知道这是一个错误的印象——就是他们正被一个俄国已消失贵族的一员服务，一个如果没有马克思和列宁就可能已经成为沙皇的人。

世界冒名顶替画廊的另一位单调的人是约翰逊博士的偶像，乔治·撒玛纳札。他持续地固守着福尔摩沙岛的骗局，从没有尝试过另一个。詹姆士·麦克弗森令人疲倦地致力于成为诗人奥西恩。他落入这一窠臼是可以理解的。麦克弗森那些欺骗性的作品，他归功于3世纪一位叫奥西恩的诗人，收获了许多认可，被歌德、拜伦和其他伟大的诗人所模仿，并被广泛认为对文学领域的浪漫主义运动有深刻影响。托马斯·查特顿，一位真正有才华的诗人，也仅仅做了一次冒名顶替。这些作品得到很多赞赏，他自己对此也非常满足，感到使用一个名字的人生不会给他带来更进一步的满足；无论如何，他在成年之前毒死了自己。

相较男性的伪装者，女性伪装者并没有那么多，但是她们其中一位却在某些方面是伪装者中最伟大的。这是琼，或乔安娜，她的尝试是在19世纪。琼的故事在数百年间流传下来，在1886年由一位叫作艾曼纽·罗伊迪斯的希腊作家巧妙而精细地记录下来，他因此被希腊东正教会开除教籍，几十年之后，他的书在1954年由劳伦斯·德雷尔生动地翻译成了英文。尽管琼的存在被罗马天主教的普通教徒广为质疑，他们多数并未听说过她；也被罗马天主教的牧师质疑，他们多数听说过她。事实是她被收录在普拉蒂纳所著的《教皇们的生活》一书中，后者是15世纪教会虔诚而严肃的历史工作者，是某位教皇的秘书及梵蒂冈的一名图书馆管理员，并且没有被教会驱逐。无论如何，琼在一段时间的实验之后，也形成了某个习惯并且保持了这一习惯，但那是一个非常高难度的习惯。她装作是一名男性僧侣并且最终成为教皇，名号是约翰八世。被提升为教皇后，她作为现任教皇超过两年时间，才不经意地以一种慈母的方式露出马脚，当时她正作为教皇这一欺骗性的角色进行游行，却过早地产下了一名女婴。

我们现代的英雄，斯坦利·克利福德·韦曼，从不让自己进入一种惯用的欺骗行为。他在漫长的一生中上演了一个接一个的骗局，每次他成功创作一个坚实的伪装者的作品，他就将其放弃然后离开。然后，在一段沉思的时间过后，他继续上演一个新鲜的骗术。除了法国海军的上尉、几位医学博士、两位精神医生，他还是美国海军的几位军官——范围从上尉到将军——五六位美国陆军的军官，两位律师、一位国务院海军联络官、一位飞行员、一位卫生专家、许多总领事和一位在巴尔干半岛和亚洲事务上的联合国专家。

韦曼持续性地满足于在一些时间愚弄一些人。不像教皇琼，他避免将自己置于那种会导致骗术暴露的困境，从而使伪装失败并不可进行。如同所有的伟大艺术家，他有一定的克制。比如，在他一系列的海军骗局中，他只有一次犯了战术性的错误登上了一艘船，而他是一位陆军军官时，他从没有一次犯错误混入陆军部队中间。作为飞行员，他从没有尝试去驾驶一架飞机；但他仍然受到纽约街上人群的喝彩，因为他既没有在地上也没有在天上表演过的航空技艺。作为国务院海军联络官，肯定的是，他既和国务院的人混在一起，也可以和美国海军的人混在一起，但是他感觉到他所使用的头衔的模糊性会让人迷惑，他是对的；海军的人假设他是国务院的人，而国务院的人假设他是来自海军的人。除了那次他在冒充海军军官时登上一艘海军舰艇，韦曼在他全部的职业过程中，没有一次因为他不恰当或缺乏说服力地表演了正在假装的角色而被揭穿。只有曾在此前的某个角色中见过他的人又认出他时，他才会暴露。拆穿韦曼的人通常既不是报社记者，也不是摄影师或法律部门官员。

韦曼在二十一岁生日之后，共有十三次记录在案的场合被送入州和联邦监狱，在监狱里度过了成年生活超过三分之一的时间。但是在十三个场合中的六个，他入狱只是因为违反假释条例。当他在从事具有崇高性质的冒名顶替活动时，可以理解他认为按一定时间间隔到曼哈顿下城去向一位假释官报告是难以忍受的，他应该这样做，当他没有这么做的时候就会被送回监狱。实际上，对一个将一生都投入成为不是自己的他人的人来说，韦曼的犯罪记录是谦逊的。他认罪或被判有罪的记录包括大盗窃罪仅一次，伪造罪仅一次，冒充律师仅一次，冒充海军军官仅两次，扰乱治安仅一次，为逃兵役者办学仅一次，以及挪用公款仅一次。

在韦曼若干最成功的骗局中，他丝毫未涉及被逮捕。例如，1926年，波拉·尼格里的爱人鲁道夫·瓦伦蒂诺在纽约的葬礼期间，他伪装成波拉的私人医生，他还装作并扮演了瓦伦蒂诺经理人的公共关系顾问这个角色，在这个角色里他几乎完全安排了那位著名电影明星的惊人葬礼。他没有因为这两件事被逮捕。那次他假扮医生时没有被起诉的一个原因是，尼格里小姐坚定拒绝对他有任何抱怨。她几次告知美国医学会韦曼是她遇到过或希望遇到过的最好的医生；美国医学会或地区检察官办公室未能对韦曼的这个骗局进行控告的另一个原因是，他不仅没有要求任何费用，还在尼格里小姐提出要为他的服务付费时拒绝接受。

除却其他所有原因，韦曼对钱和名的坚定漠视，他致力于冒名顶替仅仅是为了冒名顶替本身，使他和历史上多数其他骗子区别开。他们中的许多人没能到达行骗表现的杰出高度，是因为像所有其他艺术领域的平庸从业者，他们对物质的东西和名誉的兴趣，超过了对创造性成就带来的个人满足。确实，韦曼在他长期的职业生涯中，在不同时间努力赚取了正当和不正当的钱，但是几乎每次，他作为一名冒名顶替者的正直都压制了他想成为一个富人的不纯正的野心。而当他，有很少的几次，积攒了大量正当的钱财时，他很快就花掉它们。一次又一次，他的想象力、他的创造性冲动以及他对成为他人的欲望的忠诚，阻止了他在正当和不正当的情况下赚钱，在这些情况下，一个更加贪婪的人，或一个没有艺术理想的人，可能已经发了一大笔财。经常地，韦曼从事那些明显没有钱可赚，也不能期待得到什么声誉的骗局，其中的一些作为伪装天才的优秀作品脱颖而出。

尽管没有记录显示迈克尔·罗曼诺夫王子在没钱的时候不愿接受一些现金，但他确实能够挨饿，也不愿放下王子的架势。许多年前，在罗曼诺夫成为一个成功的餐厅老板前，他的一些朋友发现他在一条纽约的街道上，贫困且忍受着营养不良的折磨。如他的传记作家记录的，这些朋友带他到某人的公寓，把他放在床上，叫来一位医生。在医生到来之前，他们给他拿来一个空杯子和一品脱装的牛奶。那时候纽约售卖两个品级的牛奶——A品级和B品级。王子读了拿给他的那个品脱包装上的标签。然后他挣扎着坐起来，把瓶子猛扔在墙上。“让一个姓罗曼诺夫的人喝B品级的牛奶！”他一边倒在枕头上一边愤怒而嘶哑地叫道。

类似的情景设定从没有出现在韦曼面前，但是毫无疑问他会和罗曼诺夫一样成功地应对。在某些方面，罗曼诺夫是幸运的，因为他可以在实际上贫穷的时候看上去就是贫穷的，而不损害他王子的骗局。一位贫穷的王子完全在艺术上和骗术上都是可接受的，而一位医生、一位精神医生、一位律师、一位武装部队中的军官，或是一位国务院的海军联络官，像韦曼伪装的其他人，都必须为了真实性的原因看起来是有还债能力的，即便称不上是富裕的话。韦曼在拒绝波拉·内格里提出的费用时身无分文；作为一名医生，他感到无法接受那笔费用的事实只能被这样的假设解释，他认为那时自己作为一名如此富有和成功的医生，无法屈尊从一位迷人的电影女星那里接受100美元左右的钱，而他用慈祥的建议和几片阿司匹林抚慰了后者发作的神经紧张；他显然觉得那就会像是梅奥诊所的一位负责人，因为救治了在剧院里昏倒的什么人而表示愿意为此接受一笔费用。

或许展示韦曼的工作是为了冒名顶替本身而去冒名顶替的最近乎完美的例子，是他装成纽约州精神疾病委员会一位成员时的情景。那是在1925年，那时他已经几进几出纽约州监狱，几进几出亚特兰大的联邦监狱，多数时间都在监狱医院的精神疾病诊区。他对患有神经质或精神病人格，以及狂躁抑郁倾向的囚犯，对他们在这些机构里接受的内部精神治疗，持有一些他认为具有建设性的想法。一天早上，他在布鲁克林的家附近闲逛，正处在抑郁的状态下，充满了对完整自我的饥渴，此时他在报纸上读到，几天后有一个会议在马萨诸塞州剑桥市米德尔塞克斯内外科学院召开，包括心理医生在内的已知各种类的医生都会出席。在报纸上读到这个消息时，他振作起来，剃了胡子，洗了个澡。从他那容量巨大的衣橱里挑出一件深蓝色的西服，那是在他某个时期赚了些正当的钱时，从布克兄弟那里买的。为了和这套西服搭配，他选了一件布克兄弟的领尖有纽扣的衬衣，那在当时刚成为时尚。那段时间他没什么钱，提前为自己做了两个腊肠三明治，放进一个那种全科医生携带的小的黑色袋子。此前他在不同的医院游荡时经常使用这个袋子，穿一件白色长外套，是那种在医院工作的医生穿的那种，这满足着他被和他聊天的人当成是一个医生的愿望。除了一两个三明治，他通常在包里装的唯一的东西，是几瓶没有害处的药片，像阿司匹林和苏打薄荷。这些东西他会不时分发给在角落里遇到他的潜在患者。他内心是一个文雅得体的人，从不会着手治疗任何有严重疾病的人。

1925年那一天，和腊肠三明治、阿司匹林、苏打薄荷一起，他在包里放进一个空白笔记本，就像他在高中用于写作文的笔记本。还把那张登有米德尔塞克斯内外科学院会议新闻的报纸放进包里。在那则新闻上他画了一个圈。韦曼在中央车站搭上前往波士顿的下一辆火车，占据了坐席客车上的一个位置，花五小时到波士顿。从波士顿他坐上前往剑桥市的地铁。他及时赶到剑桥市和从各处赶来的内科、外科、精神医生熟络起来。他向他们介绍自己是艾伦·斯坦利·韦曼博士，告诉他们自己是纽约州精神疾病委员会的一员。他向几位参会的精神医生提到若干关于改善监狱设施中精神治疗工作的想法，他们对他所说的内容和他说话的方式感到印象深刻，邀请他当晚在学院会议厅举办的晚宴上作为其中一个发言人。在去往波士顿的火车上，他刚好为这样一个演讲在作文本上写下一些笔记。据几位曾在现场，并且还活着的精神医生说，他的演讲被所有人报以热烈掌声。韦曼当天很晚离开剑桥市，在那之前几位新认识的博学的朋友拍了拍他的背，他保证会和他们保持联系。他没有和他们保持联系，其中许多精神医生直到几年后都不知道他是冒名顶替的。从这个恶作剧中他要求和得到的，或许只有一种满足感，因为参与到一个他感兴趣的运动中——这个国家监狱精神治疗服务的改善。最后，这些服务确实改善了，某种程度上，他也能受益于这种改善。

如果不是在他前往剑桥之后不久，在曼哈顿的一次乏味的冒充律师的指控中被认出来的话，这个宏大却悄悄进行的韦曼的伪装作品可能永远不会被那些研究他职业生涯的人知道。有人认出他并且做了举报。那时他仍然缺乏现金，就把通常在模仿律师时使用的公文包抵押了，将就使用那个医疗工作者使用的黑色小包。在那个包里，警探发现了那张圈着米德尔塞克斯会议新闻的报纸。他们就此询问了韦曼。他告诉他们参加了那次会议，装作是纽约州精神疾病委员会的成员，但他做这件事并不是出于盗窃或其他的犯罪意图。当警探们询问韦曼在那次医学聚会上交到的博学的朋友时，他们了解到他所说的属实。

斯坦利·克利福德·韦曼这个名字，以及这位布鲁克林来的平凡大人物使用和放弃使用的其他名字都是化名，但他们不是普通意义上的化名。他构想和使用这些名字，不是为了隐藏一个旧的身份，而是为了装点一个新的身份，他随意交换使用这些名字，就好像更换帽子、鞋子、衬衣、衣领、领带、夹克、背心、裤子、长大衣、外套，以及军队、海军和外交机构的套装一样。如同名字的情况，他也比任何一位布鲁克林的同胞有更多衣服，他们整体上比他更觉得统一性的仪式是有魅力的。当他资金充沛时，会买来各种穿着的装备，并且从不抵押其中任何一件。尽管从二十一岁生日起，他就经常被警察通缉，有时候是被联邦当局通缉，但他从没有尝试在一个新的名字或一个旧的名字后面隐藏起来。实际上，他从没有尝试隐藏起来。他的家总是在布鲁克林的同一片社区——他在那里出生、长大、第一次被逮捕，他第一次施行骗术时也以那里为基地。他可能进入房间时是法国海军的罗亚尔·圣西尔上尉，稍后出来时又变成S. 克利福德·温伯格，那位戴着大礼帽、穿条纹裤子、披着大礼服的纽约州特设副总检察长，但他从不溜进或逃跑出他的房子，即使他知道出去一定会被逮捕。他一度真的成为——此事毫无疑问——真正的纽约州特设副总检察长，他那时有两辆完全真实的汽车，在上面放置了自己的设计标签，用简明的英文写着他的身份。代表韦曼存在的几乎整个天空，那片由可以理解的捏造物构成的柔软星河中，时不时会出现一些平凡的真相，就像他有段时间的确是纽约州特设副总检察长。这些真实，正如其达到的效果，在一片否则将是全部由纯粹骗术构成的装饰性云朵中显现出来，会加重那些被命令来找到和拷上韦曼的人的迷惑，也会加重那些无意认识韦曼，但韦曼希望认识并成为他们的人的迷惑。

执法人员对韦曼保持开放和正大光明的品质更加感到恼火。他在布鲁克林的邻居习惯看到他光天化日之下在自己房子里进出，这一次是这个人，下一次是另外一个人，但很快就不再去想这件事。但是警察们起初似乎不能把握这一事实，即韦曼的生活是没有秘密的。他们坚持认为他们追踪的这个人是一个羞愧的恶棍，他有深思熟虑的偷偷摸摸的手段，并且热衷于从他们眼前蒙混过关。因为他们确定他太狡猾，不会在事情正进行时回家，所以几乎从不尝试在他家里找到他。他几乎总是在家里，除了外出伪装着游荡或别的，不过警察认出他并抓住他，通常都是他在外面游荡时，而非跟踪他到布鲁克林的家。

韦曼所有的套装，像韦曼本人一样，都有一种卓别林式的品质。例如说，当他穿着条纹裤和大礼服时，下面一定搭配一双棕色鞋子。有时他穿着晚餐的衣服打一条白色领带，或是穿燕尾服打一条黑色领带。而他的陆军或空军制服从没有完全穿对过——一颗铜纽扣可能丢了，一枚肩章可能是歪的，一条袖子上可能有太多金色条纹，另一条可能又太少。然而似乎从没有人在和韦曼面对面听他谈话时注意过这些缺陷。当韦曼完全振作，充满对于成为他人的自信，并且自我被成功壮大，他对人们说话，常常对人们发布命令，似乎对他们有一种催眠的作用。无论如何，他们几乎总是按照他告诉他们的那样去做，通常相信他对他们说的所有话。只有在他离开他们之后，他们的头脑才开始清醒，能够回忆起来他看上去非常像查理·卓别林——或者，更准确地说，像查理·卓别林装扮成的一位百万富翁、一位海军上将、一位陆军军官、一位医生、一位国务院海军联络官，或别的什么人。不过，有时候直到几年之后，这些人才发现自己能笑出来，这是韦曼以某种方式对这个国家的欢乐做出的贡献，他让人们对他和他们自己以外的每个人显得可笑。

事情是这样进行的，纽约警察认为，在韦曼布鲁克林的家以外的地方抓捕他是相对容易完成的。在几年时间后，他们对韦曼诚实的作风感到迷惑而接近麻木，似乎进行了一次集思广益，结论是韦曼可能会通过让自己显得引人注意来智胜他们。他们一发展出这个理论，警探们就会若无其事地去巡查最引人注意的事件，那些在某个特定日子里点亮都市生活的事件。的确，他们通常都会在什么地方发现韦曼正混入其中，很可能正在操控这个事件。他们会认出来他，把他带走。

警察抓捕韦曼的标准方法的一个例子，出现在1917年4月23日，当时他二十六岁。那一天，曼哈顿没有什么正在发生的大事，但在布鲁克林的某个军械库正在举行一个军方舞会。曼哈顿德兰西街警局的弗朗西斯·X. 沙利文警探正在追捕韦曼，因为早些时候，韦曼伪造联邦参议员威廉·M. 考尔德的名字，以他的推荐信得到一个在美国银行市中心分行的出纳工作。韦曼没有携带那家银行的任何资金潜逃，也没有尝试这么做，但是考尔德参议员、那家银行，还有区检察长办公室都认为韦曼获得这份工作的程序是严重违法的。苏利文警探到布鲁克林的那个军械库，在附近逗留。一段时间后韦曼出现了，苏利文认出了他的脸，即便没有认出他其余的部分。苏利文此前曾在一个场合见过韦曼，他戴着礼帽，穿大礼服、条纹裤子，身份是罗马尼亚的总领事。现在他正穿着美国海军的少将制服——一套非常引人注目的衣服，高顶帽子，两枚肩章，一排黄铜纽扣和金色穗子的花环。是那种除了在电影和历史小说封面再不会看到的海军制服。韦曼对军械库入口处哨兵的致敬予以回应，阔步走进去，在场负责的少将向他敬礼，他回礼，告诉少将说为了表示军种之间的礼节，他过来检阅部队。苏利文，就像多数人类，乐于推迟一个可以预见到来的高潮，他在这位海军将军之后谨慎地尾随着。这位将军正要和海军少将一起检阅部队，苏利文扑了过来，把将军拷了起来，把他带去德兰西街的警局。

苏利文那天本可以更早就捕获韦曼，只要他去韦曼在布鲁克林的家等韦曼出来就可以，或是走进那栋房子，在韦曼脱下法国海军的制服，换上美国海军制服时抓住他。那天早上韦曼曾是圣西尔。在德兰西街警局录口供时从他钱包里找出的剪报和火车票根显示，他刚坐一辆卧铺车的下铺从华盛顿的访问中回来，在华盛顿，作为法国海军的圣西尔上尉，如同《华盛顿明星晚报》的社会新闻编辑表述的，他“与那些更加多姿多彩的客人”共同出席了一系列晚宴。其中一个宴会是副总统托马斯·R. 马歇尔为一群显要的人举办的男性单身派对，马歇尔在那些年是作为一个自觉而非不自知的幽默作家而知名的，他说了很多俏皮话，就是他说的这个国家需要的是一支很好的5美分雪茄。

在1917年那次华盛顿之行中，韦曼没有去白宫。当时的首席行政官，当然是伍德罗·威尔逊。在德兰西街警局的房间被搜查时，他的口袋里有一封威尔逊夫人的社交秘书写来的信，信的抬头是致“我亲爱的圣西尔上尉”，其中说道：“作为你近期来信的回复，请允许我告知，总统先生和威尔逊夫人近期有非常多行程，因此不可能安排一个时间可以方便地接待圣西尔太太和您本人。”在那时，韦曼就像不是法国海军或美国海军的军官一样，也还没有结婚。与一些并不熟识韦曼或只是粗略研究了他的职业生涯的很多人的印象相反，韦曼只结过一次婚，并且维持了和他选择的这个女人的婚姻。

他的求爱和婚姻与驯悍记主角的一样波澜起伏——或许也一样欢乐。然而，他的癖好之一，不管是婚前婚后，是带他认识的女士们参加罕见的招待，例如预定白宫的访问。他也几乎总是能设法实现他提出的想法。在1917年访问华盛顿之后四年，他答应带另一位女士拜访总统先生和沃伦·G. 哈定夫人，他大张旗鼓地搞定了这件事。韦曼直到1921年夏天都没有得到白宫的接待，并不表示在他和威尔逊夫妇的初次预约失败后，如果他能够再次尝试的话，不会更早去到那里。他没有很好的机会再次尝试预约威尔逊夫妇，因为从苏利文警探在1917年4月抓到他那天之后，一直到1920年3月，他几乎连续地待在监狱里，而到那时，威尔逊夫妇已经处于他们白宫生活的最后一年，并且总统先生正在从他的疾病中康复。此外，如果不是因为一个国外的任务离开，韦曼或许也会在哈定总统1921年3月就职后，很快就以某个借口拜访哈定夫妇。在1920年末和1921年的一部分时间，韦曼在秘鲁利马作为医生和卫生专家为一个美国工程公司工作。

在1921年夏天，有很多事情可能会让哈定总统高贵的眉毛因为疑惑而皱起来，但他正在担心新独立的国家阿富汗，在他遇到问题的政府所做的任何一份研究中都没有表示——不管是由他的崇拜者或是由他的诋毁者做的报告。整体上，1921年夏天的国际舞台和1968年夏天的国际舞台是类似的。每个人都在谈论裁军，哈定总统正在邀请主要力量参加一次首脑峰会。有些人对美国在远东的外交政策持强烈反对态度。中国没有被邀请参加这次会议，也正尝试被邀请。西方正在预言俄国共产主义政府的瓦解，苏俄主席尼古拉·列，正倡导和资本主义国家和平共处，直到世界范围内共产主义浪潮包围这些国家。可以感受到加勒比海地区的反美情绪，古巴正在抗议美国在那里的政策。至于国内的情景，一篇《时代周刊》的社论说这个国家正“在税负下苦挨”。几乎国会的每个人都在抱怨美国给外国太多钱。劳工部长对一个平衡的联邦预算的必要性感到如此热忱，他刚宣布自己的部门将会通过使用不带橡皮的铅笔，每年将省下5万美元。华盛顿的棒球队表现悲惨。这个国家各处都有先见之明的市民敦促政府为贫困儿童修建更多运动场地。通过这种方式，他们声称，未成年犯罪会被消除。有议案被提交国会，要把林肯的生日变成哥伦比亚特区的法定假日，但是南方的民主党人对此态度暧昧。他们威胁说这会遇到阻挠。在韦曼要带一位女士去白宫的那天，哈定总统刚从一次和亨利·福特、托马斯·爱迪生以及哈维·S.费尔斯通的野营旅行中返回，期待在那天下午玩十八洞高尔夫。

值得怀疑的是在1921年夏天的开始，韦曼是否比哈定总统本人在乎或知道更多关于阿富汗的情况。阿曼诺拉汗王子在1919年取代他的叔叔纳斯鲁拉汗成为阿富汗的埃米尔，当年5月，阿曼诺拉就派部队到印度去对抗英国军队，后者和盟军一道在一战中最终成功打败了德国。在营房谣中提到的那个地带——那个让吉卜林感到兴奋，并且稍后催生了大量电影的地区——的沙漠和山区进行几周零星战斗后，阿曼诺拉要求讲和。1919年8月8日，一个和英国的临时条约在拉瓦尔品第签订了，在那里阿曼诺拉失去了英国资助这个国家的年度补贴，但是从英国的控制下得到了——或是他认为得到了——他与其他外国力量建立关系的自由。1921年2月他的特使和俄国签订了一个条约，接下来的那个月和土耳其签订了条约。在那年7月，阿曼诺拉派遣由穆罕默德·沃尔·汗王子带队的外交使团到华盛顿去，或许希望和美国签订一个条约。穆罕默德王子带着他的使命到达华盛顿，但是在报纸上得到很少关注；实际上，包括国务卿查尔斯·埃文斯·休斯和哈定总统在内，没有人对他或他的使命表现出过多的兴趣。

然而，同一个月纽约来了一位阿富汗公主，她在纽约报纸上得到了很大关注。她叫作法蒂玛公主。据一位记者的描写，她穿着“睡衣一样的”长袍，在左鼻孔上戴着一颗巨大的蓝宝石。她是一位中年左右的粗壮的、红木色的女士。她从卡拉奇乘船穿过印度洋和太平洋到达加利福尼亚，再坐火车从旧金山到达纽约。她由三位十几岁的儿子陪同，他们的名字分别是阿信、阿兹克和阿克伯，她和她的儿子们在市政厅得到市长仪式性的欢迎，并被赠予城市钥匙。对当天纽约报纸的记者们，法蒂玛公主说，她取道美国前往英国是因为两个原因——她希望被介绍给白宫的沃伦·G.哈定总统，“那个帅气的男人”，以及她希望处置一颗从印度带来的巨大钻石。那颗钻石，报纸指出，被称为杜雅-摩尔，是一颗价值连城的珠宝，自亚历山大大帝时代以来就一直在她这一支的阿富汗王室家族流传。报纸说钻石的名字在英文中的意思是荣耀之河。用出售钻石预计可获得的收益，法蒂玛公主告诉报纸，她打算在华盛顿见过总统之后继续前往英国，送她的儿子们到伊顿公学和剑桥去。

这些信息在那天得到披露，报纸还配以公主穿着长袍，鼻子上戴有蓝宝石的照片，第二天美联社从华盛顿发出报道，显示她可能在得到见哈定总统的引荐时遇到一些困难。这些报道指出，阿富汗的穆罕默德·沃尔·汗王子当时在华盛顿，作为埃米尔的使团长，他尚不能安排见到国务卿休斯，更别说哈定总统。看起来英国大使，彭斯赫斯特的哈丁勋爵已经对国务院提出延缓和阿富汗建立正式外交关系的要求，这会持续到英国和这个新成立的王国签订一项永久性条约之前。美联社指出，穆罕默德王子对整个情况感到很恼火。华盛顿发回的报道说，在被问到法蒂玛公主时，他说了些不仗义的话，他说她是他们的统治者埃米尔的一位远房表亲，是“一位穆罕默德·扎耶部落的成员”。历史告诉我们直到那年11月，英国和阿富汗才签订了永久性条约，直到十五年后，美国和阿富汗才建立了正式外交关系。穆罕默德王子是在那里等待这个时间，还是回去又回来，还是回去又被另外的外交官取代，历史没有告诉我们。无论如何，1921年他没有见到哈定总统。

但是法蒂玛公主见到了。在表达了希望见到哈定总统的愿望后，她和三个儿子在华尔道夫酒店的套房安顿下来，开始为出售她的钻石和一些珠宝商进行协商。成千上万个纽约人，在1921年7月那周的报纸上读到了关于法蒂玛公主因无法去华盛顿见到哈定总统的沮丧，他们中只有一个人对此做了些事情。这个人就是韦曼。在7月结束之前，韦曼已经带公主和她的三个儿子乘国会快车抵达华盛顿——他在用完全让人信服的方式告诉每个人他是“国务院海军联络官”之后打电话到白宫做了预约——去见哈定总统。然后他就带公主和她的三个儿子进入白宫。在那里做了引荐，之后在白宫草坪上为一群摄影师摆了造型，一道的还包括总统先生、哈定夫人、陆军和海军的白宫助手以及公主和她的三个儿子。仅仅距他第一次在报纸上读到法蒂玛公主后刚过一个月，他就又回到布鲁克林的家，和整件事洗清关系。他的艺术作品已经完成，他完成了它。

不过，距华盛顿国务院最终弄清楚这件事，把它移交给司法部并洗清整件事情还要过很久。那时，国务院有关韦曼的档案已经重达5.5磅。在开始建立韦曼的档案时，国务院关于阿富汗的档案还那么轻薄，所以阿富汗的档案就简单地被塞进韦曼的档案。这个覆盖了那段时间的组合档案开始于一封来自英国大使馆给国务院的信。它是写给国务卿休斯的，署名哈丁勋爵，内容是：“我的政府对这一阿富汗使团的行动和他们与他国达成协议的努力并不持支持性看法……我们认为阿富汗，尽管表面是独立的，仍然处于我们政治影响的范围内，我们迫切地阻止任何显示出我们不牵涉于该国外交关系的程序。”7月9日——在法蒂玛公主抵达纽约之前——沃伦·D. 罗宾斯先生，国务院近东事务部门的代理部长，为国务卿休斯写了一份备忘录，说道：“我相信没有必要占据总统或您本人宝贵的时间，去会见这一阿富汗使团。据我所知，我们在阿富汗并无特别的利益，更鉴于英国对该使团的反对态度，我的看法是我们或许应该答应英方要求，在按照礼节的情况下对这一使团投以最少的关注。”

当韦曼在某个早上较晚时还躺在布鲁克林家中的床上读报的时候，以上就是关于阿富汗的全部档案。韦曼在纽约的报纸上了解到法蒂玛公主希望见到哈定总统的愿望，以及国务院对阿富汗派来华盛顿的使团乃至对纽约的这位公主所持有的冷漠态度。韦曼已经沮丧了数周时间，他的自我也正贪婪。那时他一直在屋子里走来走去，大多数时间都在床上度过。但是当他读到关于法蒂玛公主和她的困境时，他开始振作起来。他决定他就是那个带她和她的儿子们去华盛顿，并把他们介绍给总统和哈定夫人的那个人。

对韦曼来说，振作起来是一个相当惊人的生理和心理过程。在以后的生活中，他一次次向许多精神医生，包括监狱里面的和外面的，描述这一过程，除此之外，一些监狱里的精神医生也得以观察到他振作起来的过程。根据所有可用的证据，韦曼在报纸上读到关于法蒂玛公主的事时，在他身上发生的可能是他正想象自己在白宫向总统和哈定夫人介绍她。然后，在一瞬间，他问自己为什么他会是在白宫向总统和哈定夫人介绍法蒂玛公主的人，他很快回答自己，他会做这件事是因为他是国务院海军联络官。一晃的工夫，他已经剃干净下巴——不包括他的查理·卓别林式的胡子——洗了个澡，穿上一套制服，使他看起来就像一个在美国海军工作的指挥官。事实上并不存在像国务院海军联络官这样的职务，但这没有对他造成困扰，如同他的制服实际上是美国初级预备役军官的，那是一个海洋童子军一样的非政府组织。

振作之后，韦曼在1921年7月那个早上冲出了他在布鲁克林的房子，登上一辆跨区捷运公司的地铁线。他在第七大道和三十四街下车，走了两个街区到那家老华尔道夫-阿斯多里亚酒店，在十一点左右风一样地走进大堂。他很快就和法蒂玛公主及她的三个儿子聊上了。从那小撇胡子下面的嘴唇里发出的湍流而下的句子中，包括一个问题，她是否能在一周或十天之内做好准备去华盛顿。她高兴地说她和她的儿子们任何一天都可以去。几天后，罗伯特·伍兹·布利斯先生，第三助理国务卿，接到一个纽约打来的长途电话，在电话里国务院海军联络官罗德尼·S. 怀曼和他说，希望向他汇报法蒂玛公主同意在7月25日左右见到总统和哈定夫人，而他，怀曼，会和白宫直接联系来安排这次访问。布利斯认为这意味着他的一位国务院上级——或许是国务卿休斯——已经决定法蒂玛公主应该见到总统和哈定夫人，所以他告诉国务院海军联络官“啊——哈”或者是有这种效果的音节。挂掉电话以后，布利斯又对自己读了一遍近东事务部代理部长的备忘录，在7月14日写信给国务卿休斯，内容为：

1. 本部没有接到任何外交或领事办公室通知，表明法蒂玛公主要访问美国。她是以私人身份抵达，并且没有任何凭证或推荐信。

2. 剪报显示她和阿富汗使团的关系并不是非常亲密。

3. 总统或国务卿均无必要接待使团。如果使团不被接待，也没有必要接待公主。此外，如果后者被接待，而前者没有，会在使团和公主之间制造不愉快的感觉。

4. 另一方面，如果认为接待使团是明智的，而公主也被接待，接待使团的意义也会在某种程度上得到削减。这样的过程，如果得到国务卿的批准，可能会让英国人感到愉悦。

布利斯是一个富有而有魅力的人，他的住所是乔治敦一处叫作邓巴顿橡树园的巨大房产。他习惯在游园派对、晚宴、晚餐舞会或舞会之后，在早上晚些时候着力思考国际事务。当布利斯喝着黑咖啡从每个方面审视过阿富汗事务，大概在11点半（正在等待午餐），他认为很显然，如果国务院海军联络官在为法蒂玛公主安排，在7月25日被总统和哈定夫人接待，或许应该在公主抵达前，由国务卿来帮助总统了解关于复杂的阿富汗形势的至少部分事实。根据国务院关于韦曼和阿富汗的档案，国务卿休斯在7月18日为总统简要介绍了阿富汗。

法蒂玛公主和哈定总统的会见在7月26日的《华盛顿邮报》（以下简称《邮报》）上被详尽描述。同一天下午，《华盛顿明星晚报》发表一张照片，有法蒂玛公主、她的三个儿子、总统和哈定夫人，以及“国务院海军联络官、美国海军预备役罗德尼·斯特林·怀曼司令官”。《华盛顿明星晚报》的写作是相对平淡的，但是《邮报》的报道满足了它的读者所有的要求。

昨天，当阿富汗的苏丹娜[1]，法蒂玛公主和她的三个儿子被哈定总统在特别的观众前接待时，（《邮报》说）君主制和民主制在白宫握手了。陪同他们的是埃及王储泽德切诺王子，总统在红屋接待了这个团体。

总统很少接待过比他们外表更加艳丽的一群人。公主服饰和珠宝的艳丽色彩与这个团体中男士传统服饰的阴沉色调构成对比，后者的头巾增添了一种让人惊奇的感受。

公主的礼服是用一种大量绣有金色和黑色埃及图案的深粉色缎子制成。像外套一样的紧身上装领口很高，袖子宽松，当她移动手臂时可以看到她戴有许多手镯。她的裙子很窄，长至脚踝，和现在伊斯兰后宫闺房里的长袍非常接近。

最醒目的是左侧鼻孔上像耳环一样戴起来的大颗蓝宝石。一颗巨大的五十克拉钻石，巨大的钻石吊坠耳环，许多串珍珠和其他珠宝，腰上一条镶有珠宝的腰带，以及一条长面纱，先用一根紧密贴合的由绿色鸵鸟毛做成的束发带系在头部，再环绕到腰间，这共同完成了她的服饰。她穿着美国生产的用黑色小山羊皮制成的凉鞋，走路的时候可以看到她穿了传统的黑色丝质长袜。

公主为总统带来的礼物包括羊绒披肩、面纱、克尔曼沙赫地毯、桌布和头巾。其中一条面纱和公主戴的那条是一对，用最好的羊毛织成。它轻薄的质量让人想到最轻柔、最光滑的雪纺绸，上面布满条纹，并且用十四克拉的金线绣了图案。

法蒂玛公主通过一位翻译（韦曼）告诉总统，她是作为游客来到这个国家，目的是为儿子们取得教育机会，以及获得对美国的了解。

“我欣赏你们公民的理念和机制，”公主说，“以及这片土地光荣的历史。这是上帝选中的土地。”

据了解，她请求得到美国政府通常给予非国家官方访客的皇室旅行者的类似保护。总统热情地欢迎了她，并对她的使命表示了兴趣。

在她位于威拉德的公寓，公主庄重地坐下，通过一名翻译（韦曼）和《邮报》的记者交谈。

她说她曾去过多数旧世界的国家，但是现在美国让她印象非常深刻。（此时）她或许下决心将来就在这里定居，而不仅仅是在她的儿子们接受美国教育时

① 苏丹娜，指回教国家君主的女眷，包括后、妃、母亲、姐妹等。

在这里待上四年。

“当我最初到达纽约时，”公主强调，“我以为那是世界上最为男女对等的国家，但是它不能和华盛顿相比。你们的男人和女人也非常有趣。我想要从他们那里尽可能学习，这样或许可以帮助我自己的人民。”

作为妇女拥有投票权的倡导者，法蒂玛公主在她种族的女性中是独一无二的，也是她的家庭中唯一不在面部戴上纱巾的女性。过去几年她一直住在印度。

公主和她的团体在伊利诺伊州参议员梅迪尔·麦考密克的护送下观访了国会大厦。他们在一位翻译（韦曼）的帮助下，带着极大的兴趣旁听了两院的讨论。

国务卿休斯将在今天早上接待这个团体。其中一个儿子，阿克伯汗王子，表达了希望看到美国国玺和独立宣言原稿的愿望。王子希望在国务院图书馆看到那个红色的小箱子，1814年英国烧毁华盛顿时，多莉·麦迪逊在穿过链桥通往弗吉尼亚的路上用这个箱子携带了联邦条例。

这些皇家游客的行程计划还包括一次对华盛顿公墓的拜访，在那些伟大的名声传到他们家乡的美国人墓前表达敬意。

美国海军预备役罗德尼·斯特林·怀曼正作为公主的私人顾问和医生（还有她的翻译）。

据了解，公主晚上睡觉时会取下鼻子上的宝石，如同其他女性取下她们的耳环。不像美国女士，她不害怕大鼠、小鼠或蝙蝠。她从这些女性的习惯性恐惧中免疫的原因，是在她所信仰的穆罕默德宗教中，不仅是猫，所有的动物都是神圣的。

这段记录的读者会注意到，《邮报》的报道说法蒂玛公主的团体是由“埃及王储泽德切诺王子陪同的”。在这里《邮报》并不是非常准确。泽德切诺王子并没有和公主的团体——或是韦曼的团体——一起进入白宫，只是和这个团体一起从里面出来。这个王子自己也是冒名顶替的。他用某种说辞进入总统官邸，出来的时候让公主在他右手边或右手附近。稍后会提到更多这位冒失的埃及王储。

韦曼（或怀曼）在《邮报》上被描述为“担当公主的私人顾问和医生”，不是由于记者的粗心，而是因为韦曼在告诉人们他是谁时表现出的超常的快速和看起来反复无常的易变性。这一情况的发生似乎是韦曼认为他作为国务院海军联络官的有用性，在他走进白宫把法蒂玛公主和她的儿子们介绍给哈定总统之后就没有了。因此他在白宫的典礼过后，对法蒂玛公主说，国务院给了他一个假期，让他作为公主的私人顾问和翻译，事后他又插嘴补充，他是一个内科医生，以防她需要一个医生。无论他是什么职业，在那次华盛顿行程中，韦曼得到了一个在1917年他未能成功安排的和伍德罗·威尔逊以及威尔逊夫人的会面。在快速访问弗农山庄后，他和法蒂玛公主以及她的儿子们乘坐一辆租来的豪华轿车返程，途中那辆豪华轿车爆胎了。伍德罗·威尔逊和他的夫人正好乘坐另一辆豪华轿车经过那里，看到了搁浅在路边的公主和她的团体面临的困境。这位前总统告诉他的司机停下来。在威尔逊的司机帮助公主的司机修理轮胎时，韦曼介绍了公主。

所有人都在华盛顿度过了愉快的时光，韦曼和公主以及她的儿子们回到了纽约。泽德切诺王子想和这个团体保持密切的关系，但是韦曼对他施以冷遇，还说了些言辞激烈的话，王储溜走去追求其他的目的，正如将会看到的，在稍后才出现在纽约。在这个故事的某个时间，在韦曼头脑中的某个地方，一个宏伟的计划形成了，韦曼希望说服公主，让美国政府给她一些土地和一份年度薪俸。几天后，副国务卿亨利·弗莱彻先生收到一封关于这件事的信，落款是法蒂玛公主。公主在英国和印度的英文学校接受过教育，可以完美地进行英文说写，她通过一名翻译和哈定总统交谈，只能解释为她希望通过假装自己不认识英文，让那次会面比实际上显得更为冠冕堂皇。在这个意义上，她本人也参与了欺骗，和韦曼以及那个所谓的埃及王储一道。总之，韦曼思维和韦曼语言的研究者有理由认为这封从法蒂玛公主写给弗莱彻先生的信，是由韦曼写成的；实际上，它不会是任何另外的人写的。以下是那封信的一些摘抄：

> 我们真诚地认为，这个国家是所有希望居住在一个合理政府体制下的人们的避风港。你们的政治制度是所有政府形式——独裁与否——的乌托邦。正是由于这个原因，我的孩子们和我希望永久定居在这个国家，公开宣称的意图是成为这里公民……为将我们的计划变成现实，请这个国家的政府在其领土范围内的任何地方给予我们必要的土地和津贴。我们希望被当作外国皇室而不是公民对待。我们是从如此遥远的地方来拜访这个国家的仅有的皇室成员。我们得到消息，联邦法令规定，土地只允许被授予那些行使公民权利的人。如果这一消息是准确的，我们要求这个国家的政府放弃以上限制，以使我们能够获得生计福祉必要的土地面积……由于不能在这封信件中透露的原因，我们会选择让这个国家成为我们的永久居住地……

没有弗莱彻先生回信的档案。或许是他在仔细考虑那个不错的问题，为了接受领土和年度津贴，法蒂玛公主必须放弃她阿富汗公民的身份，成为一名美国公民，还是让政府干脆着手取消这些限制。无论如何，弗莱彻似乎缺乏强烈的欲望去长期考虑这个问题，因为他很快把这封信转给了已经在颤抖的第三助理国务卿，布利斯先生。

之后的几周布利斯先生似乎都没有办法回到他快乐无忧的生活。在8月14日，例如，他收到一封来自韦曼的电报，写着：

法蒂玛·苏丹娜公主希望在20日之后就私人事务与您约见，是否合适由我携带所有必要的文件和数据去商定日期和有关信息。

这封电报来自"纽约马赛酒店，罗德尼·S.韦曼"。那时，公主和她的团体，包括韦曼已经从华尔道夫酒店搬去了马赛酒店，因为公主没有卖出她的钻石，现金快用完了。布利斯在同一天回电韦曼：

希望你先写信告知电报中约见所指事务的详细情况。

韦曼对这封回电感到沮丧，他完成了一次迅速的态度转变。他认为说服法蒂玛公主所做的那个要求土地和年度津贴资助的请求不是一个好的想法，而这个不好的想法，要责怪公主。处于这个新的态度中，韦曼打电话给布利斯，然后给他匆匆写下了下面这封信：

我亲爱的布利斯先生：

今天下午我和您谈到法蒂玛公主给您的信，这里有些补充，我希望说明尽管那封信本身是给弗莱彻先生的，送给您的是相同的一封。因为我正在和您交涉这件事，我请您对这封信进行回复，在它已经被送去弗莱彻先生的情况下。

就我个人来说，我希望澄清我意识到她的请求存在谬误，但是她坚持把同一封信发出去，甚至建议我到华盛顿去见您。

我建议向她澄清整个情况，引用那部分关于土地仅能赠予公民的法律，如果她提出以这个国家为永久居住地，她将只会收到通常会给予所有公民的财物。

在那封回信中你可以说明已经和我讨论过这个问题，通过这种方式我会在和她交涉时处于更安全的位置，并按需要对她施加影响。

由于她会在回到印度时把某种印象带回去，建议您的回信在目前的情况下尽可能是安抚式的。

相信您会原谅我表面的推测，我亲爱的国务卿谨启。

真诚的，

罗德尼·S. 怀曼

布利斯忠实地听从了韦曼的意见，在8月20日给法蒂玛公主写了一封很长的信，用安抚性的语气解释说，美国政府完全不可能授予她任何土地或年度津贴的资助，而如果她成为美国公民，美国政府这么做的可能性比她保持阿富汗皇室成员身份时的可能性还要小。布利斯的措辞因为某种原因，开始听上去像是韦曼的措辞。他在信中某个地方说："韦曼上校之前从纽约打电话给我讨论了这个问题，我开始确认那时我和他沟通过的信息，其效用如下……"

如果布利斯认为他写完这封信，和法蒂玛公主及韦曼的事就结束了，他就误会了。在9月11日，他收到一封如下的来自韦曼的电报，这封电报是那天早上5点20分从纽约发出的：

借此机会就财务事务向您建议。法蒂玛公主绝对身无分文，我初步已预付她700美元。她在这个城市和各处欠下各类债务，声称在印度有储备。我于7月28日已发电报，无人愿意帮忙。在和我的交往中不够诚实，整体上和最近在纽约暴露的假的埃及王储有联系。儿子们不太道德，成为公认的人物。她在新威拉德和这个城市抵押了珠宝。我认为这种情况应该引起您的注意。她周围有无数虚伪的顾问。在哥伦比亚就读的印度人，在这个城市鼓吹对抗英国政府的宣传。收到回复后会发送详细报告。纯属建议。

在国务院的档案中没有明确此时布利斯悸动的大脑正在想什么。一些研究韦曼职业生涯的权威认为，国务院开始意识到并没有国务院海军联络官，那个长着一撇胡子衣冠楚楚、富有魅力的男人，那个安排法蒂玛公主见到哈定总统，并且让白宫和国务院都相信他这么做是出于国务院名义的人，是冒名顶替的。这一学派的追随者称，英国大使哈丁勋爵在报纸上读到法蒂玛公主被介绍给了哈定总统，并且大体上仍像一个自由国家的公民一样继续经营事务，他愤怒地表达了不满。接着他可能去过国务院表达抗议，英国希望继续这样控制阿富汗和所有阿富汗人，就像自从迪斯雷利把印度当作维多利亚女王皇冠上的又一颗宝石献给她之后英国一直在做的一样，而就此美国显示了不顺从的态度。在这个时候，国务院应该发起一项内部部门的调查，希望弄明白是谁做出那个承诺，使得国务院对阿富汗政策的基石似乎是应该使哈定总统和法蒂玛公主握手。然而，根据所有可查证据，现在似乎更像是国务院已经忘记——或者，至少，希望忘记——把法蒂玛公主介绍给哈定总统的并不是什么不可抗力，而是由国务院自己或者由代表国务院的什么人（韦曼）所发起的一些事。不管怎样，没有证据表示国务院那时有心情就法蒂玛公主这个插曲在自己身上找问题，直到9月13号——那个介绍发生后又过了七个星期。那天，法蒂玛公主本人给国务卿休斯写了封信。这封信明显不是由韦曼所写（顺便说一句，他此时已经把自己从中校升职为上校），也不是由法蒂玛公主之外的任何人。它的内容如下：

尊敬的查尔斯·埃文斯·休斯

国务卿，

国务院，

华盛顿哥伦比亚特区

亲爱的先生：

大约两周前，我交给国务院派来帮助我的怀曼上校四件物品，作为我给休斯夫人的礼物。他答应立刻把它们送给您，但是我非常怀疑他是否曾这么做了。在这里，他对我表现出一种非常令人反感的行为方式，非但没有帮助我——我相信这是国务院送他到这里来的目的——还给我带来很大妨碍。他怀有敌意的行为已经迫使我免除了他的帮助，也不再和他有什么关系。

但是除了他没有回应我的几个要求，我关心交给他带去休斯夫人的礼物。

我不知道他是否已经把它们送给你或是休斯夫人。如果你能让我知道它们已经在那里被接收，我会非常感谢。万一你没有收到它们，能否请你要求怀曼上校赶快把它们带过去给你。

向你和休斯夫人致以良好的祝愿和诚挚的敬意。

敬上。

你真诚的，

法蒂玛公主

尽管很有可能这封信会在国务院引起波澜，在他们关于韦曼和阿富汗的那份档案里没有记录显示它确实引起了这样的波澜。法蒂玛公主在写完它三天后——显然没有从国务院收到任何回复——给国务卿休斯写了第二封信，在里面她说了这些话：

> 很遗憾，这次我写信给你是出于一个让人不愉快的目的。但是诸多情况迫使我要把迄今为止我甚至犹豫去触及的事情写信告诉你。
>
> 当我在华尔道夫-阿斯多里亚酒店时，有一天怀曼上校到我这里，告诉我国务院指派他来帮助阿富汗皇室团体。几天后他带给我一些国务院写给我的信件，称怀曼上校是一个完全可靠的人，我可以安全地把我的事务交由他处置。这在我看来是非常充分的证明，所以我把很多我的个人事务都托付给他。怀曼上校为我处理的前几件事的其中一件就是安排我到华盛顿与哈定先生会面的行程。这次行程的细节记录非常长，但是在这里仅仅提到这件事就够了，他在未经我允许或在我不知情的情况下，花掉了我交给他的600美元中的大部分。当我得知他已经花去这些开销，感到非常惊讶，但是那些账单签署的都是我的名字，为了避免不愉快，我不得不全部支付。但这并不是麻烦的结束。怀曼上校在纽约完全操纵了我的事务，花光了我所有的钱，我被置于进退两难的境地。然后他尝试愚弄我，像是去拍卖我拥有的那些钻石。我拒绝这么做，但是我被说服给他销售那块石头的授权委托书，按照我的价格。这份文件由我按规定签字，由一位公证人会签。现在两个月过去了，他没能卖出那块钻石。然后我要求他归还那份文件，他断然拒绝这么做。
>
> 在8月13日，你的一位公务人员电话通知我，如果能够当面到华盛顿一趟，我会在那里和布利斯先生的谈话后，对我8月9日那份申请的有关情况有更好的了解。我决定在18日前往华盛顿。但是一天早上，怀曼上校到我这里，说国务院指示他告诉我不应该前往华盛顿，而应该让怀曼带着我的家庭文件独自前往。我相信他说的是事实，把家庭文件交给了他。在消失几天之后，他回来了，告诉我国务院已经检查了这些文件，很快会就这个问题写一封信给我。但是我从没有收到这封信，他为那次行程收了我大约42美元的费用，但我怀疑他是否曾到过华盛顿。
>
> 有很多次，证明事实上是他在煽动一些人就若干我全然不知情的债务来起诉我。而所有这些时候，他都装作是我的秘书。

他行为不当的情况如此之多，不过我总是想到国务院的那些推荐信，以及他作为您派给我的代表的身份。

但我最近一次发现他的不法行为实在令人震惊。碰巧我在华盛顿的新威拉德酒店有一笔339美元的欠款。我交给怀曼200美元，作为给这家酒店的部分付款。他带回给我一纸文件，说是新威拉德酒店开具的200美元收据。然后我见到前来收账的新威拉德酒店代表。我向他展示了那张200美元的收据，提出支付剩余的139美元。但他告诉我那张收据是伪造的，新威拉德酒店从没有收到过200美元中的任何一部分。经过仔细检查和深入研究，我确信怀曼上校同样骗走了这笔钱。过去十天我一直尝试和他取得联系，到那时他成功地回避了和我的联系。因此我自然地想开始对他的法律诉讼。但由于他是你的代表，我认为明智的做法是把整件事情告知你，请你即刻告诉我是否能做些事来帮助我挽回他从我这里非法夺取的钱。如果你能采取措施平复我遭受的不公对待，那会在这片异国土地上为我省去大量麻烦和一大笔费用。

你诚恳的，

法蒂玛·苏丹娜公主

国务院的档案显示，在收到这封信后，国务院终于掀起了波澜。国务卿休斯和他的几位助手把这件事移交给国务院的一名特工，R. C. 班纳曼，让他调查并且如果可能的话，开会讨论这位把法蒂玛公主介绍给哈定总统的人。

国务院请纽约警方尝试找到罗德尼·斯特林·怀曼——国务院掌握的我们这位老兄唯一的名字——并且因冒充海军军官而逮捕他，因为这一冒充像发生在华盛顿一样也发生在纽约。警方向国务院报告说他们找不到罗德尼·斯特林·怀曼，显然他们没有认出这个名字，那不过是那位他们从1911年以来已经熟识的冒名顶替者使用的另一个名字，他们曾三次抓捕这个人（1911年因大盗窃罪，1917年因伪造罪，1920年因冒充海军军官），这还不算曾四次因违反假释条例拘捕他。华盛顿的国务院特工班纳曼被派往纽约，按指示向纽约的国务院特工，R. S. 夏普报告。这大约是国务院的某个协议，夏普的级别比班纳曼高。夏普在这个案子上完全听任班纳曼自己的做法，班纳曼很快就发现，在几封写给法蒂玛公主的信件中，这位骗子给出了他的地址，布鲁克林区茂吉尔街七十一号，电话号码是斯塔格3060。

班纳曼在给夏普的一个报告中写道：

我去了茂吉尔街七十一号，希望找到怀曼的住所，那里一位女士否认对怀曼有任何了解，但是她说我或许能在另外的某个房子里找到他。在她建议的那个房子里，我找到一个人叫温伯格的人，他上了年纪，强调自己对怀曼一无所知。之后，在检查电话号码时，我发现斯塔格3060是位于伦纳德街二百九十二号的一家药店的电话。那里的药商被问到怀曼的家庭住址时，说："噢，他住在街对面——可能在六百一十七号。"我继续到他所指的大都会大道六百一十七号，从上到下彻底搜查了这栋建筑。没有发现怀曼的踪迹。我又一次返回那家药店，那里的一位店员告诉我，怀曼确实住在大都会大道六百一十七号，但是在那人们认识的是他的真名，也就是温伯格。经过仔细搜查后，我在那里找到了怀曼的妻子，一个脆弱的小女孩，带着一个三四个月大的婴儿，还有她的母亲，一位希尔太太。她们告诉我在茂吉尔街七十一号和我交谈的那位女士是他的母亲，温伯格太太。她们还说和我说话的那个老先生是他的父亲。她们说他的父亲和他没什么关系了，但他的母亲总还是尽最大可能保护他。

查明在哪里可以找到韦曼后，班纳曼联系纽约的海军情报人员，提出以冒充海军军官的罪名逮捕这个骗子。他发现海军情报人员不希望和这个案子发生任何联系。在给夏普的报告中，他暗示这种情况的原因是，在法蒂玛公主事件发生前一年，这位骗子和当时的大西洋舰队总司令，海军上将亨利·布雷德·威尔逊就已过从甚密。有几次他是上将晚宴的座上宾。正是上将对败坏声誉的担心，让那些情报人员对此事采取了不干涉的策略，班纳曼指出。班纳曼进一步调查了这名冒名顶替者1920年的冒充事件，发现韦曼只是在布鲁克林的一名法官那里接受审判，判罚10美元然后释放，即使当时他正处于另一个罪名的假释期。班纳曼用这样的信息结束了给夏普的报告，然后夏普给华盛顿的布利斯先生送去一份相当直截了当的备忘录，在里面列出班纳曼报告的主旨，并且，除一些其他内容外，提到："我希望你对以下事实引起特别关注，国务院的官员对这名罪犯代表法蒂玛公主的正当性没有做过初步调查。很明显，如果曾做过任何对此人情况的初步调查，就会立刻调查清楚全部的情况。我就此结案，没有给班纳曼特工就起诉这名罪犯的进一步指示，同时把采取国务院认为必要的进一步行动的决定权交给你的办公室。”

布利斯明显不能说服海军部起诉这名冒名顶替者，但他确实想出一件国务院在该问题上可采取的建设性举措。班纳曼在调查过程中发现韦曼有一本签发给“克利福德·克里特·韦斯顿·怀曼”的护照，所以如果布利斯对这名冒名顶替者还能自由在美国境内移动这个事实无法有任何作为，他至少可以保证他不能自由地在全世界行动。因此，布利斯指示夏普，让他指示班纳曼没收这个冒名顶替者的护照。在10月4日班纳曼对夏普汇报如下：

根据首席特工收回签发给克利福德·克里特·韦斯顿·怀曼的104155号护照的指示。

意识到除非通过计策，不能保证这本护照的安全，我取得了位于纽约西一百三十区四十二街的R. J. 韦斯特股份有限公司的服务帮助。这家公司是一个职业介绍所。在9月25日，怀曼给他们写了封求职信。

我在那家机构的建议下写了封给怀曼的信，并由韦斯特先生签发，大意是有一个岗位对具备他这样能力的人开放，问他能否在10月1日周六早上十点钟出现在他们的办公室，届时会有职介所的员工接待。9月30日周五，怀曼打电话给他们说他没办法赴约，因为他要见一个从欧洲来的朋友，并在第二天早上继续前往华盛顿。不过他会在周一早上回到纽约，并把时间定在了十点钟。

到约定时间，我出现在R. J. 韦斯特公司的办公室，怀曼详细阐述了他在审计工作上的经验，以及他作为大宗对外贸易顾问的经历，漫不经心地谈到他在这个国家和其他国家认识的与业务相关的人。他声称自己是芝加哥哈罗德·迈考密克的私人密使。进一步称他被叫去重新安排海关通过货物的处理系统——实际上，感觉他会安装一个全新的系统来加快海关验货仓库的运行。这样的对话持续了一段时间，直到我，作为潜在雇主，向怀曼索要他的推荐信。

他出示了一封推荐信，来自移民局委员。

一封来自参议员帕特·哈里森。

一封来自共和党全国委员会佛蒙特州主席厄尔·S. 金斯利。

一封来自秘鲁驻纽约总领事，H. E. 希金森。

一封来自南太平洋公司，署名是切斯特·雷迪。

一张便条，打印版，显示他曾为财政部服务过。

一封推荐信来自大卫·R.弗朗西斯。

我听了他对过去几年经历的讲述，记录到他在服务于不同企业或个人时出现许多重叠的地点，并且注意到他推荐信上的签字有某些相似之处，于是把他的推荐信放进我的口袋，把我的真实身份告诉他，要求他在当天下午四点钟出现在我们的办公室，带着他的护照和那几件法蒂玛公主让他送给休斯夫人的工艺品，还有他的授权委托书——所有这些我已经同这份报告一起上交，包括他的推荐信复件，及记录了他最近在哈罗德·麦考密克案件中行为的报纸文章。

我确定这个人在任何情况下都不会说实话，因此对他所说的任何话都不应该予以信任。如果国务院希望起诉他，我认为总是可以通过他的妻子直接或间接地确定他的位置。

尽管麦考密克在报纸上那几篇文章中否定了和怀曼有任何关系，但怀曼打电话问我是否注意到这些文章。在得到肯定答案后，他说毫无疑问麦考密克先生有理由这么做，因为怀曼可能和媒体说了太多，但他向我保证他与麦考密克先生之间的关系是真实的，因为此刻他一边和我说话，一边正在使用麦考密克先生的劳斯莱斯。对此我可以拜访广场酒店的布鲁克斯先生进行确认，此人为他提供了麦考密克先生的钱，让他去清缴那辆车的关税。

在收到这份备忘录及随同附上的护照后，夏普现在从国务院方面永远结案。他把护照送给布利斯，还有这份最终的备忘录：

……你会注意到班纳曼特工已成功获得这本护照，我将其随函附上以备处置……

你也会从特工的报告得知怀曼已经上交了几件手工艺品，据称是法蒂玛公主交给他并令其转送给国务卿的妻子休斯夫人的。我们目前已收回这些桌布中的三件，会等待你就此做出的进一步指示。这些桌布的其中一张仍然在怀曼的妻子手中，这件可以被找回，法蒂玛公主声称由怀曼交给休斯夫人的共六件物品中的另外两件，怀曼称他已经通过在路上遇到的一个电报男孩送至白宫。不过，怀曼是这样一个习惯性撒谎的人，我们对此并不采信，相反，我们的看法是他已经卖掉了这些工艺品或通过其他方式处理掉，并占有了这些收益。

在和我们私下的谈话中，怀曼非常肯定他曾为共和党和民主党的全国委员会工作过……

我自己对此人的观察，证实了我的想法即他的心智有些问题，他也承认曾在一个精神病院待过一段时间。他坦率地说，为了找到一个工作他不明白有什么理由可以反对撒谎。他的头脑非常聪明，对日期和细节的记忆力也极好。我肯定任何能给他的规劝都不会有帮助，他以后会继续做他以前做过的事。

你会从我附上的班纳曼特工的报告中注意到，他最新的恶作剧是取悦约翰·D. 洛克菲勒的女儿，哈罗德·麦考密克夫人，与此同时我们掌握了肯定的证据可证明，那个大意为他还在做与伊迪丝·麦考密克夫人的丈夫，即哈罗德·麦考密克先生相关的工作的声明，是真的。换句话说，正如他对共和党和民主党全国委员会的所作所为，他也涉及麦考密克夫妇的家庭纠葛，他的工作既牵涉两头又关涉中间。

你会在《纽约新闻》对他的采访中注意到他疯癫的证据，《纽约新闻》是纽约市一家每日出版的画报，他们完全被此人哄骗，并以给他发表照片为荣幸。

1922年4月——在他把法蒂玛公主介绍给哈定总统的八个月之后——韦曼在布鲁克林联邦法院因穿戴美国海军军官制服的指控被审判并定罪。托马斯·I. 查特菲尔德法官主持了那次审判，韦曼的代理人是赫尔曼·C. 波拉克，联邦助理检察长盖·O. 瓦尔泽代理司法部进行起诉。韦曼的辩护是，在把法蒂玛公主介绍给哈定总统时，他所穿的并不是美国海军制服，而是美国初级海军预备役制服，后者确实是他所为。不过他还是被判有罪。

在查特菲尔德法官宣判之前，他的律师开始进行从轻处罚的辩护，但是没能说太多。“他的记录，”波拉克说，“对他是不利的，但是对其进行细致观察后可证明，他从没有做过任何表现出道德邪恶性的事。他——”

“他已经做了很多事，”查特菲尔德法官打断道，“我认为，直到他明白对他人恶作剧的同时还想要遵守法律条文并不应该是他生活的方式前，让他逍遥法外，他就会是一个危险的人。”

接着波拉克先生指出这项指控几乎已经是一年前的事，并且他的当事人可以

"很好地解释为什么他会安排把法蒂玛公主介绍给哈定总统"。

"他在那一点上让你满意的能力仅仅表示，他做出解释的技巧是非常可观的。"查特菲尔德法官说。

韦曼的父亲这时请求法官处以缓刑，保证会资助他的儿子、儿媳和孙子，并且会支付他儿子的精神治疗费用。

之后，韦曼的妻子开始代表她丈夫进行申诉，但是由于放声大哭不得不离开法庭。接下来，韦曼自己向法庭陈词。"我不想讨论精神错乱理论，对此你们似乎已经下定决心，"他对法官说，"我的任何行为都未曾出自故意的邪恶。所有行为都是在复发性躁狂抑郁症的某个阶段或周期或一段时间内犯下的，对此医生已经做出诊断。"

然后查特菲尔德法官宣判，韦曼要在亚特兰大联邦监狱服刑两年，并支付1美元罚金，他说明，对韦曼做出的违法行为的最高处罚是监狱服刑三年，及1 000美元罚金。似乎是一种事后的想法，法官说他相信韦曼成功地愚弄医生使其认为他疯了。

至于法蒂玛公主，她有段时间一直通过英国驻纽约总领事，接受英国政府给予的足够她和她儿子生活所用资金。她的钻石，她说价值50万美元，最终以4 000美元的价格出售，其中2 000美元付给了第五大道的一个珠宝商，他在几周前预支给她一笔同样数量的钱。英国总领事说服她同意乘坐1922年3月16日从纽约起航前往拉合尔的轮船，离开美国回到印度。但是那艘船离开时公主和她的儿子们都没有登船，在报纸档案和美国国务院的文件中也再没有关于法蒂玛公主的进一步情报。

从表面看上去，斯坦利·克利福德·韦曼1910年庆祝二十岁生日的聚会，是一个普通的生日聚会。参加的人有他的母亲、父亲和五个年轻的弟弟。他的妈妈烤了一块巧克力蛋糕，用二十根蜡烛装饰好，蛋糕被拿到餐厅，礼物也被送给这位最年长的儿子。那个聚会上正在进行的非凡事情只是在这个年轻人的头脑中。他1909年从东区高中以高分毕业，那时他的计划——他在二十岁生日时仍然持有的同一个计划——可以被称为是过于宏伟甚至浮夸的，如果不是之后他可以说已经把它们全部实现了的话。他那时想做的是去普林斯顿大学取得文学学士学位，申请驻外事务处的一个岗位，通过国务院的考试，做一些领事和外交工作，然后在巴尔的摩的约翰霍普金斯大学学习医学，取得医学博士学位，之后，在哈佛法学院学习法律，取得法律学位。他的父亲从没取得过任何一种学位，但是他努力使自己成为布鲁克林一名比较成功的地产经纪人。他支持自己最大的儿子进入大学，但他认为这个孩子应该下决心或者成为外交官或者成为医生或者成为律师，而不是所有这三个，而在他下定决心前，最好能先去工作，在某件事情上获得若干实践经验。

这位父亲和家中的其他成员都相信，长子无论从哪个方向上开始都需要走很长的路。他外表帅气，有迷人的风度，说话时声音柔软，语速缓慢，用语雄辩又有极大韧性。高中的最后一年，他在一个关于女性参与投票愿望的辩论中持正面看法，这个话题在那个时代是有争议的。有些人的印象是妇女想要投票，她们应该被允许投票，如果美国宪法通过一项修正案允许她们投票，这个国家的内部和外部事务都会得到难以置信的改善。另外一些人则认为女性的位置是在家里，即便她们想要投票也不应该被允许这么做，让一个女人尝试承担投票公民的责任会让她们具有更多男性气质，这不是她们应该有的，在内心深处也不是她们想要有的，女性参与投票只会导致男女之间关系的严重混淆，导致这个国家在内政外交上采取一些政策，最终将制造混乱，即使不是灾难的话。当温伯格家的长子在东区高中的集会厅代表女性投票权发表演说时，一些听到这个演讲的女权主义者对他所说的内容和他说话的方式是如此着迷，他被邀请参加那年在华盛顿举行的全美妇女选举协会举办的年会。他接受了这个邀请，参加了年会，做了一个经过准备的演讲，被授予一枚金质奖牌，之后他把那枚奖牌装在背心口袋里携带着，或者如果他刚好没穿背心的话就装在裤子上的手表口袋里。从高中毕业之后，在和父亲经过几周的讨论后，他被说服接受布鲁克林一个小型地产公司里的职员工作，公司老板都是这家人的朋友。他在那里大概有六个月做得很好。然后向老板们做了一个演讲，列出了一项公司扩张计划，向他们保证如果这样做，公司业务就可以从小型向巨型转变。老板们非常感兴趣，就像无论何时这位年轻人说话时几乎每个人的反应一样，但是经过几天的考虑，他们认为他的计划太过野心勃勃，并把这个想法告诉他。于是他辞掉了这份工作。他的父亲、母亲和弟弟们之后回忆，他在之后大约一个月里的多数时间都躺在床上，接下来的半年他除了在屋里游荡什么都没做，喜怒无常又无精打采。

然后难以解释的是，他又开始振作起来。很快他又开始温和但有说服力地敦促父亲送他去普林斯顿，并让他开始作为外交官、医生和律师的职业生涯。他的父亲认为自己仍然不能同意这个三条路径的计划是合理的，此时这个孩子向家人宣布他会完全自食其力找到一份工作，挣钱送自己去普林斯顿。父亲鼓励他这么做，他找到一份工作，给一份叫哈利·平克斯的人做类似学徒的事情，此人在曼哈顿下城接近市政厅的地方开了一家相机店。这份工作未来的发展，平克斯和温伯格家的人都不曾预想到。

除了拥有和经营这家位于曼哈顿下城的相机店，平克斯是一个专业摄影师及坦慕尼协会的成员，韦曼被这个相机店的工作所吸引，因为平克斯认识许多重要的人。他们多数都是律师和政客。平克斯经常带着相机、三脚架和黑布相机罩外出，在这些人生活中重要的场合为他们拍照。他会在和自己的学徒谈话时提到这些名字，而韦曼会记下这些名字，并在布鲁克林的家中提及这些名字。第一个月结束时，韦曼礼貌地问平克斯能否支付他的薪水，这样他就能开始积攒送他到普林斯顿的储蓄，平克斯告诉他到那时为止他的服务还不值一文。韦曼那时和之后的多数时间里都表现温和，但是当发现他在做没有报酬的工作时发了脾气，指控平克斯不公平地利用了他，而平克斯告诉他他被解雇了。

一个普通的年轻人可能会乐于见到这份没有薪水的工作的结束，但是韦曼不是一个普通的年轻人。解雇进一步地激怒了他。他带着怒气阔步走出这家商店，在走之前趁平克斯没有注意，拿走了平克斯一台最贵重的照相机，他离开商店时，相机就藏在他的大衣下面。他没有和任何人提到这次盗窃，也没有想出售或抵押这台相机。他把相机放在布鲁克林父亲家中自己的房间里，在一个抽屉里衬衣下面看不到的地方。韦曼在相机店的这个工作安排得非常随意，所以平克斯并不知道韦曼的家庭地址，因此也从没能要回这台相机，尽管事情实际上很明显，当他发现相机不见时，就正确地猜出是他那个未被支付工资的学徒偷走了它。

在这次经历后，韦曼并没有陷入某个周期性情绪低落，而是继续乐观地和父亲说起他的计划，称他仍然打算从普林斯顿毕业后加入驻外事务处，然后，到一定时候，成为医生和律师。像那时很多没有上过大学的年轻人，他通过做许多不同的零星工作赚钱——在曼哈顿成衣区做信童，在布鲁克林做冷饮销售员，在一家报社做办公室勤杂工。他辞掉了全部这些工作，因为他感到厌倦，因为他们支付太少。当他意识到要花费他几年时间来省出足够的钱去普林斯顿时，他和父亲吵了一架，因为他的父亲仍然拒绝提供送他到那的钱。这个男孩于是离家出走，找到一份卖报纸的工作，在另一个报童家里住了一段时间。当父亲去往办公室时，他会回家去见母亲，她会给他吃的和一些钱。有几周时间，他睡在父母房子的门厅里，他的母亲想办法不让他的父亲知道他在那里。他在市政厅附近的公共图书馆花了大量时间，以他那个年纪的年轻人广泛而不系统的方式阅读。所有这些时候，他都在梦想未来和他的计划，很快，他开始急切地实现他的计划。

他选择了一个他认为作为美国驻外事务处的新员工会想从事的工作，并且在某种程度上，出任了这个工作。这使得去普林斯顿取得一个文学学士学位或是通过国务院的考试都变得不必要。他挑选的那个工作是美国驻阿尔及尔总领事。他告诉一家富尔顿街的文具店店主他现在的身份，要了一堆雕版印刷的请柬和用来邮寄它们的合适的信封，指示那个店主把账单送给他的父亲。他并没有把请柬寄给任何他家中的成员，或是他的任何一个朋友，而仅仅寄给他在报纸上见过或在平克斯的相机店里听到过名字的那些显要的陌生人。请柬要求收到它的人在某个周二晚上八点，出席在布鲁克林高地圣乔治酒店举办的宴会。着装建议为正式。该场合，请柬写道，是为新上任的美国驻阿尔及尔总领事S. 克利福德·温伯格举办的送别聚会。这些请柬邮寄给了大约100个人，其中超过75人准点出现在了圣乔治，男士们打白领结穿燕尾服，他们的妻子则穿着晚礼服。这些人多数是律师、医生和政客，但是至少有一位是纽约州最高法院的法官。

韦曼为自己举办的宴会进展非常顺利。穿着从布鲁克林百货商店通过记账给父亲买来的礼服，他做了一个得体的演讲，感谢他没有说出名字的朋友为他举办了这个宴会，之后号召一些客人来说一些话。所有人都开始这么做，并且所有的人所说的都不止一些话。那位法官是其中一个发表长篇讲话的人。当宴会在那天很晚结束时，法官叫住了这位新任阿尔及尔总领事，邀请他第二天到曼哈顿下城的市法院法庭去，和他一道坐在法官席见证法律之下人人平等的实现。这是韦曼乐于接受的荣幸。

圣乔治酒店的宴会账单，包括食品、酒水、鲜花的费用，一共大约400美元。第二天早上它被送去市政厅附近韦曼父亲的地产办公室，酒店管理部门指示一个信差在那里等着并把这位地产商的支票带回来。文具店和百货商店的账单已经被邮寄至温伯格先生那里，圣乔治的信差到达时，他正在看那些账单。这些账单给了这位父亲关于他儿子做了什么的第一个提示。在酒店信差等待的同时，他打电话给酒店宴会部、百货商店的借贷经理以及那位文具店店主，从他们那里了解了更多细节。在后来的生活中，他和许多人讲过那天早上他准确的感觉和他做了什么。他的第一个感觉是遗憾他的儿子没有邀请他去那个宴会，但是接着他对自己说，不被邀请是对他为这个孩子设置障碍的合理对待，而这个孩子一直在秘密地用功准备，并且通过了国务院外交服务的考试——在没有去普林斯顿或任何其他大学的情况下——他现在正准备去做的事可能轻易就会发展成为一段辉煌的外交官生涯，无论在此之后是否会继续他常常提起的医生和律师工作。

温伯格先生高兴地支付了账单，然后关上办公室，赶上一趟运行中的有轨电车，回家去祝贺他的儿子。但他儿子并不在家。他的儿子正坐在纽约州最高法庭的法官席上，法官坐在他的左边。那天早晨法庭并不是很忙，法官一边亲切地和这位新上任的阿尔及尔总领事交谈，一边处置那些日常事务，像是从一批被指控的罪犯那里接受认罪或无罪的辩护，把一些定罪的重犯宣判到兴格监狱去服劳役。然后这位法官有了一个想法。他神秘地笑了，告诉总领事在几分钟后会给他一个惊喜，又对法庭的书记员低声说了些什么。法官想好了他想要的——作为一个纪念品，同时也是媒体或许会感兴趣的东西——是一张他和新任阿尔及尔总领事共同坐在法官席上的照片。接到书记员的电话传唤后，平克斯很快就谨小慎微地走进了法庭；过去法官需要拍一张照片时他已经学会了这么做。他安静地架起三脚架和相机，消失在那个黑布的相机罩下。在相机罩下，他把焦点聚在了法官和阿尔及尔总领事的面部。然后他往后掀起相机罩，在法庭里发出一声不合时宜的大叫。他喊道，这名和法官一起坐在法官席上的年轻人，就是那个偷走了他其中一台最贵的照相机的年轻人。年轻人立刻毫无辩解地承认曾偷盗相机，并开始详尽地和法官解释这件事。韦曼说他拿走相机不为别的原因，只为向平克斯说明一个有他这种潜力的美国年轻人不应该被要求无偿工作。他继续用一种愉快随和的方式认罪和解释了几分钟。他温和、缓慢、雄辩地说着，似乎无法停下来，带这位法官越来越深地进入一个他无意进入的迷宫。他承认在圣乔治为自己举办那个宴会，只是为了强迫他的父亲送他到普林斯顿，而在那里，经过一段必要的时间，他会取得一个文学学士学位，准备通过国务院的考试，在驻外事务处工作几年时间，非常可能是作为阿尔及尔总领事。在此之后，他继续说，他会开始在约翰霍普金斯大学开始为医学博士学位而努力，因为他认为在去哈佛拿到一个法律学位之前最好先得到这个医学博士学位。韦曼还在讲的时候，法官转向书记员，告诉他让平克斯叫一个警察来，让警察把韦曼带走。这位上年纪的法官然后摇摇晃晃地回到自己的房间。根据目击者，在从法官席到他房间门口的路上，他几乎绊倒了两次。

平克斯和那名警察陪同韦曼回到布鲁克林家中，在那里相机被交还给平克斯。然后韦曼的父亲陪同警察和长子去了曼哈顿地方法庭，在那里他支付了保释金，这样他的儿子就不必在旧刑事法庭大楼隔壁著名的“公墓”拘留中心过夜。

几周后，韦曼在对一项大盗窃罪指控认罪后，被宣布并执行缓刑判决。那时，他的心情又变得低落，多数时间都躺在床上，其余时间穿着浴袍在屋子里游荡。在家庭医生的建议下，父亲带他去皇后区阿斯托里亚一家私人机构河流山疗养院，做诊断和治疗。

回忆在河流山疗养院度过的这六个月时，韦曼会把这段时间看作是一生中最快乐的时光之一。医生对这个高度灵敏、聪明过人且富有魅力、声音柔软而有说服力、举止文雅、长一双大而明亮棕色眼睛的小伙子产生了兴趣，对他进行尽可能多的在那些年认为对病人有好处的心理疗法。20世纪第二个十年开始时，西格蒙德·弗洛伊德博士的发现和建议，在这个国家所有精神病院，整体上仍然被有保留地对待，就像世界上其余地方的精神病院一样。弗洛伊德的主要作品《梦的解析》直到1913年才被翻译成英文。不过，构成精神分析理论基础的，弗洛伊德对自身潜意识研究的主要想法，在美国和世界已被广泛知晓。一些人倾向于认同弗洛伊德的理论，其他人则不。那些持否定态度的人，就像今天的有些人依然表现出的一样，对这个问题相当情绪化。1910年，一位著名神经病学家，那时该学科主流教材的作者H. 奥本海姆教授，在柏林神经病学大会的演讲中提出，任何容忍弗洛伊德观点的机构都应被这个大会的成员抵制。据弗洛伊德的传记作者欧内斯特·琼斯博士说，“所有在场的（心理机构）所长都站起来声明他们的清白”。同一年，在汉堡举办的一场德国神经病学家和精神问题专家会议上，一位在他的时代是权威的医生威廉·韦安特教授，在听到另一位代表开始念一篇概述弗洛伊德性理论的论文时，用他的拳头狠狠撞了一下桌子，喊道：“这不是一次科学会议上应该讨论的话题，这是应该由警察来管的事！”大约同时，在澳大利亚，一名长老会牧师不得不离开牧师职位，因为他对弗洛伊德的作品表达了同感。琼斯博士本人1908年被迫辞掉伦敦的一个神经病学职位，因为他被发现询问了病人的性生活。琼斯博士搬去加拿大，不久之后安大略省当局命令一本叫作《精神病院公报》的出版物停止出版，因为琼斯博士和他的职员在为这本刊物供稿，这些稿件被安大略省当局认定为“即便在一本医学期刊上也不适合发表”。同一时期，在柏林，一位世界知名的精神病学家M. 伍尔夫博士被一家精神病院解雇，因为他表达了对弗洛伊德理论的兴趣；他在俄国继续自己的事业，后者那时在这些问题上比德国更加自由。一位知名的纽约神经病学家，约瑟夫·柯林斯博士，据琼斯说，有当着男女混杂的人群讲不体面的笑话的癖好，他于1910年5月在华盛顿特区举办的一次美国神经病学协会会议上，攻击了另一位知名神经病学家詹姆斯·J. 普特南博士，因为后者读了一篇研究与女性歇斯底里病相关的弗洛伊德理论的论文。他声称这篇论文是由“关于纯洁处女的色情故事”构成的，宣布“学会是时候对超验主义和超自然主义采取反对的立场了，并应绝对地扑灭基督教科学，弗洛伊德主义和所有的空想、垃圾、胡说八道”。

即使那些倾向认为在弗洛伊德关于性和无意识的理论中有可取之处的医生，对听从弗洛伊德提出的任何治疗程序也是谨慎的，可能是因为医疗行业普遍还没能从弗洛伊德的一项早期发现中恢复过来——那项发现认为一种叫作可卡因的新型的、未经尝试的药物，对治疗患有抑郁症的病人是有效的。像韦曼一样，弗洛伊德早期是神经质人格，除其他一些问题外，还有躁狂性抑郁的倾向。弗洛伊德发现，可卡因在被吞食或吸入或静脉注射后，会在他情绪低落时让他振作起来。他在1884年就熟识这种药物，那时他28岁，在一封给他失去胃口的未婚妻玛莎·伯奈斯的信中写道：“可怜的，我的公主，我来时会热情地吻你，喂养你直到身材圆润。如果你是不听话的，那就看看谁更厉害，一个温柔的没吃饱饭的小女孩，还是一个体内有可卡因的疯狂的大男人。在我上次严重抑郁时，我又使用了古柯，即使是小剂量就能以美妙的方式带我离开地面。我刚刚正在忙着为一首赞美这种神奇物质的歌曲收集文献。”弗洛伊德之后献给可卡因的赞歌，在一段时间里被欧洲和美国的医疗行业广泛并且几乎不加批判地接受了，结果直到1911年全世界仍有大量病人和大量医生在努力摆脱这一物品。（弗洛伊德本人早已停止推荐将它用在除牙科和外科手术神经麻痹之外的其他用途上。）比如说，W. H. 霍尔斯特德博士，现代外科学的创立者之一，被认为是美国最伟大的外科医生，就了解到弗洛伊德对可卡因的赞歌，并且本人也可以吹捧可卡因，他花了几个痛苦的年头戒除毒瘾，这样他才能继续去建立现代外科学。

实际上，弗洛伊德并非一位成瘾型体质的人，他的未婚妻也不是；像许多世纪转折前的患者和医生能够做到也实际做到的，他们两个都既可以服用可卡因也可以放下它。弗洛伊德的这一发现，即存在一种成瘾型体质的人——这种人的内在构造导致他们对任何可能缓解他们身上强烈紧张和抑郁的事物有一种高度渴望，同时有另外一些人则没有——最终帮助他转向对潜意识的研究，并进一步发展至精神分析理论。不过，一直到1911年后的那些年，他和他的追随者才不再认为在人类情绪中的那种波动——其极端表现今天被称为躁狂抑郁性精神病——是不可治愈的，以及这些情绪本身是由于某种并非出自人类潜意识的力量。因为这一点以及其他许多原因，似乎以下这个说法是准确的，即便弗洛伊德本人1911年在皇后区河流山疗养院工作，他在那六个月里也不会比实际上在那里治疗韦曼的精神医生所完成的工作做得更多。

河流山的医生认为韦曼是一个有希望的病人。当韦曼抑郁时，他使用过的最激烈的让自己振作的东西，不过是一张早晨的报纸。他从不喝酒、不抽烟也不吸入什么，而弗洛伊德，一直到他最终戒掉可卡因，这三件事都曾做过，并且也不控制地给他自己、他的未婚妻和病人吞食、静脉注射或吸入可卡因。在弗洛伊德发现可卡因的处方对他自己和他人都有一些不好的作用之后很久，他坚持认为并不是可卡因本身是有害的，有害的是他把它注入人们的血管中，而非鼓励他们吞食它。一段时间后，他发现这一观念的原因在他自己的潜意识中，并且对此进行了处理。他在那里还发现了一些相对不那么复杂的观念，像是他对父亲刻骨的仇恨，他以为他只爱过他；以及他称为"一种难以驾驭的同性爱的感觉"，这与他继续亲吻玛莎的欲望冲突着。河流山已经习惯见到酒鬼、毒瘾患者和强迫性神经官能症患者，比如只要事物不整齐就会有歇斯底里发作的女人、不能进入或乘坐电梯的男人、以为自己是圣女贞德的女人、认为自己是拿破仑的男人，以及任何性别的以为自己正在空中或水下漂浮的人。和多数其他病人相比，韦曼就像直布罗陀的岩石一样坚实。他没有恐惧症、妄想症或强迫性神经症，是驯服的并且乐于取悦他人的。进入疗养院时他身上出现的唯一问题似乎是，他患有严重的抑郁症，并且抱有自杀的想法，尽管他从没有做过任何杀死自己的尝试。他的医生没有询问他的性生活或研究他的潜意识。几年之后，其中一位医生回忆起第一次见到韦曼时的情景，这位新来的病人被安排在一个单独的房间，他们在托盘上为他提供了晚饭，医生发现他坐在床上，却没有想吃放在腿上托盘里的牛排。于是问他为什么不吃他的牛排，他悲伤地回答说他切不开它。那名医生就把韦曼的牛排切成小块，像一位妈妈可能为一个小孩做的那样，然后韦曼把它们吃完了。接着他立刻开始振作起来。这位医生友好地和他聊了一会，建议韦曼尝试睡个好觉，在他离开韦曼的时候，已经确信他不会在这个病人身上遇到太多麻烦。他是对的。

韦曼被安排进一个严格的日程中，这使他总是有事做，没有必要去做任何决定，每周有六天他会和其中一位医生进行一个小时左右的谈话。他七点起床、洗澡、穿衣，和那些情况良好到可以去餐厅并且被信任不会制造扰动的其他病人一道吃早饭。8点到9点的时间，他在室外走动，不论晴雨。10点到中午，他参与职业治疗法，做的事像木工、编织、造型或是用油画颜料或水彩画画。中午到下午

1点，他在自己的房间里休息。下午一点到两点是午饭时间，从两点到3点他又在室外活动。3点到5点，他做更多的职业治疗，5点到7点他玩惠斯特牌，或是板羽球，或是和能下棋的病友一起玩象棋。晚上7点钟吃晚饭，从8点到10点他玩更多的惠斯特牌或其他游戏。他在10点回自己的房间去读一本书，11点的时候河流山所有的灯都被熄灭，那些能够睡觉的病人都去睡觉，直到第二天早上7点钟。在他和医生谈话的环节，韦曼被鼓励来讨论他自己，而他表现得很放松并且滔滔不绝，听他说话的医生记下许多笔记。他们也可以从他父母那里得到关于这个小伙子的信息。在一次常规员工会议上，他们讨论到韦曼的案例时，共识是韦曼的观念、出身和婴儿时代都是一个常见的、普通的、正常的美国人所有的那种。

换句话说：韦曼出生后不久，他的母亲把他抱在怀里，用手抚摸着他的全身，介绍他认识她赤裸的胸部。他很快学会吸吮其中一个乳房，然后是另一个，直到他喝下足够的奶水，他就睡了过去。他不时会被脱光衣服，用热水和肥皂洗澡，用一个蓬松的毛巾擦干，全身都涂上爽身粉，接受爱抚，重新穿好衣服。几乎从一开始，他似乎就已经意识到在生殖器区域产生的愉悦感——一种在1911年除弗洛伊德博士外几乎从不被大声说出来的反应。

生于一个正统犹太家庭，韦曼出生后的第八天被带去一个犹太教堂，被一个割礼执行人或仪式性割礼者执行了割礼。这一手术分为三个阶段，分别叫作米拉、皮瑞亚和米兹扎[①]。在1911年的美国，这是一项只能对上层中产阶级的同一宗族的人操作的手术，并且那时只能由外科医生来操作。（现在一般可用在所有的婴儿身上，并且只有一个步骤。）假如韦曼是一个波斯人穆斯林，这个手术会在他三或四岁的时候操作；假如他是一个信基督教的科普特人、一个斐济人或一个萨摩亚人，手术会在他六或七岁的时候操作。即使在他生命的第八天，这也是一个痛苦的，整体上也是让人苦恼的手术，大概需要一周多的时间他才能从这个手术的身体作用中恢复过来。他日常的喂食和洗澡会继续，伴随一些轻微的变化，这会持续到他大概八个月大的时候。那时，尽管很大程度上他仍然依赖母亲的奶水，他的饮食已经得到多种婴儿食品的补充，他已经学会使用勺子来吃这些食物。然后他的母亲突然不再给他喂奶，过了一段时间她有了另外一个婴儿，后

① 米拉、皮瑞亚和米兹扎，犹太割礼手术三个步骤的音译。

者当着他的面占据了他挚爱的乳房。当韦曼对此和其他一些表示他不再是母亲主要注意对象的迹象大哭起来时，她会把他抱起来，各处亲吻他，同时爱抚他直到他不再哭闹。这时她会给他一些玩具，接着去喂养那个新的婴儿。

韦曼和父亲的关系也是一样普通，这位父亲对他的态度显然是无可指责的。像任何其他一位父亲一样，老韦曼对长子非常喜爱和骄傲，同时又对长子在一段时间里占据曾属于他的那位妻子和母亲的注意而不屑一顾。作为一个小婴儿，当韦曼幸福地占据着母亲的胸部并且躺在其下吮吸、发出汩汩的响声、扭动着身体时，父亲会站在一旁观察着他，他带着好奇和爱，里面还健康地混杂了不耐烦、羡慕和嫉妒。是这位父亲鼓励母亲在恰当的时间给韦曼断奶，而不是让他到七八岁还继续母乳喂养——在美国某些未开发的山区仍然坚持这一习惯，那里的文化和血统是纯正的盎格鲁-撒克逊人的。在韦曼断奶后，这位父亲支持把婴儿的小床移出父母的卧室。这件事最终完成，尽管韦曼在睡觉时间和其他时候会痛苦地哭号，即便在他有机会逐渐习惯这个新的安排之后。

等韦曼到达青春期，大概14岁左右，他一共有五个弟弟。父亲和母亲都相信他是这群孩子中最聪明的一个，并且，从他在河流山告诉医生的情况，很明显他做了所有可能的事来支持这一印象。几乎从他会到处走和说话开始，在这个家庭的大人中——包括几位叔叔阿姨还有那位母亲和父亲——就有大量关于他长大后会成为什么人的讨论。韦曼开始无尽地享受这些讨论。当这样的谈话逐渐停下来，他自己会重新开始这样的谈话，或许是背诵着那些指出他适合做一个律师的话。有时他会说自己想要成为一名医生，他给所有其他的男孩们量体温，准确地报告哪一位轻微地高于正常，把这个小病诊断为感冒，开出处方并给出漱口药和热盐水的鼻用灌水器，这会在家中引起阵阵掌声和惊奇。他在最小男孩的皮肤上发现了红点，严肃地告诉他的妈妈这个孩子得了水痘，最后发现这个孩子确实得了水痘，他的母亲非常确信——正如他的父亲——他长大以后会成为一名医生而不是一名律师。

起初，韦曼的计划并不是那样不切实际。他在河流山和那里的医生讨论了自己的未来，告诉他们他现在意识到，自己希望在一段驻外事务处的职业生涯后既成为医生又成为律师的雄心是荒谬的。并且，他说，他意识到父亲为他在疗养院花了很多钱，也明白他的父亲很难负担得起送他到普林斯顿或是哈佛的费用，更别提两个都去。在医生们的帮助下，他最终决定，像一位报社记者那样工作是他既享受又擅长的，并总结说，由于报社工作不要求大学文凭，他很可能会在布鲁克林或曼哈顿找到一份这样的工作，这样就能在他赚到足够的钱去结婚和有一个自己的家之前，住在现在的家里。他心目中并没有某个特定的女孩，但是等时机成熟时，他需要一位妻子还有孩子，他说。他的医生们对他有这样一个具有稳定性的目标感到非常高兴——他的父亲也很高兴。从河流山出来后，他在布鲁克林《每日鹰报》得到一个实习记者的工作，并很快成为一个社区记者，薪水是每周15美元。社区记者多数时间通过电话获取他正在报道的任何新闻的事实，然后这条新闻再由一个校稿人写成，但韦曼也设法独立写了几篇周日特稿新闻，并按照通行的版面报酬得到支付，这使他每周的收入增加5—10美元。给他缓刑判决的法官曾指示他和他的父亲，只要这个年轻人待在疗养院里，就不必向缓刑部门报告，但一旦他离开疗养院，就必须定期向他们报告，因为他的身份仍然是处在缓刑判决和查看期当中的人。离开河流山后的一年多时间里，韦曼确实按期向缓刑部门报告，但渐渐地，他对自己处于上升中的社区记者和特稿作者的身份的认可，超越了他同时作为缓刑罪犯的认识，这导致他忽略了自身的处境以至于有一个月左右的时间不再向缓刑部门报告。于是他被逮捕，被带到同一个法官面前，判处是关押在埃尔米拉教养院的不定期刑，在那里他陷入了深深的抑郁，被转移至位于纳帕诺克的教养院医院。他又回到医院的生活，和那些充满同情的医生谈话，这些医生和河流山的医生取得联系核查他的病历，他又从抑郁中康复了。接着被送回埃尔米拉，在那里度过了另外几周时间，1913年6月20日，他被假释。加起来，他在教养院和纳帕诺克医院的时间是八个月。

布鲁克林《每日鹰报》在他被释放后没有再次雇佣韦曼，可能因为法院书记官已经把他的犯罪记录给了报社的本地新闻编辑，他曾因为盗窃平克斯相机而被判处大盗窃罪。韦曼通过为这个城市另外几家报社写特稿故事挣了一些钱，但六个月后他违反了假释条例，被送回埃尔米拉。这家教养院又把他移交到纳帕诺克医院，几个月后通过假释又被释放，结局只是又一次违反假释条例，那是1915年5月。这次他出来时，勉强在外面待到1917年4月2日，这天他因一项新的指控——伪造美国参议员威廉·M. 考尔德的名字用以申请一个美国银行的工作——被送入监狱整整一年时间，先在布莱克威尔岛监狱，然后在丹尼莫拉的监狱医院。在这次获得假释三个月之后，他再次因违反假释条例被送了回来，在监狱里度过了两年七个月时间。此时，他29岁。他已经对冒名顶替的骗局上瘾。他生活中最热烈的记忆是关于他为自己举办的作为阿尔及尔总领事的宴会，他试着复制那个场合中他的感受，买一件制服来假装是美国海军军官，对这件制服做了些调整后，他又是法国海军的圣西尔上尉。1920年6月，在两年七个月的刑期结束的三个月之后，他被布鲁克林军港的军官们认出冒充海军军官。国王郡的一名法官为此判罚他10美元，尽管冒充军队成员是一项联邦级别的犯罪。在施行这个骗术期间，他在展望公园遇到一位女孩，用有关航海的谈话引起她的兴趣后，他突然向她承认整件事是一个骗局，他不过是布鲁克林一个没有稳定工作的年轻人。但是，他补充道，他想要她嫁给他，如果她对他有信心的话。她确实在他被释放，并且付清10美元罚金之后嫁给了他，他们在他的余生一直维持着这段婚姻。他们有一个孩子，是一个女儿，她在韦曼因一再欺诈变得臭名昭著后改换了名字，过着独立的生活，只在很少的情况下会去看她的父亲和母亲。

韦曼的婚事在1920年举办，之后他找到一个稳定工作，在两年时间里都规律地向缓刑部门报告。不过，在这段时间他设法为他那著名的衣橱收集到了最初几件衣服，就人们所知道的信息，他从事了几次多少无伤大雅的冒名顶替——只是为了好玩，有时候是和他年轻的妻子一起。比如说，他会带她去曼哈顿一些最好的餐厅，两个人都穿着正式礼服，他会让人们知道他是新任阿尔及尔总领事，而不是他自己；之后，在得到非常优质的服务后，他会付清账单，和妻子回到布鲁克林的家。在一个非常特殊的场合，他穿一件难以识别但让人印象深刻的制服，假装是罗马尼亚新的总领事。在做这件事时，他租了一艘摩托艇，访问了一支暂时停在哈得孙湾的美国舰队的旗舰。旗舰上的海军上将被他的魅力感染，下令为他鸣21发礼炮致敬，接着在各处愉快的观访后，他热情地和上将以及旗舰上的其他海军军官握手，再乘摩托艇回到曼哈顿，坐地铁回到布鲁克林。那时，他的妻子正在等待他们的孩子出生，所以没有陪同他一起，但被他对如何度过当天下午随意又严肃（一如既往）的报告吸引。他开始感到有必要找一个比目前更得体的工作，对招聘广告进行了几天的研究后，他遇到一个看上去比较理想的。正是通过这则广告，韦曼着手开展他的第一个重大的、牵涉广泛的骗局，这使他成为一家在秘鲁的美国公司的卫生专家。这次骗局直到很久之后才出现在报纸上，相关事实是由国务院特工R. C. 班纳曼发现的，他在韦曼假扮国务院委派给法蒂玛公主的海军联络官后，对韦曼在1921年所从事的职业进行了调查。

那则激起韦曼兴趣的广告称，位于曼哈顿自由大街一百二十号的基业公司希望招聘一名年轻的医生到秘鲁去，负责某些按照该公司与秘鲁政府的协议应该履行的卫生工作。大约20个该岗位的应聘者出现在这家公司的办公室，其中一位是韦曼。该公司的应聘人员在人力经理，惠兰先生的指示下，剔除那些未留下好印象的人，保留最可能胜出的五个人。韦曼是这五人中的一个。惠兰先生接着在他自己的办公室见了这五个人。给他留下最深刻印象的那一位，是一个穿着美国海军上尉制服的军医。这当然就是韦曼。他介绍自己的名字是克利福德·克里特·韦斯顿·怀曼，住址是布鲁克林区茂吉尔街七十一号，而他提供的证件似乎表示他曾作为海军军医在海外服役十八个月。惠兰先生后来说，他立刻就倾向于选择这位年轻人，但是由于他本人并非医生，他告诉五位候选人会求助一位弗莱彻博士，后者是哥伦比亚大学医学院的一个医学教授。他告诉他们需要去见弗莱彻博士，和他交谈，最终在弗莱彻博士的建议下，对这个在秘鲁的岗位任命做出决定。第二天，这五位候选人出现在弗莱彻博士的办公室时，韦曼从这群人中走出来，走到博士那里，热情地和他握手，说他是博士成就的强烈的崇拜者，曾几次参加过博士在哥伦比亚主持的临床教学。弗莱彻博士之后回忆起，他当时的直接印象是这位年轻的海军医生曾是他的一个学生。不管怎样，他确信此前曾见过这位年轻人。他是对的。尽管从没有成为弗莱彻博士的学生，但韦曼几年前曾在哥伦比亚医学院出现过，假装是一名医学学生。班纳曼在他的报告中记录道：“在那里，无论是处于纯粹好奇，还是带着某种不为人知的动机，他参加了临床教学，因为天生聪慧，他学会了大量医学表达和术语，对临床工作中正流行的常规操作也很熟悉。带着他无限的勇气，以及博得与他交谈者欢心的能力，这位冒名顶替者，在其他几位候选人有机会开口之前，称他作为海军军医在海外十八个月的服役经历，使他完美适合于基业公司的这个工作。”弗莱彻博士，据班纳曼说，和其他每位申请人交谈了几句话，在他们五人离开后打电话给惠兰先生，告诉他这个叫作克利福德·克里特·韦斯顿·怀曼的海军医生就是他要推荐的那位。

当天下午，惠兰先生打电话到这位年轻的海军医生在布鲁克林的家中，告诉他被选中担任那个工作，指示他立刻申请一张签证，这样就可以尽快前往秘鲁利马。韦曼如何用并非他出生时获得的名字取得这样一个签证，国务院或任何人都不得而知；这一签证在1920年10月26日签发给他。韦曼立即前往利马，在一位不是他妻子的漂亮年轻女人的陪同下。韦曼的妻子留在家中，规律地收到丈夫支持她生活的钱。班纳曼或另外任何人都未能发现陪同韦曼到利马并在他任职期间和他生活在那里的年轻女人是谁。韦曼抵达利马后，租赁了一套奢华装修的大理石住宅。他赊账购买了一辆豪华轿车，雇了一位司机来驾驶它。他似乎让人满意地履行了作为卫生专家的职责。他和他的年轻女伴开始在大理石房子里给秘鲁的社交圈举办聚会，他们变得非常受欢迎，经常被邀请外出。大约六周后，这位年轻女人生病了，按照秘鲁上层社会的惯例，韦曼带她去巴拿马运河区的美国医院。在巴拿马他写信给一位海军情报人员——他的名字是希恩——后者在当年早些时候曾拒绝因韦曼在纽约假装一位海军军官而起诉他。那是一封友好的、聊天式的信，韦曼在信中谈到他成功地担任基业公司在利马的卫生专家，提到他正招待一些曾招待过他的驻扎在巴拿马区的海军军官喝茶，而他的女伴正在医院里。希恩认为他应该告诉纽约的基业公司为他们在利马工作的这个人是一个骗子，他这么做了。

等韦曼和他的女伴返回利马时，公司在那里的职员已经接到来自惠兰先生的指示，要求韦曼即刻回纽约的办公室报到。但是在韦曼回到纽约去见惠兰先生的时候，基业公司决定不对他进行起诉，因为这样做会招致恶名。应该是在和他的女伴说了再见之后，韦曼回到了他在布鲁克林的家。

1921年2月11日，《泰晤士报刊》登了一则简讯，题目是《离开秘鲁飞来我市——莱基亚总统之子今日乘水上飞机启程》，这则新闻并非来自秘鲁。它是一则纽约当地新闻，内容如下：

> 胡安·莱基亚司令，秘鲁海军航空部队首长及该共和国总统之子，将于今日开始的首段航程中，乘水上飞机自秘鲁卡亚俄前往纽约，这则消息昨日由美国海军上校斯特林·C. 怀曼在此宣布。怀曼上校是这位南美飞行员的私人朋友，他收到一封来自莱基亚司令的电报称他希望在两周内完成这次长途旅行。
>
> 据怀曼上校说，莱基亚司令此行将前往英格兰，并在那里成婚。

韦曼的自我显然被这个关于秘鲁的恶作剧极大满足。他平静地住在布鲁克林，规律地向缓刑部门报告，在几份不同的正当工作那里挣钱，其中之一是为一个叫戈德伯格制造公司的企业做审计。在一次火灾后这家企业的书籍遭到毁坏，公司老板本杰明·戈德伯格在纽约的几份报纸上刊登广告，招聘一名审计员。韦曼在2月底的时候回应了这条广告，他给人的印象是他了解关于会计的一切，说他曾被当时的民主党全国大会主席威尔·海斯雇用，还是美国参议员威廉·M. 考尔德的好朋友。他为戈德伯格工作了六周，然后，有一天没有在办公室出现。戈德伯格先生尝试在他布鲁克林的家中找到他，但没有成功。又过了四五天，韦曼还是没能回来工作，他就雇用了另一位审计员来检查韦曼保存的那些书。这名审计员没有发现那些书有任何问题，戈德伯格先生于是不再担心。这时一个几百美元的账单从花店商人戈德法布那里邮寄给戈德伯格先生。戈德伯格先生没有购买任何鲜花，所以打电话给花商，告诉他一定是出了什么错误。这个花商说那些花是美国海军的斯特林·C. 怀曼上校预订的，并且是上校吩咐他把账单送给戈德伯格先生。戈德伯格先生告诉花商他不会付这个账单，他和花商间或为这个问题发生争执，直到1921年12月。那个月，韦曼的照片出现在纽约各大报纸的头版上，因为他成为阿道夫·洛伦兹博士的私人秘书，后者是当时以“不流血的外科医生”而闻名世界的维也纳医生。洛伦兹博士从欧洲抵达纽约时，韦曼登船去见他，自我介绍是克利福德·韦曼博士。他告诉洛伦兹博士，纽约卫生委员会委员罗亚尔·S. 科普兰请他来欢迎他访问纽约，并作为他的私人秘书为其提供服务。洛伦兹博士即将在纽约关节病医院开展一次临床治疗，亨利·W. 弗若恩沙尔博士是关节病医院的院长。纽约的报社对洛伦兹博士的抵达给予大量曝光，当洛伦兹博士向到船上来的摄影师介绍他的新秘书克利福德·韦曼博士时，摄影师们拍下了韦曼博士的照片。洛伦兹博士对他的秘书的每个方面都很满意，韦曼心安理得地和他工作了一周时间，如果不是法蒂玛公主的某个儿子认出韦曼的照片，打电话给弗若恩沙尔博士告诉他韦曼是谁的话，韦曼毫无疑问会无限期地继续为洛伦兹博士工作下去。弗若恩沙尔博士打电话给纽约警察局，他们派过来一个警探与韦曼会谈，韦曼欣然承认他不仅冒充国务院海军联络官，并在此期间把法蒂玛公主介绍给了哈定总统，以及他并非医生，等等。洛伦兹博士和弗若恩沙尔博士在会谈期间都在场，洛伦兹博士说他仍然希望留下韦曼作为他的私人秘书，因为他的工作极为高效。弗若恩沙尔博士把这个问题告知纽约卫生委员会委员科普兰博士，科普兰博士说韦曼必须离开，因为他不是一个医生，还因为他自称是卫生部门的代表。科普兰博士之后打电话给报纸，告诉他们韦曼已经暴露并被解雇，于是报纸又一次在头版刊登了这条新闻并配以韦曼的照片——此外，这次还有他作为伪装者生涯的概要。法蒂玛公主的儿子也打电话给华盛顿的国务院，而国务院把此事报告给司法部。一位叫拉姆的联邦特工到纽约来抓韦曼，他最终被逮捕，以冒充海军军官的指控被布鲁克林的联邦法庭传讯。洛伦兹博士曾同意付给韦曼每周200美元的薪水，认为他完全值得这份工资的每一分钱，公开说他很遗憾失去韦曼提供的服务。科普兰博士委派给洛伦兹博士一个新的秘书，沃尔特·加兰德博士，洛伦兹博士在他剩下的纽约行程中将就使用了这位秘书。

在亚特兰大监狱，韦曼在监狱长的支持下学习了法律，因表现良好得到减刑，并且在离开之前通过了律师资格考试，依据佐治亚州法律成为一位认证律师，该法律在那时显然并没有规定曾被判决犯有重罪的人不能成为一名律师。或者可能是亚特兰大的当局并不认为为了把法蒂玛公主介绍给哈定总统而去冒充一位外交官是一项重罪。无论如何，韦曼状态良好地回到纽约，几个月后，用斯坦利·韦曼的名字，他在一家位于下百老汇地区的纽约权利和质押公司办公室做职员。他的工作要求经历过法律培训，并与地产交易相关，通过和仍然在经营地产业务的父亲密切合作，他挣到了比作为职员的薪水多得多的钱。在一处所有者陷入麻烦的产业被取消抵押品赎回权前，韦曼会打听到正在发生的事，把消息传递出去，使他父亲能以低价收购该处房产。韦曼挣到了足够的钱——现金——去买一辆橄榄绿色的皮尔斯-箭头豪华轿车和一辆深红色的戴姆勒跑车。

在此期间，韦曼结识了塞缪尔·J. 西格尔——目前纽约一位知名的、办公室在时代广场的刑事律师，他那时刚刚取得法律学位，也在纽约权利和质押公司做法律职员的工作。西格尔在韦曼剩余的职业生涯中一直是韦曼的朋友和律师。他像任何其他人一样，清晰地记得他们友谊开始的那天。那是1924年夏天一个炎热的周六早晨，西格尔恰好向站在水冷却器旁的几位同事说，他打算和父母一起到新泽西的莱克伍德度过周日，但他对这次行程并不期待。那些年纽约市民通常乘坐城际电车、渡船和火车到那里去。

“我妻子和我正准备在明天开车到那里去，我亲爱的老弟，”站在水冷却器旁的那群人中的一个说道，“我很高兴送你一程。”

西格尔对这位提出帮助的人认识不深；他知道他叫作斯坦利·韦曼，尽管他在办公室里足够受欢迎，被称为斯坦，却普遍被认为是——一个西格尔后来认为不恰当的描述——“有些古怪”。

在将要到来的几年里，韦曼的古怪能让变态心理学的学生一次次大吃一惊，但在1924年纽约权利和质押公司办公室里，他的反常行为只限于穿着过于正式，说话口音隐约暗示他有欧洲大陆背景，以及习惯送给新聘请的速记员丰富多样的礼物，像兰花和进口法式糖果，要求回报的只是他们惊讶的喘息。西格尔接受了搭车去莱克伍德的提议，韦曼说第二天会在四十二街的海军队长酒店前接上他。

那个周日早上，韦曼接西格尔的时候，他驾驶的不只是一辆汽车，按照西格尔的记忆那差不多是一个车队。首先，他们在海军队长酒店前停下一辆皮尔斯-箭头豪华汽车，由一个穿着制服的司机驾驶，再由两个骑在摩托车上的穿制服的警察护送。豪华汽车上没有乘客，西格尔一开始并没有认出是韦曼。然而，在豪华汽车后面，另一辆车停了下来——一辆在右侧驾驶的深红色戴姆勒跑车。车篷是放下的，西格尔可以看到韦曼正在驾驶，他身后有一位漂亮的年轻女士。韦曼跳出车外，和西格尔握手，介绍那位年轻女士是他的妻子。“你坐那辆轿车，亲爱的。”他轻松地和她说，一边帮她走出戴姆勒坐在皮尔斯-箭头的后座上，而她点头微笑默许。片刻后，韦曼向摩托警们发出一个命令信号，表示他和西格尔会乘坐戴姆勒。西格尔记得韦曼礼貌地护送他从戴姆勒的前方走过，为他打开车门。然后韦曼坐在驾驶位，向轿车司机挥了挥手，又向警察们示意护送车队起步。轿车在四十二街上快速向西开去，等摩托警把警笛打开后，车速变得更加快了。西格尔问韦曼为何能提供警察的护送，韦曼耸了耸肩，漫不经心地说：“我有足够大的政治影响力。我是纽约州特设副总检察长，你知道。此外，我为这些男孩们的麻烦给他们每人发了10美元钞票。”在很短的时间里，这两辆车抵达了位于四十二街和哈得孙河的渡船码头，被装入一辆渡船。两位摩托警看着他们安全登船，他们笑着向韦曼挥了挥手，继续开着警笛骑车离开。

“我们在渡船上穿过哈得孙河时，韦曼滔滔不绝地说着，”西格尔在以后的岁月里回忆，“除了其他一些事，他告诉我过去曾为共和党和民主党全国大会工作，还包括当地的政治团体——坦慕尼协会和共和党的组织。最近，他说，他已经能为两个团体做出可观的贡献。他告诉我法蒂玛公主事件，以及法庭上已经证明他在恶作剧期间所穿的制服，是那种海上童子军组织所穿的且毫无破绽后，他仍然因为冒充海军军官被送去亚特兰大，这是多么不公正。我们走出车外，在摆渡途中各处散步，在某个时间，韦曼正在和轿车里的漂亮女生聊天，我注意到在每辆车的前方都有一个牌子，像是一个牌照，上面写着‘特设副总检察长——纽约’。我问韦曼这些牌子的情况，他说这些牌子都是他自己做的，但他确实是纽约州特设副总检察长，等我们回到戴姆勒跑车里，他从上衣口袋里拿出一个带有红色封印的精致印刷的文件，证明他被聘任为特设副总检察长。几周之后，我有机会查看特设总检察长的列表，发现韦曼在那张列表上，上面是一些显要的纽约市民，多数名字我都认识，所有人应该都是律师。去莱克伍德的路上，韦曼告诉我很多关于他在监狱内外的生活。他告诉我的事我后来发现都是真实的。他的表达带有孩子般的魅力，看起来并不想隐藏任何事。等我们到莱克伍德后，时间差不多可以吃午饭了，韦曼邀请我在那里一个豪华酒店和他及那位年轻的女士一道用餐。之后我发现那位年轻女士并不是他的妻子，而是众多韦曼习惯在这样的外出时带出来的漂亮女孩中的一个，但是和他们一起时，就我的判断来看，他是以一种随意而非亲密的方式和她们相处。我们三个在韦曼的带领下——顺便提一句，他穿着一件大礼服、条纹裤子，戴着一顶那种能折叠起来的高顶礼帽——横扫进那家酒店，那里的服务生、领班和柜台后的店员似乎都迅速被此引起注意，热情并带着敬意向韦曼示意。服务生带着五六个漂亮的行李箱跟随我们进入酒店。前台店员递给韦曼两把钥匙，韦曼把其中一把递给那位年轻的女士，说她一定希望到她的房间去梳洗一番。一位服务生从她手里拿过钥匙，她指了指其中一个比较小的手提箱，他拿起它陪她上了电梯。'我必须为午饭更衣，'韦曼和我说，其他几位服务生拿起剩下的四五个行李箱，'我换衣服时你为什么不上来到我的套房里？'我随他上楼到一个装修奢华的两室套房去。服务生们把行李箱都放在卧室里，韦曼在他们离开后，以迷人的方式和我交谈了几分钟，就把我留在客厅，说他现在要换掉衣服，但只会花上几分钟时间。我坐在那里，想到韦曼，感觉好像我正在参与某个让人愉快的梦。一段很短的时间后，他又出现了，穿着非常整洁的衣服，我想他认为这套衣服比大礼服和条纹裤子更适合在乡下穿。他穿着一双看上去很贵的棕色牛津鞋、米黄色的长筒袜、杂色花格呢灯笼裤和一件配套的诺福克夹克、一件白衬衣、一条英国军团式的亮色条纹领带，颜色和他的诺福克夹克还有灯笼裤多少有些冲突。我们下楼到大堂去，那位年轻的女士在那里等我们。她穿着之前就穿过的同一件迷人但在街上常见的裙子。在韦曼的带领下，我们进入一个华丽的餐厅，由领班近乎谄媚地带到一张位于八角窗前的桌子那。午餐就这样进行。韦曼说他们打算在这里过夜，午饭后准备带这位年轻的女士到高尔夫球场去。'她从没见过高尔夫球场，'他严肃地解释说，'我自己自从去亚特兰大之后也没有打过高尔夫。'他转向那位年轻女士说：'我们就在十八洞高尔夫球场那里走走，等我们回来后你可以在自己房间里休息，同时我可以为下午茶换衣服。'我和韦曼解释说我的父母就住在离酒店不远的地方，说我会在午饭后走去他们的房子那里。他提出周一早上开车带我回纽约，但我告诉他我必须在当晚返回。我没有见到他在下午茶时间或晚饭期间穿着什么样的衣服，不过我相信一定是非常引人注意的。"韦曼继续为纽约权利和质押公司工作了好几个月，西格尔离开公司到曼哈顿开始去作为刑事律师的私人事业。韦曼和西格尔保持联系。他们偶尔会一起吃饭，西格尔有几次在小型案件中为他做代理。

1926年8月和9月，韦曼实施了他职业生涯中一个最大型的骗局——事实上，那是一个双重骗局——他不仅在纽约举办的鲁道夫·瓦伦蒂诺轰动一时的葬礼期间充当波拉·尼格里的医生，还谎称是乔治·厄尔曼的公共关系代表，后者是瓦伦蒂诺在好莱坞的经理人。以后一种身份，韦曼差不多操办了那次葬礼，每天向报纸发放声明，而报社则严肃地把这些消息印刷出来。直到最后一天，在百老汇六十六街坎贝尔葬礼教堂举办的大型遗体告别仪式上，报纸的人们才——但从未弄清是如何——发现他们向公众广而告之的波拉·尼格里的医生以及操持葬礼的公共关系代表，是他们在过去几年常常揭发的那个叫斯蒂芬·雅各布·温伯格的骗子。

正如几年前他冲进老华尔道夫-阿斯多里亚酒店，为阿富汗来的法蒂玛公主提供帮助一样，尼格里小姐在一个四室的套房安顿下来后不久，韦曼就冲进国宾酒店，带着他的黑色小包去给尼格里小姐提供帮助。她已经告诉好莱坞的记者她对瓦伦蒂诺的死感到“失去控制的哀伤”，她说她已经和他“正式但秘密地”订婚了。她的贴身侍女在韦曼敲门时打开了套房的门，他对这位侍女介绍自己是斯特林·韦曼博士，一个曾是瓦伦蒂诺亲密朋友的纽约医生。侍女带他进入客厅，消失了一会，接着送他进入三个卧室的其中一间，那里尼格里小姐正在床罩下面端坐着，拿一块蕾丝手帕擦着她那迷人的波兰人的眼睛。

“鲁迪会希望让我来照顾你，亲爱的”，这位布鲁克林来的技艺高超的顶替者说，依据尼格里小姐多年以后的叙述。“你很周到。”她告诉他，移动了一点，这样韦曼就可以在她的床边坐下来。明星望着明星，接着他为她测量脉搏，从他的黑色小包里拿出一些阿司匹林递给她，抚慰地和她交谈。他告诉她会在她经受这可怕的折磨期间把所有的时间都花在照顾她上，并且，因为他在公共关系事务上有一些经验，他很乐意为她处理与媒体的关系，时时发布有关她健康状况的公告。“无论白天还是晚上，我随时可以为您效劳。”他向她保证。她后来回忆起他给自己留下的深刻印象，对他有强烈的信心，所以毫不犹豫地建议他在多余的那个房间里自便住下（侍女住在另外一间卧室）。韦曼低头致谢并且接受了这个建议。瓦伦蒂诺的经纪人，厄尔曼先生，在这之后很快来拜访尼格里小姐，他被介绍给韦曼，在厄尔曼离开前，韦曼提出为他提供作为公共关系代表的服务，他们欣然接受了这个提议。

第二天遗体告别仪式开始后，韦曼不仅在尼格里小姐的套房和殡仪馆的一个私人房间里照顾尼格里小姐，还照顾了成千上万在那天和之后很多天从大街小巷涌向坎贝尔教堂的哀悼者中的几十个，多数是妇女和青少年的女孩，她们又哭又闹，不时会晕倒或变得歇斯底里。他在坎贝尔教堂的另一个房间设立了一个类似于急救诊所的地方，在那里给饱受失去至亲之痛折磨的最严重的一些病号发出让人安慰的话和阿司匹林。他免费提供这样的服务。在百老汇的他比上一个十年间[①]的任何一位外科医生都更加繁忙，除了要发布关于尼格里小姐健康状况的公告，以及引用厄尔曼先生关于这件事或那件事说法的声明，他还在给苦恼的警察和殡仪馆工作人员建议，有时候还要给阿司匹林。他们正发狂地尝试改进方法去控制那些悲伤但很快就变得失去秩序的民众。

“那个时代很多奇怪的有代表性的名人，”贝弗利·史密斯之后在《星期六晚邮报》上回忆道，此人之后在很多年间是这份报纸的华盛顿新闻编辑，并从这个岗位上退休，“带着夸张的对悲伤的表达参与进来。”他们中有弗朗西斯·皮驰斯·布朗宁太太，她和布朗宁“干爹”的婚事曾给晚间画报的艺术家们提供了大显身手的机会。还有理查德·R. 惠特莫尔太太，她仍在哀悼自己的丈夫，那位在一次耸人听闻的审判后因杀人被绞死的强盗。而他们中最奇怪的一位，是一个表情认真的男人，他介绍自己是斯特林·韦曼博士，尼格里小姐在纽约的医生，作为那次复杂葬礼安排的主持人跑进了报纸的标题。他对媒体十分亲切，有求必应。他博学地论述了瓦伦蒂诺致命疾病的细节。权威的《泰晤士报》将他认定为“韦曼论述法医学的作者”。

《泰晤士报》一开始对它所刊登的公关声明来自一位骗子的这件事讳莫如深，其他报纸也是一样。然后，过了几天，《纽约世界报》（以下简称《世界报》）克服了它的尴尬，觉得这个双重骗局是一个好的故事。《世界报》就韦曼过去的冒名顶替事件发布了几篇文章，还配发了一篇对他的访问。韦曼还能接受采访的原因是，在他暴露并被厄尔曼先生否定之后，他继续担任波拉·尼格里的医生，因为尼格里小姐说他是她曾用过的最好的医生，无论另外他还有什么身份。《世界报》这样报道韦曼：“他向记者重申自己是律师、医生以及法医学讲师的声明，但是在谈到他在哪里取得这些学位时，他会改变话题——或是向记者挥手说他所说的是自己概述的学位，因为太忙而没有把它们展开。他说他是医学博士、法学博士、哲学博士和‘J. D.’，后者作为学位他说代表的是法医学博士，他在20世纪20年代早期曾在下午学习法律，在晚上学习医学。”《世界报》

① 一战期间，马恩河地区发生过激烈的战斗，伤亡达数十万。（译者注）

讲述了和法蒂玛公主有关的骗局，讲述了1925年他曾在马萨诸塞州剑桥市的米德尔塞克斯内外科医学院发表演讲，假装自己是纽约州精神疾病委员会的成员。《世界报》还透露他拥有一辆戴姆勒、一辆梅赛德斯、一辆钱德勒（显然他已经卖掉了皮尔斯–箭头），这三辆汽车都安装有警笛，除了常规牌照，还装有一张警用牌照（212号），那是约翰·F. 海兰市长在担任纽约市首席行政官时签发给他的。这时韦曼一定已经不再需要声明他是特设副总检察长的牌子装饰他的汽车了，可能因为警用牌照会给人留有更深刻的印象。《世界报》披露，1926年6月27日，一位居住在曼哈顿查尔斯街的十一岁的女孩，艾米丽·莫莉被韦曼其中一辆汽车撞倒，那时这辆汽车由布鲁克林区波罗的海街五十七号的艾略特·约翰逊驾驶，约翰逊告诉警察他是律师斯特林·C. 韦曼的司机，就被放走了。《世界报》说当时证实事故并不是那位司机的错，并且韦曼给小女孩送来鲜花和娃娃，成功俘获了她的父母，以至于他们看上去对这个事故的发生感到高兴。

《世界报》的报道发出后几天，纽约《美国人》刊登了一些对韦曼过去职业的描述，写到兴格监狱狱长刘易斯·E. 劳斯，回忆起当他是埃尔米拉教养院院长时，已经认识作为囚犯的韦曼。劳斯说他下一次见到韦曼是在1925年的兴格，那时韦曼不是任何机构的囚犯。韦曼拜访了兴格监狱狱长，自我介绍是一位监狱改革的倡导者，他做了十一个小时的努力去拯救一个叫作弗兰克·明尼克的布法罗强盗的生命，他被判决犯有谋杀罪，后来如期被处以电刑。《美国人》还讲述了布莱克威尔岛监狱狱长亨利·O. 史莱斯在韦曼是一个囚犯时的遭遇。史莱斯说韦曼在那里时，设法获得一个针对狱长的法院文书，指控史莱斯犯有包括腐败和不良行为在内的多项罪名。史莱斯否认了这些指控，并驳回这封文书。史莱斯还告诉《美国人》韦曼在布莱克威尔岛监狱期间，设法从狱中送出一些未经审查的为监狱改革募捐的信件，在这些信件中称自己是五十五街东六百号的伊桑·艾伦·温伯格少校。这是布莱克威尔岛监狱的地址，但是对于这些信件的很多收信人来说，显然它看上去像是比克曼广场附近有钱人常光顾的地址。史莱斯说韦曼收到了几百美元的支票、汇票和现金，他把这些钱大手大脚地花在食物和招待其他囚犯上。据史莱斯说，韦曼还设法取得一张史莱斯的个人支票，伪造狱长的名字，从中支取1 500美元。韦曼把支票送给布鲁克林一个年轻的女士，这样她就能部分支付她想购买的一栋房子，但是史莱斯的银行认出那个签名是伪造的，所以史莱斯没有失去任何钱。史莱斯没有起诉韦曼，但把他转移到位于丹尼莫拉的治疗精神失常罪犯的医院。“这个人是一个病态的说谎者，”史莱斯告诉《美国人》，“他对社会是危险的，应该接受连续的监护治疗。他有惊人的头脑——对此毫无疑问——只是它在错误的轨道上工作。”史莱斯说就他与韦曼共同经历的那段时间，这个人“看上去是一个迷人的男子，非常漂亮，总是很庄严并友善，总是穿着整洁”。

接下来，《每日新闻》发表了一系列由其记者格蕾丝·鲁滨孙写的关于韦曼职业的文章。鲁滨孙小姐挖掘出一些关于这位布鲁克林来的平凡大人物新的事实。她发现是总检察长阿尔伯特·奥廷格委任韦曼担任特设副总检察长，这一任命是在1924年做出的。她还发现在海兰市长1921年竞选期间，韦曼认识了市公共慈善委员会委员伯德·S. 科勒，并且告诉科勒他是市管教委员会委员弗雷德里克·A. 沃利斯的私人秘书。科勒对这位男士极为认可，在科勒的准许和认可下，韦曼参与——科勒这样告诉鲁滨孙小姐——并做了大量竞选活动、演讲，通过其他方式选举海兰，后者那时还不是一个有辨识度的市长。1926年9月8日，鲁滨孙小姐关于韦曼的文章在《每日新闻》得到了比瓦伦蒂诺更突出的展示。那一天，瓦伦蒂诺的遗体最终在好莱坞公墓一处租来的地下墓室安息，《每日新闻》把这条从加利福尼亚发回的新闻，作为鲁滨孙小姐对韦曼系列报道收官之作的后续补充；好莱坞的新闻占据了四分之一栏，而韦曼的新闻占据了一栏半。

西格尔在这次瓦伦蒂诺骗局之后，看到报纸上刊登的第一张韦曼的照片时，就打电话到韦曼在布鲁克林的家去，看他是否需要任何帮助。韦曼不需要。就冒充厄尔曼先生的公共关系代表而言，他没有犯下任何警察可以指控的罪行，又由于尼格里小姐拒绝对他进行任何控诉，且并未付给他任何费用，美国医学院发现无法因冒充医生而起诉他。大小报纸在瓦伦蒂诺埋葬之后继续报道韦曼的故事超过一个月。1926年10月30日，《纽约日志》刊登了当年最后一篇关于韦曼的新闻。该报说服A. A. 布里尔博士，一位那个时代著名的精神学家，去研究所有已披露的韦曼过去的职业，并给出他的评价。报纸引用布里尔博士的话，这样写道：“在世的任何人都没能比他更经常地从这样的大动作中逃脱。就他的方式来说他是个艺术家。研究他的生涯时，无法不向他持之以恒的聪敏、无畏和泰然自若致敬。”这家报纸还引用了伯纳德·桑德勒对韦曼的看法，他是一位著名的纽约律师，几年前在一段短暂的时间里曾是韦曼的法律代理人。“我个人认为他患有一种轻度的精神疾病，”桑德勒说，“他总是想要向观众表演，他的头脑中全部都是宏伟的想法。他着实是一个举止良好的可爱的人，来自一个不错的家庭，并且有妻子和孩子。”最后，这家报纸在布鲁克林韦曼的家中采访了他本人，引用他的话如此说道：“所有这些新闻的意义是什么？我希望你能让我自己待着。我没有做任何错误的事。我直说吧，这样你或许能更好地理解我和我的处境。我是一个美国男孩，百分之百的，出生在布鲁克林。从我最初是个小孩的时候，我就一直被灌输去赢得目标的精神。一个有雄心壮志的小伙子最早学到的，就是每个可以用来提升自己声望的机会都必须被抓住。当你看到脚下一个有机可图的海湾时，就脱掉外套跳下去。而在机会没有自发出现时，只有一件事情可以做，那就是制造机会。这是我一直以来的座右铭，那些判断我是精神失常或者我有邪恶动机的人，只不过是在自欺欺人。”

1928年4月，这家报纸又一次刊登了大量关于韦曼的内容。在那个月，被称为不来梅飞行者的著名飞行员——巩特尔·冯·许内费耳德男爵、詹姆斯·菲茨莫里斯少校、赫尔曼·凯尔上尉——从爱尔兰出发，飞越大西洋，一天半之后在加拿大海岸以外叫格林利岛的一片空地着陆。在着陆过程中，他们因飞机毁坏被困。这家报纸几乎像十一个月前吹捧林德伯格从纽约到巴黎的飞行一样，近乎歇斯底里地吹捧着这次飞行。两位著名的美国飞行员，弗洛伊德·班尼特和伯恩特·巴尔肯，在飞机上装满为这些英雄准备的救援物资从底特律飞去加拿大。但是班尼特在途中因感染肺炎而死。他的遗体被送回美国，阿灵顿国家公墓为他举行了英雄式的葬礼。不久后，不来梅飞行者们通过短波收音机在格林利岛宣布，他们打算继续前行，不管乘坐任何他们能够找到的交通工具，都要到华盛顿，去弗洛伊德·班尼特的墓前敬献花圈。巴尔肯最终把这些不来梅飞行者们带回位于纽约长岛的柯蒂斯机场，那里聚集了一大群来迎接他们的人。让纽约永久官方迎宾人格罗弗·惠伦极为失望的是，英雄们宣布他们打算直接前往宾夕法尼亚车站，乘火车去华盛顿，而不会参加惠伦先生已经组织好的在百老汇大街上举行的盛大欢迎仪式。“我们现在不需要欢迎，”巩特尔·冯·许内费耳德男爵说，“在我们接受任何官方欢迎或做任何别的事之前，我们要去华盛顿，在那位勇敢而崇高的先生，弗洛伊德·班尼特的墓前深鞠一躬。”惠伦先生已经在市政厅为这些飞行员安排了正式的欢迎仪式，但此时不得不满足于在宾夕法尼亚车站，在仅仅几个当地名流和报社记者及摄影师的陪同下，见一见这些飞行员。即便是这个小型的在站长威廉·伊根办公室举行的问候仪式上，惠伦先生发现自己在致欢迎词的中间还被打断了，实际上，是被推开了。他是被韦曼打断和推开的，他冲进站长拥挤的办公室，宣称自己是美国空军志愿军的斯坦利·怀曼上尉，詹姆斯·J. 沃克少校亲自委任他前来欢迎不来梅飞行者们抵达纽约。韦曼穿着骑兵靴、浅色马裤、一件颜色深些的陆军夹克，夹克的肩部带有上尉的横杠，胸前绣着银色的翅膀。把惠伦先生推到一边后，上尉和飞行员们握了手，发表了一篇雄辩的欢迎词，而惠伦先生则站在那里瞠目结舌。上尉给飞行员们提了若干建议，然后宣布所有未经授权的人员必须离开房间。那里有三名警察，他们几乎被上尉的言辞和行为方式催眠，帮助他把所说的未经授权的人员赶出了房间，包括大部分惠伦先生带来的那些名流，以及所有的报社记者和摄影师。在警察们的帮助下，上尉接着护送飞行员们到站台去，送他们上车。下午的报纸刊登了这位上尉的照片——媒体从站长办公室被驱逐出去之前所拍摄的——以及关于这个发生在车站的不寻常的仪式的新闻。那些报纸在下午发行的记者必须赶回办公室去写这些新闻，但是报纸在早上发行的记者则留在那里直到上尉把英雄们送上车。这些记者中的有些人发现他们不断回忆起某个模糊的记忆，等上尉再次出现时，他们指出他是那个操办鲁道夫·瓦伦蒂诺葬礼的骗子。韦曼愤怒地低声说这样的指责是不相干的，就扬长而去——显然是乘坐地铁回到了布鲁克林。在早报的城市新闻编辑室，斯坦利·韦曼上尉的照片和波拉·尼格里的医生斯特林·C. 怀曼博士的照片被放在一起进行比较，于是第二天早上这些报纸又一次在一个骗局被成功实施之后揭露了它。格罗弗·惠伦被要求对此事进行评论，但他拒绝这样做。西格尔在这个恶作剧后和韦曼取得联系，了解到警察打算忽略这件事，可能是因为他们当中的三个，在使这个发生在宾夕法尼亚车站的骗局取得现有的成功上发挥了作用。报纸发现韦曼确实是美国空军志愿军的一个成员——尽管并非一名上尉——并且，他是在宾夕法尼亚车站欢迎不来梅飞行者们的两个月之前，加入了这个组织。《每日新闻》的一位记者，洛厄尔·林普斯为了从内部调查它，加入该组织，他发现只有极少数成员是飞行员，甚至这个组织的首领，一个叫格伦·艾略特的男人，也从未驾驶过一架飞机。

这时，韦曼37岁。他一直做着不同的合法工作，定时向缓刑部门报告，在这次冒名顶替之后也一直是这么做的，直到1930年2月。那个月他没能向假释官报告，因违反假释条例被逮捕，被送回兴格监狱并在那里待了一年零五个月。同样的事情发生在1932年2月，不过这次他只在兴格监狱待了十个月。西格尔一直和他保持联系，发现在这次服刑之后，韦曼似乎比以前更加稳定了，韦曼告诉他兴格监狱的精神医生对他有很大帮助。韦曼说他的周期性躁狂抑郁症在强度上下降了，尽管他仍然有情绪的起伏，但似乎不再有参与重大事件或进行冒名顶替的强制性冲动了。在大萧条开始的那几年，他设法维持了他和妻子的生活，1933年12月，他被城市家庭救济局雇用，做土建工程管理员特拉维斯·H. 惠特尼的私人秘书。记者认出来他就是那个著名的骗子，于是所有的报纸在头版刊登新闻，对他过去的职业生涯又做了一次总结。报纸引用韦曼的话如下："我并不是在用虚假的借口行事。我使用自己的名字。我从没有假装是除了我以外的任何人。我依靠自己就过得很好。"报纸还引用惠特尼先生本人的话，他表示非常"惊讶"地了解到他的私人秘书的身份，韦曼一直都非常高效和有帮助，无论他过去做了什么，他在家庭救济局的工作是没有危险的。这次曝光后的次日，韦曼辞掉了他的工作，惠特尼先生接受了他的辞呈，没有做出评论，但是公开了韦曼简短的辞职信，内容如下："我与你的关系是令人愉快的。和你一起工作确实非常愉快。很遗憾我要走到这一步，但是我宁愿自己承受和牺牲，也不希望让你感到最轻微的尴尬。"1935年1月，韦曼在波威里街被警察逮捕并被指控犯有流浪罪。当时报纸上对此事简短的报道把他描述为"身无分文和非常邋遢"。一位市法官判他在劳改所服刑四个月。这次服刑完毕后，他显然以某种方法整理好了自己的情绪，西格尔后来发现他在从事不同的合法职业，并且在供养他的妻子和女儿。有八年时间，韦曼没有因违反假释条例或任何别的罪名被逮捕，报纸上也没有出现关于他的任何事。

然后，在1943年的夏天，那时美国正在和轴心国作战，韦曼在曼哈顿一个市中心的酒店被联邦调查局逮捕，面临曾对他做出过的最严重的指控。联邦调查局称韦曼正在运营一个为想要逃避兵役者开办的学校，并且他是"目前发现的最明目张胆违犯兵役法的人"。韦曼请西格尔为他辩护，在曼哈顿联邦法庭的塞缪尔·曼德尔鲍姆前，他对该项指控承认有罪。此前联邦调查局已经对韦曼的作为有所耳闻，这时曼哈顿东十八街的一位约翰·P. 马塔瑞特翁多，在被招募委派至新泽西迪克斯堡后，向他的指挥官抱怨说曾付给韦曼几百美元，因为韦曼保证教他如何装疯，这样就不会被征召。一段时间后，联邦调查局围捕了另外六名到应征年龄的人，他们承认曾付钱给韦曼教他们如何通过装出疯癫症状以逃避征召。韦曼接受了联邦法院缓刑局的彻底调查，再由贝尔维尤医院的精神医生进行检查并宣布神智正常后，出庭等待宣判。这时他五十三岁，面临最长三十五年监禁和7万美元罚款。宣判之前，他被问到有没有任何要为自己说的话。他请求"最后一次机会"把"余生用在善意的用途上"。在调查过程中他已经坦承为运营逃避兵役的学校所做的事是错的，但他指出他只从那些不能通过军队身体检查，因而无论如何不会被征召的人那里收取费用。这证明是真实的。联邦调查局围捕的所有人都在部队进行过体检，并因身体原因被拒绝。马塔瑞特翁多，那个已经被征召的人，在一段时间后因为同样的原因被退伍。韦曼被处以七年监禁和17 500美元罚金。曾付钱给他的人在另外的审问中承认有罪，被处以从一年到五年不等的刑期，法官指责了被判处最严重刑罚的那个人，因为他过去曾经从十个不同的市、州和联邦福利机构接受过帮助。马塔瑞特翁多，因为在韦曼的审判中帮助过联邦调查局，被处以缓刑。韦曼被判刑时，穿着黑色鞋子和灰色的鞋套、一身黑色商务套装、一条黑白相间的对称丝绸领带、一件好看的大衣。他能付清几千美元的罚金，但绝不可能完全付清。七年刑期他共服刑五年，因表现良好被提前释放，并在1948年11月10日获得假释。

韦曼重获自由之后不久，他开始各处寻找正在纽约进行的最大的事情。正在进行的最大的事情是联合国。他以过去很多年一直在用的那个名字——斯坦利·克利福德·韦曼——在欧文新闻服务机构找到一份工作，该机构在华盛顿有一个办公室，在联合国也有一个办公室。在两年时间里，韦曼在这家新闻机构做记者，也是在这家新闻机构，主持一档在WFDR调频电台周播的关于巴尔干半岛和远东事务的广播节目，他在节目中采访了数十个从各国来联合国工作的外交官，这些人就任何人已经知道的，至少都是真的外交官，如同韦曼真的是一位巴尔干半岛和远东事务的专家。没有人认出他是布鲁克林来的著名的骗子。他在这个机构得到几次晋升，并且得到他的老板，一位叫罗伯特·A. 欧文的华盛顿记者的高度评价；也被节目中他访问的外交官交口赞赏。韦曼给其中一位，泰国驻联合国代表留下深刻印象，后者建议他在华盛顿的大使聘用韦曼做新闻官。这一工作被正式地提供给韦曼，韦曼写信给国务院，问他是否被允许接受这一外国政府提供的工作。国务院依例行公事，将这封信转交给联邦调查局，要求该局确定这名申请人是否有资格成为一个外国政府的注册代理人。联邦调查局看了一眼这份文件，告诉国务院韦曼的身份。联邦调查局也告诉在华盛顿的欧文新闻服务机构韦曼是谁，于是罗伯特·A. 欧文发电报给他在纽约的办公室立刻解雇韦曼。欧文之后说他不情愿这么做，但别无选择。他说韦曼在每个方面都表现优异，也从未显示出任何其他身份的迹象，只表现的是一个能力胜任的记者、一个广播节目的有才华的主持人，以及一个博学的巴尔干半岛和远东事务专家。韦曼又一次出现在纽约各大报纸头版，这次还包括华盛顿的报纸。西格尔去看望了他，后来回忆说，就他看到的，韦曼已经完全克服了任何过去遭受的心理问题，看起来已经冷静地接受了已经发生的事并且毫无怨恨。那时他六十一岁，仍然和妻子住在布鲁克林。他没有违反任何法律，也没有被逮捕。

韦曼最后一次作为被告出现在法庭上是在1954年5月，依据指控他为从联邦房屋管理局获取贷款而做出虚假陈述的一份包含四项罪名的起诉书，他在布鲁克林联邦法庭被认定有罪并宣判。这份起诉书指控他从拿骚郡洛克维尔中心国家银行得到2 100美元，从富兰克林广场富兰克林国家银行得到6 000美元，两个银行都位于长岛。在申请联邦房屋管理局贷款时，他称自己拥有位于布鲁克林区太平洋街和长岛东草地范布伦大道的两处产业。西格尔作为他的代理律师，审讯开庭时，他在法官里奥·F. 雷费耶尔面前否认自己有罪。审讯过程中，西格尔证实韦曼确实拥有这两处产业，因为契约书是在他的名下。然而，检方提出，位于这两个地块上唯一的建筑是一些破旧的木制棚屋，并且由于它们具有归属他人的留置权，韦曼实际上对这两处产业无法获取权益。韦曼被定罪并判处在亚特兰大联邦监狱服刑十八个月。在宣判之前，他被问到有什么要为自己说的，他摇了摇头。他穿着整洁的灰色西服，抬起头站在那里，毫无疑问在他身上带有一种尊严的气息。在他被两名守卫带出法庭时，他显然对他们说了什么有趣的话，因为就在大门在他们身后关闭之前，其中一位笑出声来，另一位则微笑着。韦曼自己在他整齐的胡须下面，在他的嘴唇上也带着一丝浅笑。韦曼在审讯之前已经由法庭指定的精神医生做了检查，他们做证此人不仅从法律意义上是心智健全的，而且就他们的判断，也没有任何类型的心理问题或情绪不稳定症状。自从韦曼在另一个法庭上把自己描述为是躁狂抑郁症后又过去的这些年里，这一心理问题已经不再被认为是不可治愈的。在他最后一次出庭的时代，该问题被归为一种可被精神分析治愈的精神疾病状态，有些像韦曼一样的躁狂抑郁症病例，在精神医生少量的帮助下，已能获取对自身精神状态足够深入的认识并治愈自己。

韦曼最后一次从牢房后面走出来时，他的身体状况和情绪甚至比宣判时变得更好了。西格尔去看望过他几次。韦曼的弟弟们都生活得很好，其中一些在他入狱期间帮助支持了他的妻子。等他从亚特兰大回到布鲁克林后，他们继续帮助了他一段时间。韦曼用他们提供给他的一些钱去了几次丁提·摩尔，那家位于百老汇大道西四十六街的著名的纽约餐厅。他在那里独自用餐。他后来告诉西格尔，去那家餐厅只是因为在长时间的监狱生活后想吃一些较好的食物。他仍然穿着好的衣服，仍然拥有他巨大的魅力，和那里的招待和领班都很熟悉。有一天他向丁提·摩尔的女儿介绍自己是斯坦利·克利福德·韦曼，摩尔小姐已经继承了这个地方，正积极参与它的运营。他告诉摩尔小姐，他想自己可以在她的餐厅里发挥作用，做类似非正式迎宾人员和主持人的工作，并告诉她只会要求一份很少的薪资和这里的食物作为服务回报。他让摩尔小姐印象深刻，就像多年来许多其他人曾感受到的一样。她回复说，会让他试试，于是他很快就成为许多常客的最爱，其中包括无数这样或那样的名人，还有很多律师和法官。就目前所知，过去判他入狱的法官恰好没有一个曾在丁提·摩尔就餐。过了几周，摩尔小姐给韦曼涨了薪水。这时，韦曼用一种消除敌意的方式告诉她自己曾多次入狱，她或许听说过的那个著名的布鲁克林来的骗子，就是他。她非常惊讶，但是告诉他，他过去做过什么对她没有任何影响。只告诉他不要把真实身份透露给客人，因为这可能会让他们感到惊恐。韦曼在履行自己的职责时，手中并不会带一本菜单，也不会给食物或饮料下单。他会在入口处和客人说几句话，和他们愉快地交谈，直到领班或其中一位服务生主管接管他们。他没什么架子，也不会为老顾客或新客人强迫自己。通常，客人们坐下之后会叫他到他们桌子那里去，让他参与谈话，因为他们发现他的交谈适度而让人愉快，对各种话题都见多识广。其中一位常客是一家知名的全国性杂志主编，他常常在这家餐厅独自吃午饭或晚饭。他逐渐对韦曼有很多了解——或者说，至少对这个阶段的韦曼有很多了解——常和他就各种事情进行长长的谈话。这位客人后来说，韦曼表现出巨大的敏感和机智，似乎总是准确地知道什么时候他想要交谈，什么时候希望独自一人。那些在韦曼青年和中年就认识他的人，看到这一时期的他会注意到他似乎有一种幽默感——此前他从未展示过的幽默感。他并没有成为一个笑话编造者或是一个喜剧演员，他们后来解释说。但他似乎发展出一种不一样的看待生活和自己的方式，这种方式引导他说出一些让人发笑的话。换句话说，他似乎在用幽默的眼光看待自己和生活，并且他学到了，正是幽默揭示了真相。那位主编后来评价说，韦曼的幽默感，是他身上最吸引人的品质之一。韦曼可能一直都有一种幽默感，不过，由于悬而未决的内部冲突的压力，以及他在那种精神疾病的作用下，他成年后的生活中的这种幽默感多数都沉睡着。等他把自己从强迫性和冲突性中释放出来时，他也设法释放了自己的幽默感。无论如何，他在自己的老年时代明显是感到满足的，甚至或许是开心的。

让摩尔小姐意外的是，某天早上开业之前，韦曼告诉她想要辞掉这份他显然做得非常成功的工作。他告诉她，在扬克斯市的扬克斯大道上几家现代化汽车旅馆中，一家邓伍迪旅馆提供了一个夜班经理的空缺岗位，他希望申请到这个工作，因为那会是个容易的工作，还有够用的报酬。摩尔小姐提出给他一份比现在拿到的更高的薪水，但他告诉她他感兴趣的并不是钱——实际上，作为汽车旅馆夜班经理的薪水比她已经付给他的还少。摩尔小姐后来说韦曼告诉她他自己很喜欢在餐厅的工作。“那为什么想要离开呢？”摩尔小姐说她曾问过他。“我似乎需要一些独处，”他回复说，“我想要更多时间来思考，在汽车旅馆上夜班，我可以在早上睡觉，整个下午在城里短途散步，天好的时候在中央公园坐下来晒太阳。”

1960年8月27日深夜，大概是韦曼到汽车旅馆工作的一年以后，两个持枪的人走进旅馆，到前台那里去。韦曼独自在桌子后面，旅馆里住店的人都在他们的房间入睡了。他们被枪声惊醒。其中一人呼叫了警察，一辆巡逻车带着两个巡警在几分钟后赶了过来。巡警发现韦曼已经死了。他的身体不是躺在前台后面，而是在接待室的地板上；钱箱仍然上着锁，放在柜台后面的地板上。警探们最终重现了事情的经过。钱箱通常保存在柜台下面的架子上。“显然，这个人是从架子上取下了钱箱，装作要把它交给两个抢劫的人，”其中一位警探后来说，“接着他一定是把钱箱从头顶上扔过去落在地板上来分散他们的注意力，再跃过柜台，徒手去追那两个持械男子。要有年轻人的敏捷才能跃过柜台。但他一定是在把钱箱扔过头顶后从柜台跳了过去，因为如果他慢慢爬过去，他们一定会在这时击毙他。事实是，他们一定刚好在他抓到他们之前击毙了他，因为他的身体是在柜台外面大概七英尺的地方。我在很多年里一直对这个人过去的记录有所了解。他在一生当中做过很多事，但他这次做的事是勇敢的。”

（卢一波　译）

译后记

大约是在2012年秋季，《南方周末》原图书工作室总监张英找到我，建议报社翻译出版一套海外非虚构作品丛书，之后我们还谈到普利策新闻奖、尼曼基金会写作课程、美国最佳杂志写作，等等。经过近四年的筹备和努力，“《南方周末》非虚构作品译介项目”授权作品已经开始陆续出版。

很多从事新闻行业的编辑记者都受到海外非虚构作品的影响，或多或少，或强或弱。在他们看来，这些作品显示了高超的叙事技巧、精妙的细节以及结构的完美性，其功能和意义已经超越了传统新闻文体所能承载的范畴，使新闻成为真正的“作品”，而非“消息”或者“通讯”。

我曾经十分清晰地记得，20世纪90年代末，一个同事谈及第一次阅读普利策新闻奖特稿作品时的感受：“新闻竟然可以这样写？”是的，这就是他的诘问，包裹着一种难以名状的惊诧，印象中，那篇作品叫《抱住大树使劲摇撼》。彼时，中国式大特写或者报告文学的风潮在新闻界降温不久，一种“崭新的”写作样式开始受到青睐，并在一些市场化媒体中不断操演和实验。2012年7月，《南方周末》出版了《特稿手册》，新闻学者展江先生在该书序言中称之为“新闻文体范式革命的引领者”，特稿也成为南周的品牌新闻产品之一。

毫无疑问，“新闻文体范式”的创新源头来自域外，特别是美国同行的经验。在此之前，展江先生主译的《新闻与正义》、新华出版社1998年编译出版的《新闻传播学译丛》等书籍，已经在行业内颇有口碑。我们的出版计划，可以说是上述书系的某种延续。这个非虚构作品项目，包括五本美国期刊编辑协会授权出版的《最佳杂志写作》，涵盖了该机构每年对上一年度的杂志文章选评的“国家杂志奖”入围与获奖篇目。此外，还有美国哥伦比亚广播公司（CBS）王牌栏目《60分钟》主持人迈克·华莱士、《纽约客》的资深撰稿人圣克莱尔·麦凯尔维等人的作品等。

上述获得授权出版的八本书，既包括专业的新闻作品，也有对新闻机构运作和新闻生产方式的研究和探讨，它们揭示了新闻业面临的困境和冲突，呈现了专业主义的操作方法，其中的若干非虚构作品，即使在今天，也具备旺盛的生命力。

“非虚构作品译介项目”图书得以出版，要感谢以下同仁的不懈努力：《南方周末》原图书工作室总监张英，编辑顾慧薇、陈若愚、潜彬思、刘文慧，特邀编辑华超超，还有目前项目的执行人——《南方周末》经营公司副总经理孟登科、研究院副秘书长张菁等。

朱强

《南方周末》副总编辑